U0543947

绿色沧桑

20世纪80年代陕北治沙实录

胡广深 黄河浪 刘仲平 著

陕西新华出版传媒集团
陕西人民出版社

图书在版编目（CIP）数据

绿色沧桑／胡广深，黄河浪，刘仲平著．—西安：陕西人民出版社，2017

ISBN 978－7－224－12255－8

Ⅰ．①绿⋯ Ⅱ．①胡⋯ ②黄⋯ ③刘⋯ Ⅲ．①纪实文学－中国－当代 Ⅳ．①I25

中国版本图书馆 CIP 数据核字（2017）第 159913 号

出 品 人：惠西平

总 策 划：宋亚萍

出版统筹：关　宁

策划编辑：王　倩　张启阳

责任编辑：韩　琳　王　凌

封面设计：王亦晨

绿色沧桑——20 世纪 80 年代陕北治沙实录

作　　者	胡广深　黄河浪　刘仲平
出版发行	陕西新华出版传媒集团　　陕西人民出版社
	（西安北大街 147 号　　邮编：710003）
印　　刷	陕西金和印务有限公司
开　　本	787mm×1092mm　16 开　28 印张
字　　数	460 千字
版　　次	2018 年 1 月第 1 版　2018 年 1 月第 1 次印刷
书　　号	ISBN 978－7－224－12255－8
定　　价	78.00 元

目 录

正在崛起的绿洲农业（代序）……………………………………牟玲生（1）
　　——榆林北部风沙草滩区开发农业的调查
绿色天使的世界……………………………………………………李若冰（1）
　　——《绿色沧桑》序
写在大地上的诗行……………………………………………………（1）
接力事业接力人………………………………………………………（27）
靖边个性………………………………………………………………（39）
绿色天使………………………………………………………………（53）
生命之树常青…………………………………………………………（68）
塞上江南雷龙湾………………………………………………………（82）
一支绿色劲旅…………………………………………………………（89）
飒爽英姿斗风沙
　　——来自昔日长城姑娘治沙连的报告…………………………（97）
重叠的绿色……………………………………………………………（107）
西沙渠赞歌……………………………………………………………（114）
陕北名人李守林………………………………………………………（123）
踏遍荒沙人未老………………………………………………………（134）
负重的女人……………………………………………………………（142）
大地的儿子……………………………………………………………（153）
沙海中的两颗绿色铆钉
　　——记李生旺和杨增占…………………………………………（162）
沙窝里"杀"出个石光银……………………………………………（174）
杨桥畔与詹立武其人…………………………………………………（189）
青春的光点……………………………………………………………（199）
塞上变江南　沙海稻飘香……………………………………………（210）

特殊性格的父母官……………………………………………（229）
艰难的采访……………………………………………………（239）
何为桑梓地……………………………………………………（253）
哪怕是一棵小草………………………………………………（262）
沙漠中的绿色卫士……………………………………………（268）
他乡是故乡……………………………………………………（278）
桑榆暮景………………………………………………………（287）
陈占有其人……………………………………………………（294）
大漠里的芳草…………………………………………………（301）
漫漫五十年
　　——记榆林地区治沙所高级工程师赵长庚…………（307）
"林王"冯宝山…………………………………………………（312）
一路风尘………………………………………………………（319）
沙地柏的守护神………………………………………………（326）
遥远的故乡……………………………………………………（332）
默默奉献几十秋
　　——记高级林业工程师张明中…………………………（341）
不做"板凳队员"………………………………………………（348）
埋在沙漠里的足迹……………………………………………（354）
蟒坑人的风采…………………………………………………（360）
留不住的脚印…………………………………………………（366）
情系沙漠
　　——记榆林市林业局副局长聂宪民………………（373）
沙漠里的雕像…………………………………………………（381）
愿绿色永驻人间
　　——记榆林地区治沙研究所副研究员孙祯元………（389）
写入历史的记忆………………………………………………（401）
神木纪行………………………………………………………（411）
沙海深处育花人………………………………………………（416）

后　　记………………………………………………………（419）

正在崛起的绿洲农业（代序）

——榆林北部风沙草滩区开发农业的调查

牟玲生

这个调查报告，是我 1989 年秋去榆林调查后写的。此后，两年多时间过去了，那里的情况又有了很大的变化，种树种草，改造沙漠的斗争仍以更加壮阔的规模和实绩向前推进。这本书的作者，要把调查报告，作为书的代序，我有点犹豫。因为，我再未去那里做过实地考察，文内的一些进行性的数据和情况，自然与两年前不同了。他们一定要用，我就同意了。因为，虽然时间在推移，但榆林的同志们所坚持的因地制宜，改造沙漠的经验，以及广大干部和群众那种艰苦奋斗的精神仍然是值得我们效仿的。

1989 年 9 月间，我同省委农研室胡进灿同志一起，到榆林地区农村调查研究，先后考察了 7 个县的 11 个乡镇，为时 20 余天，重点研究了榆林北部风沙草滩地区（简称榆北沙区）的农业开发问题。

历史性的转变

过去我们多次到过榆北沙区，每次的感受却迥然不同。1985 年冬季我们到这里调查时，印象最深的是榆林人民种草种树、治理荒沙所取的巨大成就，以及他们在治沙中创造的丰富经验。这次到榆林，我们不仅看到这里的治沙战斗正以空前的规模和速度继续进行，而且看到在千里平沙之间一种新型的绿洲农业正在蓬勃兴起，昔日那种大漠孤烟的荒凉景象已大为改观，金秋季节，呈现在人们眼前的是一派"塞上江南"的风光。

榆北沙区的绿洲农业，由于其特殊的地理条件，同关中平原、渭北旱塬相比，有许多独特的优势。它一兴起就是以林草做天然屏障，一兴起就是灌溉农业，一兴起就有兴旺的畜牧业。

下面，我想列举我们调查过的几个不同类型的乡村的情况，由此可以比较具体地看出这种绿洲农业的特色以及它的发展前景。

靖边县红墩界乡，是1500年前大夏王朝的都城——统万城（今为白城子）所在地。全乡总面积为42.5万亩，原来几乎全是荒沙。那里的农民，由于被风沙驱赶，几经南迁。经过多年的造林种草，现在已有林地24万亩，草地11万亩（其中人工种草5万亩），林草覆盖率达60%以上，随着"人进沙退"，风沙南侵危害农田的现象已基本解除了。近几年来，他们利用沙区地下水资源丰富的优势，又在全乡铺开了大规模的引水造田、造林种草工程。目前全乡已有机井278眼、马槽井324眼、小型抽水站15处，水地发展到1万亩，人均1.2亩，1986年至今，植树造林7万多亩，其中发展果园4060亩。前两年虽然遭灾，人均生产粮食仍达300多公斤，正常年景人均粮食可达400公斤以上。这个乡草地广阔，但多系贫瘠的天然草场，载畜量很低，目前他们同甘肃生态研究所联合，正在进行天然草场改造和饲料配制试验，逐步由10亩草养1只羊达到2亩草养1只羊，三年后羊子可由目前的2.5万只发展到3.5万只，人均达到4.5只。

榆林市补浪河乡，20世纪70年代以前还是一片荒滩，以后坚持年年造林治沙，成效十分显著。1985年铺开的第一期治沙工程14万亩，已经如期完成；1988年铺开的二期工程11万亩，已有70%种上林草。现在，全乡保存林地47.6万亩，种植用材林190万株，其中橡柳120万株，人均分别达到180株和110株。再过几年，仅橡柳一项，人均年收入可达千元。群众告诉我们，这种橡柳，枝干可以用材，树叶可做饲草，人们称为"空中草场，空中银行"。这个乡也狠抓了灌溉农业，到处可以看到改沙造田的工地。1987年以来，打马槽井33个，发展自流灌溉农田8500亩，连同机井抽灌、河水引灌，共有水地2.65万亩，人均达到2.5亩。现在这个乡，人均粮食已达七八百斤。

横山县雷龙湾乡，地处无定河上游，系风沙河湾地区，现有耕地2万亩，其中水地9200亩。去年以来，他们在多年治沙造林，引水造田的基础上，在无定河滩铺开了规模空前的修堤改河，拉沙造地工程，全乡上马工程13处，新开渠道9460米，引水流量为2.5立方/秒，修筑河堤5960米，已造出水地4500亩，到 1991 年工程全部完成后，可新造水地 7625 亩，全乡人均增加 1 亩，连前累计，人均可达 2 亩水地。我们看到在去年新造地上种的水稻，估计亩产可达六七百斤。这 7625 亩水地全部造成后，每年可增产粮食 305 万公斤，增加收入 150 万元，粮食总产和农业收入都将翻一番。

榆林市麻黄梁乡，是一个种草种树、发展畜牧的典型。近几年他们连续打了几个硬仗：狠抓了 2 万亩草山草坡建设的试点；飞播种草 4.2 万亩，人工种草 4 万亩；按照市上统一部署，在胜利完成治沙造林 8 万亩任务后，又在新承包的 4.14 万亩荒沙上初步摆上林草。截至目前，全乡共有林草面积 41.59 万亩，占总土地面积的 62%；其中人工种草 17.18 万亩，占林草总面积的 41.3%。大规模的林草建设，为发展以羊子为重点的畜牧业提供了雄厚的物质基础。1988 年，全乡羊子达到 50400 只，户均 20.8 只，人均 5 只，比历史最高年份的 1980 年增长 1.2 倍；大家畜 2763 头，比 1979 年增长 2.2 倍；生猪也有发展。人均粮食 376.5 公斤，人均纯收入 316 元。有一批农户已靠养羊走上致富道路，群众羡慕地说，这个乡发了"羊财"。

类似上述的乡镇，在榆北沙区的 7 个县、市中都有一批，虽然还都是一些典型，发展水平也不那么平衡，但"一叶知秋"，它可以反映出榆林地区的治沙已经发展到一个新的阶段。

纵观榆北沙区，改革十年，变化巨大。生态环境有了很大改善。相当一部分乡村的经济发展已走上良性循环的道路。典型所展示的路子也比较清晰。新中国成立初期，这里只残存着 60 万亩稀疏的灌木丛，林草覆盖率只有 2%，古长城的屏障已难以抵挡滚滚南移的黄沙，就连历史名城榆林也处于黄沙包围之中。经过 40 年的艰苦奋斗，原有的 860 万亩荒沙，已有 450 万亩得到治理。到 1988 年，沙区人工造林保存面积已达 1093 万亩，草地已达 1000 万亩（其中人工种草 276 万亩），林草覆盖率达到 38.2%。总长为 1500 公里的四条大型防风固沙林带，已基本达到设计规模；沙区造起了 159 块万亩以上的成片林，固定流沙 400 多万亩，受风沙危害的 150 万亩农田，已基本实现了林网化；整个沙区已形成了一个带、片、网相结合的防护林体系。所有这些，不仅大大改善了生态环境，保护着数百万亩农田和大批的村庄，而且显著提高了经济效益。随着沙区生态环境的好转，为粮食生产以及其他种植业、养殖业的发展创造了有利条件。在粮食生产方面，由于生产条件的改善，加之大力推广适用技术、引进优良品种，改革栽培方法，扩大水稻、小麦和地膜玉米面积，产量大幅度提高。1987年，全区粮食因灾大减产，而沙区粮食总产仍为1.18亿公斤，占全区粮食总产的27.7%，人均产粮201.5公斤，比全区高出13.5%。1988年，全区粮食大丰收，沙区粮食总产达2.5亿多公斤，人均产粮近450公斤，比全区人均产粮高出100多公斤。这个数字看来不那么惊人，但同过去的基础相比较，就是一个了不起的进步。畜牧业方面，由于草场改造，饲草资源增加，羊子和大家畜都发展很快。羊子由新中国成立初期的36万只发展到1988年的120万只，而且细毛羊、自绒山羊已占40%以上，畜群结构朝着优质高效方向发展。现有养鱼水面13.8万亩，占全区养鱼水面的81%，虽然目前产量较低，但群众的积极性很高，发展潜力很大。

榆北沙区发生的这个历史性变化，不仅表现在"人进沙退"的局面已经实现，生产力水平明显提高，生态条件和经济面貌都有深刻的变化，而且更重要的是，人们从长期同贫困和风沙的斗争中觉醒过来，改变了过去那种滥砍、滥垦、滥牧掠夺自然资源的经营方式，树立了保护资源、创造资源、利用资源，靠开发沙区致富的新观念，这是人们认识上的一个大飞跃。

在调查的过程中，我们还深深地思索着这样一个问题：在地球上，原始森林每年以数百万公顷消失，耕地以数百万公顷被沙蚀、沙化，人类的生存环境受到严重的危害；而在陕北古长城沿线风沙区的70多万人民，却以每年六七十万亩的规模和速度，征服荒沙，种草种树，发展畜牧，开发农业，在1.8万平方公里的沙区，营造了一个比之古长城更加壮美、更加雄伟的"绿色长城"。它所显示的生态效益和社会效益，不仅对彻底改变榆北沙区的面貌有着十分重要的作用，而且对调节关中、渭北的气候，控制黄河泥沙，都将产生越来越深远的影响。这不能说不是一个奇迹。

几条基本经验

榆林地区在开发沙区经济，建立绿洲农业系统过程中，创造了丰富的经验。

一、以"愚公移山"精神，改变沙区的生态环境

据历史记载，榆北沙区在秦汉时期，还是"沃野千里，庄稼殷富""水草丰美""群羊塞道"的好地方。千百年来，由于气候变化和过度垦荒，使它变成了

"四望黄沙，不产五谷"的不毛之地。沙区的根本问题是生态恶化。要在这样一块地方进行经济开发，建设绿洲农业系统，必须大规模地种草种树，治理荒沙，从根本上改善生态环境。新中国成立以来，在党和人民政府的领导下，这里的干部和群众就开始了艰苦卓绝的治沙斗争，坚持了40年，走过了曲折的道路。20世纪50年代至60年代，人们对治沙的规律还没有完全认识，主要靠国营农场治理，侧重于工程措施，所以事倍功半，成效不大。70年代，主要靠社队集体治理，规模比较大，成绩也不小，但没有把生态效益和经济效益结合起来，效果也不够理想。但是，广大干部和群众并没有动摇治沙的坚定信念，他们从失败中总结了经验，继续前进。党的十一届三中全会以来，他们从指导思想、技术措施、工作方法等方面，实行了一系列改革，治理速度大大加快，治理效果明显提高。榆林市原有荒沙面积570万亩，经过35年的艰苦奋斗，到1984年共治理了270万亩，但是还有300万亩荒沙尚未治理。1984年秋冬，市委、市政府做出决定：从1985年开始，分三期治理300万亩荒沙，每三年为一期，每期治理100万亩，而后再用三年完善提高，到20世纪末把全部荒沙治理完毕。为了完成这个宏伟计划，他们奋战五年，大见成效。1985—1987年的第一期工程，计划100万亩，完成121万亩。初战胜利后，他们总结了经验，调整了计划，决心三步并作两步走，把其余的180万亩荒沙作为第二期任务全部承包下去，每年60万亩，三年全部完成。

更值得重视的是，榆林地区和榆北沙区的各级领导，对于种草种树、治理荒沙，都有强烈的使命感和责任感，他们不只是制订计划，实施指挥，更重要的是带头实干，做出样子。每年种草种树季节，从领导干部到城镇职工和居民，都坚持种草造林6—10天，并已形成了制度，数十年如一日。榆林市在近几年的承包治沙中，每年春秋两季，市、乡领导都是亲临现场指挥，亲自参加劳动。靖边县机关干部经过多年的努力，已在城郊造起了1.9万亩乔木林和2万多亩灌木林。新中国成立以来，地、县领导虽然多次更迭，但历届领导都能把造林治沙作为自己的主要任务，以愚公移山的精神，前仆后继，挖沙不止，表现出惊人的毅力和苦干精神。在几十年的斗争中，有的干部因治沙积劳成疾，甚至献出了生命。后来的同志又继承他们的事业，继续顽强战斗。有的基层干部在治沙中奋斗了大半辈子，直到退休年龄还不离沙窝。党的领导、党员干部的带头作用，更加坚定了广大群众治沙的决心和信心。目前，这里的治沙斗争正在以空前的规模和速度继续进行。

二、因地制宜，综合开发，建立生态经济型绿洲农业系统

绿洲农业的出现不是偶然的。它是沙区人民长期种草种树、防沙固沙，使生态环境由恶性循环向良性循环发展的必然结果。从许多先进典型的经验看，绿洲农业其所以具有旺盛的生命力和广阔的发展前景，就是由于它从实际出发，因地制宜，农林牧各业协调发展，相辅相成，使各个产业之间有一个最佳的组合。如果单骑独进，就会产生新的结构性矛盾，影响综合效益。至于农林牧各业在这个大系统中的地位和作用及其发展的具体路子，可做如下表述：

林草业是绿洲农业系统中打头阵的产业，是这个大系统的骨架。目前保存的上千万亩林草，从生态意义上讲，是绿洲农业系统的屏障。如果说水利是农业的命脉，那么在这里，林草植被就是绿洲农业的命脉。舍此，农业、畜牧业都将无从谈起。这里的干部群众大都充分认识到这一点。因而大力种草种树，扩大植被，保护植被。过去由于缺乏经验，实行的是乔、灌、草相结合以乔木为主，效果很不理想。以后通过总结历史经验，实行了草、灌、乔相结合以草灌为主，沙区绿化的步子大大加快了。这虽然是几个字的颠倒，但它反映了人们对自然规律的认识有了很大提高。从经济意义上讲，现在沙区的林木蓄积量已达700万立方米，年产绿肥3亿公斤，薪柴5亿公斤，编织材料500万公斤，采收各种林木种子200万公斤。近几年，许多地方还因地制宜地发展经济林木，如苹果、红果、红枣、葡萄、沙棘等，有效地提高了经济效益，把群众的长远利益和眼前利益结合起来，调动了治沙的积极性。

粮食生产是绿洲农业系统的基础。这里土地广阔（人均40亩），地势平坦，发展灌溉农田和种草畜牧业，条件十分优越；这里水资源丰富，水质较好，水资源总量为17.62亿方，可利用水资源为8.76亿方，可供150万亩水地灌溉利用；这里也有较好的光热条件，适宜于农作物生长，特别是春小麦、水稻、玉米等。因此绿洲的粮食生产，主要是利用这个优势，依靠灌溉农田；旱地可以留一些，但不宜盲目扩大。并将随着水地的增加而逐步退耕还林还草。在开发农田和煤田建设中，还应充分注意保护植被，避免过度开垦造成新的沙化，破坏生态环境。这个历史的教训绝对不能重演。

畜牧业是绿洲农业系统的主导产业。沙区人工种草已有276万亩，还有210

万亩草原得到保护和改造，795万亩灌木林可以放牧，300多万亩树木枝叶可供饲草，灌溉农业的发展还可以提供大量的精饲料和作物秸秆，发展畜牧业有得天独厚的条件。目前这里的畜牧业虽有很大发展，但饲养方法和管理水平还比较落后，主要在贫瘠的天然草场放牧，限制了畜牧业的发展；60%的羊群仍然是土种羊，经济效益很低。我们看到不少乡村和农户，正在进行草场改良、种草养畜，实行舍饲与放牧相结合；有的坚持进行品种改良，全面优化畜群结构，经济效益成倍增长。看来这是一条发展畜牧业的正确路子，应该坚持走下去。

绿洲加工业特别是乡镇企业，目前十分薄弱。但从发展看，这是必不可少的。他们提出的种养加工相结合的道路是符合实际的。开发初期，主要是发展种植业和养殖业。发展到一定阶段，随着经济环境的改善、资金积累、技术准备的完成，再有计划地发展农、林、畜产品加工业，也将是大有可为的。

三、依靠科技进步，提高绿洲农业的综合开发水平

榆北沙区的科学技术，过去比较落后，十一届三中全会以来，他们比较重视科技开发，在荒沙治理、种草种树、畜种改良等方面，重视运用科学技术，取得了可喜的成果，特别在发展水稻、春小麦和地膜玉米方面，不断引进优良品种，推广科学栽培技术，播种面积逐年扩大，产量显著提高，为沙区的粮食生产闯出了一条新路。以榆林市为例，1977年以前，全市水稻种植面积只有1万亩左右，亩产100多公斤，人均只有七八斤。1978年以后，引进和推广了水稻卷秧育苗、小苗带土移栽新技术，到1983年，推广面积达2.16万亩，亩产362公斤，总产上升到783万公斤；近几年，又引进推广了早育、稀播、稀植、节水、中苗，以及配方施肥等综合栽培技术，产量又有新的提高。鱼河镇的3000多亩水稻，连续6年亩产500公斤，最高年份亩产600公斤以上；上盐湾乡有3000亩盐碱地，原来寸草不生，经过种稻洗碱，已经改良了2500亩，平均亩产水稻480公斤。榆林市过去不种冬麦，每年只种春小麦2万亩，亩产只有三五十斤。1977年以来，引进、推广了春小麦新品种和综合丰产栽培技术，1981年至1986年，每年播种面积递增39%，亩产递增30%，总产递增81%，到1986年，播种面积达11.3万亩，亩产225公斤，总产2550万公斤，沙区人均占有小麦161公斤。榆林市的地膜玉米，目前还处于试验阶段。1988年，市农技站在基点村试种183亩，平均亩产926.5公斤，比对照田高出331公斤，其中个别地块创造了亩产

1131公斤的纪录。榆林市的经验再次证明，在农林牧副渔各业发展中，只要注入先进科学技术的基因，就会产生神奇的威力。

四、依靠政策，调动干部群众开发绿洲农业的积极性

榆北沙区各县在治理荒沙、农田基建中，都制定了一些具体政策，概括起来有四个方面：一是承包政策，由县到乡，由乡到村，由村到户，签订合同，层层承包，限期治理，奖罚兑现；二是受益政策，明确规定谁治理、谁受益，长期不变，允许继承和转让（使用权）；三是投资政策，投资打井，投工修地，都实行多投多受益，少投少受益，不投不受益；四是技术政策，明确规定了科技人员搞技术开发、技术服务、技术承包的任务、目标、要求和奖惩办法。这些政策，对调动各级干部、科技人员和广大群众建设绿洲农业的积极性，起了显著作用。

榆林市治理荒沙第一期工程的胜利，充分体现了政策的巨大威力。1984年部署工程时，就突出抓了一个"包"字，使各级干部、科技人员和各个农户，都感到有责任、有压力、有动力，治沙积极性大大提高。结果，原定三年完成100万亩的工程，提前半年超额21%胜利完成任务。合同兑现后，承包治沙的17个乡镇全部受到奖励，其中12名乡镇领导干部、3名工程技术人员分别受到提升一级工资或家属户口"农转非"的奖励，53名乡镇领导干部受到物质奖励，并将这些同志的名字作为治沙功臣载入市志。

靖边、横山、榆林等县市，由于实行了正确的投资政策，正在兴起群众集资打井、修地的热潮。靖边县东坑乡，近两年集资150万元，贷款40万元，打机井，搞配套，修抽水站，共扩灌、保灌水地17580亩，全部配套后，水地面积将扩大到22000亩。靖边县海则滩乡，农民渴望拉电，苦于拿不出钱，乡上同农民商量，决定每户每年种一亩葵花，连种三年，所得收入全部作为拉电资金。横山县雷龙湾乡，为了完成修堤改河、拉沙造地工程，制定了群众集资入股的具体政策：统一规划，自愿结合，按户入股（钱、物、工均可折股）、按股分地；可以继承，允许转让（使用权）；土地调整时不予调整。这些政策调动了群众集资修地的积极性，形成有钱出钱、有物出物、有劳投工，以至借钱投资的可喜局面。全乡常年上劳四五百人，最多时有上千人，占总劳力的三分之一。目前仅5个村兴办的7处较大工程，群众自筹资金就达29.4万元（包括实物折价），户均550元；投工75400个，户均140个，工程进度之快，质量之好，是前所未有的。这

说明，在进行小型农田基本建设中，除了国家给以补助外，农民投资是一个重要方面。农村经过第一步改革，农民的温饱问题基本解决，部分农民已步入小康以至富裕行列，手里都有一些积蓄，采取正确的政策，把农民手里的闲散资金引导到生产建设中来，不仅是必要的，也是完全可能的。

需要解决的几个问题

榆北沙区的绿洲农业虽已蓬勃兴起，但毕竟刚刚起步，还有一些重要问题需要我们进一步思考和解决。

一、进一步认识在榆北沙区建设绿洲农业系统的战略意义

榆林的农业基础比较薄弱，特别是粮食长期紧缺，风调雨顺勉强可以自给，遇到灾年就要从外地调粮。1987年因灾减产，全区吃调进粮0.85亿公斤；1988年特大丰收，人均产粮也只有355公斤。榆林的优势是畜牧业，但低水平的粮食自给，又严重制约着畜牧业的发展。为了解决粮食问题，长期以来我们只在现有的耕地上打主意，而忽视对沙区的开发，甚至把榆北风沙草滩区当成包袱。这几年绿洲农业的兴起，为解决全区粮食及其他农副产品的供应开辟了一个新天地。地委、行署计划，在这里建设三个商品生产基地：一是以细毛羊为主的养羊基地，到1995年，饲养量达到240万只，人均养羊4只，比现在增加1倍；二是优质商品粮基地，到20世纪末，新修水地50万亩，累计建成灌溉农田100—110万亩，粮食总产2.5亿公斤，提供商品粮1亿公斤；三是渔业基地，到1992年，年产鲜鱼2000吨。这三个基地的建成，对从根本上解决全区的粮食和副食品供应问题具有举足轻重的作用。

开发神府煤田是国家的重点项目之一，随着煤田的开发，职工人口、城镇人口都将急剧增加。按照国家计委批准的总体规划，到1990年、1995年和2000年，矿区的职工、家属以及矿区所在的神木、府谷、榆林的非农业人口，将分别增加到15万、25万和40万左右，开发沙区绿洲农业，对于保证工矿区的粮食和农副产品供应，显然是具有特殊重要意义的。

目前我省的粮食只能维持低水平的供求平衡。农业比较发达的关中灌区和汉中盆地，垦复指数已经很高，农业开发必须立足于中低产地区，如渭北旱塬、关

中新灌区、榆北沙区和陕南浅山丘陵区等。榆北沙区是我省农业区划确定的六大经济区之一，农业开发具有很大的优势和潜力。建设绿洲农业系统，大幅度提高粮食和林牧渔果产品的产量，也可以缓解全省粮食和农副产品的供求矛盾。

基于上述考虑，把开发绿洲农业作为我省农业开发的重点地区之一，应该说是一项较好的战略选择。要从领导思想上给以充分重视，从人、财、物、技等各个方面，给以大力扶持和帮助。

二、坚持沙、水、田、电、路综合治理方针，大力加强沙区的基础建设

在榆北沙区建设绿洲农业系统，也有很多制约因素。这里的生态环境比较脆弱，抗灾能力不强，风蚀沙化仍然是主要威胁；这里的土壤相对贫瘠，磷氮含量皆少，自然肥力较差，要达到高产稳产，需要较多的投入；这里的电力、交通等基础设施都比较落后，许多乡镇还没有通电，也没有像样的公路，给沙区经济发展造成很大困难。因此，必须按照沙、水、田、电、路综合治理的方针，加强沙区的基础建设，现有的荒沙，应该按照既定规划，采取榆林市的办法，层层承包，落实责任，限期完成治理。发展50万亩水浇地，是个巨大的工程，应该大、中、小相结合，以小型为主，主要通过发展"三井"（马槽井、多管井、机井）和修复、配套原有工程的办法去实现。电力建设和交通建设刻不容缓，建议地、县统一规划，按照工程大小，分别由省、地、县予以安排。

三、走科技兴农之路，从根本上提高沙区劳动力的文化技术素质

近几年，榆北沙区虽然在有些领域注意依靠科技进步，取得了显著效果。但是从总体上看，沙区的科学技术仍然比较落后，科技人才奇缺，技术服务体系薄弱，横向经济技术联系尚未普遍开展；一些新发展的产业，生产、管理水平都不高；更值得注意的是，沙区劳动力的文化技术素质普遍比较低，文盲半文盲约占劳动力总数的50%以上。这种状况严重制约着沙区经济的发展。

建设沙区的绿洲农业系统，一开始就应建立在技术较高的起点上。无论是发展农业、林果业、畜牧业、渔业、加工业以及其他产业，都要注意运用先进的科学技术，使之产生较高的经济效益。这几年，榆北沙区在治理荒沙和各业生产中，已经引进和推广了一些适用技术，凡是行之有效的，就要继续推广和运用。

今后随着各业的发展，还应不断地引进新技术，推广新技术。以畜牧业为例，这几年经过品种改良，畜群结构有了很大变化，但大部分羊群仍然是土种羊，饲养方法主要还是漫山放牧。这种状况同主导产业的地位很不适应。因此今后沙区畜牧业的发展，一是要逐步改变落后的饲养方式，即由天然草场养畜向种草养畜的方向发展，由放牧为主向舍饲与放牧相结合以舍饲为主的方向发展。据我们调查，天然草场放牧，10亩草养1只羊，羊子还经常吃不饱；而种草养畜，丽亩草就可以养1只羊，载畜量可以成倍提高。二是要继续搞好品种改良。这项工作各县正在进行，要做出规划，加快步伐，下决心搞好，逐步用绵羊、白绒山羊代替原来的土种羊。据调查，一只良种羊的价值，至少相当于土种羊的3—5倍。沙区现有羊子120万只，如果把其余的60%全部改为良种羊，经济效益至少可以提高两倍以上；到1995年，如果羊子发展到240万只，又全部是良种羊，那么经济效益会更加可观。三是在畜牧业发展的同时，还要逐步建立和完善技术服务、兽医服务、畜产品加工和销售体系。这样，沙区畜牧业才能真正成为主导产业，在增加农民收入、为社会提供有效供给等方面，才能做出更大的贡献。

建设绿洲农业系统，需要大批科技人才，除了采取正确的政策，充分发挥当地科技人员的作用，尽可能地从外地引进科技人才外，从长远看，更重要的是，要改革沙区的国民教育，使沙区教育为当地农村经济建设服务。因此要在认真办好普通教育的同时，大力抓好成人教育和职业技术教育；一是搞好扫盲教育，力争在几年之内，使青壮年文盲摘掉帽子；二是结合各地的主导产业，大力举办各种类型的专业技术培训班，使回乡的初中、高中毕业生，都能学会一两项专业技术，成为各业的技术骨干；三是各县都应举办职业技术学校，或在一部分普通高中增设技术课程，为农村培养一批初级技术人才。只有通过这些途径，从根本上提高了沙区劳动力的文化技术素质，才有可能使先进的科学技术在榆北的土地上生根、开花、结果。

绿色天使的世界

——《绿色沧桑》序

李若冰

1

马克思曾经说：自然界是"人的无机的身体"和"人的精神的无机界"。

自然界生态环境对人类是这般重要，以至人类不能不为自己生存而和自然界开展不懈的斗争。人类是自然界的受益者，但却常常是破坏者，人类改造自然界，但却常常是失败者。在当代世界上，人类只需真正认识到自然界是人类自身生存不可缺少的无机界，才可能实现对自然界的保护和创造。

"水神"和森林是人类生命的保护神。据联合国环境署资料，20世纪80年代中期世界森林面积只占陆地总面积的30%，中国只有12.98%。由于乱砍滥伐，毁林开荒，世界森林资源以每年1200万—1500万公顷的速度消失。人类对自然植被的破坏，使得地球上的沙漠正在以惊人的速度扩展，世界每年竟有600万公顷土地被沙漠吞噬！

中国原本是泱泱森林大国，但现在森林覆盖率却屈居160个国家的第120位。森林锐减和土地沙化现象更加令人担忧。有两个1000万在世界领先，即每年人口增长1000万，土地沙化增长1000万亩。这是摆在中国人面前一个严酷的现实。我们不能听任森林资源继续遭到破坏和土地沙漠化继续扩大下去，我们必须以博大的爱心，对人类赖以生存的环境负责，对中华民族的国土负责。不然，怎么对得起我们的子孙后代呢！

正是基于这片爱心，《绿色沧桑》的作者们，向我们展现出一幅榆林沙区人民与风沙搏斗的图景，以翔实的笔墨描绘了那些令人赞叹的绿色天使们。这些创造绿色世界的天使们，他们或已壮烈地殉职，或已默默地死去，或者仍然高昂着头颅，在沙漠中拼搏，在绿色中跋涉。绿色天使们创造的业绩可歌可泣，建立的功勋可敬可佩。他们在毛乌素大漠上树起了一面旗帜，这便是为人类生存搏斗的旗帜，绿色美化的旗帜！

正是基于这片爱心，身处大漠的历届榆林地委书记和专员们，县委书记、县长和乡镇干部们，40年来一代接一代，无一不把制服沙漠当作头等大事。当你站在号称塞上明珠榆林城头的时候，看不到一棵树，见不到一点绿，沙子越过了脚面，沙山压垮了城墙，你能不寒心么！听着那几句顺口溜："风刮黄沙难睁眼，庄稼苗苗出不全；房屋埋压人移走，看见黄沙就摇头。"你能不为人民的疾苦呼号么，你能不为改造沙漠而去拼搏么！《绿色沧桑》扼要地再现了共产党人为绿色付出的心血和辛劳。他们为绿色而奋斗，为绿色白了头，为绿色献出了生命，即是离退休了做梦也在绿色中徜徉。人民不会忘记这些绿色事业的开拓者，他们将铭记在毛乌素大漠人民心中。是的，凡是为沙窝窝洒过血汗而办过真事实事的人物，人民会时常念叨他们而不会忘记他们。

2

40年来，榆林地区造林治沙经过了一个不寻常的漫长的历程，但最不能忘怀的是那些毕生为治沙奔波的先贤们。你记得，在《生命之树常青》里描绘的那位把生命搭在了治沙上的杰出的共产党人苏振云么？

苏振云有句名言，被广为传播。他说："共产党爱穷人，并不是爱人穷！"说得多结实多有胆识！他说出了许多人想说的肺腑之言，可是他说这句话的时候，社会上正流行着越穷越光荣呢。他是解放战争的支前模范，却做了"红色政权"的阶下囚，他是榆林地区20世纪50—80年代两任农业局长，却因为他屡次"犯上"而被打成反革命。他不唯上，不唯官，是一个有独立见解而又敢作敢为的硬汉子。他认准的事情非干不可，他果决地说."只要对人民有利的事情，我就要干下去！……"

他率领一支治沙集团军，所谓"七十二个毛毛兵"（指农业农垦系统的中层领导和八大农场与分场负责人），是榆林地区最先立下绿色功勋的急先锋。他为人民治沙治穷，而自己却很寒酸，家里陈设落后至极，只有两个塌陷的破沙发，连台彩电也没有。他穷么？不，人们说他是物质上的乞丐，精神上的富翁！

苏振云生为人民，死为人民，清贫一生，拼搏一生，是一个堪称楷模的共产党人的形象。在我写这篇序文的前夕，他竟于1991年4月2日上午10时与世长辞了！

苏振云在榆林地区治沙史上写下了辉煌的一笔。他去了，他活着！……

在《靖边个性》里，还记载了一位被靖边人称为民国十八年（1929）第一任好县长，名叫牛庆誉。他胆略过人，嫉恶怜善。他提倡栽柳种柠条，亲率民众在东河湾和沙门圪植树，均已成材成林。耐人寻味的是他在大堂上写了一副对联，视为做官的准则：

妄要同胞一分钱，请唾我面
莫忘公仆两个字，感服孝心

共产党人惠中权，1940年出任靖边县委书记，他的一心为民和务实精神，在群众中享有盛誉。他提出的"多种一棵树，多养一只羊，多积一斤粪，多打一斤粮"的口号，一时在靖边传为佳话。1943年毛泽东主席给他赠词："实事求是，不尚空谈。"即使后来他任林业部副部长期间，也时常回靖边探望，在群众中留下了深深的怀念。

靖边县20世纪80年代初森林覆盖率达到了31.4%，一跃而为全国林业的先进区域。这是谁的功绩呢？是无数个苏振云么？是无数个惠中权么？是70年代坚持调查研究而又付诸实施的县委书记赵兴国么？是的，是他们和沙窝窝广大人民群众一起艰苦奋斗才创造了这样光辉的绿色业绩。

3

绿色天使，这是何等崇高动听的雅号！

只有被生活在沙窝窝里的人民信任的人才当得起这个雅号。凡是获得这个雅号的人无一不是奉献者，无一不是忘我者，无一不是在和沙漠搏斗中耗尽了青春年华的人物。

这是一些具有强烈历史感和使命感的人物，当他们一走进这个"天天北风吼，日日沙南移"的沙漠世界的时候，并没有被荒漠吓退，反而惊异自己的发现，不由得做起绿色的梦幻。《大地的儿子》里的郑文翰就是其中一个。他从关中眉县林校毕业，就一头扎进了陕北佳县打火店农场。妈妈支持他的北行，唯有一个要求："娃呀，你千万不能找陕北女人成家，那样可就扎下根回不来了！"

郑文翰非常看重妈妈的叮咛，可就是无法挣脱那绿色的梦幻。于是，他采取第一个现实的行动是把妈妈特地缝制的九斤重的被子一分为二，和当地一个可爱的姑娘结婚了。他热爱沙漠，足迹踏遍了北部沙区广阔的土地。他醉心于"柠条豆象"和"紫穗槐豆象生物学及其防治的研究"，一年年钻研，一次次失败，最后终于夺取了这项国内外尚无人研究的堡垒，从而名扬于世。难怪佳县书记感动地说："郑文翰年轻时代从关中来到陕北，在北部造林治沙30年，他是我们的有功之臣，我代表全县人民向他敬上一杯酒！"

这是不寻常的一杯酒，却敬给了一个普通的林业工程师！郑文翰受到的赞誉证明，他是一个绿色天使，一个绿色事业的开拓者！

在《青春的光点》里，还记述了一个外来女性人物雏秉纯。她生长在大城市，就读于西北农学院，工作在沙漠地，生活在风沙里。靖边风沙之狂，从几句夸大了的顺口溜里可见一斑："柳桂湾刮了一场风，刮得五指看不清，刮得白天点上灯，刮得喜鹊丧了命，刮得毛驴掉沟中，刮得磨盘翻烧饼，刮得碌碡耍流星，刮得龙王发了愣……"

唯其因为雏秉纯是个女性，在如此险恶的环境里能生活下来么？她面对风沙，面对群众吃糠咽菜，而自己身为享受人民俸禄的国家科技干部，还能有什么不满足的么！她横下一条心，和群众同甘共苦。在白玉山和沙石峁林场，在极端困顿的条件下，她为长城风沙口引进外来树种油松、樟子松等十数种，大面积育苗5000多亩。她在大漠里做科学实验，终于获得了成功。她的工作是神圣的，她的名字也随着油松、侧柏和五角枫在人民群众中传播。人们心里明白，她由少女变成母亲，由黑发变成灰发，作为一个母亲她在大漠又受了那么多艰难，但是，她有一颗为沙漠献身的灼热的心！

人们对雏秉纯赞不绝口，报刊连篇累牍。然而对她来说，只愿做一名绿色天使，热爱绿色的光点，绿色的生命！

题为《绿色天使》中，作者又生动地记载了一个播绿人李建树。他在毛乌素沙漠里，在陕北父老的心田上，留有一片片苍郁流汁的绿色。也许他的名字昭示了他每走一处，都要有所建树，都要给大地投下一片绿荫。

李建树从安康技校一毕业，就自找苦吃地走进了沙漠世界。是的，是他自找苦吃，他热爱这块为中国革命做出巨大贡献的热土，他热爱陕北人民为革命前仆后继的牺牲精神，他甘愿为陕北父老乡亲服务一辈子。20世纪50年代初，他来到榆林时才只有16岁。16岁的人生选择，何等可贵！

他张开自己幻想的翅膀，拥抱陕北高原，拥抱毛乌素大沙漠。他和群众一起吃豆糠窝窝，创建了沙漠腹地第一个公草湾林场。他主持了榆林地区林木种子基地16处。他主编了《榆林地区沙漠改造利用综合规划方案》和采育良种的技术要点。他蹲点满堂川和高西沟，使一村一社成为绿化典型。他吃了许多苦，挨了许多批判，背着"漏划右派"的黑锅，依然到处抛洒着绿色的种子，点燃着绿色的火种！

李建树从事绿色事业已有39年。他担任了"三北"（东北、西北、华北）防护林建设局长，也不是高高在上，而是时常出没在群众中。他还设计，要把自己未来的骨灰撒在沙漠世界里。……

生命不止，奋斗不息，这便是绿色天使的共同性格！

4

杨沛琛曾经两度出任榆林地委书记，以高瞻远瞩和脚踏实地的作风，闻名塞上。他20世纪50年代说过一句话，至今犹闻在耳。他深有体会地说："榆林不治沙，不造林，到不了共产主义！"

是的，只有胸怀远大理想而又付诸实践的人，才会在绿色事业上获得成就，才会受到人们的尊重。许多绿色天使们，许多大漠的儿子，把治沙看作是自己的理想，看作是自己的神圣职责。他们苦熬苦干，不就是为了那点绿色么。其实，为了这点绿色谈何容易！历经毛乌素沙漠几代人的艰苦奋斗，才有了今天长城风沙口上的绿色长城。

《沙窝里"杀"出个石光银》便是这样的人。他原是定边一个普通的共产党员，他把自己的理想寄托在沙窝窝里。他统帅44人的绿化大军，决心鏖战"狼窝沙"，曾引起许多人的非议，但是他历经艰难曲折，终于创建了第一个"新望林牧场"，成为沙窝窝里一个里程碑。他当之无愧地被授予"全国绿化模范"的称号。

牛玉琴（《负重的女人》）是一个了不起的女性。她和英雄丈夫张加旺一起，第一个站出来承包了万亩黄沙。清贫的生活造就了小两口不甘清贫的意志。冬天一身水,夏天一身泥,刮风为梳头,下雨当洗脸,拼死拼活也要营造万亩林。她负重太多,侍奉老母,照顾病儿,她的恩爱丈夫七次住院,她也七次陪同,最后背起截去一条腿(骨癌)的丈夫,怀里揣着丈夫的那条腿,向沙漠艰难地走去。她即使这样负重,仍然完成了万亩林,还想再来个万亩林。她真是一个不甘清贫而富有理想的女人呀!

郝延寿(《接力事业接力人》)是个有远见卓识而又敢想敢干的领导者。他出任清涧县委书记期间,开辟了山峁沟岔几万小块水地的新路子,奇迹般解决了全县人民饿肚子问题。他像一团火,走到了哪里便独树一帜。人民记得这个总指挥,他率领群众创建了榆高渠的万亩旱地变水地,开拓的西沙渠、北部草滩地和南部苹果林,都有声有色地挺立在沙漠中。他显赫的业绩,显示出一个风尘仆仆的绿色公仆的形象。

石海源尝受了20年的酸甜苦辣,被人们誉为"治沙书记"。

魏进林开辟了榆林城西大墩梁青松林和东沙路,被人们誉为"县长路"。《陕北名人李守林》,即使当了中央候补委员,也迷恋着他那小滩子村。由于他几十年含辛茹苦,紧紧依靠群众,已使小滩子村出现了"树木成林望不到边,风卷黄沙看不见"的美妙景象。

每一个绿色天使周围都有一片新绿!

每一个绿色天使都应记入治沙史册!

5

我简略地诉说了这些绿色天使(只是一小部分,恕不一一列举)的绿色业绩,只是想说明:绿色事业是全人类的事业,唯其如此,榆林地区造林治沙40年为中国和世界所瞩目,他们创造的宝贵经验为人类所珍爱所借鉴,绿色天使们擎起的绿色旗帜在毛乌素大漠上高高飘扬!

中共陕西省委副书记牟玲生在调查报告中说:"在1.8万平方公里的沙区,营造了一个比古长城更加壮美的绿色'长城',这不能不说是一个奇迹!"奇迹的创造者就是那些有名的和无名的绿色天使们,是他们结束了榆林沙区人民拔锅挑担背井离乡的历史。现在,绿色天使们造林治沙已向集约化、科学化和现代化发展，榆林地区绿化事业前景灿烂！

　　沙漠化是人类一大灾害，但是在前任榆林地委书记霍世仁、专员李焕政看来，人是伟大的不可战胜的，人定胜天！也正如现任榆林地委书记李凤扬、专员刘壮民所说：我们榆林贫困在沙，优势也在沙，希望和富裕也在沙。他们以战略的眼光，做出了20世纪90年代开发沙区的"当家"工程规划，即开发促治理，治理促开发，开发与治理并举，以使沙区76万人民走上希望之路、富裕之路、现代化之路。这真是一幅光明而又辉煌的图景！

　　《绿色沧桑》这本厚厚的报告文学集，给我们提供了榆林沙区人民和风沙搏斗的宏丽画卷，描绘了那么多可亲可爱可歌可泣的绿色天使的群像。我们要说一声，感谢胡广深、黄河浪、刘仲平，你们辛苦了！你们是土生土长的作家，你们挥动饱含感情的笔，也像那些绿色天使一般，为毛乌素大漠增添了一片绿荫，献出了自己的才华。

1991年6月1日于古都雍村

写在大地上的诗行

1

假如我们能够自由地遨游于太空,将我们生活的这个星球一览无余,我不知道,首先引发我们惊叹和感慨的,到底会是什么?

是那烟波浩渺的湖泊和汹涌澎湃的大海吗?不错,水神对我们很慷慨,在5.1亿平方公里的地球总表面积中,有3.61亿平方公里波诡云谲。我们生活的这个星球是不缺少水,71%属于舟楫和船舶的"领地"。因此有一位很实事求是的科学家郑重其事地建议改称地球为"水球"。

是那郁郁苍苍的森林和古往今来一个个关于"林中女神"的童话和美丽的传说吗?是的,"森林之神"曾经是人类生命的摇篮。林业科学家的研究表明:距今3.75亿年时的地球,色彩是单调的,没有鸟兽,更没有所谓的"人",世界辽远而宁静。森林就是这样形成的,从单细胞藻类发展到高大树木,从细胞之间没有分工的低等植物发展到花叶繁茂的高等植物,从水中登陆。植物登陆的全面成功,使我们这个星球由"死"复活,森林——我们星球的肺叶,它是人类文明史最初的也是最美丽的一章。亿万年漫长的演变,有了茹毛饮血,有了刀耕火种,有了温暖的阳光和纯净的空气。古人类在树干上攀援,在藤条上荡秋千,从各种野果的浆汁中获取营养——我们的祖先就是这样从蛮荒的原始森林中站立并且终于走了出来。现在,显然无法用我们使用的崭新的文字去统计那个时候森林的覆盖率,也许是80%、90%,甚至100%!那么,如果在那个时候给我们所在的这个星球取名儿,恐怕最合适的名字不是"地球",而是"树球"吧?!

"水球"也好,"树球"也罢,似乎都有点名不符实。说是"水球",但97.3%是海水,淡水只占地球总水量的2.7%,而其中能够开采利用的又只有0.2%,"水神",在对我们慷慨大方的同时又表现了它极度的吝啬。

至于"树球",也早已成为明日黄花。据联合国环境署资料,20 世纪 80 年代中期,世界森林面积只占到陆地总面积的 320%,中国则更少一些,只有 12.98%,新中国成立初只有 8.6%。

　　更可怕的不是这个数字,而是这个数字仍在继续下降,有资料表明,由于乱砍滥伐和毁林开荒,世界森林资源每年以 1200 万—1500 万公顷的速度在消失,平均每分钟有 20—25 公顷森林化为乌有!

　　马克思曾经说过:自然界是"人的无机的身体"和"人的精神的无机界"。

　　恩格斯曾经给我们留下一个著名的警告:"我们不要过分陶醉于对自然界的胜利。对于每一次这样的胜利,自然界都报复了我们。"

　　——是的,在大自然面前人类常常是失败者!

　　森林的减少带给人类的是什么呢?

　　是降雨量的减少,是山野因失去植被水土流失加剧,是空气中二氧化碳含量增加,是大地湿度下降气温明显升高,是干旱逐年严重,是耳畔不时传来的沙暴那低沉、凄厉而恐怖的吼叫……

　　是的,森林的锐减最终导致的可怕后果是——土地的沙漠化。

　　由于人类对植被的破坏,使得地球上的沙漠正在以惊人的速度扩展。据联合国环境规划署统计,全球每年有 600 万公顷的土地被沙漠吞噬。

　　在中国,森林锐减和土地沙化造成的恶果更令人担忧。中国有两个 1000 万在世界独占鳌头:每年人口增长 1000 万,土地沙化 1000 万亩!

　　沙化向世界发出警告,沙化向中国发出警告!

　　再也不能夜郎自大。打开国门看世界,我们早已不是泱泱森林大国。在全世界 160 多个国家和地区中,我们的森林覆盖率屈居第 120 位。而且这个地位仍在继续下降——我国的人口增长速度远远超过了森林增长速度。难以设想,一个没有森林的国家将如何维持生态环境的平衡!更难以设想,如果我们给后辈留下的是一片龟裂和荒芜的不毛之地,有如西亚和北非,后人将何以为生,子孙将何以为业?千秋历史将何以评说我们的功罪!

　　——不要忘了中亚细亚的美索不达尼亚平原,几千年前,这里曾是古巴比伦王国的所在,那时森林茂密,风调雨顺,是《圣经》中的"伊甸园"。而今天,早已成为风吼沙飞的茫茫荒漠。

　　沙漠,这万恶之源,已经成为人们形容恐怖和一切可怕事物的代名词。香港被称作"文化沙漠",因为缺水,东京被称为"日本沙漠",就连母亲恐吓不听话的孩子,也与沙漠"挂钩":"再不听话,把你扔到沙漠中去!"

面对世界,面对过去和未来,警钟已经长鸣,但愿若干年后,炎黄子孙生活的这片热土,不要被世界讥为"中国沙漠"!

一些国家进行的民意测验表明,20世纪80年代,公众普遍认为土地沙化、森林锐减、水资源危机、土壤流失等环境问题的威胁相当于第三次世界大战。

而土地的沙漠化又位居人类面临的十大环境问题之首!

人们呵,你应该懂得这样一个道理,当人类使生存在这个地球上的森林资源遭到无限度的破坏的时候,最大的受害者最终将是人类自己!

我们不应该被重新系在"资源破坏—更大发展—更大破坏"这样一条恶性的循环链上。

我们应该学会与自己不可缺少的生物圈一起生活,无论是一棵树、一株草,它们都是人类赖以生存的生物链中的一节,人类应该用爱心,就像爱你的后代子孙一样的爱心关照它们。就像贝多芬一样,贝多芬在维也纳郊外的小树林里散步,倾听着众多小鸟的啾啾吟唱,他曾有过这样一句名言:

我爱一棵树甚于爱一个人!

2

如果我们再度遨游于太空,将目光从这个巨大的星球收拢回来,定格到中国中西部陕西省榆林地区的4.3万平方公里土地上,我们看到的景象又是什么呢?我们又会为什么而惊叹和感慨呢!

请看1990年1月2日《光明日报》记者张天来、张义德在本报的这段描写:

> 由横山到榆林,有好长一段公路在无定河谷中穿行。令我们惊喜的是,在无定河两岸河滩上,分布着一片又一片正在成熟的稻田。越近榆林市,稻田越多,片越大,长得越好。人们说,榆林地区沙地水稻面积已达到5万亩之多(现已近10万亩。作者注)。这儿气候温和,10月上旬仍是到处绿树成荫,田野上金色的稻谷飘香,让我们感到疑惑,这是在陕北呢,还是到了江南?

然而，我们经过的这一路，确是榆林地区的风沙线。榆林沙区东西长420公里，南北宽12—126公里，总面积1.9万平方公里，占全区总面积的44％。榆林出现了阡陌相连的江南景色，完全是大面积治沙造林的结果。40年来，榆林地区治沙造林保存面积1093万亩，比解放初的60万亩增加了近30倍。沙区植被覆盖率已达38.6％，沙区有流动沙地860万亩，现已治理450万亩。由于无定河和它的大小支流有丰富的水量，榆林沙区在大规模治理的同时出现了经济开发的大好形势。人们在这里营造了四条共1900里的防风固沙林带，同时造起了180多块1万—10万亩的成片林。12万亩农田林网保护着145万亩农田。沙区新开农田50多万亩，果园20多万亩……

两位记者给这篇报道冠以一个醒目而显赫的大黑标题——榆林大喜讯！不！不仅仅是榆林大喜讯，而应该是中国大喜讯，世界大喜讯！

在沙漠疯狂地吞噬农田、村庄和城镇的时候、榆林人民世世代代从未停息过对沙漠的斗争。新中国成立后，劫后仅存的人们，从父老兄弟的尸骨堆中站起来，在共产党领导下，高举治沙大旗，自力更生，艰苦奋斗，重建家园，摸索和创造出了一套较为成功的治理沙漠的经验。新中国成立40年，已将境内的800多万亩流沙固定半固定一半以上，森林覆盖面积由新中国成立初的0.9％上升到28.6％。

榆林地区造林治沙取得的巨大成绩，是党的正确领导的结果，是全区广大干部群众共同努力的结果——同时，毋庸讳言，也是榆林地委和行署历任领导集体常抓不懈的结果！40年来，榆林人民在地委、行署的正确领导下，挥舞着一支征服沙漠，改造自然的雄浑的巨笔，在祖国的社会主义建设事业中，描绘出一幅多么壮美的图画！

我打开榆林地区组织史，翻到"榆林地区建国以来地委、专署主要领导人"名录这一栏目。40年过去，弹指一挥间，纵然风风雨雨，纵然惊涛骇浪，但"沧海之大，我只取一瓢饮"，从这些领导同志身上，我只是想寻访和倾听他们那为改变榆林贫困面貌、改良生态环境，为榆林地区造林治沙事业搏动过的一颗颗火热的心音。

自1949年榆林和平解放至今，担任过榆林地委书记的共有13任，他们是：

刘长亮　朱侠夫　惠世恭　杨沛琛　姚进贤　鱼得江　杨沛琛　王明达
余　明　雷高艺　任国义　霍世仁　李风扬

担任过行署专员的共是 16 任：

朱侠夫　李子川　李会友　姚进贤　杨在清　霍祝三　王生源　杨在清
仇太兴　王明达　余　明　雷高艺　杨在清　霍世仁　李焕政　刘壮民

将这么多名字排列出来，不是为了炫耀什么，也不是要看看它们是否仍在熠熠放光，而是想要寻找到一点属于"永恒"范畴的东西。"永恒"不是人类中的侏儒，它不惧怕权势，不因为谁的官高位尊就可以走进它神圣的殿堂，而是看它们是否和一种事业，和人民的事业结合在了一起，是哪位诗人写过这样一首诗：

　　我曾踏遍人生的领土，
　　最后我才知道，
　　在这世界上，
　　只有人民的事业，
　　最会青春长久，
　　谁的生命与她结合，
　　白发就上不了他的头！
　　……

3

古城西安，1990 年盛夏，我走进西五路南侧喧闹市井中一幢幽静的省政府家属楼。

曾经两度出任榆林地委书记的杨沛琛在布满爬山虎的窗前沉思。72 岁的老人身材高大，身板硬朗。只是一只耳朵已经发聋，但这不是因为年高，而是"文革"中留下的"纪念"。

已经离开榆林 20 多年的杨沛琛仍然心系于沙。所以当我赶赴西安的第二天，电话一联系，杨沛琛很快爽爽地答应接受我的采访。

在宽敞明亮的客厅里，杨沛琛开门见山对我说："你们给榆林的治沙造林写一本书，是一件很好的事情。采用什么手法，这个我不懂，但有一点是明确的，要写实性的。这本书榆林需要,中国需要,世界需要。土地沙化是摆在全人类面前一个共同的严峻课题。你们写这本书,要对人类有点贡献。要站得高一些,再高一些。不管采用什么体裁,要达到一个目的:沙不可怕,沙可以治,人定胜天。要起到鼓舞人心的作用,离开了这一点,这本书就没有意义。"

杨沛琛1918年出生于陕西府谷南区。1934年神府一带开辟苏区,他参加了少先队和儿童团。1936年中央红军到陕北后,刘志丹率红二十八军挺进神府苏区。"三十个马队两杆号,一对对红旗朝北摇,刘志丹的队伍上来了。"在那个红彤彤的春天里,杨沛琛就是唱着这支信天游参加了革命。1947年府谷解放,他先后担任过府谷县县长、县委书记。1949年担任榆林地委秘书长。1953年4月出任地委书记。两年后调省林业厅任党组书记、副厅长。1960年年底,又奉省委书记张德生之命,二返榆林,出任地委书记,直到1966年"文化大革命"开始。

"50年代,造林治沙正是摸索阶段。我的林业启蒙老师是张培谋,他是地区林业局的技术干部。他从沙漠里考察回来,拿着沾着泥土的沙生植物给我看,告诉我沙可以治,沙里生长着不少植物。他使我第一次明确地接受了治沙这个概念,我对他印象很深。当时榆林还设了一个桥头村试验林站,白云华和张书祺等在那儿搞,那时我经常去看。米脂苗圃有个主任叫邵屏芝,劲头也很大,我要他从外地引进过实竹。"

杨沛琛顿了一下,又接着说:

"总之,那个时候造林治沙是起步阶段,没有金壶丹书,没有现成的可供借鉴的经验,只是点滴的、零星的,干中学,学中干,摸索着前进。1953年林业部长梁希和苏联林业专家聂纳洛阔莫夫来过,当时惠世恭书记正要调走,我正准备接他的手续。我和惠书记陪梁部长和苏联专家去过镇北台。易马城上有一个垒起的石墩子,石墩子上长一棵榆树,梁部长说,那个石墩子上都能长树,榆林就没有地方不能植树的。这句话给我的印象很深,启发很大。

"定靖一带有句俗话:家有百株柳,吃穿不用愁。清光绪年间,靖边有个姓丁的县官曾立约章,每年栽活200株树者赏,不栽则罚。开始有些群众不理解,叫他丁剥皮,后来又感念他的恩德,叫他丁大老爷。现在到榆林是畅通无阻的柏油路,当时可不行,沙连着沙。鱼河堡下面有个沙拐角,沙子常常侵道。1951年李子川当专员时,决心征服沙老虎。他从靖边县调来民工,引水拉沙治沙。但不久公路还是给掩埋了。后来逐渐摸索，采用植物前挡，后用水拉的方法，切断和固定沙源，终于战胜了沙害。就这样从失败中总结经验，一点一滴地逐步走向成功。以后办法越来越多，思路越来越明朗。

"我在榆林任职期间，在治沙造林上有过一些想法。榆林地区要改变面貌，必须大种（树、草）、大修（梯田、坝地、水库）、大养（牛、猪、羊）。但由于主观和客观条件限制，那时候造林治沙步子迈得不大。当时我说过一句话：榆林不治沙、不造林，到不了共产主义。'文化大革命'成为我的一条罪状，罪名叫'唯生产论'，批得好厉害。再比如飞播造林，1958年就开始了。当时我和杨在清同志说过，哪怕有5%的成活率也行，后来也挨了批。我第二次去榆林任职时，有过一个想法，能不能划拨一点荒山荒沙给群众当作自留柴山。为什么会产生这个想法呢？因为中途我在林业厅工作一段，去陕南下乡，人家搞自留山，个人烧柴问题得到了解决。我就想，把我们榆林的荒山荒沙划给个人，栽沙柳柠条等，既治沙，又可以解决群众的烧柴问题。50年代靖边高渠有个林业劳模高立中就是这样搞的。当时专员是杨在清，他也很同意我的观点。总之，对治沙造林，当时有过一个思路和雏形。大家不怕沙，下决心治沙，于是发动群众植树造林，地委行署领导带头参加造林。为保护林木和沙中植被，发过文件，处罚过一些机关和个人。这就说明，榆林的造林治沙，是一边摸索一边前进的，前进中也不是一帆风顺的，是经历过曲折的。同时也说明，榆林治沙，是几代人共同奋斗的结果，尤其是十一届三中全会以来这十多年，发展速度最快，取得的成绩最大，这是因为大的形势好，大的政策好，大的环境好，政策对头，中央领导重视，这几任领导同志决心大、干劲足的结果。如果"论功行赏"的话，功劳应该记在他们名下。"

杨沛琛说到这里，从沙发上站起来，笑眯眯地对我说："怎么样，就谈这些吧，至于当时的具体情况，你可以去找姚进贤和杨在清同志，他们是专员，在榆林工作时间长，情况比我了解得更多一些。"

4

杨沛琛的继任者姚进贤是榆林地区新中国成立以来的第四任地委书记和第四任专员。同是"第四任"，但担任专员在前，担任书记在后。

姚进贤1909年出生于横山县艾好峁乡堡山村，1935年4月加入中国共产党。那正是"横山里下来了游击队"闹红闹得最红火的年月。作为一名游击队战士，姚进贤经历了中国革命从萌芽到成熟的整个历程。1950年5月，定边县委书记李会友调任榆林地委副书记兼组织部长，横山县县委书记姚进贤奉调到定边。1952年11月又从定边调任专署副专员。1953年4月接替调离的李会友任专员。1955年地委书记杨沛琛调省上后，姚进贤又接任地委书记，直到1956年年底绥榆合并，省上派鱼得江到职担任第一书记，姚进贤又任第二书记。

绥榆合并的前前后后，正是国家第一个五年计划开始的时候。这期间，榆林地区的造林治沙掀起了一个高潮。在地委、专署主要领导鱼得江、霍祝三、姚进贤、王生源、杨在清周围，聚集了一批有胆有识的"干将"。从靖边造林治沙前线归来的地委副书记王怀仁，地委常委、农工部部长马维藩，专署五办主任苏振云等等。合并后新的地委、专署领导班子同心协力、雄心勃勃，结合全区"一五"期间的各项规划，决定向沙漠宣战。常委会上，大家纷纷发言，为祖国社会主义建设的诱人前景激动得不能自制。大家一致认为，榆林北六县不治沙永远没有出路。姚进贤说得更具有"诗意"："关中有八百里秦川，榆林有八百里沙漠，我们要通过造林种草，变八百里沙漠为八百里粮仓！"

会后，书记、专员直接点了马维藩和苏振云的"将"：我们"一五"的重点是治沙，你们迅速带人下去调查研究，摸清情况，拿出计划，为地委、专署决策提供依据。

那时候地委、专署两家只有一辆20世纪30年代的美式中吉普。一辆车也并不显紧张，书记专员下乡骑马骑骡子，车子大都派了其他用场。比如哪个偏远山区的偏远小学发生了学生集体食物中毒事件，这辆破旧的"老爷车"就会发挥它"奇迹"般的效用，载着地区医院的医生和药品星夜驰往，救人于水火之中。还比如哪儿发生了灾荒，这部老爷车也会满载救灾物资星夜兼程。再还有地委、专署做出了重大规划，比如这次马维藩和苏振云的受命"出征"，这辆车子便将他们"驮"到了定边。

车子回"家"另作他用。身材高大的专署五办主任苏振云一手抓着帽子，和地委常委、农工部部长马维藩潇洒地跨上两匹挺胸引颈、昂视前方的骆驼，开始了历时两个多月的瀚海远征。从定边草山梁出发，经靖边、横山、榆林，一直到神木耳林兔。两个多月晓行夜宿，倾听着阵阵驼铃声，骑在高大骆驼上的苏振云和马维藩有如古代的骑士一样英武。也"结识"过绿洲和一片片小树林。树林是风的琴弦,春风吹过,宛如他们生命的交响乐在沙海中回荡。但更多的时候,是和疯狂的沙漠搏斗,接受暴戾的沙暴的"洗礼"。两个多月在沙漠中跋涉,他们终于摸透了"沙老虎"的脾性,一幅宏伟的治沙造林蓝图烂熟于心。他们回到地委向第一书记鱼得江、第二书记姚进贤、专员霍祝三、副专员杨在清汇报。苏振云的光头上冒着热气,常常抓在手中的那顶帽子丢在了沙窝里。这个形象是那样令人感到可亲可敬可佩,以至于30多年后的今天,82岁高龄的姚进贤还记得当时的情景:"振云是个干将,那次进沙调查丢了帽子,回来光着脑壳给我们汇报……"

1957年年底,省委副书记谢怀德、水利厅长管建勋、农林厅副厅长杨沛琛亲赴榆林,帮助地区搞农林水牧五年计划。地区成立了以姚进贤为组长、杨在清为副组长的规划领导小组。根据马维藩、苏振云的调查结果,榆林地区治沙造田的第一期蓝图明朗了。这就是"全面规划、综合治理、场社结合、共同开发","治一片、成一片、利用一片"。从1957年至1959年,榆林地区领导下的这支治沙大军,大规模向沙漠宣战。从全区各县抽调5000劳动力、一个团的解放军战士、3000人的劳改队,以及工人、市民、群众、机关干部、中小学生。以水利治沙为主,在风沙区几个主要水渠沿线摆上八大农场。从西到东,依次是:靖边新桥农场和杨桥畔农场,横山雷惠农场和党岔农场,榆林鱼河农场、牛家梁农场、马合农场和南郊农场,神木的耳林兔农场。1958年,与大办农场并举,开始大规模兴修水利,从榆林的马合到靖边的新桥,在长达300里的沙漠地带,修建了10条大型水系,引进了20个立方米/秒的水量,将毛乌素沙地拦腰截断。运用引水拉沙的办法,变大片沙漠为良田,从而有效地阻止了沙漠南移,逐步把治沙斗争引向沙漠腹地。到"二五"结束的时候,八大农场像八座征服沙漠的顽强堡垒,挺立在治沙战线的最前沿,千年荒漠有15万亩披上了绿色盛装。榆林地区治沙斗争的第一个回合降下了胜利的帷幕!

5

在榆林地区新中国成立以来的组织史上,恐怕很难找到这样一个人,他曾经三度出任榆林地区行署专员,担任正专员时期长达11年之久,并且跨越了新中国成立后40年的每一个10年——50年代中期、60年代初期直至"文革"、70年代末期到80年代初期。这个人就是山西兴县人杨在清。

1949年6月,杨在清作为晋绥一专区民政科长,在和平解放榆林的24响礼炮声中,和党政军万人开进榆林城。自此与这块土地结下不解之缘。先任专署民政科科长,后任榆林县县长、县委书记。1953年10月,又调任地委组织部部长,一年后任地委副书记,然后是专署专员。

"关于造林治沙,我有这样一个观点,"杨在清说,"榆林地区历任领导对这项工作一贯重视。1949年6月我们进城的时候,城周围看不到一棵树,东城外面的沙子高过了城墙,把城墙压坍了。当时曾动员机关干部和群众上去挖沙。站在东城墙一看,东南西北沙丘一个连一个,真是四望黄沙,不产五谷。茫茫沙海中有一座孤零零的城市。榆林城历史上不是有过'三拓'吗?如果不治沙,还会有'四拓''五拓'。沙漠已直接威胁到人类的生存,不治怎么行,总不能'坐以待毙'吧!但那时候我们只懂得沙的可恶,只懂得要治沙,老百姓说:风刮黄沙难睁眼,庄稼苗苗出不全。人人见沙就发愁,看滩就摇头,肚子一饿就唱一曲《走西口》。'一年六十天风,打过春,又刮七七四十九天摆条风'。沙区人民过着'吃糠菜、住柳庵,一件皮袄四季穿'的生活。风沙的可恶和可怕由此可见一斑。我们的办公桌上几乎一年四季铺着一层厚厚的'沙毯'。

"沙要治,这是无须置疑的,问题是到底怎么治,谁心中也没底。当然是要造林的,于是在清明前后机关干部植树。我们都是解放区过来的,在解放区时就是清明前后植树。那时候还不懂秋季植树,直到1952年才开始春秋两季植树造林。那么植什么树,榆林之所以称榆林,过去一定有过榆树,就植榆树吧。以后又发展到小叶杨和水桐。在凌霄塔下种柠条、栽榆树,在东沙栽水桐和杨树。那时候也不懂什么适地适树、良种壮苗,栽上无法成林,成了'小老树',但仍然起到了一定的防风固沙作用。

"也许你们现在会感到好笑,你们那时候怎么什么也不懂呵!这就说明一个道理,现在看似很简单的一个道理,都是经过多少人摸索和千百次实践和失败才总结出来的。比如在沙中植树,高秆植物一风刮倒了,高秆换成低秆,低秆也不行,风一刮,根须全裸露出来——背风坡栽树沙压了,迎风坡栽树风吹了。即使当时侥幸栽活,也是'一年青,二年黄,三年见阎王'。后来在沙漠中看到一簇簇的沙柳,长势很茂盛。这种看上去不起眼的灌木有着惊人的生命力。它们在荒沙上迅速扎根、蔓延、生长，好像战争年代奋不顾身的突击队，用青葱翠绿的身躯去占领整个荒沙。于是开始栽沙柳、种沙蒿。实践出真知，在背风处种沙蒿、沙柳固沙，然后在沙柳、沙蒿丛中植树，取得一定的经验后，便开始大面积推广，于是有了飞机播种。同时建立林站林场和苗圃，培育优良树种，指导群众植树造林。并且成立了治沙所和林科所。以后又由单纯造防风固沙林发展到造经济林、搞果园。当时榆林没有苹果，在米脂官庄搞了一个园艺场。一次我去了解情况，场领导汇报说，他们育的苹果苗子群众不买，群众不相信能结出苹果。我对他们说，不相信不怕，怕的是你们的苗子真结不出果子。你自己先搞一个果园，结上红彤彤的苹果，然后你就站在树旁给群众宣传：这大苹果就是从这树上摘下来的，这树就是用这苗子栽起来的，甚至可以给群众吃上一颗。群众尝到甜头，不要你说就会买你的苗子。再比如飞播，当时成活率5%，杨沛琛和我的观点如出一辙，5%也不错，有了5%，以后就会有10%、20%。现在不是应验了吗？飞播造林保存面积达到了50%、60%，局部地区甚至达到了90%。这就说明一个道理，自然界凶恶的敌人并不可怕，只要摸清它的规律，就可以慢慢征服自然。"

杨在清呷了一口茶，沉思了一会继续说：

"当时榆林地区造林治沙有过一批干将，农业局局长苏振云，林业局局长郑子仪，水利局长张守明，以及田彦如、师儒清等，还有一些科技人员。这几天看电视《赤子之心》，说的是国民党政府的黄河水利委员会主任、全国水利专家李仪祉。他的大儿子李赋都后来接任了父亲的职务，二儿子就是'文革'前我们榆林水利局的总工程师李赋丰。这是一个好同志，可惜已经不在世了……"

杨在清沉思不语，似乎回忆起了十年浩劫中那些凄风苦雨的日子。1966年，杨在清正雄心勃勃，结集了一批精兵强将，准备总结经验，在造林治沙方面取得突破性的进展。然而，工作还没有开展，"文革"浩劫压顶而至，他的同志和战友们一个个被那场风暴席卷而去：苏振云被定为"双料"反革命，判了20年徒刑，郑子仪跳井自杀，李赋丰也顷刻间"自绝于人民"，田彦如、师儒清关进了牛棚……出师未捷"国"先乱，长使英雄泪满襟。行署专员捉襟见肘，环顾身边已无将可派。很快，他自己也是泥菩萨过河——自身难保。1967年"一月风暴"后，"老大人"被彻底夺权，挂牌游街。随后又被打成"叛徒"和"三反分子"，从树木的"血肉之躯"上取下来的棍棒，在杨在清身上横飞乱舞，打断了三根木棍。到1968年，又被打为"杨（在清）、刘（达三）、刘（咸珠）反革命潜伏特务集团"的"首犯"，定为"铁案"。直到1978年10月，在十一届三中全会的曙光照耀下，这一耸人听闻的假案才得以澄清，十年沉冤终于得到昭雪平反。

杨在清从回忆中清醒过来，一边呷茶一边说："榆林地区给治沙造林写一本书，是一件很有眼光的事情。几十年来，广大干部群众、科技人员确实在这项事业上出了大力，流了大汗，成绩是显著的。但我们不能就此止步，要总结过去各个时期的经验教训，农林牧齐发展。1982年我离开榆林时给接任的霍世仁同志说：林科所和治沙所什么时候也不能取消。榆林地区一手农，一手林，林的位置很重要。没有林，就不可能保护良田，就不可能防风固沙，就不可能支援农业。前几年不是总结出了'植树造林防风沙，引水拉沙造良田，蓄水提挖兴水利，一改（改良土壤）、三化（林网化、排灌化、园田化）、五配套'（田、渠、井、路、林）的综合治理方法吗？1988年7月我离休后回过一次榆林，到了镇北台，四望绿海，稻谷飘香。心里很感奋。以后几任领导同志确实抓出了成绩。我还到治沙所、林科所看了看，事业发展了，造林治沙队伍壮大了，我们心中也便无牵挂了。"

6

五六十年代以大办农林场和兴修水渠治理沙漠，是榆林地区造林治沙的第一个阶段。这个时期虽然沙区还在不断扩大，绿化赶不上沙化，沙进人退的局面没有得到根本改变，但这些农林场作为人类向沙漠进军的前沿堡垒，打破了"沙漠不可征服"的神话，对整个治沙工作起了示范带头作用。用鱼得江的话说："那个时候只是积累了一点经验，创造了一点条件，打了点初步的基础。"

榆林地区造林治沙的第二个阶段是70年代。这个时期的特点是以集体为主，搞"大兵团"作战。一边大搞农田基建，一边大搞造林治沙。涌现出了名目繁多的治理沙漠、征服自然的战斗集体。诸如"铁姑娘队""红色娘子军连""长城姑娘治沙连"等。

自1954年起就担任绥德专署副专员、1964年又任榆林专署分管农业的副专员、年逾七旬的老人王彦成，对那个如火如荼的年代至今记忆犹新。王彦成说：

"榆林学大寨没吃亏，我们学的是人家的艰苦奋斗和改造山河。那时候，地委主要领导王明达、余明劲大。现在的水库、水地、坝地、梯田，成片像样些成材的林木，公路两旁粗一点的杨树，都是那时候搞的。那个时候群众吃了苦，干部吃了苦，地委领导也吃了苦……"

1939 年 7 月在抗日救国的烽火中入党的河北饶阳人余明，是 1973 年 10 月至 1977 年 4 月的榆林地委书记兼革委会主任。

在省委八号院一幢被冬青和各种花卉掩映着的小楼里，我见到了现任陕西省人大常委会副主任余明同志。

"我去榆林的时候，搞学大寨。南部修梯田，北部造林。当时造林治沙主要形式是典型引路，树立样板。地区有地区的红旗，县有县的红旗，公社有公社的红旗。那时候工作的基本方法和基本形式是抓点带面，树红旗，学先进。五六十年代的老典型重新生辉，诸如定边小滩子，靖边柳桂湾，横山杜羊圈、雷龙湾。新树的典型大放光彩。比如榆林的蟒坑、红西沟、靖边杨桥畔，神木窝兔采当。

"当时统计数字每年造林 100 万亩左右，实际没这么多，但几十万亩还是有的。那时候有个好处，各级干部都在抓这个事情，而且能一抓到底。干部带头干，群众积极性高。我们到县里下乡，县委、县革委空空荡荡，书记、主任都下公社去了。再下到公社，公社院子也没有人，都到队里去了。那时候的书记、主任办公室里，都有一把铁锹，随时扛起就走。榆林和靖边干得好，是全区的样板县。赵兴国在靖边东坑、红墩界，每年规划上万亩，组织远征队，带着干粮进沙窝。我 1988 年回榆林，专门去红墩界看了林，真是振奋人心，现在这个乡有 20 多万亩林。"

"当时全区涌现出一批造林治沙的先进典型，定边县堆子梁公社小滩子大队的李守林，他是九、十、十一届中央候补委员和十二大代表，全国造林模范。榆林县芹河公社蟒坑大队的支部书记刘殿贵、靖边县杨桥畔大队的詹立武、佳县方塌公社谢家沟的谢海泉和打火店大队支部书记徐占智、吴堡樊家圪坨大队支部书记樊士增、榆林西沟支部书记徐尚德等，多啦！实践证明，每一个先进典型周围都有一片绿，栽了树，种了草，改变了自然条件，生产发展了，群众的生活改善了。"

说到这些先进典型和先进个人，余明很动感情："现在时代变了，工作方法变了，工作重心变了，但这些先进典型作为过去年代留下的实实在在的印记，将永远铭刻在人们的心扉上！他们为榆林地区造林治沙事业做出的贡献，将载入史册，永远不可磨灭。"

7

党的十一届三中全会的曙光伴着阵阵春雨和声声春雷照耀神州大地，迎着20世纪80年代改革开放扑面而来的春风，榆林地区的造林治沙事业又迈步跨入一个崭新的阶段。

1979年的早春二月，乍暖还寒。正是三中全会召开的前前后后，冰封已久的大地开始解冻，但还有寒流，有翻滚着的冰块。然而，毕竟已经到了春天，天空中飘过一阵阵醉人的春的气息，人人心中都在躁动着一种期待已久的渴望。"金风未动蝉先觉"——对于高屋建瓴的榆林地委、行署这个领导集体来说，对于地委书记任国义，行署专员杨在清，副书记李焕政、霍世仁等人来说，已不仅仅是期待，他们要先行一步，做一个报春的使者。

任国义下乡调查了，杨在清、李焕政、霍世仁下乡调查了。从定边的小滩子到靖边杨桥畔，到横山，到榆林，直至神木窝兔采当，他们像一个绿色的精灵，在北部沙区的沙漠绿海中穿行。这些先进典型因为林业上去，畜牧业也得到发展，有了林草就有了羊。林草发展，阻挡了风沙对农田的侵袭，农业也上去了，足见林草的重要。过去几十年，我们也造林种草，但总是农、林、牧，农"老大"，林"老二"，林只不过是农的"附属设施"和"配套工程"。当然也有互相傍依的时候，比如大规模营造农田林网，农林并驾齐驱。但在总体上，林的地位实际上被挤掉了。所以，他们的第一个思路是，让"林老二"的地位"动一动"。

榆林地区的干部群众，长期艰苦奋斗，"把帽子甩进太平洋，再不吃调进粮"，这句口号对榆林地区的广大干部群众来说，曾经多么激动人心，用老专员王彦成的一句话做注脚就是："我们几十年一老家刨闹肚子。"结果怎么样呢？到70年代末期，三中全会召开前夕，榆林地区的人均口粮降到了300多斤，低于全国人均的三分之一！

现在，春风即将唤醒沉睡的土地，地委领导所到之处，"民怨沸腾"——怨的是"大锅饭"的沉疴痼疾，沸腾的是积蓄已久的企盼，躁动已久的渴望——

包产到户，也就是后来的联产计酬。

于是诱发了他们的第二个思路，敢不敢闯这个"红灯"？（确切一点说，应该是黄灯！）

敢！榆林地委的一班人心齐劲足，群情激昂。

于是有了"抓一促三解决两个问题"的口号，这虽然没有"把帽子甩进太平洋"豪迈和上口，但它却是救治榆林地区贫穷落后面貌的一服"良药"。抓一，抓造林种草；促三，促进农业发展，促进畜牧业发展，促进轻工业发展。解决两个问题：一是人民过上丰衣足食的好生活，一是实现财政自给有余。

于是有了地委、行署的集体闯"黄灯"：大胆提出个户承包治理荒山荒沙，一户人家三至五亩。这个试探性的"气球"一经放出，马上激起反响，有人认为这是单干，是资本主义。一时间七嘴八舌，议论纷起。

榆林地委和行署的主要领导同志心明眼亮，不松劲，不退缩。因为他们认定，这个决策符合中央的政策，符合榆林地区的实际，符合全区人民的愿望。好在坚冰已破，春风化雨，谁说前边不是一个万紫千红的璀璨世界呢？！

1985年春天，毕生爱林造林与林结下不解之缘的任国义调省林业厅担任厅长，他步履匆匆来到神木县耳林兔镇前活芦素队个人承包造林治沙的先进典型王永胜的地头，望着刺丝围篱林草间作的几百亩绿野和上万株杨树、榆树和柳树，任国义紧紧握住王永胜那双粗糙的大手："王永胜呵，我四个任国义也不如你一个王永胜，你造起这么多林，种了这么多草，今后想穷也穷不了啦。你现在的任务是好好管护，让这些树木长大成材，再过几年，我退休了，给你来当护林员。"

8

如果说，改革开放是一股不可遏止的时代大潮，那么，榆林地委、行署一任一任主要领导就是站在潮头的勇敢的弄潮儿。80年代中期，造林治沙的"帅"旗传到了地委书记霍世仁和行署专员李焕政的手中。

新中国成立以来，榆林地区组织史上，除过杨沛琛二度出任地委书记和杨在清三度出任专员，霍世仁父子两代专员亦已传为佳话。

霍世仁的父亲霍祝三，是前清秀才。1935年中央红军到陕北后，霍祝三成为边区参议员，以后又任绥德县长，由当时的绥德地委书记习仲勋介绍，加入中国共产党。1949年，霍祝三接替调离的杨和亭担任绥德专署专员，榆林、绥德两专区合并后又任专员，1959年调任省政协副主席，1965年在西安逝世。

在父亲的教诲和熏陶下，1944年在绥师上学时，霍世仁就加入了中国共产党，当时他只有16岁。60年代，霍世仁担任榆林地委副秘书长、秘书长，70年代担任专署农办副主任、主任，1977年任地革委副主任不久又任地委副书记，直到80年代担任行署专员和地委书记。

承包治沙的局面已经打开，群众的积极性已经初步调动起来。但地委书记霍世仁的头脑没有发热，行署专员李焕政也没有陶醉在既有的成绩中。李焕政那个一贯善于思考的聪慧的头脑，又在考虑这样一个问题：过去搞人民公社，大兵团作战，对大规模治理沙漠有相当作用，但造得多，活得少。一个明显的弱点是，劳动者个人利益没有得到保护，群众的积极性没有充分地调动起来。"山上看山下林成框，山下看山上树成行，白天看不见太阳，晚上看不见月亮"——当中央候补委员李守林用极其生动的语言，兴味盎然地给络绎不绝前来参观的人们描绘小滩子大队造林治沙的这幅蓝图时，他的家里却在为"无米之炊"而发愁。"家家门上一把锁"，"出门绳一根，回家背一捆"，人民群众在党的号召下焕发出来的社会主义劳动热情固然可嘉，但如果长期没有丰富的物质基础做后盾，如果我们的政策总是使劳动者得不到他们应该得到的报酬，如果我们总是号召我们的人民"勒紧裤带干革命"，使人民长期在穷困与饥饿的边缘度日，这种热情最终将会一落千丈，甚至走向相反。

李焕政似乎考虑得远了些，多了些。不，他考虑得一点也不多。三中全会以后，榆林地委行署的历任主要领导，运用政策的威力，将荒沙荒山荒坡划拨给群众承包治理，调动和焕发了群众压抑已久的热情。但同时也出现了新的问题，即一家一户各自为"阵"，单兵作战，对大片沙漠治理很难奏效。同时，由于将来的"权属"问题不明确，也在一定程度上影响了群众的积极性。

解决矛盾的办法在哪里？榆林地委行署一班人一次次认真讨论，集思广益，发挥大家智慧。最后拿出了16字方针，即："统一规划，个户治理，谁治归谁，允许继承。"16字方针在政策上的一个明显的突破，就是解决了将来的"权属"问题。在两个对立和矛盾着的事物中，榆林地委、行署的领导找到了它们的契合点。自此，群众性的承包治沙步伐大大加快，治理面积大大提高。一个向沙漠进军的新的意义上的"大兵团作战"又一次揭开序幕。全区掀起一个家家户户承包治沙的热潮，700多万亩荒山荒沙划拨给了40多万户群众。涌现出了不少千亩、万亩个人承包治沙大户，涌现出了不少家庭林牧场，涌现出了石光银、王永胜、牛玉琴、李彦华这样一个个80年代造林治沙的先进典型！

还涌现出了——"1985"（人均1头大牲畜、9亩林草、800斤粮食、5只羊）的宏伟而诱人的设想。

9

经过几十年的摸索、失败和成功，榆林地区治沙造林的前景更加明朗。伴着越来越强劲的改革开放的东风，榆林地委和行署将这项工作提到了一个重要的战略地位，用一系列政策性的法规和文件，将造林治沙工作推向前进。

1981年6月，中共榆林地委和行署发出关于大力加强防护林体系建设的指示。同年12月，地委、行署在清涧召开全区林业工作会议。会后，发出了关于林业"三定一查"［稳定林权、树权、宜林地权，划定自留山（沙），确定林业生产责任制，清查处理乱砍乱牧乱垦的毁林事件］若干问题的规定。有力地促进了造林治沙工作。会上隆重表彰了全区范围内的四个林业劳模，他们是：神木栏杆堡乡党委书记刘曰谦，清涧下二十里铺乡党委书记惠刘云，靖边王渠则乡党委书记王亦群，横山党岔乡党委书记马三彪。

1984年6月，榆林地委召集有关部门和林业科技工作者召开为期三天的座谈会。总结过去几十年造林治沙的经验，反思多年来造林成活率不高、生长不良、造林不成林、成林不成材的教训，响亮地提出了"适地适树、适地适草，良种壮苗"的原则。根据榆林地区的自然环境和立地条件，确定北部风沙区主要栽植适生力强，固沙作用大的花棒、踏郎、紫穗槐、沙柳、沙蒿、臭柏等灌木树种，在干旱山地栽植以樟子松、油松、侧柏、刺槐、柠条为主的耐旱树种。

1985年12月22日，中共榆林地委和榆林地区行署做出了《关于进一步加快林草建设的决定》。地委书记霍世仁和行署专员李焕政将承包治沙更大胆地向前推进了一步，提出个户承包国营和集体的荒山荒沙可以雇工。进一步完善了造林治沙的承包责任制，从政策上保护和扶持了群众承包治沙的积极性。

为榆林地区造林治沙事业孜孜矻矻、奔波不息、奋斗不止的榆林地委行署的主要领导同志，就像一个个绿色天使，洒下一片片绿荫之后，一个个离开了他们倾尽全部心血的这块难忘的土地。霍世仁在离任赴省时，语重心长地对地县干部说：我们要保护近年来新的形势下涌现出来的一个个先进典型，保护这些先进典型的创业精神，保护他们，也就是保护我们榆林地区新中国成立40年造林治沙的显著成果。

霍世仁可谓语重心长，李焕政同样情深谊厚，依依惜别。他在即将离开榆林时，匆匆赶赴北六县沙区调查研究。李焕政矫健的身姿在北部风沙区穿行，和一个个农民群众倾心交谈，他那灵活机敏的大脑，又在为榆林人民构筑一幅新的蓝图：榆林北六县人均土地45亩，除过村庄、河流等不可利用的因素，经过治理可以利用的有40亩。一个五口之家就是200亩。一人拿出10亩地种粮食，1亩地产粮100斤，10亩地就是1000斤。剩下30亩发展牧草，30亩草养10只羊，1只羊1年收入100元，10羊就是1000元。人均1000斤粮，1000元钱，初步达到了小康水平。这样由单纯治沙向集约化、专业化、科学化、商品化发展，由农牧业向林牧业发展，不仅治了穷、致了富，而且形成了生态环境的良性循环……

党的十一届三中全会召开，改革开放的劲风吹拂了这块板结的土地，三中全会以来榆林地委行署几任领导集体借风扬帆，催生了这块土地上绿色事业的迅猛发展。榆林地区造林治沙这项宏伟而艰辛的事业，经过40年沧桑巨变，迈步跨入了一个崭新的阶段——1988年6月，行署专员李焕政在榆林报上撰文：榆林造林治沙的新阶段：

> 榆林地区位于毛乌素沙漠南缘。这里地广人稀，土地贫瘠，滚滚黄沙和干旱等自然灾害对农业生产和人民生活威胁很大，长期处于"沙进人退"的困难境地。据调查，解放前100多年，流沙吞没农田、牧场100多万亩，有6个城镇412个村庄遭受了风沙的严重侵袭和压埋……
>
> 建国初期到党的十一届三中全会以前，国家在风沙区先后兴办了8大农场，37个国营林场、苗圃，开展引水拉沙，平地造田，植树种草，防风固沙活动。在点上试验、示范，摸索和积累经验，引导和带动了群众造林治沙。到1978年年底，全区造林保存面积达到860万亩，其中风沙区541万亩。对改善沙区生态环境、保护扩大农田，发挥了积极作用。
>
> 党的十一届三中全会后，沙区干部群众认真贯彻党的一系列路线、

方针、政策，进一步解放思想，解放生产力，在造林治沙上实行了三个转交：交国家、集体、个人为个人、集体、国家，以户包治理为主，谁治谁管谁受益，长期不变，允许继承；变乔、灌、草为草、灌、乔，以草、灌为主，做到适地适树；变工作上一般性的指导为建立县、乡、村干部造林治沙岗位责任制，层层签订合同，进行承包治理，加快了造林治沙步伐，从三中全会后到十三大9年时间，全区新增造林保存面积1015万亩，超过了前30年造林面积的总和。初步改变了"沙进人退"的局面。

党的十三大的召开，标志着我国社会经济发展进入新时期。我们必须坚定不移地把发展沙区生产力作为治理荒沙的根本目的，进一步把商品经济观念引入造林治沙，利用沙区资源优势，大力发展商品生产，加快林草建设步伐，突出转化利用，走"种养加"、"林工商"、"牧工商"的路子，把资源优势转化为商品优势和经济优势，使沙区尽快脱贫致富，把造林治沙推进到一个新的阶段。

......

应该说，这篇文章是榆林地区80年代以来历任领导班子的集体"构思"和集体"创作"，作为"执笔人"和"代言人"的李焕政，在即将卸任赴省的时候，又为榆林地区的造林治沙事业拓展了一个新的思路。这就是引入商品经济观念，在沙区宜林宜牧地区大规模退耕还林还牧。实现他的，也是榆林全区人民的那个共同的美好愿望——北煤南气中轻纺，粮林草牧遍山乡。

10

共产党人征服自然。改造自然的接力棒代代相传，今天传到了新中国成立以来榆林地区的第13任书记李凤扬和第16任专员刘壮民这一代领导集体手中。在这一代领导集体中，与"林"有过渊源的有先后以副书记和副专员身份分管过农林水牧的地委副书记蒋天才，有先后担任过地区畜牧局长、榆林市长、市委书记、行署副专员的现任地委副书记赵秉正，有70年代在靖边造林治沙中声名远播的副专员赵兴国。

普列汉诺夫有个观点，有什么样的历史要求，就有什么样的社会人才，什么样的社会等级才能释放什么样的才华。对于榆林地委、行署新的一任领导集体来说，他们是"富有"的——有三中全会以来党的政策的长期稳定和改革开放的大气候，有过去几十年积累起来的正反两方面的经验，有前任领导传下来的40年艰苦奋斗、治穷治愚、改变落后面貌的光荣传统，榆林地委和行署这一任新的领导班子，将以什么样的姿态和气度跨入90年代，迎接扑面而来的世纪风的吹拂呢？！

就像卡拉扬一样，李凤扬和刘壮民指挥着榆林地区治沙造林这个庞大的"交响乐团"，再接再厉，一鼓作气，在短短两年时间，演奏了一场雄浑的治沙交响乐。

现任地委书记李凤扬，曾在定边、绥德担任了15年县委书记。人们说，他是干实事的。初次接触他的人，从他那紧扣的风纪扣上感到了他的一丝不苟，从他那犀利的目光中感到了他的冷峻、深沉和严肃；和他相处日久的人，又总是能感觉到他那颗善良而爱憎分明的心，尤其是对老百姓、对农民、对人民群众，他深邃的目光，似乎总是在关注着他们，他的思想里，似乎总是牵挂着他们。他是一个对事业和同志怀着挚爱的革命者，他冷峻的外表下有一颗滚烫而火热的心——特别是当他在大会小会上慷慨陈词，为全区人民描绘一幅宏伟的建设蓝图时，特别是当他深入田间地头，和老百姓一起挥动着镢头和父老乡亲们促膝谈心的时候，他往往最能激动、最爱激动，而牵动他心肠、拨动他心灵之弦的，往往是一件很微小的事情。

对榆林地区的造林治沙工作，李凤扬早已成竹在胸。十几年前在定边县委书记任上，这位当时年仅34岁的县委书记，就大刀阔斧造林种草，积累了相当丰富的经验，担任地委书记后，李凤扬一次次不辞劳苦，深入榆林北部风沙区调查研究，一幅更大规模、更大意义上的宏伟的造林治沙蓝图烂熟于心。

1988年6月28日，中共榆林地委、榆林地区行署做出了"关于加快造林种草、全面治理荒沙的决定"。在这一榆林造林治沙"蓝本"性的文件中，新的地委行署领导进一步解放思想，提出了宏伟的410万亩荒沙治理工程，即"五年初步治理现有流沙，十年全面绿化沙区"。

《决定》更进一步放宽造林治沙政策，除群众个户、联产承包治理，科技人员可以带职带薪下去，也可以辞职、调离、停薪留职承包、领办、承租国营林场、乡镇林场和沙区开发项目。对到沙区第一线工作的科技人员，实行"三不变，六优先"，即政治待遇、干部身份、户籍关系不变，晋级、评定职称、评选先进、解决住房、子女就业、家属农转非优先。

同时要求每个领导干部亲自抓好一两个造林治沙点。在全区范围内推广榆林县建立干部承包治沙责任制经验，层层签订承包治沙合同，每年检查验收一次，每届任期进行全面考核，完成任务好的表彰，成绩突出的授予"地区级劳动模范"称号。完不成任务的，就地免职不予聘任。

基于这个《决定》的指导思想，地委行署主要领导同志决定包"点"联系。地委书记李凤扬"包"了榆林市牛家梁乡，行署专员刘壮民"包"了巴拉素，副书记赵秉正"包"了芹河，副专员吴秀峰"包"了补浪河。

这个《决定》颁布不久，地委、行署联合召开隆重的治沙工作会议。会后刘壮民专员风尘仆仆深入榆林北部风沙区的10个乡镇26个村调查研究。在孟家湾，刘壮民发现这里的群众修挖马槽井的积极性很高。原因何在？刘壮民爬上一座座沙梁仔细观看，原来这里水位高，老百姓在沙漠地势较高的地方挖一个二三米深的长方形池塘，地下水就会源源不断地渗出来。群众在池内养鱼，池畔栽树，池外灌田，投资少，见效快，经济实惠，既治了沙，又浇了地。刘壮民不禁拍掌叫绝：马槽井是榆林人民在治沙斗争中的一个创造。刘壮民看马槽井看上了"瘾"，他又兴致勃勃赶到岔河子、红石桥、巴拉素、补浪河、马合、牛家梁。马合乡补兔村群众集资开挖了一个49亩水面的大"马槽井"，可浇地1500亩。人民群众征服沙漠、开发沙区的业绩和壮举使刘壮民感到无比振奋，回来后立即写了《沙区治理开发前景广阔》的调查报告，以榆林行署1989年3号文件印发全区。

在这份调查报告中，刘壮民高度评价了榆林市造林治沙所取得的巨大而辉煌的成绩。认为榆林市近年来造林治沙有了突破性的进展，滩区农业基本建设初具规模，畜牧业和养鱼业异军突起，基层干部工作作风扎实过硬。号召全区推广榆林市治理开发北部风沙区的经验，因地制宜，综合治理，走出一条农林牧副渔五业并举全面发展的新路子，把榆林北部风沙区变成富饶的鱼米之乡。

自流马槽井，提灌马槽井、机井、多管井……人民群众中蕴藏着的巨大的潜力和创造精神，使刘壮民感到兴奋和激动，他仿佛看到了榆林彻底脱贫致富的美好前景。

三中全会以后的几年里，榆林地区农民的温饱问题基本得到解决，群众生活明显改善。1988年，在李凤扬和刘壮民任上，粮食总产突破17亿斤大关，创历史最高纪录。1989年羊子存栏达到262.27万只，也创了历史最高纪录。近两年来，由于采取了一系列有力和有效的工作措施，全区每年造林面积不下70万亩，治沙面积不下100万亩。沙区已有5000多个贫困户通过造林种草脱贫致富。榆林市巴拉素镇农民付学治近几年共栽植用材林5000株，连前累计已达1万株，估算价值可达4万元。定边县郝滩乡李文强，栽植大小用材树1万多株，仅1985年一次间伐，收入1万元。定边县海子梁乡农民石光银联合47户农民承包治理荒沙4万多亩，经过几年治理，已造林种草1.8万亩，仅栽植的杨树、旱柳等用材树种可折价十多万元，从1989年开始，他的草场开始出租，年收入1万多元，成为全国闻名的承包治沙大户，荣获全国绿化奖章。

物竞天择，适者生存。榆林沙区人民在风沙的肆虐下拔锅挑担、背井离乡的日子已经永远成为历史。全区境内的410万亩荒沙治理已经指日可待。然而，榆林地委和行署的主要领导同志没有就此止步。李凤扬和刘壮民说：我们榆林贫困在沙，但优势、希望、富裕也在沙。他们的脑子里又有了一个激动人心的新的决策，这就是积极开发沙区，使沙区76万人民普遍走上富裕之路。他们以深远的战略眼光，将"开发"二字响亮地提了出来：开发促治理，治理促开发，开发与治理并举。不仅要向荒沙要绿衣，而且要向荒沙要效益、要富裕！使榆林北部风沙区的造林治沙由生态型变成生态经济型和生态社会型。

根据这个决策思想，地委行署开发北部沙区的具体构想是：以灌溉农业为基础，以带、片、林网为骨架，以粮食和畜牧业为主体的开发方针。1989年，榆林地委行署拿出了在沙区发展60万亩水地的规划。在这个规划经国家批准之前，决定先通过开挖马槽井、多管井和机井等发展井灌和围河造地，五年发展水地25万亩。1990年2月中旬，陕西省前省长侯宗宾率领省地水利、农业、财政等部门的负责同志，组成联合调查组，深入榆林北部风沙滩地区实地考察，与各级地方干部和农民群众座谈讨论，了解农田水利现状、水土资源特点、井灌适宜条件和投资效益等情况，充分肯定了群众自觉打井、发展井灌的积极行动和榆林地委行署发展 25 万亩水地以至于将来发展 60 万亩水地的长远战略眼光。侯省长一路风尘，回到榆林后不顾疲劳现场办公，落实了发展 25 万亩水地所需的 2500 万元资金。根据省地联合调查组的指示精神，省水利厅当即委派省地下水工作队赴榆北地区勘察，拿出了"榆林北部风沙草滩地区井灌农业的综合规划"。这个项目也得到了现任省长白清才的肯定，目前正在加紧实施过程中。

在全力发展井灌农业的同时，地委行署积极组织兴修水利和治河造地，尤其引人注目的是横山雷龙湾至响水段的治河造地工程。1988 年以来，雷龙湾等乡群众采用"入股集资、按股分地，谁造谁经营，允许继承，长期不变"的办法，充分调动了群众积极性，掀起了一个治河造地的热潮，几年共修筑河堤 16.4 公里，造地近 8000 亩。收到了良好的经济效益。地委书记李凤扬、行署专员刘壮民多次亲临雷龙湾检查指导，人民群众艰苦奋斗、自力更生的苦干实干精神使他们感动得不能自已。这里正是北部风沙区和南部丘陵沟壑区的接合部，沿河筑坝，治沙造田，将有效地阻止毛乌素沙漠继续南移，对全区的造林治沙工作有着深远的意义。目前，地县两级对尚未治理的河段进行了全面的规划，决定投资 1390 多万元，修筑主河堤 68.93 公里，支沟河堤 11.7 公里，造地 3.11 万亩。这项工程完成以后，预计一年产值可达 1265 万元。

何止彪炳过去，且正昭示未来。在榆林地委、行署的正确领导下，一场新的治理沙漠，开发沙区的决战的大幕徐徐拉开。1990 年 3 月 27 日，榆林地委和行署发出了关于印发《榆林地区经济和社会发展战略纲要》的通知，提出了本世纪全区经济和社会发展的战略目标和战略重点为"北治沙，南治土"，在北部风沙区逐步形成以商品粮油和畜牧业为主体的绿洲农业格局。具体抓好五大基地的建设：一是皮毛肉奶生产基地，二是用材林基地，三是经济林基地，四是柳编基地，五是商品粮基地。同时大力发展农垦事业。决定以过去的八大农场为依托，通过平整土地、垫土改良、修渠筑坝、打机井，发展多管井提水灌溉以及挖马槽井自流灌溉和建站抽水灌溉垦沙造良田。从 1991 年开始，用 7 年时间，全区集中开发 7 个荒区，治沙造田 50 万亩。7 个荒区依次是：靖边县新桥农场荒区，横山县石马坬农场荒医，榆林市南郊农场荒区和牛家梁农场荒区。同时为了配合神府煤田开发，新建神木县锦界农场，开发锦界荒区；榆林市红石桥农场，开发红石桥荒区；榆林市大河塔农场，开发大河塔荒区。这些荒区既有可垦荒地，又有很好的水资源，适宜发展水浇地，可以建成旱涝保收的商品粮基地。从 1992 年到本世纪末，可向国家提供商品粮 319274 吨。

困难与希望并存，挑战与机遇同在。1990 年 8 月 11 日，《经济日报》二版头条载文：《为人类提供治沙的样板——榆林人创造了奇迹》。看毕这篇报道，李凤扬和刘壮民欣慰地笑了。榆林的治沙事业已经举世瞩目，榆林的治沙事业正在飞速前进，榆林的治沙事业前景辉煌灿烂，他们怎么能不感到欣悦呢！那些调查研究的辛劳，决策时的争论，并肩前行时遇到的困难，都如轻烟般地流逝了。"一切都是瞬息，一切都会过去，而那些过去了的，将会成为亲切的怀恋。"普希金的诗写得多么好！对于李凤扬来说，每当他想起石光银吃在沙漠、睡在沙漠的苦干精神，每当他想起雷龙湾乡党委书记带病治河造地的雄心壮志，对于刘壮民来说，每当他想起在孟家湾看到第一个马槽井时的惊喜和激动，即使过去多少年，怎能不引起他们联翩的浮想和亲切的怀恋。人生有限，人民的事业无涯，无论是地委书记、行署专员，还是普通百姓，最终都无可避免地要顺应生命的法则——人的肉体会衰老、会死亡，唯有革命的事业长存人间！

是的，一切都会消失，留下来的只是纷繁复杂的生活本身，只是充满生机和活力的事业本身。想到这些，李凤扬和刘壮民心里涌起一阵轻松，一种青春的活力在他们体内跃动，他们似乎忘记了他们已经年过半百——榆林应该成为一个富裕之乡和幸福之乡，在不太遥远的将来的某一天，榆林必将成为一个"淘金客"纷至沓来的"黄金海岸"！

英国相对主义历史学家卡尔·贝克说过："时间是人的敌人，日复一日，时光踏着渺小的脚步蠕蠕而来，而所有我们的昨天便渐渐退缩，模糊了，纵然在那时是最惊天动地的事件，在后代人眼里，势必也无可避免地会黯然失色"。是的，再惊天动地的事件，时间的流逝最终也将必然使它黯然失色，但黯然失色和熠熠放光并不矛盾，为人民做出贡献的党的优秀干部，他们的名字永远在人们的心中闪光。让我们记住卡尔·马克思的这句话吧："我们的事业并不是显赫一时，但将永远存在，而面对我们的骨灰，高尚的人们将洒下热泪。"

11

1989年9月,陕西省省委副书记牟玲生同志兴致勃勃地考察了榆林北部风沙草滩区的农业开发问题,用热情洋溢的笔调写下了《正在崛起的绿洲农业》这篇调查报告。对榆林地区新中国成立40年来在造林治沙中取得的巨大成绩予以充分的褒扬和评价。同时,对榆林地委行署历任领导愚公移山、征服沙漠的精神予以充分的肯定。牟玲生同志说:

"解放以来,地县领导虽然多次更迭,但历届领导都能把造林治沙作为自己的主要任务,以愚公移山的精神,前仆后继,挖山不止,表现出惊人的毅力和苦干精神。在几十年的斗争中有的干部因治沙积劳成疾,甚至献出了生命。后来的同志又继承他们的事业,继续顽强战斗,有的干部在治沙中奋斗了大半辈子,直到退休年龄还不离沙窝。党的领导和党员干部的带头作用,更加坚定了广大群众治沙的决心和信心。目前,这里的治沙斗争正在以空前的规模和速度继续进行。

"……在调查过程中,我还深深地思索着这样的一个问题:在地球上,原始森林每年以数百万公顷消失,耕地以数百万公顷被沙蚀、沙化,人类的生存环境受到严重的危害;而在陕北古长城沿线风沙区的70多万人民,却以每年六七十万亩的规模和速度,征服荒沙,种草种树,发展畜牧,开发农业,在1.8万平方公里的沙区,营造了一个比古长城更加壮美、更加雄伟的抵御风沙、保护良田的'绿色长城'……这不能不说是一个奇迹!"

是的,这是一个奇迹!特别是当我们站在人类意识的高度,用现代的眼光重新审视森林,重新审视我们生存的这块天地和这片空间的时候,我们就更加清醒地意识到了这一点!牟玲生同志说得好,榆林地区40年的造林治沙是人类征服自然的"一大奇迹",三中全会以后更加加快了前进的步伐,实现了"历史性的转变"。

四十年如一日,一直未雨绸缪,从不临渴掘井,"咬定林草不放松",历任领导共同念一本治沙经。从这个意义上讲,应该给榆林地区的历届领导同志树碑立传,他们的名字应该理直气壮地载入史册。

当年,望着在新疆数万戍边垦荒的兵团将士挥舞着手臂的王震将军,著名诗人柯岩的笔下曾涌出过这样激情澎湃的诗句,这诗句同样适合于榆林地区的历任领导集体。在这篇报告文学即将画下句号的时候,让我将这首诗献给他们——

假如明天我就死去,
朋友,请不要为我哭泣。
因为,我永远永远不会和你分离。
那长长的白杨林带是我们一起栽的,
那无边无际的良田是我们一起开的,
那宽阔平坦的大路是我们一起铺的,
那遥远遥远的雪山是我们梦里的歌曲……

接力事业接力人

榆林市是榆林地区风沙灾害的一个重灾区，同时，也是全区治沙的一个闪光点。

全区受沙漠侵害的共有定边、靖边、横山、榆林、神木、府谷、佳县7个县（市），共有沙漠12862万多亩，其中榆林市就占有790多万亩；7个县（市）在沙区的乡（镇）共有92个，榆林市就占有22个。由此不难看出，榆林市的沙漠在全区的位置和严重性。新中国成立前，不要说广大农村是一片人烟稀少、满目荒凉的沙漠世界，就是被人们称作"小北京"、"塞上明珠"的榆林城，也被漫及城头的沙漠死死包围成一座气息奄奄的"孤岛"。沙漠吞噬农田，沙漠威胁生命，沙漠成了榆林生存发展的最凶恶的敌人。

面对沙漠的威胁，千百年来，榆林人民进行了坚持不懈的斗争。但因势单力薄，加上统治者的腐败与无能，使这一斗争成效甚微，始终处于一种被动挨打的局面。只有到了共产党领导的、人民当家做主的新时代，榆林的治沙事业才揭开了新的篇章。从1949年6月1日，榆林和平解放40多年来，榆林人民在党的领导下，发扬艰苦奋斗的延安精神，一改过去被动挨打的局面，向沙漠发起了全面大进军，全区共治理沙漠1100多万亩，榆林市就治理了400多万亩。昔日寸草不长的茫茫黄沙，长出了绿树、青草、鲜花，出现了稻田、麦海、鱼塘，变成了具有江南风光的鱼米之乡。全市11万人口的沙区，近十年来，每年尽增水地10000多亩，人均水地达到2亩6分多，仅春小麦一项就发展到12万亩。群众生活欣欣向荣，蒸蒸日上，好多地方自古把大米、白面看作鲜物，现在则整天吃的是大米、白面。正像一些老年人所说：现在的生活到天堂上了。

沙海巨变，举世瞩目。但这绝不是轻而易举得来的，而是30多万英雄的榆林儿女，在历届党委和政府的组织领导下，经过几十年艰苦斗争所取得的。这是一场漫长的人与自然的大搏斗，是一部写不完的诗篇，画不完的长幅画卷。

由于篇幅的限制和采访的困难，这里只能有简有繁地就一些主要领导人做一些必要的介绍。有的领导同志，尽管在本文中笔墨不多，但并不等于他们没做工作和没有成绩。据笔者了解，每一届领导，所处的时代和当时的环境条件及工作时间长短不同，他们所做的工作和成绩并不完全一样；但有一点则是完全相同的，就是都把造林治沙当作一项重要工作，倾心尽力花费了自己的心血，取得了一定的成绩。人们把改造沙漠的斗争比作一场漫长的接力赛跑，每一届领导都有自己的位置和任务，这场接力赛的终点和最后胜利，只能是多少代人共同奋斗的结果。

榆林市自解放40年来历届的主要领导人有：朱侠夫、罗明、杨在清、常远亭、李志洁、刘咸珠、高文鸿、王廷仕、李永升、陈令学、郝延寿、屈宽海、石海源、曹仁德、赵秉正、李锦升、曹军念。

榆林刚解放时，百废待兴，造林治沙更是一片空白，举步维艰。但从西北军政委员会到榆林军管会和榆林市，都把造林治沙作为一件头等大事列入了党委和政府的议事日程。当时，在经济极度困难的情况下，仍专门拨出一大批小米，由领导带头，抽调大批干部，深入沙区，以栽1棵树给1斤小米的办法，发动和组织群众植树造林，治理沙漠。接着，根据地区的统一规划，先后在鱼河、牛家梁、南郊、马合、小纪汉、巴拉素等地创办起一批国营林场和农场，向群众做示范，提供树种和技术指导，总结推广造林治沙经验。这可算作榆林市治沙造林的奠基和开创阶段。当时的朱侠夫、罗明、杨在清，常远亭、李志洁等领导人，可以说是榆林市造林治沙的开路先锋和奠基人。

从50年代后期到60年代中期"文化大革命"开始，作为在较长时间内担任县委书记和县长的刘咸珠和高文鸿同志，可以说是榆林市造林治沙事业得到大发展的领头人。他们面对重重困难，完全依靠两条腿，跑遍长城内外的全部沙区，及时总结推广了造林治沙方面一整套行之有效的经验，并创造性地兴修了第一条沙漠运河——榆东渠和王沙圪农场等重点工程，为全县的造林治沙工作打开了崭新的局面，创造了许多成功的经验。60年代初期，刘咸珠曾在中央7000人会议上专题介绍了榆林的造林治沙经验，引起了中央领导的重视，他撰写的《人定胜自然　沙漠出奇迹》曾在《人民日报》发表。

十年"文化大革命"，尽管生产受到了很大冲击，但榆林市的造林治沙工作始终没有停顿，特别是进入70年代后，随着"农业学大寨"运动的大规模开展，榆林市的造林治沙工作也得到了大规模的发展。全县的几项造林治沙大工程，如榆高渠、西沙渠的修建，北部草滩地区和南部苹果林带的建设，以及全市林网化、园田化建设等，都是在这一时期上马和搞成功的。这一时期的主要负责人陈令学、郝延寿、屈宽海和曹仁德等，既当指挥员，在接连不断的誓师会、现场会、经验交流会上宣传动员群众，又当战斗员，亲临现场，身先士卒，和群众一起战斗。因此，使全市的造林治沙工作形成一个声势浩大、热火朝天的局面，取得了突破性的进展。他们的好作风和好精神，直到现在仍被广大干部和群众深深怀念。

这一时期曾担任过县革委会主任和县委书记、后来调任行署副专员的郝延寿同志，是为榆林的造林治沙事业倾注了巨大心血，并取得巨大成绩，深受群众爱戴的一位领导人。他是在陕北这块红色土地上土生土长起来的一位领导干部。高高的个子，身体极度消瘦，但在他那瘦弱的躯体内却燃烧着一团永远不熄的革命火焰，珍藏着一颗为党为人民事业奋斗不止的红心及钢铁般的意志和无穷的智慧。60年代初期，正当全国人民在三年困难时期勒紧裤带熬日子的时候，他在清涧县刚刚上任县委书记，便以其独到的见解，发动全县人民因地制宜，在千万条窄狭的小山沟里，掀起了兴修小块水地的热潮。两年艰苦奋斗，在原来从不被人注意的瞎沟烂崖上修起了几万亩小块水地，长出了丰收的庄稼，为山区兴办水利事业闯出了一条新路，神奇般地解决了全县人民的饿肚子问题。年轻的县委书记，以其大胆的创造在全区独树一帜，引起了人们的关注和敬意。

"文化大革命"中，多少领导挨整后变得灰心丧气，牢骚满腹。他却一走出被批斗的"战场"便若无其事，谈笑风生。他有他的主意，其一，自己没干下愧对党和人民的事，真金子不怕火炼，肚里没冷病，不怕吃西瓜；其二，共产党人是特殊材料制成的，怎能连一点考验和委屈都经受不住呢？因此，他永远是乐观的，是一团火，是一块钢铁。他调任榆林县领导后，一扫"文革"中的个人恩怨，很快投入了紧张的工作，首先便把战场摆在榆高渠上。

从鱼河到上盐湾的40多里的川道里，从东边的高山至西边的无定河川道间，有近万亩陡坡，稍一加工，便可全都变成高产的水地。但因没有水，只好长期旱种着。他亲自进行实地勘查，认真听取了当地群众的强烈要求和呼声，断然决定顺半山腰修一条水渠——榆高渠，将万亩旱地变成水地。这是一项十分艰巨而浩大的工程。既无钱，又无技术，更无经验，有很大的冒险性。对一般人，在当时只抓革命不抓生产的形势下，是想也不敢想的。他却敢，而且亲自出马，当了总指挥。他不顾体弱和多年的胃病，满年四季，没明没夜，坚持和群众一起战斗在工地。经过一年多苦战，榆高渠终于建成通水，多少年可怜巴巴的万亩土地，一下子变成了粮食窝，鱼河、鱼河峁、上盐湾三个乡镇的几十个村庄的群众笑逐颜开。

榆高渠工程刚刚结束，他便马不停蹄地将战场摆到西沙渠上；西沙渠工程还未结束，他又摆开了北部草滩地区、南部苹果林带和全县的林网化等建设工程。他在榆林县工作只有三四年时间，但他在治沙造林事业上抓了好几项重大建设工程，而且都搞得有声有色，为他留下了显赫的政绩，在榆林市的治沙造林史上写下了光辉耀眼的一页。

但榆林市的造林治沙事业，真正大踏步发展的是党的十一届三中全会以来改革开放的十多年。据统计，从1949年至1977年的近30年间，全市造林治沙的总面积为170多万亩，而从1978年到1989年的11年间，全市就造林治沙300多万亩。同时，水稻面积的大幅度扩大，春小麦种植试验的成功和推广，沙区水利事业的飞速发展，绿洲农业的蓬勃兴起，群众生活的改善，都是在这十余年间出现和搞成的。榆林市造林治沙事业提高到一个历史性转折的新阶段。

这一成绩的取得，除了党的好政策的原因外，还有一个关键性的原因，就是有两位热心于治沙事业而又有胆有识的领导人——被群众称作"治沙书记"的县委书记石海源和县长赵秉正。

"治沙书记"，不仅是榆林市广大干部和群众对石海源同志的称呼，而且是对他在造林治沙工作上贡献的评价和褒奖。确实，他与沙漠有一种特殊的感情，他为治沙倾注了大部分心血。正像他说的，几十年来，他一没离开榆林，二没离开农村工作，在沙漠里钻了20多年，在沙漠中尝尽了酸甜苦辣。

1931年，石海源出生在米脂县一个叫石家岬的小山村。1949年参加工作以来，基本一直搞农村工作，1962年，正在国家三年困难时期，由榆林地委农工部调任鱼河农场党委书记。

鱼河农场，是榆林地区为治理沙漠而建立的八大国营农场之一。这里土地辽阔，正处在毛乌素大沙漠的最南缘，对改造沙漠肩负着重要的任务。但当时的农场困难重重，工人吃大锅饭，不仅对国家没有贡献，自己连自己也顾不了，一年亏损20多万，使治沙工作受到了很大影响。多年从事农村工作的石海源同志，深知吃大锅饭的严重弊端，便大胆而果断地在全场将工资制改为实物分配制，推行了增产奖励、减产赔罚的承包责任制。这一改革立竿见影，工人生产积极性空前提高，第二年即由亏损27万多降低到12万多，到1965年，全场已亏损几万元，治沙斗争有了进展。

正在石海源准备在治沙事业中大展宏图的时候，1964年的5月工作会上，开始批斗他搞的责任制为修正主义路线。1965年农场开始搞社教运动，紧接着开始了"文化大革命"。他首当其冲，被定了两条罪名：一是执行修正主义办场路线，一是将原定的中农成分认定成了富农成分，他变成了阶级异己分子，为他执行修正主义办场路线找到了阶级根源，二罪归一，将他开除出党，撤销职务，降两级工资，留在农场监督改造。

从此，他开始了漫长的"劳改"生活。每天，他和工人们一样，扛着工具，披着满身风沙，早出晚归，从春到冬，在沙窝里"摸、爬、滚、打"。他看着肆虐的风沙得不到治理，心里滴血，但他连说话的权利也没有，无可奈何，只好用不断的长叹来安慰自己破碎的心灵。

艰难的"罪人"生活，浪费了他宝贵的青春年华，摧残了他的身心，但他坚定的革命意志和对治理沙漠的一往情深，却没有丝毫地动摇。他相信自己，相信真理，相信党，不断地向组织申诉自己的冤屈，等待着重新革命的机会，使他能在治理沙漠中一展宏图。

1973年，他的问题第一次平反，过去从上面认定其家庭成分是错误的，恢复了中农成分，恢复了党籍和工资级别，但执行修正主义办场路线的错误仍没有纠正，只好将处分改为党内严重警告。

1977年，他被调到黄河岸边的吴堡县任革委会副主任、主任、县委书记。四年多时间里，特别在党的十一届三中全会后，他一如既往地坚持党的实事求是的思想路线，以大无畏的精神，大刀阔斧在全县推广家庭联产承包责任制，很快解决了全县人民的温饱问题。

1979年，他的问题得到了彻底平反，使他彻底解除了包袱，获得了新生。他虽已年近半百，但革命意志不减当年，甚至更有一种抓紧时间，多做工作的紧迫感，耿耿不忘他一生热爱的治沙事业。

1981年，地委调他任中共榆林市委书记，使他开始了第二次与沙漠交战的生活。

好多人害怕与沙漠打交道，他却喜爱沙漠，觉得那无边的沙海正是他的用武之地，征服沙漠是最有意义的事业。因此，他一上任，便迈开双腿，深入沙漠中考察去了。越过长城，跨过河流，一个乡（镇）一个乡（镇）挨着往过跑，一片沙漠一片沙漠挨着往过看。面对茫茫的沙海，他的心情难以平静。对沙漠，他太熟悉，太有感情了。

他知道，榆林一带，古代并没有沙漠，而是一片林草繁茂、土地肥沃的好地方。1400多年前的大夏国国王赫连勃勃曾惊叹这里是"临广泽而滞清流，吾行地多矣……未见有也"。因此发10万人众在白城子修筑国都统万城。直至明朝修长城时，还规定"凡草茂之地筑之于内"，可见当时长城以内的大片土地还并没有沙漠。几百年时间，由于战乱和人为的砍伐破坏，致使北部的沙漠横冲直下，使榆林市的1000万亩肥美的土地，被沙漠吞食了70多万亩，不仅直接影响到现在人们的生活，而且将威胁着子孙后代的生存。新中国成立以来，党和政府组织群众与沙漠进行了几十年顽强的斗争，虽取得了很大的成绩，但并未从根本上得到治理。现在他有了条件，况且已是年近半百的人了，为人民办事的时间已十分有限了，再不抓紧时间为人民办一点实事，那将是最大的失职和遗憾。怎样才能使全市人民永远摆脱贫穷，怎样才能使榆林变成一块富饶的宝地，他认准最根本的任务就是要治理和改造沙漠。只有使几百万的沙漠得到彻底治理和改造，不仅人民群众能永远扎下富根，而且自然面貌和生态环境都能得到彻底改观。但面对肆虐成性的风沙，要改造和治理它谈何容易，将要付出多少心血和代价。作为全市30万父老的父母官，作为以为人民服务为宗旨的共产党人，唯一正确的选择，就是迎难而上，勇敢地肩负起这一历史的重任。他决心在新的岗位上与沙漠决一雌雄。

怎样治理？他认真反思和总结了几十年来治沙的经验教训。五六十年代，全区主要是依靠国营林场和农场，由国家投资，进行造林治沙和拉沙造地。70年代，主要改用以生产队集体为主，国家出钱，采取大兵团方式，开展植树造林大会战。这些方法均收到了一定的成效，但各有利弊，主要缺点是国家投资太大，又都是国家和集体所有，没有把广大群众的积极性充分调动起来，因此治理的速度和成绩都是很有限的。现在，广大农村都实行了以家庭为单位的承包责任制，再要搞大兵团作战已不可能，况且国家财力有限，治一亩沙国家要掏几十元钱，一则不可能，二则要拖到何年何月。他根据党的一切从实际出发、实事求是的思想路线和改革开放的政策精神，紧紧结合当地的实际情况，决定对造林治沙也实行承包责任制，制定了"统一规划，分户治理，谁治归谁，允许继承"的政策，并协同县政府对各乡（镇）进行了承包，明确规定超额完成任务，就可以晋升工资，农村户口可转城市户口。各乡（镇）再向各村，各村再向户，逐级实行承包。

正确的政策，立即显示出巨大的威力。各乡（镇）主动请求任务，各村各户，男女老少的积极性一下子调动了起来。国营林场、农场及机关部门也参照这个办法实行承包。一个以农户承包为主，国家、集体、个人三股力量一齐上的群众性造林治沙新热潮，很快在全县扎扎实实开展起来，形成一场真正的向沙漠进军的人民战争。从1985年到1987的三年时间，全县就治理沙漠130多万亩。

治沙要靠造林种草，因此，林草长起来以后，如何保证其不受破坏，就成了能否巩固治沙成果的关键。过去治沙成绩不易巩固，人们任意破坏林草就是一个重要原因。如何保护林草，往往比植树种草的任务更重要更艰巨。石海源同志，以对党对人民高度负责的精神和科学求实的态度，认真总结历史的经验教训，下决心较好地解决了这一问题。

他深入实际，经过充分调查，总结出破坏林草主要有两方面的原因。一是人为地破坏。沙区交通不便，群众缺钱，便形成了取暖、做饭砍沙柳烧的习惯。近年来随着商品经济的发展，群众为了眼前增加一点收入，便掀起一股"柳编"热，将正在生长旺盛的沙柳砍下搞编织出售。而沙柳又是固沙效果最好，最容易生长，因此面积也最大的一种治沙植物。但如果任其乱砍滥伐，就绝无生长的可能，使发展"柳编"和治沙形成了尖锐的矛盾。二是自由放牧的破坏。群众一发现沙里长起了林草，便大量发展羊只等牲畜，而且自由放牧，使沙漠中的林草根本无法成活。如果不解决这两个问题，治沙只能是一种徒劳。但要解决这个问题，又很不容易。它涉及千家万户，更伤害群众的一些眼前利益，而且这是多少年来形成的一种习惯做法，再加上和外贸等部门直接发生利害冲突，真是矛盾重重，不下决心，不采取果断有力的措施，很难得到解决。

但石海源是位讲求实际，又眼光远大，并富有创造和开拓精神的干部。他一旦认定，便坚决付诸实施，哪怕有再大的困难，他也不动摇，而且要亲自动手，不达目的誓不罢休。

正是以这样一种坚决的态度，他一方面为沙区群众修通了公路，解决群众烧炭问题，一方面采取行政手段，制定了一些通令和公约，坚决禁止了为"柳编"和放牧而破坏草林的做法，不仅改变了群众多年形成的落后习惯，而且较好地保护了沙漠中的林草，从而巩固了治沙成果。

现在，石海源已离开了一生热爱的治沙岗位，到地委党校去从事领导工作，但他的心仍念念不忘治沙事业。在我采访他时，他十分动情地说：榆林要改变面貌，就要抓住治沙这件大事不放，而且非得各级的一把手亲自抓不可。只要我们坚持不懈地干下去，沙漠一定可以被征服。那时的榆林，将会真正变成名副其实的塞上江南。

与石海源同样热心于治沙造林的另一位领导人，就是当时的县长赵秉正同志。他从小生长在甘肃华亭县一个农民家庭，1964年甘肃农大毕业后，分配到陕西农科院工作。不久，又被分配到靖边草原试验站，先搞技术工作，后任副站长，再任站长，一住整整20年。

草原试验站，在远离县城的毛乌素沙漠里，风沙弥漫，荒无人烟，环境恶劣，生活艰苦，没有坚强的革命意志是很难在这里生活和工作的。与赵秉正一起分来的七位同志，以致后来逐年分来的几批同志，都嫌这里太苦，想方设法，通过种种手段，一批一批远走高飞了。赵秉正也知道这里艰苦，况且远离家乡，当时已是二十好几的人了，还孑然一身，何尝不想到城市和条件好的地方去工作呢？但他想，党培养自己大学毕业，理所当然应该全心全意为人民去工作，应该是没有任何条件的。这里固然艰苦，但这里的工作正与他学的专业对口，更需要他在这里工作。当时他还不是党员，但他一直用党员的标准要求自己。毛泽东同志说过："越是困难的地方越是要去，这才是好同志。"如果越是困难的地方越没人去，那困难怎么解决呢？至于生活艰苦，因为他出身农村，从小就养成一种天然的适应力和免疫力，他是一点也不害怕的。因此，他从没打算要求离开这里，而且下了在这里安营扎寨干一辈子的决心，在他年近30岁的时候，毅然与当地的一位农村姑娘结了婚，彻底在这里扎下了根。

茫茫沙海和草场真正成了他的家和欢乐之所在。日复一日，年复一年，他伴风沙、顶烈日、斗严寒、在这片"上不着天下不着地"的荒凉土地上，造林、种草、治沙、进行科学试验，默默无闻而又有心有肠地耕耘着奉献着，与自然斗争着，创造着自己的人生价值。20年的艰苦磨炼，不仅使他政治上更加成熟起来，而且在业务工作上也取得了很大的成绩，他多年主持进行的"草原改良更新扩大试验"科研项目，获得省科研二等奖，本人也被评为省级先进工作者。

党的十一届三中全会的召开，既给我们党和国家带来了新生，也给赵秉正带来了新生。1983年地区机构改革时，地区领导为了加强地区畜牧局的工作，决定配备一位具备"四化"条件的领导干部。有人便推荐了赵秉正同志，说他各方面都不错，但不是党员（在当时，局级领导不是党员一般是不行的）。组织考察后，果真群众一致反映很好。地委、行署主要领导人霍世仁和李焕政同志，便破例将他提拔为地区畜牧局主持工作的副局长。

他没有辜负组织的信任与期望，尽管他从没担任过领导工作，但他上任不久便很快发现了机关工作的问题，雷厉风行地进行了全面整顿，建立健全了各种规章制度，协调和理顺了业务关系，处理了个别顶着不干的干部，很快打开了工作局面，使机关作风出现了新面貌。他在地区机关中成了一位引人注目的干部。

果然，四个月后，他便又被调任榆林县县长。

这更是一场严峻的考验。好多人认为这个"衙门"官不是他吃的饭，怀疑他搞不了政府领导工作，有人甚至等着看他的笑声。人们的怀疑并非没有道理。赵秉正不仅没有当过县长，而且在过去的20年里连县政府的大门都很少进。现在要挑起这样一副重担，谈何容易。但他并没被困难和人们的非议所吓倒，仍然抱着虚心学习、拼命工作的老主意，不仅很快走马上任，而且一上任便把工作抓了起来，特别对造林治沙工作，既是他的专业，又是他的特长，过去20年里，他只能在草原试验站和一些县搞一些试验点，在那么大的一点小天地里小打小闹，现在面对全县几百万亩沙漠，他不仅感到有了用武之地，而且觉得自己作为一县之长，有义务有责任去治理它，便与县委紧密配合，经过周密调查研究，在石海源同志的主持下，很快做出了治理沙漠、改变面貌、脱贫致富、建设榆林的一系列重大决策，并雷厉风行地付诸实施，使榆林市的造林治沙事业很快开创了新局面，几年时间，取得了引人注目的巨大成绩。

根据县上规划，从1984年开始的第一期造林治沙工程，用三年时间，完成100万亩，结果超额完成了任务。从1987年开始，再用三年时间，为第二期工程，再治理100万亩。这时，石海源同志已调离市委，由赵秉正接任市委书记。他坚决贯彻石海源时制定的一系列措施。比如，在第一期工程时，县上与各乡（镇）签订合同时规定，超额完成任务者可以晋升工资，解决家属的农转非，没完成任务的要进行处罚。在兑现时则十分复杂，工作相当难做。但赵秉正认为，既然已经宣布，再难也得兑现。他便组织了人力，对沙区的19个乡（镇）逐个进行考核和验收，根据完成任务的好坏，划分了三个等级，对其中成绩突出的三个乡（镇）的领导进行了奖励，兑现了政策，对一个工作搞得不好的乡（镇）进行了重点解剖，对其责任者做了严肃处理。政策的兑现，更激发了各乡（镇）和广大群众治沙造林的积极性，使第二期工程的任务又超额完成。

1988年，由于工作的需要，赵秉正被调离榆林市委，到地区行署任副专员，1990年9月又调任中共榆林地委副书记。更艰巨的任务，使他以更大的信心和劲头，为彻底征服全区的沙漠，发展全区的农业生产，尽快改变贫困面貌，开始了更繁忙更紧张的工作。他更成了一位大忙人，整天不是开会决策，就是深入基层，调查研究，解决问题。要在他的家里和办公室找他，是十分困难的。致使我的采访，好长时期因找不到他而不能完成。直到8月下旬，全书马上要定稿，形势不允许再拖延时，我才经过好多周折，从宾馆找到了他，硬从会议上将他"拉"了出来，在宾馆的楼顶上，两人面对清凉的夏夜，在匆忙中交谈了一个多小时。就这，他也硬是不肯谈，一再叮嘱说：榆林的造林治沙事业，是广大群众和各级领导多少代人长期共同奋斗的结果，应该多写群众和其他同志。他只做了自己应该做得很少的一点工作。只是在代代相传的接力赛中跑了很短的一段，实在不必为他记功。在我的再三要求下，他才粗略地介绍了一些情况。因此，在这里，我也只能做这么一点粗略的记录来补缺了。

在笔者采访过程中，许多同志还向我介绍了另一位领导，就是曾任榆林市副市长和副书记现已退居二线的魏进林同志。60年代他即从关中来到榆林，献身于榆林的治沙事业。但壮志未酬，"文化大革命"中，却被错误地处理回家。党的十一届三中全会后，他的冤案得到了平反，重返榆林，担任了主管造林治沙的领导工作。他像重返沙场的一员老将，撇开一切个人得失，很快投入了造林治沙的新战斗。

他工作最突出的特点，就是身体力行，苦干实干，人们称他为实干家。在治理草滩地区时，他选择了一个紧靠内蒙古边界条件最差的马合乡打拉石村。这里是一片盐碱滩，既长不出庄稼，也长不起树木，群众吞糠咽菜，苦不堪言，是全市一个有名的穷村子，好多干部不敢到那里去下乡。魏进林则专门选择了这个村子作为他蹲的点，一头扎进去，和群众同吃同住同劳动，因地制宜地采用挖沟排水、拉沙压碱、改良土壤、植树造林的办法，带领群众苦战几年，使寸草不长的盐碱滩长出了庄稼,栽起几万株树,群众有饭吃有钱花,成了远近闻名的好地方。在治理南部山区时,他又选择了山大沟深、条件恶劣的古塔乡罗埝村。他照样蹲下来,发动群众在沟里打坝蓄水,山上兴修梯田,植树种草,建立小高抽,引水上山,将山地变成水浇田和苹果园。经过几年奋斗,山河变貌,绿树成荫,苹果飘香,成为山区农林牧全面发展的一个先进典型。

榆林城郊,自新中国成立以来,虽然年年造林,但成活率不高,成效甚微。自 80 年代以来,仅仅十来年时间,情况却得到了根本性的转变。现在,城北的红山,已变成了乔灌草相结合的一片绿海。城东的大沙漠中,也基本被绿色所覆盖。城西原来光秃秃的大墩梁,已长起了几千亩四季常青的松林,成为沙漠孤城的一大奇观。这一巨大的变化和成绩,是在魏进林的直接领导下取得的。开始绿化时,魏进林认真总结了过去的经验教训,认为过去成活率不高的一个重要原因就是没有把路修通。因为交通不便,人行走困难,树种不好运送,浇水更成问题,沙漠里的树,不浇水怎么能活呢?因此,他的第一步工作就是修路。他亲自勘察规划,亲自坐镇指挥,很快在城东的大沙漠里和城西的大墩梁上,修起了几条数十里长的公路,解决了人走、运苗和运水问题,一下子使植树的成活率提高到 90% 多。树活了,人的积极性更高了,人的积极性高了,树栽得更多了。几年时间,便使城郊的面貌彻底改观。因为修东沙的路时,魏进林是副县长,修西沙大墩梁的路时,他已当了副书记,所以人们便亲切地把东沙的路称作县长路,把西沙的路称作书记路。以此记载着他的贡献和精神,表达了人们对他的敬意和纪念。

榆林市造林治沙的巨大成绩,得到了中央和省、地领导的热情支持和高度评价。十多年来,中央几位领导人和省委省政府领导张勃兴、侯宗宾、白清才、牟玲生、安启元、孙达人、郑斯林等曾多次亲临指导检查工作。1989 年省委副书记牟玲生亲自深入沙区调查研究,专门向省委写了调查报告,充分肯定了榆林市造林治沙的方向和经验,并提出了在沙区发展建设绿洲农业的意见,为造林治沙工作进一步指明了提高和发展的方向。1990 年春天,侯宗宾省长带领工作组,经过实地考察,和地、市一起,制定了用 6 年时间,在沙区建设 25 万亩高产农田的宏伟规划(榆林市就占 11 万亩),并当即落实了任务和资金,极大地鼓舞了榆林人民改造沙漠建设沙区的信心。

面对新的形势和美好的发展远景,榆林市各级领导信心百倍,决心以更大的干劲，更快的速度，把全市治沙造林工作提高到一个新的水平。市上已根据省、地领导的指示精神，制定出了1989年至1993年沙区22个乡（镇）的五年建设规划，五年中要造林治沙191万亩，造林治沙总面积由1988年前的381万亩，增加到570多万亩，林木覆盖率由原来的39.8%增加到59.2%。

在笔者采访即将结束的时候，有幸在地、市领导向省上领导汇报会上，听到了市委书记李锦升和市长曹军念令人鼓舞的汇报。他们充满信心地说，根据这一年的实践和群众的干劲，五年规划的任务肯定能超额完成，尤其省上制定的6年兴建11万亩水地的任务，他们有信心用4年时间就完成。因为群众已有了自觉性。比如1994年，全市只计划建设200多口多管井和双管井，当时只有三分之一乡（镇）报的数字，就超过了全县的任务。因此，他们满怀必胜的把握说：有过去的实践做基础，有党的正确的政策，有群众高涨的自觉性和积极性，有美好愿景的吸引和鼓舞，他们完全有把握稳操胜券。

两位新的领导同志的真切可靠的汇报，使我深受教育和鼓舞。的确，在人民已成为沙漠和大自然主人的今天，有这样好的领导和精神，榆林人民彻底征服沙漠的日子已经是指日可待了。

靖 边 个 性

作为高等动物的人，是有个性的。低级动物也是有个性的。那么地方有没有个性呢？应该是有的。

陕北的靖边就自有其独特个性。

其实，一个地方的个性莫非是生息繁衍在此地的人之个性。所以，靖边的个性便是靖边人的个性了。

提起靖边，人们自然会想到黄色，想到黄乎乎的起伏绵延的毛乌素沙漠，继而又会想到绿色，想到绿葱葱的茂密苍翠的乔灌木。黄与绿是两种普及广泛的色彩，却天然而奇异地组成了靖边的韵调。在靖边，黄色是生态固有的。绿色是人类创造的。固有的生态被具有创造的人类所战胜，所降服，渐渐地取代着。

因此，靖边的个性是黄色的。又是绿色的。是由黄色演化为绿色的。

这就是靖边个性，也即是靖边人的个性。

当然，这个性得有段变幻历程的。

打开中华人民共和国版图和陕西省行政区划分图，只要你的视线投入榆林地区西部，靖边像极富有精灵似的，立即会跳入你的眼帘。此地既有象征中华民族的长城，横贯东西，又有陕北著名的河流无定河（系该河上游）。其北部与内蒙古自治区乌审旗和鄂托克前旗相邻，便构成了靖边的位宇。靖边的地形是复杂的，南高北低，在总面积 5.088 平方公里的土地上，仅风沙滩地就占了 270 万亩。其地势看去平缓，却有流动、半固定、固定沙丘与小型盆地的微妙概貌。中部以黄土峁梁为主，但峁与梁之间形成了封闭、半封闭的开阔谷地。当地人称之为涧地，算是本县重要的农作区了。南部为丘陵沟壑区，山梁起伏、沟壑纵横、梁窄沟深，宛如掌上之纹络，令人费猜。

靖边具有悠久的历史和灿烂的文化。

据考证，早在原始社会末期就曾有人类居住过。其境内的褡连沟、祁家园则、小桥畔等地，先后发现仰韶文化遗迹。靖边在夏、商、周时期，为古雍州地。春秋战国时，分别属晋、魏。秦代属上郡。西汉属亘州的奢延县。隋唐为夏州所管。宋时归属金。元代归陕西行中书省的延安路。明洪武六年（1373）榆林、靖边、定边等地设卫，统由靖边道管辖。明成化六年（1470）设靖边营。清雍正九年（1731）设靖边县（县署新城堡）。清同治八年（1869）移置镇靖堡。后为国统区。1935年，靖边大部分地区解放，为陕甘宁边区的一部分。1942年，靖边县城迁至张家畔至今。

靖边的县名是有来历的。那是宋哲宗元符二年（1099），取绥靖、安定边关之意，故定名"靖边"。

了解靖边的人，必然知道统万城。曾几何时的大夏国国都就在靖边县红墩界乡白城子。始建于413年，竣工于418年。系赫连勃勃命大将于阿利招募民夫，用蒸土拌畜血筑成。后来被宋太宗明令予以毁弃，移民20万于银、绥二州（现米脂、绥德）。从此享有600年历史的统万城逐渐变成废墟。但600年的历史永远烙在人类的记忆里……

地处边陲的靖边，是以环境险恶、生态低劣而闻名的，尤为那一眼望不着边际的毛乌素大漠，黄沙连片，丛草不生。加之多年的灾荒、饥饿、盗匪、战乱等接连不断，以致靖边处于生死存亡的状态，人民长夜难明，苦不堪言，长期过着饥寒交迫的生活。多少人被饿死、冻死，多少人被逼得妻离子散，家破人亡，不得不走上了沿门乞讨、流落异乡的道路。尽管有几位当地的父母官想方设法，采取了"捐富户，救饥民"等一些措施，拯救了部分生命垂危的百姓，但是靖边人民深受灾难的境况并没有从根本上得以转变。可他们这种"救民于水火"的精神，与老百姓的感情还是值得肯定的，特别是他们能立订约章，亲历植树，号召靖边人民"多栽些杨、柳、榆、杏各样树种"的做法，是难能可贵的。在封建社会时期就更让人推崇了。

靖边的巨大变化，还是从中国共产党领导的土地革命开始的。

1927年，参加了中国共产党的白坚、曹动之、李树林等同志，积极从事革命活动。王治邦等于1934年毅然举起革命旗帜，发动和组织群众公开向靖边的土豪劣绅进行挑战，展开了反封建、反剥削的斗争。在靖边这块荒凉悠久的沙地上，燃起了革命的火焰。

1935年，刘志丹同志率领陕北工农红军，攻克了靖边城（当时为镇靖城），一举解放了靖边大半土地。同年 8 月 20 日，他们在靖边青阳岔召开了苏维埃代表大会，推选王治邦同志为靖边县苏维埃政府主席，并组建了中国共产党靖边县委员会，李子厚同志为县委书记。

这是靖边发生巨变的一个枢纽，是靖边向黑暗的昨天告别，大步走向广阔之未来的伊始，显然是有划时代意义的。在中国共产党的领导下，经过土地革命的洗礼，靖边人民齐心协力，团结一致，使革命政权取得了进一步巩固。抗日战争的烽火在全国燃烧起来的时候，国民党顽固派对陕甘宁边区重重包围封锁，想困死陕甘宁边区的人民和中国共产党。这时，毛泽东主席向边区人民发出了"自己动手，丰衣足食，把陕甘宁边区建设成模范抗日根据地"的号召，靖边人民立即行动起来，为保卫革命政权做出了重大贡献，使靖边一跃名列边区 23 个县的前茅。

靖边之所以能取得显著成绩，首先是靖边人民辛勤劳作的结果，同时也与实事求是、不尚空谈的县委书记惠中权和县长孙润华同志为主要角色的领导班子分不开的。当时，党中央、边区党委、西北区派来大批外地知识分子，他们和工农干部一道团结起来，并肩奋斗，不但使靖边生产建设上迈出一大步，在党的建设、民主建设、文化教育以及抗日救国战勤动员等诸多方面做了大量工作，而且为靖边培养了大批优秀干部。

惠中权他们很重视植树造林，先对靖边的地形地貌做了细致的调查研究，特别对沙漠做了更进一步的了解，充分地掌握了第一手资料。接着深入群众，深入到沙漠地带的农民家里，访问有植树经验的老农民，将有关植树造林事项全记下来，达到熟背的程度。在靖边，流传着"栽活一棵树，养活一只羊"的口号，有经验的老农谈道：一棵柳树，5 年长大，第二年可砍小枝叶约 4 斤，第三年可砍约 8 斤，第四年可砍约 15 斤。从第五年起，每一棵树可砍约 18 斤。羊的添草时间是春天正月二月，每只羊除白天放牧在山里外，夜间另添一斤树叶就吃饱了。60 多天，一只羊有 80 斤树枝叶是绰绰有余的……这是靖边人民生活的结晶，是他们多年从现实中感悟到的。惠中权他们深知此经验的宝贵，无疑是靖边发展的最佳选择了。于是他们大力宣传植树造林，又一次深入到人民中去，向人民群众宣传植树的优越性，给人民群众的生活带来莫大的好处。在原来民间流传之口号的基础上，做了全面的进一步的修改，提出了新的口号（详见本文惠中权小传）。群众在县委、县政府的号召下，纷纷响应，踊跃参加，投入了轰轰烈烈的造林运动。领导班子根据具体情况，提出一系列要求，制定一系列措施，下了切合农民心意的指标。他们是这样做的：1. 有公树的地方，可以无代价地把树栽送给农民种。2. 树栽公开买卖，在张家畔（现靖边县城）有摆摊卖树栽的，每株七元钱，以便无树的区乡来买。3. 私人互相调剂，有的拿二升糜子换三棵树栽，也有的拿变工换，有亲戚朋友关系便互相赠送。他们不仅是造林运动的领导者，而且是参与者，与人民群众同甘苦共患难，以一个共产党员的标准要求自己，以为人民服务的形象出现在人民群众的面前。为了把植树运动推向高潮，他们在区与区之间、乡与乡之间、村与村之间、人与人之间组织大竞赛，并教育群众树立爱林护林的思想，奖罚分明，大大促进了造林工作，先进事迹和先进人物层出不穷，分别给予奖励和表彰。

惠中权他们不但植树造林工作成绩突出，而且在农业、水利、畜牧、运盐等许多方面取得巨大成就，使靖边得到全面发展，面貌焕然一新。为此毛泽东主席亲自召见了惠中权同志，听取他对靖边工作的汇报，给予了很高评价，并挥笔赠词惠中奴同志（赠词见本文惠中权小传）。这岂止是对惠中权同志的表扬，也是对靖边县委、县政府和靖边人民的高度赞扬。

毛泽东主席十分重视和关心靖边的工作，他在多篇文章中谈到靖边的情况。诸如1942—1944年的关于经济问题与财政问题以及合作社等一文中说靖边道：

"他们是用种苜蓿、修草原、割秋草、栽柳树、挖草根五种办法，号召农民解决牧草的。第一，他们在1942年叫农民种了2000亩苜蓿，大部分由政府发给。农民情绪很高。1943年，他们准备再办一部分种子贷给农民，特别号召农民自给种子，对成绩优良者给予奖励，激励他们大量种苜蓿。第二，他们在1942年修了4000亩草园。这种草园里的草都是芦苇。在靠内蒙古边界沙漠中的海子与大草滩上长得很茂盛，每亩能割500余斤。第三，靖边山地有芦苇、白草、冰草、沙竹、沙蓬等野草很多，秋后收割，大有助于牲畜。1941年发动群众割了500万斤，1942年又动员每人割100斤，现还未做总结。第四，是发动群众种柳树、沙柳、柠条，其枝叶可供骆驼及羊子吃，亦是解决牧草一法；同时可供燃料，群众是欢迎的。政府的任务是调剂树种，劝令种植"……

惠中权同志离开靖边后，靖边县委、县政府继承了植树造林的优良传统，并在原有的基础上，不断发扬光大。涌现出了不少植树造林的模范人物。

白云瑞同志是靖边多年的植树英雄。他于1944年光荣出席了陕甘宁边区群英会。接受了著名作家、当时任《解放日报》记者吴伯箫先生的采访。后以《火焰山上种树》——记靖边县植树英雄白云瑞为题,刊载于1945年1月9日《解放日报》上。

文章介绍了靖边草山梁被称为"火焰山"的缘由:"没有清泉、没有溪流","山上掏四十丈下去,不但掏不出水来,反而掏出来远年的锅灶炉盘。滩地打几十丈深也往往是干巴的"。可"'火焰山'上自从来了白云瑞,也竟有了黑洞洞的一片树林,那树林盖满了一道山沟,两架山峁"。"树种繁多,沿成堆成行的灌木丛林里便是白云瑞的村子东渠。12户人家,拉拉撒撒拖了一里路长。白云瑞不信迷信,是个说干啥就干啥的人。他的身材也像一棵树似的,细高挑,一看就知是个干净利落的庄稼人。他最初在东渠种树,有人讽刺他'八百里火焰山哪能种树',他不相信,便去搞来8棵柳栽子、31窝沙柳。他下定决心,费了种庄稼几倍的心机,一抚育就抚育活了。像沙里淘金,他自然喜欢。从此他一年栽他百来棵树。今年死了明年补栽,前后一直栽了18年"……

作家很具体地用写实的手法,叙述了白云瑞同志爱树成癖,"他爱树也像爱家人爱牲畜一样",就这么简洁的一笔,活灵活现地勾画出了白云瑞同志与树木的深厚情感。接着写他是如何选苗、选地和选栽种时令的。树栽活后,主人想方设法地加以保护,用一系列土方法来防止牲畜啃。他为了让树"轻装"发展,长快长高,经常科抚,科茬一年就可长光,没有斑痕。并把林间的土地犁得又酥又松,锄去树下的杂草。他说:"地荒了,树也不愿意活。""你老见他在树行里转来转去,摸摸这棵,又看看那棵,手里不是斧头就是锄头,有时连饭都忘吃……"

此章节紧扣主题思想,紧扣人物之个性,层层递进,层层展开,使植树英雄白云瑞同志呼之欲出,跃然出现在读者面前,是作品之重点部分。为了更加丰满主人公的形象与性格,作家又将笔触伸向人物的个性深处,描写了白云瑞同志的另一侧面。他"身体健康,精神也愉快。他能唱一口好秧歌。他不识字,却能自编自唱,一唱唱他个半清早都显不出疲劳"。文章末段,附了主人公用寄调"打宁原"的格律,自编自唱的《建设边区运动》一歌,朴实自然,生动流畅,反映了作者和靖边人民对党的一片深情和建设边区的重大意义。限于篇幅,就不照录于此了。恳请读者见谅。

一片浓绿的树叶,可让人嗅到春的气息。我们从植树英雄白云瑞同志的身上，大可看到靖边县委、县政府，看到靖边人民如火如荼的植树造林运动。白云瑞是他们的缩影和典型的体现者……

靖边县委、县政府，不断总结和摸索着植树造林的路子。他们根据与植树英雄白云瑞、杜士恩、王国宝同志的谈话，总结了一套经验：

选苗：柳树、白杨、青杨等树栽子，皮要带嫩绿色，没有白黑斑点和裂缝，中无黑心，最好是头次灌的椽。

选地：栽树最好选有湿气的地，山地也能栽，一般湿气大的地栽高栽子也能活，山地湿气小的地要栽低栽子。土地要务得很熟，不长草，每年春季在树间用犁耕过。

栽种时间：柳树、杨树、沙柳、乌柳在立冬前后十天栽最好，最迟要在地未冻前栽。榆、椿、槐、桃、杏等，春季均可种植，但桃杏树核子因骨子硬秋季种入地下，浸上一冬，春季发芽出苗更快。

栽植方法：2尺5高的栽子，坑要挖2尺至3尺深。七八尺到一丈高的栽子，坑要挖4尺深，口2方尺。把栽子下入坑内一角，把土摊进，一层一层地用桩子打实，使风摇不动。

科抚方法：柳树、杨树、榆树春季发芽前，栽植最好，科的茬子一年可以长光。如果要树叶喂牲畜，在秋分和寒露前十天，树叶黄时也能科，但斧子要快，茬子要砍齐削光，茬子留2寸长，每个砍得一样齐。可头一次灌椽的树，茬子要留长一点，以便再好长椽。沙柳、乌柳要秋季砍，要两年至三年才砍一次，茬子不能留得长了。

树苗的保护：树栽上以后，在栽子上要捆刺针，或涂上猪血、烟墨、狗屎、大粪等脏东西，防御牲口咬啃树皮，并要禁止人动摇。发芽出叶后，不要让牲口吃叶子。各地植树，最好划地造成禁林，易于保护。……

以上这些粗略的资料，是从具有多年植树经验的老农口中查找寻访的。固然已时过境迁了，但仍能反映那时候的一个侧面，仍让人感觉到靖边县委、县政府狠抓造林工作的政绩。这些经验大都来自民间，属于"土方法"，有些难免随着时代的脚步被科学所代替了，可有些还值得我们去借鉴。至少也能给我们提供难得的参考价值吧。

新中国成立以后，作为老革命根据地的靖边，出现了前所未有的热烈场面。广大人民群众欢天喜地、沉浸在新中国诞生的无比欢悦里。在县委、县政府的领导下，掀起了轰轰烈烈的发展农业生产和植树造林热潮……

1950年西北军政委员会陕北防沙林场在靖边设立分场。

1951年成立了熟地畔苗圃和梁镇区柳桂湾林业站。

1952年新建了杨桥畔苗圃。

1953年成立了靖边县林业站。

1954年林业部管林调查队对靖边林业进行了调查和建设。

此后，县委、县政府发动机关干部、教师、学生和市民等积极开展义务植树活动。县委书记张德本同志亲自部署挂帅，率先起模范带头作用。在榆树沙、熟地畔、县城、唐树园则，植树5000多亩。团县委组织青年在寨山造林，取名为"青年林"，使靖边在新中国成立后出现了第一个植树造林高潮。截至"文革"前，先后新建了白玉山、柳桂湾、沙石峁、万家畔、柳树湾等五个林场和冯家峁森林经营所。成立了靖边县林木种子站和海则滩、龙州、镇靖、新城、天赐湾、五里湾、三岔渠等七个分站。并新建了红墩界机械化林场。还在靖边进行飞播黑沙蒿试验，省地协助飞机喷洒药粉防治柳天蛾2120亩病虫害，修建了林业专用简易飞机场。制定了靖边县林业管理保护试行办法。由于他们植树造林工作的成绩突出，引起了各级领导机关和有关部门的重视。国家将陕西省榆林地区的沙漠列为改造利用重点；在靖边进行沙漠考察，林业部副部长惠中权同志视察了靖边的林业工作，黄委会的领导同志来靖边视察了林业建设，林业部部长助理张昭率"九省区"林业流动现场会代表参观了靖边的植树造林。靖边的林业受到了林业部梁希部长的奖励……

1975年，靖边县掀起了第二次规模更大的植树造林活动。后来被称为全民大会战了。

这一次虽然不敢说是绝后的，但空前是肯定无疑了。经过"文革"初期的混乱年月，靖边人民吃了不少苦头。渐渐地，历史似乎从懵懂中觉醒了。靖边县委领导思前想后，不得不下决心大干一场了！他们上溯靖边的历史，由于历代统治阶级极少关心人民疾苦，对一些原始林、草原随意破坏，致使北部草滩地区草原沙化，南北山涧地区倒山种地，自然植被愈来愈少，水土流失越来越严重。1949年，全县仅有林35000亩（其中包括天然林5000亩），大多是在边区政府的领导下栽植起来的。过去群众说："风刮黄沙难睁眼，庄稼苗苗出不全。黄沙压地又埋房，拖儿带女走他乡。"事实确是如此。据记载：南北朝时（413），赫连勃勃在靖边县北部红墩界白城子建立大夏国，发十余万民众筑统万城。当时这里水草丰盛，人口聚居。现在流沙压了城墙，只住十多户人家。历史是最好的见证！新中国诞生后，党和政府号召人民群众治理沙漠，植树造林，取得了一定的成绩，尤其值得欣喜的是1955年至1965年的十年间，成绩更是有目共睹的。但仍然没有改造过来，风沙给人民群众的生活带来极大的危害。如今，这项工作已经到了刻不容缓的地步。再不行动就对不起靖边人民，对不起边区政府，对不起新中国成立后的各任领导，更对不起为之付出心血和汗水的同志以及子孙后代们。时间的危机感和高度的责任心驱使他们再不能坐以等待了，他们下定决心，组织人民群众开展植树造林活动，改变农业生产被动落后的局面。

领导的认识统一了，便很快做出了决定。他们广泛宣传，在全县范围内深入开展"三讲三破"活动。即大讲发展林业的重要意义，大破"庄稼当年树十年，造林不如抓眼前"的错误论调；大讲人定胜天的历史唯物主义观点，大破"生就的骨头长就的肉，荒沙荒山没盼头"的懦夫懒汉的人生观；大讲农、林、牧三者的辩证关系，大破林、粮对立的形而上学观点。他们在城镇、农村、机关、学校做认真地宣传，利用广播、电影、墙报、黑板报、各种会议等形式，大造舆论，使广大干部群众充分认识到，要发展农业、牧业，先得发展林业。只有发展林业才是改变靖边落后面貌的唯一选择，方可促进农、林、牧全面发展，是为子孙后代造福的百年大计。经过大张旗鼓般的宣传，一些原来持怀疑态度的人改变了看法，一些原来认为给公家造林见不上利的人也开始行动了。于是一个大会战的热浪涌动了！

之所以称为"大会战"，即是规模大、人员多。因此事先必须做好全面规划，充分准备，以保证其顺利进行。他们在会战前一季即着手会战的规划、主攻哪些项目、战场摆在哪里、上劳多少、哪几种形式等，都在县委常委会议上进行充分讨论后才做具体措施：规划早落实、林地早安排、种苗早筹集。国营林地的规划，事先都要绘制草图，然后分地段，打定点。

在劳力方面，主要组织以民兵拉练形式进行，以社编成民兵连，配备好领导干部，成立临时党团支部，由各公社武装干部亲自带队，青年团干部配合开展宣传工作。全县划分为若干战区，分别由所在地公社、国营林场、民兵组织负责人联合成立战区指挥部。会战中，一边造林，一边军训，劳武结合，并在班、排、连和个人之间开展竞赛。会战结束后，总结评比，表彰先进。

县委一把手亲自抓林业,一名常委分工抓林业,成立造林指挥部,县委书记担任总指挥,主管常委和县武装部、林业局等有关部门的领导担任副总指挥,并设办公室,真是机构健全,井然有序。

县委书记赵兴国同志,经常亲自布置,亲自参加,亲自检查林业,与会战者并肩战斗。他不顾自己身患胃病,在沙石峁林场,和民兵一起刨树苗、背树苗和栽植。风卷着沙子呼呼直叫。灌了他一身,他顶着风沙毫不在意。这位当时只有40多岁的县委书记,风里来雨里去,看上去要比他的实际年龄老得多。一次,当他黄沙满面地出现在群众面前时,不了解他岁数的人竟把他看作年近花甲了。一开口就称他为"老汉汉",弄得他哭笑不得,旁边的人也禁不住哑然失笑了。赵兴国同志的胃病很严重,时不时发作。多也不能吃,少也吃不得,吃冷食问题就更大了。他和会战的同志们同吃一灶饭,起早睡晚,常常不能按时吃饭。劳动中胃一痛起来,折磨得他难以忍受,但他还是从始至终坚持在工地上。有时他捡上一根柳棍子,顶着自己的肚子,一会儿跑到这里,一会儿又出现在那里,继续指挥着。同志们看他如此情景,叫他休息,他就是不肯。他的精神使同志们受到很大鼓舞,干劲倍增。他们说:"赵书记带病坚持劳动,和我们一起大干,我们有什么理由不豁出去呢?"本来,赵兴国同志的胃病早该做手术了,但他一拖再拖,直到实在支持不住的时候,他才抽暇去了趟西安。结果,胃切除了三分之二。为此,医生们有些不可理解,责怪他来得太晚,要是早点手术,可以多保留的。他一笑而了之,很不以为然。但他理解了这些救死扶伤人道主义者的心情。他非常感谢他们……

每逢大会战,县委常委分头深入会战工地,参加劳动,指挥战斗,认真总结经验,帮助解决存在的问题。在县委的重视下,各级党委都把林业工作作为生产的标准之一,统一安排,统一检查验收。做到了三级书记挂帅,各行各业参战。

在重点抓大会战的同时,还注意抓国营林场的巩固和大办社队林场。对全县所有的国营林场、苗圃普遍进行了整顿,加强了领导。全县办起公社林场25个,大队林场177个,固定场员1000多人,大力发展种苗基地,全县每年育苗在5000亩以上。还注意发挥专业队科技人员的作用,开展科学实验,实行科学种树,基本采用和推广了适地适树、良种壮苗、乔灌混交、整地开深沟抗旱造林等技术措施。试验成功了杨树与酸刺混交和二期补植油松、樟子松。为了巩固造林成果,他们特别加强了林木管护,整顿和健全了各级护林组织,制定了护林公约，及时处理毁林事件，严禁人畜糟蹋林木，把毁林行为消灭在萌芽状态，促进了全县林业的发展。

每逢造林季节，县委还发动工交、财贸、文卫、城镇居民等各行各业义务参战，形成了大打总体战的局面。这好像成了一项制度，成了靖边人民的自觉行动。他们想林业之所想，急林业之所急。只要县委一声令下，便车、马、机全出动了，男女老少上战场，好一个千军万马斗风沙的壮观景象！……

靖边，是在打总体大会战中崛起的。

通过实践证明，这一形式是切实可行的。其感受他们是再深刻不过了：

△有利于密切联系群众，树立群众观点，继承发扬了党的优良传统和作风。从而密切了干群关系，使党的优良传统和作风得到了发扬光大。

△有利于实行统一规划，全面安排，集中治理荒沙荒地，加快绿化速度。

△有利于民兵工作"三落实"。大会战是个大学校，学政治、学技术、学军事，搞绿化，劳武结合，加强了政治教育和军事训练，有效地提高了民兵的思想觉悟和军事素质。

△进一步增强了干部群众战胜大自然的信心。大片的荒沙荒山，短短几天就布下了一棵棵绿的种子。天然的屏障，使领导看到了群众的力量，坚定了他们彻底改变落后面貌的雄心壮志，也使群众寄予了更大的信任和希望……

连续七年的总体大会战，靖边县委付出了巨大的代价。但也换取了斐然的成绩。他们的汗没有白流，力没有白出。他们完成了长城林带的加宽补齐工作，形成了一条长75公里、宽2公里的长城防沙林带，锁住了滚滚南移的沙龙，开辟了"人进沙退"的新纪元。五台山万亩林（其实为19000多亩）的建成，堵住了这个危害县城的大风口。水土流失和风沙危害基本得到了控制。烟墩山位于县城以西10公里处，是靖边县灵榆防沙林带重点造林区，但由于过去管理不善，使这里风沙侵蚀严重，水土流失，成了直接威胁县城和滩地的大风口、洪水口。县委、县政府带领县城干部、职工和居民上千人，冒雨首战烟墩山，种柠条13000亩。后来他们依照"三北"防护林体系灵榆防沙林带的建设要求，统一规划设计，在烟墩山公路两侧栽了乔、灌、草三结合的水土保持林与防风固沙林3600亩，又营造了110框护牧林网，造林面积7500亩，保护牧场41250亩。网框中种了柠条、沙打旺等灌草。如今，公路两边杨树生长较好，绿树成荫，很为喜人。为了发展更大的防护效益和经济效益，在五台山林的杨树行间补植油松、沙棘8000亩，保存6000多亩。补植的油松，有的已长到2米左右，郁郁葱葱，可望成林……

据统计，七年组织民兵26560人（次），砍沙柳种苗90万斤，起各种苗151万株，搭障蔽14万丈，造林174300多亩。机关干部、职工、市民等义务植树7500人次，植树32000多亩。造林面积共计267万多亩。

这期间，靖边县的绿化事业可谓引人注目，名声在外了。报纸、刊物、电台和其他形式进行了广泛的报道和宣传，引起上级领导和有关部门的足够重视，多次来靖边视察植树造林工作，受到了多次表扬和奖励。他们还在治理沙漠过程中，创造了一系列行之有效的科学造林方法，向埃及、索马里等国做过经验介绍，并收入有关治沙造林方面的书籍。

靖边县委部署的总体大会战，迄今已过去十年光景了。但靖边的广大人民群众仍然惦记着那热火朝天的壮阔景象。他们说："那才是实打实地干哩！大片的林木既为靖边发展农业和牧业打下了一个牢固的基础，又解决了我们牲畜的饲料和烧柴困难。赵兴国同志真是为我们的子孙后代造下福了。我们永远也不会忘记！……"

人民群众是最公正的一杆秤。他们的良心是最合理的天平。历史将永远证明这一点！

……

大会战结束以后，靖边的植树造林并未因此而结束。前者的结束是必然的，后者的没有结束也是必然的。必然的结束和必然的没有结束并不矛盾，并不互相排斥。二者是一个对立统一的整体。充其量只不过是一个形式差异而实质相同罢了。

如果把大会战当作历史的产物，那么眼下的一切也同样是历史的产物了。

但是，无论历史选择任何一种形式，只要有利于人民群众，那将永远不会被历史这条无形而有声的河流淘汰……

农村实行了生产责任制，客观的形式解体给继续大会战带来了亟待克服的障碍。县委、县政府认真学习党的路线、方针和政策，把会战的规模缩小到以乡村会战为主。他们深入农村，对广大人民群众进行有关政策的宣传和教育，使他们打消对造林生产的模糊认识，教育他们热爱家乡、建设家乡。通过认真细致的工作，人民群众充分认识到了不断根治沙漠的紧迫感，领会了党中央有关文件的精神。县委、县政府实行统一规划，分到个人的种植方法，将"五荒"地分到各户进行治理，所有权归属个人。灵活多样的形式，调动了村民们的积极性。人们自筹资金，投入林业生产，收到了很好的效果。涌现出了许多植树造林典型和模范，得到了上级部门的奖励。

东坑乡金鸡沙的张加旺和牛玉琴夫妇，承包万亩荒沙，在县委和县政府及有关单位的支持下，贷款雇人进行造林。张加旺身患绝症，坚持不懈，直到生命的最后时刻。牛玉琴立志继承丈夫遗志，终于使万亩荒沙披上了绿装。她不畏困难艰险的精神受到了中央、省、地、县、乡的多次奖励，后又被全国绿化委员会授予"三八绿化奖章"，荣获全国妇联"三八"红旗手和"双学双比"女能手称号。陕西省绿化委员会等发出向绿化沙漠女杰牛玉琴学习的号召（关于张加旺牛玉琴同志报告文学同在本书内），树立了光辉榜样。

……斗转星移。靖边县委、县政府的领导不断更替着，但每位领导都没有忘记植树造林，绿化沙漠，都竭尽全力地做着造福于靖边子孙后代的事情。这似乎是他们不可推卸的带有本能般的责任了（因为篇幅所限，恕不一一赘述了）。不知是靖边的个性感染了他们，还是他们个性中就有其因子呢？或许二者俱齐吧。这倒是十分微妙的了……

据调查核实：靖边现在共有林木 300 多万亩，相当于新中国成立前近 100 倍，覆盖率 40%，新中国成立前为 0.5%。

这与自靖边解放以来，曾在靖边做过父母官的人是分不开的。靖边将铭记着他们。

中国共产党靖边县委历任县委书记名单：
李子厚　自耀明　郭安业　马成德　陈致中　自凤章　贺建山　惠中权
王春华　鲁　直　孙润华　李坤润　李维钧　郝志伟　李和春　王怀仁
贺宝钧　张德本　王子青　官廷秀　赵兴国　刘凤鸣　郭　涛　宋锦华
高振年

1935—1990 年靖边县主席、县长、主任名单：
周子恒　阴云山　王治邦　卫宝贤　石子珍　王治邦　（复任）　孙润华
马万里　陈思恭　李坤润　曹九德　李克忠　陈元芳　贺宝钧　李应胜
叶子鳌　马安国　贺长光　思成英　王子清　马安国　（复任）　官廷秀

赵兴国　李云海　郭　涛　崔月德　刘正义　李广胜

追溯靖边的历史，无不令人感到片片绿意萌怀。现将有关资料记载的择选如下：

苑馥桂，贵州人，进士，嘉庆末年（1820）道光初年任知县。尝捐产，买树秧十万株，给民分种，未几浓荫普遍，万民感哉。

刘青黎，字乙观，山西大同人，光绪十六年（1890）任知县。捐俸数百余，购桑苗数千株，刊布蚕桑书，力懂其事。惜限于地势，卒无成。亲临四乡劝种。

丁锡奎，字辅臣，甘肃秦安县人，进士。光绪二十二年（1896）任知县。举凡兴利除弊、因地制宜、力能为者，悉人筹划，无松弛。到任后，亲身考察北部沙区，冒风雨以劝农桑，提倡种树。立约章，亲历植树。规定每天栽植成活二百株以上者酌赏。1899年立书：劝民种树俚语，广告人民：靖边人，听我说，莫招贼、莫赌博，少犯法、安本业、多养牲、勤耕作。把庄前、庄后、山涧、沟坡，多栽些杨、柳、榆、杏各样树种。这栽树有秘诀：入土八九分，土外留少些。头年插根深，次年容易活。牛羊不能害，儿童不能折。立罚章、严禁约：年年多种，年年复活。将来绿树成林，遍山河；能吸云雨，能补地缺，能培风水，能兴树落；又况那柴儿、杠儿、椽儿、柱儿、板儿，子子孙孙利益多！你看那肥美土地，发旺时节，万树浓荫，处处接一片绿云世界，引人萌息，百鸟鸣和，山光掩映，月影婆娑，真可喜、真可乐。

牛庆誉，山东人，民国十八年（1929），任靖边县长。此人胆略过人，嫉恶怜善。他的大堂上有一副对联，说明他的做官准则：妄要同胞一分钱，请唾我面；莫忘公仆两个字，感服孝心。牛县长在任两年多，做了不少于国于民有益的事情，人们说他是民国以来的第一任好县长。他提倡植树造林，民国十九年（1930）春，牛县长亲率军民植树，在河东湾植高柳秆三四百株。在北门洼沙滩上植树2200株。后来这些树都成了林，成了材。

现、当代的有：

惠中权，清涧人，中共党员，1940年任靖边县委书记。他较突出地在农林水牧全面发展工作中，取得显著成绩。他曾提出"多种一棵树，多养一只羊，多积一斤粪，多打一斤粮"的生产口号。在林业方面大力提倡栽柳树和沙柳，多种柠条和杏树。1943年，毛泽东主席接见了他，并赠词："实事求是，不尚空谈。"表扬他的工作作风和成绩。1965年，惠中权同志任林业部副部长期间，曾到靖边风沙区柳桂湾等地视察，对靖边林业发展感到满意，并提出了一些重要意见，在林业职工中留下了难以忘却的怀念。

赵兴国，绥德县人，中共党员。1972年开始连续任县委副书记、书记。在任职期间，深入实际，亲身调查了26个乡镇生态环境现状，深知风沙危害与水土流失的严重性。明白了靖边各业要发展，首先要使林业生产有一个大的发展。在领导方面，他规定县、乡、村党政组织一把手抓林业。部门、单位、各行各业全力以赴，紧密配合，支援林业。因而全县林业迅速发展。1981年年底，森林覆盖率达31.4%，成为全国林业重点县、先进县。他在全面抓林业生产的同时，创造性地狠抓了县境义务植树和武装基干民兵拉练造林。县城张家畔义务植树十年，民兵拉练造林坚持了七年，这两项创新措施，靖边人民积极拥护，其经验曾在中央和陕西人民广播电台广播，并在一些会议介绍。深得中央、省、地党政和林业部门的表扬。

……

这不是杜撰的，这是真实的记载。每个人的历史都是自己写成的，任何人都在书写着自己的历史。可是，人生各异，历史不同。有的人历史平淡无味，有的人历史幽深灰暗，也有的人历史光彩夺目。他们的历史呢？那葱绿挺拔的林木便是了。大地正期待着他们……

过去的和现在的靖边，已形成了自己的个性。那么未来的靖边呢？将是完成其个性的过程了。她一定会成熟的。

那时，又有新的篇章可以谱写了……

题目，还应该是如此吧！

绿 色 天 使

> 每走一处，他都有所建树，都要给大地投一片绿荫。
>
> ——作者

李建树这个名字，于我早已如雷贯耳了！

一个人难得有这样的知名度。一个普通的林业工作者，仅凭他自身的独立人格，殊别的精神素质，用他那一颗晶莹透亮的赤子之心，在辽阔的祖国大地，在浩渺的毛乌素沙漠，在陕北父老乡亲们的心灵深处，留下了一片又一片苍葱流汁的绿色生命，需要付出多么大的代价，需要他何其无畏的意志和勇气！……

不是么？当笔者承担《绿色沧桑》这本报告文学的撰写工作时，有关部门和许许多多的有关人士，首先向我们推选的就是他——李建树。当我们一同拟定采访对象，涉入毛乌素大沙漠后，一提到李建树这个名字，对方的神情立即发生了变化：既主动又热情，形态各异的脸孔有一种令笔者难以猜度的隐奥。是惊喜、欣慰，是忧戚、惋怜，还是别有一股什么情愫交织起来，不便言传，……于是，笔者深切感到在对方主动热情的表象里，仿佛有一条不易诉状的暗流在悄悄涌动，要揭开这个复杂的谜底得费一番心思了。笔者故意问："是否李建树不值得撰写？我们选错对象了？"对方回答："你们说在哪里了。一点儿也没有选错，正确的再不能正确了。如果说李建树不值得写，那我们更不值得写了。"对方的口吻是意味深长的，不容笔者再有什么置疑。并在意识里隐隐地有了一个预感：要是在《绿色沧桑》里遗漏了李建树，那这本报告文学就要失掉不少色彩的，那便是笔者的失职了。

好一个李建树！无论如何不能让你使我们失职。我们要竭尽全力摄取你身上的色彩，叫《绿色沧桑》更为绿色，更为沧桑。

……几经周折。在塞上名城银川，在中华人民共和国林业部三北（西北、华北、东北）防护林建设局，笔者总算找到了他。

这是一间宽敞的办公室。室内普通的办公用具，倒也一目了然。而引人注目的是办公桌后悬挂了一幅三北防护林建设工程的分布图，图上嵌有许多疏密不均的绿色标记，这肯定是绿色生命的符号了。看到这些标记，笔者好像看到曙色一样，不禁赏心悦目。李建树端坐在桌前，正伏案书写着什么，又起身在挂图上寻找着什么。如此浩瀚的毛乌素大漠，竟缩小在一张图纸上，使人立即预想到战争的军用地图，自然也想象李建树宛若一位身经百战正在运筹帷幄的将军了。他中上等个头，四方脸膛，中年已深的岁轮使他的身材略微发胖，但显得笃实而成熟，一双明亮的眸子颇为触目。他着一套上黑下灰的衣裤，具有很大空间，仿佛可容纳人世的沧桑，给人以宽宏、直率、真诚和信赖的印象。

一经交谈，证明笔者的感觉没有错，同时也理解笔者曾在许多人面前提到他时，对方脸上呈出那种难以捉摸的复杂神色了……

李建树的原籍在陕西省安康市衡河岸边的一个小村，他家可称得"书香门第"了。他自小上学，在安康农校毕业，曾任班主席。1952年来省城西安，便主动报名到最艰苦的地方去工作，到陕北榆林去改造大自然。当时，许多老师和同学对他放弃留省工作不理解，说有人想留都留不下来，而你却不愿在省城待，要到陕北去。陕北可是个望而生畏的苦地方啊！也有人说：你即使离开西安，也可以回老家安康，为何要去榆林？放着山清水秀的老家不回，却偏偏选择了荒凉旷野的陕北，真是自讨苦吃！好心的人们哪能体察到李建树的心思。他满腔热血快要渗出肌体了，一颗灼热跳动的心即将跃出嗓子眼了。他想陕北老区人民在烽火年月里，为中国革命付出了多大的牺牲，换取全国的胜利，现在解放了，已是社会主义建设时期，应该弥补战争给老区人民带来的创伤，让他们早日恢复起来，过几天幸福的生活。所以自己必须投身于陕北，在那块板结的土地上，把自己学到的知识贡献出去。哪怕再微不足道，起码良心取得了莫大的平衡。总之，为人民服务是自己的人生意志……李建树毅然背起铺盖，于1952年8月1日，只身来到榆林。那年他只有16岁，还未长成大人呢！

少年的李建树，把自己还尚未成熟的青春交给了陕北，奉献给了陕北人民。这是一种大胆而难能可贵的抉择！但也得承认他有幼稚的一方面。当时的榆林，岂能与现在的榆林比较，创伤累累，弹痕犹存，用一句不很恰当的比喻：战争的硝烟还在弥漫，毫无太平盛世的迹象。加之一出门便是连绵不绝满目荒凉的沙漠，难免给李建树的少年时代布了一层恐怖的翳影。他是陕南人，青山绿水的大自然给了他许多灵性，感触是十分敏锐的。饮食起居和他家乡的习惯差异很大，自然不适应的。他好像觉得榆林完全与世隔绝了，被外面的世界遗忘。但他的意志已经定型，固有的信念绝不会动摇，绝不能更改。夏末的黄昏，酷热的太阳炙烤了一天，地上还散发着阵阵余温，清风吹来，略有几许凉意。李建树蹲在榆林东沙的长城残垣上，望着夜幕即将低垂的古城榆林出神。他的脚下是象征着中华民族几千年文明历史的长城，虽已破败坍塌，但仍如一条起伏不绝的巨蟒微微蠕动，仿佛时机一旦到来，将有一种空前的爆发力震动整个世界。他的对面是一片望不着边缘的沙漠，灰茫茫的，在渐渐浓重的夜幕下显得非常神秘，与白日里那坦荡广漠的景象大不相同，似乎被夜色封闭起来了，颇有高深莫测的感觉。这就是"大漠孤烟直"的所在么！虽然没有孤烟，但大漠他已经领略了。李建树触景生情，不由地一阵激动，思绪万千，浮想联翩，顿时周身焕发出滚烫滚烫的激情，他心里大声对自己说："这不正是我李建树要寻觅的去处么？我就是朝它来的，就是为它才离开省城西安，忘却故乡安康的。这里就是我的用武之地，就是我的战场，我生命的归宿……"他不禁会心地笑了起来，不知怎么他突然记起了南宋著名词人辛弃疾的两句词："众里寻他千百度。蓦然回首，那人却在灯火阑珊处。"当然，辛弃疾寻找的是他的意中人。而李建树寻找的却是他的意中之地了。

从此，年少的李建树展开了理想的臂膀，拥抱了毛乌素沙漠，拥抱了陕北高原，拥抱了绿色的生命。

每个人的人生历程，都是一部残缺而完整的小说。都是一部完整而残缺的电影。

李建树便开始了他人生小说的撰写和电影的创作实践……

镜头之一

时间：1953—1956 年

地点：陕西省神木县

神木为陕西最北端一县，也是陕西省面积最大的一个县。

年轻的李建树到神木蹲点，承担了造林治沙的工程和建立国营林场的工作。这是组织决定的，也是他志愿去的。其实组织的决定，就是他本人的志愿。再还有一切服从组织的观念更有说服力么？他面对茫茫黄沙，暗暗下决心：一定要用优异的成绩向组织交代。他先做了详细的调查研究，向群众宣传治沙造林的有关政策和好处，打消人们多少年来近乎定了型的"沙漠不能治理"的陈腐观念，然后买回树苗，率先给群众做示范，用科学的方法植树造林。此地乃老革命根据地，许多老一辈无产阶级革命家是从这里出去的，或者曾在这里工作过。这难免给李建树的工作带来少许不便，稍不注意就与他顶撞起来，立即告到上面。李建树很理解人们这种特有的心理。因为他们对中国革命的胜利做出了很大贡献，这样的情绪并不奇怪。李建树主动和当地领导、村干部和群众打成一片，访贫问苦，解决他们的实际困难。村中的"革命烈属"很多，有的人家竟挂着三个"烈属"牌匾。李建树很是感动，一家竟为中国革命捐躯了三条人命，怎么不让他动情呢?! 但这些烈士们的家乡并不富裕，家人们的生活还很苦，有时连吃穿都没有保证。李建树作为地区派来的干部，自然比他们的生活要好多了。他穿得很朴实，和农民一样。他吃得很粗糙，尽力与农民看齐。他把自己的衣服送给农民穿，让他们在社会主义的国度里，感到一种特殊的温暖。派他到家户吃饭时，他不让给自己开小灶，要求和他们吃一锅饭，不能有任何区别。但质朴忠厚的父老乡亲们，就是再穷，哪怕揭不开锅，投人借债也要叫客人吃好，否则心里怎么都不会平衡，好像做了错事见不得世人一样，这使李建树实在于心不忍，但又有什么办法呢？等他来吃饭时主人已把饭做好了，于是弄得他左右为难，常常陷入一种难堪的窘境状态。一次，派他到一家去吃饭，主人吃的是糠窝窝头和炒面。这"炒面"不是都市里的白面条用油炒的，而是粗糠和干萝卜之类制作的一种耐饥便吃的食物。主人给李建树蒸了一小碗小米饭。这就是庄户人对客人的优待了。李建树端起碗又放下，要和主人一块吃，主人怎么都不答应。李建树又端起碗，但他连一口都吃不下去。几次饭到嘴边，又把碗放了下来。他看着地上年迈的老人和幼小的孩子，心里一阵酸楚，眼睛发热了。可他的眼泪没有流出来，他硬压抑到肚子里了。李建树不可能吃下的，他对主人说："如果不让我和你们一起吃，我就不吃这顿饭了。你们就甘心让我饿着么？"他一副生气的样子。主人拿他没有办法，只好妥协了，但提一个条件："小米饭你也要吃点。"李建树答应了。他把小米饭给老人拨了一半，又给小孩拨了一部分，自己的碗里只余四分之一了，才算勉强吃下了这点饭。可李建树正值年轻能吃的时候，那点小米饭就和没有吃一样，他拿起窝窝头和炒面，与主人一道吃了起来。

李建树很快受到人民群众的拥戴，人们说："没想到这么年轻的小后生，真有几下子。我们穷人爱的就是这号人。"有人竟在他面前说道："你是一个难得的好干部。有什么安排尽管讲，我们听你的……"群众的积极性充分调动起来了。李建树兴奋异常，他总结提高推广了"设置沙障围沙造林"的科学技术。使治沙造林的成活率由原来的30%提高到80%以上。他组织农民营造沙林10万亩。同时，他还指导林业工人采取"引水拉沙"的技术，变500亩沙丘为苗圃，在榆林沙漠腹地建立起第一个国营林场——公草湾林场。大保当乡被陕西省树立为林业先进典型。

年轻的李建树初步取得了成绩。但不幸的是他和乡亲们一起共度艰难岁月时，吃了40多天羊秃梢叶子（一种连羊也不吃的野草）拌黑豆，患下了迄今都没有治好的胃病……

当乡亲们得知后，很难过。李建树反倒规劝他们说："没什么大不了的。陕北父老们的胃病太多了，我得也值得，换来了那么高的造林成活率，那么大的一片林地，苗圃，还有国营林场呢……"

镜头之二

时间：1960年

地点：毛乌素沙漠（地）

中国科学院组织了一个毛乌素沙漠综合考察组。李建树是考察组的成员。他是榆林地区在这个考察组的代表。

对于李建树而言，此行的心情是极为复杂的。可谓打翻了五味瓶，酸甜苦辣应有尽有。这是组织又一次对他的信任。但他又有满肚子的委屈无法诉状，像背负着一种不知什么东西的沉重感。尽管他是从心底原谅的……

镜头拉回到1957年，那个所谓的"反右"运动。一贯个性率直、谈吐爽朗，从不会转弯抹角的李建树。因为他长期工作在农村，了解农民的疾苦，回单位时常说农民生活不好，对农民深表同情，于是就要把他打成"右派"。好在他刚被评为先进工作者，这与"右派"的"头衔"仿佛相矛盾、冲突，起码二者是不谐调的。把个先进工作者弄成个"右派"，不仅是李建树的不光彩，领导们也不光彩吧。让上面说平时爱说"落后"话的李建树，你们还评他为优秀工作者？阶级立场哪儿去了？这不能不让领导们有所顾忌，向李建树施舍点慈悲之心了。于是就来了个冷处理：尚未宣布的中"右"分子。属于内专对象吧。所谓的"劳动锻炼"是他的唯一途径了。在农村，他和社员们一起吃苦，一起劳动，变为一个特殊的陕北农民了。农村有个记工和评工分的制度,这关系着年终的收获分配问题。李建树和农民一样记着工。既然记了工分就得参加评比工分了。他是有一把好苦水的,农民能干的活他都能干,比农村一个普通劳力强多了。开始给他评7.5分。他不服气,要和强劳比着干。送肥时,他半夜起来就把肥料搞好了,天亮便赶了五头毛驴驮着肥,送到了地里。再次评分,他拿了最高的,——11分。群众不得不对他刮目相看了,并充满了信任感。他担任了团支部书记,利用劳动之余搞团活动,办黑板报,搞林业培训班。一年育树苗37万株。年底,群众给他评了个特等奖,奖了一块羊肚子毛巾。奖品虽然很轻,但李建树心满意足了。他觉得奖品非常贵重,这是人民群众对他的评价,也证明自己是存在的。高尚地存在着⋯⋯

镜头再推移到1959年。中国大地的"共产"风紧了一阵之后,渐渐减弱了。全区只有横山县城关镇老麦山村的食堂还在支撑着。有关部门为了挽回危局,寄希望于老麦山,期冀从中获得宝贵的经验,再向全区推广。于是,派李建树前去调查,写成材料上报组织。他奉命来到横山县老麦山村,满怀热情,渴盼能获得宝贵财富,给组织交一份满意的答卷。不料事与愿违,他去后迎接他的是高粱壳子饭,整整吃了一个星期,患了结肠病,四天未去厕所。不是他不想去,而是去了也毫无结果。他病倒了,一位老人陪他坐在炕头上。他从老人的嘴里获得真实情况后,心里十分难过。这位年迈的老人对他说:"村里几乎家家户户揭不开锅。大灶饭人多饭少,路又远,等送到地里饭也冷了,打罐子也是常有的事。饭又这么粗糙,还吃不饱,再这样下去可不得了,非死人不行的⋯⋯"老人说到最后,险些儿声泪俱下,苦不堪言。李建树偷偷地流泪了。老人为了给他治病,把家里只剩下的一颗鸡蛋给他吃。他怎么能吃呢?老人只好又端了回去。接着老支书拿麻油让他喝,说麻油可滑肠。他喝后还是不起作用。后来干脆采取笨办法,用细木棍往开捅,结果抠出一颗圆圆的如铁球般坚硬的东西⋯⋯李建树去了一趟老麦山,几乎把他断送到老麦山。回来后,他怎么都不写组织所要的经验材料,他说,"那是虚假的,千万不敢再继续下去了"。他称那位老人为"干妈",将自己所了解的真实情况一五一十地做了汇报。他也不知组织是否满意,但他是坦然的,问心无愧的。因为他没有欺骗组织,一没有欺骗自己,更没有欺骗与他息息相关的人民群众。

镜头再推到中国科学院组织的毛乌素沙漠联合考察组,宽宏大量的李建树,一投入具体工作，他把一切都忘却了。他一心扑在事业上，决不放弃这个学习与实践的大好时机。他认为如果浪费了这个机会，那才真叫人痛心呢！至于受的那点委屈，他相信组织会为自己做主的。人民会做证的。他不辞劳累，日夜滚打在金黄色的沙窝子里，取得了相当大的成绩。他根据考察研究，撰写了一个宏观性的报告。他从科学的角度，熔植物、气象、水文、地貌、地质、动物、水利、林业、农业、牧业、渔业、果树等22个专业为一炉，并主编了《榆林地区沙漠改造利用综合规划方案》，为榆林地区治理沙漠、绿化大地起到了部署的作用，影响是深远而广泛的。

镜头之三

时间：1961年—1964年。

地点：榆林地区。

李建树是根据他调查研究的方案进行工作的。他不打无准备之仗，总是走稳一步再迈出第二步的。要绿化沙漠，树苗先得有，这是绿化的前提。否则一切都是画饼充饥、纸上谈兵罢了。他注重的就是实际，除此之外再别无选择了。树苗从哪里来呢？靠国家不是他的愿望。国家处在困难时期，生活都成了问题，再不能给国家增添累赘了，本来负荷就够重的。再则靠国家未免太自私了。用钱去买？哪来这么多的钱。还不是羊毛出在羊身上，同样不是靠国家么？他主张自力更生，艰苦奋斗，自供自给，建设苗圃……

李建树专门主持了榆林地区林木种子基地和苗圃的建设工作，负责规划设计和组织实施。他为之竭尽了全部力量，跑前跑后，忙得闲不下来。他一会儿在上级部门，一会儿在单位上，一会儿又跑在了林种基地，大部分时间是在乡里，是与土地和树苗打交道的。

这期间正是三年困难时期。笔者想如果编一部人类"饥饿史"的话，1960年至1961年应该是很重要的一笔呢。李建树也和当时活着的人一样，去年熬过来了，饥饿还在延续，仍然好不起来。粗茶淡饭是经不起折腾的，况他正值吃饭的年月，很快就饿了。他只得抱着空荡荡的肚子，为林业事业，为治理毛乌素沙漠培育着幼小的树苗。陕北的夏天，热起来真有个性，待在屋里倒有屋顶遮挡阳光，还有凉意在空间，使人周身惬意。但在田野里则是另一番感受了。不是空气凝固般的沉闷，就是太阳毒辣的酷晒。李建树顶着草帽，仍在苗圃里忙碌。他穿着汗衫，全被汗水湿透了，浑身像刚从水里打捞出来的一样，豆粒般的汗珠直往下滚。但他还是不肯歇息,在炎炎烈日下,在湿漉漉的汗水里,为树苗劳作不停。与他一起干活的工人们劝他休息,不忍心让他如此受苦,都被他拒绝了!他说:"你们别管我的劳碌。我现在肚子饿了,那稀汤汤饭容易消化,快给我弄点吃的。"工人们知道他是个心直口快,有什么就说什么的人,所有的一切总要一吐而尽的。但有什么好东西给他吃呢?穷家薄业的生活,是拿不出手的。他理解工人们的心思,就让他们把炒面拿来。在他再三催促下,他们只好把炒面给他吃了。这时,有人给他煮了几个鸡蛋,他把对方训斥了几句,硬逼着又拿了回去。他大口大口地吃了起来,炒面就白开水。咽不下去时喝一口,显得犷达而悲壮。如果当时有位摄影师在场,一定会拍下这幅生动画面的。工人们深受感动。一个外地人,一个国家干部,为工作竟然如此不惜一切!他们说:"我们还从未见过呢,你是第一个……"

当李建树看到翠绿的树苗拉出苗圃,运往荒凉沙窝里时,他感到无限的欣慰。

他共建成各类种子基地16万亩,国营苗圃16处,27000亩。还主编了《榆林地区采育种苗技术要点》,制定了《劳动定额和经济技术指标》,并主持杨树种子大容器隔年贮存试验,获得了巨大的成功。

李建树在榆林地区林业史上,开辟了新的一页……

镜头之四

时间:1965年—"文革"前

地点:绥德县满堂川公社和米脂县高西沟村

满堂川和高西沟,属榆林地区丘陵沟壑地带,与西北部的靖边和神木等地大为不同。李建树又背着所谓的"劳动锻炼"或蹲点什么的名义,先后在这两个地方书写了生活的新篇章。

高西沟,可谓名噪一时了,是"农业学大寨"的典型,大西北的一面"红旗",多少人前来此地参观取经。高西沟的有关人也曾多少次地传经送宝了。为了解高西沟的实际情况,向上级部门做一个实事求是的汇报,李建树从工作出发,把自己的户口和工资关系都迁下来了,他是有决心在此扎根安家的。

他白天与农民一起干活,晚上与农民一起休息。吃饭按往日的常规,蹲点干部是自己做自己吃。但李建树为真正了解农民之苦,不想自己做饭吃,也不愿在大队吃,他坚决要与农民同吃一灶饭。在他的坚持下,村干部同意了。

开始，农民还是坚持给他开小灶，他果断拒绝了。他说："如果你们开小灶，我何必来你们家吃饭呢？"主人硬他不过，只好顺从了。一连吃了好几家的饭，他发现人们的吃喝很粗糙，不像所谓宣传汇报的那样。于是，引起了李建树的深思，他不得不调查研究了，特别是另一件事情，使李建树震颤不已。

村里有一妇女，家里揭不开锅。白日不好行动，便利用夜深人静之时去借粮食，想对方并不比她富裕多少，她只借来点糠和高粱壳子，回归时，碰见一条狗迎面而来。她害怕狗咬伤，不住地后退，谁想少吃没喝的她从硷畔退了下去，胳膊摔断了……

李建树沿着这条线索，经过深入了解，他心里十分难过，因为连他自己也饿得浮肿了。他是多么希望高西沟的人民真正好起来呀！他害怕事与愿违的局面出现在自己面前，但这个境况偏偏出现了，他承认高西沟的村干部和群众，为改变家乡的面貌出了大力，流了大汗，取得了一定的成绩，应该给予肯定和鼓励，但令人不安的是宣传得过了头，使老百姓受苦了！不是么？那位妇女是为何摔断胳膊的？她借的是什么粮食？自己为什么饿得浮肿了？他想到这些，不禁流下了伤心而悲愤的泪水……李建树一边向上级有关部门反映，一边设法解决农民的实际苦衷。同时，他在原有的基础上重新规划高西沟的发展和未来，力求早日弥补所造成的缺憾，给高西沟群众谋点切实的利益。否则，他是决不离去的……

在绥德县满堂川公社，李建树主要从"林草大样板"的主旨下着手的。他因地制宜，大抓林草，绿化土地。公社领导和干部们很信任他，紧密配合，发动群众。李建树亲自动手，和群众一起干。他是几重身份的人了：指挥员、技术员、战斗员。历时一年的奋战，营造林草20000亩。"林草大样板"的计划终于付诸现实了。

李建树在高西沟蹲点八个月，绿化了高西沟。实现了农、林、牧用地"三三制"的部署，收到良好的效益。

这一社一村成为西北黄土高原林业先进典型，但李建树从高西沟回去得到的是工资降三级的处分！

镜头之五

时间：1969—1971年

地点：神木县窝兔采当等地

这是李建树一段非常时期的生命历程。

是命运如此安排的么，还是人为的力量？或许都是，或许都不是。总之，他接受了命运的挑战。因为人在命运面前常常处于一种应战的地位，而且是很被动的。

　　李建树从高西沟归来，中华民族那场"史无前例"的浩劫开始了。塞上古城榆林，也和全国各地一样，卷入了空前的动荡。本来动荡的目标应该是对准"当权派"的，李建树不该有什么洗劫之苦。但自从1957年伊始，那个未宣布的"中右"内专对象，仿佛灰暗的幽灵一样时时跟随着他，在他的工作中不住地作祟，将他贬为"运动员"了。机智敏捷的李建树已经有这种明显的感觉，可似乎山清水绿的故乡给予他的那点灵性，被毛乌素大漠的风沙吹蚀得所剩无几了，而变得厚实拙笨起来。因为后来的遭际，他是始料不及的。年轻的李建树，岂能经得起大漠"风"的折腾。但又有什么办法呢？……他被说成是"漏划右派""牛鬼蛇神""反革命""'二月逆流的黑干将"和"杨、刘反革命集团的宣传组长"。那个年月，说你是什么就是什么，不承认也无济于事，有时根本是无法辩护的。你愈辩护遭致的罪孽愈重！李建树被非法关押起来了，使他的生命历程有了360天的铁窗之苦。可谓"一年三百六十日，风刀霜剑严相逼"。他那黝黑的头发全白了，他的体重由120斤下降到80斤。生活的艰辛偷去了他的黑发，命运的严酷活活刮掉了他的40斤血肉。他的爱人和孩子们，在外面遭人的奚落、辱骂，承受着另一种并不轻于他的精神折磨，因为人的痛苦是不能简单地相比。也许是"待罪劳动"的处理，还是"以观后效"的决定：他到归德堡干活去了。陕北高原的深冬季节，气温零下30多摄氏度，非常严寒。李建树头戴破棉帽，身着烂棉袄，与农民是没有什么区别的。有区别的是他的脸色灰暗，身体虚弱，比农民显得憔悴多了。但他背的石头不比农民小，走得不比农民慢。农民拣小的背，他还拣大的背。诚厚老实的陕北父老，总是同情于他的。给他许多关怀和温暖。他们见李建树如此艰苦，偷偷地劝他说："背慢点，背小石头，长期这样受不了。我们受苦人习惯了，你和我们不一样……"于是，农民给他挑小的和平整一些的石头往背上搁，他为之着实感动不已。他唯感安慰的是有善良的陕北父老理解他，同情他。休息下来时，他并没有休息，他承受着精神的痛苦——批判和斗争……久而久之，他完全适应批判斗争的生活了。他在受"训"时，可以睡过去，进入不知是什么滋味的梦乡。于是，他们说李建树这家伙反动透顶了，是个"死老鼠"。即使在如此难堪的窘境里，李建树想到的还是多为人民办点事，做点实际工作。他早晨起得很早，去给生产队捡粪，一年捡了 40 万斤粪。他时刻不忘自己是位林业工作者，在这样恶劣的处境下，还要给大地投一片绿荫。他亲手栽了 5000 多株树，全活了，现已成林。可他们又说他是"捞政治资本"。他气了，反驳道："我是个'死老鼠''反革命'，你们革命者给人民办了些什么事？"顶撞招致来的是谩骂和体罚，打得他抬不起头来。要不是善良的老农民招架，还不知怎么制裁他呢。李建树只有忍气吞声了……

窝兔采当乃蒙语长滩之称，是神木县一个穷僻落后的村庄。除沙漠以外，拥有的便是大量的碱滩了。李建树又被发落于此，是颇带戏剧性的。他刚来榆林就是到神木大保当一带蹲点，这次又到了神木的窝兔采当。神木，似乎与李建树的命运有了某种割不断的瓜葛，有些神秘色彩的。但此次与十几年前大为不同，他长成了，是以"特殊"身份来的。可神木还是神木，地方依旧，人却差异了。他的心情虽然不是多么沉重，可绝不是轻松的。未来还不知给他挖下什么陷阱，把他埋没进去呢。他是有充分准备的，早做好了当农民的意志。他将贫穷荒凉的窝兔采当，无论是理性和感性，完全以故乡一样对待了。他想，哪怕能改变一个村庄，自己了此一生，也算为人民做了工作，自己没有白来一趟人世。是一种安慰吧。同时，他打算把窝兔采当搞好后，自己就在此地安家落户，把家属接来，过一阵田园生活，很有一番滋味的。

他主持了造林治沙、治碱，兴林致富工程，从规划到设计、组织实施一抓到底。他早出晚归，陪伴他的是星星和月亮。常常他第一个先到工地，收工最后一个离开工地。他的苦比农民受得都重，选择最重的活干，什么活艰苦他抢着干什么。他劳动时，只穿着衬衣衬裤，有时竟只剩下短裤和背心，就这样汗水还是湿遍全身，好像整天都在水里泡着。由于他握铁锨镢头柄的手太紧，收工途中还像劳动似的紧紧攥着，回去后放不开，撂下工具手又伸展不了，要使劲才可放展的，就如已经定了型一样。就连他现在握笔写字时，手指还在抖动。这便是窝兔采当给他留下的深刻记忆了，也是他在窝兔采当的最好的证明。好在这里农民理解他、尊重他，待他如亲人般的热乎。父老们不认为他是所谓的"反革命"，不相信李建树有那么多的罪名，他们说："老李为我们把心都掏出来了，血都快流尽了，还能是个'反革命'么？"有人竟这么说："如果李建树是个坏人，我们需要他这样的'坏人'，我们愿意和他一起生活，愿意跟着他干'坏'事去……"李建树坚持不去农家吃饭，他知道农民们会给他偏吃的。他不忍心沾农民的光,他们过得很苦,经不起这样坑他们。他收工回来,还要做饭吃,所以,比普通农民的麻烦事更多。陕北的乡村,做饭大都是女人们的事,而男人主要是体力的消耗,干的是重活,他既在工地上干重活,又要做饭,承当了男人和女人的双重义务。一次,他贸然下水劳动,初冬的水寒冷刺骨,上来后半晌连一句完整的话也说不成。农民们赶紧给他穿衣服,他没有穿。因为他们也冷得够呛,也和自己一样下水的。于是农民们歉意地说:"我们对不起老李,让老李和我们一起受苦了。"他是这么回答的:"再别说你们我们的。我们就是你们,你们就是我们。干脆改成这样,以后改成'咱们'好了。"从此,"咱们"就是李建树和农民们的口头语,他们贴得更紧了。可是,上面还不时有人来搅扰,不是调查问题,就是澄清事实,把李建树弄走好久不能回来。农民们气急了,背上干粮要去打官司,但被李建树挡住。他体察农民的火热心肠,也佩服他们的正义之气。可会给他们带来什么后果呢?那是不堪设想的。李建树腊月二十七才回到榆林家里过年,正月初三又到了窝兔采当。农民们得知他的家庭困难,常有不留姓名的人送去一点微薄的钱和粮票,他又拿回了窝兔采当。在他被关牛棚期间,正值他爱人分娩了现正就读于宁夏大学新闻系的小女儿。农民们为了照顾他爱人,接到农村伺候。牛棚里的李建树知道后,伤心地哭了!好一条硬邦邦的汉子,竟也流下了泪水。真是"只缘未到伤心处"。后来每逢春节,农民常把自己家里杀的猪肉送到榆林李建树家里,还有小米、熟米、羊油之类。李建树不要,他们就发脾气,说他变了,看不起农民了,他只好收下。但农民起身时,他加倍地给农民带走许多东西……

　　李建树在神木窝兔采当工作了三年,实现了绿化,造林6000亩,治理盐碱地2000亩,兴修水地400亩。建成灌丛牧场3600亩,农林牧副大发展。粮食总产量由原来的13万斤,增加到60万斤。水地全部实行林网化。他使这个贫穷的村落变成了富裕之地,并给各处都取了名字。省上两位主要负责同志来此地视察工作,大为赞扬,予以鼓励。但李建树却回避了,不敢见他们,他们后来才得知了内情,树立为陕西省林业先进典型。为此,中国共产党中央委员会的机关刊物《红旗》杂志,做了专题报道。

　　李建树在窝兔采当付出了悲烈的代价。可给李建树赢得了卓越的建树。这将是他人生旅途的一座丰碑,是他最辉煌灿烂的一页!

镜头之六

时间：1972—1973 年

地点：榆林县鱼河公社

李建树被"解放"了。但"解放"与"桎梏"对李建树而言，只是精神方面的差异。而他的工作仍然是造林治沙。他是离不开绿色生命、离不开与土地打交道的。

初到鱼河公社，他感情是极复杂的。是陌生么？此地距榆林、距他的家很近，够熟悉的了。他总觉得忘不了窝兔采当，忘不了那里一草一木和厚道的父老乡亲们。尽管他在那里吃了不少苦头，背着许多莫须有的"黑锅"，可仍然是亲切的，永久惦记着的。人往往是这样，即使是再痛苦的经历，回忆起来总是留恋的，特别在一个新的环境里。李建树时刻想着他的窝兔采当，那一块块碱滩变成了一块块草地，那一片片黄沙幻化出一片片树林，像电影似的，一组接一组的画面在他的眼前闪现，尤其让他动情的是离开窝兔采当的那一幕，实在不忍回味。乡亲们听说他要走，把他的行李扣下，怕他再不回来。他反复向他们解释，都付之东流了。他真有点不愿离去，就和乡亲们一起同甘苦共患难，直到生命的最后一息。但这是组织的决定，个人意志必须无条件地服从。乡亲们把他送了一程又一程，他劝他们回去，说"送君千里，总有一别"的。后来有些人哭哭啼啼，他也止不住流下了眼泪。

李建树尽力挣脱对窝兔采当的忆恋，他把新的工作地作为自己意识里的"窝兔采当"。他谁也没有告诉，自己的铺盖卷还在窝兔采当呢。当然，后来李建树托人取了回来。那是他离开窝兔采当八个多月了。

鱼河公社是李建树理想中的"窝兔采当"，那一切都不容赘述了。他采取植树治水治沙并举、乔灌木齐上、带片林网结合、多林种配置的方针和技术，两年造林 20000 亩，种草 4000 亩，建果园 1200 亩。鱼河公社又被陕西省树立为林业先进典型……

下面是一组短镜头：

短镜头之一

1979—1980 年，李建树任榆林地区林业局业务科长，负责全区林业技术工作。1980 年年底被评定为工程师职称。

短镜头之二

1981—1989 年年底，李建树任榆林地区林业局副局长、局长，行署副专员和林业部三北（东北、西北、华北）防护林建设局局长。他主持的榆林地区防护林建设规划，经省级鉴定，受到好评，他执笔起草的工作细则、技术方案和撰写的《榆林地区造林立地条件类型划分及其典型设计》，指导了规划建设工作。

短镜头之三

李建树主持榆林地区造林治沙工程建设五年，榆林地区的造林治沙进度，由过去的年均60万亩，增加到120万亩。造林保存率由36%提高到62%。他撰写的《榆林沙漠及其造林治沙》一文，被广泛用于生产实践，并作为全国造林治沙学习班的教材。

短镜头之四

李建树主持榆林半干旱地区灌丛林牧业基地工程建设，五年建成300万亩。有效地保持了水土，促进了牧业发展，并为西北、华北七省（区）提供柠条、沙打旺等林草种子500多万公斤。

短镜头之五

李建树负责三北防护林二期工程建设规划的实施工作。提出控制造林计划面积，推行工程造林，转向集约经营和改变单一生态型防护林结构，建立生态经济型防护林体系以及开展林业多种经营，增强工程建设自我积累、自我发展能力的见解，并围绕这些见解撰写了一些文章，起草了一些文件；指导三北局科技人员编写、制订了工程建设计划，财务管理办法和质量标准、作业设计、检查验收等技术性文件；还到200多个县做过技术指导工作。

……

李建树的绿色生涯，迄今已39年了。39年在历史的长河里，是瞬间的，但作为人的生命历程，是既短促而又漫长的。人活在世，能有几个39年？而他在农村就是11年多（临时蹲点不算）。这是他最宝贵的黄金岁月，他奉献给了沙漠、大地，奉献给了祖国的林业事业。他每到一处，总要投一片绿荫。他是名副其实的绿色天使。记得路易·艾黎曾说过，"沙漠是全世界重大环境之一，治沙是全世界的事业。谁为治沙做出贡献，就是为全人类做出贡献。"李建树的人生正吻合了路易·艾黎之言。他"就是为全人类做出贡献"的。连他的梦都在陕北，都在毛乌素大沙漠，都与林草为伴。他想如果客观允许的话，退休后将承包一片荒沙，播种绿色的种子，度一番别有韵味的晚年，甚至他还为自己安排了后事：把自己未来的骨灰撒在沙漠里……笔者深深被这位绿色天使所折服，对他说：" 你命中注定与树木有割不断的缘分。你就是为树木而生，来到这个世界的。你应该相信命运，起码是不可忽视的。""怎么？"他反问道："你会算命不成？"笔者说："还用算么？看看你的名字，便一切都在其中了。"他先是一愣，继而笑了起来。

　　李建树属于绿色。他本身就独具着绿色的世界……

生命之树常青

序　曲

20世纪80年代最后一个冬季的一天，我顶着大风来到榆林西沙一幢普通的房屋前。这是一个由三孔窑洞组成的院落，室内的陈设极其简陋。不说其他时髦的"现代化"陈设，甚至没有一台已经进入千家万户的彩色电视机。如果不是那两个已显得破旧的沙发，我甚至怀疑我走进了一个20世纪五六十年代的家庭。

我在吱吱作响的沙发上坐下来，等候着我的主人公到来。我的眼光仍然惊异地扫视着这个与80年代的"时代气息"显得格格不入的家庭。我的主人公一生的"名言"很多，其中有一句是：共产党爱穷人，并不是爱人穷。今天，共产党爱的"穷人"都已经走向了富裕，而他，毕生都在为这些"穷人"走向富裕奋斗的共产党人，今天怎么还是这么"穷"！

他穷吗？不，他并不穷！他是物质上的乞丐，精神上的富翁。他把自己的全部心血献给了党和人民的事业，吃苦、流汗，甚至坐牢，无怨无悔。他的一生充满了传奇性：他是1949年的支前模范，却又成了1968年"红色政权"的"阶下囚"；他是一个在阴风恶云、暗礁险滩中永远高昂着不屈的头颅的大写的"人"，一个不计较个人恩怨和利益，为人民的福祉孜孜矻矻奔波一生的真正的共产党人，他是未来的治沙志少不了大写一笔的榆林地区造林治沙的"急先锋"；他是榆林地区50年代到80年代先后两任农业局长兼农垦局长，他的名字叫——苏振云！

1

榆林地区的造林治沙，从新中国成立初的水利治沙到现在的综合治理，经历了一个艰难曲折的过程。让我们把历史的大幕拉回到30多年前的某一天吧。几代人奋斗，苏振云在其中充当了一个什么角色？

1956年，绥德和榆林两个专区合并，党政领导机关设在榆林。原榆林地委书记姚进贤担任合并后的地委第二书记，原绥德专署专员霍祝三担任专员。

绥榆合并前苏振云担任绥德专署的建设科长，是霍祝三专员"驾下"很得力的一员虎将。迁往榆林后，姚进贤书记提议他担任"五办"主任。那时专署设有五个办公室。"五办"负责农林水牧和交通运输这个大口。专程下来负责绥榆合并有关事宜的省委秘书长、候补书记白治民和霍祝三专员也同意姚书记的意见。苏振云就这样被"委以重任"，担任了新的专署的第五办公室主任。

苏振云上任伊始，正是国家第二个五年计划即将开始的时候。新的地委和专署领导班子同心协力，目标明确，一边加劲完成"一五"期间的各个建设项目，一边为"二五"规划做着前期准备。新班子雄心勃勃，经过认真调查研究，广泛征询各界意见，终于石破天惊，提出了一个在那时看来属于"天方夜谭"式的极为大胆的设想——治理沙漠。姚进贤书记和霍祝三专员给苏振云说得更加明确：我们第二个五年计划的重点是治沙，你们迅速派人深入沙区调查研究，摸清情况，拿出计划，为地委、专署决策提供依据。姚、霍二位领导直接点将：苏振云，你亲自带一个工作组下去，转他个一年半载，摸透"沙老虎"的脾性。

早在这次受命"远征"之前，苏振云就对榆林地区的治沙情况有一些了解，担任"五办"主任后又留心查阅了一些资料，榆林的治沙，特别是水利治沙早在新中国成立前就开始了。国民党时期就修过定惠渠、榆惠渠，还有绥德的绥惠渠和米脂的织女渠。可不要误认为横征暴敛的国民党还想着沙区人民的疾苦，从搜刮来的民脂民膏中给榆林"拨款"修渠。那是空有一腔赤子之心的外国华侨义征会捐了一大笔响洋，希望中国政府为人民修水利。不知哪位还有点"良知"的官员心血来潮，从这笔款中给榆林也拨了一部分。但修来修去，只不过是修了一个"名义"上的渠道而已！老百姓说："定惠渠修了一个'头头'。榆惠渠修了一个'壕壕'，绥惠渠打了一个坝，一水付之东流。"

这是对腐败的国民党政府的辛辣嘲讽！

任何一个有悖于传统观念和做法的新事物都是在矛盾与斗争的阵痛中分娩出来的。同样，任何一个新事物出现以后，都有一个认识再认识不断完善的过程。

而群众接受任何一个新事物的前提，就是用事实说话，你要用事实证明这个新的事物新的做法比旧的好。一旦这样的新事物真正被群众接受，就会创造出意想不到的奇迹。

榆林地区新中国成立以来几十年的造林治沙，就经历了这样一个曲折的过程。

新中国成立初期，人民政府恢复和局部完善了旧有渠道。但兴修水利，治理沙漠的观念在群众中很淡薄，甚至根本不接受。群众不种渠道水地，政府组织移民，在当时还是一片荒漠的鱼河堡、孙家园子修了200孔窑洞，并享受解决一年口粮，解决耕畜、籽种的优待，但移民最后还是大都走了，因为灌区土地产量低，群众说："自修渠道，人民害臊，种进是黑的（粪），出来是白的（碱）。"

苏振云走马上任第一次下乡，就是和当时的榆林县李县长一块走访了灌区。在鱼河、归德堡、郑家沟、高家洼、李家沟沿线几十个村庄，他们走到哪里都被农民包围，问题确实很严重。苏振云想，榆林城缺粮，榆林城周围几十里又是个缺粮地区，这个问题不解决，将来了不得。这位新上任的榆林专署五办主任，琢磨的第一个问题，就是如何治理沙漠，变荒漠为良田，解决群众吃粮问题。这个想法恰好与地委、专署主要领导的意见不谋而合。由他组织的那个精干的小组就要进入沙区了，走之前，姚书记又对苏振云说："榆林沙区水源充足，是完全可以利用的。你们下去把群众中多年积累的成功经验和失败的教训都拿回来，特别是水利治沙，要给地委拿出一个详细意见。"

苏振云仿佛看到了姚进贤书记和霍祝三专员那信赖的目光。他手里提着帽子，高大的身躯像一座铁塔，光着脑袋，满怀信心地出征了。

2

苏振云风尘仆仆在榆林北部的风沙区跋涉，寻找着征服沙漠的"钥匙"。群众中有多少默默无闻的英雄早在几十年、几百年前就曾试图驯服这条可恶的"沙龙"。历史的积尘掩埋了多少可以用"可歌可泣"来形容的动人而悲壮的故事！

长城沿线、榆林地区北部六县的沙漠，是毛乌素大沙漠的最南端。这里生活的人民群众世世代代和沙漠进行着顽强的斗争。然而，旧社会里，在大自然面前，人的力量显得是那样微弱，多少"单枪匹马"与沙漠对抗的治沙英雄折戟沉沙，败在了凶恶的沙老虎脚下。史载，几百年间榆林城在沙漠的威胁下曾经三次南迁。风沙犹如洪水猛兽，逼得多少人家拔锅挑担，背井离乡。真是"风刮黄沙难睁眼，庄稼苗苗出不全，房屋埋压人移走，可恨的黄沙害人苦。"在人类征服自然和改造自然的伟大斗争中，饱含着血和泪的一幕幕历史的悲喜剧以1949这个划时代的年代宣告结束，一场崭新而雄宏的壮剧和正剧拉开序幕。

在榆林县牛家梁，苏振云和他的调查组找到了一个悲壮的例子。由这个例子总结演绎出来的几句顺口溜束缚住了这里的群众的手脚，他们再不敢有治沙造田的奢望和改变落后面貌、走向富裕的梦想。这个例子的主人公新中国成立前已经故去，但他的名字和他那个"异想天开"修渠治沙的梦想伴着几句顺口溜一直流传到今天。这几句顺口溜是：

　　高石旦，修海壕（水渠），
　　一帮骆驼驮柳梢。
　　银子直花尽，
　　骆驼起了"臊"（畜病），
　　"海壕"还没修成。

高石旦修渠治沙失败的价值就是，给调查组提供了一条非常宝贵的经验：治沙造田一家一户不行。

在榆林郑家沟，1954年苏联专家曾经来考察过治沙，提出搞"迎风板"。就是在公路、水渠和沙漠之间用篮球板一样的木板隔挡，阻止风沙掩埋公路和水渠。这个办法也不足取，"迎风板"是可阻挡小一点的风沙侵袭，但在特大风沙面前它同样无能为力。人说"风沙推倒墙"，一场特大风沙的破坏力有时是很难想象的。这个办法本身并不成功，而且即使成功了也无法推广应用："迎风板"造价太高，用它阻挡风沙，有点得不偿失。

单干不行，"迎风板"也不行，那么，征服沙漠的途径到底在哪里？苏振云和他的调查组顶风冒雨寻找着。到了榆林王沙圪农场，苏振云还没有来得及擦干光脑壳上的汗珠，眼睛突然一亮：农场场长李生旺领着人们正在"引水治沙"。他们已经用这种办法修了200多亩水地，地平渠直。块块良田，条条渠道，沙漠之中突然出现了这样的"胜景",怎能不叫人有如入"桃花源"之感。苏振云心中暗自一喜,这是个治沙造田的好办法。他领着调查组马不停蹄,直奔横山雷龙湾,寻找"引水拉沙"的"祖师爷"。新中国成立前,雷龙湾有一个姓高的地主,联合无定河沿岸几十户地主入股投资,按股分地,搞引水拉沙。这位高姓地主也许是"引水拉沙"的鼻祖。那时候他们是用清水拉沙,拉过后,还得在"拉"出的地上垫一层土,投劳多,造价高。虽然如此,总还是造出了不少良田,但就这人们还是越来越穷。地主为了赚钱,种的全是大烟土。恶性循环,人们越吃越穷。有这样两句顺口溜为证:"雷龙湾,水浇地,炕上住些精不腻(光身子)。"

由雷龙湾向西,调查组又风尘仆仆来到靖边杨桥畔。陕甘宁边区时期,县委书记惠中权在杨桥畔发动军民引水拉沙,造出良田1000多亩,造福人民,发展生产,受到了毛主席表扬。他们的"引水拉沙"已经比那个雷龙湾的地主臻于完善。他们是用洪水拉沙,这样拉过以后再不需要垫土,省劳省工省钱。

从杨桥畔又来到东坑。东坑的南山地区,群众正在热火朝天围沙造地。这里的地形特别:山上是黄土,山下是沙漠。群众在沙地四周筑起挡水墙,洪水把山顶的黄土拉下来流不出去,全部漫到沙窝子里。沙窝被填平了,沙丘却像"坟墓"一样矗立。如果人工将这一个个沙丘运出去,太费工。苏振云他们干脆在这里蹲下来,和群众同吃同住,出主意想办法。他们住了几天,"奇迹"突然出现了:一夜之间所有的沙丘全部"不翼而飞",原来是风的作用。大风将原来的沙丘全部"挖"成了沙窝。第二场洪水下来,再流到沙窝子里,地全部漫平,沙海顷刻变作良田。

苏振云在东坑蹲了十多天,又来到定边。定边的引洪漫地还要更早一些。新中国成立前,外国传教士在定边的安边一带修洋教堂传教。当地群众引洪漫地,教堂的教士也引洪漫地,他们独霸水源,引起群众愤慨,曾经打死一个洋教士。腐败无能的政府不仅将挑头的群众"治罪",而且将周围的大部分土地划给教堂。新中国成立后,这些土地重新回到人民手中,定边人民在政府的组织和领导下,向沙漠宣战,向碱滩要地。苏振云和调查组来到定边八星河。陕甘宁边区时,定边县委派王汉臣书记带领群众在这里修建引洪渠拉沙造地,改造了大片沙漠。因为征用民工在八里河搞会战,群众给王汉臣编了两句顺口溜,褒贬尽在其中。这两句顺口溜是:

昔日有个秦始皇

今日有个王汉臣

顶风沙，冒酷暑，近一年时间在沙漠中奔波，坚定了苏振云治沙造田的信心和决心：我们完全可以向沙漠索取财富，变沙害为沙利。一幅治沙造田的宏伟蓝图烂熟于心。他甩开大步，手里提着帽子，光脑壳上冒着热气，信心百倍回到榆林向姚进贤和霍祝三汇报。两位领导听他侃侃而谈，说得那么形象生动，为他那种深入细致的工作作风和建设社会主义的炽热心肠感动得难以自制。但他们却不得不抛开"正题"，对苏振云说："因为你在绥德专署修公路的'问题'，省上派工作组来了，你回去休息两天，准备向工作组汇报。治沙规划的事暂时放一放。"

3

苏振云遇到了麻烦。有人给他整理了30条罪状，大兴问罪之师。硬汉子苏振云不屈不挠，不低头，不弯腰。苏振云就是这样的脾性，在以后遭到更大挫折的时候，他也从没有低下那颗真正的共产党人的头颅……

让我们多费一点笔墨，打破时间的直线流程，将镜头拉回到1951年那个明媚的春天吧。清涧县建设科科长苏振云到绥德参加专署召开的各县建设科长会议。会议结束时，霍祝三专员找他谈话，要调他担任专署建设科科长。苏振云一听连忙摆手，专署建设科负责全专区的农林水牧和交通工作，担子很重，苏振云担心自己拿不下来。一向以礼贤下士、喜爱人才著称的霍祝三专员望着这位敢打敢冲的虎将，对他说："你不要推托了，我已经调查过，一个黄静波，一个王士英，都说你可以当此重任。这个事情已经定了，你回清涧交清手续，马上到专署报到。"

苏振云只有服从。实际上，他完全可以当此重任。虽然当时他刚刚三十出头，但已有好几年的"革命经历"。1947年10月，我军解放清涧、延川。苏振云负责运伤员渡黄河过山西。风大浪急，船撞在暗礁上打开个大窟窿，艄公落水淹死。在这生死存亡的关键时刻，苏振云临危不惧，组织人扳船，填窟窿，船在急浪中艰难地行走了五个多小时，终于安全到达对岸，苏振云的毅力和决心，使一船伤员和担架队员幸免于难。

保卫延安的战斗打响后,苏振云作为清涧县支前大队的大队长,又跟随西北野战军转战大西北。1949年在甘肃临夏西北野战军一兵团后勤部召开的颁奖大会上,他被评为"支前模范",从颁奖人手中接过一面鲜艳的锦旗。他在战场上打过仗,捉过俘虏,缴获过敌人的枪支弹药。支前队伍中流传着他许多传奇式的英雄故事。战争的烽火锻炼了他的胆略、才干和对革命事业的忠诚。

苏振云担任绥德专署建设科科长后遇到的第一件棘手的事,就是跟西北交通部的一场"官司"。苏振云接任之前,西北交通部给榆林、绥德两个专区32亿多元钱(相当于现在的32万多元),要求修12座桥梁。修了5座半桥,钱用完了,民工工资还没有付,民工睡在专署院子里闹,上级又批评没有完全按省上的设计要求搞。省上召开全省交通会议,一位副专员对苏振云说:"这次省上可能要批评咱们,你调查一下,看专署应负多大责任。"

苏振云揣着一个调查材料去西安开会。会议在西安人民大厦开。省上批评了榆林、绥德两个专署的建设科科长,并在开幕式上让他们站起来"亮相";第二天又让他们在会上检讨。苏振云向来只信"理"不信"权",更不管谁官大官小,不管是谁说的,错了就抵制。他做"检讨"时突然放了一"炮",说责任不在专署,完全是由西北交通部造成的。理由有二:第一是投资不足,那点钱连镇川过去葛家河的一座桥也不够修。第二是西北交通部的桥梁设计不准地方做任何修改,有个别明显不符合当地实际情况的地方也不让修改。专署只负责调配民工和后勤供应,这个责任怎么能由专署来负?!

苏振云在会上慷慨陈词,参加会议的西北局副书记、陕西省委书记兼省政府主席马明方大为赏识。会后即指示有关部门增加投资,并把桥梁的设计和施工组织权限下放给地区。

这是苏振云的第一次"犯上"。

第二次是几年以后了。1953年,专署做第一个五年计划的规划。苏振云在专署召开的会议上响亮地提出,"一五"期间要县县通汽车。有的人认为不可能,有的人根本就不同意,认为修公路没用,特别是对修佳县的公路,当时争议很大。有的人说:那是个干石畔,修公路有什么用?!苏振云则认为,修公路比什么都重要,越是落后的地方越要早修路,要想富,先修路。公路好比人的经络和血脉,没有经络"血液"就不会畅通。过去的经历也使苏振云饱尝无路之苦。

1948年陕北遭大灾。他们从山西石楼往回运粮，没有交通工具和公路，加上路途遥远，只能绕山路，每人背30斤粮，背回来差不多都成了空布袋——路上都吃完了。公路修好，退可以救灾，进可以建设，这有什么不好?! 苏振云和不同意修公路的人据理力争。

公路先行，"一五"期间集中力量搞交通建设。苏振云的建议得到了霍祝三专员的支持。那时候的修路经费，省上拨一部分，地区自己解决一部分。地区拿不出这笔修路钱，苏振云搞了"土政策"：每人出10个义务工，不出工的出钱，一个工5角钱，10个工5元钱。另外又从白云山给祖师爷的布施钱中拿出一部分投入公路建设。到1955年，绥德专区八个县绥德、米脂、吴堡、清涧、子洲、佳县、延川、子长县县通了汽车（到1957年，"一五"结束的时候，绥德和榆林两个专区汽车都通到了县城）。

明明是造福子孙后代的福祉，怎么竟成了"罪状"？苏振云从治沙造田的"前线"匆匆赶回，正兴致勃勃准备为描绘自己心中那幅蓝图做一系列准备工作时，竟被省上下来的工作组叫去审查他修公路的问题。苏振云怎么也想不通这个理，他又一次直言"犯上"，和省上的工作组顶开了"牛"。工作组罗织了30条罪名"指控"他，他一条条据理反驳。有些"罪名"是捕风捉影，有些纯粹是"莫须有"。比如一条很重要的"罪状"是公路修得太早了，现在有路无车，公路修下没用，造成浪费，劳民伤财。苏振云愤然反驳。工作组给他讲大道理，他也给他们讲"大道理"："苏联工业化了，没注意修路，结果有车无路，所以路要先行。"工作组给他讲他们调查罗列的所谓"事实"，苏振云也讲事实。他想起了1955年八个县大部分通了汽车的时候，恰逢大灾年。省上和地区去北京汇报灾情。当时的国务院秘书长习仲勋召集有关部门开会。习仲勋说，今年全国丰收了，但陕北遭了灾，陕北人民为我们共和国的诞生出了大力，全国人民应该支援他们。榆林、绥德专区要3亿斤粮食，我们从五个省调给你们，但没有公路运不进去是个大问题。习仲勋说到这里，地区赴京汇报的领导同志连忙告诉他，榆林、绥德专区大部分县已经基本通了公路。习仲勋非常高兴，马上通过彭老总调解放军一个运输团，把3亿斤粮食运了进来。避免了移民就食，做好生产自救，安全度过了灾荒。群众高兴地说，先修了救命路，后运来救命粮。这难道不是公路的"用"吗？有路无车只是暂时的现象，难道我们国家永远会处于有路无车的状况吗？况且汽车不见，驴拉车普遍，走公路总比翻山越岭走山路方便吧！

工作组要处分苏振云，苏振云不服，提出将他的申诉材料上报国务院周总理。工作组没办法，只好同意苏振云的要求。材料上报十多天，国务院就发来电报，通知榆林地区去参加在北京召开的第一次全国公路交通会议，会上肯定了苏振云的做法，并表彰了两个公路建设的先进地区。甘肃的武都地区和陕西的榆林地区。当苏振云扛着那面比他还高的大锦旗回来时，省上的工作组已经悄悄撤离了。

4

前一个"整"他的工作组刚走，后一个工作组又接踵而至。这一个工作组报来的是"喜"讯。苏振云又可以做他那个绚丽的治沙造田梦了。这是梦吗？不，不是梦！八大农场的出现和垦区条条渠道的纵横，在苏振云心中的那幅蓝图上画了重重的一笔，那第二笔、第三笔呢？

1957年年底，省上派省委副书记兼副省长谢怀德和省水利厅长管建勋、农林厅副厅长杨沛琛到榆林，帮助专署搞农林水牧第二个五年计划。地区成立了规划领导小组。地委第二书记姚进贤任组长，行署副专员杨在清任副组长。地委农工部部长马维藩、专署五办主任苏振云出任副组长。成员由水利、林业等有关部门的领导同志组成。

在地区的领导小组会议上，苏振云又是那样先声夺人，侃侃而谈。有人告诫他吸取"经验教训"，不要事事总是抢在前面。苏振云说：建设社会主义，共产党员不抢谁抢。根据一年时间深入沙区调查的经验，苏振云提出了"全面规划、综合治理，沙区自治、外区支援，场社结合、共同开发"和"治一片，成一片，用一片，再治一片，再成一片，再用一片"的治沙方针。同时向地区拿出了"二五"期间治沙造田第一期工程的详细构想。按照第一期工程规划，首先在沙区几个主要水渠旁边摆上八大农场，引水拉沙，改造良田。横山雷惠渠办雷惠农场，定惠渠办党岔农场，榆林榆惠渠办鱼河农场，榆东渠办牛家梁农场，榆西渠办马合农场，黄庄抽水站办南郊农场，神木县耳林兔办耳林兔农场，靖边办了新桥农场和杨桥畔水渠边的劳改农场。1958年，与办农场并举，开始大规模兴修水利。横山修了响水渠。靖边修了旧城区渠道。榆林新建了三岔湾渠道，黄庄抽水站二级站和榆惠渠延长工程，完善了牛家梁渠道，规划了镇北台抽水站。连同新建渠道加上旧有渠道，从靖边新桥经横山至榆林马合，用一条条大中型水渠首尾相连成一个大水带，由西向东依次是：新桥渠—旧城渠—杨桥畔渠—芦惠渠—雷惠渠—定惠渠—榆惠渠—三岔湾渠—黄庄抽水站—红石峡渠—镇北台抽水站—榆东渠—榆西渠。用这600多里水渠切断沙源，阻止毛乌素沙漠南移，把治沙斗争引向沙漠的纵深地带，"由战略防御转入战略进攻"，变沙进人退为人进沙退，从根本上改变沙区的落后面貌。

榆林地区领导下的这支庞大的治沙集团军，向毛乌素沙漠挺进了。"修一条渠、治一片沙，出现一块绿洲、办一个农场、富一片群众。"兴修水利和大办农场在全区范围内遍地开花。仅在一期工程规划范围内，除过当地的19万群众，又从南部6县调来1万民工，同时调一个团的军队和3000名劳改队投入第一期规划造田和水渠的建设。此外还有机关干部、厂矿、学校，市民组成的"临时突击队"。地委书记姚进贤亲自挂帅，"帅府"设在南郊农场的一间破草屋里。五办主任苏振云靠前指挥。经费实行"五金合流"（农业、林业、水利、农垦经费加"穷队投资"）。干部实行"五干同署"（农业、林业、水利、农垦和行政管理干部抽在一起办农场）。最初和风沙奋战的几年里，有谁知道他们吃了多少苦，但为了挣断贫困的锁链，苏振云和他的战友们心甘情愿。那时候，苏振云的这支治沙大军里，有"三大二堂一门生，七十二个毛毛兵"之说。所谓三"大"，指的是牛家梁农场场长杨增占（杨大），党岔农场场长高占宽（高大），鱼河农场场长李生旺（李大）；二"堂"，指的是新桥农场场长刘正堂和南郊农场场长冯玉堂；一"门生"是地区农业局副局长兼鱼河农场党委书记石海源；"七十二个毛毛兵"指的是农业农垦系统的中层领导和八大农场各分场的负责人。

这些人都是既有组织领导才能又能苦干实干的硬汉子，他们中间，有的是原任地委副秘书长，有的是县委副书记和副县长，有的是地区部门的副部长副局长，"官"最小的也是县上农业农垦部门的主要负责人。但为了党和人民的利益，他们不计较个人的得失和职位的高低，毅然奔向治沙造田第一线，艰苦奋斗，顽强拼搏，在榆林地区造林治沙史上写下了可歌可泣的一页。

第二个五年计划结束的时候，榆林地区治沙造田取得了辉煌的战绩，千年荒漠里有15万亩土地披上了绿装。1963年夏天，苏振云去北京参加全国场社合并座谈会，他们参观了京郊的红星公社和卢沟桥公社。学习了人家办农场的经验，总结起来就是：水要成渠，树要成排，田要成方，地要高产。会上交流了经验，说到治沙修渠，苏振云不拿讲稿，讲得头头是道，既形象又生动："初见到沙，怕沙，打惯了交道又爱沙。荒沙是害，但是要有水就可以按照人的意志改造，变沙漠为良田。"讲到沙的特性，他简直像一个文学家在描摹："轻不过沙，风一吹，可以飞到千里之外；重不过沙，把沙装在麻袋里，谁也背不动；软不过沙，沙漠里走路，一步一个脚窝；硬不过沙，把水灌在沙里，盖楼房不用打地基……"

苏振云的发言引起参加会议的国务院副总理谭震林的兴趣，他当即要求有关同志将苏振云的大会发言整理成材料上报中央，并决定把榆林地区的治沙工作列为中央抓的重点。

然而，正当苏振云的事业蓬勃兴旺，准备用浓墨重彩描绘心中的那幅蓝图时，一场更大的灾难降临他的头上。先是社教运动中被隔离审查。有人利用他领导治沙和大办农场中存在的一些不可避免的失误，鸡蛋里挑骨头，硬是想给他找出这样那样的"问题"，甚至想把他打成贪污分子。紧接着到了"文化大革命"，作为农业农垦系统最大的走资派和当权派，对他的批斗逐步"升级"，到1966年11月，他被正式拘留。两年以后的1968年9月25日，在万人公判大会上，被定为"双料"反革命分子（现行反革命和历史反革命）判了20年徒刑，送省劳改场服刑，这是苏振云人生道路上最痛苦的一段岁月，他被逼得妻离子散，家破人亡。竟连在清涧老家担任公社副书记的弟弟，也因受他的株连，被造反派活活斗死。更让苏振云痛心疾首的是，他生命中最美好的一段时光，不能再为党和人民的事业奋斗了，不能再为心爱的治沙造田事业去奔波了，不能再和他的"三大二堂一门生"们一块并肩战斗了。从1968年到1978年，苏振云在铁窗里高墙下度过了整整十年半的宝贵时光。在榆林地区的造林治沙史上，苏振云留下了十年半的空白。

5

离休前的最后几个年头，苏振云重返战斗岗位。他仍然一如当年，在心中那幅蓝图上又重重写下了一笔。面对变化了的新的形势，他大胆推行承包责任制，使一度陷入萧条的农垦系统重新焕发了生机……

1978 年，随着国家政治形势的变化，当时的榆林地区中级人民法院院长贺长光同志，指示有关人员对不断申诉的苏振云的案件进行认真复查。复查的结果令人大吃一惊，这个曾轰动全区的大案，纯属冤假错案。

苏振云被无罪释放了，他结束了漫长的铁窗生活，重新见到了光明。

1979 年 3 月，苏振云恢复职务，重新担任了地区农业局长兼农垦局长。复职的第二天，地委领导找他谈话，让他重新办农场治沙。这之前不久，省委书记王任重来榆林检查工作，提出一手抓农场建设，一手抓公社建设，并从"陕建"资金中拨了一部分款给榆林。苏振云还是过去的老作风，先到榆林县红石桥等地调查，回来即向地委拿出治沙造田的二期规划，规划面积 26 万多亩，其中治沙面积 16 万亩。同时尽快动作，首先在榆溪河西岸动工修建西沙渠的支渠和治理沙漠。

榆林地区农业农垦系统的广大干部群众，看到自己的老局长锐气不减当年，个个兴致勃勃、干劲倍增，这支曾被打得七零八落的队伍，在苏振云的"帅"旗下重新集合起来，向沙漠进军了。

当时，地区给苏振云五条任务。第一，1979 年至 1984 年，五年内治沙 10000 亩；第二，农场在目前亏损 60 万元的基础上，五年内转亏为盈；第三，农场粮食产量在目前的基础上五年内增产一倍；第四，搞好工矿服务企业，每年盈利 20 至 30 万元；第五，发展榆林奶牛，五年内牛奶产量增加一倍。

为了完成地委交给的任务，苏振云果断地打破了"大锅饭"的管理办法，实行生产承包责任制，多劳多得，调动了农场工人的积极性。横山雷惠农场有一个分场，1980 年包地到人，全奖全赔。有 11 亩产量低的薄地，以一年 3000 多斤的指标包给一个工人，结果人家年底产量超过了 10000 斤。场里觉得这个工人占了"便宜"，场里吃了亏，要撕毁合同。这个工人不服，找地委领导告状，地委领导批给苏振云，苏振云坚决要求场里兑现合同。从这件事苏振云得出一个经验：只要充分调动人的积极性，发挥人的主观能动性，其潜力是无法估计的。

到 1984 年年底，地委给的五项任务全部完成。粮食产量超过一倍多，并且品种由原来的玉米变作水稻，水稻产量也大大增加。鱼河水稻原来产量不到 200 斤，石海源当鱼河农场场长时，从宁夏请来技术工人，按照人家育秧、插秧的方法在我们这儿试验，获得成功，产量成倍增大。苏振云复任后大加推广。1980 年抽调 50 多名农业技术人员，在全区推广人家的高产经验。推广中有的群众接受得早，有的群众接受得迟，甚至一开始不敢接受。有这样一件有趣的事，芹河王家楼大队有两个生产队：一个生产队接受了新高产经验，全部按新技术插秧；另一个生产队不相信新技术，仍按过去的老办法插秧。后来抱着试一试的心理，将人家剩下的两亩秧苗插在自己的地里。到秋季下来，这两亩地亩产超过了500斤，其他地仍然没有突破200斤。这时县上召开水稻高产交流会，那个队长不敢来参加。苏振云和当时的榆林县县长曹仁德，县农业局局长慕生高专门派小车将他接到会场。这个队长在会上现身说法，特别是说到"盼"那两亩按新技术插秧的地不要长好，其他地能长好的时候，将他那时的心理活动说得活灵活现，惟妙惟肖，会场上传来一阵阵的哄笑声。这次会议以后，新技术很快得到全面推广，到1981年，水稻亩产平均达到500斤左右。

从这件事情中，苏振云又得出了这样一个经验，凡是有利于群众的事情，最终群众都能够接受。而一旦群众接受，他们的办法比我们还多。比如新技术育秧，外来的经验是铁架子、塑料纸。群众接受后，搞土法育秧，按照育秧的原理，需要多少温度，在炕上育秧。插秧时候群众不用插秧机，到插秧季节，远近的亲戚朋友都来了，熙熙攘攘，像过节一样热闹。

这篇文章就要结束了，我在心里认真琢磨着我的主人公。苏振云，他到底是一个什么样的人。

苏振云的第一个特点是，对党和人民的事业的热爱和带头苦干的工作作风。他是一个地地道道的实干家。苏振云说，他一生有四个大阶段：支前、修路、治沙和坐牢。其中他最钟爱的是治沙，因为他为治沙付出了太大的代价，他是为治沙坐的牢。如果不是因为他对共产党的坚定不移的信念和对心爱的治沙事业的梦牵魂萦，他怎么能在高墙下度过几千个漫长的白天和黑夜，这是需要一种强大的精神力量去支撑的。即使在监牢里，苏振云也从来没有消沉。他坚持每月写申讯，他把监狱里每月发的两元钱积存起来，买成马、恩、列、斯、毛的著作，认真学习，写了十几本读书笔记。当管教人员劝他服罪时，他昂然地回答：我没有罪！我是服法不服罪。

苏振云的第二个特点是，不唯上，不"唯"官，认准正确的事情就要干下去，有时候敢于直言"犯上"。前面已经提到他的几次"犯上"。实际上，苏振云一生"犯上"不仅仅是这几次。1953年，黄河水利委员会给了绥德专区30个水坝的任务，苏振云将30个水坝分两期修建，第一期15个，第二期15个。一期工程进行到一半的时候，一位领导要他下马，把民工拉下来。苏振云认为这样做将会功亏一篑，顶住没有执行，直到坚持完成任务。苏振云说得好，我们共产党人是为人民利益而奋斗和以为人民服务为宗旨的，只要对人民有利的事情，我就要干下去。为了治沙造田，我险些儿把命搭上了，但我从无怨言，从不后悔！

这掷地有声的铿锵话语，说得多么好呵！那么，苏振云还有什么特点可以总结呢？够了，有这两条已经足够了！具备这两条的人，可以称得上是一个真正的共产党人！

苏振云就是这样一个真正的共产党人。像这样的人，在榆林地区的治沙大军里，在榆林地区的各条战线上，还有很多很多。我们将把他们的英雄业绩，一个个介绍给亲爱的读者。

《绿色沧桑》在榆林最后定稿之际，我们意外地惊悉：苏振云同志不幸于1991年4月2日10时因病逝世了。享年73岁。逝者如斯夫，逝者如斯夫！正是春天美好的季节。作为本书的作者，我们为家乡失去这么一位铁骨铮铮的汉子而无限悲哀！为苏振云同志无幸阅览此书而深感惋惜！为此，我们将拟订的标题改为《生命之树常青》，以表我们对苏振云同志的沉痛悼念！

安息吧，苏振云同志！

作者补记
1991年4月5日

塞上江南雷龙湾

塞上和江南是一对多么迥异的地理区域。江南和塞上本来是毫无机缘关联的。一个在浩瀚的长江以南,山光水色,四季常青;一个在万里长城以北,沙漠连绵,满目荒凉。长江与长城都系中华民族的象征,致景却是大相径庭。二者应该相对比相陪衬才是。但事物就是这么古怪,塞上和江南竟有机地重合了。人总得要承认现实的。

横山县雷龙湾乡堪称小江南了。

采访前,你就听说雷龙湾搞得不错,乃横山的一块富庶之地,大米尤为叫绝。林业就更不必多言了。当你下榻于横山县招待所后,巧逢榆林地委书记李凤扬同志视察工作归来,你们便做了短暂的会晤。这位以踏实干事在人民群众心目中著称的父母官,给人留下了难忘的印象,大有"棋高一招"的感觉。他对雷龙湾很有兴趣,予以相当的肯定和支持。并让你务必去走访。他的引荐正吻合笔者之意,也正是你将要奔赴的目的地。

在"丫"字状路口告别芦溪河后,你便沿着一条简易公路而去。吉普车颠颠撞撞,极有弹性似的。路边上绿树成荫,一一被抛在脑后。对面起伏的沙漠下,是流淌不息的无定河,灰色的流水不很深,河底积淀了黄灿灿的沙子,平展展的,像一块幔帘铺着不动。走不多远,河岸渐渐凸了起来,一看便知是人工垒筑的,有明显的斧凿痕迹。岸坎后是一片绿葱葱的稻田,稻苗在淤泥间株行距清晰,格外整齐,就如同用绳子丈量过的一样,一目了然。你的困倦被眼前的景致所驱赶,顿时精神多了。这奇异的色彩与黄灿灿的沙子形成鲜明衬映,真乃沙漠中的绿洲了。要不是你早有准备,定让你惊诧不已。大自然给了你一个悄无声息的信号:已入雷龙湾之区域了。塞上的小江南正在你的脚下,撞进你视野的是带有江南之韵味的。

乡政府坐落在一片密密麻麻的绿树下面。周围是错落有致的农家宅院,平展展的川道，庄稼长势喜人，一看就是一块富饶之地。但不难知晓，这里过去是黄沙的世界，如今的面貌全是人类改造过来的。那树木、那庄稼正是最好的见证。

乡党委和乡政府热情地接待了你的采访。

雷龙湾地处无定河上游，系风沙河湾地区。人稀地广，水利资源丰富。无定河及其支流宜农河纵横流经全乡境内，其12个村均有发展水利的条件。这特定的地理和自然之优势，给当地的"父母官"们提供了良好的改造环境。

1989年春天，乡党委和乡政府经过深思熟虑，研究决定开发治理无定河及其支流宜农河道滩涂地。他们是这样想的：每届领导都给群众办些事的，而我们该给群众办些什么呢？有道是"为官一任，富民一方"。现在轮到我们这一届的领导班子了，必须在原有的基础上，给雷龙湾的人民群众办点实事，谋点利益。否则就对不起上级领导部门，对不起勤劳憨厚的父老乡亲们，也对不起自己这个"父母官"的职位。不然有人问你们给雷龙湾办了些什么事，那自己就羞于启齿，无处躲藏了。他们根据诸多因素，决定发动群众入股造地。经过反复了解、调查，觉得开展这项工作有几个有利条件：一是有特定的地理环境和自然优势，所谓天时不如地利也。二是在新的形势下，新的生产劳动的组合，人民群众有迫切治沙造地的愿望和要求。切实点说，人口膨胀，土地减少，无定河左右动荡冲刷两岸的耕地，使有效的耕地越来越少。就拿乡政府所在地的雷龙湾而言，其属缺水地区，人均水浇田只有四五分。如果这种局面继续发展下去，人增地减，刚刚解决了温饱问题的群众生活是难以保障的，而且还会出现前几年闹饥荒的景况，那后果将不堪设想了。三是乡党委和政府有一个团结一致、能为人民办好事的领导班子（也包括村级领导班子）。又可谓地利不如人和也。四是地处风沙区的父老乡亲们，真诚笃厚，务本求实，不怕受苦受累，再大的困难也能克服……当然，从反面考虑，也有一些客观存在的不利因素，这必须估计进去，因为任何事物都是多面性的。作为领导班子，既要充分估量到自身的优势，也要看到自身的劣势。唯物辩证法的观点是他们工作过程中的有力武器，是他们战胜一切困难的法宝，多年的工作经验。不利因素是很具体的：当前国家财政困难，处于一个非常时期。对农业的投资少，远远不能满足现实的需求，特别是无定河的主流河道，工程量大，造价高，上面不拨款，下面不敢干。就拿1985年的一个工程来说，经水利部门测算，得需资金60多万元，一听就让人望而生畏了。当今农村的状况也不一样。群众是设法变得更加富裕，愿望很强烈。但家庭承包责任制，千家万户，单独经营，他们难免各有想法。如果一旦付诸现实，目标会不会一致？人心会不会齐？不得不承认这样一个事实：他们勤劳肯干，却真让他们捐款投资，还是瞻前顾后，有许多后顾之忧的。再则由于农业生产资料价格上涨，农产品价格较低，修地种粮不如做买卖利大，不如做点别的划算。更重要的是群众担心政策多变，恐投进去的资金赚不回来，甚至连本亏了呢⋯⋯

乡党委和乡政府这么分析估计，是充实而周密的，也是切合实际的。但无论如何，他们治沙造田的意志没有动摇，他们为群众谋利益办好事的宗旨没有变。针对具体问题，他们采取了一系列措施，尽力克服种种困难，力求能使各项工程顺利上马。

宣传很重要。他们向群众积极宣传党在农村的路线、方针和政策。打消群众害怕政策变的心理，想方设法调动父老乡亲们筹资的积极性。让群众踊跃投入这项浩大的造田工程。经他们反复宣传，做思想工作，群众的顾虑消除了，为工作奠定了良好的基础。

接着就是组织工作。他们以乡长牵头成立了治理无定河指挥部，配合水利部门拿出了全乡整体规划的蓝图。然后实施各项工程的具体勘测设计，帮助村组制订实施方案，进一步做教育群众的工作，解决出现的各种疑难问题，并把农业水利建设列为干部岗位责任制中：领导包片，干部包村，村干部包工程，定期考核，总结评比。这样层层承包，有人抓有人管，有人负责，加强了各自的责任心，是一个完整的统一体。

群众自愿捐资这种办法，曾在20世纪50年代就采用过。他们总结了过去留下的宝贵经验，又吸取了前人们的教训，同时有了更完善的创新。群众共筹集资金294483元。他们主张因地制宜，发挥自然优势。或修水利或架农用电路，或办学校或修水电站，拉开一个八仙过海各显神通的场面。

沙峁村党支部和村委会，在县、乡两级政府的支持下，决心大，群众工作做得好，仅用两个月时间，他们的2190米河堤立体工程就胜利竣工了。乡党委和乡政府及时召开了无定河治理现场会议，邀请了县级六套班子和有关部门以及各个村干部参加。会上对沙峁村的成绩予以大力肯定和鼓励。沙峁村介绍了如何发动群众入股投资投劳的经验，使与会者深受启发。会议开得很成功，影响很大，在他们的带动下，全乡工程相继上马了。

他们这种以点带面的方法，颇值得我们效仿⋯⋯但是根本性的问题解决了，新的问题又来了。当前大搞农田水利建设，是会不断出现许多新问题的，我们绝不能回避客观存在的矛盾，而关键要在如何解决问题上下功夫。诸如村组间的地界纠纷，工程布局和河流走向，个户与集体间的承包调整兑换，工程毁坏房屋以及其他附属物赔偿，筹资贫富力量不均的处理等。这些问题处理不当，是很麻烦的。不仅严重影响整个规划，延缓工程进度，而且会引起一种不安定的因素，不是集体之间发生田地界纠纷打架斗殴，就是遇到一些人敲竹杠。

他们面临的正是这些炙手之难题。于是根据具体情况，得采取具体措施。他们广泛同群众协商，提出要求：上下游要服从乡政府的统一领导，服从总体规划。要求群众自愿组合，有破坏他人的工程不许上马。绝不能见机敲竹杠。如果违背上述规定，乡政府对工程不予支持。若是个户，不予入股。分段治理，在服从整体部署的前提下，由群众自愿协商解决，可以打破村组地域界线，允许跨村组入股。这样便于解决地界纠纷，也有利于处理损坏赔偿问题。因是群众自愿组合的工程，给自己造地，即使吃点亏也好处理。看来，他们是既懂心理学又懂社会学的。

鉴于此，全乡水利工程一年多来，从未出现过阻拦、打架等事件。损害了一些人的利益，也未叫赔偿，工程进行得非常顺利。

分配是一个十分重要的现实问题。乡党委和乡政府实行以户入股投资，按股分地受益。长期稳定不变，并拥有经营、继承和本地权属内的作价转让权的措施。在本村组和自愿组合的工程范围内，由群众自愿入股。一般土地多的每人可入几股，土地少的每人可入一股，少则不限。股份确定以后，按照工程造价以及用劳多少，按股均摊派。并根据工程进展，规定交纳资金和劳动出勤时限，逾期不交款、不出勤或中途退出的不给分地，并不退投资。他们没有忘记照顾老弱病残者和"五保户"，经工程领导委会员批准，优惠延期交纳。同时乡党委和乡政府在贴息扶贫贷款中重点安排资助。去年，他们在143500元扶贫款中，抽出9万元安排于贫困户造地。在投资次序上，他们引入竞争机制，实行三优先（积极性高的优先，工程进度快的优先，效益好的优先）。在投资程序上，他们采取先干后贷或奖励贷款指标的办法，这样做既可普及入股个户，又能从根本上扶持贫困户。于是，全乡上马的股份造地工程，除个别孤寡老人外，户户入股，每股108元7角，可分地最多的3亩多，最少的5分。群众看到自己出钱给自己造地，既现实又有利，出资金和出劳动力的积极性异常高涨。一些工程虽然人均投入

100多元，户均500元，负担很重，但也是心甘情愿的。他们表现得格外爽快，人们说：尽管我们还不很富裕，可这几个钱还是想办法要出的。现在手头紧一紧，会换回来的。即使我们拿不出来，借债也要出的。这不只是我们的事情，而是造福于子孙后代的大好事。将来就是把此债背到后人们身上，他们一定很高兴。他们会说老先人给自己办了件了不起的大幸事。如今的父老乡亲们，今非昔比，他们已经深谋远虑了。

管理是绝不可忽略的。解决了上述问题，接下来的就是如何管理。如果管理不好，那损失是令人痛心的。这就像植树种草一样，树和草都上去了，管护不妥，人畜不断糟蹋，成林就变为一句空话了。他们深知管理的重要，乡党委和乡政府根据本地天时地利条件以及各段工程的情况，确定定额管理，多种形式包干的办法，这是极为切合实际的。比如雷龙湾村1380人，610个劳动力，他们第一期工程是开渠引水，全长1460米，其中石渠1300米，渠道断面高2米，宽1.5米，每秒钟引水2立方米，总工程量土方250000万立方，石方28000立方。依工程工作段面长的特点，按照1500股，一次性包到个户，每股担土方167方，石方20方，完成时限两个月，并规定标准。土方以工价计算，每工定额6元，石方以价计算，每方揭盖6元。挖渠9元。验收达到标准后，长出归己，短下不补。这样就把所有的劳动潜力都调动起来了，每天上劳力四五百人。于是炮声隆隆，山呼水应，整个场面热火朝天，空前少有。仅用了43天就水到渠成了。如果是大集体工程的话，少则得用半年，多则一年。谁也不敢想象的限期工程，雷龙湾人民干出来了，圆满成功了！此条渠道可灌地2万多亩。

沙峁中段工程是引水拉沙筑河堤。乡党委和乡政府按照劳动条件和劳动对象，采用了统一施工，一日定额包干的办法。也就是按照男女老少、劳力强弱、编排包干。后生拉桩，妇女撞墙，老汉捆柴把，娃娃照墙墙，统一记件和记工的办法。为了保证劳力按时出勤，他们以"三三、四四、六"的工值定价。早春晚秋农闲时，每工定价3元，春种秋收农忙季节，每工定价4元，夏收大忙时，每工定价6元。这样的好处是群众怕短工出钱，争着抢着出勤。

魏沙沟、董家畔一些中、小型工程，由于劳动条件限制，不便于大规模作战。他们把工程造价和需要的材料统筹起来，然后由一人或几人承包规定完成面积和时限。所承包的一切材料费，验收达到标准后，长出归己，短下不补。个别出不起的人，承包人允许出劳相抵。此种办法体现了有钱出钱、有劳出劳，统筹单包入股造地。

但是，在定额管理、多种形式包干的大前提下，还可以根据具体情况灵活采取措施，灵活掌握和运用各种方法。这充分说明了乡党委和乡政府是相信人民群众的，给人民群众相当的自主权的。这是他们的明智和聪慧，也是他们优良的工作作风，很值得我们汲取。

时间在繁忙的造田中流逝。雷龙湾乡党委和乡政府在五个行政村已经上马大、中工程7处，投劳654413多个，工程共动土473400方，石方25000方，新开渠道3条，全长9460米。截至1989年7月初，造出水地4500多亩。预计到1990年底这些工程完工后，共可新增水地7625亩，全乡人均增1亩，连同原有水地人均可达2亩多，更重要的是入股造地是群众的创举，是在新形势下开展农田水利建设的新路子。他们依靠农民自筹资金，形成了新的农业增值运行机制。这机制就是群众投资投劳，改变生产条件，使农业后劲不断增强。入股投资造田造价低，经营效益相当可观，治理地块最少15亩以上，最大2500亩。每亩平均造价94元，最高200元，最低87元，比国家投资的工程造价低34元至173元。根据初步核算：雷龙湾村共需资金（劳力除外）23万元，可造地2250亩。如亩产稻子800斤，出米率为70%，每斤大米以0.5元计算，减去每斤0.1元的成本，每亩一年的收入就是200元。2250亩的收入就是45万元。减去总投入一年即可收入27万元。沙岸工程实际造价90500元，造地800亩，鱼塘200亩，亩均造价87元。今年800亩全部种入水稻，一年就能收入16万元。另外，河堤上可植树12000棵，其经济效益日后是不可估量的。就是地块造价最高的魏沙沟村，一年即可收回全部投入。

笔者顺便给雷龙湾乡算了一笔账：到1990年，7620亩全部受益，一年可增产610万斤粮食，增收213万元，粮食产量和农业总收入都平均翻一番。这样不但增强了雷龙湾乡的农业后劲，而且是开发建设商品粮基地、经济腾飞的起点和发家致富的途径，同时，入股造地把农民引入了对农业生产的竞争机制。因为农民爱的就是土地，珍惜土地就像珍惜自己的生命一样。他们怕别人把土地治完，特别是在村干部之间，又有互相攀比，比干劲、比进度的新风尚。如果自己不搞的话，给群众交不了差，会落骂名的。诸如沙岜村原来以行政村统一规划，集中治理，结果中途工程上马十多天，雷房则四个小组改变了治理方案，另立旗号，自己推选出一名有威望、有治理经验的人当指挥，在他们所属的地盘上另搞起一个工程。其原因是他们的地盘大，怕吃亏。起先乡党委和乡政府以及村委会尽力引导做工作，让一块治理，怕力量分散经济承受不起，半途而废，劳民伤财。结果事实恰恰相反，分开后两家互相竞争。雷房则432人，120个劳力，仅用半年时间就在无定河上游垒起长24米、宽6米，造价6万元的拦河坝。运石桥一座。筑河堤720米，总工程量土方15400方（柴油机拉沙）、石方500方，都是10公里外拉运回来的。现已造地400亩，工程全部竣工后，可造地1300亩，人均3亩多。沙峁工程分开后，更激起他们的干劲和决心，每天上劳100多个，不到四个月主体工程全部竣工。筑河堤2400米（上宽8米、下宽20米、高4米），动运土方122600方、石方1400方。

这真可谓不分不知道，一分吓一跳了！

你深深被雷龙湾乡党委和乡政府的精神所感动，被他们的工作作风所折服，并为他们的美好前景而兴奋异常！于是你来到无定河岸，来到了他们正战斗的工地。笔者站在高高筑起的堤坎上，举目远望，长长的堤坎宛如一条巨龙，沿着哗哗流淌的无定河水一望无际。堤坎后是绿蓁蓁的稻田，使起伏的黄沙梁显得渺小了。眼前的沙梁已被拉开，向雷龙湾乡党委和政府低头了，向雷龙湾的人民群众低头了。你仿佛觉得雷龙湾是一条巨龙。对了，就是一条巨龙，正神奇地在毛乌素沙漠里幻化着江南的风光呢。

雷龙湾，塞上的小江南……

一支绿色劲旅

靖边是以绿化闻名遐迩的。

在靖边，只要一提起造林治沙，人们的神情立刻欣然起来了。仿佛你一下点化了他们本能的灵性，把他们带进了感奋的岁月，带进了如火如荼的日子。在那轰轰烈烈的植树造林时期，有一支活动在沙窝子里的绿色劲旅，更给人们留下了难忘的印象。

这支绿色劲旅，就是靖边县人民武装部组织民兵，以野营拉练的形式营造"绿色长城"，在靖边土地上种下的难以磨灭的记忆。

位于黄土高原北部毛乌素沙漠南沿的靖边，承受着严重的风沙侵袭。新中国成立后在党和政府的领导下，广大人民群众对沙漠进行了治理，取得了一定成绩，但仍然没有彻底改变面貌，给人民群众带来了很大的危害。

1975年，靖边县委做出决定：沿长城营造一条防风固沙林带，锁住毛乌素沙漠，坚决改变农业生产遭受黄沙灾害的被动局面。在县委的号召下，靖边县武装部积极响应，配合县委的这一规划。组成了以县委书记兼武装部第一政委赵兴国同志为总指挥，县武装部副部长王荣久同志、县林业局副局长贺俊元等同志为副总指挥的治沙造林指挥部。他们组织全县26个公社（现为乡镇）的3000多名武装基干民兵，以野营拉练的形式，投入了营造"绿色长城"的战役。

序幕拉开之前，他们就大造舆论，广泛宣传，并向广大武装基干民兵做了战前动员。赵兴国同志和王荣久同志分别代表县委县人武部做了动员报告。他们追溯靖边的悠久历史，分析靖边的地理、地貌的形成和变迁的原因所在，同时肯定了靖边自新中国成立以来党和政府在植树造林中取得的成绩，以及继续这项工作的必要性和重大意义。他们对民兵进行光荣革命传统的教育和为人民服务的教育，使广大武装基干民兵受到了深刻的启示。自幼生长在毛乌素大漠里的人，是饱尝风沙之苦的。他们更加认识到通过野营拉练造林大会战的形式，是锻炼和提高自己军政素质、加强民兵建设、发挥民兵作用、改变农业落后局面的大好机会。

武装部将数千名民兵按军事编制划分，组建成班、排、连，配有司号员、卫生员、通信员和炊事员，像现役军人一样开赴前线。为了解决拉练所必需用具，武装部花了上万元资金，仅野炊大铝锅就购置了百余口。指挥部一声令下，广大民兵全副武装，自带工具，意气风发浩浩荡荡地进发了。他们早上出操练军事，白天造林植树，晚上学政治和军事课。这种劳武结合的方法，是非常切实而可行的。

指挥部还下设几个分部，分部指挥分别由武装部的科长、参谋或干事担任。军事训练中，他们恪守职责，严于律己，要求民兵做到的自己首先做到，按有关条令条例办事，苦练过硬的杀敌本领。

劳动时，他们和民兵一起吃苦耐劳，挥汗如雨。为了保证造林的成活率，林业部门给他们配备了技术人员。他们主动向技术人员请教，直至完全符合植树标准为止，得到了林业科技人员的好评。

总指挥赵兴国同志身负重任，竭力干重活苦活的。他既是指挥员又是战斗员，精心部署着"作战方案"。他患有严重胃病，却和民兵们一起吃，一起劳动，起模范带头作用。晚上别的同志们都已入睡，他还和副总指挥们研究着新的工作。尔后，他又和后来的武装部副部长刘运昌同志去检查民兵休息情况。一发现有人把被子蹬在地上，赶紧捡起来给盖好，又悄悄离去，生怕打扰了民兵们的休息。他这种关心同志的精神，在靖边的广大武装基干民兵中至今仍传为佳话。

副总指挥兼武装部副部长王荣久同志，始终与民兵们在一起。他是新中国成立前就投身革命的老战士，山东籍人氏。他曾在枪林弹雨的年代里出生入死，为建立新中国做出了贡献。他已年近半百，严重关节炎长期缠身，但他从来不叫一声苦和累。由于天气寒冷，沙窝子里风沙又大，他的"老寒腿"不时折磨着他，痛得他有时连步子也迈不出去。他偷偷贴上几张"伤湿止痛膏"，不让别人知道，直接指挥着整个会战。在林业局副局长贺俊元同志的陪同下，从这个战区走到那个战区，认真检查验收。这位山东大汉，是以坦荡直率在靖边闻名的。他说到做到，有"大炮"之称。别人不敢说的话他敢说，别人不敢办的事他敢办。他那端来直到的个性在武装部和广大武装基干民兵中广泛流传，人们打心眼里敬重和钦佩他。他那雷厉风行的军人作风和身先士卒的大无畏精神给人们树立了榜样。如今,他虽然已经转业,离开靖边好几年了,但人们仍然没有忘记他。在靖边只要说到民兵大会战,人们就会这么说:"副部长王荣久是个关键人物,他可把力出尽了!……"武装部副部长刘长新同志,下乡检查民兵工作时,无论走到哪里都忘不了检查植树造林,完全把植树造林作为民兵工作的一个不可缺少的组成部分了。广大民兵深有感触地说:"你真把靖边的工作操心操到家了……"

武装部后勤科助理员林宗新同志,是从湖南湘西入伍的。系土家族之子。他曾在海则滩蹲点时,因气候饮食方面不习惯,得了严重胃病,可他从不把自己的病放在心上。大会战中,他与民兵同甘苦。有时早晨剩下的面条,中午冷着就吃,再剩下晚上又冷着吃。繁忙的工作,紧张的时间,使他连热饭的空隙都没有。譬如他在红墩界带领民兵造林时,每天天不亮就到工地,提前把活路安排布置好。等民兵收工后,他还在工地检查和验收,或处理遗留问题。同志们见他如此劳碌,又患严重胃病,劝他注意身体,不要起早晚睡吃冷饭了,要好好休息,操心累坏了身子,都被他委婉回绝了。他笑着说:"我没有什么。只要把造林搞好,能把风沙治住,我就是再苦再累也值得。你们放心,我还年轻呢……"林宗新同志在靖边的工作风范,使人们深为感动!

席麻湾公社(现为乡)副书记、武装部部长张德健同志,是全省武干标兵,曾立过三等功,席麻湾乡也是全省民兵工作先进单位。张德健在植树造林大会战中,表现格外突出,再大的困难都不在话下。他早出晚归,以身作则,是民兵的模范带头人。在杨胡台村植树时,气候变幻多端,冷风卷着沙子和雪片,直扑人面,犹如刀割般的疼痛。他顶着风雪和沙子,带领民兵大干。他身上带着一个小口袋,装着炒面或炒米做干粮。他起得很早,等民兵到工地时,他已经全部安排妥了。所以,常常错过吃饭时间,只得吃炒米和炒面了。他狠狠地吃一阵子,刚止住了饥饿,却又渴起来。没有水喝,他实在渴得不行了,就把风卷在沙漠低洼或渠沟处的积雪浮层揭过,用雪当水吃开了。久而久之,他的脸部肿了,嘴唇裂了几条口子,往外流血。同志们劝他去医院看看,或休息几天,他全然不听,干脆用湿毛巾将嘴巴捂住,继续指挥着,后来竟连声音都变得沙哑了。正在这紧张时刻,他家中发生了意外,年迈的老母亲急得病倒了,捎话叫他回来。他没有回去,一直坚持到会战结束把民兵送回村才回家探望了老人。其实,此地离他家只不过十几里路。

还有席麻湾乡的女民兵排长苗国珍,带领女民兵排吃苦在前,很为出色。挖沙柳、捆沙柳，又背进沙窝子。100多斤重她背数次。从早到晚她比男民兵都背得多，植得多，受到有关部门和领导的表扬奖励！

以上只是列举一二，不再赘述了……

这种劳武结合的大会战，可谓靖边的创举了。后来许多地方也学习起来，并尝到了不少好处。但感受此种形式之味最深最切的莫过于此举的创始者——即靖边县人民武装部了。

为此，他们曾做过认真细致的总结。

是战时征集动员兵员的大演习。

过去，武装部对战时动员兵员问题，每年都作安排，搞方案。但是反侵略战争一旦爆发，这项工作究竟怎么搞？能不能按预定方案拉出去，参加作战，谁也胸中无数。而植树造林大会战完全可以当作战争前夕征集动员兵员的大演习。每年下达任务后，武装部及时召开武干会议，下达民兵参战人数，明确会战地点和时间，提出会战要求，进行深入的思想动员。然后各公社（现为乡镇）根据上级的要求，再向各民兵连、排下达任务，迅速组织参战民兵班、排、连配备干部，安排后勤保障。短短几天，全县数千名武装基干民兵整装待发，组织健全、官兵齐全，自带武器、工具和口粮干粮等，后勤保障井然有序，按上级的要求准时到达会战地点。正如武装部和一些武装专干说的那样：这是平时极好的练兵方法，战时征集动员的一切程序我们都熟悉和掌握了。公社、大队的地形也了解了，就是民兵们也习惯了。哪怕在任何紧急的情况下，只要命令一到，就能招之即来。平时动员民兵野营拉练植树造林，战时就可以动员民兵参军参战。

是对民兵吃、住、走、打的大训练。

各公社的民兵连，到达会战地点，近的走几十里，远的走100多里，途中还要起灶做饭，设营住宿，正好是野营拉练的好机会。在武装干部们的带领下，民兵连在途中练行军、练野炊、练宿营、练打仗，他们在拉练中学会了当尖兵、派警戒、传递口令；学会了防空，利用地形地物；学会了野炊和宿营。通过实践，摸索出了一些作战经验。开始，好些民兵连不能按时吃饭，或者吃夹生饭。有的民兵连把行军锅烧穿了饭还不熟。经过武装干部的指导，后来上百个灶基本上都能按时开饭，再也不吃生饭了。在劳动中，他们还提出"造林任务提前完，挤出时间搞训练"的口号。在保证植树质量、提前完成任务的情况下，集中几天时间普遍进行战术、射击、投弹和打伞兵的训练。好多民兵连的实弹射击和投掷手榴弹等项目都在会战期间进行，成绩均在良好以上。平时民兵训练不离社队，对战时运动状态下的吃、住、走根本触及不到。大会战使他们学到了平时学不到的东西，练出了战时用的真本领。

是对民兵干部组织指挥能力的大锻炼。

数千名武装基干民兵，开进茫茫沙漠，安排好他们的生产、训练和生活管理等事项，这对人武干部和民兵连、排、班长是一个难得的锻炼时机，尤其是基层民兵干部，日常生产靠村干部安排，训练在操场，直接指挥民兵的机会不多。这次把一个连或一个排交给他们，就大可充分发挥他们的才智。有的民兵干部初次带这么多民兵，安排这么大摊子，兵力无法摆布，工作不会开展，甚至吃不好睡不好。于是武装部的同志就深入各连传授带兵用兵的经验。加之民兵干部们的努力，很快对拉练造林、劳动训练这一套组织指挥都运用自如了。他们还在实践中创造了许多生动活泼、切合实际的有效工作方法。开展了学习雷锋、王杰等英雄人物的活动。办起了评比栏，比思想、比干劲、比团结、比质量、比贡献。鼓舞了斗志，激发了干劲，大大促进了植树造林的进程，保质保量完成了造林和训练任务，组织指挥才能得到了极大地提高。同时，县武装部把通信连的十台报话机配属各战区民兵连，上下左右通过无线电联络指挥。既锻炼了干部运用无线电实施组织指挥的能力，又在近乎实战的条件下训练了通信连，收到了较好的效果。

是对民兵工作"三落实"的大检验。

以往武装部主要通过考核和验收，检查民兵工作"三落实"。由于考核验收的时间短，不可能对一个连队有全面的了解。听听汇报，看看操场，也往往发现不了存在的问题。因此，对"三落实"情况掌握得并不很准确。野营拉练把武装基干民兵拉出来，在实践中进行全面地检验，是最好的考核，哪个连队做到了"三落实"，哪个连队还没有做到，一下子就看得清清楚楚了。过去民兵吃住在家、劳动在村，大都不在一起，如果民兵活动不经常，官兵之间、兵与兵之间就渐渐淡忘了，民兵组织也就生疏了。会战中，民兵以连、排、班为单位，官兵整天一块劳动、训练，一个灶上吃饭，一个炕上睡觉，保证了组织落实。民兵学习解放军政治工作的经验，学习"三大纪律　八项注意"，行军中男帮女，强帮弱，互相鼓励不掉队。宿营后为群众担水扫院，送肥垫圈。水缸挑得满满的，院子扫得干干净净。卫生员还给驻地群众看病。晚上请老红军老八路讲我军的光荣革命传统，讲革命先烈的英雄事迹，激发他们提高思想觉悟，牢记我军为人民服务的宗旨。临别时，民兵们做到水缸不满不走，院子不净不走，借东西不还不走，损坏东西不赔不走，并派出纪律检查小组检查群众纪律，直至完全满意才离去……所以，拉练每到一地，都受到人民群众的热烈欢迎。他们主动给民兵腾炕住，腾毛毡铺，把炕烧热，送上开水，使广大民兵深深感到了人民群众的深情。民兵们感激地说："一路行军一路家，处处都有'沙妈妈'。"这是发自民兵们内在的心声，如果没有深切的感受是无法讲出来的。两句简洁明了的诗行，借喻了《沙家浜》的故事和人物，恰如其分地勾画出了亲切感人的生活画面。不是吗？地处毛乌素大漠的靖边，世代生息在沙窝子里的老大娘，正是"沙妈妈"的化身。他们编得多么惟妙逼真，一个"沙"字，使人想到了当年新四军艰苦卓绝的战斗岁月，又使人鼓起勇气、斗志昂扬的大干一场！改变荒凉凶恶的生态环境，改变落后的家乡面貌。真是一字双关，织成了一幅质朴而感人至深、回味无穷的美妙图景。那么人民群众怎么说呢？他们夸奖民兵是"不穿军装的解放军""当年的老八路又回来了"。这也何止是一句简单的褒奖之辞，而且渗透着人民群众对往事的怀恋，对逝去岁月的思念，对未来的向往，足见老革命根据地的人民群众是何等纯朴，他们多么希冀着一种全新的生活。

每次拉练，全县武装基干民兵就可以落实 20 至 30 小时的训练时间，完成全年六分之一的训练任务，促进了军事落实。于是，靖边县有 30 多个民兵连被评为"三落实"先进民兵连。在绿色长城形成的时候，一支钢铁长城也在茁壮成长。

是造福于子孙后代的好活动。

靖边县武装部组织民兵拉练造林，截至 1980 年，每年完成造林任务 20000 多亩。7 年累计全县共组织民兵 26563 人（次），造林共计 174300 多亩，超过了 1975 年以前 25 年造林总面积的 1 倍多。完成了长城林带的加宽补齐工作，形成一条长 150 里，宽 4 里的长城林带。全县 120 万亩流沙，被他们固定了 60 万亩。条条绿色林带锁住了滚滚南移的沙龙，"沙进人退"的历史结束了。保护了耕地和草原，也解决了部分牲畜的饲料和群众的烧柴困难，为靖边县进一步发展农业和畜牧业创造了良好的基础。同时，也给社队增加了收入，因为每年民兵大会战，国家付给一定的报酬。高的一天赚 3 元多，低的 1 元多。可谓现实与历史的意义并举了！

靖边县民兵大会战告一段落了。

这是客观历史原因形成的，也是不以人的意志为转移的。但无论时代的进程何其迅猛，何其瞬息万变，现实决然代替不了历史，代替不了客观的存在。哪怕高度发展的科学将人类移送到童话般的太空星球上生活，而造林治沙，写在大地上的绿色篇章是永远活着的。它活在大地，活在沙漠，活在人们的心里。

可是，靖边没有告一段落，靖边的植树造林没有告一段落，靖边武装部调动民兵的积极性不断治理荒沙没有告一段落。

这又是历史的选择了。

农村实行承包责任制后，靖边县武装部认真学习党的方针政策，把民兵植树造林由大会战转向以乡村会战造林为主。他们忧虑广大民兵同志因为政策的变更而对造林产生模糊的认识，缺乏必要的信心。对民兵多次进行热爱家乡建设家乡的教育，广泛运用靖边历史变迁的史实，使他们认识到绿化靖边的紧迫感。武装部规定每年每个民兵出 6—14 个造林基建工。另外还实行统一规划，分到民兵个人种植的方法，将"五荒"（即荒沙、荒山、荒沟、荒涧、荒滩）地拨到各户进行治理，民兵带头完成。"五荒"地植树的所有权归个人，调动了民兵的积极性。仅在 1985 年，全县民兵承包"五荒"地 160 万亩，为全民植树种草带了个好头。诸如乔沟湾乡政府做出决定：退耕还林地、"五荒"承包地、天然草牧地，谁建设，谁使用，50 年不变。他们把这个决定以文件形式，发到民兵家中。县武装部又多次组织干部到各个乡（镇）深入田间地头向民兵宣传中央和省地县有关林业的政策。民兵们放开手脚，大干起来。仅乔沟湾乡民兵一年就自筹资金 11000 元，造林 1890 亩，治理了 31 个山头、67 条毛沟、51 面坡。人武部抓住这个典型，适时在民兵中进行推广，产生了很好的效果。之后又涌现出了杨米涧、青杨岔、王渠则等一批先进单位和先进个人。海则滩乡杨胡台村青年民兵王治录，自筹资金 1200 元，承包了 1050 亩荒山和营造 660 亩水土保持林的任务。他省吃俭用，四处求知，不辞劳苦，并实行科学管护，很快，他承包的林地披上了绿装。类似王治录这样的典型全县有 100 多个。如今，从北到南，从沙丘到沟壑，到处可以见到民兵林和民兵承包的碑记。其间渗透了靖边县武装部干部战士的多少心血和汗滴。

俗话说：铁打的营盘流水的兵。这话一点也没说错。从 1975 年至今，武装部的领导换了一任又一任，干部换了一茬又一茬。但他们带领民兵植树造林的信心始终没有动摇，勇气始终没有减弱，干劲始终没有退坡。多年来，他们共办林业培训班 550 多期，培养出近千名技术骨干，还购买下发了 3000 多册介绍林业知识方面的书籍。人武部的同志还利用出差、探家、外出和开会等机会，广泛搜集各地植树种草的信息、方法和经验，运用到了靖边植树造林的实践中去，产生了显著的效果，并结合当地情况，在实践中不断总结，大胆摸索，创造了一些符合靖边实际的科学的造林治沙方法，大大提高了造林治沙的效益，使造林成活率由新中国成立初期平均 5%，提高到 70%～80%。

为了防止出现造林不见林的现象，巩固造林成果，避免人和牧畜的侵害，他们非常重视林木的管护工作。他们在各民兵连普遍建立了护林队（组），制定了护林公约，实行分片包干、责任到人的管护方法。据统计，全县共有民兵护林组织 210 多个、护林员 800 多人。农村实行责任制后，"五荒"地的林木所有权归属个人，管护工作更加落到了实处。

武装部先后有数百人（次）参加民兵植树造林，成为民兵植树造林的带头人。

据统计，武装部共发动和组织民兵 23 万多人（次）投入植树造林，造林面积达 50 多万亩。

1985 年省政府召开全省绿化工作会议。靖边武装部的代表在大会上做了报告，介绍了经验，受到了省政府和省军区的奖励。

1983 年初夏，原兰州军区司令员郑维山同志来靖边检查民兵植树造林。他看后表示满意。座谈会上，郑维山同志高度肯定和赞扬了靖边县武装部在绿化工作中的突出成绩，鼓励他们再接再厉，做出更大的贡献！

靖边县武装部于 1984 年被兰州军区树立为组织发动民兵植树造林先进单位，受到通报表扬。

他们还十余次受到省、地、县等有关部门的奖励。

靖边县于 1986 年被中央绿化委员会命名为绿化先进县。其中也有武装部和民兵同志们的一份功绩呢。相信他们在未来的年月里，为靖边根治沙漠会做出更大的贡献！

飒爽英姿斗风沙

——来自昔日长城姑娘治沙连的报告

名称的由来

  1974年初春，正是农业学大寨闹得最红火的年月，涌现出了大批先进集体。榆林县当时最有名的要数战斗在榆高渠引水灌渠前线的"红色娘子军"连。此外芹河公社的"大打大闹专业队"也远近闻名。"大打大闹"队一律由各队抽来的清一色的后生组成。公社党委书记亲自带队，巡回各个大队，边宣传，边检查，边劳动，开渠挖井，植树造林，大搞农田基本建设。

  如火的青春年华，激荡人心的战斗岁月，万众一心的年代，给人们心头留下了多少美好的记忆！地处僻远的补浪河公社也不甘落后，先是成立了一个"三翻五上"（三年翻番，五年上纲要）专业队。1974年，榆林县委响应党中央"绿化祖国"的号召，提出了"向草滩进军，绿化沙漠"的口号。这年5月初，县委书记郝延寿到补浪河下乡。公社书记姚志英汇报工作时顺便提到，他想把"三翻五上"队解散，成立一个专门植树造林、治理沙漠的新的组织："全部由各队和下乡插队来的女女们组成，像红色娘子军连那样。"姚志英这样对郝延寿说出自己的设想。

  郝延寿一听也来了兴趣，点头表示同意。叫个什么名字呢？这位县委书记略有踌躇了——叫"塞上姑娘治沙连"吧，他征询地望着姚志英。沉吟了一会儿突然茅塞顿开："叫'长城姑娘治沙连'吧，对，就叫这个名字，这个名字响亮。"郝延寿兴奋地望着姚志英。

  就这样，日后闻名遐迩，其"英名"甚至"远渡重洋"（长城姑娘治沙连的第三任连长潘生清曾经访问日本）的长城姑娘治沙连就这样在1974年5月初一个迷人的黄昏，由榆林地区有名的"秀才"书记郝延寿一"口"定音，在补浪河公社宣告成立。

写到这里，笔者不禁突发奇想。长城姑娘治沙连日后的"威名远播"，也许与这个名字的响亮不无关系，我这里丝毫没有想"抹杀"姑娘们战天斗地的治沙业绩的意思。任何一个集体或事物的"出名"，首先是由于取得了大的成绩，这是基础。但是在"取得成绩"的前提下，其知名度的大小，与名目有没有关系呢？我想是有的，比如这个当年的长城姑娘治沙连。如果没有郝延寿这个一向喜欢文学的"秀才"书记（他的旧体诗词也写得颇见功力）的精心推敲雕琢，随便一个什么人给安起个名字，比如什么"大打大闹治沙连""三翻五上治沙连"啦，恐怕就要逊色得多。

连长当年 18 岁

就在长城姑娘治沙连成立前一个月，高中毕业生童军从榆林城来到榆林北部靠近内蒙古的补浪河公社省不扣大队插队。听到长城姑娘治沙连成立的消息，她和知识青年高利霞拿上决心书到公社党委请战，表示要"洒尽全身千滴汗，浇灌荒沙一片绿"。在此之前，补浪河大队女青年席永翠已经捷足先登，串联了村中七个姑娘，跑到公社报了名。

1974 年 5 月 14 日，由 54 个姑娘组成的补浪河公社长城姑娘治沙连正式宣布成立。公社姚书记在成立大会上笑眯眯地说："你们 54 个女女，给咱到大水湾造林治沙。"公社党委将一面鲜艳的红旗交给刚刚任命的连长童军。童军接过红旗，领着她的 54 个"女女"兵，向离公社十里路外的大水湾挺进了。

长城姑娘治沙连，名字挺庄严的，实际上这是一支稚气未褪的"队伍"。那个模样俊俏、会唱会跳的"小"姑娘杨秀珍，才 14 岁！连长童军当时也不过 18 岁。她和比她小一岁的排长席永翠一直是治沙连的"中坚"，而且关系一直挺要好。共同的事业和对美好未来的憧憬使两个原本陌生的姑娘很快熟悉起来。童军对席永翠说，童军童军，她孩提时候的理想就是长大能"参军"，想不到现在真"参军"了！席永翠对童军说，永翠永翠，给她起这名儿就寄托了父母对改变家乡面貌的期望，希望家乡永远披上绿装。

在以后几年漫长的岁月里，童军和席永翠总是这样钻在一起。席永翠肯吃苦，有主意、脑子灵活，为人朴实，事事带头，加上又是农家姑娘，精于农活，在连里很有威信。刚开始的时候，童军一时还摸不着行道，往往是头一天晚上席永翠给童军当"连长"，告诉她第二天该干什么，童军第二天再给54个"女女"兵发号施令。

姑娘们很快领教了大水湾风吼沙飞的厉害。那天在打着红旗"挺进"的路上，大家还是有说有笑，心里别提多快活了。席永翠还大声"拉"杨秀珍唱歌，天生有一副金嗓子的杨秀珍也毫不扭捏，清清嗓门便唱起那首拿手的《南泥湾》来：

南泥湾呀好地方
好地方呀好风光
到处是庄稼
遍地是牛羊……

杨秀珍唱毕，姑娘们都沉醉了，她们的心仿佛一下子飞到了"到处是庄稼，遍地是牛羊"的南泥湾。几个没到过大水湾的知识青年，还一个劲儿问席永翠，"咱们的大水湾"有没有"咱们的南泥湾"的"好地方呀好风光"……

但是，面对眼前的大水湾，她们一个个愣神了。脚下是茫茫碱滩，周围是连绵不断的沙丘。听公社派来的"顾问"尚怀俊老人讲，这大大小小的沙包有1000多个呢！吃的是高粱饼、玉米馍和青稞面，住的是几间破破烂烂的柳笆庵子，泥抹的墙老是潮乎乎的，刮大风它跟着摇摆，下大雨里面漏小雨，连烧炭都得自己到100多里地外的煤矿去拉。

面对眼前的困难，姑娘们没有屈服。她们在老顾问尚怀俊的指导下，首先决定在荒芜的不毛之地开辟50亩苗圃。平整土地，这活儿本不算太困难，但在大水湾可就不同了。这里是个大风口，风的"水平"要比别处高出一两级。"飞扬跋扈"的狂风卷着黄沙和碱屑，打得人睁不开眼，张不开嘴，加上全连只有三辆架子车，许多姑娘只得推来家里祖辈留下来的独轮木轱辘小土车。这种独轮土车放到博物馆当古迹展览倒还有点价值，用它推沙垫地，比人背肩扛工效实在高不到哪儿去。加上沙绵地软，木轱辘又笨拙，独轮车平衡不好掌握，壮小伙推上也得费一把力气，何况是些姑娘们。初开始，年小体弱的根本就推不动，几个城里来的姑娘，推上更是像扭秧歌跳舞，不是左倾就是右斜，稍不留神，力气用不均匀，就翻到一旁去了。连长童军不甘示弱，憋红着脸拼尽全身力气推起一车，眼看要送到"终点"了，车子偏偏又陷到一个泥坑里，童军急得眼眶里直转眼泪，还是席永翠拉着连里的"大力士"张列爱跑过来帮着把小车抬出来，才好歹算把一车土倒在了目的地。

  排长张列爱不仅力气大，点子也多。她看这样硬"拼"下去不是个办法，向童军建议说："连长，这样干工效太慢，我看咱们干脆来个诸葛亮借东风。"看童军不解，张列爱解释说："这滩里的一座座沙丘都是风'送'来的，我们不能再借风把它们'送'走吗？"童军一听这倒是个好办法，拉上席永翠和张列爱爬到沙丘顶上做试验。三个人一人铲了一锹沙，顺风一扬，"呼"的一声就被狂风卷向远方。"试验"成功了，她们心里别提有多高兴。以后只要有大风，就借风"送"沙。虽然飞沙落了她们满头满身，只一会儿就变成了一个沙土人，一张嘴说话就是满口沙，每个人眼角上都吊颗沙圪蛋，但她们毫不理会这些，工效的提高和"成功"的愉快使她们忘记了艰苦和劳累。爱开玩笑逗趣的老顾问尚怀俊在沙丘下面对着姑娘们喊："永翠、秀珍，你们想说就说，想笑就笑，别老是抿着嘴唇憋着口气。咱这生在沙窝里的人，谁一辈子不吃三斗三升沙子！"姑娘们"哗"一声笑响了，手里的铁锹挥动得更欢了。

  每天上午修地，下午和晚上还要挖马槽井。马槽井不很深，三尺见水，可恨的是那"拉拉扯扯"的稀泥。赤脚站在里面，看外面并不高，就是扔不出去。童军气得直跺脚。人家张列爱一天轻轻松松可以挖三方，可自己这个当连长的一天拼命干下来，才挖一方。你说丢人不丢人？！

  更"丢人"的事还在后头。地修好，马槽井挖好，马上准备育苗了。为了围护苗圃，姑娘们到30里外的王家峁去背柳梢。往返60里明沙，翻越几十道大沙梁。别说背东西，空人走也得掂量掂量。但这些铁了心要干出个样来的姑娘们，怀揣青稞面窝头当干粮，每人每天要从这条"路"上背回70多斤沙柳条。"大力士"张列爱每次都背100多斤。童军不服气，暗中要和张列爱比试比试，有一次破例多背了一捆，差不多有90斤了。走到半路上，看到16岁的任志芬脸憋得发青，又硬从她背上取下一捆，加在自己背上。任志芬喘着气追上来，拦住童军说："连长，你今天本来就背得多，快把我那捆还我！"童军说："你人小，又有气管炎，我替你背一会儿吧。"说着，迈步就往前走。不凑巧遇上逆面风，又是上一个很陡的沙坡，100多斤重的沙柳条压在背上，风一吹东摇西晃。豆大的汗珠从额头滚落下来，双脚像灌了铅，挪动一步都十分艰难。童军觉得自己快要坚持不住了，这时席永翠和张列爱从后面赶上来。席永翠对童军喊："连长，你这是与谁比赛怎么着？"张列爱已不由分说，从童军背上拽下一捆搁到自己背上。她开玩笑地对气喘吁吁的童军说："连长，你可别和咱较'劲'，这'大力士'的名声可不是吹起来的！"

一个春天的苦战，姑娘们的心血没有白费。到初夏，苗圃里的杨树苗和榆树苗，已经有寸把高了。望着齐刷刷一大片青翠的幼苗，姑娘们个个心头乐开了花。

然而，伴随一场大风而来的沙暴，一夜之间扑灭了姑娘们心头的希望。第二天早晨起来，姑娘们跑到苗圃里，一个个惊呆了。只见苗圃里平铺了一层三四寸厚的沙，嫩绿的树苗全被埋在底下，连个头头都没露出来。

童军、席永翠、张列爱……姑娘们一个个心疼得流下了眼泪。怎能不心疼呢？这是大家几个月的辛劳和汗水换来的呀！不怕吃苦流汗，单怕白干呵！

老顾问尚怀俊向地头走过来了，童军和席永翠焦急地迎上去，"尚大爷，你看这树苗还有救吗？"

老顾问蹲在地头仔细察看了半天，站起来对她俩说："这树苗还有救，但得把沙土清理出来。这是个细活，为了不伤害树苗，得用手慢慢刨。"

只要树苗有救，用手刨算得了什么，没等童军下令，大家都已进去蹲下紧张地刨开了。有的拿着簸箕，有的拿着脸盆，有的干脆脱下衣服，将苗圃里的沙子包住运出去。任丽娜的手指头被沙子磨破了，但她咬住牙一声不吭。有的姑娘被埋在沙里的插条枯桩戳烂了手掌，也不叫苦叫累。六天六夜紧张的奋战，姑娘们硬是用流着血的手清理了黄沙，使被埋压的几十亩幼树苗终于全部脱"险"了。

"苦不苦，难不难，不苦不难是谎言。只因胸怀凌云志，方觉天阔地亦宽。"艰苦的环境和劳动生活，使姑娘们经受了锻炼和考验，像刚栽下的树苗一样，健康成长起来。

经历了一年多的风风雨雨，到1975年，长城姑娘治沙连的姑娘们已经在荒沙滩上修出350亩地。以70亩为一"框"，两框种沙打旺，两框种小麦，一框育苗。这年夏天遇上百日大旱，地势低洼的大水湾成了一个"蒸笼"，那350亩长方形的网框地仿佛是一节停泊在沙海中的闷罐车。为了抢救发黄的树苗和枯死的庄稼，连党支部召开了抗旱动员会。姑娘们昼夜奋战，淘干了马槽井，担了

16000 担水，才刚把新栽上的 3 万株小树浇了一遍。为了彻底降伏旱魔，加快绿化荒沙步伐，连党支部决定打机井。

谁也不会想到，在这浩瀚的沙海中打井，最缺的材料竟是"沙子"。这里的沙颗粒小、结构松，不是工程用的大沙。

怎么办？找，哪里有就到哪里找！

1976 年元旦刚过，童军和张列爱顶着凛冽的寒风，跑进沙海找"沙"去了。整整跑了两天，终于在内蒙古自治区巴音采当公社的海流兔河附近，找到了工程用沙，她俩高兴得差点跳起来。

很快，治沙连的女女们全部开上了 60 里地外的海流兔河畔。

这里的大沙，也不是成堆成方，一来就可以拉，只是沙丘顶上有薄薄的一层。姑娘们爬上丘顶，顶着刺骨的北风用簸箕刮，用手推，用扫帚扫，刮扫到下面堆成堆，然后拿木锨迎风扬沙，混在里面的细沙吹走，大沙留下了。

几十个女女拉着十几辆架子车，往回运沙。一辆车拉两三麻袋，几百斤重。又没有路，只能在沙窝窝里转着走。加上正值隆冬滴水成冰。姑娘们头发上挂着冰穗穗，眼睫毛上结着冰珠珠。手冻肿，脸冻破，脚冻裂，耳朵冻烂，但大家没有一个当"逃兵"的。就连小姑娘杨秀珍，也一直坚持到大沙拉完。

在年轻的连长童军的带领下，长城姑娘治沙连成立以后和风沙搏斗的第一个回合降下胜利的帷幕。

赤脚医生贺莎莲

贺莎莲和童军同龄，她们是同一天来到大水湾安营扎寨的。

在当年长城姑娘治沙连 54 个"女女"向大水湾挺进的队列中，梳两条长长的辫子的贺莎莲，除过对新生活的憧憬、对未来的幻想这些和其他"女女"共有的心理因素外，在她的心中，又比其他"女女"多了一种痛苦。当然，她那活泼开朗的性格和坚强的个性使这种痛苦总是深埋在心中，没有丝毫表露，唯其如此，这种痛苦才越加显得强烈。

她是长城姑娘治沙连唯一一个"可以教育好"的子女。

"我是 1974 年 4 月 25 日下午 4 时离开榆林城到补浪河的。"——如果贺莎莲当时不经过一番痛苦的斗争和抉择，她怎么能在 15 年后的今天，将这样一个普通的时间一口说得这么准确？采访中，只有她一个将时间说得这么确切，包括童军，也只记得她是 1974 年三四月去补浪河插队的。童军甚至说不清到底是 3 月还是 4 月，而贺莎莲却能清楚地记得是哪一天的几点钟！

准确一点说，贺莎莲那时已不能叫"插队"，只能叫"返乡"。她们全家在 1971 年榆林大搞"战斗城"的时候，已经随被定为"历史反革命"的父亲迁送到补浪河公社曹家峁大队（当时叫东方红大队）落户。曹家峁离城 180 里，贺莎莲她们家隔墙就到了内蒙古的"地盘"。岂止是"鸡鸣之省"，恐怕咳嗽也能"出省"。

1971 年，贺莎莲作为全县唯——个"可教育好的子女"上了高中。1973 年高中毕业参加了县知青办办的赤脚医生培训班。补浪河地处偏远，文化落后，缺医少药。贺莎莲想，学点医术将来回去可以派上用场。培训班结束后，她和一起分到补浪河的 9 名赤脚医生搭上公社下来拉化肥的 3 辆马车上了路，整整走了 5 天才到公社。

当时恰逢长城姑娘治沙连成立。公社院子里，各村各队的姑娘们一个个跑来报名。贺莎莲也想去报名，但一想到自己的"身份"，又踌躇了。后来恰好公社给各生产队分了名额，曹家峁也分了一个，加上治沙连需要一个赤脚医生。她才"侥幸"地成为治沙连的一员。

贺莎莲到治沙连不久，发生了这样一件事。有一天晚上，大家正准备睡觉，突然，和贺莎莲同住一个柳笆庵子的农村女青年"闹鬼"，说胡话。几个农村姑娘不由分说便用武装带将她捆了个结结实实，嘴里念着咒语，挥舞着武装带里里外外驱"鬼"。另外几个农村姑娘已经把食用的大盐颗粒倒进通红的炉膛里"别"（biè）盐。盐粒在炉膛里噼啪作响驱邪，贺莎莲要给这个姑娘吃镇静药，她们也不让。直闹腾到天亮，童军、贺莎莲跑到公社医院请来医生，给病人打了针吃了药，才算安静下来。

这件事使贺莎莲感触很深。事后她向童军说，这儿的人没文化，大家从小相信鬼神。我们治沙连不仅要和大自然斗争，还应该和人们的落后迷信思想斗争。她建议连里办个扫盲班。办扫盲班前贺莎莲在全连挨个摸底，不摸不知道，一摸吓一跳，全连 54 个"女女"，除过 5 个插队知青和 2 个回乡青年识字，其余 47 人一字不识！竟连席永翠和张列爱这样的骨干，也不会写自己的名字。

扫盲班办起来了。没有教室，就在一个个柳笆庵子里教。"第一课"是教大家识字，一人发一本识字课本，再发一个小本。每天晚上劳动回来，点一盏煤油灯，爬在炕上给大家教。从最简单的"一、二、三、四"开始，然后是每个人的名字，再就是每天用的劳动工具。由于"老师"教得得法，很快调动了大家的识字积极性。劳动休息时间，姑娘们锹把一扔，便坐在沙坡上"缠"着贺莎莲和其他几个念过书的姑娘给她们教字，考刚刚学过的字。席永翠、杨秀珍学得最认真。杨秀珍学会写"唱歌"两个字后，别提多高兴了，连着在沙滩上唱了几首歌。席永翠识字最有恒心，不会就问，记不住的字就写在墙上，旁边画个实物，每天晚上睡觉前默记几遍。她的进步也最快，从识字发展到读书读报，甚至以后能自己写个简单的稿子在会上发言，上台介绍经验。不会写的字就画个实物。看她的稿子最有趣，简直像在研究一篇"甲骨文"。

姑娘们能识些简单的字后，贺莎莲又和童军商量，并请示了公社党委，在扫盲班的基础上正式办起了政治夜校和文化夜校。读报纸，办黑板报。姑娘们看贺莎莲能把《红旗》杂志上那么长的一篇文章念完，羡慕极了："莎莲姐，你怎能认下那么多字?!"看她办黑板报，姑娘们也围在一旁啧啧赞叹："莎莲姐，你怎能把字写得这么'俊'!"……

姑娘们在集体生活的熔炉里成长着。刚来的时候，姑娘们都不刷牙。她们说：不干不净，吃了没病。连里每人给发了一把牙刷。以后她们逐步养成了讲卫生的良好习惯。她们在治沙连学到了不少知识，懂得了不少新鲜事儿。她们批判"女儿经"中的"走路要端正，做工要精细，给男人端饭要举案齐眉"。她们开始讲自由恋爱，婚姻自主，反对包办婚姻。这些姑娘小的时候都定了亲，大部分是"换"亲。有的婚姻不如意，晚上睡下悄悄在被窝里哭鼻子。有的在大家鼓励下，鼓起勇气和家里"斗争"，争取婚姻自由。

起初，公社只给了贺莎莲一个卫生箱和一些简单的药具，药物很缺乏。贺莎莲便又向连长童军提出自己种植中草药。连里给了一块地，贺莎莲带几个人种上了党参、枸杞、冬花等数十种好种易活的草药。种的药材丰收了，姑娘们拿出床单阴干，卖成钱，再买成药品。为了提高医术，贺莎莲不知在自己身上"试验"了多少次，扎了多少"冤枉"针！

除过夜校教师和赤脚医生这两个"头衔"，贺莎莲还是宣传队队长。由治沙连的文艺骨干组成的"补浪河公社文艺宣传队"，唱着贺莎莲和几名知青编写的反映连队生活的战歌，踏遍了全公社的64个生产队，又把这支战歌唱到了榆林城，这支歌的歌词是：

> 姑娘好比塞上柳，
> 茫茫沙海把家安。
> 住的沙滩柳笆庵，
> 吃的南瓜煮蔓蔓，
> 苦不苦，难不难？
> 姑娘立下斗天胆！

采访贺莎莲时，我在她的影集里取出了一张珍藏已久的照片：补浪河公社业余文艺宣传队首次赴榆会演合影。上面有一行小字：

> 风华正茂的年月
> 万古常青的友谊

我将照片上如今已经天各一方的九个姑娘的名字认真地抄写在采访本上：贺莎莲、王丽萍、任丽娜、边兆芳、思仲芳、曹丽亚、刘淑英、杨秀珍、牛利萍。

当夜校老师利用晚上，看病利用吃饭时间，搞文艺活动利用"冬闲"时间。贺莎莲"身兼数职"，但她从没有因此耽误参加劳动。苦其心志，劳其筋骨，她近乎刻薄地在长城姑娘治沙连这个革命的大熔炉里"改造"着自己。

1976年，连里决定在驻地的柳笆庵子后面盖11孔砖窑。童军、席永翠又带着姑娘们到20多里地外的魏家峁拉砖。定额是一天一辆车拉三趟，来回要走120里路。每天顶着晨星动身，踏着夜色归来。知识青年贺利娥刚来，也跟大家去拉砖，大家担心她顶不下来，但她咬着牙坚持下来了。贺莎莲当时正患病，也争着要去，童军不同意，她就偷偷跟上了张列爱的车。别人都是三个人拉一辆，张列爱只有两个人，见贺莎莲跟上来，张列爱也让她回去，贺莎莲对张列爱说，你们两个拉三趟，加上我，咱们可以创个纪录拉四趟怎么样？就这样，在当年长城姑娘治沙连拉砖盖窑的行列中，"大力士"张列爱和赤脚医生贺莎莲创造了每天往返100多里、拉砖四趟的最高纪录。

塞上"南泥湾"

昔日荒凉贫瘠的不毛之地大水湾，今日变成了塞上"南泥湾"。几年来，长城姑娘治沙连的54个"女女"兵，共营造沙柳环滩林2400亩，圈定了3000多亩沙滩。营造了25条全长53里的农田防护林带，栽树11万株。打机井9眼，开挖了30公里排灌两用干支渠道，推平沙丘新造耕地1000多亩，其中水地720亩。昔日草木不生的大水湾，实现了林带成网，田平成方，渠系配套，粮食自给有余。1974年至1978年，共生产粮食13万斤，培育树苗80万株，饲养大小牲畜380多头，还建立了固沙植物紫穗槐采种基地240亩，建立长杆柳用材林基地400亩左右。

1977年12月，长城姑娘治沙连的第一任连长童军和当时的榆林县长曹仁德一起赴西安参加省人代会，回来后招工到公社当妇女干部。

1978年，长城姑娘治沙连成为团中央命名表彰的全国十面新长征突击队红旗之一。第二任连长席永翠去北京参加会议，受到了叶帅等党和国家领导人的接见。邓颖超同志和席永翠亲切握手，并合影留念。

长城姑娘治沙连的第三任连长潘生清1980年被选为团中央委员，她家里至今珍藏着一张和团中央书记抱着羊羔在大水湾合影的照片。1980年年底，潘生清随同团中央一个代表团赴日本访问。

　　春夏秋冬整五年，
　　荒漠深处度暑寒。
　　喜看沙海变绿洲，
　　有我汗滴在其间！

这是童军离开长城姑娘治沙连时写下的一首诗，它是长城姑娘治沙连54个"女女"兵苦战大水湾精神风貌的真实写照，也是对那个如火的战斗年月的恰当总结。

重叠的绿色

巍峨镇北台。浩渺大沙漠。

尊敬的读者,你好。无论你来自和风细雨的江南水乡,还是来自冰雪封冻的青藏高原;无论你来自滔滔奔涌的黑龙江畔,还是来自挺拔秀丽的五指山下,当你脚步涉入陕西,涉入陕北,涉入塞上名城榆林之际,你非得前往镇北台方可罢休。想你一旦踏上建于明代万历年间的这座军事瞭望台时,你一定会被广袤苍茫的毛乌素大沙漠所折服,一定会被特异的塞外风光所倾倒,同时,你也一定会被台下的那一大片小树所吸引。"啊,好美的一片树呀!"你总要这么感叹的。是的,是一片好美的树林。朋友,你知道吗?这不是单一的事物,不是片面的植物概念,而是一片重叠着的生命,重叠着的色彩。那是中国人民解放军榆林守备营的战士们栽植的。

绿色军营,孕育了绿色的生命。

榆林守备营,于20世纪70年代的第一个春天奉命从延安驻守到这里的。这里地处毛乌素沙漠南缘,气候干燥,自然条件十分恶劣。镇北台周围树木稀少,几乎是一片黄沙的世界。鉴于如此险恶的自然环境,在上级领导机关的大力支持下,营党委做出决定:治理荒漠,植树造林,绿化阵地。他们认为,搞好植树造林工作,是党和国家的一项重要战略任务。全国人民都在积极响应党中央的号召,作为祖国大厦的柱石,新中国的钢铁长城,中国人民的子弟兵更有义不容辞的责任。同时亦是加强战备,搞好阵地伪装的一项重要设施,具有广泛的现实意义和深远的战略意义。

营党委为了把这一工作落到实处,将植树造林列入了重要的议事日程。党委(支部)首先统一思想,提高认识,解决阵地植树造林中的想不通的情绪,逐渐养成一种自觉性。其次抓好物资,做好准备工作。在造林季节到来前夕,先从其他经费里抽出一部分钱,购置水桶、扁担等植树用的必需物品,为这一工作的全面展开做好充分的准备。再则严格把关，具体指导，诸如栽树前检查树坑是否合乎要求；树苗发芽后检查灌水是不是及时，有效提高树木的成活率。同时干部要亲自干，发挥模范带头作用，促进植树造林工作的顺利进行。

认识统一了，部署确定了。接着他们开展广泛的宣传教育活动，让全营战士树立造林光荣的思想。每年新战士一入伍，他们就首先组织学习党中央和上级有关植树造林指示的精神，并对他们进行光荣的革命传统、艰苦奋斗和战备形势教育。介绍榆林镇北台的战略地位，组织参观阵地，大讲部队从1970年进驻榆林以来的艰苦创业历程和先进人物的事迹，教唱"阵地就是我的家"等歌曲，使战士们充分认识到了植树造林的重要性和伟大意义，认识到了阵地植树伪装在未来反侵略战争中的重要作用，激发了他们"爱阵地、守阵地，把阵地建设得更美好"的光荣感和责任感。也认识到了治理黄沙、植树造林是造福于人民、国家和子孙后代的千秋大业。

每逢植树季节，全营干部战士可忙乎开了。他们心往一处想，力往一处使，搬运树苗，划分场地，分发树苗，挖坑、拉运黄土、挑水，各干其职，各负其责，拉开了一块战斗阵地，摆开了一场绿色战争。为了保证质量，保证较高的植树成活率，他们主动请地方有关部门的专家、林业工作者和有经验的同志予以指导，介绍情况。主管植树任务的副营长魏嘉祥同志，多次走访了林业部门和苗圃单位。了解各种树的生长特点和对土质、水肥需求等状况。营党委书记、教导员刘存明同志，对营区阵地的宜林面积进行了全面细致的调查，制定了规划。营副教导员韩文芝同志，为了安排好这项工作，顾不上吃饭，积极给连队划分场地、预算和分配树苗。营党委还给每个干部制定了一定的指标，要求成活率必须高于战士，并组织全体人员栽"扎根树"和"留念树"，使干部安心工作，战士服役态度端正。这种把植树造林贯穿于思想教育之中，得到了上级领导的表扬。

在这场特殊的绿色战争中，战士们表现得更为勇敢，更为顽强。他们继承和发扬老一辈无产阶级革命家艰苦创业的精神，以他们为榜样，以守备营干部们为表率，不怕流汗，不怕流血，简直到了忘我的程度。有的战士大汗淋淋，干脆脱掉外衣，穿着衬衣继续大干。一位战士劳累过度，其他同志劝他休息一会儿，他一口拒绝了，一直坚持到底。还有一位同志身患感冒，本该在营房休息，却不顾自己的疾病，参加了植树的行列。干部和别的同志很关心他，劝他回去，他回答："你们干得热火朝天，我能闲得住吗？"人们说他有病，需要休息。他果决地道："我没有什么，这点小病还值得一提？你们别管我，咱们一起干就是了……"有的家中来信，说父母亲有病，让他回家探望。他竟把信藏起来，不向连队领导请假。领导得知后，批准他探亲，他迟迟不肯离去。更有甚者入伍前在家乡谈了对象，因种种缘故对象来信要与其"吹灯"，是亟待他回去弥合的。但他并未放在自己的议事日程上来，背着包袱仍然和战士们大干在一起。也有的探亲假还没有到期，为了造林治沙便提前归队了。在这场绿色战斗中，守备营涌现出了大量的先进人物和先进事迹，是很令人激动不已的。

缘于黄土高原气候特点和阵地土质状况，栽植的方法也还不很科学，树的成活率就不太显著。截至1983年，守备营在一片荒沙地带，镇北台周围，共植树21万余株，成活13万多株，种草300余亩，共绿化面积1200多亩。

根据这一情况，营党委多次召开会议，专门研究如何提高树的成活率等事宜。会上大家争相发言，出主意想办法，在总结经验、吸取教训的基础上，认为必须因地制宜，科学种树。他们主张坚持自力更生，理论与实践、科学与经验相结合的指导思想，进一步端正认识，决不可前功尽弃。既要看到痛心的失败，也要看到欣喜的成绩，而更要看到未来的希望，提高战胜困难和自然灾害的信心和勇气。他们相信只要不泄气，选择最佳方法干下去，成活率的显著提高无疑是指日可待的。

改造土壤。镇北台阵地大部分是沙土地，吸水性差，而降雨量更少，往往由于缺水致使树苗枯黄、旱死。夏天天气闷热，沙漠温度高，需要及时灌水才能保证树苗不被旱死，仅靠栽植时的那点水显然是杯水车薪了。但浇灌林地要耗费大量的人力和物力，简直是不可想象的，一句话，就是目前还没有这个条件。那怎么办呢？难道就因此而打退堂鼓不成？不行，干的意志决不能动摇。经过研究，他们选择了一个两全其美的方法，用科学的方法，先挖树壕沟，后挖树坑。在过去的基础上扩大坑径，以80厘米见方为准。接着就是培土，他们把运来的黄土倒入坑底，这样土质松、绵软，不易板结，也容易吸水。这一方法，是给树苗制造了一个良好的扎根与生长的环境。

结合地貌，选好种子。根据阵地起伏不平、坑坑洼洼的地形和土少沙石多的情况，主管植树任务的副营长魏嘉祥同志，多次走访林业部门和苗圃单位，了解各种树的生长特点和对土质、水肥需求等事项。他们按照以往的实践，发觉阵地周围不适宜种植杨树。其原因很明白，吸水性差，水分蒸发快，加之地势高、山包凸出，难以保持水分。而松树和榆树都比杨树耐旱，吸水性强。将这两种树种植栽到山包上，坡洼处，想是容易成活的。于是他们采取少栽杨树，多栽松树和榆树，把杨树栽到低洼处的办法，又根据不同树种的特点选择适合其生长的地方。这样大大提高了成活率，既能抗旱保活，长势基本趋于平衡。他们称这叫"高、中、低"三结合，不留一点荒地，绿化了营区，伪装了阵地，也造福于沙区人民的子孙后代了。

仅1984年、1985年两年，他们植树57000多株，成活率达90%以上。

注重技术人员的培训，是守备营在造林治沙中的一项重要工作。为了植好树，掌握植树和科学管理的知识，榆林军分区和守备营先后举办了三次学习班，参加学习的24人。他们请地方林业部门的技术人员进行授课，介绍植树和管理的经验。这些同志在学习班里认真学习，刻苦钻研，取得了优异的成绩。回队后，他们又给战士们现场技术指导，百教不烦，保证了连队每个班有一名小技术员，把好种树关，发挥了骨干作用。

一连连长马永东同志，1975年入伍，1977年入党，1983年担任连长。在他走马上任的第一个年头，正是党中央号召"绿化大西北，造福后代做贡献"的时候。他积极响应祖国的号召，动员全连干部战士，齐心协力投入了紧张的造林运动，起到了模范带头作用。为了树苗不被旱死，他和战士们一起到很远的地方去挑水浇树。他不因为自己是连长就少挑水，而常常比战士们多挑几回。为了掌握更多的绿化知识，他多次到榆林农科所、林业站等单位向科技人员学习、请教。他还注意掌握当地农民的植树经验，使他的绿化技术大大提高了一步，并很快付诸实施了。

美化环境。陕北气候反常，变幻多端，雨水少，土质差。这天然的自然现象是人为不了的，只能进行局部性地改变。营党委面对具体情况，具体对待。他们给自己设计一个目标，这就是保证"春有花，夏有荫，秋有果，冬有青"。他们在不同的地方，栽不同的树种，又用"高、中、低"三结合的办法，进行了阵地和营区绿化。先种草围沙，后种树，零种片种搭配着，榆树、杨树、柠条、果树等夹杂栽种，收到了良好的效果。守备营营区，是全营干部战士的心脏，是他们的指挥机关。各连队都在营区内修了花坛，种植各种各样的花卉，达到了连有花园，班有花坛，每个干部最少都有三盆花。这美化了环境，陶冶了情操，使全体干部战士更加感到了部队的可爱。每当外面的同志一踏入部队驻地，都赞不绝口。

  健全制度。营党委成立了由营长石伯荣同志为组长的绿化领导小组。他对这项工作十分负责，像抓军事训练一样紧抓不放，像关心自己的个人大事一样关心着。他多次召开会议，订出了具体的管理制度和规划措施。他经常深入连队，甚至深入到班或个人，提出具体要求和检查批评及奖惩办法。他们实行承包责任制，坚持"灌、管、修"，以保证栽一棵，活一棵，刚栽上的树，要做到一周浇三次。为防止这一制度落空，他们用"四定、二包、一奖惩"来严格监督，即定人、定点、定量、定时、包植、包活、好奖、差惩。把营区内外所有的树分到连、排，连、排又分到班，班又分到每名战士，看谁栽得好，灌得勤，管得严，成活率高。如此层层有人抓、有人管，使每个人都有了一种责任感。他们严禁牲畜糟蹋和人为破坏，对原栽的树进行修剪时，一旦发现有死伤的树木，就追查到底，弄个水落石出，追究责任。然后以制度为依据，分析情况做出处理。接着又进行补栽。俗话说得好：三分栽树，七分管理。他们是深切领会俗话不俗之意的。于是还专门派出护林员巡视检查，把风吹倒的树，立即给扶起来，再将露在外面的根须用土埋住，踩得结结实实。全营养成了"大家植树、人人爱护"的好风尚，改变了某些地方那种有人种树而无人管理的状况。

  每个绿色战役胜利的帷幕拉下来后，营、连、排、班分别开总结会，通过民主评议，对涌现出来的先进人物和先进事迹，根据情况予以不同程度的奖赏。该记功的呈报上级党委批准记功，该嘉奖的连里批准嘉奖，该表扬的班排立即表扬。他们充分利用会议、点名和办绿化简报、黑板报、墙报、电影、幻灯等形式，大力进行精神鼓励。植树前的宣传阵地，结束后仍然起着巨大的鼓动作用。

  在业余文艺活动中，战士们结合自己的亲身体验和造林治沙的现实生活，将此项工作作为活跃文化生活的重要内容，作为创造精神食粮的不可缺少的组成部分。他们自编自演文艺节目，其中一段唱词写道：

    一片片树林响哗哗，
    一丛丛鲜花迎朝霞。
    我爱阵地美如画，
    我爱阵地胜我家。

你听，他们编得多好，唱得多好。歌词简洁、明快、流畅，自然、朗朗上口，易记易唱，意境优美，情感充沛，如深邃峡谷里淙淙流淌的清纯透亮的泉水，像俊秀挺拔的山头上拂过的一阵淡丝丝的轻风，带着质朴淳厚的艺术感，引人入胜，令人向往，你会深深地陶醉于浮想联翩的美妙境界。你的眼前一定会闪现出一大片浓绿的树林，闪现出一丛丛五颜六色的鲜花，在晨风中，在冉冉上升的旭日里，跳跃着夺目的色彩。这不仅仅是一段简单的唱词，不只是一段短小的诗行，这是战士的精神，是当代军人的赤子之心，是人民子弟兵发自灵魂深处的声音。

守备营在榆林镇北台，在绿树丛中送走了一年一度复员的老战士。守备营又在榆林镇北台，在绿树丛中迎来了一年一度入伍的新战士。老战友依依惜别地走了，新战友生龙活虎地来了。榆林依旧，镇北台依旧，军营依旧，但绿色战役一个接着一个，绿色战斗一场接着一场。留着的战士继续是战士，走了的老战士的接力棒传递给了新战士。冬去春来，15个年头，他们的植树造林从未间断过。如果守备营一直驻扎下去，那前景是可想而知的。

他们在榆林驻扎期间，为榆林治理沙漠、绿化大地做出了显著成绩。榆林人民是记着他们的，镇北台是记着他们的，毛乌素沙漠是记着他们的。榆林、镇北台、毛乌素象征着他们的永恒存在。

据统计：守备营先后有16个单位集体立功、34名个人立功、530名同志受到不同奖励，2名同志分别被陕西省团省委和榆林地委评为"新长征突击手"。营团工委1981年被团中央、林业部命名为"绿化祖国突击队"，守备营1982年被评为全军绿化工作先进单位。自1981年以来，守备营连续四年被评为兰州军区绿化工作先进单位。

他们是受之无愧的。

1985年，是中国人民解放军榆林守备营最难忘的年月。党和国家根据形势需要，裁减军队。命令飞到了军营：决定撤销这个在多年植树造林中做出巨大贡献的守备营。全体干部战士的感情很复杂，真不知如何是好。通常的人生离别之情就不必说了，一言难尽。但军令如山，他们能够理解，这是党和国家之大计，刻不容缓。可干部战士们唯独撂不下树木，撂不下花草，那都是他们亲手种植、浇灌、抚养成长起来的。饱含着他们多少汗水，多少心血，多少忘不了的怀恋。新中国成立前，他们完整地把这些绿色的战利品奉交给了榆林军分区，后来军分区又交给了当地政府管理。

榆林守备营从此告一段落了。

守备营的绿色战役从此告一段落了。

……尊敬的读者，你还在塞上名城榆林，还站在镇北台上吧？你的视线正一动不动地盯着台周围那一大片树木、一丛丛草茎吧？离你不远处，有一排陈旧的窑洞，现在借给榆林地区艺术学校做校舍，那就是守备营的战士们住过的地方，那就是军营的所在地，那就是这片绿色世界的缔造者。他们早已离去了，却给榆林留下了难忘的思念，给大漠留下了难忘的记忆。他们都已奔赴各行各业，在不同的工作岗位上为国家和人民创造着不同的财富。

欢迎你再来榆林，尊敬的读者。欢迎你继续走入我们的绿色沧桑。

镇北台巍峨，大沙漠浩渺。

西沙渠赞歌

那是一条神奇的"河"！

每当我登上古老的长城，极目远眺那浩瀚无边、铺天盖地的毛乌素大沙漠的时候，每当我被那一渠浩浩的碧水和在它浇灌下出现的绿树、红花、麦浪、稻田所形成的那一幅奇异多彩的自然景观所迷恋和陶醉的时候，或者每当我坐在床头案边，回味和展望改造沙漠那一幕幕艰苦卓绝的斗争场面和美好未来图景的时候，我便从内心深处发出这样一种慨叹的呼唤。

它就是榆林人民在沙漠中开辟的又一条运河——日夜不息奔流在毛乌素大沙漠胸脯上的西沙渠。

顾名思义，西沙，是指横卧在榆林城西的一片大沙漠；西沙渠，就是为治理西沙而修的一条水渠。它从长城外的榆溪河上游的刀则湾处筑坝起水，顺西沙腹地由北向南，穿过长城，直到榆林城西的龙家峁水库，全长22公里，流域面积50平方公里，7万多亩土地。设计引水流量每秒4立方米，可灌溉31000万亩土地，是改造西沙的一项重点工程。工程从1972年9月16日开工，历时六年多，有效施工期为三年六个月，于1978年10月竣工。六年中，共投资2739000万元，上劳3734人，劳动工日87万多个，挖填沙土方270多万立方米，砖石方1万多立方米，引水拉沙1400多亩，平整土地1000多亩，营造长杆林17万株，紫穗槐30万株，沙柳、沙蒿7000多亩。

千百年来，浩瀚的毛乌素大沙漠，乘着从西伯利亚滚来的狂风，越过草原，跨过长城，直抵"塞上明珠"榆林城。但因被由北而南的榆溪河所阻拦，被迫无奈地只好在城西的高地驻脚。从此，在榆林城漂亮的面容上，出现了一块难看的"伤疤"，不仅成为榆林城安全的一种威胁，而且成为榆林人心理上的一种缺憾和羞耻。多少年来，榆林人民一直希望清除这块污垢，但直到20世纪的70年代才得以实现。自从西河渠修起后，那浩浩荡荡的一渠青水，犹如人体内活命的血液，给荒凉的西沙注入了生机。人们引水拉沙造地，浇灌农田，几年时间，便将千万座"拉骆驼"大沙丘变成几千亩平展展的农田，出现了绿树、稻田、鱼塘、高楼交相辉映的壮丽景观。昔日让人望而生畏的沙漠，今天成了榆林人民征服沙漠的一种象征和一座丰碑。

巨大的历史性变迁，无时不在吸引和激荡着我的心。正是出于这样一种感情，我不仅在当年曾抽空深入工地，领略过那热火朝天的战斗场面，而且这次又主动承担了采写任务，愿借此机会将它载入榆林人民征服沙漠的斗争史册。

几经周折，我找到了当时工程指挥部的总指挥和党委书记艾蓁同志。他原任地区供销社主任，现已离休，身体自然已大大不及当年了。但一提起西沙，他顿时来了精神，并很快进入了角色，有声有色向我说了起来。

他说，治理西沙，是榆林地、县领导和人民群众多年的愿望。但由于工程太大，又缺乏经验，长期没有动手。直到20世纪70年代初期，因为有两位既有谋略又有干劲的陈令学和郝延寿担任了榆林县的主要领导人，才做出了修建西沙渠、征服西沙的重大决策。

这样浩大的工程，没有一位能干的领导人是不行的。但让谁去领导呢？郝延寿经过反复物色，最后选择了艾蓁。艾蓁是米脂人，1949年6月1日榆林解放时，随部队进了榆林城，一直在榆林工作。1964年，他由县上调到牛家梁农场任副场长。正在他励精图治，为改造沙漠、建设农场大显身手的时候，农场开始了社教运动，他首当其冲，以莫须有的罪名被定为走资派，受了撤职、降级和留党察看处分。在当时的政治环境下，对他这样的人，一般人是绝不敢使用更不敢委以重任的。但郝延寿却不仅看准了他，而且大胆使用了他。工程开始时，总指挥由县上的李巨才同志担任，他是副总指挥。时间不长，李巨才调回县上工作，他便成了总指挥和党委书记，成为西沙渠工程的全权负责人，而且一干就是六年多，直到工程全部建成才离开。

实践证明，郝延寿的眼光没有输，艾蓁也没有辜负郝延寿的期望与信任。他不仅勇敢地挑起了这副重担，而且干得非常出色。六年多时间里，2000多个日日夜夜，他始终住在沙里，吃在沙里，和工人一起战斗在沙里，为这一工程倾注了全部心血。在修筑芹河倒虹时，由于河底泛水严重，人们一时束手无策，无法施工。作为工程总负责人的艾蓁，更是心急如焚，寝食不安，多次亲临现场，与工人和技术人员一起研究对策。有一次，他竟不顾天冷水冰，卷起裤腿，脱掉鞋袜，跳进水中，亲自去掌握水情。长时间的阴水浸泡，使他睾丸肿大，浑身疼痛，病了半个多月。但终于弄清了问题，治住了泛水。就是这样，在他的领导下，终于将榆林人民的梦想变成了现实。但他的政治包袱却一直背在身上，始终以一个有问题的人的身份工作着。直到党的十一届三中全会后，他的问题才得到彻底平反，解除了政治负担，安排了新的工作。六年戴罪工作，六年辉煌业绩，这需要多么大的努力和毅力，这是一种何等可贵的精神！

为了让我更详尽地了解当时的真实生活，老艾又专门跑到市档案馆，给我借来尺把厚的一叠档案材料——70多期《战西沙》简报。他满含深情地说："那时候人们的精神好，热情高，出现了许多感人的先进人物和先进事迹，简报上都有记载。一些人现在虽已离开了人世，但他们的精神和功绩却是永存的，应该让后人知道，也值得我们永远学习。"

我利用几个晚上的时间，一个人静对孤灯，认真地翻阅了全部"简报"。"简报"办得很认真，内容相当丰富、生动。"战西沙"三个报头字写得很有气势，而且全部套红，直至今天还那么鲜艳，真有点战斗的气派。所有稿件都修改、编排、打印得很认真，足见办报人颇费了一番苦心，充分反映了西沙战士当时的精神风格和战斗作风，尤其是那丰富的内容，那么多感人肺腑的先进人物和先进事迹，使我久久不能平静。当时条件那么艰苦，环境那么恶劣，劳动强度又那么大，但每个民工每月只有16元的补贴，仅仅能供吃两顿玉米馍和酸菜汤。但他们毫无怨言，从不计较个人得失，情绪始终那么高涨，有的甚至付出了生命的代价。这种精神是何等可贵和难得呀！我曾想，如果能把它重新整顿编印出来，该是一份多么有价值的活教材。但由于篇幅的限制，我只能摘其有限的几例献给读者了。

其一，在施工过程中，始终活跃着一支以技术人员为主的知识分子队伍。当时没有住处，没有吃处，环境恶劣，条件艰苦，任务又十分繁重。但他们不讲条件，没有架子，任劳任怨，表现了革命知识分子的高尚品质和可贵精神。其中突出的代表有李文丁、贾国斌、张汉诚、柴兆雄等。这里特别介绍贾国斌同志的一段简单的故事。他是地区水利局的一位技术员，大学毕业，西沙渠工程一开工便来到了工地。初到工地时，因没有住处，就住在借用群众的牲口棚里。他从早到晚，整天奔波在沙窝里，工作非常认真负责。他的饭量很大，每顿少不了两个玉米馍，一点也不比饭量大的农民逊色。艾蓁有些奇怪，便对他开玩笑说："人家都说知识分子饭量小,你怎么吃得比农民还多?"贾国斌只是憨厚地一笑,接着故意表演似的狠劲咬一口玉米馍。没想到这时他已得了糖尿病,饭量大是这种病的一种症状。因为整天忙于工作,他根本没有注意,更没有重视和治疗,一直这样带病工作着。因为他工作的出色,多次受到工地领导的表扬,并光荣地加入了中国共产党。但早已存在的糖尿病已经发展得十分严重,待到工程竣工后,他去治疗时,已到了无法挽救的地步,不久便去世了。直到他去世后,人们才理解了他的精神。

其二,由马合和岔河则两个公社民工组成的第三连在拦堤改河时的一个场面。

"把拦堤改河的任务交给我们。我们保证克服一切困难,攻下拦堤改河这一关"。在三连广大水利战士的坚决要求下,工段总支决定把拦堤改河这一艰巨任务交给三连。这已经是5月3日的深夜了。

"第二天清晨,晨风阵阵刮着,天气格外的凉,榆溪河水冷冰冰冰。在高家伙场第一、二队部分社员配合下,筑堤改河道的战斗打响了。三连一到榆溪河畔,连党支部做了战前动员。只听见"嗵"的一声,副连长罗生旺第一个跳进冰凉刺骨的水里。在罗生旺的带动下,水利战士一个个争先恐后,纷纷下水,在榆溪河的激流中摆开了战场。

"战士们挥锤的挥锤,打桩的打桩,背沙的背沙,挂柳的挂柳,你追我赶,团结战斗,越干越欢。连排干部既当指挥员又当战斗员,哪里紧张就战斗在哪里,哪里困难就出现在哪里。他们及时听取群众意见,把原确定的麻袋拦河挡水的办法改成用柳柴拦河挡水,效果又好又节约资金。战士万关堂,人小干劲大,他背得多跑得快,冷水把衣服浸湿,冷得浑身发抖,也不叫一声苦。女战士万美林、拓春利、曹玉霞,不怕水深流急,时时跑在前头。当看到背沙的人不够时,她们立即背起土筐,来回运沙,干得汗流浃背也不休息。全连战士,不怕水冷,不顾劳累,不顾饥饿,战斗在榆溪河里。原计划一天的筑堤改河道的任务,只经过三个小时的战斗就胜利完成了。

"6日下午,太阳即将落山,榆溪河突然把拦河堤冲开裂口,河水冲口而出,整个拦河堤受到了严重威胁。三连战士听到警报后,立即丢下饭碗,飞跑到工地。营长徐万林第一个跳进水里,战士们紧跟着一个个跳了进去,用身体堵住裂口,很快打上摆桩,抱上柳柴,填上沙土,保住了拦河堤。他们忍着饥饿、疲劳和寒冷，坚持战斗了三个多小时，才带着胜利的喜悦，离开榆溪河畔。"

其三，由鱼河、青云、清泉、余兴庄、桐条沟、董家湾、大河塔公社民工组成的第三营在修筑芹河倒虹时的一段战斗故事。

"那是6月下旬，倒虹管正在安装中。一天夜里，暴雨突降，河水猛涨，把新改河道的堤坝冲开了缺口。当时五连（鱼河和青云公社）有两个看水的，发现险情后，一个急忙抢险，另一个飞跑回连报警。

"时值半夜，五连指导员杨发云听到消息后，当机立断，马上集合全连战士去抢险。尖厉的哨声划破夜空，五连战士在睡梦中惊醒，冒着大雨，迅速奔向险区。连里叫女同志和年老体弱的留下来，但谁也不肯留，全部投入了抢险战斗。

"滚滚的洪水奔腾咆哮横冲直撞，新堤已被冲垮了30多米。大水把北段安装好的一部分倒虹管埋住了，正在向南段工地猛扑，南段附近的大片庄稼也受到了严重威胁。

"洪水就是命令！险区就是战场！抢险就是战斗！许多民工一到险区就奋不顾身地跳进洪水中，奋力挖沙，急抱柴草，筑堤堵水。其他民工运沙土，运柴草，来回奔忙，川流不息。经过四五个小时激战，又筑起一道长30多米、宽2米、高2米的新堤坝，战胜了洪水，保住了工程和庄稼。在抢险战斗中，有人手碰破了，脚扎烂了，但没一个叫苦的，也没一个下战场的，坚持奋战到胜利。

"七连指导员任生成，这位石匠出身，年近半百的老共产党员，在安装倒虹管的战斗中，以对人民高度负责的精神和不怕苦不怕累的革命行动，为广大水利战士树立了学习的榜样。

"任生成带领七连战士安装倒虹管时，一再强调按操作要求做，他亲自安装，亲自检查，严把质量关。但在安装了一半多的时候，突然发现已安装的倒虹管严重漏水。这消息在工地引起了很大的震动。大家怀疑是安装质量不好而造成的。任生成心上也重重地罩上了一层乌云。

"原因究竟在哪里？任生成决定亲自去检查。这天，他带着锤錾进入倒管道里，找到一个渗漏的地方，经检查，发现水是从管头的一个小孔渗漏出来的，这小孔离管道接合缝还有五六厘米远。漏水原因清楚了，是倒虹管有沙眼。为了进一步核实，他又找到一处渗漏处，经检查，情况也是如此。说明漏水不是他造成的，而是管道本身的质量问题。

"尽管不是他的责任，但他的心情十分沉重，觉睡不好，饭吃不香，反复思考着。他总结了多年的施工经验，终于找出了补救的办法，决定先试一试。

"他找来连长刘德银，副连长田治怀，二排长李生秀，又叫了民工李志望等人，带上手电、工具、水泥、石棉，进入埋在地下四五米深的倒虹管道。冰冷冷的积水直没到大腿，淤泥有一尺多深，管道又低，他们只能弓着身子一步一步慢慢向前挪动。

"找到一个漏水孔后，任生成先用锤錾把渗水孔打得略大一些，深一些，然后把石棉填进去，再打实。嘿，果然不漏水了。然后再在外面抹上一层水泥。经技术人员鉴定，上级批准，他们决定用这种办法把所有渗水孔堵住。

"艰苦的战斗又开始了。已经铺设的200多米长的管道，大大小小渗水孔有18处。他们经过两天苦战，把属于自己连队的几处渗漏堵好了。这时他们已累得腰酸腿困，小腿也被泥沙和雨鞋磨烂了，钻心地疼。

"六连也照他们的办法堵了一次，但由于技术不过关，没有堵住。这时，七连的一些人认为自己的堵住就行了，六连的可以不管。但任生成坚决不同意，并说服了大家，决定自己亲自出马去帮助六连去堵渗漏。

"他们再次组织了战斗小组，由任生成带着再次钻进了管道。渗漏孔离进口处越来越远，管道里的积水已经齐腰深，水浪不时拍打着他们弯着的胸膛。这时，任生成的小腿已溃烂化脓，在泥水里每迈进一步都如万箭钻心，浑身关节都像不听话了。但他硬是狠劲咬着牙，又坚持干了四天，将200多米长的倒虹管道中的全部渗漏孔一个一个地都堵住了。

"任务胜利完成了。但当他从管道中走出时，身体再也支持不住，一下子病倒了。他躺在病床上，一动也不动，腿上溃烂的地方脓血直流……"

其四，更使我敬佩的是曾长期战斗在工地，为修建西沙渠付出血的代价的那一批生龙活虎、英姿飒爽的"红色娘子军"女战士的战斗故事。

那是在修建榆高渠的时候，县上从几个公社抽调来一大批农村姑娘。她们以高昂的热情和无畏的精神，挖土劈山，打夯填沟，甚至挥舞锤錾打炮、炸石、出料、砌桥，成为一支技术精湛、战斗力很强的生力军。当时，正是样板戏唱红的年代，芭蕾舞剧《红色娘子军》中那些英姿飒爽的女战士，成为整个中国妇女的象征和爱慕的偶像。为了赞扬她们的革命精神，工地领导便以此命名她们为"红色娘子军"。很快，榆高渠上娘子军的美名传遍长城内外。

榆高渠建成后，她们便马不解鞍地挥戈北上，很快又投入了修建西沙渠的战斗。

我曾有幸见识了她们出征时的一些场面。有个叫姜爱珍的姑娘，是我当时下乡蹲点的邻居。她是"红色娘子军"的成员，曾以"铁女子"的美称而名声远扬。高高的个头，红扑扑的脸膛，两条很俏气的羊角短辫，走路如闪电，说话似响雷，不仅英俊健美，而且真有点"铁"味儿。在出征前的几天，她先看望了外祖父母，又向村里的乡亲及姐妹们挨门逐户地去告别，忙得白天黑夜不着家。她母亲更忙，连夜在灯下给她做鞋、缝衣、炒瓜子，拆洗铺盖，既高兴又担心，有时说起来还要挂几颗泪珠儿。出发那天，一家人都没有去上地，早上一家人动手给女儿做了一顿玉米面饸饹，早早捆好了行装，做好了出发的准备。那气氛真有点木兰从军的样子。大概在10点钟，县上安排接人的汽车停在门外的公路上。她穿一双半新的黄胶鞋，一件长长的军大衣，和村里另外几个姑娘，欢笑着上了车，向送行的家人和乡亲们依依告别，踏上了征途。

到了西沙工地，她们继续组成"红色娘子军连"，以"为革命心红似火、战西沙志坚如钢""向西沙宣战、为革命修渠"的革命精神，建水闸，炸石料，筑涵洞，砌渠岸，哪里需要哪里困难，她们就战斗在哪里，每项任务都完成得十分出色，成为西沙工程建设中一支打头阵、挑重担、打硬仗、闯难关的尖兵。出现了叶翠英、郝亮、叶莲英、胡艳莲、何秀英等一大批先进人物。

在西沙渠工地，我又曾有机会去领略了她们那种艰苦而奇特的生活。她们借住在长城脚下一个小村子里。窑洞都很破旧，她们除了铺盖和一些必需的生活用品外，没有别的东西。每个家都收拾得干干净净，井然有序，铺盖都学习解放军，打叠得棱角分明、整整齐齐。每天黎明，她们便排着整齐的队列，扛着红旗和工具，高唱着歌，带着一种解放军的威武气势走向工地。到了工地，她们按解放军班、排、连的组织，很快开始紧张的劳动。所有工地上的活路，她们都可以干，挖沙、运料、砌渠、筑涵洞，所有工地都有她们的身影，而且每项工作都干得非常出色。据了解，整个渠道和沿渠十几座涵洞全部是她们砌筑成的。中午饭都是在工地上吃，每人一老碗酸白菜烩洋芋，半斤重的一个玉米馍。饭食实在不佳，但她们却吃得特别香甜。每天，送饭的一来，收工哨子一响，她们丢下工具，双手沾满了泥土，简单地拍拍打打，或在沙子上擦几下，便一手端起碗，一手拿起馍，蹲在沙窝里，如饥似渴地吃了起来。风一吹来，碗里落一层沙子，吃到口里都吱吱地响，但她们早已习以为常了。吃过饭，要休息一会儿，她们便就地躺在沙窝里，顶多掏出小手帕往脸上一搭，便呼呼地睡去了。沙漠里的中午，真像火盆一般，一般人是根本受不了的。这些姑娘们却经受住了这场考验，简直像无事的一般。那情景，那精神，着实令人感动。

在一年多紧张而艰苦的劳动中，她们究竟有多少人生过病，受过伤，流过血，我没有去了解，但我相信每个姑娘都付出了应有的代价。这里我特别要提到的是一位献出了生命的姑娘。她叫党义兰，家在上盐湾公社。在榆高渠工地上，她曾是"红色娘子军"中的一员战将。榆高渠工程结束后，她迫于家庭的压力，与一位农村青年结了婚。结婚时，西沙渠工程便开工了。爱人、父母都不愿她走，但她留恋那热火朝天的战斗生活，便说服了新婚的爱人和父母亲，毅然在婚后的第三天，来到了西沙渠工地。

工程开始后，因为要筑涵洞，急需一批石料。但沙漠中没有石头，非得到榆溪河边的红石峡去取不可。打炮眼，点炮，这无疑是一种苦力最重又有危险的工作。党义兰在榆高渠工地时曾当上了女石匠，便自告奋勇上了炸石工地。苦战了几天，炮眼打好了，只待一声炮响，她们便可以见到自己的劳动成果了。点炮，这是件危险活，需要有相当的经验和敏捷。又是党义兰自告奋勇，而且陈述了好几条有利条件，领导上只好批准，并再三叮咛她要小心，保证安全。其他人都躲在百十米远的安全处，一双双关切的目光送她飞快地奔向炸石场。炮眼的导火线点着了，党义兰也躲到了安全地带。但该死的炮眼却不见响声。一秒，两秒，一分，两分，人们屏住了呼吸焦急地等待着，但仍不见一点动静。这该怎么办？好多人都没有了主张。在这千钧一发之时，又是党义兰自告奋勇去排险。着实太危险了，人们都不让她去。但她的态度却那么坚决。"谁也别去，我点的炮，我去看，就是炸死也没什么。"她说着便向石场跑去了。她是那样的敏捷，一眨眼便跑到炮眼跟前。但就在这时，还没来得及查看一下，只听地动山摇的一声巨响，乱石飞天，党义兰倒在了血泊中，因伤势太重，来不及抢救，她再没有说一句话，便献出了自己年轻而宝贵的生命。她的精神何等可贵，她的生命何等壮美，她的死何等光荣！她牺牲后，西沙工程指挥部追认她为模范共青团员，并在工地开展了学习党义兰先进事迹活动。尽管她生活得默默无闻，走得也如此仓促，但我们怎么能忘记她？她的精神和英魂将与那哗哗流淌的西沙渠水永世共存。

在修建西沙渠这场攻坚战中，多少人以默默无闻的奉献精神，创造了多少可歌可泣的、足以载入史册的事迹。我这里介绍的，可以说仅仅是"沧海之一粟",使我也深感遗憾。但由于篇幅的限制,我也只好到此为止了。好在,现在的西沙渠已成为塞上古城的一大景观和荣耀,几乎每一位到榆林的观光者,都要亲临现场去领略一番这里的奇异风光。好吧,就让可爱的人们去直接感受和品味吧!

陕北名人李守林

把李守林称为陕北名人，是无须挑剔的。

何为名人？是否应该解释为著名人物吧。当然，有的名人"著"的覆盖面大而广，有的名人"著"的覆盖面小而狭。这是由名人自身的价值和诸多方面的客观因素决定的。那得另当别论了。

但是，将李守林放在陕北，放在数百万人中间，他头上的光环虽然不十分熠熠生辉，却也够引人注目的。

不妨请打开思维的门扉，拉出无形的思绪沿历史的河流上溯。截至20世纪20年代初，准确点说即是1921年吧。自中国共产党诞生迄今共召开了13次全党代表大会。而李守林就参加了四次。从中国共产党第九次代表大会伊始，他连续被选为"九大""十大""十一大"中共中央候补委员，和中共中央第十二次代表大会代表。曾任陕西省委常委、省贫协副主席，榆林地委常委，定边县革委会副主任等职。可谓辉煌了！

李守林参加中国共产党第十二次代表大会期间，一位党和国家领导人握住他的手说："老李啊，咱们党一共召开了12次全党代表大会，你就出席了四次，真不少啊。你也够圆满成功的！"李守林心里明白，这将是他最后一次出席中国共产党的最高会议了。他已经上了年岁，按照党的决议，他该退下来了。把决定党和国家命运的神圣之位交给年富力强的下一代，让他们去发挥作用吧。他确实是这么想的，也是真挚而坦然的……

那么李守林何以取得这些荣誉呢？何以多次踏上人民大会堂的红地毯呢？当然，这绝不是那么容易，更不是挚巧的了。

苦难的家世

在中华民族的历史上，有过许多次大移民，尤其是北方，人口流动就更大了。"移民"这是优雅的称呼。用当代的时兴术语即是"移居"和"乔迁"吧。其实,穷苦人家更确切些说就是"逃荒"了。

李守林家就是逃荒来的。他老家在陕西最北端的神木县,家庭十分清寒,靠揽长工打短工糊口,用一贫如洗来形容是绝不过分的。他父亲无奈便流落到靖边县韩家河乡,做了上门女婿。过去,揽工人娶不起媳妇,能做个上门女婿算是挺不错的了。既有了活干,又有了家庭,正像生意客商们一样,连本带利都有了,父亲生他们兄弟俩,李守林排行老二。但光景仍无起色。不幸的是李守林三岁那年,母亲猝然去世了,全家人痛哭一场,倾家荡产把这位女当家扶棺入葬。实则哪有家产可倾荡的,本来就是家徒四壁的光景。后来,他父亲又带上他们兄弟俩,逃荒到定边县堆子梁乡小滩子村。此地乃毛乌素大沙漠之边缘,属蒙、宁、陕交界之处。当时,这里的一切都归教堂所有,有洋神父操管。至今许多人仍然信奉宗教,系天主的信徒,足见天主教当年在此地影响是十分广泛的了。父子仨人算是在小滩子定居落户了。穷苦人走在哪里,还是穷苦人。他们一无土地,二无家产,仍靠揽工为生。李守林12岁起就开始给牧主放牛放羊了。接着他一家三口全部投入揽工营生了,但还是难以维持生计,只能证明还有三条命在这个世界上活着。命运之神总是与他们过不去,好像时时都在捉弄和惩罚着他们。他们口里饥肚子空,勒紧裤带,拼死累活地设法给他大哥娶过媳妇,似乎给这个破败的家带来了些希望,他们起码算有个家了,有个女人做饭给他们吃了。他们打算在这个基础上,再拼几年,光景会好起来,日子会好过些。他们觉得无论多么穷困,只要屋里有个女人当家,还像一户人家。不然,怎么也没有个"家"的概念。这在农人们心里的感应是格外强烈的。况且是这个三条光棍凑在一起的不称为家的"家"呢?就更不言而喻了。可谁承想,不幸的事情又发生了。陕北有一句乡谚:麻绳总是在细处断。他们的命运就是如此。他大哥20岁时,又去世了。他们全家哭得死去活来,刚刚有了一个"家",又突然断裂了,打击无疑是沉重的!情同手足的大哥自幼与李守林要好,他吃的苦比李守林多,生活却比李守林更恓惶。因他是家里的老大,穷人的孩子早当家。他懂事也比李守林早,常常觉得自己是这个寒苦之家的未来和希望。父亲虽然还在世,但说不定哪一天就会过世的。如果这个厄运一降临,家里的重担全落在他身上了,他得撑起这个门面,还要给李守林娶媳妇,许许多多的事情都等着他去办呢。所以,省事过早的他,自然有一种责任感,一种肩负重任的意志。他对父亲十分孝顺,经常想弄点所谓好吃的东西,让父亲吃,尽力使父亲在他们聚会时候感到温暖,看到将来的日子会好起来。他对李守林关怀备至,教李守林如何揽工,如何为主家办事,但还要注意自己的身体,不要在干活时碰伤摔残,得保存力量,以后成家立业。既要在主家面前讨得欢心,又要珍惜自己的生命。大哥的教导,使李守林也过早就懂得了人世的艰辛,懂得了生活的坎坷和命运的悲苦。他从大哥身上学会了不少东西。当然,这些都是下苦力流血汗的知识而已。斗大字不识一个的大哥,只能给他灌输揽工的"诀窍",只能教他过苦日子的"学问",还有什么让他学习呢?就是在这个揽工之家环境里,三条汉子没有一个知书识字的人,再能学到什么东西?除此之外再恐怕无所谈及了。而李守林是感激不尽大哥的,因为他教会自己做人的本领。大哥的忠厚挚诚李守林是永世不忘的。他和父亲的为人处世,影响了李守林一辈子。直至他后来在光彩四溢的时候,也固守着自己的人生哲学。大哥的早逝,使父子俩的憧憬完全破灭了。宛如一间破屋的顶梁柱被人抽去一样,房顶很快就要塌陷下来了。他们办完大哥的丧事,接着又是一场离散的痛苦折磨,即大哥的遗孀——大嫂出走。这本来是他们预料到的,精神上是有准备的。试想,大哥年轻轻的就去世了,大嫂自然也很年轻的了。大哥不在,大嫂还能守着这个破烂的家吗?她守的什么寡啊!中国的传统观念是根深蒂固,源远流长的。寡妇守节一向被誉为美德,是被人们赞扬和歌颂的品质。但那是富贵人家,是那些声望显达家道昌盛之家的事情。穷苦人们过着朝不保夕的生活,遗孀守节与他们是没有缘分的。李守林和父亲还是很体谅大嫂的难处。他们想得开,也理解大嫂的苦衷。不就是自家的人不在了么?原来大哥活着时,她为什么不出走呢?关键就是大哥去世了!当我采访的时候,重提此事,老李是有些悲伤,可他还是说:我大嫂的出走是对的,我们不能责怪她,反倒同情和怜悯她了。我想李守林的悲伤原因也大概就在此吧。但当年尽管他们想会有这么一天到来,会有这么一场离别之苦要经受,可人生许多不幸之事往往是这样,早已预料到要出现的事情,一旦真实地降临在头上,还不免要惊诧,甚至难以招架呢。他们哭哭啼啼,依依惜别。大嫂是妇道人家,感情更加脆弱,哭得更伤心,眼泪抹了一把又一把。她对这个穷家是留恋的,倾注了她的许多心血。她想如果男人还活着,李家的光景有她操持,一定会好起来,会富裕的。可不幸男人先去了,她的愿望也随之消失了,杳无踪影了。再则,改嫁毕竟是件难事,即使新的家庭好过,她也不想去过那"好"的去。再则那个时代,人们对改嫁的女人抱有偏见,是瞧不起的。但她的一腔苦楚向哪里诉说？生活把她推到她不得不走的路上，她只得承受巨大的压力，硬着头皮跨上人生这条艰辛的旅途了。

家破人亡的李守林父子俩还得活下去。他们的生活希望虽然化为泡沫，但他们并没有绝望，他们在苦难的深渊里继续挣扎，继续与命运苦斗，以求得生存。他们是不甘心这个家完全毁灭的，否则他们对不起死去的大哥，对不起早逝的母亲，对不起出走的大嫂，更对不起现在还活着的人。父子俩仍在揽工，仍在寄人篱下地偷生。李守林放羊放牛，他看着自己眼前的牛和羊，心想什么时候有好日子过？什么时候是为自己放羊放牛，那该多好啊！如果自己将来拥有牛和羊，该是多么自豪呀。

1936年，李守林回到了小滩子，但还是揽工种地。不久，他分到了一点土地，成了家。他的婆姨也和他一样，是逃荒来的。不同的是他的老家在神木，他婆姨是从米脂来的，可他们的遭遇是相同的。相同的遭遇使他们结合在了一起，这正像陕北盲人说书时说的：穷人看见穷人亲，两块骨头连一根筋。当时，此地属于"红""白"两家"拉锯"式的区域，日子很难平静下来。一会儿国民党来了，一会儿共产党来了。但李守林父子俩和小滩子大多数的乡民们是相信共产党的，热爱"红"的。他们恨透了国民党，贪官枉法，鱼肉乡民，无恶不作。他们希望共产党打败国民党，将来过几天幸福日子。

1949年新中国成立。李守林的父亲任小滩子村的村主任。他善良老实，工作有魄力，一心想改变小滩子的面貌，花了不少心力。在父亲的带动下，李守林于1951年加入了中国共产党，挑起了建设家乡的重担。

黄沙展新容

李守林一片赤子之心，立志在家乡的沙窝子里大干一场，将自己的一切留在故土，留在历史的长河里。他不为名，不为利，只为人民群众和小滩子的后代们过上幸福生活。

谈何容易。现实使多少人望而生畏。小滩子地处毛乌素沙漠边缘，东边是无边无垠的黄沙梁，西边是白茫茫的盐碱滩，没有一棵树，没有一点令人欣慰的绿色。一到初春，西北风从早刮到晚，呼呼吼叫，天昏地暗。黄风卷着沙子，最暴虐之时，十步以外连人影都看不见，大白天屋里都得点灯。全村只有几亩"跑沙地",种上庄稼很难捉住苗,稀稀拉拉、零零星星的,不是这里缺一垯,就是那里缺一片,每年要返种两三次,苗子还是又黄又瘦,像秃子头上的头发,极不景气。不然怎么有"光下种,不捉苗,种一葫芦打一瓢"的顺口溜流传呢?一年到头收获微薄,粮食产量是难以启齿的。群众的生活苦不堪言:"早上菜,晌午糠,晚上清汤照月亮。"这是对人们生活的真实写照。

　　李守林没有被恶劣的自然条件所吓倒。他想正因为自然条件恶劣,才要改造它。如果好的话,那就不必改造了。他积极响应国家的号召,起共产党员的模范带头作用。但怎么个改造法呢?要拿出具体措施。他认为先得治沙,治理黄沙是首要问题。他与有丰富经验的村民白怀清商议,他俩完全想在一起了,真是英雄所见略同。"想要沙窝富,就得多栽树"。这是他们的生活信念。于是,李守林串联了28户人家,组织起一个造林互助组。可现实的问题冒出来了,当地没有树苗,怎么办?他们不会被难住的。李守林让大家省吃俭用,把节约下来的口粮背上,到往返80多里路的靖边县柳桂湾换树苗。李守林带领互助组的人,冒着塞外早春的严寒徒步到柳桂湾换回树苗。接着他们立即揭开冻土,把树苗栽在沙滩上,不料全部失败了。面对如此难堪之状况,有人动摇了,说什么:"风是天上来的,沙是地里生的。沙梁上连草芽芽都不长,还能栽活树?"还有人说:"背上粮食跑了近百里路,顶风冒雪,把粮食送给人家,咱们换回来的是细干柴棍。真是狐狸没打住,闹了一屁股臊气。劳民伤财,划算不来。"李守林听到这些,立即召开大会,他一边组织大家讨论,一边叫识字的人读党的路线、方针和政策。他尽管没有上学,没有文化,但他知道许多道理,他能领会上面的精神。他认为只要不怕失败,不怕吃苦,什么困难都能克服,都能战胜。同时他用农民的朴实感情,给人们打气,让大家改变家乡面貌的决心不可改变和动摇。他说:沙漠再多再大,总是有数的。而人的力量却是无穷无尽的。死的沙漠还能战胜活的人?只要咱们拿出愚公精神,别怕治不住黄沙。现在摆在咱互助组面前的不是打退堂鼓,而要吹进军号,要掌握栽树的诀窍。在李守林的开导和鼓动下,互助组又鼓起勇气,向沙漠开战了。

　　李守林根据柳桂湾的治沙经验,吸取前次失败的教训,他做了新的部署,这就是搭障蔽。他用死柴烂草把黄沙一框一框地分开,先简单固住沙子的流动。然后再挖坑栽设障蔽沙柳。他们天不亮出工,深夜才回家。整天滚打在沙窝子里。李守林更是身先士卒,连续作战。在干中学,学中干,哪里风沙大他就在哪里闪现。经过反复实践，不断摸索，终于在流沙里造出了第一片林。他们终于看到了自己亲手栽植的沙柳在沙窝子里与严寒风沙搏斗，成了凶恶的大自然的天敌。

1955年，李守林任小滩子初级社社长，他规划造起了护田林，这是用树把农田圈起来，抵御风沙的侵蚀。只要把庄稼苗捉住，才有丰收的希望。他是很理解农林牧三者之间关系的，它们互相依赖，互相制约，是不可分割的一个整体。这时已经初步尝到了造林甜头的村民们，积极性格外高涨。经过一年的苦战，造成了第一个护田林网，使小滩子在造林治沙方面迈出了新的一步。"网框林"茁壮地成长起来了，像一堵堵绿色的围墙，挡住了风沙，保护了农田，粮食产量成倍地增长，结束了小滩子"老沙窝，遍地黄，自古都吃外地粮"的历史，并首次向国家卖了余粮。家家户户有吃有余，再不为少吃没喝发愁了。继而，他们一鼓作气，坚持不懈，一段一段地造林，一片一片地绿化，一口一口地"吃"掉沙漠，耕地面积不断地扩展，达4800多亩，全部实现了林网化，摘掉了多年的"黄沙"帽子。

现在，小滩子方圆几十里满眼绿色，像一片波浪翻滚的海洋。白杨、柳树、沙柳等多种树木相互衬映，生机盎然。在人们的意识中，沙漠好像成了逝去的童话，被树木推得十分遥远了，正如人们所说："树木成林望不到边，风卷黄沙再不见"的景象。

勤劳的小滩子人民的心血，多少年都倾注在沙窝里了。他们为了建设家乡，还有许多事正等着他们去干呢。

沙漠被制服了，但干旱仍然是发展农业生产的严重威胁。党支部书记李守林决心排除干旱，改造土地，使粮食保持在稳产高产的水准上。

沙漠里缺水，要寻找水源就必须打井。这是排除干旱的唯一选择。春节刚过，李守林就组织了一支30多人的打井突击队，直接开往工地。当时，气温低至零下30摄氏度，地冻得像一块铁板，难以下手。正患病的李守林把自己的生命置之度外了，他抱病先揭开冻盖，人们也跟着他干了起来。下井挖泥时，李守林第一个到井下，站在齐腰深的冰水里，一干就是好几个小时。有一次一口井快成了，但循环水路突然因流沙冰冻断水。如果不立即破冰，钻井就要停工。李守林挺身而出，把棉衣往地上一撂，跳入了循环水井。他忍着剧烈的胃痛，硬是用尖镢挖开了两尺多厚的冰层，使工程得以正常施工。他们一口气打了27眼井，可灌溉地1500多亩，粮食产量比新中国成立前提高四倍多。

在打井的同时，拉沙造地的工程也展开了。全村男女劳力齐出动，搬掉千方以上的沙丘100多个，发展水地1400多亩。

干旱可以预防了，田地增加了，但新的问题又出现了。这就是水到田里后，烈日暴晒，很快就没有水了。这是怎么回事？李守林召集开会，经过分析研究，认为大部分是纯沙地，旱时浇水上蒸下渗，浇得快，渗得也快。要改变这种地，挖井造林当然重要，而改造土质更为重要！这实在是个不小的困难，等于要换土壤呢。沙窝里缺土，哪里去寻找？经大家讨论，寻土再难也得寻，困难再大也要干。李守林向大家说："天生下咱们就是与土地打交道的。这么点困难就把咱们困住了？难住了？咱要向老愚公学习，不论他是真是假，但那种精神是没有问题的。"当然，也有人持怀疑态度，说土究竟能不能拉？纯沙地到底可以不可以改变？李守林态度坚决，言辞果断。他认为一定能拉，一定可以改变土质，绝不会劳民伤财，流出的汗水会换回来果实的。于是，人们坚定了信心，立即行动开了。

全村男女劳力一齐上手，推车往返十多里地。人们争先恐后，一路小跑，个个热得满头大汗，气喘吁吁。有的竟把衣服脱掉，只穿背心和短裤在大干。李守林也和社员们一起劳动，他推着架子车，从不停息，还指挥着整个场面。胃病不时纠缠他，他用车杆顶住肚子，继续推着车子前行。乡亲们劝他休息一下，均被他回绝了。他们干了两个多月，运土1万多车，改造了70多亩沙地。年终，人们算了一笔账，大旱之年，把改造过的土地与未改造的土地一对比，数目是显而易见的：未改造土地的玉米平均亩产190斤。而改造过的土地上的玉米412斤。全村人被这活生生的答案折服了。认为还是李守林有主见，听他的话没有错。有些人感慨地道：只要粮食丰产，咱甘愿推着架子车绕地球跑个没完。

粮食增产的喜悦，进一步鼓足了人们的干劲。秋天一结束，他们就干了起来，直到春天才告终。村民们一旦找到致富的窍门，是不惜代价的。改造土质已经是他们农闲时的主要工程了。几年紧张的奔跑，使田地保持了稳产高产的水平。全村人均一亩水地，不仅生活有了保障，而且可以给外面的困难户们借粮吃了。

科学的发展，给小滩子也带来了发展。李守林是相信科学，尊重科学规律的。他从外地引进许多科学种田的方法，在村里大力试验和推广。粮食产量不断稳步上升，平均每人可达700余斤。同时，他还注重农业机械化的发展，新建了

50千瓦的农用发电站，购买55马力的拖拉机1台、柴油机10部、离心水泵30部，深井水泵3部，电动机20部，脱粒机、粉碎机、磨面机、碾米机各1部，还有别的农用器具，就无须一一列举了……

时代的推进使农村有了新的生产结构形式，其变化是有目共睹的。但从小滩子的现实证明，李守林的治沙造林、打井浇田、改造土壤等一系列的工作仍然是很值得肯定和发扬的。可以这么说，没有李守林带领小滩子人们在过去的日子里苦斗，很难保证有现在的崭新面貌。也正因为他给小滩子打下了牢固的基础，才有了小滩子今天的发展。

世界上的任何事物，总是这么微妙地组合在一起。作为历史唯物主义者的我们，就得用历史唯物主义的观点去分析和解剖事物。

事物历史地存在，是不以人的意志为转移的。我们不只要正视现实，还要记住历史。

"光环"下的李守林

我们得再回过头来看一看李守林，他在"光环"之下是如何生活的。

李守林使小滩子发生了翻天覆地的变化。在这数十年的漫长岁月里，各级政府给予他的各种不同的奖励就不必赘述了，还是从他那最初荣誉着笔吧。

1964年，李守林出席了第三次全国人民代表大会。他首次踏上了人民大会堂的红地毯。无疑，他的心情是激动的。但也感觉到了某种无形的压力：自己的责任重大了！

中国共产党第九次代表大会上，李守林被选为中央候补委员。在陕西组的会议室里，毛泽东、周恩来等老一辈无产阶级革命家来看望陕西代表。毛泽东伸出一双又大又厚的手和李守林握在一起。但他不认识李守林，问周恩来他是谁。周恩来说：是陕北定边的李守林。毛泽东微微笑了。毛泽东确实拥有惊人的记忆力。当第二次见李守林时，就直接叫出他的名字来了。

这是李守林一次永志难忘的会见。他感到自己的责任更重大了！从未有过的重大。

1974年，李守林在中央党校（当时为马列学院）学习期间，中央来人找学员们谈话。一些同学向来人表态，李守林只说道："来比不来强，学比不学强。"

当时，有些人对他的回答是不可思议的。

李守林从小未读过书，不是他不想读，而是生活不允许他读书。但他不断自学，长期坚持不懈，已有一定文化水平了。中央和省上的有关机密文件，别人是不能随意看的，他只得自己阅读。有的文件他当时看完，就交给送文件的人拿走了，有的文件他锁在自己只有一把钥匙的抽屉里，谁都不让看，可谓机密之至！

李守林头上有了"光环"，他始终保持着一个普通劳动者的本色，谦虚谨慎，平易近人，把自己置于劳动人民的行列。他无论是从哪里回来，一下小车就和群众一起劳动。"九大"会议结束后，他一回到村里，就背起背篓，和人们一块干了起来。他说："荣誉越高，越要和群众打成一片。群众是工作的基础，自己本身就是群众，有什么了不起的呢？"他又说："国家和人民给我崇高的荣誉，是让我起模范带头作用呢。又不是叫我当官做'老爷'的。"70年代，是他政治生命的黄金时代。他下乡时，自己竟背着粮食，与村里的"五保"户一起吃饭，了解民情，解决群众的生活问题。在小滩子负责期间，李守林两袖清风，一尘不染。大小生产队的经济方面的事项，他分文未沾。

李守林自幼喜欢树，走到哪里都想看到树。一旦发现有人毁林，就像毁他自己一样，立刻制止处理。我想这与他的名字有关吧：守林，总是"守"着"林"嘛。

李守林不只喜欢树，还喜欢古装戏和听新闻。他最喜欢的古装戏是《屠夫状元》。"当官不为民做主，不如回家卖红薯"。他格外欣赏这两句台词。每天早晨，他都要打开收音机，听广播里的"新闻和报纸摘要"，他听得认真、专注，哪怕再忙都不能耽误。大概是生活给予李守林的嗜好吧。关心国家大事，已经成为他生命的一个不可少有的重要内容了。

李守林同志含辛茹苦几十年，在小滩子经营了一番了不起的事业。但在那场史无前例的浩劫中，也未幸免厄运的侵袭。起先，两家群众组织势不两立，针锋相对，他们都来拉李守林这一面小滩子的大旗，要他参加，支持他们。李守林同志坚持自己的立场：哪一派都不加入。双方还不肯罢休，继续软磨硬拉，他一一地断然拒绝了！形势在急剧恶化，他也与别的"当权派"一样，面临着被夺权的严峻现实。他说："你们要我参加你们的组织活动，是不可能的事情。你们要小滩子党支部书记的权，就拿走吧。只要你们能为村里人谋利益，办好事，那是我李守林求之不得的……"接着，少数人召开批判会，先批判他的思想，后批判他这个人。面对急风暴雨般的批斗，李守林表现得冷静持重，几时叫他到场受训，他有叫必应，按时赴会。可李守林对那些不实之词，拒不承认，甚至不屑一顾。他说：为人不做亏天事，不怕半夜鬼叫门……李守林就是这样，他脑子里有一个总主意：批斗任你们批斗，大字报、小字报和漫画什么的任你们去写、去画、去贴，但你们揭发的所谓"罪行"，我是绝不会承认的。可是，在当时气候下这些现象不能说对于李守林没有丝毫压力，他曾反复地思考过，力求从中觅到些微聊以自慰的东西。

他想到自己悲惨的家世、苦难的童年，是共产党把他从火坑里救出来的。他一向听党的话，党叫怎么干就怎么干的。他为了报答党的恩情，为了改变家乡的面貌，恨不得将命给搭进去，可换来的是批判的命运。自己究竟怎么了，为什么会处于被斗争的地位？难道我李守林出力流汗，在土地上受死苦都错了？他静静地从中央到基层估算了一遍，更使他无法理解。因为他长期尊重和崇拜的许多领导同志比他的遭遇更惨，不是"叛徒"就是"特务"，真有这样多的"坏人"么？他想不会都是"坏人"吧。但李守林找不到确切的理由来证明自己的观点。他是不可能找到的。

斗转星移。李守林被"解放"了，当了中央候补委员。曾经批斗过他的人时时担心李守林来"算账"。当时，许许多多的群众也纷纷议论，不约而同地认为李守林如今得志了，鸟枪换炮，是今非昔比的。这些事情还用他亲自出面处理？点个头或者随便提一句，就把对方给拾掇了，起码得几天班房坐。谁知对方的担心和恐惧完全是多余的。群众的议论也全落空了。李守林非常宽宏大量，一切都谅解了。他说：那段历史是极不正常的，不仅仅是我个人或所有受牵连之人的灾难，而且是整个中华民族的灾难。这绝不能归结为某个人所为，我是绝不会计较的，为此，群众大惑不解。可从内心深处对李守林更加佩服了。有人这样说：看人家李守林，就凭这么高的姿态，也够中央候补委员。

李守林同志关心国家大事，关心人民群众疾苦，却不关心自己的家事。在屋里，他是一个甩手掌柜，几乎什么事情都得老伴料理和操心。所以常常忙得老伴不闲脚，生气地对他说：你整天稀里糊涂，不管家务，把心不知操到哪里去了？还像个男人吗？小心哪一天连你自己都忘记。李守林听到这话，一笑了之。当然，他也承认这是自己的毛病。但多年养成的习惯，是不容易改过来的。

李守林任定边县人大副主任两年，可他仍在小滩子担任党支部书记职务，主持村里的工作，是不脱产的人大副主任。

1987年定边县人大换届，组织考虑到他上了年龄，减轻些负担，便调他到定边县政府任调研员。能干之人永远闲不下来，他真正开始调查研究了。去年，一位乡长为处理一起毁林事件蒙受了不白之冤，主动给李守林倾诉。他听后表示非常愤慨，即与政府商量，主张正义，刹住不正之风，取得了干部和群众的信任。

你不妨测验一下李守林同志在定边人民心中的位置。他们是这么回答的：无论历史发展到什么时候，老李还是老李。他是个实干家，我们都信任他。

应该相信群众，他们说的是心里话。同时，李守林的政治生涯也充分证明了这一点：中国共产党第九次代表大会时的中央委员、中央候补委员何其多也，但不少人已被历史沉没了。这是为什么呢？原因在哪里？李守林之所以没有被沉没在是再明了不过的。

大凡名人历来在外界人的心目中是崇高的，生活是富有的。李守林的精神是崇高的，可生活倒不见得富有。李守林的家谈何富有，实在有些寒酸。陈旧的房屋一进两间，普通的土木砖结构，屋顶铺了张发黄的席子，间或还有灰尘飘然而下。他的家具也很简陋，棕色的大立柜、写字台，制作粗糙的沙发坐下去就弹不起来了。据说还是近年才添的。唯独值钱的就是那台电视机，却是黑白的，图像也不清晰，屏幕上如下着霏霏细雨一样。好在主人热情好客，一口一个"同志"，使你倍觉无比亲切，使你有一股少有的纯洁和愉快感。你会想到如果人们都是真正的"同志"该多好啊！你会立即在心里悄悄地回道：

李守林同志，你好！

踏遍荒沙人未老

冯学富"轶事"

1988年12月，榆林行署专员刘壮民带领有关部门的领导同志到榆林市检查工作。原计划活动两天，一天到孟家湾看马槽井，一天看市内的几家工厂并开会座谈。

榆林市委副书记冯学富给刘专员一行"带路"。到了孟家湾，看到这里的群众修挖自流灌溉人工池塘（简称马槽井）兴修水地的积极性很高，投资又少，见效又快，有的马槽井还可以发挥多功能效用，池内养鱼、池畔栽树、池外灌田，刘专员来了兴趣。问冯学富："榆林市的马槽井是不是这里的最好？"

"这里的马槽井是不错，但还不能说最好。可以和它媲美的乡（镇）不下十个。"冯学富本来就想让刘专员和地区有关部门的领导同志多看几个乡（镇）。现在一看专员这样有兴趣，当即借"风"扬"帆"："刘专员是不是还想多看几处？牛家梁、岔河则、红石桥、补浪河，各有各的特点。马合乡补兔村群众今秋集资开挖了一个49亩水面的大'马槽井'，可灌地1500多亩，确实值得一看。"

刘专员本来就看上了"瘾"，又被冯学富一阵"鼓动"，当即决定改变原计划，兴致勃勃跑到了马合。刘专员问农民：

"你们为什么挖马槽井？"

"为治沙。"

"为什么要治沙？"

"住沙里不治沙吃甚喝甚？！"

"过去为什么不治沙？"

这位心细如发的专员是打破砂锅"纹"（问）到底。

"过去没个好政策。"

看完马合的"大"马槽井，刘专员又来到另一个乡，不厌其烦问群众："你们一天吃什么？"

"吃白面馍馍。"

"一天能吃几顿？"

"平均一顿，海吃（放开吃）的话，两顿也可以。"

刘专员不住地点头。一直跟在身边的冯学富又对他说：这里的粮食过去一直以青稞、玉米为主。自从挖马槽井兴修水地以来，沙区每人每年平均能有500斤小麦，并且有不少地方已经种植水稻，群众吃上了大米。

刘专员一连五天跑了10个乡（镇）。结论是：治理沙漠的思想在榆林市深入人心，市、乡、村三级干部工作作风扎实，出了大力，吃了大苦，立了大功。

根据调查结果，刘专员回到地区写出了"沙区治理开发前景广阔"的调查报告，以榆林行署1989年3号文件印发全区。

时隔不久，冯学富又向地、市有关领导同志建议，促成了地、市负责同志包"点"联系。地委书记李凤扬"包"了牛家梁，刘专员"包"了巴拉素，吴秀峰副专员"包"了补浪河，管农业的副专员赵秉正（现任地委副书记）"包"了芹河，榆林市委书记李锦升"包"了岔河则，市长曹军念"包"了双山，冯学富"包"了可可盖。

冯学富被刘专员称作榆林市造林治沙的"土专家"和"活地图"。他对基层，特别是北部沙区情况的熟悉令人惊叹。给上级汇报，从来不需要翻本本，也不是"大概""大约"和"多一点"吧，而是一个个准确无误的数字。说到这里，就又引出两段"佳话"。

1985年，榆林地区县委书记、县长会议结束，12个县的书记、县长在地委书记霍世仁、行署专员李焕政带领下，参观检查榆林县的农田基建和造林治沙工作。每到一处，冯学富往往能如数家珍地给地区领导和各县的同志介绍汇报。情况仿佛比乡村干部还要熟悉。霍世仁书记笑着对冯学富说：

"学富，你走到哪儿情况都那么熟，我就不信你的数数都那么准确？有没有随口编着'糊弄'我们的呵？"

这时，一向善于开玩笑的李焕政给周围的书记、县长们讲了一个"嘴头子""救驾"的故事。某县的中层干部中，有×××的"笔头子"、×××的"嘴头子"之说。有一次，上级一位领导下来检查工作。县上给这位领导汇报工作过程中，领导问了几个比较生僻的数字。会议室一片寂然，谁也回答不上来。主持会议的县委书记一着急，眼光落到"嘴头子"身上，当即点将让"嘴头子"说。"嘴头子"本来心中也是一团漆黑，但他急中生"智"，随口"编"了几个很准确的数字汇报给领导。这位领导一见"嘴头子"连小数点后面的两位数都说了出来，十分满意，当即表扬县上干部工作作风细致扎实。

李焕政讲完这个笑话，接上霍世仁书记的话茬，转过头打趣冯学富："学富，你大概不是这个'嘴头子'吧?!"

冯学富回答书记专员："小数点后面两位数我不敢保证都能说准确，但大的肯定错不了。"说着他也"打趣"两位"顶头上司"："说对是你们培养的结果，说不对你们把咱这个'芝麻官'拨拉掉算了，反正纱帽在你们手中捏着。"

冯学富在山上给大家介绍情况，这个乡总面积多少、基本农田多少、造林面积多少、种草面积多少……下来到乡政府座谈，乡长翻开本本逐项介绍。介绍毕，霍书记对大家说："现在要给学富'正名'，学富可不是刚才说的'嘴头子'。大家都听清楚了，那么多数数只在草上差了一亩多，其他分毫不差。"霍书记说毕，笑着拍拍冯学富肩膀："学富，你真好记性！"

第二段佳话是1984年，林业部一位姓刘的副部长到榆林县检查造林治沙工作。刘副部长要去看70年代的造林先进典型芹河的蟒坑村。冯学富和公社书记陪同刘副部长前往。路上，刘副部长问："蟒坑村总面积有多少？"公社书记刚调来不久，情况不很熟悉，回答说："有8万多亩吧。"冯学富马上纠正："没那么多，是1.663万亩。"到了蟒坑，村支书汇报，第一句话就是：蟒坑村总面积1.663万亩……

冯学富说出了小数点后面的三位数！

踏遍荒沙人未老

1933年，冯学富出生于陕西米脂县。1952年参加工作。从区上的通信员和乡文书干起，一直到县革委会副主任。在米脂工作整25年，1975年11月16日调到榆林县，担任了13年副县长。1988年冬，榆林县改市后，又调到市委任副书记。

在任副县长和市委副书记的近15年时间中，冯学富一直分管农业。经过认真调查研究，他得出了这样一个结论，治沙造林应该放在榆林各项工作之首。党的十一届三中全会以来，提倡一切从实际出发，榆林县最大的实际就是沙多。全县33万人口，1059万亩土地，沙区人口占到60%，沙区土地面积占到75.1%。俗话说，靠山吃山，靠水吃水，榆林县只能靠"沙"吃"沙"！榆林不治沙，沙区18万人口就无法摆脱穷困。全县28个乡（镇），22个有沙，不搞治沙，农业大头没有出路，农业作物内部结构调整，农村经济改革没有出路，整个榆林的经济腾飞也只能是一句空话。

造林治沙，这是一项既宏伟又艰巨的庞大的系统工程。究竟应该从哪儿入手呢？冯学富在琢磨。翻阅《榆林县志》，早在新中国成立前，榆林人民就开始向沙漠斗争。但真正有组织有计划地向沙漠进军，还是新中国成立以后，在共产党和人民政府领导下进行的，特别是党的十一届三中全会以来，榆林作为"三北"（东北、西北、华北）防护林带的一部分，要求长城沿线，公路林带是"直"的，公路两旁是"绿"的，路边村庄是"黑"的。冯学富作为榆林县主管这项工作的副县长，一直在考虑一个问题，在新的形势下，如何使造林治沙工作进一步加快步伐？像过去那样大办农林场，"引水拉沙造农田，蓄水提挖兴水利"已成为过往烟云和明日黄花；70年代学大寨时期大搞群众性大会战的方法也已成为昨夜星辰。有一次，冯学富到农村下乡，看到沙区群众的每一个小院落的房前屋后，都是树成行，草成坡，突然脑子一亮，为什么不能把荒沙承包给群众。这些收拾得井然有序的农家院落，未住人时都是荒沙一片啊！事实证明，只要有人住的地方就会出现绿荫。所谓"修一条渠，住一户人家，治一片沙，出现一块绿洲"。人的生命力的顽强正在于此。

冯学富的这个想法得到了县委主要负责同志的支持。于是，很快将荒沙划拨给群众，每人3至5亩。以后又增至5至10亩。同时，县里亲自抓了几个点：补浪河曹家峁村，刘官寨西沟村，岔河则排则湾村，红石桥的双红村。县上在这几个点实行"封禁"政策：不准放牧，不准割草，不准烧柴，不准收籽，不准开荒。当时的口号是：一封二障三栽种。为了在点上抓出成效，县委书记石海源、县长赵秉正和冯学富一天到晚往下跑。在"点"上取得经验的基础上，县委和县政府不失时机召开现场会，总结经验，增强了大治沙的信心和决心，向全县人民发出了全面治理沙漠的动员令。

当时，榆林县未经治理的荒沙有300多万亩。县委决定用三个三年治完，再用一个三年完善提高。共是 12 年时间，将 300 多万亩沙漠全部在地图上变绿。县委、县政府专门为此做了决议，并在人大常委会通过，正式立法。县上将这 300 万亩荒沙划成 716 片，划给沙区 276 个行政村。县上跟治沙任务比较大的 17 个乡镇签订了合同。乡跟村、村跟个人，层层签订承包合同。1985 年到 1987 年，榆林县掀起个人承包治沙的高潮，出现了有沙就有人治沙的局面。两年时间治沙 120 万亩，超额完成了原来规划中的第一个三年 119 万亩的任务。地、县林业部门组织的多名技术干部，用 50 多天时间，对 17 个乡镇的第一期治沙工程进行科学验收，全部达到要求。在此基础上，县委和县政府更进一步解放思想，决定将原规划中的后两个三年的任务"压"在一个三年完成。即到 1990 年，完成治沙的二期工程，全部治完 300 多万亩沙漠。

为了完成二期工程治沙任务，他们除过继续运用一期工程运用过的订立县、乡、村、个人四级合同，继续采取谁治归谁，允许继承，轮封轮牧（轮流封禁，轮流放牧），人工栽种，搭设障蔽，禁止柳编等常规措施外，又采取了几项特殊政策。

二期工程与一期工程相比，有一个明显的特点，就是"远大难"沙多——既远又大又难治。可可盖敖包村，有一个生产队，只有 73 个人，就有 2.3 万亩沙，而且都在 25 里以外，治理困难很大。二期工程的 181 万亩沙中，这样的"远大难"沙有 30 万亩。这 30 万亩沙成了冯学富的一块"心病"。他不止一次对乡（镇）干部讲：谁能治理了这 30 万亩沙，我冯学富让位。治 30 万亩沙换我这顶官帽你们干不干？

为了啃下这 30 万亩"硬骨头"，经过认真研究，他们最后把企业投标承包引到农村。采取了两项"倾斜"政策：一是将治理每亩"远大难"沙的补助由普通沙的 1.6 元增加到 4 元；二是如果完成承包任务，在家属农转非、安排一个子女、增加一级工资、半脱产干部转正这四个条件中任选一个。这样的特殊政策一实行，乡（镇）干部争相承包治理"远大难"沙。最后包给 10 个人，每人 3 万亩，要求两年全部治完。

长达半年的采访

终于见到了冯学富。

几个月来，为完成《绿色沧桑》的采访写作任务，我到处奔波。唯独冯学富这个名字，仍然"顽强"地停留在我的采访名单上。

其实，冯学富离我的"距离"最近。他的工作单位榆林市委在城南，他的家在城北，如果将他的单位和家连接起来，恰好是一条直线。而我的家正在这条直线的"中点"。骑自行车无论是向南到他的单位还是向北到他的家，都不过10分钟左右的样子。

我骑自行车到榆林市委不下五次，总是找不着他人。问市委办公室的同志，每次的回答都一样：冯书记下乡去了。

跑了不少"冤枉"路，我也学"精"了，以后采访前便先用电话联系。回答仍然是：冯书记不在，下乡去了。

于是几个月过去了，我竟没能见着冯学富的踪影。

有一次，我得知冯学富在家，急急忙忙骑自行车到市委机关。办公室的同志告诉我：冯书记刚出去。你去家里看看，如果不在家，你到医院去找，冯书记的老伴住院，他在那儿伺候。

我又气喘吁吁赶到冯学富家。敲门，没人应声，再敲门，才发现门上吊一把锁。我不敢耽搁，急忙转身到医院。好不容易找到他老伴的病室。一看病床上只孤零零地躺着冯书记的老伴，心里顿时凉了半截：又扑空了。一问才知道，冯学富刚刚被市委书记李锦升叫走，中央林业部和省上来人检查造林治沙，他们二位陪同去了。

真有点"'沙漠'未灭，何以为家"的味道！

在这个初秋宜人的傍晚，当我坐在冯学富书记家的炕头，告诉我从春到夏，从夏到秋追踪采访他的"历程"后，冯书记爽朗地笑了。

"我这个人属于'游牧民族'，我的魂儿多一半在那几百万亩沙子里，一年四季不在沙漠里钻百八十天，心里就怪不踏实。"

冯学富点着一支烟吸了几口对我说。

隔着一张小小的炕桌，我和冯学富面对面坐着。我仔细打量着这位脸膛紫红粗糙的市委副书记，我知道，那是长期在沙窝里跋涉留下的印记。他的个头不高，眼睛很有神采。说话朴实、睿智，风趣而练达。如果不是事先知道他是个"县太爷"，我更容易把他和那些基层干部、大队书记联系起来。这是一位生在农村、长在农村、奋斗在农村，对土地、对人民群众有着深厚感情的"父母官"。这是一位平民意识极强，官本位意识淡漠的市委副书记。

冯学富说，榆林的治沙造林大体可以分为三个大的阶段。

第一个阶段是20世纪50年代兴修水渠，大搞农林场时期。现在看来，那时候以农林场治沙修地功绩很大。仅榆林县，靠农林场治沙80多万亩。虽然总的来看，沙区还在不断扩大，绿化赶不上沙化，沙进人退的局面没有得到根本改变，但这些农林场作为人类向沙漠进攻的前沿堡垒，打破了"沙漠不可征服"的神话，对整个治沙工作起了示范带头作用。

第二个阶段是1970年北方农业会议以后，直到农业学大寨时期，造林治沙推向了一个新的高潮。这个时期的特点是以集体为主，搞"大兵团"作战。有一系列口号和术语。大搞三林三带四配套。三林是固沙林、护田林和经济林；三带是主林带、副林带和环滩林带；四配套是田、水、林、路四配套，也叫渠、井、林、路四配套，土、水、林、草四结合。这个时期是沙漠和人类的相持阶段。

第三个阶段就是党的十一届三中全会以后，在新的形势下，依靠群众大面积承包治理荒沙，向沙漠全面进攻。出现人进沙退的可喜局面。

概括起来说：第一个阶段是"点"的阶段，第二个阶段是"线"的阶段，第三个阶段是"面"的阶段。从治理方法和手段上看，经过几十年的摸索，由50年代的单一治沙发展到现在的综合治理。从树种的选择上来看，第一个阶段以灌木为主，第二个阶段以乔木为主，第三个阶段是草、灌、乔相结合——八仙过海，各显神通。

冯学富滔滔不绝地打开了话匣子。他对党的治沙事业的炽热的赤子之心随着那概括力很强的话语倾泻而出。

"人就是这样，交往越多，感情越深。人与人是这样，人与物也是这样。我和沙漠的'交往'最多，所以感情最深。在榆林工作15年，每年平均下乡200多天。榆林市484个行政村，837条沟我都钻遍，跑遍了。837条沟中长年有水的576条，季节性有水的261条。716片沙，最大的是红石桥的50里沙，总面积达29万亩，最小的是古塔任家沟4里沙，只有716亩。"

面对这位口若悬河的市委副书记，我才真正懂得了"如数家珍"这个词汇的含义。冯学富对情况的稔熟简直让人感到有点不可思议。

说起各种地貌的治沙形式，一个个的专业术语从他口中奔涌而出：滩地区的治沙造林主要有固沙林、护岸林、护路林、护田林、围井林、经济林、开壕栽柳……丘陵沟壑区的造林形式，主要有山顶戴帽、草灌带、经济林、柠条林、刺槐林、密林村、密林沟、油松林……

说起治沙造林树种，灌木有沙柳、柠条、紫穗槐、花棒、踏郎，乔木有旱柳、杨柳、白榆、油松，草有沙蒿、沙米、沙打旺、草木樨、紫花苜蓿……

这就是冯学富，一个从来没有把自己看作是高居于人民之上的"官"的共产党人，一个见困难就上、拔起腿就走的创业者，一个对党的事业怀着挚爱的革命者。

这就是冯学富，不管走到哪里，他总是能用最生动、最为当地群众所接受的语言，把大家的心火点燃起来。他是人民群众的"父母官"，也是人民群众的贴心人。

冯学富在榆林北部的沙漠中奔波，他和沙海中的一片片绿洲倾心"交谈"，他曾有这样一句"名言"："我看见沙漠中的一棵树比我的娃娃还亲。"

结 束 语

冯学富在治沙造林中的突出贡献，得到了上级领导部门的赞扬和肯定。1986年12月8日，在北京召开的三北防护林体系建设一期工程表彰大会上，他被国务院三北防护林建设领导小组和林业部授予"全国劳动模范"的光荣称号。

今年，是榆林市承包治理300万亩荒沙的最后一年。在20世纪90年代这个明媚的春日里。当我要在这篇文章结尾画下句号的时候，冯学富，你又开始在那茫茫沙海之中跋涉了吗？

这当儿，冯学富的又一句"名言"涌上我的耳际：

"哪里有沙漠，哪里就有治沙人！"

负重的女人

把"负重"一词加在女性身上,好像不十分恰当。何谈恰当呢?未免有些不近人情,带有冷酷和残忍的韵味了。因为在世人的心目中,女性象征着温纯、柔顺和软弱,她们仿佛是这些词汇的同义语,更确切点说,是这些词汇的体现者。大凡读过《圣经》的人都还记得,耶和华上帝在伊甸园里发现男人太孤独,就从男人身上抽出一条肋骨,又把肉合起来。这肋骨便成女人了。诚然,宗教创世记里的故事,我们不须去仔细稽查,但女性作为这个世界的一半,如果天地有两根柱子支撑着,一根是男性,另一根毫无疑问是女性了。足见她们并非是无足轻重的。可令我不解的是女性在现实生活里,她们的人生际遇不比男性好,她们的负重不比男性轻。我时常这样想:或许所谓耶和华上帝对男性身上的这根肋骨缺乏优待,或许是西方学说中所谓对第二性别的惩罚吧。为此,我常常无端地陷入一种困惑。我觉得她们固然温纯、柔顺,也不免疲惫和脆弱,但万万不可忽略她们的另一面。她们也有坚定、强悍和果断的成分呢。我们不妨在本文主人翁身上,轻而易举便找到活生生的答案了。

不须细心端详坐在我对面的她,不须去用文学工作者深入生活观察人物的眼光寻找她的脾性,也不须听她慷慨坚毅的言辞而从中获得我所需的东西。我仅从别人的语气里,从她人生轨迹的遭际中,早已领略过了,并悟出了不可改变的意念。果然不出我之所料,当她还没有出现在门口,脚步声在院里传来时,我就坚信自己的判断是正确的,准确无误的。不是么?那落地有声的足音,啪踏啪踏地响个不停,极富有节奏感,敲击着我的耳鼓。听起来是那么坚定、有力、顽强。这哪里像女人的足音?俨然是一个身强力壮的男子汉的脚步了。如果步伐失去沉稳和矫健,绝不会传来如此响亮浑厚的音响。可我没有感到奇怪,没有觉得惊异,好像一切都是通情达理的,丝毫不值得有什么外乎人伦的疑问。不然的话,她能有这样的胆略,这样的勇气,能在布满坎坷和羁绊的命运之途上抗争搏斗呢？这铿锵的足音应该属于她，属于负重的女人——牛玉琴。

  一个人的负重感何止是脚步的负重，她那果决利索的谈吐举止亦与脚步声相谐调。一股男子汉大丈夫的风派，具有相当的阳刚之气，委实让一些内含阴柔成分的男士们逊色多了。牛玉琴的脚步跨进门槛，她坐在炕头，脚步声自觉地消失了。但仍然在我的脑海里回响，激发我追溯寻觅她的足音，直到那遥远的过去。

  原籍定边县郝滩乡的牛玉琴，迄今已离开娘家20多个春秋了。她清晰地记得，1967年，命运之神安排她迈出了人生新的一步，嫁到了靖边县东坑乡金鸡沙村。她与男人张加旺系两姨亲，自幼来往频繁，互相了解，彼此感情是十分笃厚的。当然，他俩的结合在婚姻法上是不允许的。说实在些儿，是不符合《婚姻法》的。但《婚姻法》对于地处穷乡僻壤的农村，似乎没有什么大的效应。诸如姑舅两姨表亲之间的婚事，实为显而易见，是再寻常不过的。这是传统和科学的碰撞，自有社会学家去理论，咱们不必要做大量的纠缠。牛玉琴过门后，家里很穷，吃了上顿没下顿，简直到了讨饭吃的境地。她母亲又患精神病，整天唠唠叨叨，打打闹闹，让人不得安生，给本来就一贫如洗的家庭增加了额外麻烦，无疑是小两口巨大的负担。但是他俩相亲相爱，情同手足，相互关心体贴得无微不至。他们对老人都十分孝敬，问寒问暖，多方请医生给老人看病。锅里的饭第一碗总是让老人先吃，只要老人顺心，活得畅快，他们愿意付出一切代价。老人的高兴就是他们的欢乐，老人的悲伤就是他们的忧愁。小两口的孝心，使老人感到了莫大的安慰。老人也为有如此孝顺的儿子和媳妇而欢喜和自豪！清贫的生活，造就了小两口不甘心清贫的意志，他们立志改变寒苦的家庭面貌，走上富裕的道路。小两口起早贪黑，风雨无阻，冬天一身水，夏天一把汗，刮风为梳头，下雨当洗脸，拼命地干个不住。家里还养了猪，喂了羊，劳动回屋后还得伺候这些张口要吃的小牲灵。可猪羊喂成后，他们却享受不到猪肉和羊肉的美味儿，全卖了。渐渐地，他们的生活有了好转，虽然还未富裕起来，但已经还清了结婚时欠下的债。他们看到美好前景的希望，甩开膀子继续大干，修起了砖瓦房，买了锃明瓦亮的自行车。农村实行责任制后，他们的干劲更大了，当年就收粮食1万多斤，栽了30余株苹果树，喂了40余只羊。接着，又买了一头骡子、200多只鸡，各种收入累计2000余元。他们感谢党的农村政策，深知这是好政策给他们带来的富裕。他们总算基本摆脱了贫困的桎梏，也使他们对未来充满了信心。

  时光在他们汗水的冲刷下悄悄地流逝，转眼间到了1984年深冬季节。县委、县政府根据党的路线、方针、政策,提出"决战林草,建设林草双百任务"的号召,动员全县人民齐心协力,积极投入治沙造林种草的浩大工程。张加旺欣喜若狂,便与牛玉琴商量,决定承包万亩黄沙。他们想自己生长在毛乌素大沙漠里,整天见的是黄沙,打交道的是黄沙,这黄色的沙子给祖祖辈辈造成多大的痛苦,深受其害是不可估量的。在沙漠里生息的人太不幸了,太艰难了!如今党和政府治理沙漠,种草种树,绿化大地,作为大漠的子孙是求之不得的。他们相信党,相信国家,也相信人民的力量。加之他们已经尝到了造林种草的好处,不仅能固定沙漠的移动,排除黄沙对人们的危害,还能发展农牧业生产,使人民的生活水平稳步提高,真正地繁荣富强起来。他俩主意已定,果断地与村委会签了承包万亩黄沙的合同书。

这是神圣的使命。使命的神圣令他们投入了紧张的战斗。

万亩黄沙,茫茫一大片。他们根据地理地貌的特点,绘制了一幅规划蓝图。他们做了三个治理区域,实行因地制宜的措施。第一区为北部纯沙区。第二区为中部油蒿自然覆盖区。第三区为南部小沙丘区。不同的区域,得采取不同的治理方法:大沙地以沙蒿、沙芥为主。自然覆盖区以柠条为主。小沙地带以种植杨树、榆树和沙柳为主。他们不辞劳苦,从杨桥畔、沙石峁、五台村先后买回五台手扶拖拉机的各种树苗。为了能有较高的成活率,他们对树苗的质量要求很严,亲临苗圃起苗,并把当时和好的胶泥糊子倒在树苗根须上,装车返回,立即栽植。

延误时间就是延误树的生命。但人手太少了,只要家里能帮上忙的都出动,也只不过几个人而已。他们雇了 16 个劳力,抢时间争季节地干。路途遥远,往返 30 余里地,又全是沙梁沙窝,非常难走,用"跋涉"一词是再合适不过了。他们每天早晨天不亮吃饭,到工地太阳还没有升起来。沉重的树苗加上根须上的泥浆,越发沉重了,大都是人背进去的。树苗随到随栽,随栽随取。沙窝子里的春天,一阵风吹来,卷着沙子狂飞乱舞,人浑身落满沙尘,不断钻进眼窝。他们互相拨出眼睛里的沙粒,大干不止,挥汗如雨。家里做好的饭送在工地上吃,早已冰凉了。他们哪顾得这些,风卷残云般的吃过后,立即投入战斗。他们为了保证树的成活率,边栽边检查,力求达到科学植树的标准,让树苗顺利地扎根于沙漠,早点生长,带来绿荫。20 余人历时一个多月,栽高柳杆 100 亩、沙柳 364 亩、杨树 470 亩、榆树 300 亩、种沙蒿 1000 亩,植其他树 66 亩。初步取得了胜利!

　　胜利使张加旺和牛玉琴信心百倍,但也给他们增添了烦恼。乡下人嘴杂,难免闲言碎语。有人说他们吹牛皮说大话,根本造不起万亩林。有人说他们承包万亩荒沙目的不纯,是为了哄骗国家的造林投资款。也有人说他们将来变成林牧主,要遭批斗,挂牌子游街示众,就和"文化大革命"一样。听到种种言语,他们犯了踌躇,可仔细一想便烟消云散了。他们针对人们的不同观点,分别给予不同的回答:1. 绝不能吹牛皮说大话,一定要造起万亩林。2. 自己造林目的是为国家、为人民,为解除黄沙对群众也包括自己的危害。3. 不怕成了林牧主,不怕遭批斗。因为他们相信党的路线、方针和政策绝不会变。总之,他们治理黄沙的信念决不动摇,万亩林的愿望定要实现。人们哪里知道:张加旺和牛玉琴已经付出了多么大的代价!贷款好几千元,雇人工资就出了1400多元呢。他们想说:厚道老诚的乡亲们呀,你们为什么就看不着我们的投资,而偏偏要如此议论呢?!

　　正当他们鼓起勇气以利再战之际,可怕的病魔渐渐向张加旺逼近了。本来,他们准备还给孩子办喜事呢。这在人生旅途上是莫大的幸事,尤为远避的农村,把添人进口看得更重。哪个父母不想让儿女们早点长大,成家立业。哪个老人不希望自己早点抱上孙孙,高兴地看着新一代人在自己面前奔跑。数千年根深蒂固的传统风俗,早已形成不可更改的规矩了。张加旺和牛玉琴自然也不例外。婚事只得推后了。张加旺的腿隐隐作痛,走路都一拐一颠的,严重影响着劳动,但他没有退却,忍着病痛去植树种草。后来他实在走不动了,只得改变战略,在家中指挥。他面前铺一张规划图案,牛玉琴率领劳力在沙漠里滚打,晚上回来给他汇报。他根据牛玉琴的介绍,不断修正部署,再做新的打算。牛玉琴看他病的样子,心里很难过。她除了汇报他兴奋的事情,有关亟待解决的问题只字不提,她怕张加旺着急焦躁,加重他的病情。牛玉琴忍着种种难言之苦,再大的困难她一个人承担了。林地临时搭起的房子,粗糙简陋,难以支撑日久,被风刮倒,把做饭烧水的铁锅给砸破了,劳力无饭吃,无水喝,这怎么得了。让人怎么干?她想植树种草亦无异于军队打仗,有道是"军马未动,粮草先行",后勤工作赶不上去,将给劳动进程造成不可估量的损失。她背着张加旺把家里另一口新锅拿在工地用,解了燃眉之急。被砸破的锅她送给补锅匠,钉好后悄悄拿回来。张加旺毫无察觉。蒙在牛皮鼓里的他,还满以为一切都很顺利呢。

　　张加旺住院不久,牛玉琴也因饭食不周,冷吃凉饮,得了阑尾炎,做了手术。住院期间，她一边让医生给她治病，一边又叫医生给她教打针。善良的白衣天使见她如此坚强，如此好学，在病中还惦着万亩林草的工程，很受感动，他们说遇了许许多多的病人，还未见过像牛玉琴这么一个特别的女性。他们总是有求必应，给她终于教会了简单的注射操作技术。手术后只有五天的牛玉琴，提前出院了。其实，她的伤口还没有完全愈合，缝伤口的线子，是她回到家中亲手抽掉的。牛玉琴住了一次医院，动了一次手术，好像她不是去给自己治病，而是进卫校学了一次，深造了一次。她在屋里给张加旺打针，宛若村里的赤脚医生。同时，张加旺也学会了打针，是牛玉琴教的，在牛玉琴身上学会的。他们分别在对方身上实践，成了家中的"医生"。人们说：一家有两个"医生"，这在金鸡沙还从来没见过，真了不起！久病出良医，果然不假。不仅出了一个，还出了一对。人们打趣的话不可当真，但他们忍受了多少痛苦？其中有多少辛酸渗透在张加旺与牛玉琴身上？他们只好苦笑，还能说什么呢？

　　张加旺数次住院，数次手术。出院后病情略有好转，是全家人再高兴不过的事情。可他稍能走动，就闲不住了。家里人劝他安心养病，把身体恢复起来再干。他就是听不进去，全当耳旁风了，急得全家人团团转，拿他没办法。牛玉琴多次对他说："加旺，你得好好养病啊，身体是资本。只要你的身体恢复正常，一切事情都好办。"张加旺回答："我在家心急得慌，实在待不住。你们早出晚归，我能闲着？我一个男子汉怎么好意思坐在家？那万亩林造不上去，我是无脸见世人面的。"牛玉琴急了："不管怎么忙你得先养好病，只要你的病好了，比什么都强。"张加旺看着牛玉琴着急的样子，笑了起来，他在地上故作无病状态地走了几步，动作貌似干脆利索，与常人无什么两样，甚至更显得硬朗。他拍了拍自己的腿说："玉琴，你看我不是已经好了没？一点也不疼。你还愁什么呢？放心，上帝不会要我命的，起码得将万亩林造上，我早已和上帝商量好了。"他们都是天主教信徒，对上帝崇拜之至。牛玉琴一听，只有让步了。她理解加旺的心情，理解他的个性，他是坚强的男子汉。他一旦认定要做成的事情，非得做成不可，否则是不会善罢甘休的！牛玉琴与他协商，叫他不要干重活，在工地指挥就行了。不然，绝不允许他参与，绝不答应他去。张加旺笑着同意了。

　　他们来到工地，干了起来。张加旺履行自己的诺言，做些轻松的活儿。诸如扶扶树苗，看看挖坑，检查一下栽树的质量，在地上走走停停，停停走走，像遵守规章似的。这规章便是牛玉琴给他制定的，他心里十分明白。可他目睹热火朝天的劳动场面,目睹别人挥汗如雨的情景,再也干不下去轻松的活了,特别是当他看到牛玉琴脸上的汗水如珍珠般滚落下来,全身上下都湿透了,仿佛从水里捞出来一样。他的心颤曳着,他想一个年纪轻轻的男人,岂能容忍这种场面,岂能面对这种场面而熟视无睹?清闲些的活儿应该归于自己的妻子,应该归于牛玉琴。女人们身单力薄,重体力劳动天生是男人们干的。要不上帝怎么会造就男女之分呢?男女有别,天经地义,自己竟给颠倒了。这有些不符合天理人道啊!即使自己能接受,上帝也不会饶恕的。他深知玉琴整天忙里忙外,劳动一天回去还要做饭、喂猪喂羊喂鸡、照顾老人。精神病的母亲离开她的关心是不行的。她把心都操碎了!张加旺好像受到一种侮辱,一种遗弃和冷遇。他男子汉的个性遭到了很大的创伤,他的尊严有了巨大的裂痕,他对玉琴的精神和肉体的负重倍觉同情怜悯之至,再无法忍受了,再不能在轻便的活儿里偷生了。他欲夺回人格,索回尊严,要回上帝给予他的男人的个性。他不顾在场人们的劝阻,不顾牛玉琴的反对,凛然与人们一道大干起来。可他能体谅人们对他的好言相劝,完全领会了玉琴的苦口婆心,她是为我着想呀!拿他没办法,牛玉琴只好让步了。沙窝子里干旱,水源难寻。而植树种草是离不开水的。从沙外运水路途太远,只好想办法,就地打井。张加旺观察好地形,亲自动手挖起来,他忘记了自己的疾病,忘记了腿疼,忘记了他数次的手术。他患的不是普通病症,而是不易医治的骨肿瘤!尽管手术后看来减轻了病痛,其实没有把病根拔掉,也是很难拔掉的。他挖了一口三丈余深的井。水源找到了,流了出来。他望着清凌凌的泉水兴奋异常,止不住激动的笑容溢在了他那病态的脸上。谁知病魔的爪牙正无声地啃啮着他,他不得不又一次住进了医院。

经过医生诊断,确诊为不治之症。也就是可恶的骨癌。在住院期间,牛玉琴伺候着他,后来家里人轮换着伺候。这个令人毛骨悚然的消息,使牛玉琴措手不及,真如晴天霹雳,六月降霜,沉入无比悲伤的深渊!但她拿出最大的克制力,压抑着内心的哀痛,精神上表现得很是平静。毋庸置疑,负重的女人更加负重了!她忍着难言的辛酸,在张加旺和家里人面前故作镇定,强装欢颜,尽力不能叫他们看出自己痛楚的蛛丝马迹,故作笑脸,还给家里人开导、宽心,她叫他们想开些,大放宽心,加旺的病一定能治好。如今国家的医疗技术如此发达,连腿疼病还治不过去?一切都会好的。但没有人在面前时,她的眼泪不由自主地流了下来。简直无法克制。在家里人跟前她的眼泪是往肚里流,现在才能往外面流了。她不知背着亲人哭过多少次，流了多少眼泪，她都不知道，已经无法计算了。有一次她险些哭得昏厥过去，觉得脑子里嗡嗡作响，眼前金灯乱旋，几乎要栽倒在地。她蒙眬中想到了家，想到了老人、孩子，尤其是精神病的母亲。她意识到自己如果垮下去了，全家人的生活怎么办？谁去照顾老人和孩子？自己可是这个家庭的唯一支柱啊！千万不敢栽倒，那后果是不堪设想的！她用客观的理智筑起一条阻挡感情潮水冲击的堤坝，绝不让它撞破。可是她越发感到了负重。她想，一个想哭都不能哭的人，是世界上最恓惶的人了。何况还是个女人呢？其实，她的眼泪早就哭干了，流完了。这将是多么难以形容的负重感，竟让牛玉琴给背上了。

不幸的事情又来了：她的小儿子患了肠梗阻，住进医院。这对她又是一个莫大的打击！她看见自己的亲生骨肉躺在病榻呻吟，又联想到自己的丈夫张加旺在屋里的抽搐，心如刀绞般的疼痛。孩子的父亲就让她够伤心了，而父亲的孩子又遭受着病的纠缠。这不是要自己的命么？自己还能不能活下去？家里人还怎么个活法？她已经无能为力，任凭命运的摆布了。儿子在医院只住了七天，手术后就回家，总算给了她些微轻松，但她又得投入伺候加旺的病了。

腊月的天气，地冻三尺，滴水成冰。塞外的寒风吹来，像刀片似的剥刺着人的脸，大自然处于一种僵死的状态了。在这个严酷的季候里，张加旺与牛玉琴亦经历着一场严酷的考验和搏斗！由于病情不断恶化，为了保全加旺的生命，医院决定做截肢手术。他俩思量再三，张加旺立即同意截肢。但牛玉琴还在犹豫，在考虑。截肢意味着只有一条腿了。人生来就有两条腿，这是上帝多么周全的安排，两条腿端端站立，多么稳实，一前一后或走或跑多么自如，多么有力量！而截去一条腿就不堪设想了，失却美观不必说，关键做什么事都不像往常那么自由而有力了，要受到很大限制的。一个好端端的没有缺陷的人，突然变成残废，这是何等残忍的现实！张加旺见牛玉琴拿不定主意，给她开导和劝解，叫她从大局出发，从自己的生命出发，不要为了一条坏腿而遭受丧生之祸。牛玉琴的思想疙瘩解开了，她抹了一把眼泪，只得点头答应。

腊月二十一日，在塞外名城银川，在散发着刺鼻的药水味儿的手术室里，张加旺结束了一个正常人的生活，以残废的姿态出现在这个世界上。人间少了一个正常的人。人间多了一个残缺的硬汉子。

牛玉琴此时此刻就在手术室外，她不知自己是怎么度过的。当手术车缓缓推出来时，她忍不住扑上去大哭起来。她看着张加旺枯黄的面容，抹了抹眼泪，一条腿直挺挺地舒展着一动不动，而另一处白色的棉被平平的，没有腿顶起的楞形。她明白了，现实告诉她加旺永远失去一条腿，再也不会接在他的身上了。她的泪水又一次流了下来，落在被子上，落在了张加旺的心上。

春节快到了。全家团圆更是人们莫大的天伦之乐。牛玉琴考虑到家里老人和孩子，他们正心急火燎呢。于是她腊月二十七日从银川回到家里。她怕全家人过不好年，把加旺截肢的不幸一直装在肚里，说医院正在治疗，已经好转，很快就要回来的。她面带笑容照顾着老人和孩子，连村里人她都不敢给透露加旺的情况，担心传到家里人的耳朵里。可她泪水全流在人们看不到的角落了，流在宁静的春节之夜了。

正月四日清早，长途班车刚开始放行，牛玉琴就到了银川。她告诉张加旺，家里一切都好，请他放心。她把家里带来的年饭给加旺吃，还分给医生和别的病人吃。她把张加旺伺候得能出院了。便于正月十七日背着自己的男人，背着男人那条被截去的腿和住院用的其他物品，登上了回家的路程。

一路上，她不知自己该想些什么、该做些什么？但她什么都想了，什么都做了。她把加旺关心得无微不至、井井有条，没有使病人不满意的地方。她简直不敢相信自己，她哪来这么大的能耐？一个女人家竟能背动男人和男人残废的腿。更使她惊异的是自己好像忘记悲伤和痛苦了，仿佛被一种神奇的力量驱使着。她问自己："玉琴，你真的忘记一切了？真的不感到难受么？"回答是否定的。汽车在黑色的柏油路上疾驰，大地还在冬睡的梦渊里，路边的树木被冻得干瘦干瘦，起伏的大漠一片荒凉，枯死的野草在冷洌洌的寒风中摇曳，毫无返绿的迹象。她触景生情，猛地被什么击了一下，从麻木的状态中醒悟过来了。她的身边是残缺的男人，她怀里抱着的是丈夫被截去的那条腿。她的加旺成残废了么？永远失去一条腿么？是的，成残废了，这条腿永远失去了。于是，她的眼泪又溢出来了，她不完全是为自己哭泣，而是为加旺落泪。因为生性活泼的加旺从此失去许多东西，失去许多欢乐。他再不能扭秧歌了，再不能演他那最拿手的二人转《逛新城》了。他与秧歌和《逛新城》告别了，永远告别了！她又想到了家里的人，想到了精神病的老人和尚小的孩子们。他们能接受这个残酷的现实么？他们能承受得了么？他们还被自己蒙在鼓里呢。她不敢想象，当她和加旺出现在家里人面前时，该是多么沉痛的情景。后来她干脆不去想了，已经是不可避免的。

家里的人正等待加旺和玉琴回来团圆呢。除此之外他们不再有任何准备，更料想不到玉琴带回来的是残缺的加旺和加旺的一条腿。他们见此情景，全惊呆了！家里死一样的寂静，继而不知是谁先哭了一声，还是不约而同的，顿时哭成一片。全家人围着张加旺，老人接过加旺的残腿，他们做梦都没有想到啊！精神病的母亲好像正常了许多，她摸了摸被截掉的腿，仿佛是自己的腿被截掉一样，泣不成声。加旺的父亲老泪纵横，险些昏过去。孩子们的哭声尖而脆，在屋里哇哇直叫。加旺和玉琴渐渐止住泪水，劝说老人和孩子们。他们说这是最好的选择，如果不截掉腿，命也保不住的。家里人听说是这样，似乎接受了这个现实。但他们不接受又能怎么办呢？即使就是重新选择，一切都晚了。看来人在命运面前是太渺小了。加旺说："你们不要悲痛，我掉一条腿没有什么了不起。只要我还活着，就能指挥造林种草。我活着能看到万亩林，就是我最大的幸福，掉一条腿也值得。"全家人被他的话深深地触动了，又开始了造林的部署。

春的温暖激动着残缺的张加旺。家里人劝他不要去，在屋里照看一下就行了。但他听不进劝阻，他专门到县上去要树苗，县政府和林业局被他的精神所感动，马上给他搞了些树苗，派了一辆汽车连他一并送回村里。他整天与家里人一起在工地上劳动。残缺的张加旺走路不便，撵不上大家，于是他骑着家里的那匹白骡子。牛玉琴在前头拉，孩子们在后面赶，活像一个身经百战的缺腿将军，十分威风！可他还是习惯不了，觉得很累。数十里沙路，白骡子变黑了，浑身汗淋淋的。一到地里，他就开始了紧张的劳作。不久，他的病复发了，住了几天医院回来还要去。他拄着拐棍一颠一颠地紧追不舍，让他人都看着落泪。不料，他的病又加重了，全身急剧抽搐一次后，瘫痪了。这时，牛玉琴从外面开会归来，又带他去住院。这已经是第八次住医院了。他们到了银川，医生一检查，不再收了，他们只得回来，明白已到晚期了，只有在家里等候着死神的来临。全家人沉浸在无比哀戚的深渊里。

农历五月十七日，毛乌素沙漠的儿子张加旺，未能逃脱死神的魔掌，与世长辞了。他带着牛玉琴、老人和孩子们的永久思念，躺在了生他养他的大漠深处。时年40岁。

张加旺战胜了沙漠，却未战胜病魔。不，他战胜了！他是永存的。黄灿灿沙子记着他，绿葱葱草木记着他，靖边人民记着他，历史记着他！

死亡的痛苦不只是死者的。而更痛苦的是活着的人。牛玉琴一家正是如此。

父母亲哭得死去活来，老人就这么一个儿子呀！孩子们的眼睛肿得像红桃一样。牛玉琴则一反常态，尽力劝说着老人和孩子。她的眼泪不会再流了。多年的负重已经把她从脆弱中锻炼得坚强起来了，她是早有担负全家人生活的精神准备的。她不断在告诫自己：牛玉琴，你一定要挺住，万万不敢倒下去，全家老小就在你一个人的身上了。她没有倒下去，没有被无比沉重的负重压倒。她按天主教的风俗习尚，把她的丈夫张加旺安埋入土。她家的责任田里，矗立着一座厚重的坟茔。此后，她的娘家人接她回去住了几天，给了她不少贴慰，但也有人说她自讨苦吃。因为她与张加旺当年结婚时，他们就反对过，嫌张加旺太穷。她不怕穷，她觉得穷并不可怕，只要人好。人比天高！她就看上了张加旺。现在落到这么一步境地，她也不后悔！她反倒要人们看一看自己是怎么生活的、怎么活下来的？如何化悲痛为力量，继承张加旺的遗志，与沙漠作斗争的！

负重的女人，到底是负重的！

如今，她和张加旺的万亩林全部栽上去了，而且绰绰有余的共计11027亩。多么令人可喜的成果。我向她表示诚挚的祝贺！

再看看牛玉琴和张加旺同志在奋斗中获得的荣誉吧：

1985年，牛玉琴同志被评为靖边县"三八"红旗手。

1986年，牛玉琴和张加旺同志被评为靖边县"双文明"家庭。

1987年，牛玉琴同志被评为榆林地区"三八"红旗手，被誉为"魁首标兵"，授予"脱贫致富的带头人"称号。

1988年，牛玉琴同志被命名为陕西省"三八"红旗手和"劳动模范"称号。并选为省人大代表。

1988年春天，林业部"三北"防护林建设局给牛玉琴同志录像。

1988年8月，陕西电视台给牛玉琴同志录像，做了报道。

1988年9月，中国农业研究所特来采访牛玉琴同志，为农业研究工作提供了宝贵资料。

1989年2月，陕西电视台又来采访，并做了报道。

1990年3月，牛玉琴同志被全国绿化委员会授予"三八绿化奖章"，荣获全国妇女"三八"红旗手和"双学双比"女能手称号。

1990年6月20日，《陕西日报》第一版在较为显赫的位置报道了省绿化委员会、省妇联、省林业厅做出的《向绿化沙漠女杰牛玉琴学习》的决定。

报道简要叙述了牛玉琴同志在造林治沙中遇到的艰难险阻，经过五年奋战绿化万余亩荒沙的动人事迹。要求各地广泛开展向绿化沙漠女杰牛玉琴学习的活动，为绿化祖国多做贡献。

这篇报道在三秦大地、在榆林地区，特别是生活在毛乌素沙漠里的人们心中，引起了很大反响！

然而，牛玉琴同志在荣誉面前表现出一种谦虚谨慎的态度。她说这是政府对自己的关怀和信任。如果没有政府的支持，万亩林是造不上去的。她正规划着未来的蓝图！她打算带领全家老小和黄沙继续作斗争的。她说"集中覆盖，集中治理。分散治理，星星之火可以燎原的。"她计划五年把两万亩黄沙变成绿色。然后等树长起来，给村里修建学校，解决孩子们念书难的问题，为提高文化素质做点贡献。我想这个愿望她会实现的。眼下她办了个沙子厂，共十个人，只有她一个是女性，但和男人一样干活，自然报酬也与男人们一样了。不过她也够辛苦的，家里家外都要她操心，每天给两个老人各吃两个鸡蛋，再和上白糖。老人乐呵呵的，见人就说玉琴待他们好。孩子们也对他们的爷爷奶奶很孝顺，因为他们的母亲给他们做出了榜样。

1989年清明节，靖边县林业局给张加旺同志立了碑。并奖给牛玉琴同志1万株树苗。

张加旺的坟墓设在他家的责任田里。据说是他自己选择的。我们驱车来到墓地，向含辛茹苦，献身绿化，造林治沙模范张加旺同志沉默致哀！我想他是地下有知的。当我们临到墓地时，一只喜鹊不知从哪里飞来，落在了加旺的石碑上。牛玉琴说："这是给加旺报喜呢。"是给张加旺报喜的。我和老局长都笑了。这是一片平展展的开阔地，墓边是一条淡黄色的路。时值初秋，绿色的林带给坟茔赠了一片荫凉。灰绿的糜子、黄色的向日葵和粉红色的荞麦都以各自独特的姿态，点缀着大地，烘托着躺在坟里的张加旺。突然，我发觉陈旧的花圈和十字架下面，有一株幼小的麻子。还没等我问，牛玉琴就介绍道："这是我专门种的。一遇到麻烦事，我就来给加旺上坟，叫他给我鼓劲。于是我一来，孩子们也都来了。"哦，这株麻子还真有点象征意味呢，我心里悄悄地说。不一会儿，我们向墓地告辞了……牛玉琴在前面走着，她头也不回，迈着稳健、敦实的步伐，好像有某种沉重的负荷压着她，但她顽强地一步一步地朝东方走去！

大地的儿子

正是春光宜人的 4 月,我来到黄河岸边的佳县采访。

好个绝佳的去处,我在地区工作多年,竟是第一次到佳县。令人心旷神怡的香炉寺,依山凿窟,地势险要的云岩寺。更有那松柏掩映,规模宏大,气势壮观,闻名于秦、晋、蒙三省的道观圣地白云山。到了佳县才知道,我来的这一天恰好是农历三月初三,这天是白云山传统的娘娘庙会。四方求香祈福者络绎不绝。

我没有到白云山朝圣,而是掉头北去,来到芦河边的打火店林场。

"茫茫沙漠广,渐远赫连城。"

"天天北风吼,日日沙南移。"

面对毛乌素沙漠最南端的这茫茫荒野,谁能相信,这里曾经有过一个"塞草连天"的时代!《佳县县志》上曾有这样的诗句:

边尘满地无征马
塞草连天有牧牛

这里曾经有过一个"塞草连天"的年代是事实,这里以后成为一个"四望黄沙,不产五谷"的地方也是事实,这里将来还会成为一片"风吹草低见牛羊"的绿野也一定是事实!因为,这里有一位绿色的使者,他就是我要采访的主人公——林业工程师郑文翰同志。

"扎根"打火店

郑文翰 1937 年出生于河南孟津,1939 年逃荒到陕西岐山蔡家坡。生在兵荒马乱的乱世，饱尝颠沛流离之苦。贫寒的出身，艰难的生活，使他过早地对人生有了一种透彻的认识。

1957年，郑文翰从眉县林校毕业，分配到陕北工作。慈祥的母亲听说陕北风大沙大，生活十分艰苦，担心儿子挨饿受冻，她给文翰缝了九斤棉花的一条厚被子，又给他烙了好多饼子。行前，母亲抹着眼泪叮咛："到那儿工作妈不拦你，组织上号召到艰苦地方锻炼妈支持，可你千万不能找陕北女人成家，那样可就扎下根回不来了！"

8月20日，郑文翰经过六七天的旅途颠簸，来到佳县城。县林业局给他雇了一匹骡子，整整走了一天，到了芦河边的打火店林场。

这个林场建场刚一年，条件非常艰苦。场部设在一个名叫千佛寺的破庙里。郑文翰报到的第二天，便跑出去勘察沙漠。登高远眺，但见那些流动沙丘像一个个静默不动的"哨兵"。远远近近寸草不生，十分荒芜。那年郑文翰20岁，正是"不知天高地厚"的年龄，荒凉的沙漠和当地群众艰苦的生活，激发了年轻人的事业心和斗志。他在心里暗暗立下了誓言，一定要想办法缚住"沙龙"的手脚，使其再不敢向南"侵袭。"

当地群众听说林场里新来的几个年轻人想治沙，非常稀奇："生就的骨头长就的肉，多少辈辈的沙子了，又不是三天两天生出来的，沙子里植树，开玩笑哩！"

这年秋天，林场向当地群众买了一些二尺多长的柳栽子，栽上后因为没有采取防护措施，第二年春天风把根都吹出来了，成活率很低。有的地方甚至成片成片被风吹倒。群众这时更觉得郑文翰他们是胡日鬼，有的老乡甚至好心好意跑来劝他："憨娃娃，你大老远跑来我们这穷地方活受罪哩，娘老子担心死了！快回家娶上个婆姨过日子去吧。沙子怎能治？能栽树？盘古开天辟地以来没听说过。你们几个憨娃娃不是开'国际玩笑'哩。"

初次上阵，就打了"败仗"。郑文翰也很痛心。但他没有退却。他跑到沙窝窝里，扶起一株株柳栽子，看到底失败在哪里？后来终于找到了原因，柳栽子没有根系，本身生命力不强，加上沙漠里没有植被，风一吹就将树苗连根拔起。

原因找到了，郑文翰对症下药。第二年，林场自己搞苗圃育苗。同时从外面引进优良树种。另外在林场的规划区种草，人工播种沙蒿、沙米，逐步增加沙漠植被。他们在实践中逐渐积累了一定的经验，绿化荒沙的步伐加快了。

20 世纪 60 年代初，正是三年困难时期。比起全国，陕北更困难。而比起陕北，佳县更困难，佳县是榆林地区最穷困的县之一，是陕北的"陕北"。远在关中的父母亲牵念着远方的儿子，一次次来信问文翰，问他生活习惯不？能不能吃得饱。不行干脆调回去算了。关中虽然也困难，但一天还可以吃一顿汤面条。每封信最后，两位老人总是千叮咛万叮嘱：千万不能找个陕北女人结婚。过两年回家探亲，在关中找个媳妇……

郑文翰一边吃着难以下咽的糠窝窝、粗炒面，一边给年迈的双亲写信，安慰二老不要担心，他在陕北生活得挺好。其实他写信的时候，肛门正因为吞糠咽菜干裂得流血。同时告诉了父母亲他的决心，说他已经喜爱上了这块贫穷而古老的土地，喜爱上了造林治沙的宏伟事业，喜爱上了这块土地上纯朴善良的人民，他决心在这里扎下根来，直到将荒沙变成绿洲。

饱经风霜的父母亲不理解儿子的"豪言壮语"和理想，他们一听儿子要扎根陕北，顿时慌了手脚。老两口"双管齐下"。老父亲亲自出马，通过文翰在河南焦作市当市长的表哥，准备把他调走，老母亲也在老家给儿子瞅下了一个媳妇，然后急急忙忙来信，让文翰打消"扎根"的念头，迅速回家相亲和联系调动工作。

文翰考虑再三，还是决定留下来。他给家里写了信，再一次表示自己的决心，"父母亲大人，你们的心情我理解，可为了事业，我不能离开陕北，这里是穷，但这只是暂时的，将来当沙漠披上绿装，这里就会很快走向富裕。再说，人人都不愿到艰苦的地方去，那艰苦的地方什么时候才能改变面貌呢……"

郑文翰在心里编织着一个绿色的梦，为了使这个梦变成现实，他甘愿付出自己的一切！

这时候，和郑文翰一块分来的三个关中同学都已通过各种渠道调了回去，有一个同学回去前夕专程绕道打火店看望郑文翰。一个讲理想，一个讲"现实"，两个老同学睡在被窝里彻夜长谈，结果谁也没说服谁。同学临走时对郑文翰说："文翰，说一句消极的话，你还是要想得实际一点，不要被什么空幻的理想迷住眼睛，不要做时代的殉道者和苦行僧。"

望着同学渐渐远去的背影，郑文翰毅然转身向他的"梦境"——打火店林场的"庙"里走去。在这破破烂烂的"庙宇"里，从 1957 年至 1987 年，他整整"修炼"了 30 年。从这个意义上讲，他倒也可以算是一个"苦行僧"。

郑文翰在60年代初期的那个早晨送走老同学的第一个"现实"的行动，就是和当地一个农村姑娘结了婚。当时棉花奇缺，母亲新缝的那条9斤棉被解决了大问题，一分为二，正好可以给爱人缝一床被了。

采访来的故事

我赶到打火店林场采访郑文翰，扑了个空。场里的同志告诉我，郑文翰已于1987年10月调任地区林科所所长，他的家也在今年6月份搬到了榆林。

虽然没有见着郑文翰，不过，不虚此行。因为，我在郑文翰生活和战斗过的地方住了一晚上。林场的同志讲，我住的窑洞就是郑文翰曾经住过的窑洞。

在这孔普通的窑洞里，郑文翰生活了30年，整整30年呢！

下面，是我在这里随意"捡到"的几个小故事。

故事之一：老郑除过在场里造林治沙、搞科研之外，和周围的乡亲也处得很好。他精通果树修剪，病虫防治，栽培技术之类。老乡们有求必应。1963年春天，马家沟大队一个叫马圣银的年轻人，专程到林场找郑文翰，说他家的果树不结果，看老郑有没有办法。郑文翰当即就随马圣银步行20多里赶到马家沟。马圣银家有20棵果树，长势倒很好，就是缺乏修剪，郑文翰屋门也没进，爬上树就剪。剪到第三棵的时候，马圣银的父亲回来了看见一个陌生人"乱"剪自己的果树，气得胡子都竖了起来，上去两把将郑文翰拽下来："你这是吃饱了撑的？我们好好的果树你给剪得秃头竖脑像个甚？！"马圣银给父亲解释，父子俩吵了起来。郑文翰走上去对马圣银的父亲说："马大爷，你不要生气。我不给你们剪其他树了。就让剪过这三棵和没剪的那些做个比较，到秋里下来，看哪个结果多？如果需要，我明年再来给你们剪。"

这年秋季，郑文翰到县里开会。会议结束回到林场，几个工人给他说："马家沟有个老汉给你背来一褡裢大苹果，没有留姓名，老汉说你知道。"

第二年春天，老汉亲自跑到林场将郑文翰请到家里，让郑文翰将其余十几棵果树全部修剪了。

故事之二：1972年，林场一个场长调到公社当书记。这位场长临走时想带郑文翰一块走："老郑啊，搞你这个专业太辛苦，又没有人抬举，干脆跟我搞行政去吧。"场长这样对郑文翰说。

郑文翰谢绝了老场长的好意，后来这位老领导调到县上工作。一次见到郑文翰，问他那时候没有"弃林从政"后悔不后悔？郑文翰回答说："萝卜青菜，各有所爱，我喜欢这个事业，所以再艰苦，也从不后悔。"

可谓初衷不改，钟情不贰！

故事之三：1979年，郑文翰担任了打火店林场第十四任场长。第二年调工资，上级分给林场两个指标，场长书记只能上一个。若按调资文件规定的工龄、贡献、专业知识等精神，符合条件的是郑文翰。但郑文翰想到书记家庭生活困难，他家有四个孩子，郑文翰只有三个孩子。书记月工资43元，郑文翰57元。于是，他毅然将一级工资让给了书记。

1983年，由于郑文翰在科研上的突出成果，上级奖励他一级工资。与郑文翰多少年来付出的巨大心血和取得的成果相比，这一级工资只增加几元钱，是多么的微不足道！

非淡泊无以明志，非宁静无以致远

洛阳亲友如相问，
一片冰心在玉壶。

被称作"七绝圣手"的唐朝诗人王昌龄的这两句诗写得风骨内含，喻义深远。可谓大音希声，大象无形。

那么，我的主人公郑文翰的"一片冰心"到底在哪里呢？在长期的造林治沙实践中，郑文翰发现柠条是防风固沙的一种优良灌木树种。它的根又粗又长，一片片柠条地下的根条连在一起，就会成为一根缚住沙龙的长长的绳索。

但是，连续几年大量播种，出苗成活率却很低。播种时间和播种方法完全正确，问题一定出在种子上。郑文翰跑到沙漠里，将出苗的种子和没有出苗的种子刨出来解剖比较，症结找到了，没出苗的种子，不是被虫子蛀成空壳就是里边藏着一个胖乎乎的虫子，这是什么虫子？翻书、查资料，找不到任何关于这种虫子的解释。郑文翰向省林科所的老师写信询问，答复是：这种虫子国内尚无人研究，所以没有这方面的资料。

一个国内尚无人研究的科研课题，就这样摆在了郑文翰这样一个只有中专水平的林业技术员面前，但郑文翰没有却步，他决心向这种害虫进攻了。

没有实验室，没有必须借助的有关资料，更没有先进的科学研究器械，世界上还有比这更简陋的科学研究吗？更重要的，请读者注意，郑文翰立志研究柠条种子虫害时间是1966年，正是"山雨欲来风满楼"的时候。

郑文翰首先想搞清的一个问题是，这种害虫是从种子外边爬进去的，还是在种子里自生的。他拿着柠条种子仔细观察，种子上没孔没缝。也许缝隙太小，肉眼看不见。他又用最大倍数的放大镜观察，还是"天衣无缝"。看来第一种假设排除了，这种虫子是自生的。

郑文翰又开始研究这种害虫的生长习性。他第一年把柠条种子采下，放在家里，到第二年三四月份，种子里一个害虫也没有出来。这就又得出一个结论：这种害虫的生长与环境、空气湿度和温度有很大的关系。

"文化大革命"的烈火已经甚嚣尘上，批判白专道路，反对成名成家。郑文翰的研究只能转入"地下"。他的眼前，他的脑海里总是蠕动着那一条条可恶的害虫，他的全部心思都在寻找消灭这种害虫的途径上，完全不由自主，完全情不自禁！白天想、晚上想，睡梦里想。有时候实在控制不住了，就找个并不高明的借口跑进山观察一次。

世界上还有比这更"奇特"的科学研究吗？

不被别人理解，甚至被指斥为"白专典型"。郑文翰只是不管不顾，醉心于自己的研究领域。1968年，他开始在野外饲养这种害虫。他自己亲手制造了几个小盒子，把种子放进去天天观察，第二年夏天，他的研究取得了进展，芝麻大的两个幼虫破壳而出。

郑文翰拿着那个装有害虫的小盒子拼命往家跑。他太激动了，害虫的饲养成功意味着他的研究有了一个重大的突破。可是当他跌跌撞撞跑回家，正要叫妻子和他一起分享成功的喜悦时，不小心摔倒在地，手中的盒子掉到地下，两个小虫展翅飞了。

郑文翰急忙呼喊妻子拿来被子、褥子、床单，把门窗严严实实围起来，然后打着手电，在地下、炕上、柜底、窑顶、墙缝慢慢寻找。整整找了三天，所有的地方都找遍了就是没有找到。郑文翰急得流下了眼泪。

来陕北十多年，吃苦受累他没有哭过，妻子儿女转不了户口他没有哭过，"文化大革命"挨批受气他没有哭过，可这一次，为两个小小的虫子，他哭了，哭得好伤心！

这一耽误就是整整一年。他吸取经验教训，第二年，饲养了很多虫子。面对这一盒盒害虫，又一个难题出现在面前，他识别不出害虫的雌雄。

为了解决这个问题，郑文翰几乎天天偷偷跑他的"试验基地"。他像一个顽皮的儿童，在沙漠里观察这些害虫怎样产卵、怎样交配，然后通过解剖找出雌雄，有时候一早出去，一直观察到夕阳西斜，忘记了吃饭，忘记了烈日的炙烤与暴晒。

郑文翰就这样近乎痴迷地与他的昆虫世界为伍。他的"发现"越来越多，他越来越接近了那个难以"破译"的谜底。这种隐蔽性的害虫一年产生一代，每一代包括成虫、蛹、卵、幼虫、成虫。为了研究清楚这种害虫的生活规律，寻找到消灭他们的"金钥匙"，他不辞劳苦，从榆林、横山、定边、神木等县弄来种子解剖。一天又一天枯燥的重复，一年又一年的辛苦奔波，从交尾产卵到孵化幼虫，从变蛹越冬到成虫羽化，以及雌雄寿命长短、性比数量等等，一个个精确而有价值的数据被"求证"出来了。

1973年，郑文翰的论文《柠条象岬生活习性及其防治初步研究》，在《陕西林业科技》上发表了。这是郑文翰整整九年心血的结晶呵！

这年11月份，陕西省林木病虫害防治协作会议在西安小寨饭店召开，郑文翰应邀出席，会前选出了与会者的十篇论文在会议上交流。郑文翰的论文作为其中之一，受到有关专家的重视和肯定。一位林木病虫害研究领域的权威人士大会发言时给予他很高评价："佳县打火店林场郑文翰同志经过九年时间的刻苦钻研和努力，为我国林木病虫防治领域填补了一项空白，大家为他祝贺。"

热烈的掌声在会场响起。众多敬佩的目光向郑文翰射过来。郑文翰又是激动又是害怕，出了一身冷汗。激动的是自己多年的奋斗成果终于得到了社会的承认。害怕的是这位专家竟然在大会上响响亮亮点了他的名字，明确无误地把这项科研成果和"郑文翰"三个字联系了起来。要知道，那时候这样做是要有一定的胆识和勇气的。成果是党的，怎么能成了郑文翰的？

翌年春，中国科学院动物研究所专门从事象虫研究的赵养昌先生看了郑文翰的论文和害虫标本，为这种虫子鉴定了学名——柠条豆象。同时来信赞扬郑文翰的研究在"国内还是第一次报道"，是"很有科学价值的一项工作"。

虽然有关方面的专家给予郑文翰的研究以很高评价，但在当时的政治气候下，没有得到社会的承认。直到五年后的 1979 年，当科学的春天到来的时候，榆林地区召开科学大会，他的这项研究成果才被正式提出来。随后，郑文翰代表榆林地区出席了同年召开的陕西省科学大会，并得了一张奖状。

从 1979 年起，郑文翰又开始了"紫穗槐豆象"的研究。历时五年，到 1983 年，他的"紫穗槐豆象生物学及其防治的研究"又获成功。这年 8 月份，佳县林业局和科委联合召开紫穗槐豆象技术鉴定会，会议结束的时候，县委书记刘光耀亲自向郑文翰敬酒，并向与会的地县有关部门同志介绍说："郑文翰同志年轻时代从关中来到陕北，在佳县北部造林治沙，几十年来足迹踏遍了北部沙区 16 万平方公里的土地，他是我们佳县的有功之臣。我代表佳县全县人民向文翰同志敬上一杯酒！祝愿文翰同志再出成果……"

大地的儿子

30 多年来，郑文翰把自己的青春和生命最美好的年华无私地奉献给了陕北大地。为了使这块贫瘠的土地早日披上绿色盛装，他付出了自己全部的心血和汗水。除过柠条豆象和紫穗槐豆象这两项突出的科研成果外，他在柠条的栽培技术、生物学特性和抚育管理以及油松造林栽培技术等方面，也摸索积累了不少经验，取得了很大成绩。现在，佳县北部的 16 万亩明沙已基本得到了控制，林草面积达到 10 万亩以上。那一片片杨树、油松林、一簇簇柠条和一排排紫穗槐，像卫士，忠实地守护在大地母亲身旁，似孝顺的儿女，使苍老而干枯的大地母亲重新焕发了青春。

那么，郑文翰呢？当这里的人民有一天终于挣脱贫困的锁链，过上富足而幸福的生活，他们能忘记郑文翰这个名字吗？

爱国将领冯玉祥将军当年驻守徐州时曾作过这样一首打油诗：

> 老冯驻徐州，
> 大树绿油油。
> 谁砍我的树，
> 我砍谁的头！

这是中国最早的"森林法",但笔者在这里引用这首诗,不是以"法"的角度着眼,而是着意于前两句。看来,无论是哪个党派,无论是王子还是庶民,对"大树绿油油"的憧憬和向往是共同的。人们对绿色事业的钟爱是不分国籍、是没有过去和未来的,更何况这绿的使者还带给我们纯净的空气和温暖的阳光呢!

那么,我们有什么理由不去热爱像郑文翰这样的一大批绿的播种者和绿色事业的开发者呢?!

沙海中的两颗绿色铆钉

——记李生旺和杨增占

在榆林人民治沙英雄的行列里,行走着两位威武雄壮的排头兵!在榆林人民的心窝里,永远铭记和呼唤着两个不寻常的名字!

他们,就是被人们称作造林治沙的两员虎将——李生旺和杨增占。

他们的精神令人惊叹,他们的业绩顶天立地,他们的英名千秋长存。

但他们都已长眠在曾经战斗过的沙漠之中,永远永远离开我们。杨增占,1964年3月25日在他战斗着的牛家梁农场,正准备登程下乡,去为处于危机中的群众解决吃饭问题的刹那,与医生蹲在地上下象棋,突然发现了一步好棋,大喝一声"将!"话声未落,人已倒地,因脑溢血而去世,年仅45岁。李生旺,从1946年投身革命,和敌人、沙漠拼杀了几十年,无情的风沙和不幸的"文革",将他摧残和折磨得遍体鳞伤,于1987年1月29日,带着一身清白和多种疾病,在他那简朴清寒的窑洞里,默默地离开了人间,终年72岁。

因此,我已无法去寻找他们,从他们口里去了解他们的经历、事迹、思想、感情、欢乐与痛苦,更无法从他们身上,去体味那种可贵的精神和人生的真谛。可幸的是,他们用血汗创造的沙海奇迹——李生旺开辟的王沙㲼农场,杨增占修筑的沙漠运河——榆东渠,那无边的稻田,碧波荡漾的鱼塘,丰收的庄稼,铺天盖地的绿洲,和成千上万整天吃着大米白面的喜笑颜开的群众,犹如不朽的丰碑,永远记载着他们的历史功绩。还有当年与他们一起征战的战友,与他们患难与共的老伴、儿女和亲人,还有报纸、杂志上的零星记载,总能听到和看到他们的一些声音和踪迹。可惜那是多么有限和让人遗憾呀!但我已别无他法,只好求助于他们,做一点填补遗憾的工作,表示一个后来人,对先辈的敬仰和缅怀之情。

李生旺

1

1916年，李生旺出生在无定河边的绥德县赵家砭乡张王家圪塄一个穷人家的破窑洞里。祖祖辈辈揽工、种地的家庭，用糠菜伴着泪水，将他抚养成人。可怜的父母，只希望他继承父业，当一个受死受活而又能忍气吞声、安分守己的老百姓。但那贫穷的生活和波涛汹涌的无定河，尤其是刚刚兴起但却如火如荼的"闹红"斗争，却铸造了他不安现状、准备闯一番新生活的性格。他根本无心于种地，在家里过日子，很想出去杀富济贫，但又没有机会。他在家里不好好劳动，早晨上山种地，中午妻子来送饭，他却在地里睡大觉，妻子哭笑不得，他却满不在乎。但他很乐于助人，村里人有事要他帮忙，他总是从不讲价钱，干得特别卖力。

1946年的一天，李生旺正手提瓦刀，汗水淋淋地帮邻家砌猪圈。在区上工作的二哥回家见了他，便问："你不愿在家里种庄稼，愿不愿出去工作？"

当时正是战争年代，工作不仅十分艰苦，而且是件提脑袋的事，一般人都不愿去。但李生旺一听，二话没说，一把将瓦刀丢在地上，一纵身跳出猪圈，斩钉截铁地回答："去哩！"

不久，他便在绥德县上当了勤杂人员。

一入革命阵营，他便一改在家懒散的样子，一片真心，干啥爱啥，而且有股子天不怕地不怕的拼命精神。1947年，蒋胡匪军进攻陕北，随时都有丢脑袋的危险，不少人对革命产生了动摇，李生旺却意志坚定，出生入死，党叫干啥就干啥。组织上多次派他连夜从绥德往镇川送人，他只身前往，一夜100多里，出色完成了任务。新中国成立后，组织调他到镇川、鱼河等地的粮站工作。他扛粮包，扫场地，舍得出力，不怕吃苦，多次被评为模范和先进工作者。他用自己对革命事业的赤胆忠心和苦干实干精神，书写着自己的历史，赢得了组织和群众的信任和好评。

2

　　王沙圪，顾名思义，是一座由沙漠形成的山圪。30 多年前，这里是一片沙丘滚滚、寸草不生、杳无人烟的大沙漠。如今，已成了鱼河农场的一个连队，几百人口的一个新兴村庄，一个人类征服沙漠的典型。那一眼望不到边的数千亩稻田，那绵延数十里、一排排、一行行整齐壮观的树木，那一座座、一排排漂亮的窑洞和一张张欢乐的笑脸，就是这一巨大的历史性变迁的见证。是的，人们怎能忘记历史，怎能忘记为他们带来美好幸福的今天的创业人！忘不了呵，不能忘呵！那奔腾不息的无定河水，那波浪翻滚的丰收的稻田，那被美好生活陶醉的欢声笑语，不是每时每刻都在向人们诉说……

　　忘不了呵，那悲惨苦难的历史！千百年来，铺天盖地的毛乌素大沙漠，犹如凶猛残暴的洪水猛兽，由北向南，日夜兼程，长驱直入，吞没了鄂尔多斯高原，翻越万里长城，直抵无定河边，虎视眈眈地准备继续吞没陕北高原。但万万没有想到，却被西来的无定河和北来的榆溪河挡住了去路。两条河正好在王沙圪汇合，那宽阔的河面，汹涌澎湃的激流，一点不示弱地将胆敢入侵的沙漠全部吞没，随着滚滚波涛付之东流，使它寸步难行，前进不得，气势汹汹的沙漠不得不站住阵脚，但它野心不死，不时趁着巨大的风势，派出一批一批的亡命之徒，飞过河面，在河南的黄土山头上建立起一座座准备大规模入侵的桥头堡。河水和沙漠，就这样世世代代你死我活地拼斗着。

　　王沙圪就是这样一个至关重要的前沿阵地和战场。

　　新中国的诞生，预示着沙漠肆意横行历史的结束，拉开了人类征服沙漠的序幕。在党和政府的领导下，饱尝沙漠之苦的榆林人民，开始思考和选择征服沙漠的战机和下手的刀口。那些准备和沙漠决一死战的英雄好汉们，经过长期酝酿和多方侦察，最后把战场选在王沙圪。打蛇先打头。王沙圪是毛乌素大沙漠最南头的前哨阵地。我们就在这里，给它当头一棒，打消它的气焰，截住它的去路，然后回过头一口一口消灭它。

　　这是一个何等大胆、宏伟而有远见的决策。但这又是一场何等艰苦卓绝的斗争！

　　这一光荣而艰巨的使命，便落在李生旺的肩上。

这是革命的需要，也是历史的选择。与沙漠去斗，在沙漠中去开创一片新的天地，没有吃苦耐劳、坚韧不拔、乐于奉献的精神，是决然不行的。李生旺身上正非常完满地体现着这样一种精神。因此，组织上几经挑选，目标就瞅在他身上。李生旺也二话没说，慷慨应允。时势造英雄，英雄造时势的历史辩证法，在这里得到最完美的体现。

1954年春天，这一震动毛乌素大沙漠的战斗打响了。

忘不了呵，那些令人难忘的战斗生活和日日夜夜！

那是一个具有划时代意义的日子。李生旺像一位赶赴疆场的战士，雄赳赳地背起行装，拖着一头滚沙驴，引着七名伙伴，告别了战友和亲人，涉过冰冷的榆溪河水，翻过一座座大沙梁，来到了王沙坬。

驴拴在一棵被沙漠欺凌而死的干树桩上，沙窝里搭起了帐篷，安起了锅灶，扎下了营盘。严寒，风沙，饥饿，随时威胁着这个战斗集体。面对这奇特的生活和恶劣的环境，一般人是难以忍受的。但李生旺叉开双腿，威武地站在沙滩上，对着那无边的沙丘笑哈哈地发出了战斗宣言："啊呀，好一片宽广大地！这才是创家立业的好地方，同志们，放开赤兔马，扬起鞭子跑吧！毛乌素再凶，它是死的，咱是活的，三年五载，总能摸熟它、钻透它，给它套上笼头！"

一场史无前例的征服沙漠的战斗正式打响了。

就是靠这种革命英雄主义气概，就是靠不知熬累的双腿和双手，就是靠他心窝里那一颗滚烫的无私无畏的红心，他带领着战友们苦熬苦战了四五年，在这茫茫荒沙中造出2000多亩平展展的农田，从十几里外，穿过榆溪河引来一渠活朗朗的流水，栽起了几十里长的林带，建起了一排排灰蓬蓬的砖瓦房，办起了苹果园、酒厂、猪厂、小学，吸引来100多名男女青年，不仅征服了沙漠，而且强迫它长出了丰收的庄稼，给人间做出贡献。更重要的是，他像一座顶天立地的丰碑竖立在无定河边，向榆林人民庄严宣告：沙漠是可以征服的。它像胜利的旗帜和冲锋的号角，指引着、鼓舞着、召唤着英雄的榆林人民，向为害多年的毛乌素大沙漠发起了进攻。

在这场创业闯天下的斗争中，李生旺付出了多少心血和艰辛哪！由于他的过早去世，我们已无法了解那充满血泪和崇高精神的丰富而神圣的战斗生活，我只能面对他留下的那张善良、朴实而令人敬仰的相片上和幸存的一份《榆林报》上发表的一篇通讯中去找寻。

地刚修出 200 多亩，李生旺便决定让它长出粮食。但沙漠里能长成庄稼吗？好多人不敢说话。唯有李生旺表态说："不长庄稼，我们修地干啥！种！"头一次种了谷子，谷子没影踪。二次改种糜子，糜子仍不见面。好多人泄气了。李生旺却说："要得夜明珠，就要下龙宫。困难，要顶住斗。一次不行两次，两次不行三次四次，我不信没个办法。"第三次种了荞麦。苗倒出来了，但长得头发一般，秋收一算，亩产只有 11 斤 10 两（当时 16 两为 1 斤），一年赔了 8000 元。

有人唉声叹气，有人冷嘲热讽："早说不行，趁早收兵。"有几个工人，真的卷起铺盖去了。但李生旺却喜上眉梢，他抓起一把刚收下的荞麦，说："有人说是失败，我看是大胜。咱们总算从毛乌素嘴里挖出粮食来了。现在打 11 斤，将来就能打几十斤、几百斤。"果然，几经实践，不仅能种庄稼，而且能创高产。现在王沙圪的水稻，一般亩产都在千斤以上。这里种的西瓜、蔬菜，更是誉满塞上。李生旺逝世前曾自豪地说："都说江南是鱼米之乡，那里的产量也没我们高。"

为了种稻子，要从十几里外的榆溪河上游筑坝、修渠、引水。沙漠中修渠，谈何容易。他和工人们整整苦战了一年多，水渠刚修成，正赶上稻田受旱。但水刚引来，上游的水渠却冲坏了。水管所的人不负责任，迟迟补修不好。看着受旱的稻苗，李生旺滚油浇心，跑到水管所，狠狠唾骂了一顿，然后亲自上阵，赤脚只穿一条裤衩，没明没夜在泥水中干了三天三夜，终于把水引下来，解救了干渴的稻田。

为了栽树，他亲自拉上绳子规划，要求几里长的林带都要一线儿整齐，株距行距都不能有一点差错。一些年轻人不认真，栽得不合标准，他站到跟前，训着叫拔起重栽，直到完全合乎标准为止。因此，现在摆到在无定河、榆溪河岸那边几十里长得一排排一行行整齐划一的白杨、柳树，真像作画的一般，来往行人远远望去，虽然并不知道是谁栽的，但总是要情不自禁地发出赞叹："啊，看人家那树，谁栽的，栽得那么好看。"

多么朴实的语言，但却是多么崇高的褒赏。亲爱的李生旺同志，历史不会忘记你的功劳，人民永远铭记着你。你若能听到，一定会含笑于九泉之下。

3

李生旺有三个儿子，他们对父亲都怀有很深的感情，但他们都像他们父亲一样，一头扎进工作里，其他事根本难以顾及。因此，经我多方联系，只找到他的三儿子。他叫李兴华，个子像他父亲，长得敦敦实实，语言也挺少，和我谈话时都一再念叨他有许多当紧事要去办，显得心神不安的样子。但说起他父亲，他的感情很有些激动，还是尽力寻找他的记忆。可惜因年龄关系，他知道的东西很少，下面便是他说的主要内容：

"我是家里最小的孩子，我父亲在王沙圪时，我还没有出生，所以对当时的事没一点感受，知道的一点全是后来听来的。

"人们都说我父亲是受苦疙瘩，说共产党多有些我父亲那样的干部事情就好办了。我以为这是对我父亲最主要的评价，意思就是忠实可靠，能吃苦肯出力，有实干精神。他就是这样一个人。

"他生活很简朴，从不讲究吃穿，从穿戴上看，根本不像个干部，完全是个受苦人。一直是个光头，布衣服，农民式的大裆裤，他说穿干部装、料子衣服不舒服。直到去世，总是爱吃农村的高粱饭、煎洋芋、软糜子窝窝、酸白菜。对那些讲吃讲穿的人死讨厌，老看不惯。我上中学时，学校吃得不如家里，我想回家里吃，但他怎也不让，说人家都能吃，我为什么不能吃。经常教育我们要吃苦，没吃过苦的人不会有大的出息，甚至容易犯错误。因为王沙圪产出了大米，家里吃的大米多了，我觉得有点腻，一次无意间说大米饭没有油糕好吃。一下触怒了他，顿时火冒三丈，顺势将手里的饭碗向我扣了过来，狠狠把我骂了一顿。

"他脾气暴躁，但心好，很善良，能关心体贴手下的人。在王沙圪治沙时，他总是干在最前头。后来我们见他满腿长得黑疙瘩，初看时都有些怕人。我们问是怎么回事？他说是在王沙圪引水拉沙时在冰水里泡成的。在干活上，他对职工要求很严。他有一句口头禅，就是：吃上不干，叫你们孙子股断。现在王沙圪的工人都知道，是人们自然流传下来的。但他对同志们的困难却很关心，尽力帮助去解决。听说在王沙圪时有个叫李发胜的工人，年龄大了找不下对象。我父亲便找他说：你好好干，我给你找个婆姨。不久，他真的找了一个。那时正是困难时期，吃的困难，李发胜又没有钱。我父亲便发动农场每人捐献一块钱，农场专门杀了一头自己喂的猪，晚上还由宣传队演了一场戏，既没浪费，还很隆重。是我父亲一手操办的。使李发胜很感激，各个农场影响很大，人们都说李发胜一块钱娶了个婆姨，直到现在还流传着。

"60年代，本来正是他为党出力的时候，但来了'四清'和'文化大革命'，把他打成了走资派和苏振云的黑爪牙，身心受到了严重摧残，子女也受了株连。结果，命是保定了，但浪费了好多时间，等后来平反后，他年纪已大了，身体也不行了。再没能干出什么大的事情。

"他从参加革命到去世，40年来一直是忠心耿耿为党工作，可以说是出尽了力，费尽了心。但他一生都过着清贫的生活，没有好吃好穿过，更没挣下一点个人财产，直到去世始终保持着一个共产党员廉洁奉公、艰苦俭朴的作风。他后来在地区猪厂工作，离城里几十里路，经常到地区来开会。霍世仁专员见他行走不方便，主动给他拨了一辆小车。但他嫌麻烦，硬给退了，进城来时，总是坐顺路的拖拉机。人们都笑话他有福不会享，他却总是满不在乎地说：这就蛮好了。

"父亲是个很普通的人，但他的精神却是十分难得和可贵的。他默默无闻地离开了我们，但他的精神是不死的。我想这就是给我们留下的最宝贵的遗产，我们做儿女的，一定要发扬和继承。"

杨增占

1

杨增占，1919年2月生于横山县粉房台乡杨老庄一个贫苦农民家庭。1939年入党，1946年参加工作。先后担任过乡长、区公安助理员、区长、区委书记，县建设科副科长、科长，农林水牧局局长，在任国营牛家梁农场场长时逝世，被批准为革命烈士。生前，曾先后出席过县、地区、省和全国"群英会"。1964年曾赴苏联、匈牙利、捷克斯洛伐克参观访问。

杨增占仅活了45岁，但他那独特的性格和奇特的革命生涯，给人们留下了深刻的记忆和不灭的印象。

熟悉杨增占的人都说他有三大：个子大，饭量大，胆子大，所以都叫他杨大。他却说："我还有一大、命大！阎王爷嫌我命贱，歪好不收我。"

20世纪30年代，杨老庄一带便闹起了红军，而且成为红白拉锯的一块燃烧着血与火的地区。穷苦和被压迫的生活，使杨增占从小便在心窝里燃起了革命的火种。十几岁的杨增占，便以高昂的热情和视死如归的精神，卷入如火如荼的斗争旋涡，和敌人展开了你死我活的斗争。因为他发动群众抗粮，被敌人抓上了公堂，要他低头认罪，并用哗哗拉动的枪栓向他进行恐吓。但杨增占眼不眨，心不跳，气宇轩昂地对着门口围观和来保他的乡亲们高喊："叔叔大爷，不要保我，要杀要剐由他们，要粮没有一颗。"敌人无奈，又有乡亲们保护，他昂首阔步走出了鬼门关。

1950年夏天，杨增占在长城外的河东区任区委书记。解放不久的榆林，还残存一部分反动武装势力。其中敌伪自卫队营长马仲清、马仲山二匪，带着四五十名匪徒，经常出没在长城线上，奸淫烧杀，无恶不作。一天，区长钟文耀去下乡，不幸被二马匪包围，因寡不敌众，壮烈牺牲。当时，杨增占正在地区开会，噩耗传来，他怒火万丈，发誓不杀二马，不为钟区长报仇，誓不为人。从此，他下决心打听和侦察二马的行踪。直到第二年，果然得到二马流窜到陕蒙边界的可靠消息。于是，他自请任务，立下军令状，只带了一把盒子枪和四五个战士，行程千余里，来到二马的宿营地。他巧布疑阵，大喝"骑兵已包围"，趁敌惊魂未定，只身闯入敌巢，活擒二匪，押回榆林处决。彻底肃清了敌人，安定了人心，为钟区长报了仇恨。

2

1958年"大跃进"的战鼓，吹响了向沙漠进军的新号角。榆林人民经过几年实践，已经摸索和积累了许多治沙经验，纷纷要求以新的方法，以更大的规模，向毛乌素沙漠腹地展开新的进军。

当时，杨增占在榆林县农林水牧局工作。多年在沙窝里滚打，使他深深感到沙漠对人民生存造成的极大危害，看到了人民群众对征服沙漠、改善生态环境的强烈愿望，也摸到了沙漠的一些脾性，掌握了治理沙漠的一些办法。于是，他提出了一个十分宏伟的计划——从长城外的红河梁筑坝引水，向南贯穿沙漠腹地，直到榆林城，修一条全长100里的沙漠运河。用渠水治理和改造两侧50多万亩沙漠，植树造林，建设农田，修塘养鱼，使塞外沙漠变成塞上江南。

沙漠里修运河，的确是不可思议的神话。多少人摇头、叹气、指摘，认为这是异想天开的儿戏。但杨增占力排众议，认为用水治沙，已经是榆林人民创造的一条成功而有效的经验，只要把群众动员起来，完全有成功的把握。解放了的人民，再不能当沙漠的奴隶，而要成为沙漠的主人。况且，我们已经在沙漠边缘区的黑海子修成了一条 30 里长的水渠，边缘地带可以，为什么沙漠腹地就不行。只要勇于实践，依靠群众，认真总结经验，运河一定能修成。

杨增占的远见和精神，使人们开阔了眼界，增加了勇气。地、县有关领导及有关部门的专家，经过认真考察和研究，终于批准了这一工程计划，并责成杨增占出任总指挥。

那是一场多么奇特的战斗！多少人辛辛苦苦挖了一天的渠道，晚上一场狂风，第二天便又被沙子填平。杨增占及时总结经验，决定改用引水开渠的办法。但汹涌的渠水进入沙漠。简直像脱缰的野马，一旦失去控制，便会造成无法收拾的灾难，每前进一步，都是一场紧张的战斗。更严重的是，好多群众并不相信沙漠里真能修出水渠，好多人不仅不予支持，还百般进行刁难和阻拦。

渠修到羊家伙场时，杨增占经过亲自勘查，水渠非从村子的头顶上过不可。因为村子背后是一座连一座的大沙丘，在那里开渠费工不说，还浇不了多少地，只有从靠近村子的一座大沙丘擦半腰挖过去，既省工，又能浇村子附近的一大片土地。但工程稍有不慎，就有淹没村子的危险。为了解除群众的顾虑，杨增占苦口婆心做了几天工作。

那天，村里正准备开会，有个叫白不信的人，却闯进门来跳着脚乱嚷："要命拿去，这渠你不能修。我那房子就是我的命根子，我就剩下这点家当，还要发天水来淹吗？"杨增占耐心给他解释，他却把胡子一撅："不要说你们那海话了！大明沙上修渠，渗不完也叫沙埋了。人老几辈子，谁见过。你们别糊弄了。"放水那天，为了堵水，村里要买他的几块木板，他却一屁股坐在木板上说："你给我万两黄金都不卖！你要真能把渠修成，甭说木板，你说把我老汉堵了水口都心甘。"

结果，白不信认输了。当哗哗的渠水流过来，世世代代荒凉干渴的沙漠，眨眼间获得了生机，变成一个崭新的世界时，白不信高兴得像发了疯一般，当村里负责人给他送木板钱来时，他说："钱，钱，你们认为我老白光认得钱？你们说说，这条渠能用钱估价吗？"

但白不信开始的反对则是铁一般的事实。况且，像白不信这样的阻力，何止他一人，实际不知有多少。可想而知，在将近一年的时间里，修成百十里的一条沙漠运河的过程中，作为总指挥的杨增占，要花多少心血哪！可惜现在已无法向杨增占和其他人去结算这一笔丰富多彩的历史陈账，幸好我找到了著名作家魏钢焰当年与杨增占一起战斗、甘苦与共的一页日记，现摘抄于后，也许能弥补一点遗憾。

"11月6日老杨闭目躺在炕上——我的对面。他身上盖了老王的灰皮衣，因发烧、牙痛，满脸绯红，脸上扎了四根针，手上一根，他不时发出呻吟，间有鼾声，但忽又扭动不宁。他困极了，但又睡不着。但思念着迫在咫尺的严寒，接二连三的垮壕决渠，跷脚等水的干库。如不能立刻过去这个坎子，明年的扩灌计划，水渠的延伸岂不全都落空？他怎么去见'江东'父老？这，简直是背水一战呵！

"第一次决渠后，我们到了工地，他还笑眯眯地说："渠道还有些伏兵哩，大概它生气了：'噢，你杨大天天说水是由你摆弄哩，今天给你捣个乱！'看来轻敌是不行。

"第二次，在沙丘上刚刚挖了个浅壕，老杨就心急燎燎地去叫放水，溢坏了渠道。

"第三次，他急了，向智囊们问策。手下的几位土专家纷纷建议，让水渠由沙崖绕行，进入沙丘，等渠挖好了再放水。老杨诚恳接受，下手挖渠。但大家都急于通水，没坚持退了上水，再挖新渠。结果，老杨虽拼死在前挖渠开路，想靠上水冲宽渠道，没料想，由于渠的深宽不够，首渠的上水淤堵不畅，涌涌上涨。老杨急得脸色煞白，脱了长裤、鞋袜，跳进水里刨着，踩着，跳着……忽然，只听背后"砰"的一声，我和老杨急忙跑上崖头，只见上游一股洪水越过渠顶，像瀑布似的飞越空中，直扑沙丘底滩。渠身，一块块地坍陷着，民工们有的舍身堵渠，有的不知所措。只听老杨大喝一声，由几十米的沙丘顶上向下跃去，直扑向决口，民工们一齐拥来，扬沙拥堵着决口……"

难得我们的老一辈作家留下了这么珍贵的一页日记。当然，这是有限的，也是极其简要的，可以说是杨增占为修造这条沙漠运河所进行的惊心动魄的斗争中小小的一幕。但它足以使我们看到了当年斗争的艰难和杨增占同志的可贵精神。其余的，就让我们去尽情地想象。

3

为了填补我采访内容的不足，经多次联系，终于找到了杨增占的儿子、榆林市农业银行副行长杨榆成。他和他父亲一样忙，一见我便说："实在对不起，早就听说你找我，但老没时间，今天也是在忙中硬挤时间来的。"因此一来便向我讲了起来，一讲完便说："好了吧，我知道的就是这些，下午单位上还有事，我就走了。"从他的性格及言行举动中，我似乎看到了杨增占的一些影子。好吧，现在就让我将他谈到的内容在这里转述一下吧：

"我父亲修榆东渠时，我只有四五岁，了解的事很少，但我亲身经历的一些事则记忆很深，终生难忘。一件是渠则修成的那年春节，正是正月初一，别人家都在忙着吃饺子、休息、拜年。我父亲却一吃过饭，便招呼我们姊妹说：'走，跟爸爸看渠去。'记得那天正下着雪，天很冷，我们又都留恋家里香喷喷的过年生活，更不理解父亲的用意，所以都不想去。但父亲的态度却非常坚决，做出一种非要我们去不可的样子。对父亲那说一不二的脾性，我们是知道的。所以不敢违抗，扭扭捏捏地同意了。

"那时我们年龄都小，父亲拖着我姐，背着我，抱着妹妹便出发了。父子四人冒着稀稀拉拉的飞扬的雪片，迎着让人毛骨悚然的寒风，顺榆东渠岸缓缓地走着。父亲的大脚，很沉重地踩在雪上，不时发出咯吱咯吱的响声。一会儿，我们身上便都白了。路上碰上熟人，都惊奇地看着父亲，不解地开玩笑说：'啊，老杨，你没关系，可把羊羔（指我们三个孩子）冻坏怎办呢？快放到我家里暖上一阵。'父亲却满不在乎地笑呵呵地说：'怎也不怎，羊羔有老羊招呼着哩。'那天他的兴致很高，边走边给我们讲修渠时的情景和未来的发展前途，跑了大半天时光。当时，我们实在无法理解父亲的行动，现在回想起来，才渐渐地明白了父亲的用意，一是出于他对榆东渠的感情，二也是为了教育我们。

"还有一件事，是母亲生小妹妹的那年，正是困难时期，吃的特别困难。一次，父亲不在家，邻家送来一筐洋芋。母亲怎也不收，因为父亲早就对她说过：'憨老婆子，人家送来东西你收了，我就打发你回老家（横山县）。'邻家非往下放不可。姐姐已经懂事，她觉得我们也给邻家送过吃的，再说只是一点并不很值钱的洋芋，邻家完全出于友情，根本没有一点别的意思，便答应收下了。结果被父亲回来后知道了，不问青红皂白，劈头盖脸把母亲斥骂了一顿。邻家听见后，马上跑来解劝、说明。但父亲怎也不听，最后硬逼我们把洋芋送给了邻家。并教训我们：记着，不是自己的东西不要沾，就是饿死也要刚刚骨骨。

"父亲当了牛家梁农场场长后，需要招收很多工人。横山的一些老乡和亲戚便跑来求父亲帮忙安排个事做。但父亲都婉言拒绝，一个也没照顾。后来，他的一个叫杨元的户家孙子，因公调到农场来工作，本来这是组织的安排，但他为了

避嫌，不久便将他调到大荔县农场去工作。后来杨元见了我还说：'从没见过爷爷那么耿直的人。'

"一次，父亲出差去了，农场需要招收些学开拖拉机的女工，便决定让我姐姐去学习。父亲出差回来，认为这是搞特殊，决定把姐姐叫了回来。

"'文化大革命'中，一次母亲引着我们几个孩子从城里往牛家梁走。那时父亲已去世几年了，孩子们还都小，家里生活十分困难，我们经常吃不饱，肚子挨饿。走到沙家圪村的大路口时，我们就饿得有点走不动了。母亲急得没办法，忽然发现路下面的地里正长着一片萝卜，便跑过去拔了几根让我们吃。

"不巧，被村里发现了，很快跑来好多人，把我们团团围住说我们是偷人贼，要以破坏集体的罪名处理。母亲见势不好，便求告说：'你们别闹了，我是杨大的老婆，他们是杨大的几个娃娃。'

"群众一听，眼睛都睁大了，惊奇得再不说话了，不仅没追究我们，反而把我们引到村里，给我们做饭饱饱地吃了一顿。

"我莫名其妙，吃饭中，他们才谈起了我父亲帮他们买马车的事。那是我父亲在农场工作的时候，沙家圪村为了搞副业，想买一辆马车。但村里钱不足，好长时间买不下。后来，父亲知道了这件事，便决定拿我们家的钱借给使用。回家给母亲一说，母亲不同意。因为家里存钱并不多，而是由母亲省吃俭用积攒下的。所以她舍不得，叫父亲拿农场的钱去借。父亲却说，农场也缺钱，再说公家的钱不能随便使用，非要用家里的钱借不可。因为父亲是一家之主，又很权威，所以母亲根本阻拦不住，结果将家里仅存的1800元全借给了沙家圪，帮他们很快买了一辆马车。这件事在沙家圪群众中被当作故事一直流传至今。

"这件事，给我印象很深，也使我明白了好多道理。群众是最讲良心的，只要人们为他们做了好事，群众是永远不会忘记的。父亲虽然过早地离开了我们，但他生前为人民办下的好事，他的精神，在人民群众的心里永远不会磨灭。我因为工作关系，经常到榆东渠一带去下乡，不论走到哪里，只要人们知道我是祖师爷（群众都这样称呼我父亲）的儿子，就马上另眼看待，又给吃好的，又亲热，要搞什么工作，十分顺利。我想这就是人民群众对我父亲的最好报答和纪念。如果父亲地下有知，也就心满意足了。"

沙窝里"杀"出个石光银

石光银是全国绿化典型了！

这消息比电报还快，转眼间就传遍了定边的大街小巷，犹似在平静的海子里投了一块硕大的磐石一样，引起了强烈反响。人们奔走相告，议论纷纷，好像成了他们生活的热门话题：

"你认识石光银吗？"

"晓得哩。"

"他成了全国绿化模范。"

"哎呀，真不简单！"

"但也不容易。"

"那还用说。"

……人们你言我语，神情各异，不约而同地对石光银表示钦佩和祝贺。同时也为沙窝子里"杀"出的这条好汉而高兴，而骄傲。

石光银很能理解乡亲们的心情。这自在情理之中的。当他双手捧着颁发给自己的烫金大红的奖状和证书时，他不禁一阵激动，在暴雨般的掌声中眼睛发潮了。是这条"三边"汉子的感情过于脆弱吗？是他梦寐以求的夙愿终于实现了吗？未必是这样的。铁骨铮铮的石光银在艰难困苦中都没有落过一滴眼泪。荣誉也不是他所要获取的愿望。他感到自己是沙漠的子孙，应该为植树造林治理沙漠尽点微薄之力的。而自己刚刚取得不足挂齿的成绩，国家和人民就给他如此闪光的头衔，实在担当不起啊！继而，他深切地觉得这不只是对自己的奖励，而且是无限的信任和期望。将意味着自己的工作才刚刚开始，更繁重的任务还在后面呢。而自己如何向国家和人民交这份答卷呢？他肩头的担子更重了！

不过话再说回来，石光银同志能名列全国劳模之榜，绝非偶然的。他完全是用自己的精神和毅力摘取这顶辉煌之冠的。

自古定边出人才。

据《陕西省志》记载："本明定边堡，盖取底定边疆之意。"其实，早在2000多年前，定边就有据可考了：

其春秋时为昫衍戎所据，秦属北地郡马岭县。两汉至三国为匈奴等少数民族占据。北魏属大兴郡西安州，西魏改为盐州，隋设盐川郡，唐设盐州。宋咸平五年（1002）为西夏所据。元时分属延安、庆阳二府。明筑今城设定边营，属榆林卫。清雍正九年（1731）设定边县。辛亥革命后，定边县属陕西省第一行政督察专员公署。1936年6月16日定边解放，为陕甘宁边区政府三边专署所在地（辖定边、靖边、盐池三县）。1947年县城及滩区被马鸿逵匪徒占据。1949年全县收复。

定边可谓历史悠久了。

当今的定边，位于陕西省西北角，榆林地区最西端，毛乌素沙漠的南部边缘。西接宁夏盐池县，南靠甘肃环县，北连内蒙古鄂托克前旗，东临靖边县。此地为陕甘宁蒙四省（区）交界之处。

揭开定边的履历，历史在无形而有声地说道：此地乃军事要塞。是夺取朔方的咽喉。还是盛产盐之地。著名明末农民起义领袖张献忠即是今定边县郝滩柳树涧人。国民党高级爱国将领高桂滋先生的故乡也在定边。他们分别在中国不同的历史时期写下了难以磨灭的一页。1939年，八路军三五九旅第四支队的2000多名官兵，以"生产自给"为目的，来到定边花麻池打捞食盐，有力地支援了抗日战争，为打败日本帝国主义侵略者做出了一定的贡献。

定边不但历史悠久，亦有着光荣的革命传统。

历史的车轮旋转到今天，一个时代有一个时代的人物。不同的时代，人物自然是不同的。也不能教条地去比拟了。在新的年月里，在治理黄沙，绿化大地的社会主义建设事业中，定边又出了个石光银。他是从沙窝子里"杀"出来的。

石光银祖籍本不在定边，在陕西最北端的神木县，是他爷爷手上移居来的。只缘他生在定边，长在定边，也就成定边人了。这倒无须做切实与否的考究和推敲，也是符合后来所谓"如何确定人的籍贯"之程序的。石光银18岁时就当了队干，32岁当了党支部书记。这是由三个自然村合并在一起的大队，叫同心干。极有意味的一个队名，正切中我们中华民族的地名来历之传统了。由于他一直工作出色，在植树造林治理沙漠中做出了贡献。1981年被调到海子梁乡（当时称公社）工作。不久，他便定居于海子梁乡四大号村。提起"四大号"，还是有许多玩味的。这里地处定边北部，距蒙地极近，曾有蒙人在村里居住，并乃村中首领。后来就在村里去世了。故取"四大壕"之谐音，才得了"四大号"的村名。无论是"四大壕"还是"四大号"，不必在字眼上做太多的纠缠，反正这里是石光银的住地了。

日月如梭。1984年春天，已入不惑之年的石光银同志，与海子梁乡政府签订了一份合同书：承包2254亩沙地的治理。石光银此举，在海子梁来说非同小可，颇具划时代之性质的。消息一传开，就成了海子梁的爆炸性新闻，说长道短的什么话都有。有的是出于善良关心的愿望，有的是袖手旁观的心理。也有的完全是冷嘲热讽，准备看他的笑料呢。不论人们怎么说，怀有什么态度和目的，石光银自有主张，对于人们的关切、等待和挖苦等各种不同的口吻，他又以不同的口吻予以回答。

"石光银你疯了？咋敢签订这号合同。"

"我没有疯，精明着哩。咋不敢签订？难道沙漠人就治理不了？"

"你真是胆大包天了。治理不了怎办？"

"有什么了不起的。想怎办就怎办嘛。"

"政策多变，30年河东，30年河西，等你把树栽上后，弄不好全充公了。"

"我坚信国家的政策不会变。如果真的变了，让国家全部没收，我也心甘情愿。只要我把这片沙地绿化了，没收是另外一码事。起码证明我石光银说到办到，合同没有白签。"

"操心再来一次土改，重定成分。给你划个'林牧主'，到那时后悔都迟了。"

"真的是那样，我才光荣哩。"

"那片沙地国家都没有治理，你还能有办法？太不自量吧。别吹下牛皮。"

"吹不吹牛皮咱等着看。"

"恐怕你石光银还没把林造好，就让风把你造坏了。要不了命也得几层皮脱。"

"我就是准备脱几层皮的。"

"……"

石光银反复思考，夜不能眠。他无数次地掂量着人们的话语，进行具体地分析。他想这些话出自众人之口，既不能完全相信，也不能完全不信。所谓的工程艰难是肯定的。不是吗？这片荒沙名曰"狼窝沙"。顾名思义便知其难度之大了。要是那么轻而易举地降服于自己，还能叫"狼窝沙"？就名不符实了。更现实地说，早有治理"狼窝沙"的历史已经写下了，写在"狼窝沙"了，也写在自己和群众的心里。当年，先后有两位公社书记亲自部署挂帅治理"狼窝沙"的战斗，组织全公社能够参战者浩浩荡荡开了进去，场面是十分壮观的。热火朝天，汗流浃背，真是空前少见的情景。结果呢？以失败告终了，并未在"狼窝沙"里留下多少树，留下的只是汗水和脚印。其实后来连什么都没有了。有人说我"要不了命也得脱几层皮"的话虽然难听，却不无道理。至于什么"疯了"之类的言语，纯属即兴而发罢了，不值得大惊小怪，人多嘴杂嘛。石光银想到这里，暗暗下了决心：你们说我在"狼窝沙"造不上林，我非造上去不可。你们说我战胜不了"狼窝沙"，我非战胜不可，我就不信那个"邪"！有人不是要看我的笑料吗？就看吧，看我石光银厉害还是"狼窝沙"厉害？他发誓要与"狼窝沙"战斗到底，决一雌雄的！

石光银绝非一夫之勇，绝非仅凭感情用事之人。他的个性实质是刚中有柔，柔中有刚，刚柔并举的。他深知光靠自己的力量是不行的。有道是千军易得，一将难求。而他面临的正恰恰相反：一将易得，千军难求了。现在自己单人独马孤军作战，怎么能战胜"狼窝沙"呢？石光银想方设法，通过各种关系，从亲戚、朋友处入手，也算是"招兵买马"吧。他串联了九户素日与他来往频繁，关系较为要好的人家与他一起干。他们有的立即就答应了，有的还犹豫不定，抱有怀疑的态度。石光银为了做思想工作，多次上门倾心相谈，可谓推心置腹了。他说咱们就一块干吧，大放宽心！我带头的，又是我签订的合同书，有什么事情有我哩。即使天塌下来，也由我顶着，首先压不着你们，甚至他表了这样的态：成功了有你们的一份，失败了拿我是问。经过一番开导和鼓动，对方的信心充足了，疑虑变成了巨大的动力。石光银高兴地道："我虽然不能自认是一员好将。但我有决心要当一员好将。这一点会证明的。"于是他们齐心协力，决心与石光银共同大干一场。他们有人竟对石光银说："老石，我们相信与你合作能战胜'狼窝沙'。咱们共事多年，你是一条敲起来响当当，打起来硬邦邦的好汉。我们跟着你干不会错。"石光银的勇气更大了！

石光银虽然得来"千军"，亦能拉出去抵挡一阵了。但又一大困难摆在了他们面前，这就是资金问题。

　　经济是人们生活中最为敏感的一条神经，它似乎从来没有麻木过。许许多多的事情，在即将付诸现实之际。一提到钱气氛陡然就变得紧张起来了，简直到了谈虎色变的程度。又有许多事情因为经费不足而中途搁浅的。还有的因没有资金而无法开张的，诸如此类，就不胜枚举了。他们知道，本来应该向国家伸手请求，或给，或贷，或借，无论什么形式都行，都合乎情理的，只要达到目的。但他们考虑国家正处于困难时期，应该体谅到国家的难处。于是，石光银主张自筹资金，他率先将自己仅有的一点储蓄全拿了出来。承包户们见老石如此慷慨，很受感动，也纷纷竭尽全力凑了些。可他们把腰包全部掏光，也是微乎其微的。那么还有什么办法呢？石光银陷入了深深的思考。

　　塞上的春夜，月明星稀，辽阔的毛乌素沙漠还没有安息下来。一阵又一阵的冷风拂动着还未返青的树木，不时发出沙沙的声响。石光银的心情也和外面的气候一样，具有某种天然的和谐。他躺在炕头上，辗转反侧，难以入眠，想得很多很多。他想到了自己的童年、少年、青年时代。自他记事起，就一直生活在这片满目荒凉、一望无际的沙漠里。他最熟悉的就是自己的故乡——四大号村。其实与其说是故乡，还不如说是沙漠更准确。但沙漠给他带来什么呢？给乡亲们带来了什么呢？除过荒芜和凶险再没有任何可以享受的了。作为大漠的后代，应该做些什么他是清楚的，可现在面临的困难如何去克服？他绞尽脑汁，直到第二天清晨才想出了一个还不知能否行得通的办法：倒卖东西，积攒几个钱，凑合起来，积少成多。总之，攒一分算一分，攒一毛算一毛。古人说：钱是一个一个上串呢，粮是一颗一颗上石呢，总比不攒强多了！谁知石光银的话刚落地，就遭到全家人的反对，把他们快气坏了！

　　家里人：你说什么？卖家里的牲灵？

　　石光银：唔，卖了买树苗，治理狼窝沙。

　　家里人：你看咱家还有什么值钱的？

　　石光银：当然不多，多就好了。

　　家里人：不是就那些羊么？

　　石光银：羊是值点钱，但最值钱的是人！

　　家里人：那你把全家人卖了换树苗去，还把你自己也卖了。

　　石光银：咋能卖人呢（笑了）？人卖了谁去植树造林，谁去战胜狼窝沙？

家里人：你就知道造林，就知道狼窝沙。那你到狼窝沙去住，别要这个家了。

石光银：看你们说的。这个家也得要，狼窝沙也非战胜不可！这是不可更改的。

家里人：看来你非得在狼窝沙——

石光银：非在狼窝沙血战到底不行。我是签有合同的。

家里人：合同算什么？不就几张纸么？

石光银：你们说得倒轻松。那就是"军令状"啊！别小看了那几张纸。

家里人：别人是往回赚家产呢，你是往外贩卖家产呢。你可能真的疯了，有精神病了。

石光银：我既没有精神病，也没有发疯。我就是想让那些黄沙知道我石光银的厉害，把它变成绿色森林。

家里人：总之，你不能卖。

石光银：我非卖不可。

家里人：就是不让你卖！

石光银：非卖不可！

家里人：……

石光银：……

双方针锋相对，势均力敌，谁也说服不了谁。石光银蹲在地上狠狠地抽了两支烟，盘算了半晌，看来不下决心不行了。他心一横，拿出一个沙窝子里硬汉的勇气，决定强行处理。他想，如果我连这点悍性也没有，还能干成什么事？那就不是我石光银了。他猛地站起身，背着家里人，硬着头皮吆了30只羊。家里人手忙脚乱，有的拉他，有的挡他，他紧咬牙关，拨开重重阻力，赶着就走。家里人见此情景，禁不住哭了起来，委屈的哭声传到石光银的耳边，他略微迟缓了瞬间，旁若无人地向镇上走去。家里人没有阻拦住他，哭声未能打动他的心。难道他是铁石心肠吗？难道他就不痛苦吗？他亦是血肉之躯，也是吃饭喝水长大的。他很能理解家里人的心情。因为这些羊买时就不容易，发展起来更不容易。那都是当年勒紧裤带买来的，是全家人辛辛苦苦一把草一口水喂养大的。其中不仅有他们的心血，也有自己不少血汗呢。庄户人是离不开这些小牲灵的，一年的灯油柴炭等种种零花钱都在小牲灵身上。它们是家里唯一的经济源泉，唯一的希望啊！如今他承包了狼窝沙的治理工程，家里人本来也是支持的，唯独在资金问题上发生了矛盾，似乎是正常的。说实在的，石光银打心里是不愿卖羊，他对这些小牲灵极有感情，他曾无数次地算过一笔账，可以说这是他的摇钱树。但小利益与大规划比较起来，就差远了，只得忍痛割爱地牺牲小利益，选择这条不得不走的路，不过他认为家里人正在气头子上，过后一定会想开的，特别是等他战胜了狼窝沙，他们会以愧疚而欣慰的目光审视他的。接着，他又投亲拜友，发动了一切能够用上的力量，贷了2万元款，终于解决了亟待解决的资金问题。

后来有人对他说："看来钱这东西就是硬头货。一个钱果真难倒一条英雄好汉哩。连你石光银都犯难了！"

"是的，一点也不假。"石光银回答，"我听见家里人哭哭啼啼的，实在难受极了！我的眼泪虽然没有流出来，但流在肚子里了。"

"你倒究还算一条硬汉子。"

石光银笑了。爽朗的笑声里带有一股不堪回首的感慨。

他们深知狼窝沙的险恶，深知盲目地植树是战略上的错误。历史早已留在那里了，不能重蹈覆辙。他们总结经验，吸取先前大会战的教训，采取因地制宜，这就是必须要有好的设施，挡住风沙，给树苗提供一个良好的生长条件和环境。否则将劳而无功，一败涂地。于是石光银专程前去宁夏石嘴山，购置了许多铁丝和钢丝，然后用木棍把2500亩荒沙圈起来，再用铁丝和钢丝网住，像围困野兽似的严加防范着。这样既减缓了风沙的流动，又阻挡了人和牲畜的糟蹋，是一项颇得力的措施了。

承包户们在石光银的带领下，打响了狼窝沙的战斗。他们为了抢时机，赶速度，动员了部分亲戚，又雇了几十个村民，共计44人的一个绿化小分队。

作为最高"统帅"的石光银，一切行动都是由他亲自部署的。他几乎忘记了吃饭睡觉，忘记了自己还活在人间的烟火之中。他要求大家既要大干，又不能麻痹大意，一定得保证质量，保持相当的成活率。他除了安排工程外，自己亲临阵地，亲自指挥，并积极参加栽植。他不做光指挥而不干的"工头"，他起到了身先士卒的带头作用。艰苦是能够想到的，人们的干劲同样能够想到。沙漠的春天，风沙弥漫，从早到晚吹个不住，而狼窝沙里就厉害了。这里是一个大风口，风紧沙飞，果真如一群凶残的野狼在贪婪地嗥叫，似乎多少天没有尝到人类的血腥味了，大有将这个世界的生灵全部吞掉之狂妄。石光银并未被如此险恶的环境吓倒，大家也毫不惧怕。尽管风沙这么大，吹得人浑身发抖，但刚干了一会儿，人人都热的汗流满面,擦了一把又一把,还不停地往出淌。渐渐地,他的衣服湿透了,大家的衣服也像被他传染似的渗出了汗液。石光银带头脱掉衣服,大家也跟着脱掉了,东一件西一件地撂着一片浸满汗水的衣衫,谁也不知道谁的衣服放在哪里了。他们只穿着单薄的衣裤,活像一大群斗士与狼窝的许多恶狼在拼死搏斗。他们把狼窝沙完全比作恶狼遍布之地了,而他们每个人都是恶狼的对手,势不两立的天敌。大家的心是共同的,只有一个念头:有你无我,有我无你,你死我活,我活你死,看看谁厉害、谁软弱,究竟谁是胜利者,谁以失败告终。汗水仍然在他们身上流个不停,微薄的衣衫全然与人的躯体融在一起了,甚至让人怀疑过后能否剥揭下来。石光银更是无法形容,他不知道时间还在运转,他恨不得变成《西游记》里的孙悟空,幻化出数不尽的自己来,早日使狼窝沙降服于他,出现一片生机勃勃的绿洲。

饭来了,风却未停。一连数十天,他们没有按时吃饭和休息。从家里送到工地,早已凉了,而风沙又大,饭里的沙子是难以计算的,常常一咬就撞硌了牙齿。他们哪里顾得这些,连同沙子一块咽下去了。这对他们来说,好像再自觉不过的事情。石光银同志吃过饭,趁别的伙计略作歇息之时,他又到栽过的地里察看情况,检验栽的质量如何。稍有放心不下的,他亲自动手补栽,把质量问题放在树苗发芽之前去解决。这样就使他没有什么休息时间了。但他的精力还是那么旺盛,那么充沛。一次他觉得身体略有不适,轻微发烧。大家劝他休息,他马上拒绝了。他说你们干得热火朝天,我咋好意思休息。在大家一致劝解下,他同意坐在工地上指挥。谁知他一到工地,就一如既往与大家干在了一起,劲头不减往日。大家关心地说:老石,你可要注意身体呀,你是咱们的承包人,一栽倒叫我们怎么办?你就不考虑自己,也得考虑我们呀。石光银爽朗地大笑着,拍了拍胸脯道:没事,我晓得哩。风头脑发,吃五谷还不生个百病,撑一下就过去了。你们不信看着,等明早一切都烟消云散了。我的身体有我负责,你们放心地干吧。

果然,第二天他就恢复正常了,干劲倍增地投入了紧张的战斗。

石光银的脚印踏遍了狼窝沙。石光银的汗滴洒遍了狼窝沙。当然,石光银的脚印就是承包户们的脚印,石光银的汗滴也是承包户们的汗滴。

春天还未结束,幼嫩的树木便井然有序地占领了狼窝沙,使狼窝沙变成了"绿树窝"。

它们知道,是石光银和承包户们把它们迁入"新居"的。它们更知道,自己的主人们为了它们的乔迁之喜付出多么大的代价！

狼窝沙不得不宣告失败，不得不在自己的案头签了"绿色的投降书"。而它们的对手正是石光银和承包户们。它们哪里想到竟败在了一个44人的"小分队"之手。

多少年难以治理的不毛之地，被石光银他们给治理了。是他们改变了狼窝沙的面貌，是他们给狼窝沙换了新颜。

他们在狼窝沙树起了一块里程碑。

狼窝沙从此告别了过去，开始了新的历史。

石光银因此而在当地名声大震。承包户们亦随之出了名。人们问承包户们是怎么战胜狼窝沙的，他们回答：你们问老石去。他都晓得，他是一名很出色的打"狼"能手。于是人们去问石光银：你哪来这么大的劲儿？能把"狼"给打死。石光银哈哈一笑：

"要战胜'狼'，就得比'狼'更勇猛，更凶残，更有办法。如果说我的劲儿大的话，那就是树木给的。树木不仅给了我，也给了我们所有的承包户。"

先前那些说三道四、各执己见的乡亲们，态度截然不同了：

"石光银还真的把事干成了。"

"他果然有两下子。"

"这也是运气，人有三年旺，神鬼都不敢挡，看来他是洪福齐天着。"

"就是，运气一来，扁担栽进沙里也发芽。"

"不管怎么，咱得承认他能行，有办法。"

"……"

这些议论与开始相比，自有奥妙所在。何止是简单的议论，包含诸多之因素了。

是的。石光银比"狼"更能行，更有办法。他是用铁丝和钢丝将"狼"围困在其间，获得了历史性的成功！

好一条沙窝子里的硬汉！

1985年春天，石光银同志应邀出席了陕西省林业局局长会议。会上，他向与会者介绍了承包治理沙漠的经验，博得上级部门和林业战线同人们的支持。他们认为，在当今农村变革时期，旧的体制逐步解体，新的体制还有待于完善，石光银走出了一条植树造林的新路子，前景是很乐观的。

归来后，石光银牢记领导们的一片热情，牢记同志们的期望，他下决心绝不辜负大家对自己的重托，在这个良好开端的基础上，乘胜前进。

经过酝酿，石光银专门去找往日热心造林事业的砖窑村党支部书记李志英同志、四大号村村长孙怀芳同志和海子梁村党支部书记张志胜等六名村干部，商量联产承包治理国营林场的大面积荒沙，诸位一听石光银的意图，满口应允，非常高兴。颇有英雄所见略同，而相见恨晚之感。他们摩拳擦掌，跃跃欲试，立即成立了"治沙公司"。大家经过讨论，一致推荐石光银同志出任经理，定名为海子梁乡南沙治理开发公司。又经他们再三斟酌、推敲，后改为定边县新望林牧场。他们感到"公司"有些时髦，甚至还庸俗了些。而"新望林牧场"倒挺扎实，挺客观的。"新望"乃新的希望也。是新的希望！定边黄沙连片，人民群众总想改变环境，绿化沙漠。他们希望林牧场给定边人民带来幸福，首先看到幸福的未来。其实，石光银同志战胜狼窝沙的壮举，已经让人民群众看到了希望的。现在的"新望林牧场"，将更让人们对造林治沙工作充满信心了！

"新望林牧场"开始挑战了。他们向国营长茂滩林场提出治理国家多年无力营造的2.18万亩荒沙。对方自然不存在什么问题，双方很快就签订了合同书，并立了"军令状"：即三年造上，四年补齐。

数日后，海子梁乡政府门前贴了一张广告，"新望林牧场"招收承包户了。乡亲们见有石光银的大名，纷纷响应，踊跃承包。因为他们亲眼看到了石光银的胜利成果，再不像狼窝沙开战前夕的那种局面了，一下就确定了57户联合承包的团体。接着他们有组织、有计划、有步骤地工作起来，制定了一系列切实可行的规章制度。他们实行三级承包，即石光银向国家承包。联户头目向石光银承包，群众再向头目们承包。如此层层承包，层层有人管，有人负责，系一套较为完善的体系。这些承包者大都是困难户，老的老，小的小，各有所短，力量极不均匀。为了减轻他们的负担，石光银尽量照顾他们，体谅他们的难处。他主张把1.5万亩不易治理的荒沙留在"新望林牧场"的领导阶层，更确切地说是留给自己，而把容易治理之地让给群众，特别让给那些老弱病残者。这使他们十分感激。他们说：石光银时刻都记着我们，优待我们，我们也不会忘记他的。他不愧是一条慷慨强悍的汉子。跟他我们跟定了……于是，承包户们全力以赴，一齐上手，在这片沙漠里拉开了一场人类与大自然拼搏的场景。石光银除了干好自己的活儿外，还东跑西奔地指挥着，指导人们栽树的要领，同时还为困难户们帮忙。

在他的感召下,"新望林牧场"当年就栽了 6000 多亩杨树、5000 余亩柠条,取得了可喜的成果。

"新望林牧场"的"新望"之光越来越强烈了。光芒的照射面更大了。人的眼睛都是朝好处看的,这似乎不需太多的指摘,是符合人之常情的。如果说"新望林牧场"招收承包户的广告贴出去的情景,使最初持怀疑态度的人扭转了心理趋向的话,那么曾经讲风凉话的人现在已经哑口无言了。不,他们不是无言,完全转变了。他们最先看到石光银的胜利,继而又看到了"新望林牧场"的告捷,于是便趁着石光银在告捷的基础上扩大承包面积之机(扩大到 3.6 万亩),也来"投军"了。接着承包户扩大到 64 户,又扩大到 75 户,石光银对他们表示格外欢迎,显得无比宽厚大度。他想人越多越好,沙漠也治理得更快些。要是海子梁乡的群众都来,那还愁什么呢。其中有大号村的,有外村的,还有外乡人氏。足见"新望"之光的覆盖面已经超出了一定的范围。

承包户们很快有规律地干开了!

陕北的天气反复无常,说变就变。毛乌素大漠的气候就越发令人揣测不定了。一天下午,石光银和几个人一起拉运树苗,干得正起劲时,天边堆起一片灰暗,好像遥远的天际深处的夜提前降临了。这是一个不妙的信号,凭石光银他们的经验,一场大风是难以避免的了。风在沙窝子里是飞快的,眨眼工夫说到就到。风卷着沙子,先是一阵飕飕的凉意,继而越刮越大,沙子如雨点一样乱飞乱扬,扑打在身上隐隐的痛,天地间由暗变黑,混沌一片,伸手不见五指。石光银叫大家抱在一起,团下来对付,小心让风吹散了。大家尽量往一块凑,但因为风沙太大,人岂能耐得住大自然如此暴虐,刚凑起来又散伙了。石光银大声喊起来,拼命呼叫着他们的名字,可对方毫无反应,声音完全被风沙给吞没了。他耳边只有疯狂肆虐的风的号声,他的身上只有无数的沙子敲击着,他的眼睛丝毫不敢睁开,否则后果是可想而知的。他更知道在这样的景况下,睁眼与闭眼不会有太大的差别,几乎是一回事。石光银的嗓门快喊哑了,仍然没有回声。他想,看来只得自己保护自己了,只要他们不被沙子埋在深处就是大吉大利!

石光银蹲下身,又站起来,始终让后背顶着风沙,还不由自主地推着他往前跑。他退了几步还未站稳脚跟,又被朝前推着他走开了。好像上帝将他蒙在了牛皮鼓里,随心所欲地反复折腾似的。石光银使尽全力与风抗争,他无论如何也不能被风吃掉。不然那还是我石光银么?他稳定情绪,想得很多很多,一闪念就消失了：家里人现在正干什么？也一定为自己深夜没有回来而心急如焚的。何况是这样的鬼天气呢？让家里人为我操心了。狼窝沙的情况怎么样？那些树苗还小，能不能经得起如此大的考验？估计问题不大吧，有铁丝和钢丝网着，总起不小作用的，再说树苗已经扎下根了。老天爷，狼窝沙的宝贵东西一定要安然无恙，要是有个三长两短，可把我坑苦了。这绝不是我石光银自私，而牵扯了国家和人民的利益。我们都被风给弄散了，谁也找不到谁。千万不敢出事，不敢喂了沙窝子。他们都是有家有口的人了，经不起这么大的灾祸，孤儿寡母怎么办呀。祈求上帝保佑他们渡过难关。那些车子里的树苗还在不在？会不会让风刮走？那都是花了不少代价的。来得太不容易了！唉，只要人没有事，一切都会有的。当然要尽力减少不必要的浪费呢……他想到了各级领导同志对他的关怀和期望，林业战线的同志们对他的支持和帮助。使他很为激动，周身油然生出一股无可名状的热流，他暗暗发誓：哪怕拼死也得抵抗到天亮！

　　风声一夜未止，沙子一夜未住。石光银一夜未眠。人与大自然整整搏斗了一个夜晚，直到第二天早晨，风沙才"收兵息鼓"。石光银也停止了战斗，他是以胜利者的姿态出现在大沙窝的早晨的。但他已经疲困至极了。他强打起精神，喊叫开了，去寻找失散的伙伴们。他好不容易把他们纠留在一块，当他看到对方那满身沙子的模样时，禁不住笑了起来，这哪是他日常熟悉的朋友，彻底变了。活像在沙里埋了不知多少年的文物。这一笑，他才感到肚子饿了，昨晚上都没有吃饭，他们几个也说肚子空荡荡的，咕咕直叫，要求回去吃点饭再开工。石光银立即回绝了。他说："时间太紧张了，等吃完饭到什么时候，还是先运送树苗，完工后好好美餐一顿。"他们空着肚子又干了起来。途中，有人泄气了，想打退堂鼓。石光银一听就来气，但他还尽量心平气和道："没想到你就这么点能耐，这点苦算什么？你准备和我老石一起干，就别怕受罪。看来你是个熊包。算我瞎眼了！"对方沉思了片刻，马上坚强地点了点头，他们一鼓作气，把树苗运到了工地，使工程如期进行。

　　事后，这几个人对石光银说：老石，不叫你能干成事哩，我们算服你了。

　　造林是季节性的。石光银担心过了周期，他和承包户们一连奋战了23天。他们吃在工地，住在工地，工地就是他们的家。柳条和塑料搭起的庵子便是住宅了。数十号人看起来是分家门另家户的，但这时候就成一个大家庭了。他们互相关心，互相照顾，情如手足。石光银全然以"老大哥"的身份出现在大家面前。

一次下起了连阴雨，庵子漏水了。地上湿漉漉的一片，沙地是很难吸水的。弄得人们无处休息。石光银让大伙把湿沙刮去，将自己的干处让给了体力薄弱的人。他再重新改造。逢干旱时，他们带的水喝完了，上有太阳烤，下有沙地蒸，人们的口里快冒烟了。石光银取出自己的水，来解救承包户们。人们怎好意思喝呢？他嘴上已有燎焦泡了，还把水让给大伙。人们推推诿诿，石光银说：你们先喝吧，我还能撑得住。不要水放在这里叫人受洋罪。于是他马上跑到沙梁下面的洼地控水喝。后来人们渴急了，都到洼地里去喝水。石光银就是这样，他总是先把大家放在首位，先考虑的是大伙的生活，特别处处为老年人、婆姨女子和体力不行的人着想。他常说："我是男人，才40多岁，有什么都能抗得住。但你们一栽倒就耽误事了，绿化任务这么紧张，损失是很重的！"为此他们感动地道：和老石一块干我们死而无憾！这是大家对石光银的评价，是大家发自真诚的心声。

1986年和1987年两年，他们栽了5000亩杨树、5000亩柠条、5000多亩沙柳和高杆林。另外他们完善合同后，又承包了5000多亩荒沙，种植乔灌木近1万亩。

石光银给承包户们带来了富裕。但他认为这不是自己，而是"新望林牧场"带来的。诸如有一个叫赵大的人，原来生活很拮据，承包后日子越来越好，翻了几番。现有380亩杨树和沙柳、五只羊、一匹马和两头驴。全家五口人，人均水地两亩多。王四是外村的常住"黑户"，过去只有两只羊的"牲口群"，承包后获得500亩杨树、2头驴、1头骡子、2匹马和25只羊。家庭彻底摆脱了贫困。还有一个叫井占荣的人，以前只有一间小房和一辆架子车。如今有3头驴、2匹马、23只羊，并有杨树450亩，沙柳250亩，人均1.5亩水地（原来全家只有2亩），变化是显而易见的。

人称这些承包户是沙漠里飞出来的金凤凰，他们回答：是石光银将我们的羽毛丰满起来的，如果我们是金凤凰的话。

在分配管理方面，"新望林牧场"是十分严明的。承包面积以劳按能承包：即"统一承包，按能分配，分户营造，按成负担，比例分红，大头归己"。对于林草，他们实行统一管理的办法：专设六名同志为护林员。只给护林员记账，而不给护林员付工资。工资是个问题，他们现在还支付不起，只得寄托未来了，这就是等林成材后，再算总账。他们给护林员规定：如果发现一起毁林事件，将来罚护林员一年的工资，并开除其职，再也不能当护林员了。所以，护林员们的工作专心致志，非常负责。他们早出晚归，骑着马跑来跑去，也十分气派！每当他们在林地巡视时，别人就夸赞道：看人家四大号多足劲！出了一个石光银，全村都沾光了。连护林员都骑着马，真威风！娃娃们一见他们，就高声喊："快来看，四大号的队伍过来了！"倒是挺有趣味的。

为了调动群众造林的积极性，石光银付出的不只是体力，更重要的是经济。他把自己的树苗无偿地贡献了。据粗略统计：1985年，他献出了25万余棵杨树苗子。1986—1987年两年，共贡献出10万多棵杨树苗子，8万多棵柠条，15万棵沙柳等。当时说是"借"，或者说以后国家给"补"，但一直未见踪影。借的还不了，补的未补成，好在石光银并没有把此事搁在心上。他想只要群众没有糟蹋树苗，能把它栽活，起到治理荒沙的作用，自己就是吃点亏，也是心甘情愿的。一个农民，全靠自筹资金和借贷款做工作，却又将买回来的东西无私地贡献出去，实在是让人心悦诚服啊！

几年光景，石光银投入近12万元。除贷款6.5万元外，个人投资达2万多元。投劳动力4800多个，买树苗100多万棵，买林草种子3500多公斤。承包户们卖掉骡子13头、驴20头、马8匹、羊80多只。但他们换回了大片树：南靠砖井，北接内蒙古，长达33里半的绿色防沙长城，计41152亩。

石光银和他的"新望林牧场"用损失获取了成功。其实，损失莫不是成功的所在？！而成功将永远激励他们发奋图强……

石光银从大战狼窝沙到"新望林牧场"，走过了一段开拓者的道路。在这条不平坦的人生旅途上，各级领导部门给了他一定的荣誉：

1985年，石光银受到定边县委、县政府联户造林中取得显著成绩的奖励。

1986年，石光银又受到定边县委、县政府联户治理荒沙、大搞造林种草的先进个人奖励。

1987年，石光银受到海子梁乡政府造林专业户的奖励。

1989年，石光银荣获定边县委、县政府授予的"农村致富标兵"称号。

同年，石光银还受到定边县委、县政府在政协工作中做出成绩的先进个人奖励。

石光银同志为定边县政协委员。

1990年3月5日，全国绿化委员会第九次全体（扩大）会议决定：授予在植树造林绿化祖国的伟大事业中做出突出贡献的石光银同志"全国绿化奖章"。

他光荣地摘取了全国劳动模范的桂冠。

已经矗立在胜利者典礼台上的石光银，并未因此而骄傲自满起来。他还有更宏伟的规划呢。他将在继续发展林牧业生产，根治荒沙的同时，狠抓教育事业，让孩子们受到正规的文化课学习。他认为要叫林业大踏步地前进，教育是不可缺少的，而且是至关重要的。因为科学治沙，科学造林是一条必经之路。为此他已经投资了近千元，以"新望林牧场"为核心办起了学校，请了一名教师，教十余个学生，基本解决了孩子们入学难的问题。另外，他还要把电拉进来，使爱迪生老先生的这把明珠撒到沙窝里子来，为大漠的子孙们服务。

石光银不愧为有识之士！

当然，不要忘记了他的家里人。他们早已谅解了他。卖羊的事情像过眼烟云一样，消失得毫无踪迹了。偶尔有人开玩笑时提起此事，家里人一笑了之。你若还要追根究底的话，他们就说：那时候嘛，确实叫人接受不了，痛苦得人浑身不舒服，就想哭。你想嘛，好好的一群小牲灵就为了治沙给出卖了。将人心比自心，叫谁也难过哩。如今家里为有他这么个能干的人而高兴和自豪！他们几乎都变成服务员了。前来参观者络绎不绝，有村、乡、县（区）、省、林业部的，也有内蒙古等地的。其中有农民，有省以下各级领导和干部。每年接待20余次，计2000多人。于是，家里人端茶递水，点烟做饭，忙得团团转。但他们一看到树木，一看到石光银，再苦再累心里也是甜的。

谁与石光银同志接触，都会对他感兴趣的，他那口直心快，时而慷慨陈词，时而开怀大笑的脾性，使你忘却疲倦，忘却烦恼，忘却尘世的一切，永远充满一种返璞归真般的纯厚和质朴。他固然是个农民，荒僻封闭的地理环境和家庭条件，使他未能跨入学校的门槛，但他的思维表现出少有的敏捷，并有惊人的记忆力。他懂得许许多多的东西，对人生哲学很有见地，相谈后令人顿然生出"三人行必有吾师"之感。他极喜好看古装戏，尤其欣赏《三国演义》和《赵匡胤下河东》等传统剧目。他愤恨奸佞入骨，他钦佩忠臣之至。每当看完一出戏，他的心情就难以平静，常常彻夜失眠，是悲是喜自在其中。饮酒是他的嗜好，或高兴或气愤就喝了起来。高度的白酒给石光银壮了胆，忠良之品德铸造了他的为人处世，也教会了他对事业的真挚和痴情。

不知是哪位先哲说过：成志之人往往是一个复杂而微妙的整体。石光银正具备这么一个整体的结构。难怪他会成功。

自古定边多豪杰，又"杀"出一个石光银。

杨桥畔与詹立武其人

杨桥畔在哪里？

詹立武何许人也？

提起杨桥畔和詹立武，只要你20世纪50年代在陕北工作过，只要你这个时期在陕北出生、长大和生活到现在，无论你是外籍人还是本地人，大约不会陌生的。因为曾在中央新闻电影制片厂摄制的《新闻简报》里，在许多报纸、刊物和电台里，大量报道了杨桥畔人民治沙造田的显著成绩和詹立武同志的典型事迹。他们以大干苦干的精神，博得了崇高的知名度。人们好像一记起杨桥畔，自然就想到了詹立武。一想起詹立武，自然也就联系到了杨桥畔。似乎给人们形成了这么一个概念：杨桥畔与詹立武是有某种缘分存在于其间的，是一个不可分割的整体了。

这个缘分是有的。这个整体亦是存在的。当然，这应该是后来的事情。其实在詹立武来杨桥畔之前，杨桥畔就以其历史引起了政府和人民的高度重视。

杨桥畔位于靖边和横山交界处，在毛乌素大沙漠下。按20世纪40年代的话说，就是南靠龙州堡的老虎脑山，北邻镇靖河流，东近清平堡，西依张家畔滩。万里长城横跨其间。城墙以南地权原属于靖边龙州堡48家之户族公地，墙北原为绥远乌审旗地，早在清末，被汉民所购置。其新中国成立前为龙州堡所管，新中国成立后划归到靖边县城区管辖。从此，杨桥畔回到了人民的手中。

杨桥畔之地形为一南高北低的漫平沙滩。河水上游十多里处有一红石峡，是便于修水坝的。根据地理优势，在杨桥畔大搞水利建设，既可解决粮食生产问题，又可起到治理沙地的作用。据调查：早年前即由本村居民盛振金、边培成、石桂山等倡导兴修。历四年之久，筑成一柴草土坝，即可引出灌地。不料水坝筑成后，聚水成灾，将上游米家湾、九里滩、白家湾一带之河湾地淹没，变成泥滩和碱滩而不能耕种。上游就起来反对，控诉于官府，涉讼数年。据说官司曾打到县政府、榆林道，悬而不决。以后打至陕西省政府。因为修坝之人贿赂了靖边土劣樊幼樵，靠着所谓省议员的老子打官司打赢了。政府即"准予兴修"，上河才停止了干涉。但上河受到土地损失的问题乃未得到解决，形成了上下河农民互不满意的现象。下河人即联络靖横两县的11大户承头，议定为11大股，每一大股又分11小股，每小股地为30亩。修成后给地主分12亩，参加兴修户分18亩。可水坝很不坚固，每遇山洪暴发之时，即将坝堤冲毁。故后又改修为砖坝了。1939年，靖边解放，杨桥畔的富绅们被吓得东逃西窜，人民当家做主了。陕甘宁边区政府为了发展杨桥畔水利，组织了水利委员会，动员当地人民修了100多亩水地，第二年又增修了250亩。以后又陆续兴修不止，共计修水地800多亩。这时，西北局鲁直和县委书记惠中权、县长王治邦同志，到杨桥畔勘视水利建设情形，并依据具体事实情况，定出了以后兴修水利的具体办法，尤其在检查以前兴修过程中，曾发生了一些问题，挫伤了人民的积极性，于是他们做了及时处理。问题解决后，农民的热忱很高，争先恐后地报名参加，约有80户，共计修公地和私地2000多亩。同时，边区政府拨给补助费5000元，又向当地动员人工1200个，将以前快要坍塌的砖坝加以补修，将过去2尺深3尺宽的水渠改为5尺深7尺宽。

容水量增加了。加之县委、县政府和水利委员会加强领导与经常的督促检查，在一年内便修了1500亩，比原有土地增加了一倍多。

1942年，靖边成立了建设局，是专门领导靖边建设事业的。杨桥畔由于建设局的加强领导与借款的帮助，建设了两项较大的水利工程：

一是抽出大批款项，作为水利贷款，贷给贫苦的农民和移民，以资兴修水地之用。故在年内，在水㘲沙修地1200余亩。群众私地内修地500余亩。

二是杨桥畔原来开渠15里长，当时为省工起见，便沿河开渠五里，每遇河水暴发，或鼠穿窟窿等情，渠水便向大河中流，每年三四次、四五次不等。倘若补修一次，费工少至80个多至几百个。每年还雇一个脱离生产的管水人。

1943年，党中央提出"自己动手，丰衣足食"的大生产运动，为了响应这一号召，提高人民的积极性，政府决定水利建设要和生产联系起来。杨桥畔过去造田是分开零星修，并非集体修的。现在他们分两季来修地。前一期修的可以赶上秋田，后一期的可以在秋收后开始。这样他们不但增加了耕地面积，而且也没有妨碍生产。修平的水地面积，共计4000亩。

当时，杨桥畔最困难的是缺乏劳力。两年来由榆林、横山一带移来60余户（大都是半家），劳动力增加到120个。占有这样多的土地，有这些劳动力来耕种还很不够，于是建设局又号召100户移民来垦修水地，特给移民抽55万元补助费，打100孔窑洞给移民住。

杨桥畔修地所用的工具，主要是镢头和铁锨。建设局又抽出款项12万元，买镢头100个，铁锨100把，借给移民修地使用。

还不得回避这样一个事实。杨桥畔修地当年是得不上多的利益，就是第二年还不及老地，得种三年后才能成为肥田。所以建设局在修成公地内拨给移民耕种一部分外，并向当地老户租了许多老地给移民种。

杨桥畔的水地面积不断地扩展着。这是在政府的领导和帮助下发生的巨大变化，也是勤劳的杨桥畔人民艰苦奋斗的结果。

在以后几个年头里，靖边县委、县政府为杨桥畔的建设事业做了大量工作，从部署、款项、物力和人力等方面给予了大力支援。由于水坝是在一个红砂石峡中间筑起来的，易于分解，加之被大雨侵蚀，大水冲刷，退水口子日渐低落了，如再不予以加修，水就有向后退回水坝的危险，于是进行了进一步的加修。他们还在近坝的水壕上，修了个退水闸。其作用是一方面防止山水冲毁水壕，一方面可将剩余的水放出去。这个水闸上，水的冲击力很大，水闸很容易被冲坏，有坍塌的危险。所以在距坝100多步的一个杏树坪上，又修一个退水闸。因为这个坪的地形和水壕是一个漫平状，使水闸出水没有落差，水就没有多大的冲击力了，水闸也就可以耐久。同时，在这个水闸上，利用水的动力，可以附设许多诸如水碾、水磨、弹花等工业作坊的。其次是那条12里长的水壕，是杨桥畔整个水壕的一条干线，在浇水的南端，又须开许多支壕的。由这许多支壕再分灌到园地上。过去在干线的支壕上没有根据壕水容量和可灌地面积划定数量的支壕，群众随便开口放水。所以小口太多影响大壕的巩固，这样就形成了上水地放的水多，下水地放的水少，寻水又耽误时间，影响下水农民的修地情绪。于是他们在墙北减少了六道支壕，墙南减少了三道支壕，在每道支壕的水口上做了水门，用木板竖插起来，再不许在大壕边随便开口了，并规定了每道支壕所灌的园地。如此上下水循环轮流放水，上下水都能应时灌地，庄稼也不受旱，放水也不误工了。

在党中央和边区政府的全力援助下，在杨桥畔人民的努力下，使杨桥畔初步有了水利乡的趋向。他们在家乡日新月异的变化中，在取得一定成绩的欢欣喜悦中，满怀信心地迎来了解放战争的胜利，迎来了中华人民共和国的诞生。

这是笔者耗费了大量心机，获取的有关杨桥畔的部分资料。肯定还有不少东西因为种种缘故未能搜罗到，更未能写入本文无疑了。应该承认是很不全面，很不够的。但亦不一定面面俱到才是吧。只要杨桥畔不会消失，杨桥畔的历史就不会消失，将一代一代地永远留在杨桥畔人的记忆中。

那么詹立武呢？笔者还得寻访他去。

吉普车在靖横柏油路上奔驰，公路平直而舒坦。在略显蜿蜒之际，偶有不算太陡的小坡出现，倒有几许起伏的韵味，很容易使人想到杨桥畔的历史变迁。涉入杨桥畔时，这种感觉就更明显了。时值初秋，车窗外自然是一片早秋之色。平展展的川地，生长着正趋于成熟的庄稼，高粱撑起沉甸甸的穗子，泛出一抹微白的亮泽。玉米排了齐刷刷的队列，像全副武装的军人，正整装待发，去执行某项"爆破"任务。那胖胖的棒子卡在秆腰间，将是"炸药包"了，去炸开一个丰收的秋天。一片片耀眼的花地，散碎而凝聚，仿佛用鲜艳的色彩欢迎着即将凯旋的战士，显得十分昂奋，格外迷人。偏西的阳光穿过公路两边的杨柳树冠间时隐时现，在路面筛下了模糊的光斑，使本来就漆黑的柏油路多了几许天然的图案，却反衬出路面别处还有些亮光。笔者倒未被这西斜的阳光所吸引，而吸引的则是杨桥畔，杨桥畔的人民和詹立武，以及此片孕育着累累果实的土地。

车到目的地。这个坐落在公路旁的小镇极为朴实，就像她的名字一样。极小的一条土街，商店门前不少人围着一架草绿色的台球案，缓缓移动。一个衣着时髦的留着小分头的青年伸出臂膀用台球杆量了下距离，啪的一戳，圆圆的台球在案上滚动，引起一片喝彩和惋叹的声音，车子停下，陪笔者前来的老局长跳下车，去问蹲在电杆旁的一位老头见詹立武没有。回答刚走过，喝酒去了。我们便驱车寻找，见人即问。在村路上转了好一阵，仍没有打听到他确切的下落。为尽快找到他，杨桥畔林场的一位同志给我们做向导。詹立武这个神秘的人物，给笔者投掷了一片神秘色彩，愈找不到，我们愈想找到，也就变得愈加神秘了。于是，笔者问他们老詹是否喜欢喝酒，回答是肯定的。他不仅喜欢，而且非常喜欢。酒是他人生唯一的嗜好。虽不嗜酒如命，但离开酒是不行的，酒成了他个性中不可缺少的东西。他的酒量倒不算太大，就是半斤多。当然，这在啤酒渐渐取代白酒，在文明不断冲击原始习俗的今天，一顿喝半斤多酒委实不少了。可在三边地域，在毛乌素大沙漠里，不能说微不足道，却不是很显眼的。笔者并不感到有什么惊诧！倒是很有兴趣的。据说与他喝酒的不是常见的那些酒肉之徒，更不是那些吝啬的酒食家，而是很本分的人。他不是孤独地喝，觉得一个人躲在角落里喝酒太单调乏味了，没有什么意思。他总是叫来与他同时代的乡亲、朋友，或一些年轻人喝。当然，人们喝酒也是忘不了他的。只要村里人提着酒碰见他，叫一声他就去了，有时来不及喊他，他就自动跟着人家动身了，人家自然不会冷遇他。三边人的厚道在酒的习尚里得到了充分的体现，同时也增进了人与人之间的情谊。有心的笔者略作思索，便从中看到了许多东西，掌握了难得的材料。可见詹立武的个性、气质、精神和他的为人了。他是质朴的，迟钝而强悍的。他在漫长而艰辛的岁月里付出了巨大的代价，他为了改变杨桥畔的面貌倾注了近乎毕生的心血，也取得了巨大的成绩，赢得了触目的声誉。但他的根基是稳固的、坚实的。他有雄厚的群众基础和民间力量做着永久的铺垫呢。

　　车在简易公路边停了一会儿，老局长终于把詹立武找到了。他们从一条生满野草的幽幽小径走来，笔者一眼就盯住了他。他身材高大，头拢一块羊肚子毛巾，一身粗布衣着，步履极为稳实，粗臂壮腿，典型的具有一把好苦水的山民形象。笔者赶忙跳下车，迎了过去，握住他的大手。他满脸通红，一股酒气扑面而来，显然是从酒场脱身的。笔者向他道歉，说打扰他的酒兴了。他笑而不语，有些局促，似乎不该去喝酒一样，实则他多心了，笔者很理解他。而且不难看出，他是一个不善言辞的人。

　　采访是在林场场部进行的。

　　笔者的感觉没错。他何止不善言辞，连通常片面性的回答都不能使人满足。他坐在地下的小方凳上，曲着腿，两手挽着圈住膝盖，身躯微微摇动，喝茶却不抽烟。笔者向他提了一系列问题，他沉吟半响，结结巴巴地道不出个所以然来。加之酱色的脸膛又有酒兴涌动，他的脸变得紫红，块状的肌肉一鼓一鼓，像有什么难言之苦似的。这倒让笔者想到了乡村闺女们的相亲情景，缩手缩脚，满面羞气。其实，他什么难言之苦都没有，他很舒畅、很痛快，坦然得就如毛乌素沙漠，可以容得下一切。他那魁梧的身影与他的言语差异太大，大得不可思议，不可理解，把在场的人急得欲帮不能，欲说不成，简直不知如何是好！

　　不妨如实摘录几句：

　　"你是怎么带头治沙造田的？"

　　"就那么治沙造田的。"

"详细说一说。"

"没有什么说的。"

"有没有在用水拉沙时,将你埋入沙中的事情?因为沙很容易塌下来。"

"多着哩。"

"那你回忆一下。"

"都忘记了。"

"你好好盘算嘛。"

"盘算不起来了。"

"是酒把你喝糊涂了?"

"没有。"

"你能喝多少酒?"

"不晓得。"

"连喝多少都不晓得?"

"谁又没量过。反正喝就喝了。"

"你知道你的名字么?"

"知道。叫詹立武。"

看来,名字他还是晓得的。笔者只好像挤牙膏一样与他慢慢叙谈了。另外,从其他人那里了解到了他的些微情况。

詹立武原籍靖边县海则滩乡杨虎台村毛乌素小村。不言而喻,只"毛乌素"三个字,就足以道出他是沙漠的子孙了。他自小家庭生活苦焦,父亲是老实巴交的受苦人。母亲也像父亲一样务实的良家妇女。他们兄弟三人,他排行老二。缘于家境清寒,家中毫无能力供他上学,读书便成了他的"非分之想"。父母亲好不容易把他拉扯大,他就挑起了养家糊口的生活重担。

1954年,中华人民共和国刚刚诞生的第五个年头。多年战争的硝烟虽然已经消散了,但战争留在大地上的炮履弹痕还没有完全抚平,留在中国人民心里的创伤还没有彻底恢复过来,尽管党和国家想方设法竭尽全力地大搞建设事业,但谈何容易,生活在沙窝子里的人民就更无须赘言了。年值青春的詹立武担任了移民队副队长,从他的家乡毛乌素小村来到了杨桥畔。他是由沙漠腹地来到沙漠边缘的。

从此他就在杨桥畔扎根了。

冬去春来。春天总给人带来振奋的。1955年，党中央号召全国农村创立高级农业合作社，这是经过阵痛的历程而分娩的一种形式。年轻气壮的詹立武积极投入了时代的洪流，任杨桥畔村高级社主任。

詹立武成了杨桥畔的当家人。

他不会发表就职演讲，也没有在杨桥畔人民的面前表白自己的决心，更没有豪言壮语的气派。他只有苦干、实干、拼命地干。他唯一的目标就是改造杨桥畔的面貌，让杨桥畔的老百姓过上幸福的生活。这幸福就是有吃有穿，不要挨冻受饿，别像旧社会一样熬煎。詹立武的心声是再客观再现实不过了，也令人十分可信。他的决心是很大的，意志是坚定的。他固然寡言少语，甚至一说话脸就有些发烫，但他头脑很清楚，心里很明白。他从杨桥畔老辈人口中深切了解了杨桥畔的历史：新中国成立前，险恶的生态环境，加之凶残的土豪劣绅对人民如狼似虎的剥削和压榨，使杨桥畔人民吃尽了苦头。新中国成立后党中央，边区政府，靖边县委、县政府对杨桥畔非常重视，他们亲自领导、布置、管理、帮助和支援杨桥畔人民造田、建设水利事业。活生生的事实就在杨桥畔的土地上，就在自己的眼睛跟前，谁能不承认呢？用他的话说"就是老天爷下来也没话说的"。他想，杨桥畔原来这么穷，自然条件如此恶劣，是党中央和各级政府领导杨桥畔人民干起来的，才给这里打下了好的基础。我詹立武虽然不是杨桥畔的老户，但现在已经是杨桥畔人了，而且是个当家人了，还有什么理由不大干呢？否则就对不起过去在这里出过力流过汗的各级领导同志，对不起他们造下的田和建设的水利事业，对不起现在的杨桥畔人民，更对不起杨桥畔的后代们。当他看到村里人对他这样信任，情绪这样高涨，看到各级政府这样关心和支持他们，给他们供应粮食和其他物品，他被深深地感动着，有些按捺不住了。这时，也有个别乡亲担心他搞不好，认为杨桥畔人员结构很杂，不好管理。因为村里人大都是移民来的，有陕、甘、豫、蒙、晋，号称5省18县人。人口烦杂这是真实的，可詹立武说："人口杂怕什么哩。我是受苦，流汗，为让咱杨桥畔人享点福，又不是与他们吵嘴打架哩。只要我詹立武身正，就不怕影子斜。"

说干就干，不放空炮。詹立武带领杨桥畔人民大干起来。他不随便指挥人。他按既定的部署安排完工作，立即就加入到普通群众的行列里了，根本看不出他是一个社主任的角色，但也一看他就是一个社主任的角色。他不走"浮水"，他比其他人更能吃苦耐劳，埋头大干。他脸上的汗经常流个不住，在工地上他常常只穿着粗布背心和短裤,却全被汗水给浸透了,像从河里捞出来似的,好像干得面目都有点不一样了。造田,加固水坝,兴修水利,5000多亩良田在詹立武同志的带领下,在杨桥畔人民的奋战下,展现在了家乡的土地上。清格澈澈的水,沿着一条条畅顺的水渠,叮叮咚咚地像敲锣打鼓一样,流进了一框又一框园子,绿油油的庄稼长势格外喜人,饱足地吸吮着主人送来的营养……

杨桥畔赢得了"水利乡"之称。

"大跃进"是一个特定的历史阶段。对于农民而言,除了勤苦还能有什么呢?这时的詹立武,已由社主任变成了杨桥畔大队党支部书记,里里外外的一把手了。他时刻牢记自己是一名共产党员,为老百姓谋利益,立志把杨桥畔变得更好。在党中央的感召下,在初步取得胜利的喜庆中,他更加充满信心,干劲倍增,日不怕晒,夜不怕黑,顶风冒雨,披星戴月地带领杨桥畔人民拉沙造田,哪里危险他就往哪里走,哪里需要哪里就出现他的身影,连个人之安危都抛在了九霄云外。一次在引水拉沙的时候,危险之处他怎么都是不让群众涉入,而自己却要去。人们劝他不住。因为这样会延误工程的进度。他正埋头大干之际,拉空的浮沙倒陷了下来,把他埋在了里面,人们急了,一齐上来用手把他从沙里掘出来,抬在一边。他全身上下都是沙子,眼睛都无法睁开,活像用黄沙铸造的一个人一样,大有"出沙文物"的雕像之感,使他那本来就粗犷魁梧的身材变得更加壮实了。人们心急如焚,七手八脚地把他折腾醒来,关切地问他怎么样,要不要紧?他只能听到声音而一下还回答不出来。于是他抹掉面颊上的沙粒,又揉掉眼睛里的沙子,回答道:"不要紧,我没有事,你们放心吧。"人们这才松了一口气。他挣扎着往起站,数次没有成功。人们叫他休息一会儿,他甩开胳膊,大声说:"有什么休息的?这点小问题算得了什么。咱生在沙窝子里,长在沙窝子里,成满年与沙打交道,还能不被沙子埋住?"片刻,他站起身,抖了抖身上的沙子,憨厚地笑了起来,又来到危险处大干不止。在詹立武的带动下,群众各就其位,干得热火朝天。他的劲头深深地感动了社员们。后来还有人偶尔被沙子埋住,也学着他的样子,他确实是群众的榜样……

在拉沙造田中,詹立武根据自己的实践经验,创造总结了许多方法,听来是很耐人寻味的:"抓沙顶""梅花瓣""野马分鬃""劈沙腰""旋沙畔""羊麻肠""麻雀战"等形象生动的名称,颇具质朴而典雅的艺术感。其实,他本身就是一位艺术家,一位治沙造田的艺术家。不是么?詹立武同志成功的治沙经验,给改造沙漠闯出了一条新路。为此，他曾多次出席了县、地、省和全国性的多种会议，并引起国内外治沙专家们的高度重视。中央新闻电影制片厂还拍摄过电影。他向索马里、埃及等国介绍过治沙方法，并在广州交易会上展出。他治沙造田的经验，在陕西省榆林地区推广后，使44万亩荒沙变成了良田，改变了部分生态环境，又给国家和人民创造了大量的田地。这是一笔无法累计的财富啊！

动荡不安的"文化大革命"的风雨，竟然也卷到杨桥畔来了。詹立武不仅没能幸免，而且是首当其冲。一些不辨是非曲直的群众，可悲地忘记了杨桥畔的历史，忘记了詹立武同志在杨桥畔做出的巨大贡献，忘记了在他的带领下，使杨桥畔大片大片的黄沙变成了大片大片的良田。他们吃着从这些田地里生长的粮食，冲击自己的领头人。他们给詹立武贴大字报、小字报、画漫画、写标语，还给他挂牌子、站板凳，游街示众地进行批斗。老诚的詹立武不知道这是怎么回事，更不知道自己究竟怎么了？反正说不清楚，世事太让人不可猜测了。他只得表示沉默，只得默默地承受。接着把他家也给搜查了，把各级领导机关奖给他的数十张奖状、锦旗和物品洗劫一空，不晓拿到哪里去了。他也没有去追问，也不敢去追问，担心因此而招致更大的灾难。他想，你们要就拿去吧，放在我家里亦没有什么用处，反正自己放心着，没有坑害过杨桥畔人民。据了解，这些东西迄今还下落不明。

"文革"结束后，詹立武同志从不计较个人得失。在"说清楚"期间，曾经批斗过他的人主动来向他赔礼道歉，他都一一地原谅了。他说："没有什么，那阵子到处都是那个样子，许多大人物都遭受了那么大的苦难，我詹立武算什么，充其量只是个有把好苦水的受苦人罢了。再则谁还没个马失前蹄的时候，谁还没个三灾六难？"这就是詹立武，这就是詹立武的胸襟。他们为之很受感动！接着，他挽起袖子，一如既往地带领杨桥畔人民又大干开了。杨桥畔的沙漠在詹立武的治理下不断消失，良田不断增加。

如今，詹立武同志已进入了老年，本该是享清福的时候了。但他还是闲不住，停不下来。他除了干好农活外，经常植树造林，给他划分的1400多亩黄沙已经全部被绿化，可谓绿树成荫了。他爱树，就像爱自己的生命一样。

詹立武同志为杨桥畔的建设事业几乎花费了毕生心血。党和人民是记着他的。他现在是靖边县政协委员，每月发给他47元生活费。这是人民对他的报偿。但就这点微薄的收入，他还省吃俭用，光顾着远在海则滩乡杨虎台村毛乌素小村的老人。老人与他的两位兄弟一起生活着,倒亦过得不错,可总算作为一个儿子的孝心吧。钱有多少,心无多少啊!足见我们中华民族的传统美德在詹立武身上有着饱满的体现。他的确是一个孝子。

笔者合上采访笔记,借着夕阳西下的景致,借着院内一片橘黄色的夕晖,以那一排灰蓬蓬的砖拱窑洞为背景,与这位治沙英雄留下了难忘的小照。在即将按下的一瞬间,笔者思忖道:"是这位粗犷的汉子继承了当年靖边县委、县政府留在杨桥畔的业绩。是这位大漠般厚实的身影带领杨桥畔人民治沙造田,使多少沙漠不复存在,变成肥沃的良田了。又是这位 1955 年入党的老共产党员,使两万余亩荒沙幻化出了茂盛的集体林地。又是他,又是他。在杨桥畔,他的业绩很多很多,还须一一列举吗?他言语不多,只知苦干,是什么力量驱使他有如此强悍的个性呢?地理、历史、风情、习尚,或许是他的精神底蕴吧,尤其值得思考的是那与他相依为命的酒。

杨桥畔自有其良好的开端。

詹立武便是这开端的继承人。

青春的光点

据说当一个人呱呱坠地后，就在这个世界上点亮了第一盏灯。

伴随其年轮的不断增长，其灯也与年轮俱增着。一年一盏，年年盏盏，便组成了一个生命的整体，一个生活的总和。

这是人青春的光点。

有的人青春灿烂夺目，有的人青春黯然失色，有的人青春间或于二者之间。青春是共同的，却散射出了各不相同的色彩。

雒秉纯同志便将自己的青春默默地献给了荒沙，献给了大地，献给了祖国的林业事业。

1980 年第 15 期《红旗》杂志，刊登了中国科学院自然辩证法通讯杂志社任丰平同志撰写的调查报告《陕北行》。该文以翔实的资料，质朴简洁的笔触，介绍了几位林业工作者在老革命根据地治理荒沙、绿化大地建设中的突出贡献。他们含辛茹苦，默默无闻地奉献了许多年，用自己的青春染绿了大片大片的沙漠和土地，其中雒秉纯的事迹更为感人，产生了广泛影响。

1980 年 3 月 15 日榆林报以"雒秉纯积极引进新树种"为题，报道了她的工作成绩……

1982 年 9 月 22 日，陕西省林业厅副厅长杨正昌同志，在全省国营林业先进单位和先进个人会议上，表扬"生长在大城市，工作在荒漠地，坚持科学研究，引进优良树种，在生产上取得卓著成效的靖边县沙石峁林场工程师（女）雒秉纯同志"。

1983年12月30日的《陕西科技报》、1984年2月10日的《工人日报》、1984年2月16日的《榆林报》、1984年2月18日的《光明日报》、1984年2月28日《陕西日报》，以不同幅式的摄影展现了雒秉纯同志的工作画面。其注文大意是：雒秉纯同志20年来在靖边工作，为长城风沙口大面积造林育苗做出成绩。她从外地引进了十多种树种，探索出一套符合当地生态环境的科学育苗方法，为林场营造5000多亩油松和樟子松提供了种苗。被评为省林业战线先进工作者。多次受到有关部门的奖励。

　　……

　　再不需过多地摘录报纸杂志了。何须再过多地在报纸杂志上介绍呢？作为一名普通的中国妇女，一名普通的林业科技知识分子，其分量足矣！况笔者一踏入陕北土地上采访时，无论是有关部门还是人民群众，雒秉纯同志均在被推选的名列前茅之列。人们介绍了她的事迹，一致夸赞她的为人处世和工作风范。令笔者无不为之尊崇和感动。于是，笔者深感肩头的担子是沉重的，责任是重大的。似乎带有一种神圣的使命，驱使我不得不奔波于千里之外，去寻觅这位主人翁的踪迹了。

　　在遥远的西北名城兰州，在甘肃省林业科学技术研究所，几经联系，终于找到了她。出现在我面前的是一位中年已深的形象。她中等个头，身体单薄，皱褶缕缕的脸上有些憔悴，浓密的头发已经花白了。足见岁月老人的雕刀在她身上留下了深刻的印痕，足见金城兰州的风水并未洗涤和拂去她在毛乌素沙漠里的沙尘，仍然一副忙碌操劳的样子。但她一点也不显得脆弱和怯懦，在和蔼温顺的表象里含着一股坚毅和顽强的劲儿，属于外柔内刚型的中国传统妇女个性，有一种善良而果敢的印象。她不善言辞，谈到自己的工作时表现某种矜持和冷静，一再声称自己不值得撰写，而应该树碑立传的是人民群众。她说自己只是做了点工作，没有什么了不起的。

　　雒秉纯1939年2月生于宁夏隆德县，后全家迁居西安。在古都西安度过了她的中学时代。1959年考入西北农学院（现西北农业大学）林学系。四年大学生涯，造就了这位林业战线上的专业人才。1963年9月分配到陕北靖边县工作，开始了她新的生活。

靖边乃毛乌素沙漠地带，自然、环境和生活条件是可想而知的。本来，她和她现在的爱人刘多榘同志完全可以留在古都西安工作，也有条件有关系留下来的。但她从未在这方面下功夫，根本没有考虑利用身居上层党政机关甚至直接管理分配方案的诸多社会关系，而坚决服从了组织的分配。她想党和国家把我们从小学、初中、高中一直培养到大学毕业，还能有什么要求呢？自己本身就是学林业技术的，工作就是植树种草绿化大地，这是自己的责任和使命。只有国家选择自己，而自己绝不能做出任何选择，况且陕北革命老根据地还很穷、很落后，有待于知识分子去建设、去改造，这正是一个锻炼的大好时机，正是大干一番事业的时候。于是她扛起铺盖卷，毅然"北上"了。

习惯了大城市生活的人，突然在荒凉闭塞的土地上安家落户其艰难是不言而喻的。尽管雏秉纯已有精神准备，但仍然有一种天然的距离感。饮食起居就无须多言，由原来的大米白面变成了黄米酸白菜，高楼大厦变成了低矮的房屋。黄米酸白菜一吃下去，就发生胃酸，口里不时地有酸水泛上来，难受得不便言传。房屋低矮倒也无关大碍，连荒沙僻壤的林站连电都没有，全靠煤油灯照明，弄得满屋里烟气弥漫，第二天早晨起来口唾黑痰，连鼻孔都被熏黑了。更让人难以适应的是狂风吹来，把沙子卷得满天飞扬，刮得人睁不开眼睛，甚至不敢出门。当地有顺口溜传诵："柳桂湾刮了一场风，刮得五指看不清；刮得白天点上灯，刮得喜鹊送了命；刮得毛驴掉沟中，刮得磨盘翻烧饼；刮得碌碡耍流星，刮得龙王发了愣；刮得老汉变后生。"是真是假？查无实据。面对如此困难，面对如此险恶的生态环境，意志并没有动摇，信心并没有减弱。她认为这是应该想到的。不然怎能称为毛乌素大沙漠呢？国家怎能在这里治理绿化呢？自己也怎能来这里工作呢？当她深入实际生活，看到人民群众吞糠咽菜，用毛驴驮水、用野草和大牲畜的粪便晒干后烧火做饭时，再大的困难都不屑一顾了。她认为老乡们生活如此艰苦，他们吃的是什么，穿的是什么，祖祖辈辈生活在这块土地上，一代一代地繁衍着，将永远延续下去呢。而自己是国家干部，享受着人民提供的俸禄，还有什么困憾？有什么不满意的？再不能有任何不切合现实的苛求了。天大的困难都得克服！她横下一条心，以自己的实际行动做出回答，在浩瀚无垠的荒沙里寻找自己的事业。

雏秉纯初到靖边县林业局，即又分她去白玉山林场工作。当时，组织上是这么考虑的：她是一位女同志，又是大城市来的，照顾她到林场当会计，轻松些儿。雒秉纯一听，婉言谢绝了。她专门找林业局一位局长说："组织上照顾我去做会计，我很理解组织对我的关心，我表示十分感谢！但国家和人民供养我在大学念了几年，学到了一点林业知识，还缺乏实践。我只有在实践中锻炼自己，做点实际工作。"这位局长说："你讲得倒也对着哩。但你初来沙窝子工作，身子也单薄，担心一下适应不了，习惯些日子再调整。"雒秉纯回答："我不怕。我什么样的苦都能吃。"局长见她如此坦诚，事业心如此之强，非常高兴。真是难得的技术干部！于是决定她任白玉山林场的技术员，负责苗圃林木育苗工作。

　　白玉山林场是靖边林业系统最南端的一个基层单位，距县城90多里地，属丘陵沟壑区，主要以营造水土保持林为主。雒秉纯不仅是个技术员，而且扮演着多种角色，即出纳和保管（管理化肥、农药、种子、生产工具、粮食等物）。可谓身兼数职。对此，雒秉纯同志毫无怨言，她认为这是组织对自己的信任。只要在搞专业的前提下，自己就是再忙都不怕，年纪轻轻的，吃点苦怕什么呢？她根据当地的地理、环境和条件，实行因地制宜。她通过榆林地区1962年毕业的一位女同学，要来了若干个试验用种，同时她清理了库存的林木种子进行育苗。引种的树种有：油松、侧柏、华山松、落叶松、白蜡、五角枫、中槐、花椒、枫杨、皂角、樟树、楸树、君迁子、冬青等。她起早贪黑，披星戴月，精心培育。从书本理论到具体实践，再从具体实践回到书本理论。经过试验，终于获得了成功的选择：这就是其中的油松、侧柏、白蜡和五角枫最适合当地土壤生长。

　　雒秉纯时刻不忘自己是一名科技工作者，肩负着义不容辞的神圣职责。她不断用知识丰富自己，不断学习外面的先进经验。她从资料里获悉北京西山林场移植油松幼苗，她便开始在白玉山林场试验采取移植油松幼苗和埋土越冬的措施。当时，有一些同志对此做法有不同意见，有的认为没有把握，土质适应不了，有的认为带有很大的冒险性，搞不好劳民伤财，划算不来。雒秉纯坚持自己的主张，毫不动摇，她说科学就是实践出来的，如果没有实践是不可能有科学存在的。别人没做过的事我要做，我不能以为前人没有走过的路自己就不走了。只有这样，才是一位合格的科技人员，才没有与科学精神相背离。何况此举并非是自己创造，而是学习罢了，这有什么怀疑的呢？一切担心都是多余的、不必要的。当年秋季，她将初次试种的小面积油松幼苗移植换床，精心培育，严格按科学规程操作管理，丝毫不敢马虎大意，可谓做到无微不至了。寒冷的冬天过去了，实践证明秋季移植换床的油松苗能够正常生长，移植换床是培育油松大苗的有效措施。活生生的答案教育了持怀疑态度的同志。雒秉纯的信心和勇气更足了，她的科学精神得到了极大的鼓舞。

护林是林业工作中的一个重要环节，检查护林情况乃林业工作者的责任。白玉山林场总共有六名干部。而林场管理面积大，林地分散，分布在八个公社的土地上。下工区检查护林工作人员紧张，跑不过来。雒秉纯主动要求去检查。于是领导就分派她到杨米涧和天赐湾去。动身前她先找地图查看了一下，随即到供销社赶集的群众中找了一位同行者就上路了。山路弯弯，悬崖恐怖，十分险要。她徒步30里到了新城公社。公社领导对这位外地来的女干部很关心，问长问短，生怕她受不了跋涉之苦，并找了个同路人陪同雒秉纯，才放心地打发她们上路了。一路上行人稀少，格外孤寂，偶尔才能看见山坡上有放羊人的身影出现，但也是很小很小的，像贴在高高的天幕上似的，不时传来几声单调的咩咩声，却愈显得冷旷极了。她一走又是30里小路，天晚时才到了谢家疙子，找到护林员老安同志。吃完饭后，已经是初夜时分，主人想雒秉纯走了这么多的路，要早点休息。雒秉纯也是同样的心情，她等着主人安排。不料就让她与主人一家睡在大炕上。雒秉纯口里不便说出，心里很不好意思。她还未遇到过如此习惯。但又有什么办法呢？主人对她这么热情，把炕头最暖之处让她睡，最好的棉被让给她盖，总是全力款待她的。但乡里的条件差，主人即使再想办法，也不过如此而已。那所谓最好的棉被其实并不好，卫生无须多言，整个被料都陈旧了，薄薄的，根本没有太多的温暖了。山村的夜是很安静的，雒秉纯躺在炕上，难以入眠，她想了很多很多，直到天亮时才睡了一会儿。第二天是农历九月九。这是陕北农家的节令，俗语说得好：九月九，家家有。意味农人们辛苦了一年，应该享受一下的。实则收获只是微薄的。主人给雒秉纯吃了顿油糕，无疑是很好的招待了。令雒秉纯不解的是，主人只给她一碗洗脸用水，洗后还不能倒掉，留着给猪羊喝。足见此地的水源缺到了什么程度！此行检查护林工作，她每天上山下疙数十里。她从中经受了前所未有的教育，也深切地感到陕北人民群众的生活是太艰苦了，是城里人无法想象的。但他们是那么质朴宽容。他们就是再穷再可怜，也设法给客人做好饭吃。为了让客人暖和，把被子和老羊皮袄给盖上。这在她心里留下了极深的印象，让她永志也忘不了。

雒秉纯同志是个电影迷。但她在白玉山林场工作了一年多，这里的文化生活十分贫乏，她只看了一场电影，那还是早已看过的故事片《槐树庄》。

1965年3月，雒秉纯同志在冯家峁林场工作。冯家峁位于毛乌素沙漠南缘，距县城25里地，与白玉山林场相较，交通和其他条件好些了。雒秉纯仍然负责林场育苗，并兼任物资保管和伙食管理。但她住得不很宽绰，和新招收的几名女工同住一舍，亦是不太方便的。她初到林场就参加苗圃的扩建和苗圃防护林带的营造。风沙对苗圃危害特别严重。春季一场大风过后，苗床受到残酷风蚀，常常刮走了表土，刮出了种子和苗根。同时大风夹着沙子压住了苗床和幼苗，不得不重新播种，新建苗圃。加之土壤肥力差，水量亦不足。所以这一系列困难给雒秉纯制造了莫大的障碍。她顶风冒沙，想尽一切办法克服困难。功夫不负有心人，她总算取得了一定的成效。在此期间，她引进了新疆胡杨等树种，为植树造林提供了很可观的树苗。她兼任的林场物资保管和伙食管理工作，也极端负责。同志们说：不是我们不知道她的工作担子重，我们十分清楚，能理解和体谅。但关键是我们信任她，她做什么工作我们都放心。所以她就得多吃点苦，多受点累了。不久，那场中国历史上罕见的大浩劫开始了。什么"造反派"和"保守派"，雒秉纯什么都不参加，既不是响当当的"造反派"，也不是铁杆"保守派"。她就是她，就是她自己，就是雒秉纯，一位林业科技工作者。她一直坚持不懈地工作着，育苗、造林、护林，十年如一日，从未间断过。她活得很充实、很坦然，问心无愧，因为她有自己的事业、她做了她应该做的事情。

1974年8月，雒秉纯又调到沙石峁林场工作。业务当然是不会变的。她积极参加了苗圃扩建和苗圃防护林带营造，该场与冯家峁林场一样，仍处毛乌素沙漠南沿，在公路边不远处一个绿树遮蔽的沙丘下。

这是我们主人翁的黄金时月。

也是她最为劳苦的时月。

她住在林场一间屋子里，既是宿舍又是办公室，实在够拥挤的。林场的工作是格外繁重忙碌的。她每天跟班劳作，长达十几个小时。晚上还参加政治学习，自己还要挤出时间学习业务。林场是国家单位，有法定的星期天或节假日，但当时情况下，她都没有享受，特殊的工作占有了雒秉纯正常的休息时间。她已经是三个孩子的母亲了，当时刚添了最小的孩子，全由她管。而且她一直身体不好，更加劳累了。一天下来累得她浑身酸困，连饭也不想做，不想吃，可孩子还小，还等着她精心哺育。雒秉纯只得拖着疲惫不堪的身躯，强打精神去履行一个母亲的义务。有一次，她给孩子喂奶，不知不觉地抱着孩子依在屋壁下睡着了。她睡得很香，打起了隐隐的呼噜。她突然觉得自己出了门，走过凸凹不平的小路，又穿过一片绿葱葱的树林，眼前便是漫无边际的荒沙，起起伏伏，一直接至望不到边际的天边。她对着脚下的沙漠感到莫明其妙，既陌生又稔熟。她记得这片荒沙已经被绿化了，栽了许许多多的油松，将地面覆盖得严严实实，怎么又变得荒芜了？这是咋回事？是荒沙重新吞没了油松，还是被牲畜和人给糟蹋光了？抑或是自己记错了？她思考了片刻，没有记错，肯定就是这里，自己亲自参与绿化的。于是她因为看不到油松而懊悔极了，连忙跪下，伸手去刨。她朦胧中觉得怀里有个什么东西沉甸甸地掉了下去，像一块土疙瘩一样。接着就是一串凄厉的哭声，咯哇哇的，她惊醒了。她睁开眼睛，自己还在屋里坐着，孩子在地上大哭不止，她才明白原来是一场梦。雒秉纯赶紧抱起孩子，揉着孩子的头，孩子自然哭个不住，她又用乳头止住孩子的哭声，才长长地舒了一口气。顿时，她不由得一阵心酸，眼睛发潮了。这位外柔内刚的中国妇女，流下了泪水。这一年，她体重下降了16斤。雒秉纯就是这样，即使家庭拖累再大，一切都得给林业事业让路，育苗过程中的每个环节都要处理好，绝不可忽略。诸如种子处理、土壤消毒、整地做床、开沟播种、覆土填压、根外追肥、松土锄草、防病喷药、幼苗埋土越冬等缺一不可，否则就造成了不可挽回的损失。她常常亲自指导，关键性的环节便亲自动手。为了不影响工作的进程，她让二女儿推迟上学一年，让大女儿在家休学一年照看最小的老三。后来她想，再不能耽误两个孩子的功课了，继续下去不仅对不起她们，也对不起国家，将会追悔莫及的。就是作为母亲的自己，也要受到良心的责备和道义的指摘。有一年冬天，苗圃放冬水，外面天很冷，零下十几摄氏度。她把老三留在屋里，用炒米豆哄着。她偷偷地出了门，把门锁住去了苗圃。老三吃完炒米豆，要找妈妈，爬上桌子撕破窗纸怎么也找不到，怎么也出不去，大声哭叫起来。哭声被林场炊事员听到了，跑去苗圃把她叫回来。这时，老三的眼睛哭肿了，嗓子哭哑了。雒秉纯难过极了！此后，幼小的老三心有灵犀，吸取了深刻的教训。她一听到林场上工的铃声，就赶快跑到外面躲起来，生怕母亲把她再锁在屋里。于是，雒秉纯只得把老三带在工地，在苗圃和沙窝子里任她一个人玩耍，玩累了就躺在干水渠里睡觉。她铺盖着母亲的外衣，常常很快就进入了她那幼小的梦渊，睡醒再继续玩。这不只是雒秉纯在上班，她的三女儿也在"上班"。母女俩收工回来时，都劳累极了，共同染一身毛乌素大漠的沙尘，共同在陕北大地上留下了青春的光彩。

雒秉纯的大女儿和二女儿，由于环境所限，都是在林场附近的民办小学毕业的。农村的教学条件差，几十张桌凳，几个年级的学生挤在简陋的教室里。窗子用旧报纸糊着，光线暗淡，冬天只有一个火炉子取暖，刺骨的寒风穿进窗口，教室里也结着冰，冷得人全身发抖。教师都是附近农村请来的，家里都有农活，忙时同学们还得给老师帮忙去，刨洋芋、拔黑豆的重活也不例外。老师的亲戚朋友有婚丧嫁娶之事，学校就放假一天。但雒秉纯对孩子们的功课抓得很紧，晚上她们围着一个小炕桌，在昏暗的煤油灯下学习，她的两个女儿都是在如此环境中读完小学的。这里的文化生活贫乏，一遇到县上的电影队来附近村庄放电影，孩子们高兴极了！无论天多冷也要去看，一看到底。雒秉纯很能理解孩子们的心理，应该让她们多接触一下文明和科学，开阔她们的视野。

雒秉纯的大女儿考中学成绩较好，被靖边中学录取了。但她领着孩子报名去时，教务处说没有孩子的名字，急得孩子在街上直哭。这时靖边县县长路过，问明情况后，才使孩子念上了靖边县的重点中学。县城距林场20多里地，孩子住校，他们极为挂念。每星期六孩子徒步回家，第二天再返回学校时带上干粮，和其他农村孩子一样，同甘共苦，而他们是无法给孩子做功课辅导的。笔者采访时提起此事，雒秉纯和刘多桀夫妇说：孩子从小生活在艰苦环境里，是有好处的。这样能接近劳动人民，了解群众的疾苦，学习劳动人民的优秀品质，更激发她们上进好学。现在他们的大女儿正在甘肃医学院读书，二女儿在兰州大学读书。真是出类拔萃也！我向他们一家表示诚挚的祝福！

雒秉纯同志在沙石峁林场工作期间，成绩是卓然的。她在沙石峁林场先后引种和大面积播种育苗的有：油松、樟子松、青海云杉、红皮云杉、华北落叶松、日本落叶松、长白落叶松、日本黑松、红松、鱼鳞松等。实践证明，前五种树种适合当地生长。育苗过程中，她学习外地经验，结合书本知识，结合当地的实际情况，采取了多种措施：

1. 实行松苗无病培育，种子初冬或早春沙藏。播前充分催芽、适当早播（提前10天）、浅覆土（落叶松灌水播种效果好），以提高种子发芽率、出苗率和抗病性。从而避免了松苗立枯病的发生，提高了幼苗保存率。种子未经沙藏处理的油松每亩产苗5万株。经沙藏处理每亩产苗16万株（育苗地条件和采取措施都相同）。通过1978年、1979年两年的试验得知，早春沙藏出苗率比初冬沙藏提高了57%，比温水浸种提高了96.5%；早春沙藏保存率比初冬沙藏提高了

27%，比温水浸种提高了 139.2%。

2. 施用腐殖酸类肥料和过磷酸钙，降低钙质土的 pH 值，以适合松类育苗的需要。

3. 播种后覆盖粉碎了的沙碳，以改变床面的物理性质，降低 pH 值以适应松类育苗的需要。

4. 按照苗木不同生长发育阶段的特殊需要灌水施肥，改变了以往单纯施用尿素的偏向，改用酸性肥料和复合肥。大搞根外追肥，明显地提高了苗木生长。

5. 试用植物激素，效果良好，以荼乙酸溶液浸种、松类苗木保存率可提高 10%～20%。

6. 松类播种苗和移植苗大面积施用除草西迷，效果良好，人工除草每亩全年 36 元，化学除草只需 9 元。每亩全年可节约 27 元。

7. 雒秉纯同志在沙石峁林场育苗，1976 年新育苗 0.41 亩，各类针叶树种育苗面积逐年增加，到 1984 年达 40 多亩。同时在沙石峁五台林地营造樟子松、油松、酸刺混交林 11000 多亩（黄土丘陵地）。沙地植油松、樟子松、落叶松等混交实验林 400 余亩。

笔者曾在靖边采访时，由县林业局老局长贺俊元同志陪同，专程到沙石峁林场去了一趟。我来到林场院里，在雒秉纯同志曾住过的屋门口驻足良久，心潮起伏，感慨万端。随即又来到林场后面的沙丘上，望着一片浓绿滴翠的油松久久不愿离去，大有流连忘返之感。我怎么都不可想象，沙丘下陈旧的屋里曾经住过一位普通的中国妇女，一位大城市来的林业工作者，是她参与栽植了这片油松，使这满目绿色应运而生的。

现在笔者简要摘录 1980 年《红旗》杂志第 15 期任丰平同志《陕北行》文中的部分段节：

> 靖边县沙石峁林场女技术员雒秉纯，就是在长城风沙口上辛勤培育油松的一位坚强战士。1963 年秋，这位从西北农学院专业毕业的学生，被分配到陕北靖边县林场工作。她不顾肝脏功能不好的瘦弱身体，投入紧张的育苗工作。在 1977 年到 1979 年短短的三年内，为长城风沙口上大面积造林育苗，做出优异的成绩，为国家共育了油松、樟子松、华北落叶松 345 万株，保证了造林 2600 亩的需要，成活率达 70% 以上。

雒秉纯同志把自己的全部精力花在育苗上。为改变干旱草原地区的单一树种，她千方百计通过同学、亲友的关系，共引进了 20 多种树种，分别试验，长期精心观察，探索了育苗的规律，把树种的生物学特性和生态学特性同当地环境特性逐步统一起来，形成了一整套有科学创见而又符合当地特殊生态环境的育苗方法，受到了上级机关的重视和表扬。

雒秉纯同志生活俭朴，沉静少言，她从来不说自己的辛劳和贡献。她说："绿化祖国，建设和开发大西北，是党中央的决策和号召，作为一个新中国的林业科技人员，只能把这件事情办好，绝不能把它弄坏。这就是自己的职责"。

没有铿锵有力的言辞，在貌似平淡的语言深处，颤动着炽烈的心。这就是雒秉纯同志的个性所在。

雒秉纯同志为党和人民做出了显著的贡献，党和人民也给了她崇高的荣誉。现在笔者撰摘如下：

1977 年，雒秉纯同志被评为靖边县沙石峁林场先进工作者。

1978 年，雒秉纯同志被评为靖边县林业系统先进工作者。

1979 年 12 月，雒秉纯同志在榆林地区科技大会上荣获林业科技二等奖。

1980 年 1 月，雒秉纯同志获靖边县科技大会科技一等奖。

1980 年 10 月，雒秉纯同志被评为靖边县先进工作者。

同年 10 月，雒秉纯同志被选为靖边县第九届人民代表大会代表。

1981 年，雒秉纯同志晋升为工程师。

1982 年 9 月，雒秉纯同志被评为陕西省林业先进工作者。

1983 年，雒秉纯同志担任沙石峁林场副场长。

1983 年 3 月 8 日，雒秉纯同志被评为靖边县"三八"红旗手。

1984 年 7 月，雒秉纯同志又被选为靖边县第十届人民代表大会代表。

1986 年，雒秉纯同志光荣地加入了中国共产党。

……

雒秉纯同志于 1984 年离开了她工作和生活 21 年的陕北靖边县，调到甘肃省林业科学研究所工作，任林业实验站副站长。她无论走到哪里，光热发在哪里，绿色的生命就在哪里生根发芽。在这短暂的时间里，她已经三次被兰州市城关区政府评为南北两山绿化先进个人。自 1988 年开始，她在本所林木育种研究室承担着北京林研所主持的国家重点科技攻关项目，国内外重要造林树种的引种驯化专题中"美国班克松、刚松的引种试验"课题和九个美国针叶树种的引种试验。这无疑又是她科技工作中的一个新起点，一个更高的科学层次。我真诚地祝愿她获得更大的成功！

雒秉纯会成功的。因为她是一个绿色的光点。她永远属于大地、属于森林、属于永恒的自然生命……

塞上变江南　沙海稻飘香

沙漠里怎么能产大米!

对没有来过榆林,没有亲眼看见在沙漠中那无边的金灿灿的稻田,没有亲口吃过那别具风味的香喷喷的大米饭的人来说,确实是一件不可思议的事情。的确,在一般人的想象中,沙漠与生命和植物是绝缘的,那滴水无存、寸草不长的沙漠,怎么能长出供人类享受的高级食物呢?

但榆林的沙漠里却不仅长出了大米,而且是一种产量很高,又香又甜的优质大米。

远方客人,乘车一过镇川,面对公路旁、无定河川道里那一眼望不到边的稻田,无人不失声惊叹:"啊,这里也种稻子!"的确,每到秋天,以榆林为中心,沿无定河两岸和长城内外,几万亩丰收的稻田,便把塞上打扮成一派奇异多彩的景色。一片片金黄的稻田,掩映绿树之间,滔滔的无定河和古老的万里长城,更增添了一番奇特而壮美的情趣。面对这奇异风光,人们不能不发出"塞上江南"的慨叹。

据历史记载,榆林种水稻始于明朝成化年间。那时,榆林一带还很少有沙漠。由于战乱和天灾,从南方来了成群的移民,他们见这里土地广阔,人烟稀少,有生存的保障,便在这里择地而居。他们带来了稻种,也带来了技术,便选择无定河和榆溪河岸边的一些下湿滩地,开垦和种植起水稻了。但几百年来,一直沿用落后的稻种和技术,产量很低,每亩只有一二百斤,有的只收几十斤。再加上沙漠逐年南侵,日益严重地威胁着水稻的生存,面积愈来愈小,到新中国成立前夕,几乎濒临绝种的境地。

新中国成立以后,特别是党的十一届三中全会以来的十余年间,由于农民生产积极性的提高,治理沙漠的飞速发展,科学技术的推广和运用,使全区水稻面积迅速扩大,榆林、横山、神木、靖边四县就达到52000多亩,稻区人口达到十多万，特别是产量成倍提高，一般亩产都在千斤上下，最高的达到一千七八百斤。不仅解决了当地群众吃大米难的问题，使稻区群众把大米饭当成了家常便饭，好多人家都存有二三十石稻谷，而且榆林大米以香、甜、坚的美名，吸引来关中、山西、河南、甘肃、内蒙古等地的人们，成群结队地开着车，拉着面粉，千里迢迢跑到榆林来换大米吃，每年都外运上百万斤。国内外好多客人看了后，无不惊讶和称道，说榆林在水稻种植史上创造了奇迹。1986年7月，被称为水稻大王的日本专家藤原长作来榆林考察后，不禁深为感叹地连声说："太不可思议了，太不可思议了！"

是的，榆林在沙漠中种出高产、优质大米的事实，的确是榆林人民创造的一大奇迹，也是榆林人民治理改造沙漠的一大成果。但这是一场多么艰苦而漫长的斗争，英雄的榆林人民为此而付出了多么艰辛的劳动和巨大的代价，是一项何等惊心动魄而又可歌可泣的伟大事业。那每一粒香甜可口的大米中，浸透了多少人的智慧和心血。他们的业绩和精神不仅应该当之无愧地载入榆林建设的史册，而且应该大书特书。由于篇幅所限，这里只择其三位代表人物加以介绍，以表达历史和人民对他们的肯定和尊重。

李镇江——沙漠水稻事业的功臣

我介绍的第一位人物，是一位农业科技工作者。他是榆林发展水稻事业在技术上的总指挥，是几十年来榆林水稻发展全过程的参与者和见证人，也是榆林水稻发展史的一位当之无愧的有功之臣，从某种意义上讲，没有他的辛勤耕耘，也就没有榆林水稻事业欣欣向荣的今天。

他叫李镇江，52岁，榆林市农科研究所副所长，高级农艺师。中等个头，敦敦实实，一张典型的北方男子汉的褐红色脸膛，带着一副知识分子味的眼镜，着一身朴素的基层一般干部的服装。性格随和，语言不多，只能实说，不善夸夸其谈，更不会花言巧语，给人最突出的印象是朴实、可信、可靠。在他身上，既有农民的朴实，又有知识分子的精明，也有基层干部的能干，是这几种因素结合在一起的一个陕北地区普通农业科技工作者的典型。

1937年，李镇江出生在长城北侧沙漠之中的白犄牛滩村一个农民家庭，1960年毕业于榆林农学院。30年来，他一直在榆林市农技部门工作，主要从事榆林沙漠地区水稻品种引进、栽培技术的研究和示范推广应用工作。不管政治风云如何变幻，不管自己的命运和环境好坏，他都始终如一地坚守着自己的战斗岗位，为发展沙漠地区的水稻事业专心一意、不声不响地耕耘着、跋涉着。从长城内外到无定河两岸的茫茫沙漠之中，到处留下了他的足迹，洒下了他辛勤的汗水。可以毫不夸张地说，为了发展榆林的水稻事业，他倾注了自己的全部心血，付出了全部代价。也可以毫不夸张地说，他没有辜负党和人民的期望，没有辜负这块土地对他的养育之恩，他用几十年奋斗不息的努力和心血，以引人注目的巨大成绩，做出了满意的回答。

他为什么如此热爱和从事这一事业呢？据他说，主要有三方面的原因。其一，他的家乡白犄牛滩，本来是一个土质肥沃、水草丰茂、平坦辽阔的好地方。但很早被北来的沙漠全部吞食，成了一片沙丘滚滚的沙海。从此，祖祖辈辈的父老乡亲便在沙漠的蹂躏下过着苦不堪言的生活。他们用自己可怜巴巴的一点力量和不息的苦斗，在滚滚的沙丘间开垦和争夺出来的一点沙地上种一点朝不保夕的粗粮秕谷，用那一点恓惶的收获维持着一代又一代人在死亡线上挣扎的生命。他是吃着难咽的糠菜长大的。在他小时候，一次，他跟父亲到几十里外的色草湾煤矿去驮炭。因驮炭的人太多，他等了好长时间，眼看太阳快落山了，还没有着落，而他一早在家里动身时吃的那点糠菜早已烟消云散，肚子饿得咕咕叫。正在吃饭的窑工们，看见他饿得慌，有个好心窑工便给他掏的吃了半碗大米黏饭。李镇江来到人世十多年，这是第一次吃大米，那是多么香呀！他没想到世界上还有这样好吃的东西。那种特殊的香味，几十年来一直在他的记忆中保留着，使他咀嚼和玩味不尽。一问，才知道这大米就是色草湾产的。因为在村子附近的沟滩里有一股水，有一片平地，人们便种起了稻子。这一偶然的经遇，强烈地刺激和震动了李镇江的心，使他那幼小的心灵里萌生了一个天真的念头，啥时能让自己的家乡和更多的地方都种上稻田，人人都吃上这香喷喷的大米饭，该多么好呀！他从未对任何人说过，但它却像一点不熄的火种深深播种在他心底，几十年不可熄灭，而且随着他长大成人和参加工作而越烧越旺，后来竟成了他终生事业的一种追求和力量，决定和影响了他一生的道路和前程。其二，他高小毕业后，考进了榆林农校，农校毕业后，幸好地区办起了榆林农学院，他又上了农学院，而且一直学的是农学专业。这更为他实现幼时的理想创造了条件。

第三个原因，在20世纪60年代初，李镇江参加工作不久，家乡开始搞社教，他家首当其冲，岳父家庭成分由中农弄成了富农，新中国成立前参加了一段伪自卫队的父亲弄成了历史反革命分子（以后均平反）。在当时的政治气候里，这样的出身就等于对一个人政治前途的处决。李镇江背上这样一个沉重的政治包袱，自知在政治上不仅不会有丝毫的希望，而且弄不好还有毁灭的危险。他经过长期苦苦思索，决定一辈子去吃技术饭，在发展沙区水稻这一看来没出息实际上却大有作为的事业中，去为党为人民做一点实实在在有益的事情。这些主观因素，不仅奠定了他未来事业的基础，而且影响了他的性格和全部生活轨迹。

1958年，他还在榆林农校学习时，在老师的带领下，到米脂县的党家沟去劳动锻炼。他便发动群众，在无定河畔上开垦了四亩水地，破天荒地种起了水稻。因为是第一次实施他的理想，他是那样的热心，多少个夜晚，他带着铺盖，拿着铁锹，满身泥水地守在地头浇水、观察，秋天亩产竟达到300多斤，使这里的群众第一次尝到了大米饭的香味。

从1960年参加工作到现在的整整30年里，他一天也没离开农业，没离开水稻，没离开沙漠，夜以继日，呕心沥血，为沙漠地区的水稻事业辛勤耕耘着。

20世纪60年代，他主要搞引种试验，心想凭从外地引进高产、抗病、耐寒的优良品种，来改变当地水稻低产局面。他从东北好多地方，引进了多种高产的稻种，在长城内外的不同地区进行试验和推广。但没等他试验出个眉目，社教运动和"文化大革命"接踵而来，不得不使他中断试验，未能见到什么成效。

"文化大革命"中，各地都在推广"两杂""两薯"这类只求高产而不求质量的作物，有些地方提出"要吃饭，种两杂"，"发展两杂一薯，枪毙小麦水稻"，有人甚至认为想吃大米是资产阶级思想，因此使他的水稻试验只好靠边站。但他始终认为群众吃饱后，想的就是吃好，大米又是改善生活不可缺少的主粮。因此，总有一种不成功不罢休的劲头。当领导派他去海南岛育"两杂"种子时，他抽出时间去观察和学习别人的水稻栽培技术，心里总是惦记着、思考着家乡发展水稻的事。70年代初，在刘官庄、古城滩搞"两杂"制种期间，他仍偷偷搞些水稻品种和麦稻两熟试验。

这时候，从西北局下放榆林劳动锻炼的赵作为同志担任了一段县农科所的领导工作。他以高瞻远瞩的眼光，主张榆林应大力发展水稻种植。他说："人总不能光吃粗粮，大米、白面也应该吃一点。"坚决支持李镇江重操旧业，继续搞水稻试验。不仅思想上鼓励他，而且给了他一定的时间，使他跑遍大江南北，考察学习稻作技术。在赵所长的鼓励支持下，他从 1973 年至 1976 年，在长城脚下的谢家岇蹲点期间，坚持搞麦稻两熟耕作改革的示范，发现育秧移栽的水稻，秆粗穗大，丰产性能比撒播种植的好。接着又试验薄膜保温育秧，使生育期在一百五六十天的大日月品种得到成熟，特别是 1976 年全国北方整个水稻因低温冷害造成严重减产，而他搞的薄膜保温育苗移栽的水稻却在谢家岇获得意外的成功。大灾之年的意外收获，不仅为他选择品种和栽培技术，提供了千载难逢的机会，而且为今后的进一步试验增添了信心。

几百年来，榆林的水稻都用撒种播种方法。李镇江经过多年研究试验，认识到播种是限制水稻产量提高的一个重要原因，便决定改撒播为插秧。对江南等稻区来说，育秧插秧是件易如反掌的事情。但对世世代代只会用撒种播种的沙区群众来说，则是一场十分艰巨的技术革命。首先是长期形成的顽固的世袭观念，认为唯有撒种才是最保险的播种方法，对插秧提出种种疑难，拒绝采用这种方法。再加上群众没有经验，技术又不好掌握，所以阻力很大。要克服这种阻力，对一个农业技术人员来说，要付出多么大的代价，做多少艰苦细致的工作。

但李镇江用科学的事实做出了有力的回答。不论他自己搞的水稻薄膜保温育苗、铲秧移栽技术，还是鱼河农场 1976 年由宁夏引试成功的水稻"卷秧育苗""小苗带土移栽"技术，都使水稻单产获得成倍地提高。于是，他认定利用薄膜保温的技术，能增加有效积温，延长作物生育季节，使大日月品种能够在榆林落足，发挥增产优势。只有应用薄膜育秧移栽的新技术，冲破历史延续下来的撒播种植的习惯，榆林水稻生产才会有发展，有突破。他在这一思想支配下，在地、市领导部门的大力支持下，积极在长城内外布点，大面积进行薄膜育秧移栽生产示范，均获得巨大的成功，并于 1980 年在全县和全区得到推广。

这一改革，效果十分明显，全部稻区，在其他条件完全相同的情况下，亩产一般都由原来的 200 多斤提高到 600 多斤，从而大大激发了群众种水稻的积极性，使沙漠地区的水稻声名大震，成为榆林沙区水稻发展史上一个巨大的飞跃，收到了巨大的经济效益和社会效益。李镇江也同他主持的水稻组荣获省政府一等奖奖励。

但李镇江并不满足，更没有被胜利冲昏头脑，相反产生了新的问题：为什么有些地块亩产达到 1000 多斤，而绝大多数则亩产停留在 600 多斤后便停步不前？这说明沙漠地区的水稻仍然可以高产，有着巨大的增产潜力。他在想，如果几万亩稻田的亩产再能从 600 多斤提高到 1000 多斤，全区将能增产多少稻谷，这将是一个多么惊人的数字，是一件多么有意义的事情。这正是他作为一个农业科技人员所追求的目标和神圣的责任。当然，要实现这一理想，他深知并不是一件简单的事情，必须做出更艰巨的努力。但他绝不愿就此罢休而图清闲，而是决心迎难而进，去闯一番新的事业。

于是，他在市、地、省上有关领导及部门的大力支持下，从 1983 年以来，又开始了以提高沙漠地区水稻产量、降低成本为目标的"早育、稀播、稀植等高产综合栽培新技术"的研究，为榆林地区的水稻事业开始了新的攀登。

这是一项十分艰苦、细致而又复杂的工作。不仅要有热情和吃苦精神，还要有严格的科学的态度，只要有一丝一毫的疏忽，就可能造成难以预料的损失和不堪设想的后果，甚至可能前功尽弃。

为了试验，在他的主持下，课题组先后在榆林、横山、神木和延安甘泉等地产稻县（市），选择了不同条件的 7 个试验点上进行了 20 多项单项和综合的试验研究。每年从种到收，每个环节他都要进行认真地指导和观察，有时一天就跑 20 多个地方。自然条件千变万化，不是春寒，就是受旱，有时秋天又降霜早，对象又是千家万户很少懂得科学的普通农民，要保证顺利而严格的科学管理是多么不容易呀！没有一种坚韧不拔的毅力和全心全意献身的精神是绝对办不成的。但李镇江同志，却一声不吭地经过整整六年的辛勤试验，终于胜利完成了任务，取得了可喜的成果，使榆林沙漠地区的水稻产量跃上了一个新的台阶，创造了奇迹。

在育种方面，因为榆林地区气候寒冷，无霜期较短，以往按照正常天气，一般育秧时间在 4 月下旬至 5 月上旬，由于育秧时间迟、温度高、时间短，秧苗细弱，直接影响水稻的生长和成熟期。他经过反复试验，改进育秧技术，将育秧时间提前到 4 月上旬，比原来提前了 10 天至 15 天，低温慢长，培育出壮秧，这就保证了水稻充足的生长期，免受低温冷害，保证了丰收。

过去，受自然习惯的影响，人们以为种得稠便可以打得多，所以一般都采取密植方法，既费种子又费功夫，产量却低。他借鉴外地经验，结合当地实际，经过反复试验研究，大胆改变自然习惯，采取稀播、稀植方法，每亩种子由原来的 17.5 公斤，降低到 8 公斤，育秧薄膜使用量也减少近一半，仅此两项，每亩成本由原来的 49.56 元降低到 24.86 元，而平均产量则由常规种植的 758.4 斤，增加到977.6斤，增产216.2斤，最高的亩产达到1700多斤，三年共试验2.77万亩，净增产值400多万元。

几年中，他根据沙区的气候等自然条件，从几十种优质稻种中选择了最适宜沙区生长的京系21号和秋光两个优质品种，平均比其他品种每亩增产123.6斤，三年中共增产稻谷120多万斤，增值680多万元。

由于沙漠地区水资源缺乏，李镇江同志从实际出发，在早育、稀播、稀植试验的同时，又进行了节水研究。他按照水稻生理需水、生态需水规律，结合本地区水稻生育期间降雨、蒸发及地下水位的消涨等情况，采取早育、早整、选用耐旱品种，推行深、浅、露、晒，干湿交替、只灌不排的灌水方法，改变了传统的串水灌溉、淹水种稻的习惯，不仅大大缓解了水旱作物争水的矛盾，而且大大降低了水稻用水量，由原来的每亩用水1800—2000立方米，降低到800—1000立方米。不仅节约了水，而且可用所节约的水资源继续扩大水稻种植面积，成为全区水稻灌溉技术上的一大突破，为全区发展水稻种植找到了新的门路。

几年来，李镇江同志的心血已经结出了丰硕的果实。他的试验项目已经过国家及省、地有关部门的正式鉴定和验收，许多水稻专家给了很高的评价。他也受到了市、地、省及全国性的多次表彰奖励。更重要的是，使塞上沙漠中真正出现了江南水乡的景色，全区水稻产区的十多万群众，由过去的平均60斤大米，增加到一百六七十斤。不仅家家户户大米成山，天天吃上了香喷喷的大米饭，尝到了改革开放的甜头，而且随着榆林大米的远销外地，使世世代代人们谈沙色变的心理逐步改变，用新的眼光来看待这块神奇的土地。在这一历史性的变化中，李镇江同志当之无愧地立了赫赫一功。

但是，作为党培养起来的、经过历史风雨冲刷的一位扎根于人民群众中和生产第一线的普通农业科技工作者的李镇江同志，却没有一点居功自傲、高枕无忧的意思。他还是那样朴实、平凡，他的态度仍然一如既往：咱是个普通人，一切都是党和人民培养的结果，现在已年过半百，更应该抓紧有生之年，实实在在为党为人民做点有益的事情。他以更饱满的热情和更高昂的斗志，为榆林地区的水稻事业，为榆林人民的美好未来，进行着新的思考，准备开辟新的途径，创造新的成绩。

郭锡伍——生命在稻田里闪光

我介绍的第二个人物,是原中共榆林地委副书记郭锡伍同志。

他并不懂农业技术,更不会种水稻,况且已经长眠在长城脚下的沙漠之中,他与榆林的水稻事业有什么关系呢?

是的,按理说没有关系,实际上却有着特殊的关系。这正是我非要介绍他不可的原因。只有人们知道了他,我才完成了一项任务,才不感到遗憾,也才对得起他为人民鞠躬尽瘁的崇高精神和长眠于九泉之下的英灵。

熟悉榆林情况的人都知道,无定河从鱼河到镇川的50多里的一段,是整个无定河流域中川道最宽阔最平坦的好地方。滚滚的无定河水,在茫茫的沙漠中经过漫长而艰难的奔波,由西向东到鱼河时突然冲出沙漠的束缚,而且与北来的榆溪河相汇合,形成了一股更大的冲击流折转头由北向南直泻而下。巨大的冲击流,经过千万年的冲刷,便在这50里地面中冲出一片开阔而狭长的小平原。人们坐车由南向北行进,一到镇川,突然看到面前这一片开阔的大天地时,无人不为之精神一振,顿生天高地阔、心明眼亮之感,不禁要失声惊叹:啊,榆林变成了平原!

但遗憾的是,老天爷像有意糟践榆林人,偏偏在这片最宽的土地上生起了盐碱。而且不是一般性的盐碱,是足以扼杀一切植物生命的严重的盐碱。从春到冬,世世代代,整个川道里是一望无边的白花花的让心伤心难忍的盐碱滩。寸草不长,潮湿泥泞,就像一个漂亮的姑娘头上生出的疥疮一般,无人不为之深感遗憾。至于上上下下几十个村子里的群众,则祖祖辈辈只能望滩而兴叹,看着这样平展展的土地长不出好庄稼,只好被迫到山上去耕种那可怜巴巴的山梁薄地,靠着收获的一点粗粮秕谷在饥饿线上挣扎。有一些群众,不甘心白丢这片土地,便因地制宜,试着利用盐碱搞起了熬盐的营生。于是,在这几十里川道里便稀稀拉拉地堆起一堆堆墓丘似的盐土堆,公路两旁出现了一孔孔又黑又碱十分难看的熬盐的房舍。乡政府所在地的上盐湾,也由此而得名。

勤劳的人民多么不甘心让这4000多亩土地就这样白白丢弃和丢人现眼,多少年来,人们为改造和利用这块土地,不知伤了多少脑筋,想了多少办法,付出了多少代价。过去的历史就不必去追究,单说1971年地区为了改造这片土地,曾组织了四五十人庞大的工作队,以上盐湾为中心,下自碎金驿,上至陈兴庄,发动和组织了在盐碱地的所有村庄,而且政府从物质上给了巨大的支援,全民动员,全力以赴,用了整整一个冬天和一个春天,摆开了治理改造盐碱地的战场。我有幸以其中的一员参加了那次战斗。我们雄心勃勃,白天黑夜与群众战斗在一起。而且以地区名义,动用了许多推土机,人力、机械一齐上阵。铲倒了盐堆,填平了沟渠,压住了盐碱,挖了排水沟,修起了园田,种上了庄稼,栽上了树。当时看,实在是一幅迷人的图画。整齐而标准的园田一望无边,一排排一框框新栽的树木纵横交错,井然有致,人们世世代代没办法的盐碱地终于被征服了。见到的人无不拍手叫好,期待着丰收和美好的未来。

但是,好景不长。几个月后,垫上去的好土又变成了白花花的盐碱滩,出土不久的庄稼苗苗,等不到结出果实便被"咬"死成一把荒草,栽上的各种树木,扎根一二年后也接二连三地枯死了。盐碱滩的面貌依然如故。每当我路过这里时,面对这凄凉的景象,心里很不是滋味。

不料,近几年来,这片盐碱地突然间种上了稻子,一年比一年多,到1986年已全部变成了稻田。春天路过这里,只见男男女女在秧田里紧张地插秧,水田片片,人影点点,秧苗葱绿,一派江南水乡景色。每到秋天,那丰收的稻田,金光闪耀,铺天盖地。群众更是笑逐颜开,欢天喜地。李镇江同志告诉我:这一带共4300多亩盐碱地,现在全种成了水稻。亩产一般都在千斤左右,一年可净增稻谷四五百万斤,人均收入稻谷上千斤。因此这一带的群众从此彻底结束了吃粗粮的历史。面对这一伟大的历史巨变,心里怎能不为之惊喜和振奋!

记得去年10月,我从米脂下乡归来,路过这里时,看到满川的男男女女正在头不抬眼不眨地喜收稻子时的情景,不禁停住车,跑进附近的稻田,向正在割稻的一家三口人了解情况。我问:"你们是哪个村的?"

老婆、老汉和儿子一齐停住手里的活,争着回答:"郭山的。"

"你们家几口人?"

"就我们三口。"

"种多少稻子?"

"两亩多。"

"亩产多少?"

老汉说:"就是个一千来斤,好了打个一千多,不好也打个八九百斤。"

"那你们一人就收 1000 斤稻子!"

三个人笑着说："差不多。"

"这样，光大米也够吃了。"

"噢，现在吃的还有问题？再不用吞糠咽菜饿肚子了，天天总是那死骨石大米白面。想吃大米饭，顿顿是大米饭，不想吃大米饭，就用大米换白面吃，40斤大米换 50 斤关中白面，这还换不着？"

三个人脸上都是被美好生活陶醉的情不自禁而发自内在的喜色。

我惊叹说："啊呀，实在没想到原来的盐碱滩能长出这么好的稻子。"

"唉，"老汉脸上顿时现出苦色，"还不是沾了我们村老郭的光了。不是人家老汉，现在也不顶事。"

"老郭，哪一个老郭？"我追问。

"就是当时地委副书记的郭锡伍嘛。"

接着老婆悲切地说："人家老汉可为这事出力了，不是他想办法，现在还是过去的老样子，还能吃上大米？唉，好人不寿长，刚吃上大米了，他却殁了。"

噢，过去只听说郭书记家是上盐湾乡的，但不知道是郭山的。过去也听说郭书记为在这里开辟稻田出了力，但具体情况并不了解，更没有想到群众对他有这样深的怀念之情。一位党的领导干部，能为群众干出这样实实在在的好事，得到群众这样高的评价，多么难得和不容易呀！于是，我便利用机会，有意识地对郭书记的事迹做了一些必要的了解。

郭锡伍同志，1925 年出生于榆林市上盐湾乡郭山村。1946 年参加革命，先后在榆林市、米脂县和榆林地区工作，曾任地委宣传部副部长，农工部副部长，榆林报社社长，地区卫生局局长，地委秘书长、副书记、顾问等职务。他一生清正廉洁，为人正派，不谋私利，只知道兢兢业业、一心一意为党为人民工作，是一位合格和标准的共产党人。

1983 年，组织安排他退居二线，当了地委顾问。他的身体又不好，加上几十年没明没夜地紧张工作，现在完全可以心安理得地好好休息了。但他则不然，退居二线后，反倒产生了一种新的想法。革命几十年，整天蹲在机关，开会，讲话，写材料，忙得团团转，天天都在为人民服务，但却没做下多少看得见、真正使群众得到具体实惠的事情。现在退二线了，相对比过去自由了很多，再不被那些没完没了的事务缠身了，思想也比较轻松了。既然他身体不好，但也没有大病，年龄、精力都还可以。于是，他便打算趁此机会，有选择地为群众再办几件实实在在的事情。最后把目标选在上盐湾一带无定河畔的盐碱滩。

一则，几千亩这么好的土地，世世代代不仅不能被利用，为群众造福，而且作为榆林的门户，那样的面貌也实在难看。二则，他的家乡就在那里，他工作几十年，乡亲们都说他当了大官，都希望他能为家乡办几件好事，但他却一件也没办成。现在应该弥补一下这一缺憾。如果利用有生之年，能把这片盐碱滩改造成良田，一则可以改变一下自然面貌，使群众得到实惠；二则也算还了对故乡人民的一笔债。思来想去，一种强烈的使命感使他下了决心，并且很快投入了工作。

如何改造？他听说种水稻可以改碱，他也很想把那所有的碱滩变成稻田。但行不行，办到办不到呢？为了可靠，他求教于书本，求教于农业技术人员，求教于群众，并亲自到榆林南北两区的稻区进行实地调查，果然得出了共同的结论：在盐碱地种水稻是一举几得的最理想最可靠的办法。

事是好事，但为什么自古以来没人去办和办不成呢？他凭自己几十年的工作经验，认识到绝对不是群众不愿干，而是因为我们没有去宣传和动员群众，没有去做艰苦扎实的工作，更没有做出实际例子让群众去看和得到利益。但他也知道，这一工作是何等的艰巨和费力。可是既然认定可行，哪怕再费力也得去做，他准备在有生之年去碰一碰这个"钉子"。

地、市领导全力支持，不仅批准了他的计划，而且抽调李镇江做他的技术指导，配合他一起开展工作。他到了上盐湾乡，乡党委书记高树明全力支持，高兴地向他表态：只要郭书记支持，咱就干。

计划一订，他亲自深入到群众中去做工作。这是他几十年养成的一贯作风，这次任务更为特殊，他既不愿麻烦别的同志，也只有自己做过才放心。上下十几个村子、几千户人家，有的在高山，有的在深沟。顽固的习惯势力，使人们根本不相信盐碱滩能长出稻子。他深知工作的难度，但他有信心去做。他一个村一个村，一道院一道院，深入到家庭、院落、地头，采取大会、小会、个别交谈，把工作做到每一家每一个人。1984年春节刚过，正月初七，他便迫不及待地离开家到了上盐湾。家里有80多岁的老人，他只回去坐了一会儿，看了看老人，便很快深入到其他村里做工作去了。就这样，他用真理和苦口婆心，终于说服了绝大多数群众，同意在盐碱地上试种水稻。

整地开始了，正是春寒料峭、风沙弥漫的季节。他有高血压和胃病，身体不好。但面对正在热气腾腾地行动起来的群众，他在乡政府坐卧不宁，更是没明没夜地跑到工地上去查看，解决问题。有一次深夜，他正在乡政府准备休息，忽然听说铁炉峁村修的十来亩稻田出了问题，他二话没说，连夜赶到村里与群众一起商量，顺利解决了问题。

水稻水稻，没水怎能种稻。地整好了，却发现原来的水不够用。经过研究，决定在铁炉峁村前新建一个抽水站，利用抽无定河的水来补充水源。这可不是件简单事，要钱，要材料，时间又紧迫。他亲自出马，跑到地区和市上的有关部门一家一家去商量、请求、解决，一天就跑八九个单位。经过几天马不停蹄地奔跑，总算把问题解决了。那天回到乡政府，他精疲力竭地长出了一口气说："啊呀，要办成一件事情真难。"

第一次插秧时间，他更是心急火燎地在家里闲不住。一次，他的老伴正在生病，大家都劝他在家多住几天，不要急着去农村。但他执意不肯，等把医生请来，向医生叮咛了一下，不等医生离开便出发上了路。在场的人，无不深受感动。

这样辛勤忘我地工作，但他在生活上从来没有任何要求和特殊待遇。几年里，他从没在乡政府和村里喝一口酒，抽一支烟，吃一顿特殊的饭。乡上要照顾他，他总是不答应，一再告诫大家，群众现在还很苦，我们是为群众服务的，绝不能特殊。第一年秋天，稻子获得了丰收，平均亩产660多斤。从来没吃过大米的群众，一下子有了这么多的大米，高兴得要发狂了。乡政府为了做个纪念，决定分别给郭书记和李镇江两人每人以国家牌价卖50斤大米。但他咋也不要，严肃地说：现在群众刚有了收成，我们拿上，有人就会说我们是为了自己，这样影响不好。我们即使需要，也可以到别的地方去买，在这里买不合适。要买也等以后群众的大米多了，人们没别的看法时再买。乡政府的同志在他的劝说下，只好作罢，答应以后再说。但谁知没等到以后，他便去世了。

盐碱滩变成了丰收的稻田，无定河畔飘起了稻香，郭书记的美好愿望实现了。但他的心无时不在这里牵挂着。1985年10月，郭书记预先与李镇江联系好再去上盐湾看一看当年的水稻收成。约定的时间过了好多天，李镇江还不见他的动静。那天，他只好跑到郭书记家去打听。一去，才得知他已生病，去地区中心医院住院了。后来，李镇江到医院去看望他时，他的病情已相当严重，说话都很艰难。但他见到李镇江时，仍挣扎着对他叮咛说："你一定把这事（指种水稻的事）抓紧，办好。我的身体怕不行了……"

果然，不多久，1985年12月28日，郭书记便离开了人世。在安葬他遗体的时候，汽车拉着他的遗体经过上盐湾时，知道的群众纷纷跑到公路边含着眼泪来为他送行，但他却再也看不到他可爱的故乡和他用心血浇灌出来的丰收的稻田了。不过，他的思想和精神，都像那几千亩稻田一样，永远荡漾在无定河两岸，永远树立在人民群众的心里。

在我采访郭书记的老伴霍廷芳时，她无限深情地说道，郭书记在上盐湾工作那段时间里，他曾将工作情况满满记了一本子。当时她曾劝他能写成个东西。但郭书记说，现在没空，等事情办成后，他一空闲下来好好写个东西。但可恶的病魔，使他未能如愿。霍廷芳还向我介绍说，就在郭书记生病的前几天，上盐湾乡的书记高树旺来到她家看望郭书记，见她们吃的黄米饭，便稀奇地问："郭书记，你怎么还吃黄米饭？你为上盐湾种出那么多稻子，群众家里天天都是大米饭，还没你吃的？我给你买一些。"但郭书记笑着说："不是没有大米，是我爱吃黄米饭。"坚决拒绝了高树旺的要求。就在郭书记说话时，他的小女儿小波知道父亲是说了假话，便在他腰间扭了一下。高树旺走后，郭书记对女儿说："你怎么扭我，扭得生疼。"女儿不高兴地说："爸爸，你怎么也哄起了人，明明咱家没有大米，你怎么说你不爱吃？"

几天后，郭书记便住进了医院，突然要霍廷芳给他熬点大米稀饭喝。霍廷芳只好如实说家里已没有大米了。只好向亲戚借了一碗大米，给郭书记熬的喝了两顿大米稀饭。霍廷芳告诉笔者，郭书记从没吃过上盐湾的一颗大米。直到他去世以后，上盐湾送来了一些大米，但他已再也吃不成了。

我想这绝不是上盐湾人民的无情，而是郭书记崇高品德的表现。的确，他为上盐湾人民办成了那样一件大好事，买的吃一点大米实在不算什么问题。但恰恰在这一小事上，看出了一个真正共产党员的本色。我以为这正是我们永远怀念和向郭书记学习的最本质最重要的东西。

鱼功耀——沙窝里成长的水稻专家

我介绍的第三个人物，颇有点奇特。他既不是科技干部，更不是领导干部，而是个地地道道的农民，但却又是个助理农艺师，还是一位堂堂的镇长。这奇特的身份，不仅说明他奇特的经历，也是我要介绍他的主要原因。

他叫鱼功耀，家住在无定河与榆溪河交汇处被沙漠深深包围着的鱼河镇，他为该镇的镇长。

怀着一种敬仰的心情，我专程拜访了他。

正是插秧时节。十年前还是茫茫黄沙的榆溪河畔，如今变成了一眼望不到头的稻田，水波闪光，秧苗葱绿，欢声笑语，生机盎然，一幅诱人的江南水乡图。这巨大的变迁和美好的田园景色，唤起我多少难忘的记忆和美好的遐想。

在鱼河镇政府，我找到了他。中等个头，一身早已落时的灰布干部服装，大脚、大手，皮肤出奇的粗糙，满身泥土气息，没有一点干部的架势，倒像个地道的农民。我不禁产生了怀疑：他是鱼功耀吗？

是的，他就是。他向我平淡地笑了一下，做出一种冷漠的欢迎，说："我叫鱼功耀。"

我有点失望。一则，他的客观存在与我的主观想象差距太大，我几乎不敢相信他能做出什么大的成绩。二则，我是专程慕名而来拜访他，他却如此冷淡，近乎有点不高兴的样子。

但我马上控制住了感情，向他说明了来意。

他更显出了难色。告诉我，他正准备下乡去，我再迟来上一两分钟，他就走了。我们正是我往进走、他往出走间碰面的。为了说明他的真实，他特别指着挂在肩上的一只破烂的黄帆布挂包和已经拿在手里的一把自行车锁的钥匙给我做他确实即将动身的证明。指着告诉我，我们鱼河镇的全部村子都已种上水稻，家家户户都吃上了自己种的大米。唯有一个只有30多户人家名叫王庄的村子，因为山里没有水，所以一直种不成水稻，群众还吃不上大米。这成了他一大遗憾和一桩心病。几年来为解决这个问题伤了不少脑筋。直到去年他到王庄下乡时，才发现村子后沟处有一座小坝，坝前的沟道里有十多亩地的一片烂湿沟滩地，长满了野草。他一见，突然像发现了奇迹，如果将这一片烂地修成水地，利用坝里积蓄的一点水，不是就能种十多亩水稻吗。每亩按1000斤计算，全村100多口人，平均每人不是就能分到百八十斤大米吗？这不是就把问题解决了吗？他向群众提出了这个建议，并很快组织群众动工修地。经过一个冬天的紧张工作，地修好了。今年春天，他几次跑去帮助群众育好了秧苗，现在群众正等他去指导插秧哩。时间就约定在今天。这是件大事，时间又这么紧迫，他怎敢马虎呢！他正怕有人来干扰,却偏偏遇上了我这个不速之客。他对我的冷漠和不高兴是合情合理的,也是非常崇高的。我刚刚生起的一团不快和疑虑,马上烟消云散,变成了高兴和对他的尊敬。

我也作难了——他有这么当紧的事,我怎好意思来挡驾呢!

他也作难了——我如此一片热忱来拜访他,他怎好意思拒我而去呢?

高尚的作难,使我俩一时无言答对,沉默了好久。

最后还是他开了口:"好吧,你既然来了,就简单说说,其实没什么好说的,咱就抓紧时间,啦完我再走,今天非去不可。"

祈老天爷,他总算答应了。

这时他才放下了挂包,将车子钥匙装进衣兜,又给我倒了一杯水,坐在椅子上,向我谈了起来。

据他说,他的祖籍在安徽。明朝嘉靖年间,他的第十八代祖先,不知道什么原因,从安徽来到了陕北。那时,鱼河一带还没被沙漠侵占,土地广阔,人烟稀少,又有无定河和榆林溪河在这里交汇,显然是外来人生息的一块好地方。于是,他的祖先便在这里落了脚。他们在安徽时种过水稻,到这里后,发现无定河边有一些下湿滩地,便开垦出来,种起了水稻。从此,这里便开始了种水稻的历史。不过,几百年来一直采用古老落后的技术和品种,更严重的是,毛乌素大沙漠随着狂暴的西北风逐步南侵,将这里变成了沙漠世界。这样,就使本来不景气的水稻种植,面积越来越小,产量越来越低,几乎到了灭绝的境地。

鱼功耀出生在一个书香之家。他父亲新中国成立前曾在北京弘文学堂读过书,后来一直在家乡以教书为业,不论人员和文品,在长城内外是一位颇有声誉和受人尊敬的知识分子。家庭的熏陶和父亲的言传身教,使鱼功耀从小便对父亲的文墨生涯十分羡慕,决心长大后也能像父亲那样,去上大学,学本事,成为一个知书达理的人,并能靠知识去干一番事业。因此从小上学,他都非常刻苦,从小学到中学,一直是班上的拔尖学生。正常情况下,他上大学是十拿九稳的。

但是,没等他中学毕业,灾难突然降临了。1957 年,他父亲因为说了几句真话,被错划成右派,判了 15 年徒刑,丢下妻室儿女,被遣送到遥远的南老山劳改去了。家庭的脊梁被折断了,他的理想大厦被彻底摧毁了。家里丢下年老体弱的母亲和三个只会吃饭不会劳动的弟妹。一家沉重的命运负担压在他肩上,他成了唯一的支柱。当时正是国家经济困难时期,没有人劳动,一家几口吃什么、拿什么供养他上学呢！况且，他身背"黑锅"，学习再好还能考上大学吗？无情的现实，逼迫年仅16岁的鱼功耀，含着悲愤的泪水，背起铺盖，告别了心爱的学校，踏上了另一条人生道路，回乡当农民了。

本来可爱的家乡一下子变成了牢狱。饥饿，繁重的劳动，使他满手串起血泡，背上的皮退了一层又一层，两腿肿得罐子一般粗，挖地时浑身发抖，眼冒金花，一旦坐下，半天站不起来。更可怕的是精神上的压力和折磨。原来被全村人羡慕的好娃娃，一下子变成了臭不可闻的"狗屎堆"。走到哪儿，不管有人没人，他都觉得像有无数双可怕的眼睛盯着他，甚至像有人随时在身后跟踪似的。他好像做了亏心事一样，害怕见人，不敢说话，一出门总躲着人走，头也不敢抬，听见有人说笑便心惊肉跳，整天像个小偷似的。十多年漫长的岁月，使他饱尝了人间的酸甜苦辣，领受了灾难给他的一切际遇。但灾难也成了他一位最难得的老师，使他懂得了人生的艰辛，学到了一些做人的真谛。灾难毁灭了他，灾难也造就了他。命运恶化了，他的品格却净化了。灾难使他失去了依靠和支柱，他便以超人的毅力，独当一面挑起了生活的重担，去迎战一切不幸和打击。他在生活中不敢有丝毫的闪失，完全用自己的勤劳和诚实，凭自己的一滴苦一滴汗，脚踏实地地一步一个脚印地向前跋涉，用自己的血汗去换取一家人命运的安全和人们对他的信任。十几年的苦苦磨难，终于塑造成了他勤劳、诚实、善良、坚强的性格。

果然，他用自己的心血与行动，取得了党和群众对他的理解、信任和同情，使他黯淡的人生道路出现了转机，迎来了一线希望之光。1970年，生产队为了推广农业技术，要物色一名农技员。比起田间紧张而沉重的劳动，这生活既轻松又随便，还有点高人一等的意思。队里多少人为争这一席位开始了激烈的竞争。鱼功耀满有信心去承担这一任务，但他清楚自己的底细和处境。当时，凡有类似的美差，一是要有好的成分，必须是贫下中农。二是要有"腿胯"，即要有队干部的关系。他则什么也没有，怎能轮得上呢？况且，即使叫他去干，他敢去干吗？他知道农技工作是搞科学，必须要与各种农药打交道，一旦疏忽，发生一点事故，他能担得起罪名、吃得消吗？所以他不敢去胡思乱想。不料，这一工作却偏偏落到了他头上。据说，队上为此曾反复进行研究，有人说这样重要的工作让反革命的儿子去搞，是阶级路线问题，坚决反对。但队上的主要干部，却从他们朴素的觉悟中，大胆而坚决地抵制了唯心主义的极左路线，冒着危险破例让鱼功耀当了队上的农技员。

多么可怜的一点信任。但在鱼功耀心里，这却是莫大的荣誉和胜利。好像在一片黑暗中出现的一点火光，给了他巨大的力量和鼓舞。他拼着命投入了紧张的工作，推广化肥，试种"两杂"，一心一意为群众多打粮食出力，而且办一件成一件，每项工作都搞得非常出色，收到了明显的增产效果，每家每户都从饭碗见到了实惠。鱼功耀的威信一天天提高了。

但鱼功耀并不满足，他在思考更重要的问题。多少次，他一个人站在村后的山坡上，望着眼前平展展的川地，和从村口流过的两条浩浩荡荡的渠水，心里便涌起一股难以压抑的感情：这么好的土地，这么充足的水源，啥时能让这里全长起丰收的稻子，让家家户户都吃上香喷喷的大米饭，那该多么好呀！

果然，1976年，鱼河农场从宁夏请来几位师傅，专门来传授水稻插秧技术。因为这里的水稻一直采用撒种方式，产量很低，听说只要改成插秧，便可以提高产量。鱼功耀一听，高兴地马上跑去学习去了。鱼河离农场十多里路，要过一条河，翻几道大沙梁，春天风又大。但鱼功耀天天不误，一天往返几趟，学得特别用心，比农场的同志都学得快，很快便掌握了从育秧到插秧的全部技术。

第二年，鱼功耀便决定在队里试种插秧水稻。但群众十分冷淡，不愿接受。祖祖辈辈延续下来的撒播方式，使他们形成了一种顽固的观念，宁肯少收，也不打算改变。过去的做法，既顺手又省事，现在又要育秧，又要插秧，多麻烦，多不习惯，除增不了产还怕减产。但鱼功耀相信。他没明没夜地宣传、做工作，最后队里只好决定先试验种十亩。

一切都是从头开始，一切也只有鱼功耀一个人操心。他经过几十天紧张操劳，秧苗终于育好了。到了插秧时间，不巧，就在那天，突然来了一场大北风，飞沙走石，气温急剧下降，秧田里像冰河一般。生产队里安排的一些群众，本来就不想插，正好等上老天爷来帮忙，一个个缩着身子圪蹴在地边上，不动手不说，还尽说风凉话。鱼功耀又气又急，但又不好埋怨大家，只好一声不吭地卷起裤腿先跳进水里插起来。人心都是肉长的，社员们被感动了，几十号人跟着他接二连三下了水，苦干了一天，总算把秧按期插完了。

从此，鱼功耀和全村人的心被拴在这片秧田里——人们以各种不同的心理，等待着。

看到了。秋里一收打，10亩插秧稻平均亩产480斤，群众撒种的亩产则只有

119 斤。强烈的反差，使鱼功耀心里乐开了花。第一仗的胜利，使他更坚定了信心。但顽固的习惯势力和小生产者的惰性，使好多人在如此明显的事实面前仍然麻木不仁。他们固守在自己落后的小天地里，宁肯受穷受饿，也不愿接受这一新生事物，仍然不肯改用插秧方法。但总有一些先进分子，第二年，第二队的队长突然像故意与人们作对似的，放大了胆决定一个队就插 100 亩。鱼功耀多么高兴，全力给予支持，从育秧到插秧到管护，他亲手进行指导。一年辛苦没有白费，秋天一收打，总产 10 万斤，亩产平均 1000 斤。一个队仅稻谷就堆了一座山。人们面对那从来没见过的稻谷堆惊得目瞪口呆，千百年形成的保守思想受到了有力的冲击，不得不认输，不得不转变了。

又一个第二年，鱼功耀再没用多费口舌，鱼河全村家家户户都抢着插开了。秋天收打结束，全村平均亩产 600 多斤。

从此，鱼河人祖祖辈辈用糠菜填塞的肚子里换上了香喷喷的大米饭，男女老少喜上眉梢，心满意足，对鱼功耀从内心里产生了敬意和感谢！

但鱼功耀并不满足。据他了解，就鱼河这样的条件，亩产应该更高，正常情况下亩产千把斤没有问题，况且现在有些亩产已超过了千斤。但现在一亩一般只产六七百斤。问题究竟在哪里？他不达目的是不肯罢休的。他翻阅了好多资料，求教了当地的好多技术人员，又到省内外跑了好多地方，参观学习，调换品种，增施肥料，加强管理，想尽了方法，花了很多心血，但产量却很难提高。难道真的到头了？他无时不在思索着、寻找着。一次，他偶尔在辽宁科技报上看了中国农科院林木研究所的工程师邹邦基同志写的一篇介绍微量施肥的文章，使他猛然得到了醒悟，会不会在施肥上有问题呢？他马上给邹邦基同志写了一封信，介绍了鱼河的情况，请求得到他的帮助。热心的邹邦基很快便写来了信，不仅寄来了试验方案，而且还寄来了硫酸锌等药物让他试验。

鱼功耀按照邹邦基同志介绍的方法很快进行了试验。果然灵验，一经试验，产量马上有了明显的增加。问题终于找到了，原来，尽管在同一个地区，大的自然环境和条件相同，但具体到每一块土地，特别是所含的肥料的成分则大不相同，有的缺氮余磷，有的则缺磷余钾，要保证每块地都能高产，就必须严格按照每块地所需各种肥料成分的多少去施不同量的肥料。但要做到这一步谈何容易。必须对每一块土地逐年进行肥力化验，每年都要改变施肥的成分和比例。全鱼河，全镇，有多少块土地，工作量有多大，是一件何等艰苦和细致的工作，没有相当的责任心和吃苦精神是绝对办不成的。但鱼功耀非干不可。因为他认为只要能增产，任何苦他都能吃得了。他专门购置了化验设备，学会了化验技术。每年秋天，他便要跑遍每一块土地，取回样土，逐块逐户进行化验。然后将化验的结果——所需要的各种肥料的比例和多少，逐一造册填表，再送给每块地的主人，要他们严格按照表上的数量进行施肥，使每一块土地的施肥都建立在科学要求的基础上。多年来，鱼功耀就这样坚持不懈，跑遍了鱼河的每一块稻田，仅化验样土就有2万多份。可以想象，他花了多少心血！

鱼功耀的心血没有白费。在推广种水稻以前，鱼河全镇的粮食总产量只有450多万斤，而且都是玉米、高粱等粗粮。种水稻后，每年光稻谷就收350多万斤，全镇粮食总产达到900万斤，比过去翻了一番。群众吃的由粗粮瓜菜全部变成了大米白面。多么巨大的变化和贡献呀！这种变化是与鱼功耀分不开的，甚至可以说主要是他创造的。正因为他做出了贡献，所以受到了党和群众的好评和赞扬，曾在省、地、县多次获奖，使他以一个农民的身份，被破例评上了助理农艺师，并被群众破例推选为不吃国库粮的镇长，被群众称作沙窝里长出的土专家。更重要的是，经过这场漫长而艰苦的斗争实践，使鱼功耀在人生的旅途上迈出了新的更坚实的步伐，他不仅获得了新生，而且更成熟起来。正像他所说的："我觉得做一个人，最重要的是忠实。对党对人民忠实，对工作对事业忠实，顺境中要忠实，逆境中更要忠实。只要忠实，就会有成绩，就会有信任，就会有胜利，就能立于不败之地。"

他完美地实践了自己的诺言。他是一个忠实的人，这不正是他成功的奥秘和我们学习的最重要的东西吗？

特殊性格的父母官

战罢长山解汗衣，
正是笑语依稀归。
半颗香烟对月尝，
一瓢凉水临风醉。
饭后几处聚场院，
盥毕诸君步村围。
明日约战各努力，
且听鼾息可心脾。

——摘自《亦群诗稿》

　　好大一本诗稿集，足有数百首之多，选编了诗人 1964—1984 年创作的部分成果。我翻阅着这本散发油墨清香的作品，不禁被那一首首古体诗词所吸引，便不得不费神品嚼了。古体诗词大都系古人所为，今人是很少涉及的，而我辈就更为稀有了。不难看出，王亦群同志深受中国传统文化的熏陶，对古体诗词是颇有研究的，尤其是唐代诗圣杜甫的诗作，无论是形式，还是思想与艺术，对他无不产生很大的影响。"诗稿"里有"七律""五律"，也有"七绝""五绝"，还有"满江红""念奴娇""西江月"和"水调歌头"等词牌，以及《杂咏》诸类……可谓五花八门、应不暇接。诗人胸怀坦荡，笔力雄劲，念悠悠之古事，虑茫茫之人世，在故土母亲的怀抱里，千愁百绪，柔肠悱恻，奋力脱去大地之旧颜。在涉历外面山川名胜时，五内沸热，放浪形骸，翩翩联想自在其中……

　　当然，"诗稿"中最出色的当推"五律"了。而我将该"七律"诗作为卷首，是自有用意的。这也可称"使命"在作用吧。我不是搞诗词研究和鉴赏的，而着笔的是《绿色沧桑》的报告文学。此诗正写于 1978 年 10 月 21 日亦群同志任靖边县王渠则公社（后改为乡）党委书记之时。

王亦群是从靖边团县委调往王渠则工作的。

铁打的衙门流水的官。王渠则的"衙门"固然不大，但也是王渠则村民们的父母官的办公和下榻之处，也代表着中华人民共和国的一级政府机关呢。父母官们走了又来，来了又走，这眼方方的门里，进进出出，出出进进，陌生而熟稔的容貌不断更替，熟稔而陌生的身影不停变换，走马灯似的叫人不及辨别。时光老人的脚步推移到1977年之际，王渠则又新来了一位父母官——王亦群。

新官上任，村民们对自己的父母官是很敏感的，眼巴巴地盯着你是怎么部署的，看着你要在"官"的交椅上做些什么。对此，王亦群心里了如指掌，自有主张。他不是坐在办公室里等候上级的安排，也不在办公桌前倾听下面的汇报，或贸然地去吩咐别人。他先走一步，去深入到他的村民中，走乡串户、爬坡下瓜，体察民情的冷暖，勘探地形的特点，调查研究，摸准情况，然后再开展工作。他格外注重亲身实地考察，多方请教岁月已深的老农民，从中获得某些难能可贵的启悟。走完王渠则的68座山、84条沟。他根据这块特定的地理环境、土质结构、民情习尚，经过反复琢磨，深思熟虑，规划前景便跃然而出了。这就是"治涧必先治山，抓粮必先抓林"的关键之处。同时，他制定了"狠抓林业、提高牧业、发展副业、促进农业"的建设方针。他是个学生出身的父母官，与好些"工农"干部有着明显的差异。这个差异似乎带有一种天然的基因，是"工农"干部所不易企及的，尤为略显平庸些的父母官们，在较短的时间内就更不容易赶上来了。从他的规划就不难知晓，很切合王渠则的实际状况。寥寥几行字样，当地的风貌就活脱脱展现出来。从文法方面而言，也简明扼要，相互对照，相互衬映，足见有笃厚的古文素养。既突出了重点，使人一目了然明白新任父母官的工作，又容易记在心里，时时在惦念着使命股的重任，他亲自起草了"五年治山、七年治涧"的具有"军令状"式的工作计划，提交党委会研究通过。

造林种草的大会战打响前，他带领党委一班人和各大村的党支部书记、生产队队长，来到山头，宣布"战役"即将来临了，用眼下一句时尚的话说，就是召开新闻发布会吧。在一片摩拳擦掌般的氛围里，他率先拿起镢头，挖地示范，掏了五尺见方、五尺深的坑子，把树苗放进去，再用土掩上，踩得扎扎实实。绿色的树苗在荒凉的山坡间显得十分葱郁，好像把久已沉睡的土地唤醒了，从深冬的梦渊里拉回在生机盎然的春天季候。这是一种传统的植树方法，王亦群似乎极为尊重着传统的规律，就像他深受祖国古典诗词的影响一样。当然，一种是树木之范畴，一种则是艺术之范畴。二者看起来风马牛不相及，其实乃异曲同工，在中华民族悠久的历史大背景下，许多事物的内蕴自有其微妙所在。

王亦群采取如此措施，堪称植树造林中的"现实主义"。我们不得不承认，这是一种很为明慧的脚踏实地的选择，那些"花枪花棒"招摇过市的东西岂能比拟。因为在流逝的年月里，王渠则的父老们也曾植过树、造过林、种过草，何止是少数呢。从感性和概念而言，乡亲们是知道林业的重要，知道树木会给他们带来不少好处，谋到不少利益的。也或多或少地聆听过农、林、牧三者的关系，还模糊看到点美好的远景。但日月如梭，多少年过去了，只是一个梦幻般的童话。树倒是栽上去了，却难以成林，死的死，残的残，满山遍野一片凋零。所以，人们渐渐失去了信心。有人编顺口溜道："一年活、二年黄、三年见阎王"。充满几多悲怆哀凉，勾勒出了王渠则植树造林中的苦衷，希望后的失望。不过，这不只对栽植时所说，看护林草也至关重要了。王亦群胸有成竹，走稳一步再走第二步，舍近求远的行为是要不得的。况且，林草还没有长起来，一切都是一句空话，会让他的父老们作为笑柄流传。这样搞表面上看进度是较为缓慢些儿，但栽一株抵一株，具有出人预料的成活率。实质上快，慢反倒慢得有了价值。慢得好，慢得妙！王亦群的慢，使不正常的快也变得慢了。

农村实行承包责任制，使王亦群如鱼得水，猛虎添翼。他广泛宣传党的政策，充分发动群众，调动农民的积极性。他给群众下放荒山、荒坡，承包到户，承包到人。在保证质量的前提下，大力发挥各自的作用，使乡亲们有了难得的"用武之地"。于是，桎梏了多年的人们，呈现出了空前未有的爆发力。让人感奋的热潮，又重新回来了。

大会战的序幕拉开后，王亦群及时组织了100多人的青年林业专业突击队。这是他着意组织的。一边检查栽树的质量，一边保护树的生长环境，死掉的树苗，他们拔起补栽。不利于树苗生长的杂物，他们立即清扫干净，给新的生命提供一个优越的自然条件，宛若收拾大战役后的阵地一样。大大减少了大会战后林木的损失和死亡，收到了很好的效果。

王亦群身为一级党政机关的最高"统帅"，无疑把全部身心都投入工作中了。他既是王渠则宏伟蓝图的设计员、指挥员，又是战斗员。作为设计员，他运筹帷幄。作为指挥员，他以身作则。作为战斗员，他身先士卒。在紧张的会战中，他把一切俱掷于脑后了，心里只有工作，只有他最高"统帅"的使命。一次大会战正处于紧张状态，他的二女儿患了疾病，他爱人在村里任民教，抽不出身。而老家榆树碱村距医院20多里地，行动很不方便。他接到电话后，反复思量，心里着实犯难了：是回去还是不回去？回去路途遥远，计240多里。而大会战正在白热化之际，耽误不得。不回去女儿年幼，生活不能自理，爱人又走不脱。委实把他抛掷在十字路口上了。他怎么选择呢？二者必须选择其一，不可能有两全其美之办法。他考虑再三，给青杨岔乡供销社的朋友打了个电话，让他替自己代劳。他一直坚持到大会战胜利告终。事后，他爱人和孩子们都埋怨他，说他只顾工作不管家，连孩子的病都不予治疗。他也深感愧疚，觉得这是做父亲的失职。于是，他只好向家里人赔情道歉，请求谅解。当然，家里人是不会计较的，他们总是给他工作以极大的支持。他感谢了供销社的那位朋友。朋友自然理解王亦群的一片感情。

这位特殊的父母官，工作总是有张有弛，紊而不乱。紧张时，他近乎可以忘却自身。松弛时，生活之乐趣便油然而生了。大会战间隙，他安排好工作后，在灯下开始了艺术生涯。他喜好古体诗词，酷爱杜甫那深沉浑厚的诗风。同时，他还擅长书法，苦心潜研，尤为尊崇王羲之父子的书法风格。他在占有传统文化的基础上，另辟蹊径，自创新意，力求在浩瀚的艺术海洋里，寻觅到自身的艺术风格。他时常把杜甫等几位大家们的诗集带在身上，把笔墨带在身上，一有闲暇，或读书写诗，或练习书法，成了他独特的业余追求。书法和诗词好像一对羽毛丰满的翅膀，使他在辽阔的艺术天空展翅飞翔。在陕北地区广为流传，颇具影响。

陕北高原的9月，秋高气爽，晴空如洗。田里的庄稼大都收割入仓，大地如一位分娩后的产妇，坦然恬静地躺下了。这时，正是大会战的绝好季候。

深秋的夜景十分迷人，天空月亮高悬，繁星点点。虽不及月暗星繁时的星星那么稠密、耀眼，但也足够人观赏的。诗人会战告一段落，是为了养精蓄锐。他解开被汗水湿透了的衣衫，踏着初夜的朦胧月色，欢声笑语洒了一路。归途充满了一种独有的田野风情。回到住地，他取出因繁忙而抽余的半截香烟，对着悬挂在天空的一轮明清的满月复抽起来，红红的火星在月光下忽明忽暗，烟团绕绕，好不惬意！接着一瓢凉水下肚，在徐徐吹来的秋风里飘飘欲仙，陶醉于超然的境界。晚饭后会战的人们三五成群地聚集在错落有致的农家院场，分享劳动后的欢愉，说天说地，畅所欲言。诗人简单地洗漱完毕，和诸位朋友在村路上散步，边走边商量会战的事宜，约定第二天集中精力，以励再战。这时，夜已经深了，人们都沉入了睡乡，方可听到又香又甜的鼾声悄悄传来，别有一番滋味。

王亦群既是一位党委书记，又是一位诗人。他在工作之余，会战之暇，摄取了一幅独特的劳动生活画面，便以写实的技法，录下了这一幕动人的散发着田野韵味的情景。人与大自然交融相衬，按时间顺序缓缓而来，浑然一体，使人身临其境，看到了王渠则大会战的辛苦与欢悦。

我想，这便是卷首那《七律》诗作的真实所在了。不知诗人和读者以为如何呢？

"造林不护林，等于没造林。"这是王亦群亲自对我说的。他把护林工作像造林一样紧抓不放。大会战取得成绩实属来之不易，非下决心巩固不可。就像抛头颅洒热血打下来的江山，必须百倍警惕地守住一样。他为此专门发了文件，在公社配两名林业专干，村庄专设护林员。同时，他教育群众树立爱林护林的思想，要求像爱惜自己的孩子一样。他对群众说："毁林毁草，就是毁你家里的财产，就是毁你各自的生命。"他制定了护林公约，编了护林顺口溜，设法保护好树木，让它早日成材。

在王亦群的重视下，护林员们责任心很强，对护林工作极端负责。一次，榆林地委书记、靖边县委书记和陕西日报社的记者前往王渠则。他们路过林地，完全出于对林业工作的关心，将车子停下，上林地观望。不料被护林员发现后，出言不逊，声称"王书记也不能随便进林地"。他们说明情况后，护林员坚守职责，罚款1元7角。几位同志付了款，表扬护林员认真负责，工作做得好。还有一次，内蒙古的一位客人吆牲口不慎，一匹马跑入林地，他赶紧拉出来，马并没有啃树，只在林地留下八个蹄印，碰下四片树叶。护林员罚款40元。客人不服气，吵了半响。但如果不认罚，护林员就将马拉走。没办法，只得认了。客人临行时说："吵是吵，但护林精神很令人钦佩，值得我们学习。我们村如果也能这么过得硬，林早就造起来了。"

王亦群同志在工作中，是很懂得用人之道的。他用人讲究方法，扬其之长，避其之短。有一个叫刘安海的光棍老汉，整天生活无着落，东游西荡，胡言乱语，曾拿着刀子要杀人，被公安局拘留过。于是，有人说他智力低下，头脑不太精明。有人说他是个凶神、危险分子，还得坐班房。王亦群决定把刘安海弄成护林员。当时，许多人都反对，说长道短的什么话都有。总之他是个有争议的人。

王亦群多次找老汉谈话，给他补助粮食，解决了不少困难。他给刘安海分了四架山、一条沟、一个流域，共14里路的林让他护理。老汉整天守在林地，责任心很强，使这块林地安然无恙。王亦群把消极因素变成了积极因素。后来，人们都服气了。王亦群开玩笑地对人们说："刘安海连'海'都能'安'住，还'安'不住这点树林。否则他就不能叫刘安海了。"

　　王渠则的林业已具规模，步入了正常的生长轨道。王亦群这位父母官便开始解决群众的温饱问题了。他两次深入农村，百访不厌地了解民情，研究分析王渠则的自然条件。他在遵循自然规律的变化和经济规律的发展前提下，下决心调整了农作物的布局。他提出："糜谷当家，大力发展油料，废除三杂"的口号。他主张涧地种麻子、套豌豆。这样既有上田，又有下田。果然，收到了良好的效益，大大提高了粮食总产量，从而使群众增加了收入，减轻了负担。同时，给国家提供了大量食油，群众的腰包也鼓了起来，一年的灯油柴炭等生活费用的支出不需发愁了。也使大部分群众储备了不少粮食，甩掉了往年吃返销粮的穷帽子。群众说："王书记不但年轻有魄力、有远见，还有一个会算账的经济头脑呢。"王亦群深知群众的心理，知道他们想的是什么。自己作为王渠则的一把手、当家人、人民的父母官，不改变他们的贫穷生活再做什么？他们是不怕吃苦流汗的，就怕吃不饱穿不暖，挨冻受饿。对于他们这一点可怜的生存要求，满足不了还算什么父母官呢？那不如回家给老婆抱孩子去。所以，他给自己制定了工作的座右铭："人民的希望就是我工作的方向，人民的利益就是我维护的根本路线！"他是这样做的。他教导公社和农村队干也要这样做。难怪他的工作能得到群众的肯定，给以很高的评价呢。我想这大概就是王亦群工作的实质性的"秘诀"了。

　　群众的疾苦，即是王亦群的疾苦。钵钵湾村和长渠沟村，多年来人畜饮水问题一直得不到解决。为此群众不知受了多少苦，愁了多少日子，盼水盼得眼睛都望穿了！王亦群看在眼里，急在心里，痛苦极了！水乃五行之一，没有水的生活是不堪设想的。这两个村缺水到如此地步，哪还有什么幸福可言？他觉得这是急于解决的问题。他多次去实地勘察，发动群众，寻找水源。在自力更生的基础上，充分利用上级的部分投资，给钵钵湾村打了6眼水窖，给长渠沟村打了12眼水窖，使两村彻底告别了缺水的艰难年月，清澈的水面象征着人们美好生活的到来，男女老幼喜得连嘴巴都合不拢。他们盼穿双眼的眸子，露出了无限喜悦的神采，连他们的亲戚们都高兴不已，特别在长渠沟村打水窖时，他亲自设计，亲自绘图，还和群众一起干，晚上和群众一起吃饭、一起睡觉，被群众称为贴心人。他们说："王书记和我们同甘苦共患难，简直不可思议。"王亦群是可以想象的。不然，他是不会这样做的。

学生出身的王亦群，却是在农村长大的。他 1947 年农历六月四日生于靖边县青杨岔乡榆树碱村。1968 年榆林师范毕业，他先后在中学任教，靖边团县委任书记。1980 年选为靖边县第九届党代会代表、县委候补委员。1984 年任县委常委、农工部部长、副书记等职。现为榆林地区文联主席。

基于他如此经历，所以在工作中才能体察民情，对广大人民群众有一种深厚的感情。他在王渠则工作时，春节前夕常去看望"五保户"，给他们拜年，让他们过一个愉快的春节。大黄口子村窑圪自然村有一对孤寡老人，生活快不能自理了，村里还给他定劳动日。王亦群得知后，专门去看望。他当着村干部的面，叫村里每年给老两口补 300 个工，做点轻微的劳动就可以了。老两口感动得不能自已，拉着他的手哭了。1983 年春节，他与公社部分干部上门走访"五保户"，给他们每人救济了 30 斤面粉，让他们欢度春节！表示了党和政府对"五保户"们的关怀，使他们感到党和政府的温暖。

他不仅能关心人民群众的疾苦，也能正确对待身处逆境的人。当年，他一到王渠则上任，就干了一件引人注目的事情，即为一些背了多少年"黑锅"的人平反昭雪。他通过调查研究，觉得其中有不少人纯属扩大化和牵强进去的。有的证据不够确凿，有的查无实据，只是事出有因而已，也有的系不实之词，甚至带有个人恩恩怨怨在里面。为此他思考许久，认为我们党是光明磊落，知错必纠的。多年来，由于"左"倾路线的影响，使好多无辜者深受其害。他们抬不起头，见不得人，吃了不少苦头，实在委屈他们了。现在是党的十一届三中全会以后，是社会主义建设的新时期，该给他们落实政策了。于是他一下从公安局带回数十本案卷，一本本地审查、推敲，推翻了过去那种错误的做法。他亲自主持召开了平反大会，陈述了事实的本来面目，有根有据，终于使他们得到了公正的待遇。他每宣布一个，当事者就激动不已，连连道谢，好像放下一副沉重的十字架一样。有个解放战争参加工作的老干部，曾做过县供销社主任。1968 年他被定为富农分子，十余年背着这个包袱解脱不了。平反后，他特意来感激王亦群同志。然后又打发他的二儿子来公社，趁王亦群不在屋里，偷偷将一沓人民币压在王亦群的枕头之下。晚上，王亦群读书练字完毕，刚躺下便感到枕头和往常不一样，比以前高了些。他掀起枕头，厚厚的一沓人民币扑入眼帘。他分析了一阵子，把文书唤了起来，问明根由，果然不出他之所料。这位老干部乃文书的姑夫，他连夜让文书把其姑夫找来，婉言相劝，叫他快把钱拿回去。对方苦苦哀求，说这是自己的一点心意。王亦群见他不听劝解，发了脾气。他说："你快拿走。再不听说我就在全公社大会上公布哩。我要你在工作上支持我，给你平反这是党的政策。你要感谢就感谢组织，绝不能感谢我个人。你不要把我和组织混淆起来。"对方只得把钱拿了回去。王亦群望着对方消失在夜色中的身影，感慨万分。他提起毛笔，铺开纸张，奋笔写道：

邑僻民不富，
居享何心安。
尽我公仆职，
不使亏人钱。

……又是一首五绝诗、显示了王亦群勤政廉洁的为官作风。

人总是有张有弛，有纵有制的，王亦群同志也是这样。王渠则人大多以个性豪爽、剽悍厚重为世人所知，常常喜欢聚在一起，打平伙，海吃海喝。但王亦群从来不到群众的酒场上去凑红火热闹。他也反对公社的干部混于群众之中吆五喝六。因为这样不仅败坏党风，染上了旧衙门习气，而且沾了群众的便宜。群众还不富裕，但他们又朴实厚道，很少让干部们去掏钱。这绝非是王亦群不近情理，他是有安排有节制的。每逢年终开总结会的时候，全公社的下乡干部都回来了，凑在一起，总结完当年的工作，布置毕来年的任务。然后把公社喂的猪杀倒，欢聚一堂，互相间既联络了情感，紧密了关系，又鼓足了信心以励再战。这时，平素从不大吃大喝的王亦群，也和与会者一道，沉浸在一派欢悦昂奋的情景中了。

王渠则公社日常生活的规矩，是与王亦群同志的诗人气质分不开的。生活规矩形成的过程，也是诗人特有气质的形成过程。这一特点表现在许多方面，他常常摄取现实生活某一情景，便有感而发了。

1979年秋天，王渠则惨遭大自然的侵袭，雨雹交加，山洪暴发，凶恶的天灾把大片大片即将成熟的庄稼摧残于收获前夕。庄户人目睹眼前惨烈的景象，灰心丧气，不可终日。作为王渠则公社的父母官亦群同志，更是心急如焚。他全力以赴，出主意，想办法，不惜余力，从其他地方买来粮食、蔬菜救济灾民。在此行中，他意味深长地写了五首五言诗，现录其中一首，供读者品鉴：

> 买得西口菜，为救东山民。
> 耗资借大户，运费免十村。
> 固守一方职，且尽小我心。
> 只求百姓乐，荣辱不足论。

……可是在这个骨节眼上，有的大队领导干部却置灾荒而不顾，遇民苦而不急。他匆匆忙忙地去邻近村庄找干部商议救灾车辆事宜。不料人走屋空，野草满院，室内的灰尘像一块厚绒绒的轻纱覆盖在屋里。他看后义愤满怀，难以压抑。回去随即又做了三首五言诗，其中一首写道：

> 早知书记懒，初闻主任闲。
> 草满公府院，灰高讼庭檐。
> 民怨两耳过，政务一风传。
> 空领桑梓地，活也死千年。

……一颗赤子之心。一颗愤慨之心！是褒是贬色彩分明，尽在其中。两首诗作充分体现了王亦群同志作为王渠则这方土地的父母官的胸怀底蕴，使我们既看到了一位公社领导人的形象，又使我们感到了一位诗人的才华所在。二者十分和谐地构成了一个整体，得到了恰当的宣泄。

我想再不必一一列举了。

王亦群本身也是知识分子，自然对知识分子是很关心的。省市大医院的大夫下放到靖边，因种种复杂原因不好安排。他全要在了王渠则地段医院，为当地人民解除病痛。他尽力解决知识分子们的实际困难，使他们安心在山区工作。于是，该公社的医院在靖边县享有很高的声望。经王亦群亲自介绍，有八名知识分子加入了中国共产党。同时，他还很注重群众的文化生活，修建了"民乐广场"，解决了山区群众看戏难的问题。开幕时，他请来了山西省离石和柳林的晋剧团，唱了几天，把王渠则的文化生活推向了高潮。

大概出于诗人之素质吧，王亦群很注意观察现实生活的人情冷暖。一次，长渠沟破山村的一个老人去世了。他发现在办理丧事时，老人的儿女不很悲痛，而老人的儿媳妇们却捶胸顿足，哭得很可怜。他知道其中必有缘故，便上去看了看，死者的灵位前放了些煮熟的洋芋蛋。他叫来老人的儿子，批评了一顿。设法给老人买了身新衣服，借了口棺材，才把丧事办得让世人都能看得过去。

诗人的素质还表现在具体指导工作上。他是这样要求王渠则群众的：

"男人：铡草垫圈喂牲口，赶集上会做买卖。女人：推磨滚碾做针挽线。冬天多做三五双鞋，来年可多拿三五十个工。"

为了大力宣传植树种草，王亦群不仅写了许多诗词，而且专门费心编出了群众易记的三字经。因为版面所限，请读者恕我不予摘录了。现抄一段靖边县林业志为证：

"王亦群，青阳岔镇人，1978年到1983年任靖边县王渠则乡党委书记（1984年任县委副书记）。曾在北京林学院进修四个月，重视林业生产，该乡在近年来植树造林中成绩显著，1981年被榆林地委、行署授予'林业工作模范'称号，他结合该乡实际编写出《种树三字经》。"

他编写出的《种树三字经》至今还在群众中流传着。他每年都给群众书写300余副对联。群众是记着他的。

他带领群众经过几年连续奋战，治理了王渠则68座山、84条洪水沟、10条大风口和危害最大的一条长渠沟。形成了三道防风线，使王渠则减少了风沙期，推迟了霜降期，对自然环境的保护，农作物的成熟起了相当大的作用……

我合上采访笔记，已是晚饭时分了。他爱人给他端来一盘炒豆腐，他让我与他一块共餐。我自有安排，婉言谢绝了。我说："榆林的豆腐真好，你每天都吃吧？"他点头称是，说他不吃大肉。真奇怪，倒是有些特殊个性的。我笑着说："你是每天吃豆腐，每天读杜甫了。"他不禁也笑了起来道："就是，我每天离不开豆腐和杜甫。恐怕要伴随我一生了。"

真是够特殊的。

艰难的采访

上　篇

我要去采访"国家级有突出贡献"的科学工作者漆建忠。榆林地区获得这个荣誉的科研人员只有两个：一个是地区种子公司经理彭克敬，一个就是本文的主人公漆建忠。

这是1989年5月一个骄阳似火的日子。

漆建忠是榆林地区治沙研究所副研究员。由于他在造林治沙中的突出贡献，早已"饮誉"榆林治沙界，甚至在全国治沙研究领域，他也享有盛誉。要不，国家劳动人事部代表国务院首批公布的"国家级有突出贡献"的科技专家名单中，他怎么会榜上有名?!

隔行如隔山。漆建忠虽然早已"声名远扬"，但对我来说，这个名字是陌生的。有关他事迹的报道，也鲜见于报端。如果我记忆的误差不是太大的话，我只依稀记得，他的名字只在报刊上出现过两次。一次是一块巴掌大的小文章《沙漠克星》，一次是一块"豆腐干"，刊发在《榆林报》的位置虽然醒目，在一版"报眼"上。但内容只有寥寥数语，简略地报道了漆建忠被评为国家级有突出贡献的科技工作者的经过。

当我骑着自行车赶往榆林西沙的地区治沙所时，竭力在脑海深处的"记忆库"中回忆着有关介绍漆建忠事迹的文章。按理说，漆建忠早就应该成为记者作家笔下的"热点"和"明星"，有关他事迹的报道，绝不应该只是这样两块干瘪的"豆腐干"，而应该是占了报纸一两个版面的大块通讯和报告文学。无论是以治沙事业在榆林地区举足轻重的重要地位还是以漆建忠在榆林治沙界的影响，这样的长篇报道都一点也不算过分。然而，我在"记忆库"中找到的答案是令人沮丧和失望的：没有这样的报道。

我已经在心中认定，这是我的同行们的疏忽和失职。我不由得加快了"车"速，那飞快旋转的自行车轮，似乎理解我焦虑的心情，要载着我挽回悠悠逝去的时间，去弥补我的同行们的失职……

漆建忠不在。赵玉彬所长从办公桌前扭过头来，笑容满面地对我说："你要采访漆建忠呐，那可难！他是我们治沙所的第一大忙人，记者们就没有能够'逮'住他的。况且现在快到飞播季节了，有很多前期准备工作都得他亲自去做。"赵所长一边说一边站起来给我沏茶。

"那他什么时候回来？我什么时候能见着他？"我有点不甘心，连声追问赵所长。

"那可说不准。他一年四季钻在沙窝子里，我们有时都很难见着他的面。"

赵所长还是那样不慌不忙，笑容满面。说不准这也是个人物！我一边打量着赵所长，一边掏出采访本："老漆不在，那就谈谈你吧。"我对赵所长说。

"我没什么好谈的。"赵所长一听连连摆手。"我虽然从关中到陕北30多年了。但在治沙战线还是个'新兵'。我是1979年才到治沙所的。不过十年时间，在这之前是搞苹果的。"

"搞苹果也可以谈呵，我们这次写的是造林治沙。搞苹果可以算在造林里。"

"不谈不谈，你要写我，那我们治沙所要写的人可就多了。除漆建忠之外，高级职称的还有孙中堂、孙祯元、屈秋耘、杨忠信。中级职称的有麻保林、孙自强、万子俊、苏世平，以及离休的老工程师赵长庚、邰学义，老工人万摆言等。他们都在不同的岗位上为榆林地区的治沙事业做出了贡献，要写你就写他们吧。"

看来这位所长是真的不愿意谈自己。我这样想着："那就谈谈治沙所吧。"我望着赵所长说。

"榆林地区治沙研究所曾经四起三落。这个所的前身可以追溯到1958年中国科学院沙漠考察队办的牛家梁试验站。1960年在这个试验站的基础上正式成立陕西省治沙研究所。1962年困难时期撤销。1964年第二次成立。到1966年春天，社教运动结束后，和农科所合并，归口陕西农林科学院管理，叫榆林沙区农业科学研究所。'文革'中治沙所与农科所分开，1970年革委会成立后，省上下放给地区，叫陕西榆林治沙研究所。1972年又和地区林业局合并，直到1976年从林业局分出来。成了现在的榆林地区治沙研究所。"

赵所长呷了一口茶，又接着说下去。

"现在的西沙柏油马路四通八达，楼群鳞次栉比。十几年开发，这里已经建成一个占地4000多亩的新市区。榆林飞机场、第二毛纺厂以及地区仅有的两所高等学校师专和农专等几十个单位在这里出现，两万多居民在这里居住。可1976年治沙所成立时，西沙是个什么模样呵！新月形沙丘链一个连一个，最高的沙丘有二三十米，最低的也有七八米。治沙所的工作人员背着铺盖，搭起帐篷，建所修路，城里机关干部也来参加义务劳动。从这点上讲，我们治沙所的干部职工是名副其实的开发西沙的开路先锋，治沙所是名副其实的开发西沙的前沿堡垒。你走进我们这幢办公楼一定会感到陈旧、老式吧。可这是西沙无数楼群中矗立起的第一座楼，以后才陆续有了师专和榆林县'五七'干校，也就是现在的三中……"

赵所长侃侃而谈，我竟听得入迷了。作为榆林师专从绥德十里铺迁往榆林后的第一届毕业生，我曾在1980年毕业前夕那些个日日夜夜，我曾在一次次的建校劳动之后，拥着一颗年轻而躁动的心。在这荒凉的旷野、在风吼沙飞中酣然入梦——应该说，我是榆林西沙那段荒凉历史的最好见证人之一。

可是，我这次西沙之行是为了漆建忠。于是我又问赵所长："不知我什么时候能见着老漆，飞播什么时候结束？"

"飞播得一个多月。这样吧。"赵所长站起来，"你不是还要采访其他同志吗？你留心随时和我们联系，我们也随时给你通报信息。"

采访了孙忠堂。采访了杨忠信。采访了孙祯元、屈秋耘，以及赵长庚、邰学义、麻保林、万子俊、万摆言……此后接连两个周，我每天按时骑自行车去治沙所"上下班"。所有的采访对象全部采访了，唯独没有见着漆建忠，虽然我时刻在留心着他！

接下来又是十多天，我开始用电话和治沙所联系。也不知在多少次联系之后，终于从赵所长口里获得了一个重要"信息"：漆建忠明天上午8时将在地区林业局参加一个有关飞播造林的会议。

社会心理学中不是有一个著名的"效应"——皮克马利翁效应吗！只要耐心地期待，就会获得期待的结果。也许是我的"期待"太久，我竟为即将和漆建忠的第一次晤面激动了好一阵子。

第二天是礼拜天，我没敢睡懒觉，匆匆赶到了地区林业局。

这就是"久负盛名"的漆建忠吗？衣着朴素，个头不高，头发剪得很短，岁月的刻刀在他的面部雕下了一条条的皱纹。由于长年在沙漠中跋涉的缘故，这张面孔黝黑而粗糙，像一幅凝重而内涵深刻的油画。

漆建忠和我面对面站在二楼的走廊里，听说我的来意后，那张原本笑吟吟的脸一下子敛去了笑意。

"我很忙呵，实在没有时间，你不要写我了，去采访别的同志吧。"

我"重申"了一遍刚才说过的话：这本书的重要意义啦，地区领导同志对这本书的重视啦，我这一个多月来"寻他千百度"的艰难啦，特别是，我着重强调了这样一点："老漆呵，好多领导和同志们都说，这本书无论如何不能少了漆建忠。"我顿了一下，又"开导"他说："再说，这本书又不是只写你一个人，更不是给你个人树碑立传。榆林治沙40年，涌现出的先进模范人物不计其数，我们只不过是从中撷取一些代表人物。看起来是写一个个单个的人，实则是写'史'呢，希望你能配合我们的工作……"

"这些我知道。"漆建忠打断"苦口婆心""劝导"他的我，"你们写榆林治沙40年，值得大书特书的人和事有多少啊！我不过是做了一点自己应该做的工作，党和人民给我的殊荣已经够多的了，何必再'锦上添花'呢？几十年来，人民群众中埋头苦干的无名英雄有很多，你去写他们吧。我确实没什么好写的。况且我最近很忙，你看，礼拜天都在开会。"漆建忠回头指指会议室。

"你忙这我看见了。不过，我只跟你谈一次，咱们可以利用晚上的时间。你看明天晚上怎么样？"

"没有时间。"

"后天呢？"

"也没有时间。"

"那这一段飞播忙过去后，你总该跟我谈一次吧。飞播再有一个月能不能完？"

"差不多吧。"

"那一个月后我找你怎么样？"

"你不要白费劲，我确实没有时间。"漆建忠很诚恳地拍拍我的肩膀："对不起啦小刘，我还要去开会呢！"他说着径自进去了，将孤零零的我丢在空寂的走廊里。

我的采访"持久战"和"蘑菇战"失败了。我感到沮丧而失望。

写了多年文章，搞了多年采访，见过的"人物"不少，我还从未遇到过漆建忠这样难攻的"堡垒"和"难剃的头"。

采访任务没有完成，文章还得"硬"作。《绿色沧桑》原定要1989年国庆前出书，向新中国成立40周年献礼。漆建忠是拟订的"重点"采访对象，书中不能没有他。于是我只好去求助于各种资料。去资料中"间接"寻访我的主人公漆建忠的足迹。

我首先打开了一册黄色封皮的《榆林流动沙地飞播试验与示范区建设成果汇编》。里面收录了"影响流动沙地飞播成效的因子""29年的榆林沙区飞播造林种草"等五篇论文，竟然有四篇出自漆建忠一人之手。那还叫什么《榆林流动沙地飞播试验与示范区成果汇编》，干脆叫"漆建忠成果汇编"得了呗！

我又打开了赵玉彬所长给我的一份截至1988年4月的《我所历年发表科技著作与论文统计表》。表中共统计了榆林治沙所十名科研人员在《中国沙漠》《森林与人类》《北京大学学报》《陕西林业科技》等全国各地数十种专业刊物上发表的论文28篇。其中屈秋耘位居第一，发表10篇；漆建忠名列第二，发表8篇。

我又打开一份《榆林地区治沙研究所1978年以来科研成果简表》。在表中所列的16个项目中，漆建忠主持和作为主要参加人参与的有6项，且都是其中的"重头戏"和"重点项目"。

我又打开一份《榆林地区治沙所历年鉴定、获奖科研项目一览表》，其中的16项科研项目有九项获得国家和省、地的各种奖励。漆建忠作为主持人和主要参加人的获奖项目就有六项。其中有两项获国家和林业部先进集体奖和三等奖。两项获省级科学技术研究成果一等奖，两项获二等奖。

还有多少类似这样的各种表格呢？还有多少个"漆建忠"这样的黑体字从那一张张表格里赫然跃入我的眼帘呢？夏天过去，秋天过去，冬天过去。时光老人迈着渺小的脚步蠕蠕而来，又蠕蠕而去。岁月之神由20世纪80年代的最后一个冬日迈步跨入20世纪90年代的第一个春天——整整一年时间，我和漆建忠之间再没有发生任何故事。

然而，当我在20世纪90年代这个宜人的春日，蹬着我那辆浑身吱吱作响的自行车再赴治沙所，征求所里对写好的几篇稿子的意见时，赵玉彬所长递给我的，仍然是一份没有报告文学所需要的故事情节的一目了然的表格——《榆林地区治沙研究所1990年科研与推广课题计划表》。

这份表格共列出15项科研课题,有28名科研人员参加。由"漆建忠负责"的课题就有6项,并且其中"岩黄芪属灌木种划分及抗逆性造林试验"这个课题,是国家"七五"期间的攻关课题。

"漆建忠写得怎么样了?"赵所长看完稿子后问我。

"文章写好了,可人还没有采访上。"我无可奈何地笑了笑。

"那你可真是'神'来之笔呵。"赵所长笑眯眯地说。

"不'神'来又能怎么样!"我苦笑了一下说:"赵所长,你们能不能以组织出面给老漆做点工作,将接受采访作为一项'硬性任务'下达给漆建忠,让我好歹采访上他一次。"我给赵所长出着"主意"。

"组织出面也不起作用,这人就这么个脾性,反正你稿子已经写好了嘛,凑合着'交差'算了。"赵所长也给我出着"主意"。

我的稿子目前这个"面目",能"交"得了"差"吗?我心里直打鼓。回到家里,急忙将写好的稿子从头至尾认真看了一遍。这算什么报告文学呵,作者胸中无"数",连漆建忠生于何方,做了何事这些做文章起码的"要素"也没有写出来。人家未雨绸缪,我是临渴掘井,偏偏又遇上了一眼不冒水的"趵突泉",纵然我有呼风唤雨的"神"来之笔,笔笔生花,句句妙语,又能把这个蔫不拉几的漆建忠写成个啥模样!

罢、罢、罢,仰天长叹,收笔打烊。我将写下的这一摞稿纸塞进抽屉,掷笔于地,去向负责我们这本书的"头儿""复命"。面诉委屈后,将漆建忠三个字从采访名单上一笔勾销。

下 篇

1990年5月8日,就是在我曾和漆建忠"蘑菇"了半天的地区林业局二楼会议室,我们又一次认真讨论了《绿色沧桑》的采访写作事宜。在原来拟定的采访名单之外,又增加了14篇。于是,被我"一笔勾"的"漆建忠"三个字又一次出现在我的采访笔记本上。

又一场采访漆建忠的"攻坚战"要开始了。我决定改变战术,先打"外围",后攻"堡垒"——先找漆建忠的指导、同事、亲属谈漆建忠,最后再找漆建忠本人。

下面就是我接连几天"攻打"外围的"战果"。

地区绿化委员会办公室副主任吕向荣谈漆建忠：

你要我谈漆建忠，详细情况我也不掌握多少。概括地说吧，这个人事业心很强，工作踏实，对榆林地区的造林治沙事业，特别是飞播方面，贡献突出，成绩很大。平时从不参加什么表彰会、奖励会之类。1989年国庆前夕，地委黄文选副书记主持召开全区优秀知识分子座谈会，同时表彰两个国家级有突出贡献的科学家，要求本人参加并发言。漆建忠听到这个消息，躲进沙窝里去了。最后是我和我们局的业务科长"代"他去参加的会议。

漆建忠不喜欢人们采访宣传他，不是"故作姿态"。他是真的不愿意。据我所知，好多慕名而去的记者都碰了钉子。有的记者按照"常规"采访办法，跟所里约好时间，他一听说，就钻进沙窝里去了。榆林电视台的乔新华要去采访他，和我们联系，我给老乔出主意说：你千万别扛上摄像机去找他，那样肯定吃"闭门羹"。这一段时间正在飞播，你到飞播现场跟踪采访，"偷偷"拍几个镜头。老乔跑到飞播现场，果然如愿以偿。

赵玉彬所长谈漆建忠：

漆建忠对党和人民的事业忠诚，工作从不挑拣，不论承担哪一项工作，从无怨言。有时候他一个人大大小小同时承担三四个课题，都能完成得很好。以至于我们向上面争取课题，只要打出漆建忠的"招牌"，说明是由漆建忠主持搞，人家马上会感到放心。

漆建忠工作吃苦，长年深入在沙窝里，有时节假日也不回来。有时进沙，吃不上饭，喝不上水。测量、搞试验、搞数据。比如风速多大的时候沙的移动多大、风多大的时候植被就会被吹走等等。夏季气温越高，天气越热，他越是必须进沙。要观察研究在恶劣气候情况下，植被的生理生态现象，不然就取不来有价值的数据。每年飞播开始前，他要做前期准备工作，深入到榆林北部几个县的十几个播区选地点。观察沙丘大小，沙丘密度、高低。沙丘大，难度大，飞播下来的种子落不到沙丘上，滚到下面去了。所以要搞清楚哪些种子能适应在什么类型的沙丘。然后勘察设计，用罗盘测出面积、航标，最后绘成图。飞播开始后又要在地面用无线电联络指挥，实在是个苦差事。飞播期间，每天早晨6点飞机起飞，地面人员提前两个小时就得进到播区，饭、水都得带，每年飞播结束，脸上都得脱一层皮。

漆建忠学术造诣高、科研成果大，但他取得成绩不骄傲，荣誉面前不伸手。有这样一件事，榆林荒沙大面积植树造林扩大试验是个大课题，先后有十几个同志参加。漆建忠也是主要参加人之一。这个课题他连续搞了八年，四个植物种类他就搞了两个。但后来课题完成，准备给上面报成果时，组织上考虑把他已报到飞播上了，这个课题不报他，还可以多报一个同志，于是没有报他，报了另外的同志。最后这个课题得了国家科技进步三等奖，省上一等奖。但漆建忠毫无怨言，更没有觉得组织上"亏"了自己。

副所长刘冰泉谈漆建忠：

漆建忠是我们治沙所的业务骨干，工作非常认真。概括起来说，他有这样几个特点：一是他参加和主持的课题大都得了奖。二是他的工作量大，这几年承担和完成的课题最多，在外面的知名度也很高。所里争取课题以他的名义争取好争取，人家愿意给。三是他对下面人要求严格，他带出的几个青年人，也都成为我们所里的业务骨干，比如麻保林、孙志强、万子俊等。

在刘冰泉副所长的办公室，我还看到了漆建忠的两个获奖证书，现抄录如下：

国家科学技术进步奖获奖者证书

为表彰在促进科学技术进步工作中做出重大贡献，特颁发此证书，以资鼓励。

获奖项目：榆林流动沙地飞机播种造林种草试验。

获奖者：漆建忠

奖励等级：二等（镀金奖章一枚）

国家科学技术进步奖评审委员会

第二个是省科协颁发的荣誉证书：

漆建忠同志在"七五"期间为"科技兴陕"和科技进步做出显著成绩。

省科协同时电话通知榆林治沙所：

你单位漆建忠同志近年来在科技事业方面做出了突出贡献，经榆林地区科协推荐，省科协组织评选，被评为陕西省科协系统首届"优秀科技工作者"，特此通知。希望将此通知装入本人档案。

治沙所书记呼运海谈漆建忠：

漆建忠同志在科研上有钻劲，经常深入沙地，专业业务认真负责，几十年安心榆林工作。

漆建忠的"助手"麻保林谈漆建忠：

老漆作风正派，实事求是，工作踏实负责，干事业有股坚韧不拔的劲头，飞播方面造诣很深。

地委"落知办"李子洲谈漆建忠：

因为工作关系，我和漆建忠同志接触比较多。他性格有点怪癖，但确实是个好同志。平时不管阴天晴天，不管刮风下雨，长年骑自行车到红石峡试验站、沙地植物园观察研究，真不容易。每年飞播勘测设计，他都亲自动手干。神木大保当乡有一个乡长说，老漆一天在沙窝里顶着烈日跑几十里，他们这些基层干部都跑不动。这个人比世代生活在沙窝里的农民都能吃苦。

李子洲同志最后对我说：你应该到红石峡试验站和飞播现场看一看，确实会有很多感触。

漆建忠的儿子漆喜林谈漆建忠：

我们老家在甘肃南部武山县滩歌乡漆家村，属甘南白陇山林区。1978年我上初中一年级时搬到榆林，以前一直跟母亲在老家种地。我是1988年陕师大毕业，现在在师专教书。你让我谈我父亲，我父亲这个人呢！实在没什么好谈的。

漆建忠妻子关双菊谈漆建忠：

我没有念过书，不识字，今年53岁。你让我谈老漆，我也谈不来什么。我家人口多，上有老，下有小。农业社那几年队里定工，完不成不分粮。老漆一月挣50元钱，两三年才回一次家。大小子1964年10月出生，他是1966年去青海出差，顺便回家一次，孩子已经三岁了才见到爸爸。在家只待了四天就又走了。1972年，家里拆房子时，一块竹子皮戳到我眼睛里。县医院看不了，又转到天水市医院。本来应该住院，但家里没人管，只住了几天，孩子他舅就把我领回去。头一年6月戳了眼，第二年5月才把竹子皮取出来。在炕上躺了一年。出事后给老漆发了几次电报，他借了600元钱寄回来给我看病，人一直没回来。那年过春节老漆没钱回家，直到第二年冬天才回了一次家。我们结婚这么多年，一直两地分居，直到1978年解决了户口，1979年正月我才领着三个儿子来到榆林安了家。

《光明日报》记者张天来、张义德"谈"漆建忠：

漆建忠与飞播造林

……在榆林飞播造林试验中做出杰出贡献的是治沙研究所副研究员漆建忠……1974—1981年飞播试验中,他是试验组副组长。后来又主持飞播扩大试验。他原学的专业是土壤农化,由于钻研精神强,接受新东西快,能吃苦,肯钻研,重实干,终于在多年飞播科研中解决了一系列难题,成了这方面的专家。

飞播的第一个关键是植物种的选择。1965年以前的100万亩飞播保存率低,原因之一是植物种选用不当。漆建忠和中国林业科学院的刘健华等人经过反复试验,选择了踏郎、花棒等为飞播主要植物种。踏郎学名蒙古岩黄芪,豆科落叶小灌木,是本地乡土树种。它耐干旱瘠薄,有抗寒耐高温能力,繁殖快,枝叶稠密,蔓延繁生,抗风蚀耐沙埋,是流动沙地优良的固沙先锋植物。茎、叶、种子均有较高的经济价值。花棒也是豆科灌木,外貌和踏郎相似,是由外地引进的固沙造林的先锋树种。选择这种生命力强的植物,当然会在沙地上生存下来。漆建忠并没有就此止步,他主持了花棒、踏郎的选优,选出抗风沙、抗旱能力强的花棒、踏郎,大量繁殖,用于飞播。

确定最佳播期,是飞播成功的又一关键。实践证明,种子播下后经风吹复沙再下雨,效果最为理想。为此,漆建忠等人就对大量气象资料进行分析,得知每年5月上旬到6月上旬为西北风与东南风交替时期,其间必有10—20毫米降雨量,于是确定这段时间为最佳播期。从而一改过去的等雨播种为播下等雨,节省了时间和成本,提高了飞播的成功率。

在国外,流动沙地飞播目前还没有比较成功的经验,主要是因为种子位移和植物被风蚀的问题没有解决。苏联彼得洛夫院士认为,流动沙丘上飞播,必须设置机械沙障以保护种子和植物。但这种方法所花人力物力很大,事实上很难办到。在榆林沙区飞播中,漆建忠和同事们采取种子大粒化处理以防止位移;采取不同植物种混播(如灌草混播)、适当加大播量以增强植物群体固沙和抗风蚀的能力,都取得比较好的效果。这些,在飞播技术上无疑是重大突破。

连日的奔波,"外围"全线突破,但最后的堡垒——漆建忠能不能攻下来,我心中尚无把握。这天,我去找赵玉彬所长商讨"作战"方案。赵所长给我面授机宜说:

"你见过漆建忠已有一年了,他也许已经不认识你。你晚上直接去找他,不要提采访的事，更不要提写什么书。你就说你是新调到地委'落知办'的，想找一些科研人员了解一点情况，这样，兴许能打开他的'话匣子'。"

这天晚上，我骑自行车"单刀赴会"，直接来到治沙所家属院。老漆正在看电视，正是飞播季节，省上一个搞飞播的同志也在漆建忠家里。

"老漆呵，我是新调到地委'落知办'的，想找你聊聊，了解点情况。"我一坐下，就连忙"自报家门"，一边说一边打量漆建忠，看他是否还认识我。

老漆去给我沏茶。他白衬衣外面套一件毛背心，打着赤脚，那脚像农民的脚。不知是我上次没有注意，还是一年间他遽然"老"了许多，头上已是白发丛生。

老漆将沏好的茶放在我旁边。我一边呷茶一边打量着老漆的家。这是一孔半破旧的窑洞。窑顶潮湿不堪，白灰几乎全部剥落。一个火炉筒子从窑顶斜插过去。地下有一个式样陈旧的衣柜，和一个更旧的办公桌。炕上的被褥也显得破旧。墙上没有墙围，用图钉钉了一圈类似化肥袋子一类的纤维布，上面沾满了灰尘，显得白不白、黑不黑。用手一摸，质地比化肥袋子略微柔软一些。

"落知办李子洲最近在不在？"老漆似乎是在"盘问"我。

"在。"我迎上老漆的目光，心里直打鼓：落知办我只认识李子洲一个，再"盘问"下去肯定得"露馅"。于是我干脆决定"反守为攻"，转过身问漆建忠：

"老漆几个孩子？"

"三个。"

"几个男孩，几个女孩？"

"都是儿子。"

"老大叫什么名字，在哪儿上班？"我明知故问，"企图"诱导老漆打开"话匣子"。

"叫漆喜林，在师专教书。"

"二儿子呢？"

"漆军林，在延大物理系上学。"

"三儿子呢？"

"漆文林，正上高二。"

"哦，老漆三个儿子的名字都与'林''挂钩'，看来是希望他们子承父业吧？"

"名字么，随便取的。其实也没什么更深的含意。"

谈话很艰难，老漆决不肯多说一个字。看来他已识破我的"庐山真面目"。一阵沉默，我们都坐在炕棱上看电视。

电视屏幕上，一位漂亮的女经理正在和她的上级据理力争。为了避免流言蜚语，上级把女经理一个得力的男助手调走了。说是为了爱护女经理，使她更好地工作。"上级"拍拍女经理的肩膀说请她理解组织的苦心孤诣。女经理痛苦地摇着头，一步一步向后退着，一边退一边说："不，我不理解，我无论如何不能理解，我永远无法理解！"女经理说着，眼泪夺眶而出，猛地转身向门外跑去。

"这是什么电视剧？"

"《女经理出走》。"

女经理在海滩上漫步，浪花拍溅着海岸和礁石，女经理把头靠在一只驳船上，痛苦地闭上眼睛。两行眼泪从她美丽的面庞上滚落下来。女经理的内心发出强烈的质问：为什么女人干一点事业这么难?! 和着涛声，回音在空中回荡——难！难！难！

看着这样虚假造作的电视剧，我也差点痛苦地闭上眼睛。我扭头问老漆：

"你是哪一年从西北农学院毕业的？"

"1962年。"

"毕业后就到榆林？"

"没有，留校两年。1964年8月到榆林。"

"学的造林专业？"

"不是，土壤。"

这一问一答的谈话实在有点进行不下去了，我又实在不忍心再看电视上漂亮的女经理那张被痛苦扭曲的脸。干脆"破釜沉舟"——从口袋里掏出自进门一直没敢往出掏的采访本和钢笔。我决定改变战术，从侧面迂回，改为正面强攻。

"你别记，记下也没用。"老漆看了一眼我的采访本说。

"有用没用你别管。老漆，谈点你家里的情况吧，还有你这些年的经历。"

"有什么好谈的，经历平平淡淡。家庭嘛，谁家不一样？"

"你1964年调到榆林的时候，你爱人正生孩子，你没回去看一下？"

"没有，工作忙。"

"你们两地分居15年，你一共回过几次家？"

"三四次吧。"

"那你爱人负担很重呵！"

"是很重，三个孩子都是她带大的，还有两位 70 多岁的老人。"

"老人身体还好吗？"

"不行了，我父亲长年下地劳动，患了关节炎，现在腿也抬不起来。"

"母亲没啥病吧？"

"有心脏病。1983 年 8 月，家里发来电报，说母亲不行了，催我回去准备料理后事。我回去后又可以了。"

"1966 年你大儿子三岁时你回去一次，只住了四天就又返榆林了，是这样吗？"

"是。那时候工作忙。当时省上搞了一个长城沿线风沙治理样板，是省上的十大样板之一。这个点在牛家梁农场薛家庙滩分场海流兔滩大队。地县从农村水牧系统抽了 216 名干部干这个事情。植树造林，引水灌田，改良土壤，搞综合治理。当时的杨在清专员任组长，亲自抓这个点。我们一个月去给他汇报一次。那时候一年四季在下面，过春节都不回家。"

"我在西安采访，见到了杨专员。他也提到了你，你们一块参加过 1978 年的全国科学大会？"

"是的，那是科学界的一次盛会。邓小平讲话，郭沫若写了《科学的春天》这篇文章。陕西代表团 100 多人，榆林就我和杨专员两个。"

漆建忠说到这里笑着扭过头来："好啦，好啦，你别问啦，也别记啦。"

"好，不记了。不过，老漆，你还得给我谈谈飞播。榆林飞播是什么时候开始的？"

"1958 年开始搞，到 1965 年共飞播 5 次，播种面积 7 万多公顷。当时飞播植物种以沙生植物沙蒿、沙米等 7 种小粒种子为主，大部分没有保留下来。只有 1965 年飞播的 73.8 公顷花棒林地保留下来。这是全国飞播最早、唯一保留至今的飞播实验区。当时的飞播由于没按科学程序进行，称之为'生产性试验'。1974 年开始，组织科研、教学、生产单位参加，进行飞播造林治沙试验，每年 4000 亩左右。到 1983 年增到 2 万亩，以后到 10 万多亩，1989 年到 19 万亩，1990 年 20 万亩。现在总共飞播面积已达 100 万亩，占榆林现有沙区的四分之一。飞播的成活率也达到 100%。一亩飞播林地成本 4 元，100 万亩是 400 万元。无论生态效益、经济效益,还是社会效益都是很可观的。"

"好啦,到此为止吧。"漆建忠断然站起来,向我下了"逐客令"。

夜色朦胧,漆建忠送我出来。我还有点不死心,想和他再约个时间谈一谈。

"不行呵,现在这几天正在飞播,我马上要下县去。"

"你什么时候走?"

"后天吧。"

"那明天咱们再谈一次吧。"

"不行,明天我要准备材料。今年7月份北京召开国际治沙会议,我们所里还得去人参加。"

这倒是实情。我想起前天在刘冰泉副所长办公室看到的通知——

由国际沙漠开发委员会与中国科学院兰州沙漠研究所联合举办的第三届国际沙漠开发大会,定于1990年7月24日至28日在北京举行。国际沙漠开发委员会是由国际上著名的从事干旱区和沙漠研究的科学家组成的民间组织,前两届大会都是在埃及召开。1987年举行的第二届大会上确定第三届大会在中国举行……

哦,我想起来了,刘冰泉副所长告诉我,漆建忠还是中国沙漠学会的常务理事呢!

我向漆建忠告辞。平头、短发、赤脚、矮个,紫红色的脸膛。溶溶月色中,漆建忠仿佛像一座雕像,大漠中的雕像,征服沙漠的雕像!朴实、坚韧,执着而顽强。我们的祖国,不正是因为有了这样的"雕像",才更加充满生命力,更加生机勃勃吗!想到这一点,一种由衷的敬意从我心中油然而生。

——感谢你,漆建忠同志,让我代表榆林地区的270多万人民,向你致以深深的问候!

何为桑梓地

记得桑梓一词，在浩瀚的中国传统文化里，最早见于《诗·小雅》："维桑与梓，必恭敬止。"桑和梓是古代家宅旁边常栽的树木。意思是说，见桑与梓，容易引起对父母的怀念。自东汉以来，桑梓便用以喻为故乡了。

张衡《南都赋》："永世克孝，怀桑梓焉；真人南巡，睹旧里焉。"

陆机《陆士衡集七百年歌之八》："辞官致禄归桑梓，安屋驷马入旧里。"

柳宗元《闻黄鹂》："乡禽何事亦来此，令我生心忆桑梓。"

有关桑梓在古诗文中的出现，何其多也。这里就不再一一列举了。从古至今，人们对于故乡是思念的、怀恋的。可大千世界也不乏有人是另外一种感觉。当然这绝非排斥对故乡的情愫，而是他们那洒脱殊别的人生意志便决定了他们的生活哲学。

榆林地区林校的唐家烈先生就是上述中的一位。

祖籍湖北省武汉市（汉口）人氏的唐家烈先生，是算不上生在书香门第，但还是粗通书理之家的。本来，他祖辈并没有给他们留下丰厚的产业，多亏他父亲精明强干，学会了一手财会本领，在贫困的基础上治田买地，改换门庭，竟有牌匾悬挂在门前。当时看来，倒颇有几许显赫的。其实，他家并不是人们所想象的那种张口吃饭，伸胳膊穿衣的带有奢侈韵味的生活，而是全靠父亲的能耐养家糊口的，他们兄弟姊妹八人，他排行为老八。试想如此众口之家仅凭一个人的力量，也足够支撑了。他父亲很注重知识，很尊崇有知识的人。他不仅是一把理家过日子的好手，对子女的教育培养也下了不少功夫。他教孩子们首先要做个好人，做个正正派派的人。一个人活在世上，要靠自己的本事吃饭，不要躺在老祖宗的榻上享福受禄，那是没有什么价值的。父亲的言传身教，使年幼的唐家烈深受教益，在他心里留下了很深刻的印象，以至一直影响着迄今已年逾花甲的唐家烈先生。

新中国成立初，年轻的唐家烈考入湖北华中农学院，奠定了他终生与林业打交道的坚定根基。唐家烈本来喜欢的是工科，他的数理化学得很出色。但因种种缘故，阴差阳错，便迈进了林学的大门。

四年大学生活是短暂而漫长的。这期间，唐家烈的思想有过波动。他怀疑自己选择的、实际是不得不这么选择的专业是否正确？是否能很好地发挥自己的才干？但这种想法一露头，很快就否定了。他想现在正是自己长知识的时候，干一行就得爱一行。人一生下来什么专业都不会，都是学来的。不会的东西只要下决心学习，一切都能学会。渐渐地，唐家烈爱上了林学，爱得很深很深。他的全部心身和林学融为一体了。

1954年，唐家烈毕业了，分配到陕西省林业厅工作。

从武汉到西安，数千里之途。虽说这都是两座闻名于世的大城市，但在武汉生活习惯的人，还是不愿来西安。相反在西安生活习惯的人，也不一定想去武汉。这就是中国如此之大，南北地理上的差异，免不了给人们造成心理和生活两方面的障碍。唐家烈却不是这么考虑的，他的思维超乎寻常，超乎一般人对故土的感觉。他认为人来到这个世界上，总要离乡远走的，总不能永远像长不大的小孩子一样，在父母的庇护伞下不成熟地活一辈子，让父母亲给自己遮风挡雨。这看起来是对自己的爱护，实则对自己造成的损失是难以估量的。当然，也有许多人一生就在故乡生活着，此观念并不包括通常的人生，绝不可偏激而武断地去理解了。他的心愿去给父亲讲了。他父亲十分肯定和支持了他。父亲用诚恳而坚毅的语气对他说：你的想法很好，很正确。我全力支持你这样做。你本来喜欢的是工科，现在你改学林学，已经大学毕业了，就走自己的路吧。诚然，做父亲的哪个不思念自己的儿子？哪个不想看到自己的孩子在身边？这是人之常情。但又有哪个父亲能伴随自己的孩子到老呢？眼下正是国家建设时期，正是用人的时候，需要你到哪里去工作你就甘心情愿地去，绝不能有任何别的想法。你既然学的是林学专业，就到能发挥你专业特长的地方去工作。否则你就所学非用了。父亲的话可谓语重心长，使年轻的唐家烈受益匪浅。他非常高兴，他为自己的想法能得到父亲的支持而激动不已。他为自己有这样一位开明的父亲而兴奋异常。

唐家烈满怀一腔热血，从故乡武汉来到了古城西安工作。

西安是西北的一颗明珠，自有其许多引人注目之特色。悠久的历史，灿烂的文化，繁华的大街，喧闹的人流。此地是中华民族的发祥地，有多少民族之精粹沉淀于此呢。但这些对唐家烈似乎没有十分大的吸引力，没有引发他太大的兴致。他当然也很珍惜这些东西，只不过无心钻研罢了。他的全部精力用在了专业上，他全身心地投入林业工作上了。他用一颗赤子之心点缀着陕西大地的色彩，他用绿色的种子给古城西安投掷了一片又一片荫凉。唐家烈脚踏实地的工作精神，很快得到了组织的表扬和同志们的好评。

转眼间就是1957年。开始，组织上发动知识分子给国家提意见，无疑是对知识分子们的器重和信赖了。素来两耳不闻窗外事、一心只求搞事业的唐家烈，对此并未放在心上，亦没有什么意见可提。但他的诸多同人们并非他这样处事，在会上说了自己的不少看法，完全出自善良愿望。不料风云骤变，形势逆转，辫子到处揪，棍子四处打，一个个被组织审查起来了。开批斗会，接着就定性，戴帽子，"右派"之类的"头衔"满天飞舞，都成了被专政的对象。唐家烈对此有些大惑不解，他想组织明明白白地让人提意见，为的是改进工作，端正风气，怎么一眨眼就变了？说成是"右派"分子们蓄谋已久的对党和国家发起的猖狂进攻？难道坏人就这么多？好端端的一个人片刻时辰就变坏了？不可能。他绝不相信！但这一切又都是现实，活生生的现实。他真是痛苦极了！在一次批判会上，涉世尚浅的唐家烈目睹暴风骤雨般的斗争气氛，他一向正直爽快的脾性再也无法按捺了。他诚恳地发表了自己的意见，建议组织慎重一些，要认真调查研究，分析了解，不能盲目从事，特别在做出处理人的问题上，更不可轻率。否则不仅给当事者创伤太深，造成许多麻烦，而且给国家和人民将带来损失。国家和人民正需要这些人才，新中国正亟待他们去建设。谁知他的话不但未能给同人们解危，反倒把自己也给牵了进去：即又暴露出来一个隐藏日久的"右派"。说他在风口浪尖上还为"右派"们辩护，还向党和人民发起又一次进攻。于是就把他打入"右派"之行列里了。

处理的命运等候着唐家烈。他是无法回避这个劫数的。

1960年，是唐家烈先生的生活之路急转直下的一个年头。他被陕西省林业厅下放到了陕北靖边县红墩界林场。

这样的结果是料想不到的。这样的结果却又是预料之中的。但无论是料想不到还是预料之中的结果，对于唐家烈先生而言，均系无足轻重。而且太无所谓了！他觉得不管下放到哪里，哪怕是天涯海角，只要有工作干，只要能发挥自己的专业知识，只要能为人民群众做点实实在在的事情，他毫无怨言。可他的思维并不像有些人想象的那么简单，并不是掂衡不出这个所谓"下放"的分量。这看起来美其名为"下放"，其实是处分。是带有被贬、发配和充军性质的一种形式，只不过好听一点罢了。但无论如何，唐家烈先生是乐意接受的。因为他有自己的意志，有自己的独特的精神支柱。这就是他的事业心！

陕北是以自然环境险恶闻名于世的。靖边则是自然条件更差的一个陕北县份。而红墩界又是靖边县荒凉闭塞的地方。当时，此处尽是黄沙，一片连着一片，一眼望不到边。委实是人迹罕至，处于一种被人遗忘之角落的地位。唐家烈来到这里，正值红墩界林场初创时期。该场直接由省林业厅管辖，还算省属林场。但与其名曰在省辖林场上工作，倒不如说是在荒僻的旮旯拐角里劳改、劳教或劳动锻炼更贴切些。

缘于唐家烈先生的志向和精神非同寻常，不需要做任何充分的思想准备工作去接受生活的挑战，便自然而然地适应了一切陌生与严峻。他仿佛感到这正是自己要来的地方，正是自己要觅找的发挥专业知识的所在。所以丝毫不觉得隔离，好像一切都是熟悉的，符合生活原则的。他天刚麻麻亮就起床，来到沙地里，投入紧张的劳动。搬运树苗、挖坑、栽植，一干就是一天。晌午有时啃几口干馍，有时连饭也不吃，直到初夜时分才回到林场吃一顿饭，一躺下就呼呼睡着了。一天的劳累，睡觉肯定是踏实而香甜的。植树造林的繁忙时节，是最苦的日子。为了抓紧把树苗摆上去，免得延误季节。加之劳动了整整一天，已经疲累之至了！连回场走路的力量都没有。于是他和林场同人们一起，干脆躺在沙窝子里休息，衣服都不脱就在露天过夜。他糊里糊涂地吃几口饭，很快就进入了睡梦的天地。沙漠里的风沙可想而知，既然能掩埋了刚刚栽上的幼小树苗，岂掩埋不住栽树之人？短促的一夜间，等他睁开睡眼惺忪的双目时，身上披了一层沙子。一次，他在沙窝子里休息，蒙眬中觉得一种沉重感，好像身上被什么很有分量的东西压着一样，又像谁给他穿了一套紧绷绷的甲胄，绑得他呼吸都有些困难，大有置他于死地之危险。他立即意识到一种可怕的东西，吓了他一大跳。他很快清醒过来了，才发现一层厚厚的沙子覆盖在自己身上，宛若一块笃厚的棉被。他往起坐了两次，均未成动。接着他吃力地一爬，一仄身，才爬起来，顿然他感到一种轻松、一种舒畅、一种从未有过的舒适。他那瘦弱的身体愈觉单薄了，轻飘飘的，活像飞起来一样，劳累了一天的疲惫奇迹般地消失得无踪无影了，反倒有些精神起来。但这种反常的生理感应，不禁使他悄悄地出了一身冷汗。他知道自己刚刚睡下不久，一觉尚未醒呢。完全是受到刺激和惊吓后的连锁反应。他静静地坐了半响，天空湛蓝湛蓝的，连淡淡的云丝都没有，风还不停地吹着，一阵紧一阵松，把还来不及扎根的树苗弄得摇摇晃晃，摆动不止。于是他心里涌起了一股不可名状的滋味。迄今想起都有点说不清楚。

这是唐家烈先生在沙漠里的一次际遇。他常常独自去林地工作，这似乎成了他个性的一部分了。在当地人民群众大搞植树造林时期，唐家烈既担任技术指导，又给大伙安排具体任务。他从育苗、运苗、分配苗子，到检查栽树的质量等，这一系列工作都离不了他。夏天，太阳像大火炉似的烤晒着沙地，打老远望去，如火焰在沙窝里燃烧一样。唐家烈还是闲不住，他扛着锄头去地里锄草。时值国家正处于困难阶段，每个月只给供应24斤粮食。这点粮食对于在办公室工作的人来说，节约些倒还罢了。但对从事繁重体力劳动的唐家烈，是太微薄了，况且他正在年轻时月，正是吃饭干活的时候，所以他常常饿着肚子到沙窝子里，到林地奔忙。有时饿得他连锄头也拿不动，他只得停住手，站一会儿或坐一会儿，然后再接着干。收工后，他的肚子里空荡荡的，体力耗得他连路也不想走了，头也有点发晕，他赶紧蹲在路边待一阵子，免得跌倒在沙漠里的小路上。久而久之，他的饭量随着日月的流逝越来越大。他清晰地记得在一次回榆林探家途中，一口气吃了三份饭，感觉到肚子还空空如也，这简直让他不敢相信自己了。同时在他记忆之库里留下了难以磨灭的印迹。但唐家烈没有任何想不通的，他认为全国人民都在过着紧巴巴的日子，自己还是国家干部，还拿着人民的俸禄，有什么可埋怨的呢？哪怕生活再苦，劳动再累，心里也是甜的。

红墩界林场的果园，是唐家烈先生一手搞起来的。沙窝里缺水，果苗子需要大量的水分。如果不想办法，仅靠天然的降水量是远远不够的。而渠水灌溉确系天方夜谭。唯一的选择只有挑水浇了。浇就浇吧，自己的工作就是栽树。怎忍心看着幼嫩的果苗枯萎呢？唐家烈早晨起来挑水，一直挑到下午5点左右。他挑着水桶，迈着急匆匆的脚步，如小步跑一样，在沙漠小道上盘绕。天热烘烘的，不一会儿他就大汗淋漓了。他干脆脱掉衣服，只穿短裤和背心继续挑。饿了他啃几口干馍，渴了他喝几口凉水。紧张的时候，他连晌午都顾不得休息，顶着毒辣的日头，大干不止。短裤湿了，背心湿了，浑身上下都被汗水浸透了，像刚从水里捞出来一样。同时，他还负责培育和管理着40亩菜地，菜园里有西瓜、葫芦、饲料瓜等多种蔬菜，给林场的干部职工们生活补贴。另外他还养了几只羊，这些憨牲灵都由他伺候呢。喂草、饮水、垫圈、打扫卫生，种种活路都离不了他。小牲灵虽然不会言语，但它们是粗通人性的。它们认识自己的主人，认识整天伺候它们的唐家烈。它们一看到他，都眨着明亮的眼睛期待着唐家烈的走来。他对它们亦是极有情感的。他来到它们跟前，伸手抚摸它们的头，又叉开手指像梳子似的梳理它们的毛，一只一只地往过梳，它们轻轻地摇着尾巴，表示回答和谢意。于是唐家烈蹲下身，与它们在一起待一阵子，心里充满了无限的欢欣和喜悦。

唐家烈先生如此忘我地工作，如此没明没黑地干活，难道他不知道劳苦，不晓得疲累吗？他知道劳苦，也晓得疲累。他也是人，他又不是钢铁铸造的，同样是血肉之躯啊！

菜园子最需要水的节骨眼上，唐家烈竟一天挑过60担水。蔬菜长起来后，亟待技术管理，这时他更忙了。一天，他利用午休时间压瓜蔓，天热，劳累，加之肚子饿，他再也干不动了，只得略微休息一下再继续干。他刚坐下来，一位老乡凑上来与他拉话。老乡见他这么辛苦，深表同情。

"天热成这样，你还压瓜蔓呀？"老乡问。

"不压怎么办，它能结果实么？"

"太阳热过去再压。"

"活路这么稠，还有别的活要干呢。"

"响午火烧火燎的，连我们受苦人都不做生活了，你还休息不下来。"

"这没有什么，习惯啰。"

"你们当干部的还能习惯？"老乡惊讶了。

"怎不习惯？干部干部正才要干呢。"唐家烈问道："不干还能叫干部吗？"

"……"老乡不知说什么好。接着又说："听口音你是外地人吧？"

"就是外地人。"

"什么地方的？"

"湖北武汉。"

"是武汉市的？"

"你知道武汉？"

"咋不晓得，大城市嘛。"

"你去过？"

"没走过，没听过？"

"噢，是这样。"唐家烈心里说。

"你从那么大的城市来这个沙窝子里，真是——"老乡的话再没有往下说。但何须往下说呢？"真是"两字后边的含义便不言而喻了，谁都心里会明白的。

老乡走了。简短的拉话对唐家烈不能没有一点感触。他在菜园里坐了许久，心情不能平静下来。可他很快就想开了。他记得自己大学即将毕业的时候，随湖北省林业厅的一位副厅长去下乡。组织上给这位副厅长派了一辆小车，但被他立刻打发回去了。当时这位年轻的大学生唐家烈很不理解，问为什么不坐小车呢？这是组织安排的啊。

"小唐，你还刚涉人世，不懂得工作。"副厅长对他说，"咱们是搞林业的，干咱这一行就与小车无缘。咱的工作就让咱往野地里走，往山里面走，往荒凉之地走的。林业事业就不是在高楼大厦、宽阔街市上的事业，它是需要吃大苦耐大劳流大汗的。"

果然，唐家烈跟着副厅长徒步行动了。他们放着大路不走，偏偏选择走小道，翻山越岭，长途跋涉，奔走了好长时间。使唐家烈经受了一次思想和身体的深刻锻炼，留下了难以忘怀的印象。至今回想起来，他都感慨万端，那位副厅长的教诲和精神在他的脑海记忆犹新。

那位老乡的话引起唐家烈的情绪，早已烟消云散，忘到九霄云外去了。

人的思想没有一点反复那是假的，是绝不能令人信服的。而关键是否因为反复便改变了人的意志初衷。唐家烈就是这样，在剧烈的反复中始终恪守了自己的事业信念。

岂知唐家烈先生在红墩界林场工作时，正是"文化大革命"急风暴雨之际。这股来自大世界的风雨，竟然也卷到荒僻的红墩界林场了。唐家烈曾经被定为"右派"，这次自然是逃离不了的。于是所谓"资本家"出身之说应运而生，说他有"反革命阶级基础"的，还有"资产阶级反动学术权威"等多种棍子向他打来。他当然不会承认，因为他并非资本家出身，也并没有反革命阶级基础，怎么能随口承认呢？其实，他家的产业新中国成立前就分光了，早已谈不上是有资本之家了。但这一连串的东西，是偶然的吗？不能不令唐家烈冷静地深思了。

他在一天繁重的体力消耗之后，在晴朗的夜阑人寂之时，一个人躺在屋里，思前想后怎么都平静不下来，睡乡是十分遥远的。他想到数千里外的故乡武汉，想到父亲和兄弟姐妹。论人之常情，他根本谈不上侥幸，而且是很不幸的！他两岁时母亲就去世了,生他养他的母亲没有给他一点记忆。这一缺憾不能不令他终身痛楚。他是靠父亲拉扯大的,在他身上委实倾注了他老人家的不少心血。由于母亲的早逝,他就没有了家庭的概念,没有了天然的家庭温暖。这是他无法弥补的感情损失。他常常一个人生活着,已经很习惯了。日本帝国主义的铁蹄大肆踏入中国,武汉沦陷后,他随家逃到四川重庆,抗战胜利后又返回故土。读大学时全由国家为他支付费用,便甘心情愿来到陕西,又来到陕北靖边县的一个小角落里——红墩界林场。他是背着沉重的精神包袱来此地工作的。为了林业,为了事业,他吃苦流汗,没明没黑地干活,恨不得把毛乌素沙漠一口吞掉,全部变为绿色世界。他没有做对不住国家和人民的事情,心里毫无愧疚。可现在莫须有的东西向他袭来,他想不通,接受不了。但经过一阵深思熟虑,一转念他想通了。他想那么多为中国革命立下汗马功劳的大人物们,在这场"运动"中都不能幸免,一夜之间就变成"反革命"了,自己一个小人物,一个普通的林业工作者算得了什么呢?太不足为怪了!他觉得自己没有错,无论把自己弄成什么样子,只要能活着,能工作,能搞事业,就要为人民做点有益的事情。人民群众会做证的。

无端的压力,并未动摇唐家烈的事业心和他的人生哲学。他用加倍的干劲回答着种种压力,为国家和人民默默地奉献着。

唐家烈先生在红墩界工作了13年,是红墩界林场的元老了。他目睹红墩界大片的沙漠消失,又目睹大片的沙漠变成了森林。不,何止是目睹呢?是他亲身参与干起来的。但等树木成林后,果树挂果时,他却调离了。他未享受到自己亲手栽植的树木,未尝到自己亲手抚育的果实。他的家庭安设在地区所在地——榆林,全家人就更不可能分享他用汗水换来的欣慰与香甜了。而这种两地分居的家庭形式,免不了给他们制造了许多不便,可唐家烈则以为是无所谓的。好一个无所谓,只有他才会这么讲。

告别的那天,唐家烈的情愫极为复杂。尽管是由小角落里调往较为广阔的靖边城池,但他仍然难舍难分的。毕竟红墩界林场有他13个年头的生涯呢。这里有他的足迹,有他的汗滴,有他的辱,也有他的荣。这里包含着他酸甜苦辣的人生五味。他意味深长地望着那满目绿色的森林,望着那茁壮成长的果树,望着林场那几排陈旧简易的房屋,心里悄悄地说:"红墩界林场,再见了。我没有走远,我仍在靖边的这片土地上。我会常来的。"

即使遭受过痛苦的地方,离开时总是亲切的,让人依恋……

伴着时光老人的步伐，唐家烈先生先后到靖边县治沙站和榆林地区林校工作。在主持治沙站工作时，他兢兢业业，刻苦钻研自己的业务，在沙坡上造了一大片林。这就是他在治沙站的又一真实存在了。他在林业学校任教后，严于律己，深感为人师表的重要性，为榆林地区造林治沙培养了大批人才，这些人才都已在绿色王国里发挥着一定的作用。他们的作用便是唐家烈先生的价值。

唐家烈先生多次得到林业部、陕西省人民政府、榆林地委、行署和靖边县委、县人民政府的奖励。

迄今已退休的唐家烈先生，仍然关心着林业事业。他那本来就瘦弱的身体，显得愈加单薄了。当有人提起他的故乡，提起他走过的人生道路时，他表现得格外乐观和豁达。他说自己所从事的职业就是与沙漠和树木打交道，就是与荒凉和闭塞在一块的。他还说："物质生活优裕不一定就幸福，精神生活也是至关重要的方面。只要能搞工作，搞事业，即使物质生活贫穷一些，我都能适应得了。至于家乡什么的，哪里都一样。人来于自然，必归于自然，家乡似乎不值称道的。"

他讲得多么坦然、诚恳。据悉，他的一位哥哥在香港居住，是挺有产业的企业家，曾数次让他去，他都拒绝了。此举正和他的个性相吻合，颇让人钦敬。

记不得是哪朝哪代哪位诗人的诗里有这样两句："葬身何须桑梓地，人生到处有青山。"

那青山就是唐家烈先生的桑梓地了……

哪怕是一棵小草

陕北人胃病多。"三边"人胃病更多。

不知是哪位地方病专家这么讲过，也不知是哪位专门从事研究人体器官的学者这么讲过。但有据可考的是，曾在陕北工作的许多白衣天使们大都有如此体会的。尽管后来他们已经离开了陕北，可一提起陕北人就言不由衷地说：那里的人胃病真多呀！这倒似乎不假，胃病在陕北人身上显而易见。在沙窝子里的人就更不需多言了。虽然不能喻为比比皆是，亦欠缺不了多少。究竟是怎么回事？人种问题？是胎里带来的？还是地理生态环境或饮食里面含有挫坏胃的元素呢？抑或别有什么东西所致？非也，根本不是这些原因。实践证明，这个否定是正确的。因为去陕北工作的人，去之前的胃没有一点毛病，而几年后就不知不觉地患胃病了，特别是在第一线的工作者。可见那种种设想尽是无稽之谈了。但愿都是无稽之谈。不然的话，还真有解不脱的困惑呢。

定边县林业局副书记赵开明同志，就患有严重胃病。

干部竟也患胃病？

怎么不患。他的胃病就是在工作中得的。

如果还不相信的话，请到定边县林业局去一趟，见一见赵开明同志。只要一见面，就会感到他是一个病者。论年龄并不算大，才57岁。但根本不像57岁的人，脸上虽没有爬满皱纹，却失去了这个特定年龄人们应有的神采，甚至给人以憔悴感。从他那笃厚魁实的身板不难看出，他在漫长的岁月里已经付出不少的代价了。

赵开明的代价没有付在别处，几乎全部给了他所从事的林业事业。

陕北的榆林城，素有小"北京"之称。榆林不仅城好（是根据陕北而言的），水也好。榆林的桃花水遐迩闻名。赵开明的老家就在榆林，这不能不说是他的骄傲。他自幼生在这里，长在这里，对榆林抱有特殊深情。1948年，赵开明从榆林农校毕业，本来学的是制革专业，很想在皮革方面大展一番宏图呢。他想得倒也切合实际，也挺合情合理的。因为榆林畜牧业素来有基础，和内蒙古往来较为频繁，发展皮革工业是顺理成章的事情，也符合榆林的实际情况。不是么，榆林的制革现在都享有一定的声誉。但这颗塞上明珠，镶嵌在毛乌素大沙漠里，黄沙的流动严重威胁着它。面对大自然不断给予人类发来的恐怖讯息，就连国家都引起了足够的重视，何况榆林人呢？何况作为榆林农校的毕业生赵开明呢？他自觉地沉入了深深的思虑。赵开明想，榆林是自己的家乡，家乡人不替家乡担忧，不替家乡着急，谁去为家乡担忧着急呢？家乡人不建设家乡，不解除黄沙对家乡的危害，难道有更多的理由让外面的人去建设去解除黄沙对家乡的危害么？要是不早点治住黄沙的移动，不将吃人的沙漠变成绿色的森林，塞上这颗耀眼夺目的明珠也会黯然，也会失去光彩，甚至被凶恶的流沙吞掉，成了自然猛兽的腹中之食。要是到那时候，一切都晚了，后悔都来不及了，哭黄天恐怕也不知道天在哪里，谈何发展榆林制革工业？赵开明思前想后，似乎有些不寒而栗。他决定改行，但他又犯难了。自己好不容易掌握了制革技术，却又要丢弃，还真有点不舍呢。人就是这样，在离开自己习惯的东西时，总是依恋的。哪怕另一个去处再好，再有吸引力，对自己的发展更有广阔的前景，也符合自己的意志与信念，难免要踌躇的。因为人是高等动物，曾经倾注过自身心血的事业一旦要离去，牵肠挂肚是再正常不过了。赵开明经过深思熟虑，觉得自己改行投有错，丢弃专业亦值得。他对自己说：改行又不是没有行了，丢弃专业又不是再没有专业了。而恰恰才是改行能得到急需从事的行，丢弃专业去得到更亟待自己从事的专业。这不是逃避，不是挑肥拣瘦，朝秦暮楚。这是选择，是具有神圣的使命感的选择。于是，赵开明于1951年投身林业工作，撑起了他脑海里的大漠——绿洲的船帆，在陕北防沙造林所展开了理想的翅膀，飞翔在毛乌素大沙漠的上空，立志给金黄色的沙子投一片荫凉。

赵开明的信念是：哪怕自己是一棵小草，也要在沙窝子里生根发芽，给家乡的土地点缀一点绿意。

一个人不怕活得不充实，但怕没有信念。只要有了高尚坚定的信念，自然不会空虚的。

赵开明就是这样，是信念使他的生活充满了朝气，充满了生机。

他深切懂得，既投身于造林治沙，就必须熟悉业务。既从事了这项工作，就得热爱这项工作。这里用"热爱"二字委实显得分量太轻了。而是他要把整个身心投掷进去，把自己的一切，乃至生命献给林业事业。他不熟悉就学，不懂得的知识就问。他一边从书本中吸收营养，一边拜老同志们为师。他们大都对治沙颇有研究和实践经验，从他们身上是可以学到别处难以学到之东西的。然后，他把书本和有关造林治沙方面的资料与同志们的经验相对照，仔细琢磨、分析，再紧密地结合起来，运用到实践中去。他非常注重实践，他多次下乡，深入民间，了解情况。他背上铺盖卷，一去就是好长时间。他向群众宣传国家植树造林的政策，做群众的思想工作。由于业已形成的传统观念，一些人认为沙地栽不活树，栽活也尽喂给黄沙了。就是黄沙吃不掉，也被牲畜吃了，被人给糟蹋了。他告诉群众说：传统观念是没有根据的、是错误的。要叫树在沙窝子里活下来，先要给树一个活的条件。也就是说，给树创造一个生根发芽的环境。这就是搭障蔽。障蔽分两种：一种是用死柴烂草遮挡风沙，叫死障蔽；另一种是用沙蒿沙柳等遮风挡沙，叫活障蔽。搭障蔽要根据地理地形的特点安排，该搭活的搭活的，该搭死的搭死的。同时他还示范给群众看。他知道群众重视现实，只要看到现实的好处，就能接受，就能真正地干起来。经他这样一讲解和示范，人们与沙漠的隔阂渐渐被他解除了，也拉近了他们和树之间的距离，便立即付诸具体的实践中了。这使赵开明的信心倍增，他的工作已经初见成效了。

赵开明从一接触群众开始，他就感到林业工作的担子不轻，自己的责任是很重大的。他联想到边远的沙漠，联想到沙漠深处的人家。他们的观念还很陈旧，还对造林缺乏高度的认识，而自己是一个林业工作者，应该到荒寂的地方去，到最需要自己的地方去，这才无愧一个真正的林业干部，无愧一个从事林业事业的人。他也想到造林是一项吃苦的事业，但要在任何一种事业做出成绩，在任何一个行里取得胜利，不吃苦是绝不可能的。成绩和胜利不会平白无故地送在你面前，让你坐享其成。于是，赵开明决定到第一线去，到大片大片的沙漠里去。哪怕是一棵小草，也要在那里生存。

1952年，赵开明去定边工作了。

榆林地区是由丘陵和沙漠组成的。南六县为黄土丘陵地带。北六县大多为沙漠地带。而三边（即靖边、定边、安边）几乎全是黄沙，虽然地处毛乌素大沙漠南缘，却是陕北沙漠的腹地了。这个说法一点都不夸张。

赵开明刚来定边，在他的心目中，沙漠比他想象的要厉害得多，比他意识中的沙漠更为沙漠。他想这大概才是真正的沙窝子了，这也就是自己造林的好地方了。不是么，一大片接一大片的不毛之地一眼望不到边。够你造的！你就开始施展自己的能耐吧。

还是先做宣传工作，把群众旧的传统意识扫除干净，将他们的积极性调动起来。让"治理沙漠、绿化大地"的思想取代和占据人们固有的"沙窝子里栽不活树"的看法。但偏远落后的地方，工作的难度更大，不只是落后，而简直是愚昧。赵开明和其他干部一起先做通村干部的思想，又找人谈心。群众的生活太苦焦了，条件太差了。有一个村总共有两棵树，再就是一片荒滩。吃喝就不能提了。如此恶劣的自然条件，能有尚好的饭食么？人们可怜得连烧火柴都没有，拉炭都得跑数百里地，到横山去拉。而又哪来的钱呢？所以，群众都用牲畜粪便烧火做饭。赵开明起得很早，把牛车套起，到很远的长城外去抬粪。回来在院子里晾干，或者弄在屋后的墙壁上让风和太阳吹晒干，才能当柴烧。这是很不卫生的，屋里弥漫着呛人的臭味，难闻极了！要是习惯大城市生活的人来做客，不用说吃不下饭，待都无法待下去。赵开明目睹此情此景，恨不得早日改变生活状况，经过耐心细致的工作，人们慢慢想开了，虽抱着试试看的心情，但起码是可喜的！赵开明对群众说：你们大放宽心地造，赔了是我赵开明的，赚了是你们的。也就是说，树不要你们掏钱，只要你们栽，栽活是你们自己的。他带领群众一起劳动，一起吃饭。先栽防护林网，然后再把柳树、杨树栽上去，赵开明心里甜滋滋的，他总算把群众给发动起来了。他严格检查栽树的质量，一发现不符合要求的就立即予以批评教育。还有人专门刁难，把羊群故意赶进林地，他用事实教育本人，他们只得承认错误。后来，护田林里的庄稼收成比往年提高了许多，防护林网里的树也成活率很高。群众见果然有利可图，造林不仅能固沙，而且还可把沙漠变成田地。同时，亦认识了农林牧的关系。但殊不知，赵开明的胃病悄悄萌发了。

海子梁当年只有两棵树，现在已经绿树成荫了。荒滩变成了绿色的海洋。

1954年，西北军政委员会在武功举办林业培训班，组织派赵开明去学习。在这短暂的一年里，赵开明如鱼得水，废寝忘食，学到了他从来没有学到的东西，掌握了他从来未能掌握的知识。他边学理论，边实践，用理论指导实践，又在实践中理解理论。二者紧密结合起来，使他在林业知识方面有了很大的进步，更加坚定了他从事林业工作的信念。他信心更足了，士气更旺了。两年的课程他一年学完，并取得优异的成绩。无疑，林业事业是赵开明的终生事业了！

1958年，赵开明任定边县农林水牧局林业股长。这是他用贡献换来的。

赵开明很珍惜组织对自己的信任。他认为这是对他的鼓励。他谦虚谨慎，在安排工作时，心平气和，因势利导，带有几分和蔼可亲让人可敬的感觉。对方一遍领会不了，他讲两遍，还领会不了他再给多讲几遍，直至对方完全领会为止。在具体实施过程中，他亲临造林现场，和工人、农民一块干，起模范表率作用。他用自己的实际行动，赢得了组织的信任和群众的好评。

人世间有些事情是预料不到的。也有些事物当时接受不了，是在别人的指导下硬着头皮干的。可随着时间的推移，人们马上就醒悟过来了。20世纪60年代初期，大概是中华人民共和国成立以来最困难的时期，也恐怕是"饥饿史"上不容抹掉的历史。农民没有粮食吃，只得吃野果野菜。他们做梦都想不到，赵开明带领他们栽的沙枣派上了用场。人们将沙枣摘下，煮在锅里，涩味去掉后在太阳下晒干，做成炒面。尽管吃着不十分顺口，但还带有股儿甜味儿。那时候，这就是挺好的东西了。沙枣救了不少人的生命，使多少人转危为安。人们噙着泪水感激地说：还是人家老赵有能耐、有本事。公家人的眼里有水呢，究竟看得清楚，想得远。不然，咱们就活不过来的。就是迄今提起，曾吃过沙枣的人都感慨万端，念念不忘赵开明。

定边县林业站恢复后，赵开明出任站长。他除了治理沙漠绿化大地，还大搞农田防护林的建设。沙窝子里土地少，农田格外珍贵。但风沙不断袭击庄稼，严重影响庄稼的正常生长和产量。赵开明深知粮食的重要！他亲自指导在贺圈4万多亩农地上造林4000多亩，形成了一个规模巨大的农田防护林网。于是粮食产量猛增50%，旱田产量增加三四倍。石洞沟、安边、砖井、郝滩等地的人民群众的生活水准有了显著的提高。只要一提起农田防护林的建设，这里的人们就竖起了大拇指，连连夸赞搞得好，给子孙后代都造下了福！

1974年，赵开明当了林业局副局长。虽然把他推上了局领导的岗位，但他仍然是豁出命来干的。身患胃病，久治不愈。或许是他工作太忙，无暇顾及病症，或许是胃病不容易治好。总之，他一直带病工作，带病劳动。他到农村一蹲点，就真的"蹲"住了，好多天不回家，最长的时候竟达八个月之久。胃病倒不是什么立即要人命的病症，可它说发作立即就发作了。主要在饮食方面得多加小心，既不能多吃，也不可少吃。好饭不敢吃多，粗粮不可吃少，须根据自身的具体情况定时定量。可在农村生活，和农民一起吃住劳动的赵开明，是很难保证与把握时间和分量的。迟一顿早一顿，粗一顿细一顿，弄得他常犯病。在劳动中，他的病一发作，就痛得难受！但他竭力坚持和忍耐着。善良的群众劝他赶紧回去休息，他轻易不肯离开工地。直至他实在无法忍受时，才万不得已地休息一会儿，吃点药好些了再接着干。后来他的胃病很严重，吃药都无济于事了。一次又犯病了，他痛苦地在炕头胡乱翻滚，掉在地上都不知道，已经失去知觉了。人们把他赶忙送往医院，连医生都发了火，埋怨他这样严重的病，还坚持工作，坚持劳动，连命都不想要了！他理解医生的心情，医生是出于人道的。

赵开明就是这样，他为了给大地留一片绿色，把一切都置之度外了。他想的是群众，想的是造林，想的是为群众多办点事。可群众为了感激他，给他送来东西时，他一一拒绝了。

1981年，他承包公路两边的灵榆防沙林带，计划五年造活4万亩。结果造活了6万亩（包括村庄和农田）。有杨树、柳树、榆树、柠条等。难怪笔者从靖边去定边的途中，被公路两旁的树木所吸引，留下了难忘的印象。

赵开明爱树如命。他保护树木就像保护自己的财产。在砖井，地质队的车压坏了树，打来电话，他连夜赶去做了处理。

北京林学院的教堂里，也有赵开明深造的踪迹。他是不会忘记培养过自己的学府的。

1984年6月，林业部向赵开明颁发了在林业科技推广工作中做出显著成绩的荣誉证书和奖章。

赵开明多次受部、省、地、县的奖励。

赵开明的几篇林业学术论文，在榆林地区科协获优秀论文二等奖两次、三等奖一次。

赵开明被评为林业技术工程师，他受之职称是没有愧色的。

38年过去了，真可谓弹指一挥间。这位从小家境苦寒的鞋匠的儿子，是否还准备返回故里呢？他不打算回榆林了。榆林是个好地方，他承认也思念。但他更喜欢定边，喜欢定边的土地、树林，喜欢定边的人民。他不图官，不图利，只图林业工作，只图从事的事业。他正埋头在业务方面的书海里，写点造林治沙的文章呢。一本《定边林业科技史》一书已脱稿。不过笔者提醒他要注意身体，他还有病，有很重的胃病！哪怕他是一棵小草，也有相当价值的。毛乌素大漠里的小草，其价值就更珍贵了。就是，正是这些小草，才染绿了大片大片的黄沙。

现在该明白了吧：不是陕北人胃病多，也不是"三边"人胃病更多了。

沙漠中的绿色卫士

绿，是春天的号角！

绿，是生命的召唤！

绿，也是他长期追求的理想世界！

在我们居住的这个星球上，大自然赐予人类最生动、最有价值、最富生命力的颜色就是绿色——各种绿色植物、草原、森林、果树和农作物，为我们提供了生存的条件和环境，使人类成为万物中最聪明、最有灵性的智慧生物。正如水对于生命的意义一样，绿色植物是人类存在的必要条件，是人类生息的守护神。

但是，丰富多彩的大自然，并非为人类的繁衍而存在。榆林北部的毛乌素沙漠，就是大自然的演变留给我们的一份不那么赏心悦目的遗产。为了改造这片沙漠，千百年来，特别是新中国成立40多年来，榆林人民在党的领导下，从未停止过斗争，付出了高昂的代价，取得了举世瞩目的成绩。使这条横亘于蒙陕两省（区）之间的黄龙，终于开始驯服，不得不改变其狂暴无常的性格，逐渐露出了人间春色。这是人类征服大自然的一曲伟大壮阔的胜利凯歌。

每当人们登上高耸云天的镇北台，面对长城内外浩瀚大沙漠中的一片片由树丛、草地、农田、鲜花所组成的绿色海洋而抒发感慨的时候，自然会联想到那些为在沙漠中创造绿色世界而倾注了全部心血的人们。屈秋耘同志就是其中突出的一位。

屈秋耘，是榆林治沙研究所研究人员中，为造林治沙做出卓越贡献的一位。20多年来，他和其他科研人员一样，为了在这茫茫无垠的毛乌素大沙漠中创造一个绿色的理想世界而辛勤耕耘，艰苦跋涉，默默奉献了他的智慧和青春。现在，就让我们借此机会，踏着他奋斗的足迹，去寻找和探索一番他走过的这一段艰苦而光荣的路程吧！

1

1965年3月。一辆满载旅客的大轿车,沿咸榆公路向北疾驰。山道蜿蜒,春寒料峭,光秃秃的黄土山上看不到一点绿色,感觉不到一点春的气息。但屈秋耘的胸膛里却荡满了春风,一种从未有过的激动使他不停地挪动着身子,一双兴奋的眼睛一动不动地盯着窗外,全神贯注地领略着由无边的大山和数不清的深沟构成的这幅奇特的黄土高原图。一切都是陌生的,一切都是新鲜的。尽管有点恍惚不安,但却那样满足和踏实。哦,多年的梦想和希望总算实现了。

屈秋耘从小生长在秦岭北麓渭河南岸的户县白龙村。比起水乡的江南,她没有船帆如梭的河道,更听不到此起彼伏的桨声。但被人称为"八百里秦川"的渭河平原自有她独特的骄傲。历史上多少个封建帝王都将八水环绕的长安作为都城,唐代大诗人杜甫也曾被县城西南独具风姿的陂美湖所迷恋,一住就是八年,写下了大量优美的诗篇。关中,这个被人称作"陕西粮仓"的河谷冲积平原,自古就以富饶而著称,以其丰厚肥沃的淤积黄土向人类默默地奉献着。

屈秋耘爱自己的家乡,但最使他神往和发生兴趣的并不是平原,而是秦岭山中那丰富多彩的世界。他的家乡在蟾岭脚下,村庄东西有甘峪河和杏景河缠绕。沿甘峪河进山,不到五六里就是浅山的阔叶林,不说那遮天蔽日的林海,遍地的木材,漫山的野果、药材、珍禽怪兽,只要吸一口山谷中潮润清新的空气,喝一口从岩缝中泻出的清爽甜美的溪水,就足以使人得到一种最好的享受。从很小时候起,他就对家乡的南山产生了一种深妙神奇的向往之情。他每每站在谷口,遥望那黑黝黝的长满树林的山峰出神,他多么想去踏一踏那软绵绵、滑溜溜的苔藓,看一看那奇异的林中野花,听一听林中小鸟的鸣唱,尝一尝那百味俱备的野果。这美妙诱人的一切,都是因为有漫山遍野的森林,都是由树林创造的。难怪他小时候就听大人说,在陕西饥饿史上最吓人的民国十八年,多少饥饿的乡亲,凡行乞在平原上的都难逃自毙的命运,而凡逃进深山的则保住了性命。从那时起,他便深深地爱上了树,爱上了森林,爱上了绿色,并做起了绿色梦。他多么愿意去从事这一使他向往的事业,让自己家乡的所有土地,让可爱的关中平原,以至整个中国,都能长起树木,形成森林,变成绿色的世界。

果然,1964年,他中学毕业后,考进了地处陕南万山丛中的商洛林校,开始如愿以偿地去走实现他童年梦的那一条路。

四年的学校生活，他如饥似渴地学到了丰富的林业知识，加深了对这一事业的理解和认识。1965年，他以优异的学业成绩毕业了。紧接着是分配工作。这对每个即将走向生活的青年来说，是一段令人不安和至关重要的时刻。全班几十颗年轻的心，顿时在全省19万平方公里的土地上漫游起来，心慌意乱地选择着自己的落脚点。省城繁华舒适，"台阶"又高，谁不羡慕向往、富饶的八百里秦川，生活富裕，交通方便，走一步也省劲，能分到那里当然也很理想；退一步说，即使分到陕南，虽然是山区，但青山绿水，气候适宜，也很不错；唯独害怕分到陕北，虽然他们并没有去过，但早已听说那里山大沟深，风沙弥漫，吞糠咽菜，冬天冻得往下掉耳朵哩，去了怎能受得了。尽管当时的口号是：服从组织分配，到祖国最需要的地方去，到最艰苦的地方去。但在这直接关系到每个人终身命运和前途的大事面前，谁能没有个人的考虑和选择。人们在不安中默默地思考着期待着，到处都在争论，情况在急剧地动荡变化，整个学校像刚烧开的一锅沸水……

屈秋耘被分配到省林业厅的消息，犹如春风和闪电，很快在同学中传开了。人们惊喜、羡慕，向他投来一双双庆幸祝贺的目光。但屈秋耘却犯难了。因为他的志愿填的是陕北定边、榆林和其他风沙区，怎么却留到省上了？

好多同学对他的态度迷惑不解，但屈秋耘却有自己的想法。从小在终南山下农村长大的屈秋耘，又经过党的多年教育培养，使他不仅从心底爱上了林业工作，掌握了一定的林业知识，而且对人生的意义和价值也形成了自己的看法——一个人活在世上，就是要用自己的劳动和知识，去为党为人民做几件实实在在有益的事情，绝不应贪图个人享受而虚度年华，浪费青春，特别是经过几年的专业学习，使他更深深爱上了森林保护专业。他早已做好了准备，一毕业就奔赴祖国最需要最艰苦的地方去干一番事业。这种想法虽然他从未向任何人吐露过，但在他心里却是那样的明确、坚定和不可动摇。他虽然没有去过陕北，但他知道那里土地辽阔，又有沙漠，正是最需要他去为之贡献的地方，况且当时正是三年困难时期刚刚过去的时间，事业亟待恢复，技术力量亟待充实，而最迫切的正是基层、边远山区和林区。他又是学生会学习部长，曾多次向同学们做工作要到艰苦的地方去，现在怎能首先留在省城呢？思来想去，他决定一定要实现自己的诺言。他去找校长，再次说明他要求去陕北的态度和决心。校长开始对从不违背组织决定的屈秋耘的异常表现，有些迷惑不解。但仔细听了屈秋耘的表白后，觉得他讲得有理，而且出于深思熟虑的真诚，决心又是那样的坚定不移，便赞扬了他的选择，重新进行了研究，满足了他的要求，将他由陕西省农林科学院分到治沙研究所，地址在榆林。

理想的第一步实现，使屈秋耘浑身充满了力量和欢乐。尽管眼前的景色那样荒凉冷漠，但在他心里却是那样的新奇和让他神往——人的感情往往是可以美化自然的。随着滚滚的车轮声和轰动的马达声，他的心早已飞到了那亟待他施展本领和经受考验的遥远的地方……

2

经过几天长途颠簸，4月初，屈秋耘来到榆林。

4月，在关中已是春风浩荡，鸟语花香，遍地绿色。但在榆林却是一个风沙肆虐的世界。听不到鸟语，闻不见花香，看不到一点绿色，见到的只是望不到边的赤裸裸的沙漠。从早到晚，风沙飞扬，吹得人睁不开眼，尤其是那狂暴怒吼的风声，简直让人无法忍受。再加上生活的不习惯，一个时期，屈秋耘真有点动摇，曾考虑离开榆林重返学校，要求另行分配工作。但他想到更多的是自己毕业时的真诚誓愿，尤其是当他看到流沙的侵袭严重威胁农牧业生产，阻断交通，淤塞河道，威胁人民生活时，他再也无法平静，"风沙漫天吼，砾石遍地走"的严酷现实强烈地刺痛着他的自尊心。他感到在这特殊的阵地上人民重托在自己肩上的分量，感到了自己选择的全部意义。他认识到制服沙漠，改变这使人望而生畏的恶劣环境而造福人民，是一个林业工作者不容推辞的责任。是的，只有森林这一强大的绿色群体，才是阻止流沙南移和彻底制服沙漠的最有效的防线。自己就是从内地移到这风沙前哨的一棵树、一名战士，既然栽下，就应该在这里生根、发芽、结出果实。

无情的现实，进一步唤醒了他童年时绿色的梦。他一下子变得那样喜爱绿色，喜爱草木，喜爱一切植物，使他对自己事业的热爱得到了进一步的升华。他真正理解了绿色就是生命，就是青春火焰的象征意义，他再不能在个人的得失与这宏大久远的事业之间犹豫，而应用自己有限的知识和生命与这里的人民一起去为征服风沙去斗争。因为这是一件能铭刻在大自然丰碑上的一项伟大的事业和工程。虽然在那无形的丰碑上不可能记下自己的名字，但它的意义是永久不灭的，因此，自己应该去毕生从事，为其有一分热去发一分光。

对他触动更大的是，一经接触实际，榆林风沙区这一块荒凉的不毛之地，很快对他产生了巨大的吸引力，它充满了问题，充满了趣味，充满了需要。多少次，他到沙漠中调查，看见一片一片的杨树林被害虫侵害，在狂风中摧折、死亡，似乎在发出令人撕肝裂胆的惨叫。那声音，那惨状，好像专门向他求援和呼救。作为一个林业工作者，特别是一个专门从事森林保护工作的技术干部，他不能忍受这种现象的继续存在和逞凶。活生生的事实，使他深刻地认识到森林保护工作在治沙研究这项综合性较强的研究领域中的位置，认识到要在风沙区发展防护林，病虫害是一个潜在的危机。当沙地植被恢复到一定的程度，它必然会上升为主要矛盾。森林虫害是一种慢性的看不见的火灾，如果不重视，不能有效地进行解决，它会毁掉整个防护林工程，使已取得的治理成果前功尽弃。

严酷的实践，深深教育了他，使他彻底从个人的得失忧乐中解脱出来，真正懂得了作为一个林业科研工作者的全部意义和肩头责任的分量，产生了一种犹如火焰般燃烧的工作欲望，也真正地感觉到这无边的沙海正是他最好的用武之地，恨不得马上投入战斗，在这寸草不长的沙漠中创造出一个崭新的绿色世界。但他的学历不高，知识不足。按照科研规定，没有受过系统的高等专业教育的人是不能承担研究课题的，即使在他担负的一般工作中，也是困难重重，力不从心，更何况主持研究。

他作难了，这该怎么办呢？在这新的困难面前，领导和同志们对他指出了努力的方向，伸出了友谊的援助之手，给了他力量。所长不仅主动帮助他收集资料，参与他的调查，而且语重心长地指出：沙漠化的逆转，林业措施是最根本的。但是沙区现有的各类林木多年来遭受害虫危害，专业研究部门提不出有效的防治方案，这是一种失职。你的森林保护工作，在这里具有特殊的价值。虽然现在没有大学或研究生文凭，但你是个有心人，我不相信你会甘愿充当失职的一员。一切知识都是学来的，实践是最好的学习，只要你下功夫学习，肯定会成功的。

领导的关心和实践的教育，使他受到了很大的启迪。为了工作的需要，他在学习上开始了新的跋涉。他一边工作，一边学习，向同志学，向书本学，向实践学。每天除过工作而外，不分白天黑夜，不管时间多少，全成了他学习的时间。

为了督促自己学习，他曾在宿舍的墙壁上写下了这样的条幅："每天晚上当你躺在床上就要睡去的时候，你想一想，在一天的时间里，有多少时间用于工作，有多少时间用于学习，又有多少时间是在东拉西扯、无聊笑闹中度过的？"他求教不分地位，看书不管地点，食堂的饭桌上，厨房的火炉边，车站的候车室，都成了他学习的场所。多少次因看书而走路撞了人，做饭烧坏了锅，等车误了点。他本来是个兴趣广泛的人，很喜欢电影、戏剧、音乐、体育、诗歌，并有一定的鉴赏能力。但为了专业学习，多年来他与这些几乎完全绝了缘，因而被人们看成是一个不懂得生活、不热爱生活的书呆子。根据自己工作忙而缺少时间的特点，他给自己定了特殊的学习程序：发现问题——归类——确定攻读内容——学习——实践——解决问题。十年动乱中，多少人耻笑和批评他是"白专道路"，为他担心和不安。但他宁肯忍辱负重，受人奚落，也从没动摇学习的决心。他正是把别人浪费的大好时光，变成自己求知的难得机会。"文革"初期，造纸厂的废纸收购站的库房对他产生了很大的吸引力。多少人害怕书籍招祸，把许多好书当成废纸偷偷卖掉去化纸浆，使库房里书籍堆积如山。屈秋耘发现了这个秘密，多少次跑去翻阅、购买，寻找他需要的知识。时间长了，收购站的老工人看着他一边啃干馍，一边贪婪地挑选书的样子，深受感动地说："我们收来，你又买去，叫我们再干什么？书，本来就是给人看的，我们用不上，但只要有人看，就是白送也值得。"就是这样，他以顽强的毅力，从1972年到1976年，用五年多时间，基本读完了普通高校植保（森保）专业的基础和专业课程，重点学习了森林昆虫、植物病理及与之关系密切的分类、化保、生理、生态、测报、数统、生防、微生物等学科，大大缩短了知识水平与研究任务间的距离，为他以后的科研工作创造了条件。

3

对事业赤诚的热爱，加上经过自己心血而掌握的必要的知识，为屈秋耘的工作插上了坚实的翅膀。英雄的榆林人民，经过40年艰苦奋斗，已将全区860万亩流动沙漠治理了450万亩，造林治沙保护面积1093万亩，沙区植被覆盖率已达38.6%。沿古长城线，由东向西营造了四条共长1900里的防风固沙林带，同时造起了180多块1万—10万亩的成片林。12万亩农田林网保护着145万亩农田，沙区新开农田50万亩，果园20多万亩。这是榆林人民长期与风沙斗争的胜利果实，也是榆林人民彻底摆脱贫穷的巨大财富。如何保护这些林木不受害虫侵害，更快更好地见到成效，这是全区广大林业工作者的光荣而艰巨的任务。作为肩负森林保护重任的屈秋耘，深深感到自己肩上的责任是何等重大。

杨树，是沙区成长的一种主要树种，也是最易受害虫危害的对象。如何防治杨树虫害是沙区森林保护工作的重要研究内容。20世纪70年代初期，根据领导的安排，他首先投入了防治杨树虫害的紧张战斗。他和防治组的同志们一道，不管山大沟深，不顾风沙寒暑，用两年时间，跑遍了全区的12个县，23个国营林、农场、苗圃和典型社队的上百个点，足迹踏遍长城内外的沙漠地区和丘陵沟壑，亲手解剖了严重被害的树木400多株，在34000多株杨树上反复进行观察研究，终于揭开了当时全区危害杨树最普遍的几种害虫——白杨透翅蛾、山树天牛、芳香木蠹蛾、薄翅锯天牛等多种蛀干害虫的秘密，采取了有效的防治措施，从根本上扭转了过去消极更换树种，砍伐虫害树木的被动局面，完成了"榆林风沙防护林主要蛀干害虫防治课题"。研究报告发表后，对榆林全区及临近省（区）森林害虫防治工作起到了有力的指导和示范作用。

1973年，经领导研究，组织了屈秋耘、冯广林、王新明等同志一起，承担了一项新的研究课题。由屈秋耘负责并担任课题主持者。

这是一种对杨树危害极大的秆部害虫，但在国内没有任何资料可参考，一切都得从头开始。对任何一种害虫，要找到防治的办法，必须首先搞清它的生活习性和发生规律。这种害虫仅在树干内蛀道危害时间就长达22个月之久，每个生活周期要跨过整整两个年度。其中包括孵化、入侵、蛀食、化蛹、羽化、交配、产卵等过程，每一个过程长则十余月，短则数分钟，而且都在野外的树林中进行。要搞清这个全过程，就必须按照害虫的生活习性坚持不懈地大范围调查。一丝不苟、点滴不漏地进行周密细致的观察。屈秋耘带着干粮、水壶、闹钟、手电、皮袄，长期吃住在野外的树林里。关键的观察环节，每天从早上6点多开始，直到午夜12时以后，每30分钟一次。有时甚至24小时连续进行，绝不放过每一个细小的过程。为了掌握这种害虫发生期的薄弱环节，抓住其中最有效的防治时机，他把一切都置于脑后，心中只有自己的研究对象。他为观察所得到的每一个细小收获而欣慰，因而不觉其辛苦，他是满足的。在野外，渴了喝上几口冷水，饿了啃上一块冷馍，累了抓紧观察中短暂的间隙，上好闹钟，裹上皮袄就地躺上一会儿，到时间闹钟一响，马上起来继续观察。就这样，他不避寒来暑往，夜以继日地在荒沙野地里坚持观察了整整两个年头。有人说他着迷了，他说他没有着迷。他清楚探求未知的过程没有一个是轻松的，他所醉心的就是要揭示一个谜一样的过程，谜一样的规律。身体消瘦了，皮肤晒黑了，因为睡冷地得了关节炎，失掉了一般人应该得到的种种享受，但却终于搞清了这种危害严重的害虫的生活习性和规律，并发现它的许多薄弱环节。接着，又用了两年时间，研究出了利用干基喷雾、药剂点虫孔、性诱器诱杀等几种有效的防治办法，为制服这种作恶多端的害虫闯出了一条新路。

1977年，经过中国科学院动物研究所鉴定，这种害虫名为杨大透翅蛾。紧接着，他的研究成果《杨大透翅蛾习性观察及防治试验》的学术论文在《昆虫学报》上发表了。这一研究成果，很快引起国内外昆虫学界的重视。美国加利福尼亚研究中心、佐治亚州海岸平原试验站、西德昆虫学家马克思·波恩教授、西班牙大学彼·魏德曼教授、法国科学院院士、生物科学委员会主席C.佛古教授，纷纷以单位和个人名义寄来名片和信函，对他的研究成果表示祝贺和赞赏。

利用飞机在沙漠中种草，是国家在榆林沙区进行的一项重大科研项目。经过十几年的试验，已经见到了明显的成效，也总结出许多有价值的经验。1978年，在飞播造林试验中，人们发现了一种对飞播造林危害极大的害虫——大坡鳃金龟。春天，它的幼虫在地下食害植物的根系，交秋时节，飞播的植物刚长成幼苗，它的成虫又跑出地面，将植物从根基咬断，像刀割过的一般，使大片大片的幼苗被毁。这是一种自然分布于流动沙地到半固定沙地的植被害虫，植被稀疏时，此虫密度较小，一旦播种了植物，食料条件改变了，它便飞快地繁殖起来，在无人为干扰的条件下，自然植被越稠密，它的危害越严重。它的食性甚杂，尤其喜吃豆科植物。而飞播固沙的主要植物踏郎、花棒等正属豆科，因此它便成了飞播造林的大敌。这种害虫危害区域很广，由东北的科尔沁沙地，过内蒙古的库布齐沙漠、榆林的毛乌素沙漠、宁夏的乌兰布和沙漠、甘肃的腾格里沙漠，直到与新疆毗邻的巴丹吉林沙漠，整个半个中国的沙漠区遍布这种害虫。若不予消灭，固沙植物怎能生存，飞机播种绿化沙漠的工作如何进行？

飞播组心急如火，治沙研究所的领导人更急，几经研究，最后将这一害虫的防治研究任务又落实在屈秋耘身上。

一切从实践中开始。屈秋耘像以往一样，迈开双足，走进沙漠现场，首先调查害虫的分布和危害状况,然后研究和寻找防治的办法。多少个骄阳似火的中午,他冒着难忍的暴晒,走过一个又一个沙丘,进行大量的调查和认真的观察研究,从大范围的调查中,他意外地发现了一种使他十分惊异的现象:凡有紫穗槐分布的地方,害虫幼虫的密度都很低,但紫穗槐植株附近却有许多死虫,有的尚在濒死中挣扎。这些地方没有施药,害虫亦无伤痕,虫子又正处在发生初期,是什么原因使之死亡呢?这一奇怪的现象,马上引起了屈秋耘的重视,使他兴奋异常:会不会紫穗槐有杀这种害虫的作用呢?他马上进行毒效试验,果然,第三天害虫死亡90%,一周之内全部死光。接着又做紫穗槐防虫带试验,阻杀成虫的效果也很好。

这个研究成果很快应用到造林治沙的实践中去,人们用栽植紫穗槐做沙障,既可固沙,又能防虫,大皱鳃金龟有了防治的办法,一直作为单纯植被用的紫穗槐又成了一种奇特的治虫植物,真是一举两得。在飞播时,把紫穗槐种子掺进其他植物种子中混播下去,既可以大面积固沙,又可以大面积防虫。几年来,已在全区十几万亩造林治沙面积中采用了这种防护措施,收到了明显的经济效益和突出的生态效益。

屈秋耘的论文在《昆虫学报》上发表后,很快收到了美国得克萨斯州农业与医科大学罗伯特·L.克洛克教授的来信。教授说,他通过计算机查了三个数据库,结果是:"在所有的三个数据库中,都找到了您的论文《动物生态学和大皱鳃金龟的治理》。这是计算机所能查到的唯一一篇有关论文。似乎可以这样说,您是自1970年以来唯一发表过这方面著述的人。"

4

20多年来,屈秋耘为了祖国的绿化和治沙事业,把他一生中最宝贵的青春和年华,毫无保留地摔在这浩瀚的沙漠里。为了制服一种又一种害虫,为了规模浩大的长城林带的建设,为了实现他憧憬中绿色的梦,他耗费了心血,付出了昂贵的代价,既享受过胜利的欢乐,也忍受过徘徊、失望、失败的痛苦。他把自己的青年和壮年献给了沙漠和植物保护研究,他的喜乐与榆林的沙漠治理紧紧相连。20多年来,在党组织的关怀和支持下,他和他的同事们一道完成和阶段性完成了陕北沙区八种优势植被害虫的防治研究,根据沙区特点提出了植物杀虫的新理论，发表了 20 多篇研究报告。曾获得林业部科研成果三等奖，陕西省林业系统成果一、三等奖，陕西省人民政府科学成果二等奖。四篇论文获省、地优秀论文奖。他本人被陕西省人民政府授予省"先进生产者"称号，并被破格晋升为副研究员。

屈秋耘是清醒的。成绩没使他满足，荣誉没使他陶醉，他知道伴随着鼓励和赞扬的是更高的希望和新的期待。屈秋耘以一个科研工作者所具有的无止境的追求，向更难的领域和更高的目标开始了新的攀登。

近代欧洲一位哲学家说过："使人生具有意义的不是权势和表面的显赫，而是寻找那种不满足一己私利，且能使全人类幸福的完美理想。"屈秋耘的理想是什么呢？他坦率地回答："就是做一个不断改造自然、推动社会进步的人。"

他的理想是崇高的，他的信念是坚定的。我们衷心祝愿他的理想更早变成为现实。

他乡是故乡

他乡——故乡。故乡——他乡。

每个人活在世上，须承受许许多多的感情纠葛。这都是人之常情，也都由人的家庭、关系、性格和观念等诸多主观因素与客观因素造成的。有人视他乡为故乡，有人视故乡为他乡。故乡的概念通常是和亲切与温暖联系在一起的。他乡是通常与陌生和淡漠相关联的。但有的人竟把自己的一生几乎全抛在他乡了。尽管如此，他亦并不觉得孤单，不感到冷遇。即使在异地多次横遭命运的遗弃，充满人生的凄风苦雨，近乎灭顶之灾降临下来，也未能动摇他的意志和信仰。因为他心里有一根压不弯摧不垮的支柱。这就是他对生活的强烈热望和顽强的信念，他忠贞不渝的事业心，坚韧不拔的生命哲学，也就是他精神的闪光点。

定边县人大常委会副主任李剑鸣同志，便是故乡的游子，异地的主人。他认他乡为故乡了。

得感谢定边一位文友的热情举荐，还多亏我正驻足于毛乌素沙漠没有离去。不然会让我和那位文友以及林业工作岗位上的同仁们抱憾不已的。恰如那位文友所说：

"你要把李剑鸣同志的事迹忽略了，不只是个简单的遗憾，而且是你的失职。"

我想职是不能失的。自己不是专程而来的吗？憾也要尽力少遗或不遗。生活固然是要留下一些遗憾的，但要减少不必要的遗憾，更不能专门制造遗憾。试想，出于一片赤诚之心的文友已经给我敲响了警钟，我岂能不引以为戒？否则是难以原谅自己了。

李剑鸣同志（又名李茂鼎）的故乡在陕西省安康县。这是一个青山绿水风和雨细的富饶之地。他的童年和少年时代，都是在故乡度过的，亦在故乡受到了较为良好的传统文化教育。1950年9月，他肄业于陕西安康中学高中，同年10

月,由安康行政公署选送到陕西省农业干部训练班学习农业技术,同时走上了革命道路。这是他把异乡作为故乡的开始。

学习是在紧张繁忙的氛围里进行的,既短促又愉快,一眨眼就过去了。1951年3月毕业时,李剑鸣毅然放弃了回故土的条件,也毅然抛开了留省城西安的机会。他第一个报名到陕北工作,到国家最艰苦的、最需要自己的地方去工作。他是这样考虑的:自己受党和人民的培养和教育,已经掌握了一定的知识,就得把这些知识再还给国家,还给人民,还给贫穷落后的山区,在荒凉的土地上发挥作用。有人不理解他。因为有不少想留省城工作的同学,都留不下来。也有不少想回条件优越的故土工作,想一大家子人团团圆圆,免得牵肠挂肚的。但李剑鸣选择是不会改变的。本来,他是要求到更远更艰苦的新疆去呢。可惜没有去新疆的指标,学校无能为力了。于是,那些不理解他的人说:"李剑鸣真是脑子不够用,憨得太呢。放着的福不享,偏偏找苦吃。"他们怎能体察到李剑鸣的心情?他是满腔热忱为革命,为国家贡献力量呢。可李剑鸣不要求每个人都能理解自己,体谅自己。人各有志,怎能全都想在一起呢?他也没有批评和指责他们,他反倒能够理解他们。因为享福对于许多人来说,是具有很大吸引力的,一切都不值得奇怪。

李剑鸣初到陕北,分配在榆林地区农业工作站工作,任技术员。初来乍到,还委实有点不习惯。天气的寒冷,饮食起居的简陋,环境的生疏和气候的变换,使李剑鸣有点措手不及。他的陕南故乡山青水绿,一年四季不十分明显。但陕北则大相径庭,夏天太阳火球一般,冬天的数九寒天却穿上老羊皮袄还冷得不想出门,坐在热炕头上才可抵冷御寒。加之陕北通常是两顿饭的习惯,缺少细粮,大米就更少了。而且一出门,就是满目黄沙,像一片起伏的巨浪朝这座塞上小城扑来,大有被吃掉的危险。真是大漠孤烟,人迹罕至,一派悲壮荒凉的景象。李剑鸣思前想后,觉得是不是自己选择错了?是不是那些人们把自己批评对了?他马上给否决了!他肯定自己的选择是正确的。他不做后悔事,他从来不知道"后悔"二字在自己心里还占有地位。他想:我来陕北就是为了工作,为了在艰苦的条件下锻炼自己、磨砺自己。在荒凉的土地上大干一阵子,把学到的知识奉献给陕北老区人民,弥补他们在中国革命战争中的创伤,早日富强起来。如果我是为了享福,为了图谋个人利益,早就回故乡了,或留在省城西安工作了。这两种去向任选一种,都比陕北好到哪里去了。他想自己既来之,则安之,精神上得有吃苦的准备，这些不习惯的东西应该在预料之中，说不定还有更艰难、更复杂的情况在等待着自己呢。生活绝不可能以人的意志为转移，它是复杂多变的。李剑鸣很快克服了个性中的弱点，一改往日的生活轨道，渐渐地适应了。那青山绿水的故乡和喧闹繁华的古都西安，几乎在他的脑际消失得无影无踪了。他一心扑在工作上，他感到工作一忙，是忘记享受的最佳选择，以苦为乐，过得充实而欢快。他虚心向有工作经验的老同志们学习，拜他们为师，吃苦在前，工作拣重担子挑。他经常下乡，深入农村，到农民家里，到广阔的田野里，拜访有丰富种庄稼经验的老农，根据他们多年的耕耘而积累起来的东西，再查对书本上的理论，结合在一起，然后去实践，从中总结出属于自己的一套农作体系来。无疑，他的工作是出色的，成绩是显著的。很快就由技术员提拔为股长，负责具体业务工作了。

1953年3月，李剑鸣调到定边县，任农技站主任。这是他独立工作的开始。他一到定边，定边比榆林更为荒凉凄苦，自然条件更比榆林差多了。榆林起码是一个地区的所在地，还算一座不错的小城呢。而定边则与其说是县城，其实只不过是一个小镇而已，充其量比外面的某些农村大一点儿，真正躺卧在沙窝子里了。更让人恐惧的是这里的气候，春天风大得要命，满地都是黄沙。风一吹来夹杂着沙粒，弄得人睁不开眼睛，天空好像遮了一层厚不可测的流动体，弥漫在人们的头顶。一出门首先赠给你一身沙子，即使你穿上再时新再鲜艳的服装，也会黯然失色。已经习惯了榆林生活环境的李剑鸣，面对定边的现实立刻就接受了。他感到这是在自己预料之中的。他想我能习惯榆林，也就能习惯定边。总之，定边再苦也动摇不了他的意志。是的，自己有什么不习惯的？习惯都是在不习惯的情况下产生的，就是习惯不了的也会变得习惯的。不管怎么说，自己还是个国家干部，条件毕竟要比农民好多了，生活也舒服得多。每个月都由国家发工资，在粮库买粮吃，够幸福的！农民的日子多么苦焦，他们吃糠咽菜，整天在地里劳动，顶风冒雨，那才叫苦呢。李剑鸣对恶劣的生活环境毫不在意，他近乎抱有无条件的人生态度，所以就没有什么要求了。他笑着对春天的风沙说："那是大自然对我的深情，沙子是它送给我这个外地人的记忆。"多么坦荡而幽默的男子汉胸怀，怎么不让人钦佩呢？李剑鸣身为农技站主任，他一心放在农技工作上，处处为农民着想。定边土地贫瘠，凶暴的沙漠还不断啃啮着耕田。他是农民出身，深晓土地对农民的重要，是农民赖以生存的基本条件，可以说是农民的命根子。

他除了主持好农技站的日常工作外，只身去农村深入调查，有时也带领其他农技员去做考察。他亲眼看见了农民的疾苦，亲口尝了农民的饭食，这对他的启示很大，他感到自己的责任非同一般，是异常重大的！他觉得农民不掌握科学种田，不懂得农业技术，这是很大的缺陷，要给粮食带来多么让人痛心的减产。再加上土地贫瘠，耕作技术落后，就显得田地更少了，自然收获也就更可怜了！于是，他立志改变这个局面，和农民一起劳动，一起吃饭，一起休息，在田里多次实践，反复研究，力求寻找出适合当地增产耕作的措施。他先后撰写了《定边小麦栽培技术讽查及今后意见》《定边糜谷生产技术调查及今后意见》和《定边主要油料作物——大麻子的生产技术调查及今后意见》等三篇论文，分别在《陕西农讯》、国家农业部粮作局《农业增产经验汇集》和陕西农林厅《农业增产汇集》上发表。同时，水稻试种获得成功。于是，农民根据李剑鸣的意见去耕作示范，获得很大的增产，便开始大面积推广，为定边的粮食增产打开了局面。

李剑鸣在定边县农技站工作期间，多次受到上级部门的奖励。农技站被评为全省标兵。

1957 年，全国掀起了"反右"运动。李剑鸣未能幸免。他一向刚直不阿，说话办事总是不会拐弯抹角，有什么就端来直到的。他曾给有关领导提过些建设性的意见，但因种种缘故，以莫须有的罪名，把李剑鸣划为"右派"，开除公职处理了。李剑鸣叫天天不应，喊地地不灵，但当时那个气候，向谁倾诉呢？去哪里哭冤告状呢？谁又敢站出来为他主张正义，开脱所谓"罪责"呢？他只得悄悄忍受，只得忍气吞声地服从处理罢了。可他坚信国家不会永远是这样，会为他平反的。因为他对国家事业忠心耿耿，没有干对不起国家和人民的事。没有损坏国家的利益，没有干坏事！总有一天会真相大白于天下的。他相信历史，相信未来。

李剑鸣背着"右派"的黑锅，仍然勤勤恳恳地为国家和人民贡献着力量。1959 年，他参与创办了一个社办农场——蒙海子农场（后改为国营农场）。他不计较个人得失，把对自己不公正的处理当作一种推动自己工作的动力。这口"黑锅"固然压着脊背，分量是沉重的。但他主观上能够正确对待，许多负担均可得到解决，这实在是难能可贵的超然精神，它需要多么宽宏的胸怀，多么开阔的视野和豁达的气魄。李剑鸣同志独特的人格精神和工作风范正在于此。他于 1960 年研制的土化肥及固氮菌肥试验取得了明显的效果；小麦和玉米套种间作试验获得丰产，并推广药剂拌种防虫技术，使小麦、糜谷产量创定边县最高水平。李剑鸣用自己亲身实践，向时代做出了有力的回答。这活生生的事实，得到了定边人民的高度赞誉。

荣誉是用汗水换来的，是呕心沥血抚养出来的成果。其来之不易的曲折历程，有几人知晓，又有几人理解？唯有辛勤的耕耘者，唯有不通人性的累累硕果做出最好的结论，特别对于身处逆水行舟的李剑鸣而言，其艰难就更显而易见了。可他并不在乎这些东西，人们理解不理解，知道不知道都无关大局，好像是风马牛不相及似的。他想只要自己从良心出发，从事业出发，从实实在在地为老百姓办点好事出发，无论到了什么地方，无论是什么年月，都是没有愧疚的，哪怕晚上睡下也安稳得多，踏实得多。不过话再说回来，一个真正为国家和人民的利益着想和办好事的人，群众是自有公论的。一切都让人民鉴定去吧。

曾经有人问他："你为定边做出了相当的贡献，是应该得到一定报酬的。"

李剑鸣回答："无所谓。是我应该做的。"

又问："你就不计较个人得失？"

他说："即使我得了点什么又能咋？"

又问道："总不能光奉献而不索取吧。"

他笑了，是一种轻蔑而憨厚的笑。

李剑鸣几经辗转：搞水利、办农场，后来还是回到了农村。1963年，他在石洞沟乡（当时称公社）邹寨子安家落户了。这时，他是被处罚到这里的。他由一个国家干部变成了一个人民公社社员，一个实实在在的农民了。试想这是多么大的差异：干部——农民，在常人的眼里，是有本质区别的。那时候，农民固然也光荣，是为革命种田。但委实说有几许干部心甘情愿地去当农民，去种地呢？况且李剑鸣还是"右派"，还是被国家处罚而去的，又不同于所谓那自愿的"安家落户"者，而基本属于劳改和戴"罪"立功的人。这无疑是一个很大的命运危机，更何况他还是个外籍人，远离青山绿水的故乡，远离故乡的亲人和父老们。所以，具体的困难可想而知了。李剑鸣落到这步境地，他是绝没想到的。他一腔热血报效国家，到穷乡僻壤的陕北来工作，却对他是如此难以诉状的冷遇。他不知自己如何是好，如何选择以后的生活之路，可又别无他法，只能听天由命了。但李剑鸣的精神没有垮，信念没有毁灭。他想就是无论到了怎么一种恶劣的命运地步，只要自己还活着，只要自己没有失去自由，还能为人民办点实事，就得脚踏实地，认认真真地搞自己的事业，给群众解决困难。他相信人民群众的眼睛是雪亮的，历史是人民群众书写的。

李剑鸣回到邹寨子村，和村里的群众打成一片。他除了熟悉农技外，还酷爱园林，喜欢栽植苹果树。早在他年幼的时候，就试着栽过苹果树，却不幸死去了。这对幼小的李剑鸣刺激很大，使他对果树抱有一种"复仇"的心理，决心在园林事业上做点文章。于是，经过他的不断努力学习，掌握了一定的园林知识。沙漠地带的定边，素有不能生长苹果之名的。李剑鸣就是不服气，他认为主要是土质问题。只要把黄沙改造过来，何愁苹果不在定边安营扎寨呢。他横下一条心，改变人们这种陈旧的观念，就从邹寨子做起。他与群众一商量，人们很同意他的想法。因为定边穷，若能从果树方面发展，是一条致富之路呢。人们看他是真心实意地为他们着想，自然很是欢迎。李剑鸣设法从外地引进许多果树苗和梨树苗，繁育后获得成功。他首次创办了定边县第一个面积较大的专业性果园，约180亩。这些果、梨苗在他的精心护理和培植下，很快长起来了，开花结果了。他对园林真是关怀得无微不至，按时修剪，按季施肥，起早晚睡，风雨无阻。果树一有生虫的迹象，他就提前预防，自己掏钱买农药。果树一旦有病，他就心如火燎，寝食不安，采取一切办法给予及时的治疗。为此，当地群众十分感动。有人禁不住流下了泪。他们说：这么好的干部，怎么会是"右派"呢？太冤枉人了！这号人如果是坏人的话，国家不要我们农民要。我们不怕他是"右派"。还有人说：人家老李是个外地人，对咱定边的工作都这么负责，这么关心，人家图什么呢？这些工作又不是给他家里干，还不是为了咱们农民，为了咱们定边。要知道，李剑鸣的生活也很困难啊！每月国家只给他发一点极其微薄的生活费，他除自用一点，还得养家糊口。孩子们的生活又不能自理，正是张口吃饭，伸胳膊穿衣的时候。而他把不少钱花在园林，花在定边的建设上面了。这怎么不叫群众感动呢，怎么不给他高度评价呢？李剑鸣终于打破了定边栽不活果树的陈旧框框，建成了定边第一个果园。为此，他高兴地笑了，他和邹寨子的人们一起笑了。

1966年，李剑鸣研究了西红柿冷床育苗，试验后获得成功！他为定边的蔬菜工作贡献了力量。我想定边人民是记着他的。

"文化大革命"的烈火毫不例外地烧在了定边的土地上。李剑鸣虽然受到了冲击，但比起"当权派"轻多了。正像他说的那样，群众的眼睛是雪亮的。邹寨子的人民了解李剑鸣，拥戴李剑鸣。他为邹寨子办了那么多的好事，人们不会忘记他，感激都来不及呢。据说当时只有三个人对他有意见，但还不是对他个人的意见。因为他们想利用李剑鸣在群众中的威望向党支部书记身上发起进攻。也就是想借助李剑鸣的力量去与支书较量呢。他当然是不同意的。他怎么会整人呢？他根本不知道什么叫整人。当我详细问到他与人民群众的关系时，李剑鸣显得很动情，他缓缓地说：我与群众是鱼与水的关系。鱼离开水是活不成的。其实我也是群众的一个，我本身就是群众，而且是一个普普通通的群众。我顿时明白了：这就是李剑鸣能在"文革"中幸免的所在吧。

1971年，李剑鸣又在城关镇南园子建成了一个果园，约200亩，早已长成挂果了。现在已由几户人家承包着，获得可观的经济效益。听说一家果园的主人患病住院，每天有一只烧鸡享受，使诸多病友羡慕不已，连身着白大褂的医生们都不时发出啧啧的咂舌声。但不知他们是否晓得果园的营造者是谁呢？是谁给这位患者带来了如此福分？如果真的不知道果树的创始人，我可以郑重奉告：这就是李剑鸣。

1977年，李剑鸣首次进行蔬菜塑料大棚生产，取得了明显的经济效益。

1978年，李剑鸣的小麦黄矮病防治研究得出结论：玉米制种取得良好效果。

1979年2月，定边县委做出决定：撤销原来对李剑鸣的错误处理，恢复一切名誉。真相终于大白于天下了。

1980年，李剑鸣的苹果花期霜冻预防措施研究获得成功。他撰写的《定边苹果花期霜冻和预防的初步探讨》论文，受到了有关方面专家的一致好评。

1981年，李剑鸣经专业考核晋升为农艺师。

1984年，李剑鸣当选为定边县人大常委会副主任，分管农、林、水、牧方面的工作。

1986年，李剑鸣总结多年的研究成果，写了《苹果增产的关键技术措施》、《苹果整形修剪主要技术》和《定边苹果丰产栽培技术要点》的文章，成为指导定边地区苹果丰产的主要资料。

我们再回过头来，看看李剑鸣在工作中取得的荣誉吧：

1955年，李剑鸣被评为定边县模范干部。

1956年，李剑鸣先后被评为陕西省和全国农业先进工作者、陕西省农业技术先进工作者、定边县先进工作者，在全国农业先进工作者代表会上，他受到了毛泽东、周恩来等老一辈无产阶级革命家的亲切接见。

1957年，李剑鸣被评为榆林地区农业先进工作者，受到物质、奖状和奖章的奖励。

1981年，李剑鸣参加了榆林地区沙漠学会、林学会和农学会，并参与定边县沙漠学会、林学会和农学会的学术活动，担任名誉理事长。还具体承担定边的果树引种、栽培以及低产果园的改造条件等科研课题的研究工作。

李剑鸣还被善良的庄户人评为定边县城关镇先进工作者。

现在，身为定边县人大副主任的李剑鸣，在繁忙的工作之余，仍为定边的园林事业操劳不息。每年春秋两季，他都要到基层举办园林技术培训班，近三年来，仅果树修剪、栽培技术，培训班就办了十余期，学生达千人。一到苹果生产的关键时期，他就跑到乡镇果园进行现场技术指导，有时还到外地区讲课。有的群众告诉他果树有了病，送来叶片，他夹在书中，反复研究，然后对症下药，为群众排忧解难。他被人们誉为"土专家""土财神"和"雪里送炭的人"，实属名不虚传的。

初秋的早晨，我们来到城关镇南园子果园。主人热情地接待了我们。我们踏着被晨露打湿的土地，穿行在即将成熟的果树间。他边走边给我介绍苹果的品种、生长期和有关注意事项。主人没有跟在我们身后，宛若李剑鸣就是果园的主人。他就是果园的主人，果园的创始者。他伸手摘了一颗苹果，递过来让我尝尝鲜。我毫不客气地咬开了，又甜又脆，真是爽口极了！我看着这位异地的游子，看着这位在20世纪50年代初报名来陕北工作的知识分子，心里不知是什么滋味。他在陕北40年了，40年是一个多么漫长而短暂的时月。人一生能有几个40年啊！我默默回味着李剑鸣的历程：他曾任过榆林地区农技站的技术员、股长，任过定边县农技站主任，定边县蒙海子农场、石洞沟邹寨子园林场、城关镇南园子园林场技术员，任过城关镇农技员，定边县林业局业务副股长，定边县林业站副站长，定边县园林所所长和现任的定边县人大常委会副主任。这是一段多么不平常的光阴。而在这40年里，21年就是在农村度过的。他究竟是一个干部还是农民呢？我也说不清楚了。这时，李剑鸣从一棵果树上摘下一片微微泛黄的叶片，对我说：

"这棵树生病了，不医治就会影响产量，发展下去还会死去的。"他随手取出小本子夹了进去："我得带走，让主人赶紧医治。"

"难道主人就不知道吗?"我问。

"应该知道。但也很难说。"

"怎么,还复杂着哩?"

"唉,有时候真叫人着急,"他说着低下头,"真是一言难尽呀。"

"看来你还是有点苦衷哩。"

"你看,"他抬起头,扬手指着不远的一片空地,"我离开南园子时,一再叮咛他们把那片空地全部栽上果树。但一转眼十年过去了,还是空地。要是能栽上去多好呀,那就全部连起来了,真不可思议。"

"其实是能够理解的。"我见他略有沮丧,便解脱地说,"很正常嘛。"

"这还正常?"他扭头问。

"可以这么讲。"我接着道,"我们中华民族固然有善良勤劳的一面,但也有满足和懒惰的一面,尤其是农民。这无非就是他们可悲的惰性所在吧。"

他沉默不语了。

"你身体还好?老李。"我突然问。

"患有严重骨增生和肺气肿。"

"你别只给果树治病,"我关切地笑着说,"而忽略了果树医生的病。"

"是的。树的病要治。我的病也要治。多活几年给家乡人民再多办几件事情。"

我语塞了。李剑鸣真的把他乡当故乡了。

桑榆暮景

"你岁数不小了吧?"
"不算太小。"
"多大了?"
"也不算太大。"
"多少岁了?"
"不晓得。"
"连你的岁数都不晓得?"
"当然晓得哩。"
"那么究竟多少了?"
"六十几岁。"
"多几岁?"
"多几岁又咋?"
"咋也不咋,问一问。"
"你又不是查户口,问这有什么用?"
"我是关心你。"
"关心我的什么哩?"
"你的岁数和身体。"
"我的岁数让自己去长吧。我的身体挺好的,做什么都不影响。"
"意思是你人老了,好好在家享点清福,再不要整天为造林治沙忙了。"
"哈哈,你原来说的是这个,那你就太费心了。还是关心别人去吧。"
"怎么,我说得不对?"
"你以为还对着哩?"
"我错在哪里了?"

"错在不要你关心我。也就是我不需要，不值得你关心。你叫我在家里享点清福，我享不了那个'清福'，更不愿享那个'清福'。你又叫我再不要忙着造林治沙了。你不晓得，那才正是我要享的'清福'哩。"

"忙成那样还是享'清福'？"

"唔。享清福。"

"从来没有听说过。"

"那你就不理解人了。享福看怎说哩。每个人都有不同的享法。对我来说，我整天生活在沙窝子里，能与草木打交道，就是享清福了。作为我们沙漠里的人家，还有什么事情比绿化黄沙更使我们高兴呢？"

"你说得完全对。"

"你该理解我要享的清福了吧。"

"理解了。"

"只要理解了咱们就好拉话。"

"那你的岁数？"

"69岁。"

"真的不小了。"

"但我人老心还嫩着哩，就像正在长高的小树一样。我一看见那些绿汪汪的树，感到自己愈活愈年轻了。"

"我们年轻人该叫你什么呢？"

"什么都行。"

"叫大名不尊重。叫老郭不合适。干脆就叫郭老吧。"

"随便。咱从来不讲究。"

……此段对话，是颇耐人寻味的。

年近七旬的郭成旺，一点也不像老人的样子，是很让人疑惑的。诸如此等年龄的不差上下者，有的老态蹒跚，有的满头银丝，也有的步履维艰。但他的身子骨还挺健壮，腰腿也很灵便。赤红色的四方脸形，想那是大漠风沙留下的印迹。给人以质朴的健康之美。他嗓门高昂、洪亮，宛若一口大钟在发出巨响，嗡嗡的，不绝于耳。一听就是个干脆利落的人。他喜好吸黑雪茄烟，常常夹在粗实的手指间，吸一口很快就吐了出来，同时习惯性地弹一弹烟灰，那动作没有一点拖泥带水，然后在烟雾缭绕中呈出一种庄重冷峻的神态。更显得强悍、狂野，透出一股犟劲儿。他的犟脾气是出了名的，凡了解他的人几乎无一不晓。本文开头的对话，毫无夸张，是足以窥其之个性一斑的。

地处靖边西北方向的东坑乡毛团村，曾经是毛乌素大沙漠的一口"便饭"，是很容易被吃掉的。自打新中国成立以来，在党和国家治理沙漠绿化大地的正确方针指引下，营造了一条长十里、宽八里的防沙林带，起到了一定的防护作用。只是缘于黄沙面积浩阔，运动性大，风一吹来，推波助澜似的渐渐朝村庄逼近，如一头穷凶极恶的巨兽，危及人们的生存。加之林带太窄，又有人和牲畜不断破坏，防护效果自然不会太显著，人们心急如焚，苦不堪言。于是村党支部遵照地区和县里的安排，又展开了大面积的造林治沙，以解侵袭之危。这倒是一项值得推崇的部署。但还应该动脑筋思考，面对现实，总结经验，吸取教训：为什么出现造林—失败、再造林—再失败的翻来覆去的现象呢？大有年年造林不见林、岁岁植树不见树的趋向。保存率太低了！这主要是管护问题，对已经栽植的树管理不善，具体的管理措施不力，没有投入应有的人力、物力。郭老思考再三，他想国家投了如此大的财力，育树苗，运树苗，出动那么多的人，费了这么大的劲，收效却甚微，怎么向国家交代！更使他气愤的是，有些人破坏树木、偷砍树木，牲畜跑进林地不仅置以冷漠，反而认为是让牲畜享受，甚至故意把牲畜赶进去占国家的便宜。岂不知这是一种毁林行为？自己就是沙窝窝里的人，如此发展下去怎么得了？说不定哪一天就会被沙子吃掉呢！为了自己安然地活着，为了全村人安然地活着，更为了沙窝子里的乡亲们早日摆脱被沙子危害的命运，早日提高生活水平，真正富强起来，他决定挑起护林的担子。他抱着出大力、流大汗的雄心壮志，他感到自己的责任是格外重大的。

习惯成自然。当地人畜毁林习俗已久，好像毁林是很正常的事情，而不毁林反倒显得有点异常，或者是吃亏了。所以，要一下扭转过来很不容易啊！个别头脑中没有法制观念的人，认为树是自己栽植的，完全有权利支配，与你郭成旺何干？也有人在他面前吹黑气，讲风凉话，说这么多的树，你郭成旺能护住？你能照看几棵？你就是三头六臂也没办法，恐怕是你郭成旺吹牛皮吧。即使你把人家抓住，捉在林地，一庄一户的早不见晚见，都是熟人，你又能怎么样？真的处理了，你以后不见人家的面了？闲言碎语什么话都有。郭老都听到了，很不服气！他的决心既已下定，决不反悔。他的犟脾气上来了，你说他做不成的事情，他非做成不可。他要往东走，就是九牛二虎十条壮后生都把他拉不到西。他非得把事情做成让你看个哑口无言，目瞪口呆。曾经有人认为沙里栽不住杨树，他不服气栽不活的言传。于是他在路边随手捡了一根细细的杨树干，顺便插入沙中试栽。这一试果然试得好，——活了！嫩绿的小芽儿在光滑的干上吐露出来了。他兴奋至极，一连栽了两万多棵，效果极好，经县林业局检验，全部合格。人们只得改变过去的陈旧观点了，并说郭成旺洪福大、运气好，随便就把杨树栽活了。郭老的个性就是如此，就是犟，他不会让人们看自己的笑话。

郭老的恒心，就是铁石心肠的人也会感动的。但村党支部考虑他上了年纪，给他配了一个年轻人协助工作。他俩紧密配合，齐心协力，整天奔波在茫茫大漠里。春天披一身沙子，夏天顶一头烈日，秋天带一股寒风，冬天冒一片冰霜。有时在家里吃一顿早饭，拿上干粮在外面吃，有时一天只吃一顿饭，一直挨饿到夜幕降临时分，他们都心甘情愿，毫无怨言。后来因为种种缘故，村里决定抽回年轻人，这一重担就落在了郭老一个人身上。但他没被困难所难倒，他每天早出晚归，休息时间更少了，管护得更认真更精心了。他担心有人趁机毁林，钻他"孤军作战"的空子，他想了个办法，严加防范，干脆在林地打起草棚，既能避风挡雨，又可遮蔽烈日，还放上铺盖，安了锅灶，筑成了自成一统的特殊"小别墅"了。在他的精心管护下，扭转了原来人畜毁林的恶劣行为。

日积月累，郭老不断总结护林经验。他根据自己的切身体会，归纳出了"四勤"，如座右铭一样牢记在心，永志不忘。

这"四勤"是：腿勤、脑勤、口勤、手勤。

郭老管辖范围很长，达十里，面积大路程远。但他整天跋涉在沙林地带，把每个地段都过目检查了，才放心。他把毁林事件尽可能地杜绝在发生之前，或者消灭在萌芽状态。

郭老很善于动脑筋，很善于思考。在腿勤的前提下，他又掌握情况，他挨村逐户地了解、调查，弄清了周围有多少牲畜、多少人。哪些人有过破坏林的行为，哪些人可能要破坏，谁家的牲畜常往林地走，哪块林地常被糟蹋，以及放牧人的生活情况、放牧规律和习惯等，他了解得一清二楚。根据这些，他便采取了切实可行的措施，将林区划分为：查看区、重点区、危险区等不同层次的区域。接着他按照不同的区域进行工作，查看区自不必说，重点区得注意观察，严加管护了。而危险区则百倍警惕，一点儿不敢马虎，不敢放松警惕性。他蹲在那里，严密注视着目标，像一尊树林间的守护神，看管着自己这片绿色的大自然。继而他又根据这些小区,确定了轻、重、缓、急有效的方法,基本制止了毁林事件的发生。

有了上述"两勤"的良好开端,还是不太全面的。如此长久下去,未免太机械了。郭老觉得关键之关键是要教育人们树立爱林的思想,特别是放牧员的思想。只要人的脑袋里有了爱林的观念,比自己"孤军作战"好得多,一切都解决了。他通过谝闲传拉家常的方式,给人们灌输造林护林的好处。他问造林能否得到利益?已尝到造林甜头的人们,回答是肯定的。他说既然造林好,那就得爱护林,不爱护林等于没有造林。好不容易把树栽活,怎么能再去破坏呢?如果要毁林,那压根就不要造了。他联系地理环境,谈沙漠对人的危害,说:"毁了林,就又变成沙漠了。黄沙南移,非把人吃掉不可。所以毁林就是毁自己,就是埋葬自己。"同时,他大力宣传党和国家有关"保护森林、发展林业"的政策,用讲道理摆事实的方法教育人,调动群众护林的积极性。人民群众最讲实际,是最现实的"现实主义"者,经他这么一讲,似乎有所觉悟,爱护林的思想有了显著的提高。人们说:郭成旺老汉还有两下子,懂得这么多的道理呢。郭老的思想工作做对了,他高兴得笑了起来。

林木管护,不仅仅只是管护而已。所谓管即是管理,护即是保护吧。但郭老不是这么理解和运用的,他在二者基础上又增添了一项新的内容,他以为是不可缺少的,这就是如何让林正常和迅速生长。他想人们常说"树大根深枝叶茂,遮天盖地绿茵茵",根不深树就难大,树不大枝叶就不会茂盛,枝叶不茂盛岂能遮天盖地?哪有绿荫呢?!所以,他进林地的时候,肩头总扛着铁锨,拿着修枝剪,需要修的枝就修,需要剪的芽就剪。一发现死柴烂草,他立即捡起来,放到树下,压草培土,以防风蚀。剪下的枝条他放在树底,让岁月老人给它渐渐培土、掩埋,再化为肥料。这也是一种"自供自给"的生态发展的形式。

郭老护林出了名的,在当地可以说家喻户晓了。他有"爱林如命"之美誉!

在他十余年的护林历程中,充满多少酸甜苦辣,有多少可歌可泣的事迹,也有多少有趣的故事发生。他对毁林者理直气壮,不讲情面,无论是亲戚,还是领导,哪怕是自己家里的人,也不徇私情,一视同仁。他心里牢记着国家和人民,牢记着黄沙对人类的危害。毁林者一旦被他抓住,他决不放过,严格按护林的有关条例和规章制度执行。比如抓住偷割柳条的,他一次警告,二次打罚款条据,暂不收现款,三次就不容忍了:在村里大、小队会上检查后,连前面的罚款累计，如数兑现。收沙蒿的季节，是很热闹的。有些人不到统一开放时间，就开始收获，并采取不正当的方式或偷或抢。他将所得的沙蒿籽，按公私一半分，归公的一半他监督犯者种在他指定的地里。这样既教育了违反者，又增加了地面的覆盖率。那年天气大旱，80多天未落一星雨水，沙漠里干燥得快要冒烟了，牲畜吃草困难，都往林地跑，难以赶走。李家畔的十匹马被郭老抓住了，但他没有时间放牧，又不能让李家畔的人把马拉走。他想了个办法，雇了两个人，把马牧了3天，挣了15元钱。后来李家畔的人拉马走，付了15元工资给牧马者。尽管畜主付了款，可毫无怨言，很高兴。他说："虽然罚了我钱，但我乐意接受。罚得好，罚得应该。我不仅从罚款中吸取了教训，也给我上了一堂生动的护林课。我为毛团村有郭成旺这样一个如此负责的护林员高兴，为他们造林治沙高兴。如果我们都像郭成旺这么爱护林，还愁毛乌素大沙漠绿化不完。"畜主说的是心里话，人们很受感动。

要抓贼，得跟贼去学。这是郭老的经验之谈，并具有惊世之味儿的。他说贼的规律是钻空子，见机行事。常常在人们最不注意的时候，最特殊的时刻进行作案。我们必须掌握这个规律。大年三十，是个很不平常的日子。乡村人对过年看得更重，一年四季在乡村人的眼里，过年推当首位。但就在这个节骨眼上，更要百倍警惕，绝不可疏忽大意。郭老照常去护林，而比往日去得还早，回来得还晚。他也有过种种想法，这个时候人家都全家团圆，欢天喜地，吃油糕，喝烧酒，贴对联，放鞭炮，可自己却在树林里走。凄冷的寒风吹来，周身一阵阵打战，落光了叶片的树像自己一样悽惶，在寒风中抖动。远处是起伏的黄沙，极为苍凉。触景生情，倍感孤单。但他一想到自己的责任，一看到可恶的沙漠，一切苦楚都荡然无存，化为乌有了。他浑身热烘烘暖融融的，顿时干劲倍增，信心十足，并愉快地笑了。这是畅达的笑，发自内心的笑。这笑是神圣的责任和无限的使命感驱使的。

人是复杂的、多面性的。郭老亦不例外。他既有铁面无私的一面，又有通情达理的一面。谁家如果真的困难，没有炭烧，他就叫来把干柴背回家去，或者他送到门上。谁若不造林，就别想砍柴烧。用林换柴也是一种形式。你造林多，就让你砍的柴多，你造林少，得的柴就少。这种带有"多劳多得，少劳少得"的分配制度，大大提高了人们植树造林的积极性，使人们心服口服，不再毁林了。

郭老不只护林有功，造林也颇有建树。1985年，他牵头联合当地17户人家，承包了万亩黄沙，已经全部绿化，走一步就是一棵树，站在高处一看，绿压压的一片，有白杨、柳树、沙柳、紫穗槐等，长势格外喜人！十余年来，他20余次受到地、县、乡的奖励。1981年12月17日，他光荣地出席了陕西省林业厅召开的森林保护代表大会，获"先进个人"称号。

郭老已近古稀之年了，但他还有长远之规划呢。他打算还要大干五个年头，赶1995年把毛团村的全部黄沙绿化，变成毛团村的绿色宝库。当然，他说如果上帝允许的话。他刚说完，笔者不禁心里一怔，却立刻又坦然了。上帝是允许的，一定会允许的。何止是五年，十年也会给他的。上帝会支持郭老再大干一场的。因为像郭老这样的人，这样的品质、个性和精神，不但能感动凡人，也能感动上帝，感动一切有灵性的东西！这些年他太辛苦了，欠下他5000多元的护林工资，他能体谅到国家的困难。村里要砍树卖钱，被他挡住了。他说要卖树先把我的工资放下，否则一棵都不能动！这是多么激动人心的场面，也给人多么深刻的启悟。我们每个人都有老年，都有行将就木的时候。该怎么度过呢？怎么走完人生最后的历程呢？如果每个人都能像郭老一样，有个充实辉煌的时月，那就无愧于桑榆暮景了。

陈占有其人

引　子

地区林业局吕向荣同志介绍，你们写造林治沙，千万别忘了榆林市，榆林地区治沙40年，榆林市是重中之重！榆林市之所以取得显著成绩，一个十分重要的原因，是因为有一支工作作风扎实、吃苦耐劳的基层干部队伍，特别是北部风沙区的一些乡（镇）干部，在造林治沙上确实吃了大苦，流了大汗，做出了很大的成绩。

"你可不可以给我推荐一个最突出的，即是文学上所谓的典型人物吧。"我问向荣同志。

热情爽朗的吕向荣沉吟了一会儿，对我说：

"这个倒不好推荐，要说突出都突出，要说典型都典型，比如岔河则书记高占飞、巴拉素书记崔士英、孟家湾书记张生明、红石桥书记陈占有、芹河书记黄生业、金鸡滩书记郝子华、牛家梁书记柳跟才，等等。我看你把他们都写了吧。"吕向荣对我说。"他们确实都值得写，"这位老兄又郑重地补了一句。

乖乖老天爷！几个月奔波采访，晚上伏案爬格子，十几万字"出笼"，我已经心神俱倦，精力不济，疲惫不堪，再要把这七八位公社书记都写了，不是马上要我"鞠躬尽瘁"吗?！

我连连摇着头。一边摇头一边对吕向荣说："既然这样，我就随便选择一个吧。"

初识陈占有

听说吕向荣给我介绍的几位公社书记大都调进了城，我决定"舍远求近"，我坐在电话机前挨个拨号码——城建局副局长张生明，人没有在；纪委副书记郝子华，下乡去了；工商局局长崔士英，开会去了；县委党校学习的黄生业，联系不上。高占飞和柳跟才还在原乡（镇）工作，只剩下最后一个了——我拨响榆林市劳动人事局局长陈占有的号码。

电话里的声音浑厚而有力，接电话的正是陈占有，可谓"得来全不费工夫"。我们当即约好，第二天下午3点在榆林市干部招待所会面。

第二天下午，我如约前往。陈占有局长在门口笑吟吟地望着我。大手、大脚、大脑袋，衣着简朴，面孔微黑，外表上给人的第一印象是不修边幅。简单交谈几句后，就会发现他的性格上有一个更明显的特点：很快能博得对方的信任，使人一见如故。他的话语简单、粗放、直率，但却极有内涵，而且往往能够一语中言的，没有一句多余的话。凭我的采访经验，凡是有头脑、有水平，从基层摔打上来的乡（镇）干部，都有这个特点。我不禁在心里暗暗赞赏。

陈占有那双炯炯有神的眼睛望着我说：还是从头说起吧。

从头说起

我出生在榆林市补浪河乡目林队。自小家境贫寒。补浪河被人们称作榆林市的"西藏"，足见那个地方的贫穷、落后和偏远。1961年，我从巴拉素中学初中毕业，没钱继续念书，便"打道回府"，回家挑起生活的重担。当时生活非常艰苦，一年四季吃不上粮，吃的是豌豆秧、玉米芯子炒面和麦糠。国家处于困难时期，我们那儿又连续三年遭涝灾。当时摆在我面前的有两大困难，一是吃不饱，二是没柴烧。补浪河靠近内蒙古，到处是茫茫沙漠。生计所逼，我那时候就常常幻想，如果家乡能造起一片片的森林和树木，那该有多好！然而这纯粹是梦想——不仅没有造起林，仅有的一点植被也被破坏殆尽。我们那儿没有煤，家家户户砍的烧柴草。那时候是大集体，谁家没烧的，就把生产队的毛驴赶上出去砍沙蒿，一年年过去，周围的都砍光了，只留下了一片光秃秃的不毛之地。我初中毕业回到村里时，附近已没什么可砍的，就赶上毛驴到内蒙古乌审旗南边的马嗷陶圪塄"偷"沙蒿。来回七八十里。我那时刚18岁，父亲年龄大了，我哥已结婚，挑起了另一个家庭的生活重担，生活困顿至极，我哥根本无暇他顾，养家糊口，赡养父母的责任全都落到了我一个人头上。那时我担任大队会计，大小还算个队干部呢；可队干又能怎么样，队干也得去"偷"人，要么全家喝西北风?！1963年，大年三十晚上，人家过年，我和我的本家兄弟连夜出去偷沙蒿。我们弟兄俩赶两条毛驴，备个鞍子，子夜时分到了马嗷陶圪塄，一口气砍了四五百斤沙蒿。回来的路上，又冷又饿又累又怕，狐狸的叫声不时从旷野中传来，凄厉而瘆人。当时的心境现在简直无法描述，那些情景深深地烙印在我的脑海里，就像昨天发生的事情一样清晰。当时我那颗年轻的心，既愤懑愁肠又躁动不安，感慨万千，心想，咱那老先人怎么就把咱生在这么个穷地方。转念又想，咱什么时候能不在大年三十出去"偷"人，什么时候自己的家乡也能有沙蒿、树林，而且到处都是，取之不竭，用之不尽。从1961年到1963年，我整整"偷"了三年沙蒿。1964年我担任了大队长。当时蒙地的沙蒿人家不让"偷"了，我就给支书建议说：咱们沙蒿"偷"不成了，总得想个办法和出路吧。我和支书商量，队里买了两辆胶轮大车。1965年开始到榆林城和横山樊家河煤矿拉炭。1970年群众和公社推荐我出来工作。一开始在县粮食局，后来到县委。1975年调补浪河公社工作，先后任公社革委会副主任、主任。1983年调到马合乡当书记，1984年6月又到红石桥当书记。

我在补浪河整七年，在马合一年半，在红石桥整四年。凡是我到过的乡（镇），造林治沙工作都抓得紧。因为我出生在沙漠地区，对沙漠对人的危害有切肤之痛；而作为一个从最基层摔打出来的干部，我为官的宗旨就是为群众办实事，改变家乡贫穷落后的面貌。榆林北部风沙区没有林，八辈子也是个穷，造林治沙是改变这里落后面貌的唯一途径，舍此无二。

我1967年结婚，有四个孩子。我的家庭负担一直很重。我父亲1972年去世时，最小的弟弟才7岁。我哥41岁早逝。我既要养活老婆孩子，又要拉扯两个未成年的弟弟，还要照顾两个侄儿，直到他们都长大成人，成家立业。但就这我也没有耽误工作。我觉得，一个人活一辈子，是要有一种明确的责任感的。作为儿子，要赡养孝敬父母；作为父亲，要养育儿女；作为兄长和叔叔，要照料弟弟和侄子；作为党的干部，要为人民谋福利。一个敢于直面困顿的生活，热爱家庭和亲属的人，才会去热爱党和人民的事业，热爱广大人民群众和父老乡亲……

苦战红石桥

红石桥是榆林市最西边的一个乡。离榆林城136里。南靠横山，西接内蒙古乌审旗，东有巴拉素，北邻补浪河。全乡总土地面积58万亩。人口8900人，牲畜1300多头，羊子存栏18万只，每年产粮700万斤，人均500多斤。人均收入300元左右。1984年6月，陈占有调任红石桥任党委书记时，这个乡有林面积157000亩，荒沙24万亩，农耕田2200亩，荒山荒坡7万亩，村庄和闲散河流1万多亩。

陈占有上任伊始，便和乡党委一班人逐村逐户深入下去调查研究，全面了解全乡的自然情况。当时，正是榆林市全面承包治理荒沙揭开战幕的前夕，县委书记石海源、县长赵秉正下了决心，全县基层干部和人民群众下了决心。市上的规划是，狠抓九年，走上三步，第一步用三年时间治理100万亩，第二步、第三步再用两个三年治理200万亩，从1985年开始，到1993年，把全市境内的300万亩荒沙绿化完毕。新中国成立以来，别的工作都抓了，唯独对大面积荒沙毫无办法。所以，市上的规划符合全市人民和基层干部的愿望，得到了基层干部和群众的拥护，这也就为规划的如期甚至提前完成奠定了基础。任何事情，只要群众和基层干部接受，办法也多了，点子也来了，积极性也高了。

作为榆林市造林治沙的"西路军"，红石桥的特点是荒沙面积大，分布集中，远、大、难沙多。红石桥西部的海流兔河和内蒙古纳林河中间的50里明沙，是全市沙漠中一块"难啃的骨头"。这里三四十年代曾是一片郁郁葱葱的灌木林，生长着臭柏和一种老百姓称之为"黑圪栏"的常绿灌木，但后来破坏严重。听说要向50里明沙"宣战"，群众高兴地说：老先人造下的孽，我们后人把罪赎回来。

从红石桥乡的实际出发，陈占有和乡党委的一班人制定了造林治沙的规划。在指导思想上，他们认为，要搞好治沙，必须自然式的封闭和人工造林相结合。在荒沙里造林，不封闭是不可能成功的。人工造林，封闭先行。道理很简单，要想盖房子，必须先打地基。封闭就是造林的"地基"。对陈占有来说，这已经是轻车熟路，他在马合任职时就搞过。一般的办法是一封三年，陈占有的搞法是一封多年。沙生的野生植物，只要墒情好，一下雨，马上长出来。这些当年生植物虽然成不了林，但可以固沙。一搞封闭，人畜不准进去，时间越长，植被生长得越茂盛。

第一期治沙工程，市上给了红石桥10万亩任务，陈占有封闭了15万亩。然后在这个范围内进行人工造林。为了提高造林的成活率，他们首先掌握好造林时间，即掌握好春、雨、秋三季的造林，其中又以秋季为主。

春季造林时间相当短，一年只有20天左右，而且恰好是农忙时间，陈占有他们组织群众恰当地安排劳力和时间，做到种地、造林两不误。

雨季造林要根据天气情况确定。因为雨季有时有雨，有时无雨。雨季造林的特点是搞突击。投资少，投劳少，见效快，成活率高。秋季造林时间较长，每年有40—45天左右。

要搞好造林治沙，除过掌握好造林时间，更要掌握好"人"。对群众有利的事，只要上级"号召"得对，群众是拥护的。像过去那样瞎指挥不对，但纯粹不闻不问、缩手缩脚也不行。该号召的还是要理直气壮地号召。在第一期10万亩造林治沙中，陈占有他们依靠行政手段，实行统一时间、统一组织、统一指挥、统一质量、统一验收。动员千家万户齐动手，投入造林治沙战斗。他们在实践中总结出了：全面展开，循序渐进，一块一块蚕食的方法。即在一条线上，所有的村子全部展开，发动"全线进攻"。沙跟土不一样，不能中间露出一块，否则风一吹，露出的明沙向左右周围"反蚕食"，越铲越大，最后会前功尽弃，将已经摆上的植被慢慢"吃"掉。

同时，在流沙上造林，一个很关键的措施是，搭设障蔽必须跟上。这样才能保证造林的效果。另外，陈占有他们在实践中摸索出，必须搞密集型造林。林业部门要求，栽沙柳、沙蒿、紫穗槐，每亩以300穴为宜，他们每亩栽500穴。林业部门不同意，为此和乡上有过争论。但陈占有他们通过从群众中实际调查，认为搞密集法是正确的。如果每亩栽上300穴，第二年验收没问题，符合要求，但第三年死上一部分，再加上风吹，一亩实际只能捞到五成。如果栽500株，三年头上可以实捞一亩，成活率高，保存面积大，又起到了搭设障蔽的作用。陈占有说："每亩500株是辛苦一些，但实际效果好，群众非常拥护。群众可不管你上面怎么说，他只考虑效果怎么样，群众不怕吃苦，而是怕白干。"

在大规模造林治沙的同时，根据红石桥流沙面积大、天然水源丰富的特点，陈占有又发动群众兴修水利，这样既可以加快绿化的步伐，又可以尽快收到经济效益。1977年，陈占有的前任们就带领群众，利用海流兔河的河水治沙，在河东岸荒沙里开始修一条人工渠道，到1984年，共修了30里。1984年到1985年，陈占有发动群众，采取股份制的形式，联合经营，渠道两岸村庄入股投劳，按投劳多少分地，调动了群众的积极性，两年时间又延长了29里。群众说得好，荒沙里住进一户人家，就能绿化一个湾湾；开辟一条渠道，就能绿化一个滩滩。红石桥开辟了一条59里的红海渠，有了水，农民一户一户住进去，于是渠道两旁、房前屋后有了一行行、一片片绿树。陈占有他们在造林治沙上抓住这个特点，修渠、栽树，动员农户住到渠道两岸，非常奏效。现在夏天到红海渠一看，绿树成荫，绿浪滚滚，非常喜人。

根据20世纪80年代的新形势，一部分农民进城搞流通，认为植树造林、治理沙漠这些社会工程短期内见不到效益。陈占有他们一边教育群众要有长远打算，造林治沙三年五年见不到利，但十年八年是可以见大利的。同时，他们又搞长短结合，栽果树，办果园，既有社会效益，也有经济效益。1988年，在红海渠两岸，一年摆了1340亩果园，最大一块360亩。陈占有说："我如果继续待下去，准备一直摆果园，集约经营，形成小气候，甚至可以办些加工企业。种植、加工、经营一条龙。我们这儿交通落后，要因地制宜，不能像沿海地区搞'两头在外'，原料在外，销路在外……"

陈占有那个硕大的头颅，灵活而机敏，他是一个有远见卓识、具有商品经济头脑的乡党委书记。

常言道，三分造林七分管。而陈占有的说法是，一分造林九分管。如果只造不管，年年造林不见林，会严重地挫伤农民的积极性，以后就没人造了。陈占有在红石桥任职期间，要求乡上制定护林公约，严格奖罚制度，村村设有专职护林员。要求各村把责任心强、对造林有感情的人挑选出来担任护林员。陈占有说：我认为，在一定的情况下，调动起群众造林的积极性后，保护这种积极性更为重要。保护群众的积极性就是一个管护问题。

陈占有在红石桥的几年时间，这个乡共造林治沙100420亩，在沙里修出水地5800亩，动员农民住进沙漠的渠道两旁168户。陈占有总结说，之所以能在较短时间内取得较大的成绩，除过他自己和红石桥乡党委一班人做了一些工作外，主要是市上领导重视，将造林治沙工作放到了一个重要的战略地位。在基层工作多年的同志，这个体会最深。榆林治沙，自新中国成立以来一直抓得紧。党的十一届三中全会以后有了突破性的发展，对榆林境内的大沙、远沙、成片荒沙的治理，作为一项战略任务，提到了重要议事日程，特别是1984年以来，成绩是显著的。三年完成100万亩，榆林市造林治沙的第一个战役打了个大胜仗，市上主要领导讲究实效，不摆花架子，工作做得扎扎实实。那几年时间，石海源、赵秉正、冯学富及县委、县政府的其他领导，几乎是全家出动，大会讲，小会讲，主题非常突出，每次下乡，就念这100万亩治沙一本经，并且亲自深入现场。陈占有在红石桥时，石海源、赵秉正、冯学富等领导多次来过，每次下来，脱下鞋子就进50里明沙，查成活，查质量，看地形，看造林进度，非常吃苦。陈占有说，石海源、赵秉正、冯学富等县委领导，确实是榆林市造林治沙的带头人。红石桥一期工程的10万亩和全市的100万亩，是实实在在的，没有任何水分。这是县、乡、村几级干部和群众共同努力的结果。

结　尾

　　一个人的形象，不在于职务的高低，而在于他的言行和他所做的工作。一个人的形象是由他自己塑造的。陈占有在红石桥的造林治沙工作中塑造了他自己的形象，不仅仅是在红石桥，在马合、在补浪河，十几年在基层滚爬，他已经给自己塑造了一个真正的共产党员的形象。尽管工作中也有失误，有急躁，甚至有时候争得面红耳赤，但他的主导思想一直是明确无误的：为官一任，富民一方。为人民群众办几件有益的事，这是他工作的第一宗旨。正因此，他也得到了群众的拥护。

　　采访结束了，我向陈占有局长告辞。大手、大脚、大脑袋，朴素的衣着和那张率直的笑吟吟的脸，望着陈占有局长的这个形象，蓦然间，我对他的认识又加深了一层，表面上看他大大咧咧，实际上是大智若愚，藏巧于拙，精明强干。当我笑着把这个印象告诉陈占有时，他爽朗地笑了："你这个印象不准确，"他挥挥手笑着说："我其实是一个很普通的乡（镇）干部。如果我可以算作精明强干的话，那榆林市的基层干部中，像我这样的有很多很多。精明强干不敢说，但他们都有那么一股子精神，工作踏实，能吃苦，和群众打成一片，乐于为群众办实事。"这一点倒是榆林市基层干部具有的一种共同的素质。

　　陈占有一边说一边送我出来，望着他那张黑黝黝的脸孔，一种深深的敬意在我心中油然而生。

　　陈占有同志，祝愿你在新的岗位上尽职尽责，为党和人民的事业做出更大的贡献。

大漠里的芳草

黄灿灿的毛乌素沙漠，人类不断为它裁制着绿色的衣裳。有挺拔参天的白杨，有质朴粗犷的柳梢，有葱郁滴翠的油松，也有绿格萦萦的杂草……这些极有生命力的大自然的骄子，是那么富有吸引力，令人赏心悦目，而栽植和抚养它的主人们，无疑是应该记入史册的。更形象一点讲，植物就是他们，植物的存在就是他们的存在。于是，靖边县柳桂湾村的白茹芳，笔者便将她誉为毛乌素沙漠里的一片不该忘却的芳草了。

当吉普车穿行于林间的简易便道，驰向一方宅院时，迎接汽车喇叭声的是一串剧烈的犬吠。细柳椽组合的栅栏门开了，站着一个精灵聪慧的十几岁的小姑娘。我们问主人在家么？她便转身朝屋里高喊起来，从她那清脆的嗓音得知，她是白茹芳的孙女。接着院里跑出一位头发花白的老大娘，笑容满面地张罗着引我们进屋。陪同笔者前来的老局长，与白茹芳很是熟悉的，带有一种诚厚的亲切感，边说边笑，宛若久别的老战友突然意外重逢似的，有说不完道不尽的衷肠呢。

我们来到屋里，分别坐下。白茹芳忙着敬烟泡茶，招待我们。其实，我们并未把自己作为客人的。当老局长告诉她我们来的目的时，她的神情顿时有了急剧变化，笑容可掬的欢欣消失了，呈现出委屈忧伤的神色。她慢慢放下手中的火柴，坐在我们对面，花白的头发悄然无声地抖下来，遮住了她的半个额角。这突如其来的局面弄得我们束手无策，只得安慰她。问她怎么了？有什么难言之苦？说出来让我们听听，我们总能给她一些理解和温暖的。不承想我们的言语不仅使她没有镇静，反而起了相悖的效用。她的话还未出口，嘴唇嗫嚅了几下，豆粒般的泪珠扑簌簌滚下来，掉在她的衣襟上。继而，她禁不住无声地抽泣了。我们不知如何是好，不知怎么再去劝解她。同时，悲戚的气氛感染了笔者，无法打开采访笔记了。于是我们商量，暂停采访。寒暄了一会儿，她和我们一块上车，返回县城。女儿在宾馆工作，她住在女儿处。笔者让她休息一天，好好回忆往事，把已经流逝的岁月重新寻找回来，让记忆占据年迈的思维空间，理出个简单的头绪来，然后再做详尽的交谈。

一个人付出的东西，总是不会忘记的。

白茹芳祖籍陕北神木县高家堡，祖辈光景贫寒，受尽了生活的冷遇。穷苦人的命运注定是多灾多难的。她3岁时，父亲和奶奶相继去世，全靠身单力薄的母亲抚养她。她11岁那年，随母亲来到靖边县黄蒿塘村。她母亲先后生了20个孩子，只活下来10个。她系排行中的老七。10个孩子，已经为数不少了。穷苦人家多一个孩子，就多一分忧愁和灾难呢。她的童年和少年时代是在苦水里度过的。1951年，她嫁到柳桂湾村，独立支撑起属于自己的门户，生活便多少有了点转机。她丈夫是个忠厚老成的人，待她很好，夫妻俩相亲相爱，相敬如宾，对她关心得十分周到，也能理解她的心思。人与人之间的感情，莫过于真诚的理解吧。她从丈夫身上得到了人生难得的慰藉。

1956年春天，伴随丝丝春风吹醒沉睡的大地之际，国家浩浩荡荡的植树造林治理沙漠的春风也拂醒了人民的心扉，鼓荡在白茹芳的脑海里。她虽没有迈进学校的门槛，半字不识，但她能听得懂，能理会，能体味到政府的用意，能理解国家治理黄沙的精神。她积极响应，踊跃带头，担任妇女队长和"铁姑娘队"的队长，战斗在时代的最前列。

她是豁出命来干的。起居不知迟早，吃饭不管冷热。早晨不见太阳就出发了，归来月亮已经升在了中天。粗茶淡饭只要能吃饱就心满意足了。她是穷门出身，受过苦的人，一切都能习惯得了。面对一望无际的大沙漠，她心里只有一个念头，只有一个决心：控制黄沙的移动，改变险恶的生态环境，解决庄户人没有树、没有柴烧的困难。治沙的队伍是庞大的，阵容是壮阔的，她在沙窝子里搭起帐篷，支起锅灶。帐篷不时被风吹倒，她再搭起来。饭锅里刮进沙子，很难舀出来的。她想粮食如此紧缺，水源如此费寻，好不容易才做熟饭，怎忍心倒呢？浪费五谷就是浪费生命，那是一种犯罪行为！她硬着头皮往肚里咽。她家里还有孩子，孩子已盼着母亲早点归来。她何不想早点回家？她早想到孩子正等待母亲的迫切心情。但她不能提前回家，迫切的使命感驱使她不能放下镢头铁锹，耽误树苗的生根时节。冷风飕飕，沙子在风中飞扬，雨滴似的敲击着她的身体、面庞，扑入她的眼睛。她用粗糙的手背揉了揉，继续大干不止。别人劝她休息一会儿，她说不要紧，很快就会过去的。哪里艰苦她到哪里去，哪里风大她出现在哪里。她的干劲，她的精神，连男人们都惊叹不已。别的男人一天栽800棵，她栽1000棵。她不仅栽得快，而且质量好，成活率也高。500余人的植树大军，五天造了万亩林。

1956年6月30日，是她永生难忘的一天。她站在党旗下，光荣地加入了中国共产党。她清晰地记得，她是多么兴奋异常。当组织批准她入党，宣布她为中国共产党党员时，她热血沸腾，举起拳头向鲜红的党旗宣誓。她对着金黄色的镰刀和斧头图案哭了，她梦寐以求的愿望终于实现了！同年，她荣幸地出席了靖边县妇女代表会。后又出席了陕西省建设社会主义积极分子代表大会。

"大跃进"是党和国家历史上一个特殊的时代。笔者以为如果是错误的，也是我们党和国家的错误，绝不应该把错误和灾难归于人民群众。他们是无辜的，是这场错误的受害者。那个时代，人民群众满怀建设社会主义新中国的热情希望，质朴憨厚的感情一切服从党的领导，听从国家的安排。上面一声令下，下面便展开了一场向土地宣战的人民战争，他们出了力，流了汗，有的甚至付出鲜血和生命，得到的却是空幻和虚无。难道还要他们负责任么？这颇有些不合乎历史和人情的逻辑。他们的一腔热血抛洒在自己的土地上，他们付出的巨大代价苍天有眼，举世共睹，茫茫的中华大地会永远记着他们的。

我们从本文的主人公身上，很容易揣摩到这段异常年月的脉搏。

身处黄沙窝里的柳桂湾村人，也和全国各地一样，鼓动在"大跃进"的感召下。根据他们自身的地理环境，因地制宜，选择是再客观不过的。他们将治理沙漠绿化家园与改造良田结合起来。其实二者完全是一个统一的整体。只要绿化了沙漠，田地，便自然而然地生长出庄稼来了。因为树木和野草固定了黄沙的移动，土壤慢慢就诞生了，树叶和野草覆盖下去，还会使土壤肥沃。当时，两年前栽植的树已经活了不少。人们毕竟在广漠的沙梁上看到了绿色，看到了自己亲手栽植的树正在顽强地成长。这是很可喜的第一步。于是，人们总结经验，他们发现植树成活率不高，除不懂栽树的规矩外，有人态度不端正，敷衍了事，是一个重要原因。不是栽得太浅，就是把树苗给丢掉了，树怎么能活呢？白茹芳看在眼里，疼在心上，有些愤愤不平。她想国家从很远的地方把树苗运来，花了多少钱，费了多少功夫，怎么能这样糟蹋呢？不能。这既对不起党和国家，也对不起我们自己，更对不起我们的后人。我们这是给自己和后代们造福呀。她理直气壮地向领导建议，立即制止这种不负责任的行为。她还当面提醒人们，必须与这种行为作斗争。劳动中，个别妇女趁她不注意时，把几根柳干偷偷地给她扔了过来，以为她没有发觉。其实她看得很清楚，只是不愿给对方难堪罢了。她摸一把汗涔涔的脸庞，偷偷地笑了。她想我多栽几根没什么了不起的，还能把我熬死？你少栽几根也多长不了肉，不见得比我清闲。歇息时，别人都在沙地上躺着不动，而她却闲不下来，只身跑在地头，认真检查，如果发现没有栽好的，她重新栽好，直至满意为止。要是许多树栽得不理想，她就把栽树者叫来返工。于是难免得罪了些人，对方觉得她有意与自己过不去。但她丝毫没有把个人恩怨夹杂于其间。否则，她的良心是难以平衡的。不过大多数群众还是理解她的。人们在背后纷纷议论：白茹芳真认真，她是一心一意为国家的。她亦觉得自己毫无愧疚。

那时到处都兴吃"共产主义"的大灶饭。柳桂湾村亦不例外。数百人吃饭在一起，真够热闹了。但可惜的是饭太粗糙了，不是糠窝头就是稀溜溜的藿菜饭。村里一个妇女即将分娩，家中近乎一贫如洗，要吃点好东西太难了。白茹芳得知后，从包裹数层的布里取出被岁月揉搓快烂的两元钱，给了这位妇女，叫她买点好吃的补养身子。她知道这是白茹芳积蓄已久舍不得花掉的钱，感动得流下了眼泪。

村民们吃那么粗糙的饭，却承受着繁重的体力消耗。男人们如此，女人们也是如此。白茹芳更不在话下了。春耕时，她和男人们一样用铁锨翻地。别人每天只翻五分，她翻了一亩。她穿着补丁摞补丁的衣服，拖着前露脚趾头后露脚后跟的鞋，忘记了冷，忘记了热，忘记了自己的存在。等回到家里，她才发现脚掌满是血泡。她顾不得疼痛，第二天天不亮，又喊醒乡亲们去上工。送肥是农活中较为累人的差事。她背着满溜溜的一篓粪，始终跑在最前头，汗水从来没有干过。别人问她累不累，她说："累还是累的。但为了以后的楼上楼下，电灯电话的好光景，累也值得。"别人打趣道：楼上楼下，我们压在背篓低下。她立即制止别人的话，说："如果现在背篓低下不压着我们，还得压着我们的后代。现在压了我们，以后就不压他们。他们就能过楼上楼下电灯电话的生活了。"多么真挚淳厚的感情，不能不让我们去思索了。生产队集体种西瓜，沙漠地区的水源是很缺乏的，而西瓜得用大量的水去浇灌，挑水又得跑很远的路程。白茹芳一马当先，小跑一样挑个不停。一上午别人挑了十余担，她挑了二十余担，使她快变成个"水"人了。秋天是收获的季节，洋芋在农作物中，是占很大比重的。在平地刨洋芋，实在熬得人够呛，腰弯下去再伸起来，周而复始，时间一长，连腰也很难伸直的。一次30余人刨洋芋，计划赶天黑刨完。但夜幕已经降临了，人们还在地头。白茹芳收工回来，即去帮忙，在她的带动下，人们的干劲倍增，终于完成了任务。人们说：要是白茹芳不来，不知要刨到什么时候呢。谁知她已满手血泡了，她紧咬牙齿，把内衣撕下一大片，缠在手上，忍着剧痛，匆匆回家，别人是毫不知晓的。谁又知道，她在20余里外的沙漠造林归来途中，饿得浑身瘫软，两眼发黑，险些儿倒在沙窝子里。于是，她不顾一个妇道人家的局促和羞怯，跑在林场，和人家要着吃炒面。不然她恐怕走不回来了。有谁知道，在打机井的工地上，白天劳动的村民都回去了。她也整整劳动了一天，晚上又跑去帮忙。当然，笔者想人们绝不会忘记那惊心动魄之一幕的。那是在耐家沟湾打坝浇地的时候，水闸门一开，压力巨大的水势威胁着坝堤。如果一旦决堤工程全废了，将给人民带来莫大的损失，后果是不堪设想的。在这危急的时刻，她连衣服未脱就跳入水中，用自己的躯体挡住激流。此后，她大病了一场，在炕头躺了好长时间，才渐渐恢复过来，不料竟给她留下了久治不愈的后遗症……

1958年10月，堪称白茹芳人生道路上的里程碑。她荣幸进京，出席全国妇女代表大会，授予她"建设社会主义积极分子"证章。当把这枚金光闪闪的荣誉奖章送在她手中时，她那滚烫的手战栗不已，热泪盈眶了。这是党和国家对她的高度信任和最高褒奖。她能掂量出奖章的分量。在京期间，党和国家领导人周恩来、陈云等接见了她，并一起参加了陕西会议。她还与周恩来总理跳交谊舞，聆听了彭德怀、蔡畅等同志的党课。此时，正值复修天安门工程。党和国家领导人以及出席会议的全体代表们，去挖土推车，参加劳动。中央新闻电影制片厂专门拍了电影，在全国上映，留下了她那难忘的镜头。白茹芳，这个普通的农村妇女，在象征我们中华人民共和国的天安门上，也有她洒下的汗水呢。

1962年，白茹芳当了社办林场场长。她除负责育树苗和造林工作外，还为集体饲养猪羊。她对这些小牲灵关怀备至，知冷热，知饥饱，圈里收拾得井井有条，非常整洁。一头骨瘦如柴的老母猪，站都站不起来，别人怎么都没办法，交给她后，她竟奇迹般的喂壮了。原来，她把家里的半斤清油拿出来给老母猪饮，又用饭喂，才使它转危为安。她还帮儿子放羊，把许多羊喂得膘肥体壮。

繁重的体力劳动，使白茹芳的身体受到严重损害。她时不时就腰腿疼痛，每逢天阴下雨大雪纷飞的时候，疼痛更厉害了。这倒似乎无足轻重，人活在世，还有不生病之理？而令人伤心的是她不能生儿育女，失去了正常的生理功能。她多方求医治疗，仍然不见成效。医生确诊是年轻时苦力过重，破坏了生理系统，再无法医治了。一个妇道人家，这打击够沉重的！但她冷静地想了许久，理智完全接受了严酷的现实。她觉得为了国家和人民，为了建设自己的家园，付出一点代价也值得。她的男人也很能理解她，毅然抛开传统观念，给了她不少安慰。她现在一男一女两个孩子，都是抱养别人的。女儿白玉俊的母亲是一位共产党员，先进生产者，因病去世了。白玉俊出生六个月就到了白茹芳的膝下，其父后来也离开了人世。她对两个孩子像亲生的一样，甚至比亲生的还亲。人们是有目共睹的。她不仅对孩子如此，对乡亲们也是一片善良之心。蹲点干部一到村里，她就给做饭，像招待远方来的客人似的，使干部们有一种家庭般的温暖。

1982年9月，陕西省人民政府根据白茹芳同志在社会主义革命和社会主义建设中做出的巨大贡献，授予她"省劳模"和"先进生产者"称号。

日月更替，风云变幻，但白茹芳同志仍然在家乡的这片土地上操劳着，做着她力所能及的事情。她曾为国家和人民流过血汗，绝不会因为时间的流逝而黯然失色。她的功绩是永远不会泯灭的。现在，她已年近花甲，加之身体也欠佳，腰腿不很灵便。但她还惦记着党和国家的利益，想的还是党和国家的大事。她盼望国家早日强大起来，盼望人民群众过上更幸福美满的生活。她没有豪言壮语，没有高深的充满哲理性的言辞。她有的只是自己实实在在的想法，有的只是一颗良善之心。这就是一个共产党员、一个老劳动模范的质朴的愿望，可生活是极为复杂而微妙的，人的感情更是令人猜测不透的。不是吗？我们一见面时，她就哭了起来，哭得那么伤心，那么难以自抑，让人不知如何去安慰她。我想也许是她的感情太脆弱了，也许是她有什么苦衷，或者另有别的什么缘故吧。但我惋惜的是自己乃一介书生，就是问出个所以然来，也委实爱莫能助，不过倒叫人思考良久的。于是，我那本能的形象思维，把她与大漠里的芳草联系在一起了。大漠是浩渺的，芳草是微小的。浩渺的大漠里生长着微小的芳草，尽管芳草还有几许萋迷，却有时不很显眼，很容易被人遗忘的。可它同样能治沙，同样以自己的个性覆盖着黄沙。所以我们没有任何理由轻视它，更没有理由遗忘它在大漠里的存在。

漫漫五十年

——记榆林地区治沙所高级工程师赵长庚

1985年12月，中国林学会将一个绿皮封面的荣誉证书颁发给一位70多岁的老人，里面有这样一行烫金大字：

赵长庚同志：

祝贺你从事林业工作50年，特授予"荣誉证书"。

获得这个荣誉证书的，全陕西只有两个：一个是西北林学院院长赵师抃，一个就是本文的主人公，榆林地区治沙研究所高级工程师赵长庚。

1

赵长庚1912年出生于安徽全椒，和《儒林外史》的作者吴敬梓同乡。安徽这地方人杰地灵，诞生过不少文化名人。清中叶最著名的一个散文流派——桐城派的代表作家方苞、刘大櫆、姚鼐，都是安徽桐城人。距全椒不远的滁县，就是欧阳修曾经任过太守，并以一篇脍炙人口的《醉翁亭记》驰名的古滁州。

1931年，18岁的赵长庚来到南京，就读于陶行知先生创办的安徽中学。恰逢"九一八"事变爆发，安徽中学举行校庆十周年纪念，名誉校长陶行知应邀出席，陶先生在会上即席吟"诗"一首：

"大事不好了，黄帝子孙皆病倒，强盗进门不抵抗，张开大嘴闹会场。书呆子手软脚软，"田"呆子笨头笨脑。用手不用脑常被人打倒，用脑不用手饭也吃不饱。手脑都能用，才算开天辟地大好佬。

不要吵不要闹，吾校仙丹炼好了。一丸叫作手化脑，一丸叫作脑化手。呆子吃了呆全消！十年生聚十年教，再过十年该好了。吃自己的饭，滴自己的汗，自己的事情自己干，靠天靠人靠祖上不是好汉。

当陶行知先生在台上慷慨陈词的时候，不知是否感觉到了台下几百名学生中，有一股强光束，一个强磁场，向他灼灼射来。那是赵长庚，一个崇拜者的目光。

当时，青年学生心目中的"偶像"有两个：一个就是这位陶行知先生，一个是北京大学教授，"五四"新文化运动的倡导和领衔者之一的胡适先生。他们两个都是安徽人，又都曾留学美国，从师实用主义教育家杜威。但走的道路截然不同。一个淡泊功名，毕生致力于推动平民教育运动，要求教育为人民大众服务，被誉为"平民教育家"；一个不甘寂寞，终身跻身政治，成为著名的学者兼政客，被称作"资产阶级教育家"。

赵长庚自然是陶行知的"信徒"，这从他以77岁的高龄，在近60年之后的今天，仍能将陶先生当年的这首"诗"背诵如流即可窥见一斑。这首"诗"成为赵长庚一生的座右铭。

1934年，赵长庚从安徽中学毕业。这年上海发生"闸北事件"，日军炮轰南京，蒋介石仓皇迁"都"洛阳，行政院长汪精卫主持召开"国难"会议。提出开发西北，随后在陕西武功设立西北农林专科学校。赵长庚和几个同学响应政府号召，来到于右任先生担任名誉校长的西北农林专科学校求学。

至此，赵长庚开始了他"从事林业工作50年"的漫长岁月。

2

1942年，赵长庚从已易名为西北农学院的原西北农林专科学校林学系毕业，在西北农学院的农林总场工作几年。1949年由西北军政委员会农林部介绍到延安的陕北行署农业处。1950年又到西北军政委员会农林部在榆林开办的陕北防沙林总场。这是榆林地区造林治沙最早的机构。赵长庚被派到靖边分场担任场长。

那时候，地处陕蒙宁交界的靖、定一带，气候恶劣，风沙恣肆。真是"风打沙压盐碱'咬'，庄稼十种九不收，人人见沙就发愁，看滩就摇头，肚子一饿就想唱一曲《走西口》"。沙区人民过着"吃糠菜、住柳庵、一件皮袄四季穿"的生活。当时很多人认为，沙漠里根本不能造林。"背风坡栽树沙压了，迎风坡栽树风吹了。"县委书记王怀仁冲破重重阻力，提出一句响亮的口号："畜牧要为造林让路。"

十年树木百年树人，正应了这句古语。靖边的造林治沙，既"树"了木，又"树"了人，这里先后造就了三位地委书记——王怀仁、冯怀亮和任国义。他们都是当年造林治沙的几位积极分子。还有新中国成立后担任了林业部副部长的惠中权和林业部造林司司长的范学圣。他们两个也是在靖边的造林治沙中"起家"的。当时惠中权是西北军政委员会农林部部长，范学圣是西北军政委员会农林部建设科科长。惠中权说：造林是治沙最好的武器。范学圣则说得更豪迈、更有气派：我们要把陕北大地全部用森林覆盖起来。

当时治沙，主要以乔木为主。治沙植物品类也很单调。草只有沙蒿，灌木只有沙柳，乔木只有旱柳，直到1952年开始，乔木治沙品种中才又多了两个姐妹：水桐和河北杨。

1953年2月，赵长庚又调回榆林担任总场造林股股长。这时他的技术职称已由"技佑""技士"晋升为"技正"。他们在红石峡设立一个试验场，将七里沙、青云山、西沙等榆林城周围的几片沙区搞了规划，按照森林立地条件造林。把几片沙分为湿润沙区、干旱沙区、黄土盖沙、黄土硬梁。湿润沙区栽旱柳，干旱沙区栽沙柳，盖沙黄土栽杨树，黄土硬梁种柠条。以后在实践中进一步总结经验。在背风坡栽高杆柳和大苗子杨树（不怕沙压），在迎风坡用沙柳搭障蔽固沙造林（不怕风吹）。很快就在七里沙、红石峡等地取得初步成效。1953年夏天，林业部部长梁希暨苏联林业专家聂纳洛科莫夫在地委书记惠世恭、副书记姚进贤等领导同志陪同下视察红石峡试验点。在七里沙，梁希部长和苏联专家看了规划图，听取了介绍汇报，充分肯定了他们的做法和取得的成绩，使赵长庚和其他战斗在造林治沙第一线的干部职工深受鼓舞。

说话就到了1957年，"反右"运动前夕，有人给赵长庚贴大字报，说他曾经宣扬过的"一间房子两本书一个助手"的观点是资产阶级观点。1959年，他被调到榆林农学院。1962年地区林业局又调他到刚成立的牛家梁治沙研究所。1966年"文化大革命"前夕，又到红石峡试验点造林固沙。由东向西，由南向北，一行行搭设紫穗槐障蔽，中间栽油松。现在，当年栽的油松已经成为一片郁郁苍苍的"沙海绿洲"。

1976年，榆林地区治沙研究所成立，赵长庚在这里度过了他"造林治沙50年"最后的几年，直至1985年离休。

3

辉煌的成就并不是人人都可以取的。科学的殿堂里,正是因为无数苦行僧和殉道者的不懈奋斗,才开通了通向科学研究"金顶"的道路,才使那些摘取"王冠"的天之骄子显得那么不同凡响!

我想,成功的意义并不在于成功本身,而在于为获得成功后默默地奋斗中。成功是结果,不成功也是结果。只要你实实在在地奋斗了,即使不能彪炳史册,也总算无愧于心!

赵长庚就是这样一个经年如一日,在艰苦的环境中为自己心爱的事业孜孜矻矻不懈奋斗的人,虽然没有什么辉煌的成就,但他的生命是充实的,因为他的一生和一项绿色的事业结下了不解之缘,他是榆林地区造林治沙的历史和见证。

赵长庚老人一生命运多舛。他早年丧母——抗战期间,母亲在老家故去,唯一的一个弟弟也相继病故。中年丧妻——"文化大革命"后,赵长庚的妻子在榆林去世。

更叫赵长庚老人悲痛欲绝的,是他承受了晚年丧子的巨大痛苦。他的二儿子赵宪国——赵长庚老人三个才华出众的儿子中唯一一个继承了父志的,在他正欲大展宏图的如梦年华,为心爱的绿色事业光荣献身!

赵宪国 1974 年西北农学院毕业分到西北大学地理系造林专业任教。1978 年考入北京科技大学研究生院,成为科学院学部委员、我国生态学研究领域里最负盛名的学者和教授侯学义先生的得意"门生"。1982 年毕业时赵宪国"南征北战"。先是"北战":他到长白山原始森林腹地考察,写出了一篇颇有分量和见地的毕业论文,受到导师侯学义的赞许和肯定,并亲自推荐他到中国科学院自然资源委员会任职。随即作为科学院考察队副队长率队"南征",到西南一带进行科学考察。途中因车祸丧生,时年 38 岁。

说到这里,77 岁的老人赵长庚老泪纵横。

赵长庚老人的大儿子赵建国,1969 年毕业于西安冶金学院,现在担任榆林地区设计室主任。三儿子赵建斌,陕西中医学院毕业后,和爱人双双考上西安第四军医大学的研究生。

有道是,"将"门出"虎"子。赵长庚老人一生一丝不苟的严谨的治学精神，一定使他的子女们深受教益和启迪。也许，赵家三兄弟走向不同领域科学研究道路的启蒙"老师"，就是他们的父亲赵长庚！

我环视着赵长庚老人简陋甚至显得贫寒的居室，没有彩电，没有冰箱，没有现代化家具，没有席梦思床和地毯——这个家庭什么财富也没有，有的只是案上、茶几上、沙发上那一堆堆书籍。除过林业科学以外的，还有《左传》《古文观止》《综合英汉大词典》《拿破仑一世传》……

"这是清代学者高士其所著。高士其是康熙皇帝的侍臣，跟康熙帝来过榆林。"

看到我拿起一本《左传纪事本末》，赵长庚老人擦干脸上的泪痕对我说。

谁说他没有"财富"，他拥有的财富更多，更富足！他的"财富"就是这些书籍和墙上镜框里那张最大的照片——那是赵氏三兄弟的合影。

还能有比这样的"财富"更具有价值、更珍贵的吗？"死"的财富不能创造财富，而赵长庚的"财富"则可以创造财富——为祖国和人民！

赵长庚老人平凡而光辉的一生，告诉我们这样一个浅显而深奥的道理：

绿色事业高于一切！

祖国和人民的利益高于一切！

"林王"冯宝山

你听说过没有？

在陕北，在横山县有个造林专业户，人们称他为"林王"。

倒是一个颇有意思的雅号。你初一听来，还不容易理解呢。试想"林王"，乃林中之王也。肯定是令人毛骨悚然的老虎了。众所周知，老虎是森林的大王。我们中国传统美术家画虎时，常常在它的额头上描一个"王"字样。预示老虎是森林里的最高"统帅"。可在毛乌素大沙漠之南缘，岂能有虎出现？老虎是生息繁衍于大森林里的，而广漠的黄沙梁哪有它栖身觅食之处。即使人类在不停地治理沙漠，改造沙漠，已经取得了举世瞩目的成绩，但要让老虎真正出没往返于其间，还确实为时尚早些呢。不过只要你仔细一斟酌，"林王"即可解释为造林植树的大户或首户，林业工作的先进人物吧。

他——冯宝山，便是"林王"了。

如果你要寻找他的话，得先从雷龙湾动身。路途是极不平坦的。上坡、下坬、跋山、涉水，曲里拐弯地奔波好一阵子，你沿着沙梁上的那条小径，越坠越深了，直至沟底，同时葱郁的树木也愈来愈多，零零散散的人家嵌镶在绿荫空间，隐约可见。你简直难以想象，辽阔的黄沙深处，竟有如此苍翠的树木生长着，莫非是童话世界吧。

哪里是童话，是现实。诚挚的感觉告诉你，它是在不停地告诉你的。

此地是横山县雷龙湾乡哈兔湾村。

此地是"林王"冯宝山的家乡。

你再走上一条幽寂的林荫小径，就是"林王"的宅院了……

现任哈兔湾村党支部书记的冯宝山，50岁挂了个零头。但他并不显老，看上去就是一个刚跨入不惑之年的人。缘于他时下的职务和曾多次参加或出席不同档次的会议之故,是经过世面的吧。他一点也不显得局促和拘束,精灵强干的神情间,夹有一股泰然自若的气宇,给人以坦荡爽朗的感觉。谈吐举动不失为"林王"之称,浑身透出一种森林般的豪气。

哈兔湾的地理是极有特点的。此地与内蒙古交界,既有中原地带的传统风俗,又有蒙地的生活习惯。据说"哈兔湾"这个村名取于当年住在此地一位蒙人的名字,故这无疑是蒙语之称谓了。正因为如此,你可以大胆妄为地做些分析,从冯宝山的身上,看这位"林王"的血脉里,不乏蒙古族的坚毅粗犷,也独具有中原人种的机智和敏锐。他摄取了蒙汉两族优秀的气质特征吧。

冯宝山与林的缘分,是有传统的。

"林王"不只是冯宝山本人的桂冠,也可以戴在他父亲的头上。那就是"林王"世家了。他父亲一辈子喜欢树,喜欢牲畜,他将此作为发家致富的唯一道路。"栽千棵树,养百只羊",是老人家长久的生活哲学。他为人憨厚,办事踏实,有一把好苦水。除了正常的劳动外,余暇间的精力全用在栽树种草方面了。一有空隙时间,他就在沟底走串,在树下趔摸,把砍下的柳椽插入地里。栽树成了老人的嗜好,他常常望着在阳光下微微抖动的树叶,情不自禁地笑眯眯的,好像一位艺术大师欣赏自己精心制作的作品一样,充满某种别人体察不到的美妙滋味。

家庭的熏陶,自觉地感染了幼小的冯宝山,养成了他爱树的习惯,树成了他最要好的朋友和伙伴,也是他对生活的寄托和期冀。他曾跟着父亲,在地里栽过不少树,给树浇过不少水,剪过树干间的拐枝嫩芽,这是为树扫清成长的障碍,让其正常地发育生长。小时候,他常常一个人爬上树,坐在树杈间,分享烈日烤晒下的树冠投掷的荫凉。当阵阵清风吹动树叶,发出一片飒飒的响声时,他觉得好听极了,美妙极了!好像听一支委婉悠扬的信天游一样,而且比信天游更动人,更自然也更富有魅力。于是,他那还欠缺成熟的思维幻想开了,缕缕思绪从他幼小的脑际飞出,展开稚嫩的羽翼,飞向他家的院子、硷畔、坡底、垴畔,飞向他家土地的崖崖圪圪、沟沟岔岔和每个不起眼的拐角里。接着,他的思绪不停地拉长着、扩展着,飞向了其他人家和整个哈兔湾全村所有的土地,以及属于哈兔湾的沙漠里。他想凡是能栽树种草之处,全部被绿色覆盖的话该多好啊!多有吸引力。如果真的到了那个时候,自己坐在树杈间,在茂密的树冠荫凉下多么神气,多么足劲,然后再吹来一股清猎猎的风,一定会更加凉爽的。但那响声就不和现在一样了，现在毕竟还单调，还微薄些，那时可就浑厚壮阔得多了。就像大洪水过来似的，呜呜地响个不住，能把人的耳朵震聋，连自己也会从树上震得掉下来的。不料这一"震"竟把幼小的冯宝山给"震"醒了，把他的思绪给"震"断了。他不禁回到眼前，莫名其妙地笑了起来……这是他孩提时代的向往，难免带有天真烂漫之色彩的。不过待他长大后，那玩耍时的幻影就启蒙他思考，追求和治理沙漠，改造水土流失，绿化大地的坚强意志了！

新中国成立初期，哈兔湾响应祖国号召，植了不少树。但还未等树成材，上面一声令下，全部归公了。几年后又退了回来，这样折腾了几次，挫伤了人们的积极性。后来国家多次重申政策不变，但他们仍提心吊胆地害怕还有反复，说不定哪天又要收公的，而且再也还不回来了。所以，当改革开放承包责任制的春风吹到哈兔湾时人们处于徘徊的状态。只有冯宝山率先带头，植树造林，绿化大地。这时有不少人劝他说："冯宝山，你憨着哩。你出力流汗，把树造起来，国家一声令下，全收走了。"更有人说："你冯宝山还造林呢？上面说政策不变，那完全是哄咱庄户人卖力气，等你的树成材了，公家正好用。你是出力不讨好呀！闹不好要给你扣'帽子'重新定成分哩。"冯宝山笑了笑，他能理解乡亲们的心情，能掂出乡亲们话里的分量。这是多年的政策不稳定的因素给他们留下的后遗症。他没有责怪乡亲们，他们也是一片诚意。完全说的是良心话，是为我冯宝山着想的，替我担心的。可他坚信国家的政策不会变，不会再有什么更改了。因为现在的政策很得人心，已是人民的愿望，代表了人民的意志和信念的。他坚信的同时，也悄悄地为人民祈祷着：政策再不敢有反复了，国家折腾不起了，越折腾越穷，再折腾就弄得不可收拾了。只有在现行政策的基础上不断吸取教训，总结经验，逐步修正，逐步完善，才是国富民强的唯一出路。冯宝山植树的思想定了，牢固得不可动摇。他想，就往最坏的方面想，再让造起来的树归公，也有我冯宝山个人的一份子呢。总之，我冯宝山从小就爱树，爱树的绿色，爱树投射在地上的那一片阴影，可以说树是我冯宝山生命的一个组成部分。我生长在沙窝子里，深受父亲的教导，知道树给庄户人带来的好处。树是沙窝子人家致富唯一依赖的东西。它既可防风固沙，减轻风沙对庄稼的危害，又可用材，饲养牲畜，增加经济收入，而且对生态环境大有益处。就拿延安来说，树多雨水亦多。沙漠干旱是有目共睹的，只要雨水不缺，庄稼苗子一定能茁壮成长，粮食大丰收。他想得更远的是为子孙后代造福，为哈兔湾的后人们谋利益。哪怕自己享受不着，沾不上树的多少光，子子孙孙能沾光也行，自己也算没有白活一生，做了点有益于后辈的事情。他记起一件永远难忘的际遇。他出门的时候，碰着一个人整天喝酒，吃得津津有味，惹得许多人投去羡慕的目光，包括自己在内。他不知此人有什么能耐？一打听，才知道其父给他留下许多树，这是一笔丰重的遗产了。此人就是全靠他父亲的树吃香的喝辣的呢。真是前人栽树，后人乘凉。冯宝山当然不赞成甚至反感这种坐吃山空的行为，但不得不承认栽树的好处，应该引起人们深思：树木会给全人类造福的。他感慨地说："林业事业，我冯宝山是选定了！"

"林王"冯宝山说干就干，他认定要走的路，哪怕天王老子都说服不了。

造林世家的冯宝山，他的行动家里人非常支持，也正符合全家人的意愿。他们一听到植树造林，都喜不自禁，仿佛他们是为树活着，为林生存的。为此村里人开玩笑说，冯宝山一家子就是因为有树木才来到人世间的……

他专门在肥沃的地头开辟了一个苗圃，实行育苗。这样免得掏钱买树苗了。随挖随栽保险系数大，成活率高。每年都有万余株杨树和数万株灌木苗子从苗圃抚育而出。他们除自己用外，还支援别的人家造林，既满足了自己，也带动了乡亲们加入植树造林的行列。这种高尚的品格，得到了国家和群众的赞誉。

抓准季节是造林的一大关键环节。不同的树有不同的发芽期，植物的生长规律必须要遵守的。冯宝山牢牢掌握这个规律，一到时节，便全力以赴投入紧张的劳动。一家人只要能出动的全部出动。但人手还处于紧缺状态，倒腾不过来。为了尽快把树苗安插上去，避免延误良好时节，冯宝山不惜代价招人雇马，给人家以优厚的报酬，最多一次雇过12个人。这些人有村里的，也有外村的。有的认识，有的素昧平生。熟人早不见的晚见，你来我去交道频繁，不好意思赚冯宝山的钱，说是帮忙罢了。冯宝山则说什么都不行。人家是劳动力，给咱出力流汗，岂能叫人家白白地为自己效劳。无论怎么都是行不通的。他对这些稔熟者们说："我冯宝山有的是钱，钱多着哩。我不能白白地用你们。就是给资本家干活，也是有报酬的。出一分苦力有一分的钱呢。再则你们本身就给我创造了价值，创造了财富，这些树长起来，成材后，不知要多出几十倍我付给你们的工资，难道我就心安理得地全部落入自己的腰包？那天理也难容我冯宝山了。""就算给你帮忙吧。以后你给我也帮就是了。"这些人还是不肯接受。"伙计们，话可不能这么说，"冯宝山道："帮忙倒是好事情，但这不能算帮忙。如果真的有忙要你们帮，我心里有主张。至于我给你们帮忙，那是以后的事情，到时候咱们再理论也不迟。总之，如果你们不收我的报酬，那马上就开路。我冯宝山再不敢雇你们了。"此言一出口，人们只得照办。他们了解冯宝山的脾气：他是个公私分明，心直口快的汉子，容不得半点虚伪和龌龊的东西存在于人际关系中的。

山里的树，不能随砍随栽。这样缺乏水分养料很难活下来。具有多年植树经验的冯宝山，深知这个规律。他不辞劳苦，为了保证树苗在大地上生长，干脆挑水浇。给新的生命创造一个优越的"家境"。

他挑着大水桶，从沟底挑到山上，来回往返好几里地。路很难走，不是沙地就是淤泥坑。沙窝子里的仲春季节，天还很冷，他却热得满头大汗，索性把外衣全部脱光，穿着背心挑水，几乎是小跑步似的。他把水倒入坑内，赶紧插上树苗，掩埋起来。不久，树苗很快就发芽了。一片井井有条的绿色景象。

在紧张的时候，冯宝山和人们在地头休息，地头吃饭。这是最艰苦的日子。饭从家里送来，已经冰冷了。风卷着沙子吹过来，刮在碗里，一咬沙子把牙齿绊磕着，嚓嚓直响，嘴巴顿时沉甸甸的，很难咽下去。但不咽下去怎么办呢？肚子空荡荡的，咕咕乱叫。他和人们拿出最大的勇气，伸直脖颈，硬往下咽。时辰是耽误不得的，吃完还要继续干呢。于是，人们只有把沙子吞入肚里，谁也没有怨言。提起此事，冯宝山笑着道："沙子是好东西，吃下去比粮食都耐饥，难消化。干重活最抵用了。"他说他对人们也是这样讲的。那些人都不禁笑了起来。没有想到"林王"冯宝山还有幽默的成分呢。我想这是他很难得的。也是每个人很难得的。只要人人都有点幽默，那这个世界苦闷和忧愁就减轻多了。

冯宝山的汗水，全洒在树木上了。村里人还是不很理解。农村搞活后，人们八仙过海，各显其能。做生意，长途贩运，倒腾羊毛等无所不干。有人说：人家都抓现钱，只有冯宝山抓树，下苦力，他把算盘打错了。你听冯宝山是怎么回答的。下面即是他们的对话。

村里人："人家都搞现钱，你却造林哩？"

冯宝山："他们搞他们的钱，我造我的林。"

村里人："你憨着哩，吃大亏了。"

冯宝山："他们才憨着哩，吃大亏了。"

村里人："怎么？你没有吃亏？"

冯宝山："我沾大光了。"

村里人："你不会算账。"

冯宝山:"他们才不会算哩。"

"林王"冯宝山与对方蹲下来,从大到小,从远到近。由国家谈到个人,再由个人谈到国家。农、林、牧三者的关系,未来的利益等等。他知道农民最感兴趣的是实惠。他说:"别看一棵树的收入不太大,百棵、千棵、万棵,就不得了的。做生意有赔有赚,还担风险,闹不好把性命都得搭上,尤其是长途贩运,更危险!"经他这么一算账,村里人马上明白过来了,觉得栽树确实比做买卖强多了,是个一本万利的好事情。投资少,效益高。一棵树逐年成长的价值,比一元钱存入银行的利息高得多。于是,冯宝山所在的自然小村冯家湾,掀起了植树造林的高潮,蔓延了整个哈兔湾全村。

冯宝山不单注重栽树,更注重树的成长和护理。他经常去林地察看树的长势,有没有牲畜糟蹋,是否有人进去折枝梢,摘树叶喂羊。他带着剪枝器械,需要剪的拐枝马上剪掉。一次,他发现兔子啃树皮,把几棵青嫩的树皮给剥了几块。白生生的树骨露在外面,惨不忍睹。他回去想了个办法制止兔子的行为。凭他多年的生活经验,知道兔子最不习惯闻腥气味,这是兔子本性的大忌。他用"六六六"粉、猪粪、狗屎和羊肉以及牲畜的血掺和起来,一股非常古怪的从未闻过的臭味直冲他的鼻腔,他将此涂在树上,果然灵验极了,兔子从此再不啃树皮了。

冯宝山作为哈兔湾村的党支部书记,又是林业专业户,他始终认为自己首先是党员,党在农村的骨干分子,其次才是个林业专业户。他从思想上摆正了二者的地位,从心里区别了二者的关系,所以,他以党员和支部书记的身份严格要求自己,起模范带头作用。他带领全村群众,建设自己的家乡。移河改道工程是他最早部署的。1979年开始,改造出的新田见了成效,人均七亩。习以号称"实干家"的榆林地委书记李凤扬,很关心他们的发展,亲自调查,给予了高度的肯定和表扬。在他的带动下,只有15户人家的自然村冯家湾,每户有千余株树,共有羊200多只,每年人均收入都在500元左右。家家有珍贵的酥油,不断销往内蒙古等地。村里办起了水电站,花了13万多元。眼下,他正准备修路。看来这位"林王"很懂得我们中华民族的传统和民俗的。

冯宝山能成为林业专业户,当然主要取决于他本人。但与他家里人也是分不开的。可以这么说:冯宝山的成绩也有他家里人的一半呢。他的儿子冯永亮,1985年被团中央和全国绿化委员会授予"绿化祖国"的突击手称号。他的婆姨魏德芳，1988年被横山县妇联评为"学技术、创新业、勤劳致富"竞赛魁首。莫须赘言，冯宝山受到各级政府的奖励就更多了。

不妨，咱们一起到冯宝山的"林王"家族看一看。那满眼一片绿荫，会使你忘却自己置身于毛乌素沙漠，好像到了东北大森林一样。他已经拥有大柳树1000余株，杨树、榆树等6000余株，灌木500余亩、草地50余亩了，年收入可达5000余元。他的确是个"林王"，也享受到"王"的福禄了。每逢过年，他买回200余斤白酒，一来人就开怀痛饮，够气派的！你若问他的全部树能卖多少钱。他回答20万左右。不过，他还会笑道："掏钱多少我是不卖的。"

能理解他，如果卖掉的话，冯宝山就不是"林王"了。

一 路 风 尘

长途跋涉于风沙地带，难免一路风尘的。

其实，这只不过是现实而具体的艰辛罢了。一个人出门在外，无疑始于双腿之下，苦累的自然是身体，落满沙尘的衣着只要用手抖动几下，或用刷子扫一扫，很快就掉在地上了。如果实在脏得不好面世，放在清水盆里揉搓一阵子，立即就干净了。但人生道路上的风雨、沙尘，是极不容易清除掉的。因为这凄寒之风吹入了人的肌体，悲戚之雨渗入了人的骨骼，弥漫的烟雾和飞舞的烟尘遮罩了人的视野，令人承受一种剧烈的精神折磨。这种欲言不能、无处可言，欲抓不着、无处可抓的东西，投了一层永远摆不脱的翳影。

所以无形的风尘比有形的风尘更使人困惑。

定边县林业局李金成同志正是如此。

当他坐在你对面的时候，你的脑海便很快形成了联翩的浮想。尽管你自以为都是些概念的画面，而且很可能都是不切合实际的想象，但你又绝不会武断否定自己的感觉。他敦敦实实的个头，着一套传统的干部服饰，挺整齐洁净的。他那憨厚的脸膛上，似乎有风沙雕蚀的粗糙感，没有特殊的细润和光滑。他的言行举止也较为软绵，不紧不慢，欠缺本能的弹性，甚至流露出一股倦困的神韵。宛若他刚刚从遥远的沙漠里归来，还未从劳顿中解脱出来一样，是亟待养精蓄锐的。不过话再说回来，他已经是60余岁的人了。但怎么能简单地用人的年轮来说明问题呢？六十开外，即使年过古稀的人日常何其多也，他们都未必是这样吧。老有老的精神，有老的风度，他们许多人同样以老者的独特光彩照人呢。于是你不得不猜想到李金成同志的生活、经历和他那已经走过来的人生之路了。

你不会猜错的。

你可以大胆地这么说：李金成同志不仅是具体的一路风尘，而且是精神的一路风尘了。

李金成同志的老家在榆林。1950年他高中毕业后，因家庭生活拮据，期望早日参加工作，养家糊口，考入了中央林业部委托北京大学设办的林业干部学校。翌年毕业后，由西北军政委员会分回陕北防护林场（该场1950年成立，即现在地区林业局的前身）。当时的李金成，正是青春年月，同事们习惯以"小李"称他。他满怀革命热忱，对组织布置的工作他无不放在首位，无不竭尽全力地去完成，直到组织满意，自己放心为止。他既是林业干部，植树造林就是他的本职工作。加之他又是本地人，置家乡于一往情深，立志把自己学到的知识还给家乡，还给父老乡亲，还给这块生他养他的土地。家乡是贫穷的。落后的，险恶的生态环境和自然条件不但不能给人们造福，带来优裕的享受，而偏偏反其道而行之，威胁着人民群众的生存，侵害着人民群众的利益，岂止是无法安居乐业，完全是置于一种不知不觉中就被毁灭的恐怖状态。那凶恶的毛乌素大沙漠像一头隐伏着的巨兽，正默默朝人们涌动，逼近。如果不治理，家乡的灾难是无法回避的。那将是多么残忍的未来！简直太不堪设想了。作为党培养出来的专业林业工作者的李金成，自感重任在身，深觉自己肩头搁着一副很重的担子。他想：我的家乡我不去建设谁去建设？难道自己逃避叫别人建设不成？作为家乡人民的儿子，作为生活在毛乌素大沙漠里的后代，是没有任何理由推诿的。这是我的职责、义务和天然的使命。他绝不能看着沙漠再向家乡逼近了，绝不能目睹黄沙吞噬家乡而撒手不管了。他积极响应祖国号召，以一个林业工作者的使命感，踊跃投入"绿色"革命的第一线。

正值精力旺盛的李金成，恨不得把自己的一腔热血抛出来洒在大沙漠里，让黄沙看看自己的誓言，听听自己的心声。他背起铺盖卷，徒步下乡，向人民群众宣传造林治沙。那时候交通很不方便，别说汽车，就是自行车也属稀有之物了。再则沙窝子里道路难行，是不可想象的。于是他手里提一根柳木棍，一来可以探路。二来可以当腿用，脚疼腿困时拄着总能减轻些负担。三来可以护身。许多庄户人都喂着狗，一见陌生人就扑过来咬，稍不注意会让狗撕破衣服咬烂皮肉的。所以，柳木棍便成了他的老伙计，要不是他还穿的是干部服装，就活像一个叫花子了。沙窝子里路途遥远风沙又大，等到驻地后浑身落满了沙子，真是黄尘满面，一路风尘。这样说其实并不是形容和夸张，而是如实再现了生活的本质。

当时值新中国成立初期，造林是公私合营的。但当地群众对治理沙漠，植树造林不很理解，欠缺足够的认识。他们祖祖辈辈生活在沙窝子里，深受黄沙的危害，却没有治理沙漠的勇气和决心。他们认为黄沙是老天爷留下的，或者是自然形成的。自己的先人们原来就生长在这里，谁都没有能治理。到咱们手上就能治理好？若是可以治理的话，老先人们早治理了。既然他们没有治理好，那他们的后人还治理什么？不是自讨苦吃，白白受罪么？再加上多少年形成了一种传统观点：沙窝子里栽不活树。有些人也试着栽过，很难活下来，即使活了，也无法保存，马上就让黄沙掩埋了。于是人们便产生了一个偏见：与其把树苗喂了沙漠，还不如不栽，免得劳民伤财。李金成针对种种思想，宣传国家造林治沙的政策，宣传治沙的重要和造林的好处，宣传沙窝子里将来发展的方向。他说这是咱们致富的唯一途径，除此之外再无别的选择了。他先鼓动人们的积极性，让积极性取代多年遗留下来的陈腐观念。他告诉乡亲们：咱们不能用旧框框束缚住自己的思想，不能以为老先人们没治理沙漠咱就不治理了。咱们现在就要治理、就要干。老先人治理不了的咱要治理，老先人们没有干的事咱要干，而且要干好，干成。一定能干好干成的！他根据自己的实践，并结合科学的植树方法，再对照过去人们的栽树习惯，认为主要是缺乏经验，不懂科学方法而造成了人们心理上的障碍。原先是在沙梁沙湾一齐栽的，又无阻无拦，无遮无挡，风一吹出来，有的被摇死，有的被埋住，有时来不及生根就见"阎王爷"了。于是，李金成用死柴烂草搭障蔽，制止黄沙的移动。接着又用沙柳搭起了活障蔽，既能生长，又可围住沙子。障蔽一条条一方方的，像把沙漠用什么东西网住一样。那隆起的灰黄色的线条，就是制止风沙的生力军了。虽说不是攻不破的堡垒，但起码让树苗有了一个生长扎根的环境，缓减了大自然对绿色生命的急剧威胁。然后，他先治沙湾，后治沙丘，采取先易后难的措施，收到了显著的效果。

在植树过程中，李金成时刻留意着，对态度还不端正、敷衍了事的人，他立即批评教育，讲道理摆事实，然后约法三章，用"数坑"的形式制止了这种偷懒的坏毛病，端正了造林过程中的不正当行径。人们都心悦诚服了。许多人被他认真负责的精神所感动，说："人家李金成是个下乡干部，对造林都这么认真。我们还有什么想不通呢？这林是给咱自己造呀，是给咱的后人们谋幸福呀。李金成连一棵都带不走。他图什么呢？还不是为了咱们。"从此，不负责任的行为渐渐被杜绝了。李金成想，干部就得先干一步，叫群众看，给群众树立榜样。再让群众自己教育自己，从中获得启发和感悟，那一切事情都迎刃而解了。

1954年，组织决定调李金成到定边县到林站工作。这是由机关下基层的。

李金成很能想得通。他觉得自己年轻力壮,应该到艰苦的地方去工作。以往尽管是下乡,但毕竟是局里的人。要造林治沙,在机关还不很直接。到真正的沙漠里去工作,自己的知识才真正能得以发挥,真正有用武之地。在定边的东沙畔,李金成亲自挂帅,率领民工,部署指挥了营造万亩林的浩大工程。他一马当先,身先士卒,既是指挥者,又是战斗员。买树苗、拉树苗,边栽边检查,挖坑填土什么都干。从不以指挥者的身份逃避战斗,也从不以战斗而忽略了指挥的重要。路途太远不好行走时,他干脆骑上马,来回奔跑,哪里有难解决的问题,他就去哪里解决。他本来是不会骑马的,不会就学。他想人一生下来什么都不会,人不怕不会,单怕不学。只要潜心学习,不怕失败,一切都能学会。多次失败就是将要学会的开始。起先,马是极不听话的,而且带有一股野气。他一上去,几跳几颠就把他摔下来了,他起来不顾疼痛再爬上去。刚上去又把他撂了下来,他挣扎着再一次上去。翻来覆去,马终于变得老实了,成了他驯服的工具,看来书生出身的李金成不仅可以驯服黄沙,还可以驯服野马的。当然,黄沙比马难驯服!但是,功夫不负有心人,树苗也是不会背叛有志之士的。黄沙也不得不屈服李金成了。它向李金成低了头,接受了杨树、柳树和沙柳等其他树的要求,给了它们生长的机会,使人类收到了显著的效益。

1956年,李金成同志被提为副站长。

组织的擢拔重用,李金成认为这是上级对自己的信任和鼓励,说明自己肩头的担子更重了。他牢牢切记虚心谨慎,戒骄戒躁,万万不敢骄傲起来,躺在副站长的交椅上享受"站"的清福。他说站长,不是叫你真的"站"着。而是叫你"动"的。他将此作为自己工作的新起点,作为又一次开始跑步的起跑线,以实际行动报答组织对自己的器重!接着他又到长茂滩筹建林场,任主管业务的副场长。对此,李金成同志是这么理解的:业务,反过来就是"务业"。务什么业呢?务的就是林业。林业干部、林业副场长不务林业还能务什么?就像农民就应该种地一样。林业是自己的天职。他动员群众,背上铺盖,搞大会战。他选驻地、搭帐篷、盘锅灶等安排后勤工作,根据人员的条件和具体情况,他编队分组,层层有人管,有人抓。再统一领导。买下的树苗,他们用牛车拉运,能直接从树上砍的,他们就地取材,让树当即生下它们的"儿子",让树看到它们的后代在沙里扎根发芽,茁壮成长,为人类服务。这是极有生态趣味的。他们吃在地头,喝在地头,休息在地头。仅用沙蒿做障蔽,就有200多万米,通过大会战,集中治理了堆子坑、白图梁、喇嘛滩等地的黄沙。他们凯旋了。他们望着绿色的树影向黄灿灿的沙子投去轻蔑的微笑……

　　李金成每到一地，始终不忘他是一个林业工作者，始终以造林治沙为己任。但谁也没有留心，他背负着多么沉重的生活负担和精神压力。人们只看见他整天在沙里来风里去，岂知这只是他工作一路风尘。他精神上更是一路风尘的。1958年，他父亲定为"历史反革命"，轰到农村，在子洲县马蹄沟落户了。而他也背着"三青团"分队长的黑锅，似乎扛着精神枷锁而工作着。当然，后来他父亲所谓的"历史反革命"毫无证据，给平反了。他不是"三青团"的分队长也给结论了。可当时给李金成造成的压力和所带来的不良后果是无法估量的。首先，是不能重用，任职也只能任副职，不能任正职。其实，是限制使用了。他能担任副场长，完全是出于他那积极的工作态度，扎扎实实的实干精神和显赫的成绩。好在李金成不计较个人得失，他对组织没有任何怨言。说实在的，他是为了工作，为了事业，为了改变家乡的面貌，不是为了做官或谋取个人私利而工作的。1960年，国家处于困难时期，为了减轻负担，压缩城市户口。李金成踊跃报名，把家里人全迁在了农村。他想国家面临如此大的困难，自己是一个国家干部，不为国家分忧解愁谁去分忧解愁呢？家里人到农村安家落户，冰锅冷灶，甚至连住宿都成了问题。试想在农村毫无基础的一家人要生活，得从头开始，谈何容易。他每月就那76元固定收入，既要接济年老的母亲和父亲，又要养家糊口，自己还得些开支，确实够恓惶了。但他还能承受得了，因为他想的是国家和人民的利益。家里人吞糠咽菜，吃尽了苦头，他尽力给家里安抚，让他们理解国家的困难。家里人很通情达理，再苦再累都二话没说。李金成觉得，这就是家里人对自己工作最大的支持了。一个人如果要专心致志地工作，没有一个理解自己的家庭是很难干成事的。于是，他夜以继日地操劳起来，许多日子不回家，好像忘记了家庭的存在。不料家里传来了电话，说三个孩子得了病。他赶紧往回赶，冒着纷纷扬扬的大雪，路早已被雪覆盖，滑倒爬起身再走。整整三天，赶了160多里路回到家，才知是因为屋里太冷，孩子们患了伤寒症。为此，他心里禁不住一阵难过，敦厚坚强的男子汉流泪了。但他没有流在脸膛上，悄悄地流往肚子里了。有道是男儿有泪不轻弹，岂不知只缘未到伤心处。他虽然流了眼泪，也绝不是他脆弱，而是人性的力量驱使着他。李金成为家庭生活的窘迫都没受到牵累，却为了工人们的困难吃了不少苦头。他在长毛滩林场工作时，工人们粮食不够吃经过研究他给补助了些。结果说他违犯国家粮食政策，但没有处分书记，而行政降一级的处分却落到了他的身上。在当时那种情况下，他认了。20年后，组织又召开会议，决定撤销了对他的处分。现在提起此事，他只是付之一笑而了然。当时处理也许没有错，因为是特定环境下做出的决定，现在纠正过来也很正确。反正就是那么回事，过去就过去了吧。

在那场所谓的"文革"时期，李金成自然是难以幸免的。这时林场与建林师合并，他在生产科管理林业，任副科长职务，也算一个小小的当"权"派吧。加之他莫须有的家庭出身"不好"，"四清"时给他家里定成官吏成分；父亲为"历史反革命"，他又是"三青团"团员。这不仅是个"双料货"，而是个"多料货"了。一些群众给他贴大字报，批斗他，打他。他只得回家住。一天晚上，有人叫他，说有工作叫他做。他一听"有工作"，连忙开门。刚出去他就被绳索绑了起来，关在一间破屋里，用钢鞭抽他，折磨得他遍体鳞伤，阵阵发痛。还多亏了一位公社书记把他偷着接走，藏在老乡家，才使他转危为安。不然，他还不知能否有今天呢？后来，在"说清楚"时，打他的人向他赔情道歉，他都一一地予以谅解了。他说人一生谁还能不受点灾难，不犯点错误。只要能认识错误、改正错误就是了。况且"文化大革命"是整个中华民族的一场大灾难，是中国人民的一场大劫难，冤死了多少党和国家的有功之臣、多少有识志士、多少好人。我这点创伤算什么呢？能活下来就是幸存者了。李金成是这样想的。他委实够宽宏大量了……

翻阅李金成的历史档案，是很值得研究一番的。他无论是做一般干部，还是做副站长、副场长，业务室副主任、生产科主管林业副科长，都是勤勤恳恳，一丝不苟地工作的。但奇怪的是，他的每个职务前面，总有个"副"字当头。他永远也没逃脱"副"字对他的束缚。这是令人深思的，也让人隐隐感到一种无法言状的东西在作祟！可李金成心里十分坦然，他活得问心无愧，因为绿色生命给了他安慰！

1973年，李金成研究成功了"轻盐地落水播种育苗法"，解决了碱地育苗的问题。

李金成根据自己多年造林治沙的经验，撰写了《定边县沙丘移动的方向初步调查》论文，获榆林地区科协优秀论文二等奖。

李金成多次受到林业部、陕西省、榆林地区和定边县的奖励，多次被评为先进工作者。

1983年，李金成光荣地加入了中国共产党。他多年的夙愿终于实现了。职务也成了正职。后又被评定为工程师职称。

岁月不饶人。李金成已到退休年龄了，而且还有多年的老胃病、心脏病、脱肛等疾病缠于他一身，曾做过三次手术，仍未痊愈。他该清闲地安度晚年了。

料想一路风尘的李金成同志，会洗掉他满身的黄沙，抚平他被寒风吹破的伤绽，分享生活之欢悦的。

会的。一定会的。

沙地柏的守护神

沙地柏——翁双成！

翁双成——沙地柏！

在榆林多少人心里，这已经成了两个不可分割的名字。

几年前，这两个名字是携着手儿闯进我耳朵的。人们告诉我，在寸草难存的毛乌素大沙漠里，生长着一种非常奇特的常绿灌木，因枝叶酷似柏树，又很适宜在沙漠里生长，人们便取名叫沙地柏。又因它有一股浓浓的柏臭味，当地群众又叫它臭柏。这种柏，在沙漠里有很强的适应性和惊人的生命力，可算是征服沙漠的一位勇士。但在中国和全世界都少有，唯独在榆林地区的神木县境内，有它的一方领地。但由于自然和人为的侵害，它的日子却很不景气，若再不保护，也濒临绝种的危险。就在这危急关头，突然来了一位"守护神"，他就是翁双成。十多年来，他把全部心血和甘苦，紧紧系在沙地柏上，战风沙，斗严寒，含辛茹苦，劳精费神，不仅挽救了沙地柏的垂危命运，而且在其繁殖和发展的研究方面取得了突破性进展，俨然成了一位沙地柏研究的专家。

两位"英雄"——一位敢于斗沙的勇士，一位斗沙勇士的"守护神"，魔力似的吸引着我。但因交通不便和找不到机会而不能如愿。1989年4月，幸得去神木县开会的机会，又正好要途经沙地柏的领地，我便下决心去拜访了。

早饭后从古城榆林出发，顺刚刚开通的榆神二级公路，眨眼间便进入了神木县境。车在飞驰，路两旁海涛似的沙丘一片焦黄。突然，在车前的沙丘上出现了一片绿色，先是花花点点，影影绰绰，愈走愈多，愈看愈绿，由点连成了线，由线又连成了片，一座座沙丘从根到顶，全被这绿色覆盖，一眼望去，真似一片绿色的海。我正被这奇异的景色所吸引，同车的小刘突然惊叫起来："啊，沙地柏！"

"什么？"我惊奇地问。

"沙地柏嘛，你还不知道？"小刘发现了我的无知，便以一种内行的口气介绍起来，"这种植物可厉害哩，沙有多高，它的根就能扎多深，听说最长的有100多米，沙往高长，它跟着往高长，沙跑到哪儿，它撵到哪儿，好像专门和沙比赛似的，总要长在沙的头顶上，气得沙没有一点办法。你看那些沙梁那么高，它照样不是爬到顶上了，而且长得绿旺旺的。听说全国只有新疆和内蒙古还很少有一点，世界上已经绝种了，只有这里是最大的一片，所以也算是沙漠中的一种稀有植物。"

机会难得。我们马上停车，几个人被小刘的一番介绍所鼓动，一起向路边的一座沙丘走去。真的，那沙地柏和柏树的幼苗一模一样，墨绿的颜色，鳞状的针叶，一走近跟前，就闻到一股浓浓的柏臭味。只是它属于灌木，一般一二尺高，枝条特别的柔软，像瓜藤似的，能顺着沙坡不断地向四周延伸，沙到哪里，它就顺势爬到哪里，很快形成一大片。一株，一片，一片再连一片，便形成了一张巨大而特殊的网，将一座座沙丘，从根到顶，结结实实地网了起来。密密的，厚厚的，像绿地毯一般，沙子一旦被它征服，便再别想有出头之日。我们兴致勃勃地爬上一座大沙梁，啊，目之所至，波涛似的沙漠，已成了一片绿海，间或有一点还未被覆盖的沙子，零零星星，看来被征服的日子也不会很长了。多少年来，人们一直在寻找制服沙漠的办法，没想到这里却埋藏着这样一位敢与沙漠试比高的"英雄"。我拜访翁双成的心情更急切了。

一会儿，我们便来到了目的地——设立在大保当乡的臭柏资源自然保护区管理站，并很快见到了我要访问的主人翁双成。他50多岁，中等个头，一身毫不讲究的干部服装，满头银发，褐红的脸膛，粗糙的皮肤，不多言语，表情孤漠，诚诚实实，长期沙漠里工作，不仅在他外表上留下了印记，而且铸造着他的性格，一看便知道他是地道的沙里人了。

在院子里互相认识后，他便留我们在他那间十分简陋的宿舍兼办公室里交谈起来。没有任何客套，我坐在唯一的一只很古旧的硬沙发上，他坐在自己的椅子上。他给我倒了一杯水，却因没有个放处，忙乱了一阵子，才找到一只小凳放在我面前，他难为情地用一丝苦笑表示歉意。

当我提出问题时，他缺乏表情的脸上掠过一丝淡淡的苦笑，意思是没有多少可谈的，但他并没有说，也许是不好拒绝我的真诚，迟疑了一会儿，终于讲了起来。

1957年夏天，刚从陕西省林校毕业的19岁的翁双成，告别了家乡和亲人，来到了陕西最北端的神木县。他的家乡大荔县县城，是八百里秦川一个富庶之地，气候温和，物产丰富，吃的白面，没有山，更没有沙漠。小时候，他不仅认为这里是生他养他的地方，而且认为整个世界都是这个样子，他也准备在这里舒舒服服地生活一辈子。沙漠，是他在书本中知道的，根本没有打算和它去打交道。谁知命运老人却偏偏将他刚刚迈步踏上人生旅途时，便一把摔进沙海里，30多年光阴，眨眼即逝，他由一个天真烂漫的青年，变成一位皱纹满面、满头白发的沙里人，使他的理想、青春、爱情、才智、幸福、欢乐，甚至妻子儿女都交给了这荒凉、冷落、无情的沙漠草地。年过半百的翁双成，回首往事，感慨万千，只能用一丝淡淡的苦笑回答：这就是人生，这就是革命，看来我的骨头也将在这沙漠里安家了。

30多年前，他决定来陕北时，有人就向他发出了警告：那里路程遥远，飞沙走石，吞糠咽菜，是个最苦焦的地方。但被革命热情燃烧起来的翁双成，却是另一种想法：革命的需要就是自己的志愿，越是到困难的地方去才越革命越光荣越有价值，他正准备到艰苦的地方去经受考验和锻炼，创造一番事业，况且这是组织的安排——组织的决定是神圣的，应该绝对服从的。因此，他怀着一腔热血，义无反顾地踏上了征途。

几天卡车颠簸，几天徒步跋涉，终于来到了他的新家——神木县深处沙漠腹地的孙家岔林场。他呆了。环境，条件，生活，工作，衣食住行，一切的一切，都是那样的陌生、艰苦、不可思议。一眼望不到边的滚滚黄沙，听不到鸟叫，看不见绿色，一片荒凉、凄惨，人在这里怎么生活？吃的是小米饭、洋芋蛋，饭碗里沉淀一层沙子，吃惯了大米白面的翁双成，不仅难以下咽，而且连吃法也不懂。到农村去下乡，因为没有住处，只好与群众男女混睡在一个炕上。他不敢脱衣服，几天时间，虱子便成群结队造了反。要洗一下，连条件都没有。沙漠里根本没有路，一遇刮风，天昏地暗，不停地"转脖子"，走了一天，结果又回到了原地。当地群众稀奇古怪的方言土语，他像听外语似的难懂；他的一句话则得说好多遍，急得满头大汗，对方更听不懂。真是寸步难行哪！一年夏天，他在火笼般的沙窝里整整跑了一天，口干舌燥，幸好看见一位妇女在井边打水，他边跑边喊，要一口水喝。那妇女却听不懂他的话，把他当成了一个疯子和洋人，他越喊，她跑得越快，闹了一场大笑话。这中间，与他一起来陕北的好多同学，纷纷通过各种方式离开这里调回了关中。每一个走时，都捎书转信，劝他不要死心眼，早点远走高飞。但他的心眼永远活不起来，既无关系，也无手段，心中那团革命的火焰始终没有熄灭，况且时间久了，他也和这块土地及这里的人民产生了感情，觉得这里正是他的用武之地，这里的人民正需要他，一个真正的革命者，还是不应该图轻闲、走轻路，去当一个投机分子。因此，他不仅安下了心，而且在这里建立了家庭，生了男育了女，在这片荒漠的土地上，开始了艰苦的跋涉和耕耘。30 多年来，他一直战斗在沙漠之中，用他辛勤的汗水和无私的奉献，为这寸草不长的沙漠染上了一片片绿色，在改造沙漠、绿化祖国的伟大事业中谱写着一个普通林业工作者不平凡的人生。

他与沙地柏所结下的一段缘故，便是他革命生涯中最为光辉的一页。

他在 1957 年去神木的路上，就发现和认识了沙地柏这种奇特的植物，并发生了兴趣。20 多年中，他不断地听到沙地柏被破坏的消息，真有一种忧心如焚的感觉。直到 1977 年，他才如愿以偿地来到神木县大保当地区天然林管理站当站长，负责挽救、保护和发展沙地柏的工作。

条件是相当艰苦的。茫茫无际的沙海中，一座孤岛似的小镇，镇子北头一座凋落的小院，小院中他只有一间简陋的办公室兼宿舍又兼厨房的小房，这就是他将要开始一番新的事业的阵地。当时正值年关，天寒地冻，他个人又有许多困难和不顺心的事情。但他急着那些正处在水深火热中的沙地柏，几十年来养成的那种强烈的事业心和对生长在沙漠中一草一木那种特殊的感情，使他忘掉了个人的一切不幸和利益，马上投入了紧张的工作。

春节刚过，群众还正在敲锣打鼓、喝酒猜令闹红火的时候，他便撇下妻室儿女，只身披了一件老羊皮袄，走进无边的沙漠，考察沙地柏的生长情况去了。

春寒料峭，风沙迷漫，饥渴难忍。但当一个人被事业心所武装起来后，一切困难都不在话下。他爬上一座沙梁又一座沙梁，跑了一天又一天，没明没夜跑了一个多月，跑遍了生长沙地柏的四个乡镇、几十万亩沙漠，行程几千里，对沙地柏的生长情况进行了全面考察。新中国成立前，这里的沙地柏共有 40 多万亩，但由于天灾人祸的破坏，现在只丢下 11 万多亩，而且覆盖度很低，最高的 60%，最低的仅有百分之十几。好多地方被糟蹋得枝干横飞、根须外露，目不忍睹。据他调查，破坏的主要原因：一是人砍牲口吃，二是害虫危害。看着这种珍贵的植物被白白破坏的情景，他真是心里流血哪！他以一种迫不及待的心情和义愤填膺的感情，很快投入了挽救沙地柏的战斗。

首先做人的工作。他一个村一个村地跑，开大会，到家户去交谈，算细账，讲利害，定制度，立规程，绞尽脑汁，苦口婆心，经过一段艰苦的工作，人为破坏的问题逐步解决了。

如何解决虫害问题，比做人的工作更难。他深入到沙漠里，经过四五个月实地观察和研究，终于搞清了这种危害极大的害虫的全部生活史，并决定采用"飞灭"办法来消灭这种劲敌。他经过多方求援，得到了地县有关部门的支持，破天荒地给他派来了飞机。真是天大的喜事，他欣喜若狂。在"飞灭"的日子里，他冒着炎热，饭都顾不得吃，整天奔波在火盆似的沙漠里，打着红旗，生起烟堆，逐块逐块地为飞机指示目标，紧密配合，使"飞灭"顺利获得了成功。

害虫扑灭了，11万亩沙地柏保住了，翁双成不仅完成了组织交给的使命，而且立了一功，他可以安安稳稳地闲缓一阵子了。但他却又开始思考和解决一个新的课题。他希望和需要的绝不仅仅是保住现有的11万亩沙地柏，而是要扩大、发展，让所有的沙漠里都能长起沙地柏，彻底根除沙漠的危害。但怎样才能使沙地柏繁衍和发展快呢，他翻阅了许多资料，也请教了当地的许多群众，都说沙地柏只能搞无性繁殖，即用枝条育苗移植，而不能搞有性繁殖，即用种子育苗繁殖。这是多大的遗憾。搞无性繁殖速度太慢，如果能改用有性繁殖，既方便，发展又快，那时，沙地柏的发展将会出现怎样一种景象。强烈的事业心，使他不甘心于前人的结论和不能令人满意的存在，索性采摘了一些沙地柏的果实，带回家，盛在碗里，不断地浇水，开始了有性繁殖的试验。但可惜的是，一天、两天，一月、两月过去了，可果实却像木块一般，没有丝毫反应和变化。

他作难了。难道这种果实真的没有生育能力吗？但他仍不肯死心，继续思考着，寻找着出路。果然，一天，他在沙漠里转悠时，忽然发现有几只小鸟——当地人叫臭柏鸟，在津津有味地啄食沙地柏的果实。面对这一新的发现，他猛然想起过去有人研究解决花椒有性繁殖时，因花椒种子用人工处理，难度较大，再找不到好的办法，但发现鸡食花椒的果实，便从鸡粪里取出通过鸡的肠胃"热处理"后的果实，再进行培育，果然育成了苗，解决了花椒有性繁殖这一难题。沙地柏是不是也存在这样一个问题呢？

一种神奇般的欲望鼓舞着他，使他像着了魔似的，不停地跑到沙地柏地里，去寻找臭柏鸟的踪迹和粪便。他不知跑了多少次，果然，有一天他正在泉水边喝水，突然发现有几只臭柏鸟飞落在附近的一棵大树上，像是休息和拉粪便的样子。臭柏鸟飞去后，他马上跑过去，果然发现许多粪便，拨开一看，啊，果然里面有不少沙地柏籽。他如获至宝似的捡了十多粒，带回去，选择好地块种了进去。经过好几个月的精心培育，终于长出了幼芽。

啊，成功啦，梦寐以求的愿望终于实现啦！喜讯传到地区，领导十分重视，亲自跑来看望他，鼓励他再接再厉。传到三北林业局，领导专门把他请去，尽力给他支持，让他进一步进行试验，争取早日达到生产水平。

几年来，翁双成遵照各级领导的意见，克服了重重困难，专门辟出三亩地进行试验，进一步取得了经验。当我与他交谈后，他喜不自禁地特邀我来到他的试验地里，啊，没膝深的一大片绿旺旺的沙地柏实生苗子在春风的爱抚下，长得勃勃有生气，特别逗人喜爱。翁双成双手抚摸着密密的柔软的枝条，脸上露出一种无比高兴的神色。

当然，这一成功还仍然是开始，但我们相信，在翁双成同志的继续努力下，沙地柏这一征服沙漠的勇士，必将在征服沙漠这一特殊的战斗中发挥出更大的威力。我们衷心祝愿翁双成同志获得更大的成功。

遥远的故乡

笔者一涉入采访，首当其冲的便是横山地。在横山，接待和向导者除县委宣传部的小梁外，始终伴随我的是县林业局副局长邢维坤，我们每到一地，均受到当地政府和群众的热情款待，并总是竭力地想方设法满足笔者所需要的素材，真令我备受感动。这似乎在笔者预料之中的。而值得思索的则是另一课题：就是邢维坤其人？

在采访即将结束之际，笔者将要告离横山，在横山的土地上打上一个暂时句号的时候，我躺在宁静的招待所榻下，躺在陕北那独特的夏夜里，心里掀起阵阵波涛，实难平息下来。以致我久久不能沉入梦渊，哪怕是微浅的睡乡呢。我想当我们每到一个村庄，邢维坤竟是那么熟稔村庄和通往村庄的小路。那么熟稔村干部和普通的村民。那么熟稔荒沙、河流、山石和林木草的分布情况，尤其值得深思的是邢维坤和人民群众的关系，他们待他是那样热烈，那样真诚，那样宽厚。语言、举止，包括每一个微笑、每一个微不足道的小细节，都洋溢着一股天然的热乎劲儿！仿佛他回到了阔别已久的故乡，回到了亲人的怀抱一样。笔者从他的谈吐中，是显然带有外籍音韵的。那还尚未完全改造过来的关中口音，自然夹杂了不少陕北腔调了。一经询问，果不其然。看来，故乡在邢维坤的意念里，已经十分遥远了，已经是邢维坤的他乡了。那他是怎么将故乡变为他乡的？这还需要进一步走访、了解、弄出个所以然来。

有道是"不识庐山真面目，只缘身在此山中"。邢维坤虽然与我只是短促的相处，却给我留下了极深的印象，让甚至是很难泯灭了。所以，笔者得认识一下"庐山"的真实面目，免得有"身在此山"之嫌疑的。

翻开邢维坤的简历，才知他原籍系陕西省咸阳市渭城区石桥乡冶家台村人氏。这理所当然的是他的故乡了。他1957年7月毕业于陕西省眉县林校。同年8月，到榆林县林站工作，负责群众造林育苗的技术指导。邢维坤来陕北工作，是很让笔者感奋的。那时的他,正是青春年少的时候,本该完全有理由在省城、在咸阳,或在家乡附近的县里留下来的。因为他在陕北无亲无故,可以说还从未涉足于陕北的土地呢。再则他家乡一带也需要他建设,需要林业技术人才的。加之邢维坤身有残疾,体力薄弱,行动不十分便当,大脑也受过挫折,并留有后遗症呢。提起这些身体的缺陷,邢维坤迄今都沉浸在难忘的往事回忆里,好像揭起他长久未能愈合的疮疤一样,善良和蔼的面孔陡然变红了,光洁的脸颊微微抖动,额头渗出了晶莹的汗珠儿。他那纯澈明利的眼睛不时地眨动着,似乎喷射出仇恨的火花。无可置疑,他心里的创伤是深重的,不易抚平的,恐永世也抹不掉了。

那是1941年,日本帝国主义的铁蹄大肆践踏我中华民族,抗日战争的烈火已经在祖国大地熊熊燃烧的时候。尚值三岁的邢维坤跟随父母逃难到大荔县,不幸被日本飞机炸伤了头颅,致脑神经严重损伤,左臂残废了。在幼小的邢维坤的意识深处,埋下了对日本帝国主义仇恨的种子,他是恨之入骨的。父母寄托于邢维坤将来长大后报效国家,把一切希望都寄托了邢维坤的身上。他们家境贫寒,挨冻受饥,全力让邢维坤读书,将省吃俭用下的东西,全部给予了他,期冀儿子以后为国家做点事情。邢维坤在西安化觉巷小学毕业后,又考入省立三中。但家里再无力供养他了,于是,他考入陕西省眉县农业学校(后改为林校)。毕业时,他积极响应国家"绿化祖国"的号召,对曾为中国革命做出巨大贡献的老革命根据地陕北,怀有一腔热血,报名支援陕北建设,为陕北的林业事业出了一把力,流了一身汗,报答国家和人民的培养之恩。为此,同学们很不理解邢维坤的:

"你分在哪儿了?"

"陕北。"

"啊!怎分的?"

"我要求的。"

"那可是个苦地方呀!"

"我知道咧。"

"你憨着咧,操心后悔。"

"我既不憨,也不会后悔的。"

……邢维坤毕业后回到咸阳渭城区石桥乡冶家台村探亲,村里人和亲戚们听说他把书念成了,纷纷前来道喜和祝贺。人们你言我语,格外兴奋,溢美之词不绝于口，沸沸扬扬，都为村里出了个人才而骄傲。亲戚们更是无限欢悦，为有邢维坤这么个关系而自豪，农村人如此心情，是在人之情理中的，不值得有任何诧异之处。但当大家正在高兴的时候，有人问他将来在哪里干事，他如实回答了。不料屋里的气氛骤然变了，热闹立刻沉寂了下来，人们你看看我，我瞅瞅你，惊愕得有些束手无策，好像邢维坤被换了一个人似的，生出一种不可思议的陌生感。接着屋里的空气近乎凝固了一样，方可听到隐隐的呼吸声……突然，不知是谁先起了个头，人们七嘴八舌地唠叨开了：

"是硬把你分到陕北的？"

"哪有硬分的事。"

"你的表现不好？"

"是犯错误了？"

"还是你得罪了什么人？"

"这些人的心也太瞎了！"

"……"说长道短什么话都有。

邢维坤听着众人的议论，又好气又好笑，很想当即给他们解释，说明原委。但人声鼎沸，几次话到嘴边又咽了下去，急得他头上直冒汗。他等人们的话语落入低潮，才按捺住性子，解释道：

"你们不了解情况，完全误解了。这不是硬分去的。压根就不存在硬分。我在学校的表现很好，没有犯错误，也没有得罪什么人，更不是什么人的心太瞎。是我主动要求的。"

"报名去陕北工作！是不是？"

"是的。"

"真的是这样？"

"我能哄你们。"

"你还小，头脑简单。"

"我是年轻些，但头脑并不简单。"

"是不是，……日本飞机把你炸得有点——"。

"看你们说的，简直是开玩笑。"

"那咱关中就不需要造林？"

"当然需要。"

"你为什么非要去陕北?"

"……你们一时还不理解。"

"就是为了陕北穷?"

"正因为穷,我才去改造。"

"想不通、想不通。"

"有什么想不通,很正常嘛。"

"看来我们拿你也没办法。你一定要去就去吧,反正陕北苦得很。"

"就是,你还是多考虑一下,是好是坏你心里清楚,吃苦是你的,谁也代替不了。"

"你身体也不太好,又让日本人的飞机炸得头上有伤,留下了后遗症。要多注点意。"

"出门在外,全靠各自照顾。"

"自己的身子还要自己心疼。"

人们后来就关心起邢维坤了。好像他不是去陕北植树造林、治理沙漠,而是去前线打仗一样,再很难生还了。不是么?全然一片语重心长的"保重"和"安全"之类的叮嘱言辞。大可乱真,是颇让"出征将士"感动的……

众人一一告离后,邢维坤也从喧嚷声中冷静下来了。他回忆起刚才由欢悦道贺,变为惊异困惑,再变为担心忧虑的情景,不知道如何去分析和判断才好。他觉得一瞬间发生的这些情绪波澜,是极有趣味的。他又想是否自己太冒昧了,太大胆了?是否自己不该如此选择?真的有他们想象的那么严重吗?他马上就给否决了。他觉得好笑极了,人们那种种言语犹如童话一样充满稚嫩。不过邢维坤能够理解他们,体谅他们。善良的乡亲和亲戚们对自己一片赤诚,不存在一点恻隐之心的,特别是他们最后的嘱咐,正是他们淳厚的情感所在,还是很让人感激的。农村人自有农村人的狭隘,也自有农村人的质朴。他们不懂林业工作者的事业心,但他们只晓得安然舒适些好。这实在难怪他们了……邢维坤又去征求老人的意见。老人挺开朗地支持他。于是,他愉快地踏上了征程。

在八百里秦川长大的知识分子,突然来到陌生的陕北高原,得有个习惯过程的。但邢维坤早已做好了充分的精神准备,他早已料想到了。工作他是不在话下的,而让他用心克服的是气候和饮食方面的困难。气候倒也勉强适应着。天气冷穿厚点不就行了么?主要是吃饭和住宿。素以米面之乡的秦川大地,农作物主要是小麦，人们吃得自然不差。而陕北以粗粮为主，黄米干饭堪称家常便饭了，邢维坤知道，小米在家乡是以粗粮给居民供应的。现在变为主食了。他尽力往下咽，往饱吃。有时他饿极了，故意让肚子空空如也，再去吃。他还把黄米干饭倒上开水，冲成稀糊糊喝下去。同时，他住不惯陕北的窑洞，他觉得有一种空寂感。家乡是住房子，在床上休息的。睡炕固然踏实、牢固，也有一种安全的感觉，但总感到不十分舒服，好像背了一块大石板一样。他为了使自己早日摆脱家乡留在心里的印象，便经常下乡，到农村去工作，经受农民的生活习惯。当他一到农民家里时，他惊呆了！农民的生活太苦了，吃的是糠窝窝头烩酸白菜，住的是破烂的土窑洞或简陋的小草房。有时连粗糙的饭菜都吃不上，刮风下雨时住宅都无法遮掩。邢维坤洒下了一掬深切同情之泪。他心里悄悄地问自己：邢维坤你有什么不满足的？你还有什么要求呢？你看看陕北人民，他们吃的是什么？穿的是什么？住的是什么？整天在山圪瘩上，在沙窝子里受的是什么苦？而你是国家干部，不习惯吃黄米、住窑洞，这都是农民给的，是农民顶风冒雨、早出晚归、用汗水换来的呀！你再不能有什么要求了，再不能不习惯了。你一切都得无条件地工作，都得无条件地习惯。他想，如果自己连这么一点困难都克服不了，岂能干事业？还做成什么事？还算一位林业工作者吗？他突然记起在分配时候踊跃报名的迫切情境。分配后同学们是如何问他的？回到故乡村里人和亲戚朋友们开始是什么态度，又变成了什么氛围，那一个个惊讶不解的神色闪现在他的眼前。而他又是怎么回答他们的呢？那声音至今还在他的耳畔回响，尤其使他坚定信念的是自己的老人。记得当他把去陕北工作的选择告诉老人后，老人恋恋不舍自己的儿子出远门的心情在所难免，但他们很理解儿子，沉思片刻后予以了大力的支持。说道：世上做老人的谁不想让孩子们幸福，谁不想看着自己的孩子在身边尽孝，但老人总不能永远守着孩子们生活的。你长大了，你的想法是正确的。国家把你培养成文化人，应该好好为国家多做点事，陕北需要你，你就大胆地去吧……往事和现实使他受到了深刻的教育和启悟，他建设陕北、绿化陕北的意志更坚定了！

邢维坤一头扎入大地的怀抱，专心致志地为陕北人民描绘着未来的绿色蓝图。他工作兢兢业业，吃苦在前，享受在后，时刻与陕北父老们的生活看齐。组织交给他的任务，他圆满完成。他虽然身体残疾，却不顾自己的伤残，拒绝组织照顾，像身体健全的人一样，在沙窝子里滚打，在土地上出力流汗。他在乡下，一去就是几个月不回来,他一边大力宣传国家的方针政策,一边以科学的植树种草方法,给群众做示范。当时的农村,人们已经对林草有了足够的认识,已经尝到林草给他们带来的好处了。所以,邢维坤一宣传,农民们就行动起来了。即使有少数人还脑袋僵化,经过他进一步地做思想工作,也就想通了。他在马合农场主管林业,负责全场管林技术,他将林业技术视如生命,他以为林业工作是他神圣的职责,离开这项工作便感到很是无聊乏味。1961年6月,组织把他调到了二十克公社做秘书工作。他本来是不愿意去的。但这是组织的决定,岂能不执行呢?自己来陕北就是为了革命、为了国家,组织就是国家的一个组成部分,党的原则就是个人服从组织,自己得无条件地执行。邢维坤只得割爱放下他的林业事业,投入了文秘的行列。他不干则罢,干就要干好。干一行就爱一行。尽管秘书工作没有他的林业技术做起来得心应手,但他在实践中克服了自己的意识偏见,一切事务处理得井井有条,领导是满意的。因为他是用良心去工作的。什么事情只要用良心的砝码去做,都会办好的。

1962年8月,国家号召归队搞林业。邢维坤调回了横山县林站。其实,他就在二十克公社工作期间,除了做好他的秘书工作外,照样为本公社的林业事业投入了大量的精力,许多心思全用在造林种草上了。他不仅策划林业建设的具体措施,而且实干着具体工作。他一下乡就宣传造林治沙,村干部一来公社开会,或者给公社汇报工作时,他不放过任何机会,经常询问林业的情况:落实得如何?进展到什么程度了?能否完成?还有什么困难?等等。只要能解决的问题,他立刻就解决了。要是需要他下去解决,他马上动身,亲自到农村、到家庭、到林地,给以热情的指导和耐心的实践。直至他认为放心了才肯罢休。现在,组织又调他归队搞林业,正合他的意愿,于是,他重新操起了他心爱的事业,走上了天使般的工作岗位。1963年10月,邢维坤到了雷龙湾林场,主管业务。这是他梦寐以求的。

到场后,邢维坤真可谓猛虎添翼了。他积极参加全场造林治沙,同时,设计护田林网,并开展大面积的小叶杨树的播种育苗,固定流沙,提供用材,培育各种优质壮苗。邢维坤是有计划、有组织地进行的。他虽然不是场长,却肩负着场长般的重任,把这一系列工作当作自己家里的事情一样办,他认为这是由许多个小战役构成的大战役,是一个统一的整体工程,一个完整的绿色体系。因为要治沙,就得造林,沙漠的移动除植树种草能固定外,而农田是庄户人的生命,如果农民收不来粮食,一切都成空的了。但要让庄稼有个尚好的收成,就得有个好的环境让庄稼正常地生长。陕北的自然灾害本来就多,十年九旱,早霜又常常使庄稼不能成熟,冻在地里是常有的事。况且沙漠地区又风大而多,风一吹庄稼就受到严重的影响,给丰收造成了严重困难。所以,首先要让农民的口粮有基本保证,肚子不受饿,那一切事情都好办了。再搞一些用材林,既治理了黄沙,又为将来农业的发展、庄户人的生活用料做了准备,邢维坤真有远大抱负,有长久未来之远见呢。他起早睡晚,整天奔波在沙窝子里、田野里。他很注重造林的季节,他从外面联系拉运回来大批大批的树苗,先搭障蔽,再挖坑栽树。他根据沙漠的地理地形,死障蔽活障蔽区别运用,区别对待,给树苗造成一个良好的生长环围。他不能干太重的体力活,就干力所能及的事情。在劳动中,个别群众图省事、图快,把树苗栽得浅,他一发现就让对方返工,进行批评教育。还有的把树苗三株五株栽进一个坑里。他马上叫对方刨出来,重新按规矩栽植,直到对方接受教育,落实在实践中他才放心地离去。护田林网在他的设计和亲自指导下,群众是极乐意接受的。他跑前跑后,忙得不停息。有时在地头吃饭,有时在农民家吃饭,地头的风沙大,沙子吹进碗里是常有的事。开始他还不很习惯。但他见农民都吃了,他也就学着农民样子,连沙子一并咽下肚里。他觉得农民能吃自己也能吃。饭是农民用血汗换取的,绝不可浪费。浪费就是犯罪!一些好开玩笑的农民问他:"老邢,你也把有沙子的饭能吃下去?"他回答:"你们能吃下去,我怎么就吃不下去?咱们是一样的。"农民说:"你是干部,公家人。我们是扛老镢头的。怎么会一样呢?"他笑着回答:"怎么不一样?你们在地头造护田林网,我也在造。你们吃什么,我也吃什么。这沙子吹进碗里,你们能吃,我也能吃。吃下去正耐饥,结实,不容易饿。"农民高兴得笑了起来,说:"老邢也是我们陕北人了。和我们沙窝子里的人一样生活。"是的,邢维坤就是陕北人了。他已把咸阳,把故乡当作他乡了。他精心培育的许多优质壮苗,为固定流沙,为群众提供日后用材做出了巨大的贡献。接着,他不辞劳苦,从外面引进树苗,再结合当地的树木生长和土壤分布的情况。经过研究和试验,获得成功!给雷龙湾未来的发展奠定了坚实的基础。群众很拥戴他,人们说:"邢维坤在雷龙湾林场工作近十年,给我们办了许许多多的好事。为我们的子孙后代都谋下了福利。我们雷龙湾的人是记着老邢的。"1973年7月17日,榆林地区林业局给邢维坤颁发了奖状和物品,予以鼓励!

当笔者与邢维坤到雷龙湾时,只见绿树参天,浓荫蔽日,大片大片的树林伸展在半空,望不到边缘,仿佛到了东北的大森林一样,早已忘却沙漠的存在了。但过去这里全是荒沙的世界,是让人不可想象的。我们每碰到一个年长一点的人,都认识邢维坤,向他问寒问暖,并要他回家里坐、去吃饭。好像老邢不是从县里来的,而是他们雷龙湾人,或者是他们的亲戚和恩人。是的,邢维坤给雷龙湾做出了贡献,雷龙湾的人是记着邢维坤的。

如今,雷龙湾已是横山县的一块宝地了,堪称横山的"小江南"之乡!

1976年7月,邢维坤调到县林业局,负责主管业务。他极为重视全县的林业建设。他根据树的特点,刻苦钻研,认真实践,造改了林木的生长和发展的速度与价值。有一种称为"小老树"的水桐,顾名思义,就是树的年轮已经高深了,但还是长不高长不大,成不了材。好像一个人上了20多岁,还是娃娃的个头一样。叫人干着急,没有办法。邢维坤深感责任重大,自己是一位林业专业技术人员,改造它是自己的职责,是他的本职工作和使命。他设想了许多方案,采取"嫁接"的方法,把大个河北杨嫁接过来,取得了显著的效益,改造2000余亩。使不成材的水桐"小老树"长高了,低价林分变成了高价林分。邢维坤的这一试验成功,开了先河,在横山"小老树"的改造拓宽了广阔的前景。为此,榆林地区林业局给予了奖励。1979年11月,邢维坤调任县林业站站长。同年12月28日,地区革委会(现为行署)授予他林业技术革新二等奖。

站长,乃一站之长。邢维坤发挥了"站长"的作用,踊跃站在林业工作的最前列,和职工们一起,宣传动员群众大种柠条。柠条是横山的一大资源,也是林业的一个重要品种。它既可治沙肥土,又可编织烧火。邢维坤广建采种基地,使柠条面积达百万亩、种子收购突破百万斤,取得了显著成绩。横山县委、县政府,给邢维坤颁发了奖状和物品,予以鼓励。

1983年12月,邢维坤调任县林业局副局长,负责分管国营场圃和灵榆林带的建设工作。他大力造林,日夜忙碌在荒沙里。人们看他身残,行动不便,劝他休息,或者观察一下就算了,均被他谢绝了。他说你们能干我也能干,这是咱们共同的事业。在他的领导和带动下,圆满完成了预定的工程。后来,林业部"三北"防护林建设局验收灵榆林带工程,将横山段评为优良工程。县委、县政府于1985年11月,给予他奖励,颁发了奖品。

1984年6月,林业部向邢维坤颁发了农林科技推广工作做出显著成绩的荣誉证书和奖章。1986年4月，陕西省绿化委员会和榆林行署分别颁发了荣誉证书和奖章。

邢维坤同志现为陕西省林学会会员、榆林地区林学会理事、横山县林学会副理事长。1986年5月，中国林学会授予邢维坤"劲松"奖。

邢维坤不只林业业务突出，成绩显赫。他还是一个有菩萨心肠的人。他热心为别人办事，解决职工们的困难是在所不辞的。在林场工作时，四个工人家居荒僻之地，条件极差，生活实难维系，弄得几个工人整天愁眉苦脸，精神不振。他知道后全力帮助他们解决家庭困难，设法把几家人搬迁了出来，使工人们能很安心地从事林业工作，并一致愿意同邢维坤相共事。但在林业技术方面，邢维坤又变成了另一个人。他严于律己，也严于要求工作人员。经他培养的人，技术都很高，提高也很快。有一位普通工人，在他的指导和栽培下，当了技术员。他热爱人才，珍惜人才，常常为人才提供良好的发挥作用之地。邢维坤感慨地说："压制人才，嫉贤妒能是最愚蠢的行为。这种人不是毁灭了别人，而是毁灭了自己。"邢维坤的话使我记起了一位西方哲学大师的名言：嫉妒的火焰只能照亮有志之士的奋进，而嫉妒者则烧死在火焰里……

走访完邢维坤，已是吃晚饭的时候。夏天的夕阳正悬挂在西天。我们依依握别。他走了，缓缓地朝一条小巷走去。我望着这位横山县林业局副局长，林业工程师的渐渐离去的背影，伫立了许久：他在陕北的土地上已有30多年的历史了。横山的沙漠里有他的脚印，林地有他的汗水。是他使"小老树"拔高了身段，是他把流水送在了旱地林里的……他辛苦了。也该回去休息一下了。那他的家在哪里呢？在沃肥的秦川大地？在闻名于世的秦都咸阳？不，故乡在他的记忆里已经模糊了、淡忘了。他乡早已是他的故乡了。他的家在陕北，在毛乌素沙漠南缘的横山县镇工农下巷1号。

默默奉献几十秋

——记高级林业工程师张明中

1

  一切都是简朴的，一切都是实在的。那一身普通的干部服装，那谦虚朴实而又彬彬有礼的谈吐和表情，表明他是一位既有教养而又经过生活磨炼已经工农化的知识分子和基层科技工作者；那陕南陕北口音相杂，既有北方人的粗爽，又有南方人的文静的性格特征，表明他是一位已经陕北化了的外地人；那一头稀疏花白的头发和蹒跚迟缓的步履，表明他在生活和事业的旅途上已走过了漫长而艰辛的历程。

  这就是我在采访榆林地区林业局科教科科长、高级林业工程师、在榆林造林治沙战线上孜孜奋斗了 30 多年的张明中同志时留下的最初的也是最深的印象。

  尽管他一再声明："我没做什么，没什么好说的"，尽管他说得十分简略，但那 30 多年的斗争历程永远是让他不可忘怀的，那种勤勤恳恳、兢兢业业、不管干什么都要干好的精神和在榆林治沙造林事业中做出的贡献却是不可磨灭和令人起敬的。

2

  张明中，出生在山清水秀的巴山蜀水间的陕西省南郑县。1955 年秋天从西北农学院林业系毕业后，被分配到绥德分区无定河造林局工作。

  当时正是国家第一个五年计划开始实施的时间，也是陕北林业建设刚刚起步的阶段。为了培养基层林业技术人才，无定河造林局决定举办林业技术干部培训班。张明中刚报到，领导便安排他到佳县去招生。本来张明中在省上动身时，刚做了阑尾炎手术，身体还没有完全恢复。但出于对工作的热忱和对组织的服从，他什么话也没说，高高兴兴地接受任务下乡了。佳县是陕北有名的穷地方，生活困难不算，公路也不通，从米脂到佳县县城，再到打火店的几百里路程，全部要步行。艰苦的跋涉，加上吃得不好，又不适应这里的水土，几天时间，他便病倒了。但他觉得自己刚参加工作，家庭成分（地主）又不好，说了怕影响不好，仍然没有声张，忍痛挣扎着。直到病得支持不住了，领导问他时，他才说了在西安做手术的情况。领导得知后，埋怨他为什么不及早说明，要他休息治疗。领导的关心，更使他不愿休息，坚持和大家一起完成了招生任务。

当时无定河造林局的技术干部十分缺乏，他一回到机关，领导又安排他担任培训班的基础课教师，而且由他一人同时担任了气象、测量、土壤三门课程。课程任务重不算，更难的是学员基础太差，而且参差不齐，好多还是小学程度，尤其是数学基础太差。这就给讲课带来了极大的困难，有时简直无法进行。但他的态度却非常认真，一面多讲、细讲，一面加强在实践中的操作。如上测量课，光讲课本越讲越糊涂。他便引着学员实地进行测绘，只要能实际操作就行。超负荷的任务，使他本来就未恢复的身体更垮下来了。领导又叫他休息，但他看着如饥似渴的学员和基层工作对技术人员的急切需要，仍然一天也没有休息，有时身体实在支持不住，就坐在讲台上讲课。在他的努力下，培训班如期结束，为绥德分区各县培养了第一批基层林业技术人才。他被林业局评为模范教师，受到了奖励。这是他到陕北工作后走出的第一个脚印。

1956年，绥德分区与榆林分区合并为榆林专区，张明中从绥德调到榆林，先后在陕北防沙造林局林业试验站、榆林专区农科所林园室、中国科学院治沙队榆林综合治沙试验站、省治沙研究所、地区林业局林木良种试验场、地区林科所等单位工作。

如果说在绥德，还是黄土丘陵，条件还比较好的话，那么到了榆林，就彻底变成了风沙地区，条件就真正的彻底艰苦了。恶劣的自然条件，不论在生活上还是事业上，对他都是一场更严峻的考验。张明中以他对革命事业的一片忠贞和顽强意志，不仅经受住了考验，而且走哪儿干哪儿，干一行就干出成绩，每一个脚印都走得结结实实。

张明中到榆林不久，1957年，由中国科学院组织的中、苏专家组成的黄河中游水土保持和治沙考察工作队来到榆林。组织分配他参加这一工作，搞植物调查工作。作为一名事业心很强又刚投身事业的青年林业工作者，能参加这样由国家组织的，又有外国专家参加的重要考察工作，张明中感到无比荣幸。几个月时间里，他跋山涉水，不顾疲劳，跑遍了炎热难忍的大沙漠和崎岖陡险的丘陵沟壑，收集整理出丰富而完整的科学考察资料，出色地完成了任务，苏联专家都十分赞赏。

1959年至1960年，中国科学院治沙队在榆林牛家梁建立了治沙综合试验站，这又是一项重大的科研工作。组织又将他调到这里，担任该站林业专业组组长，并主持速生丰产林试验研究课题。

牛家梁当时是一片荒沙滩，又正值国家困难时期，他的妻室在几千里外的陕南家乡，工作是繁重的，生活则是十分艰苦的。老张照常一心扑在工作上，没明没夜苦战在沙窝里，用他辛勤的汗水和心血拼死拼活地干了两年，圆满地完成了组织交给的任务，他主持的速生丰产试验林效果良好，提出了试验报告，他领导的林业专业组工作成绩优异，被评为红旗小组，本人也受到多次表扬。

3

从20世纪60年代初到80年代中期的20多年间，尽管有十年"文化大革命"的影响，但张明中始终没有放弃自己心爱的造林工作，而且一直坚持战斗在第一线。1963年，他深入到三边高原的柳桂湾一带，搞定位观测"农田防护林小区气候的观测研究"，并担任试验组组长，为榆林地区第一次较系统地提供了农田防护林小区气候的资料和试验报告。1964年参加了定（边）、靖（边）南部环山林带的勘查设计工作，提供了勘察设计报告。1965年，对全区核桃栽植、生长、结果等情况进行了全面调查，并在柳桂湾一带进行农田防护林规划设计和营造施工，这项工作后来获得地区推广成果一等奖。需要特别讲到的是，在这段时间里，他在为建设地区林木良种试验基地所做的工作与贡献。

人们早已认识到，要彻底改变榆林的贫穷落后面貌，就得彻底治理沙漠；要治理沙漠，就得植树造林；要植树造林，当然就需要充足而优良的树种。但遗憾的是，自新中国成立至进入70年代，地区政府虽然做了很多努力，但始终未能建立起一个比较完整和理想的树种基地。为了解决这个问题，1972年，张明中又受命承担了这一光荣而艰巨的任务。

地址选在榆林城南郊的一片沙漠里。不要说试验，单说将几百亩荒沙坡改造成良田，也是一项多么艰巨复杂的工作。任务很重，但人却很少，单位只有两名干部职工。张明中是技术干部，按理说只负责技术工作就行了。但因人手少，所以他除了搞技术方面的工作外，其他方面的事情，如工地施工，甚至保管、伙食管理等，也都由他负责，他成了机关全部工作的实际负责人。但奇怪的是，在当时的政治形势下，因为他家庭成分不好，只能干领导的事，却不能当领导。这是一种很不正常的对待。但张明中无心计较这些，他一心考虑的是怎样把基地建成，早日出成果出贡献，因此毫无保留地把全部身心投入了工作。比如，为了从城里拉大粪，单位上买了一辆手扶拖拉机，但却没人会开。张明中便自告奋勇当了拖拉机手。每天跑进城去拉大粪，脏臭不算，一到冬天，冻得机子发动不起，他很早便要提开水、生火来发动，尤其是他有胃病，每次出门身上总要带好多药，每当胃疼时，便就地吃几颗，带病工作。作为一名大学生、科技工作者，干这种拉大粪的事，一般人是很难做到的，但张明中不仅做到了，而且干得非常出色。这还不算，他还有科研任务。几年中，他一边建设，一边试验成功了"河北杨雄株繁殖方法"，解决了河北杨因缺乏雄株难以结种的问题，主持试验研究了"臭柏扦插育苗试验"，突破了臭柏扦插育苗难关。这项科研成果后来分别获省林业厅和榆林地区行署的科学技术研究三等奖。他主持的省下达的《文冠果选优试验》获得省政府科学技术研究成果三等奖。

就是这样，十多年来，他在一穷二白的条件下，一身挑起建设和科研多种任务，全靠一种顽强的革命精神，终于在近300亩的一片荒沙中建设起全区第一个完整的林木良种基地。这是张明中同志用自己的心血为榆林的造林治沙事业建立的一座不可磨灭的丰碑。

4

30多年来，张明中的主要工作在造林治沙的第一线，他的大部分时间是在茫茫的沙海中度过的。但他绝不以此为满足，真正使他追求和醉心的是在实践基础上的总结和提高，并形成科学的理论，不仅能指导当前的工作，而且能流传于后代。因此，尽管他的工作条件和环境极其困难，但他始终矢志不渝地向这个方向努力着，因此在对榆林造林治沙的理论研究和著述方面，也是颇突出的。

60年代初期，为了及时总结榆林的治沙造林经验，地区决定组织人力编写一本总结榆林地区造林治沙的书，张明中被选为主编人之一。他以无比欣喜的心情和其他同志一起整整工作了两年，终于写出了20多万字的榆林地区造林治沙的第一本《陕北固沙造林》专著，并且在当时极度困难的条件下，用质量低劣的纸刻印了几十本送阅本。很快被中国农业出版社看准，列入了出版计划。这一喜讯，使他春节回家探亲时的心情特别高兴。

春节一过，他怀着对这一重大成果的胜利期待，很快返回机关。一到机关，他便问参加编写的其他同志："咱的书出了没有？"对方却回答："还出书哩，闹下乱子了。"原来，他离开机关后，机关在年终总结工作时，有人对他们的工作提出了批评，说他们不好好工作，靠写文章搞成名成家，竟然明目张胆地把自己的名字写在书上。因此，不仅没受到表扬，还挨了批评，一些人几乎让他们下不了台，书上的名字全被用黑墨严严实实地涂掉。出书的事自然烟消云散了。

张明中实在不敢相信，但这却是千真万确的事实。他哭笑不得，只好默默地接受了。

说到这里，老张站起身，在那个很简朴的书柜里取出厚厚的两本油印的《陕北固沙造林》递到我面前，说："你看，就这。当时只印了几十本，现在已很难找到了。这是我死死保存的一套。"

我心爱地一页一页翻着。纸又黑又厚又粗糙，一看就是三年困难时期的产物，现在寻找这样劣质的纸是很困难的，更是无法使用的。但里面的字却刻印得非常工整、清晰，我几乎想不来是怎样刻印出来的。我翻到序言部分时，真的有长长的一串名字全被黑墨涂得无法辨认。看来涂者当时确实是下了一番功夫的。我反复掂量着这本书，心里很不是滋味。我为我们过去的一些愚昧做法痛心。这样沉痛的教训，难道不应引起我们的深思和汲取吗？

这件事，对张明中的打击是沉重的。尽管他不能接受这种做法，但他又无力违抗。对他的教育是，面对这类事以后再不敢轻举妄动，甚至有点敬而远之了。但事物的发展，毕竟有其不以人的意志为转移的客观规律。造林治沙的书还是需要的，而且在榆林地区，要完成这种任务，仍然是离不了张明中的。1975年，领导又分配他从事这一工作。他又花了一年时间，主编了榆林地区较完整的20多万字的《林业科技资料汇编》。这次讨来了好运，一次铅印两万册，发向全区和全国的有关科技单位。

党的十一届三中全会，为一切科技工作者的科研及著述大开了绿灯。张明中虽然已进入暮年，但他以一种弥补过去损失的热情和干劲，不仅完成了好几篇科研学术论文，在《中国沙漠》等刊物上发表，受到多次奖励，而且完成了《沙棘》一书的编写工作，获地区优秀论文一等奖；和《榆林地区林业区划》的编写工作，获陕西省农业区划委员会一等奖。这些著述的完成，是他几十年工作实践的总结和心血的结晶，也是他为榆林地区的造林治沙事业所做的一份永久性的贡献。

5

30多年的风雨，和毛乌素大沙漠的自然风雨，给张明中的人生和事业带来了一定的困难和曲折。但张明中始终不渝地坚信党的政策，坚持实实在在为人民办实事、办好事，从而使他经受了种种考验，在事业和人生的道路上达到了胜利的彼岸。

在采访中，有两件事使我很受感动。其一，是他的工作调动问题。50年代，同他一起来陕北有四位同学，后来其他三位都先后回了陕南和关中老家。难道他不想离开陕北回家乡去工作吗？他的妻室儿女一直在家乡生活，直到党的十一届三中全会后才来到榆林，他的家乡山清水秀，他当然很想回去的。他也曾有过好几次机会。60年代初，他与中国科学院治沙队的同志一起工作两年多后，因为他的工作出色，科学院治沙队的同志很想调他去工作。他当然更是求之不得。但榆林地区的领导说这里需要他，他便毫无怨言地服从组织的需要，仍留在榆林工作。以后又有几次，省上和家乡的一些单位同意调他到西安或陕南工作，也都因为榆林离不开而未能调成。尽管他失掉了好几次难得的机会，但他都以工作的需要为由，愉快地放弃了个人的利益，服从了组织的安排。随着年纪越来越大了，组织上同意他调回家乡工作，但他的三个儿女都在榆林参加了工作，他对榆林也有了感情，因此反倒不打算回去了，决定在这里彻底安家落户了。

其二，关于他的入党问题。他到陕北后，曾多次写入党申请，组织也多次与他谈话，几乎每次都一样，说他工作踏实，要求进步，是位"老黄牛"。但又总是叫他继续经受锻炼和考验，结果总是入不了党。他知道这种说法不能自圆其说，但他从无怨言，更没有自暴自弃，而是以对党的一片忠诚，不断地从严要求自己，不停地追求进步。就这样坚持不懈地苦苦追求了 20 多年，直到 1982 年才加入了中国共产党。

通过这两件具体事情，足以说明他的思想和人品，也许这就是他获得成功的重要原因。

可以坦率地说，张明中并没有创建什么了不起的"丰功伟绩"，但也可以毫不夸张地说，他把自己的一切无私地奉献给了榆林人民的造林治沙事业。笔者认为，这就是他最为可贵的地方，也是我们应该学习的东西。只要有这一点精神，就可以立于不败之地，也能受到人民的尊重。

不做"板凳队员"

拟本文题目的时候,犹豫了很一阵子。本来,板凳队员四个字是不愿意打引号的,"引"起来总觉得有某种无形的东西搁置在心头。诚然,板凳队员是指篮球、排球、足球等体育项目比赛或竞技时,在场下坐着的运动员,颇带有旁观的意思,好像这是体育领域的专用名词。其实何止是体育领域,何止在比赛和竞技场上。人世间各行各业,整个生活无不是一场比赛、一场竞技呢。有胜利者,有失败者,有旁观者,也有跃跃欲试者……五花八门,色彩斑斓。但由于文化的局限与文法的戒规,终究还把引号给予"板凳队员"了。既然生长在中华民族古老文化的大背景下,既然深受传统文化的熏陶,就得遵守该文化之规矩了。

闲言少叙。这位不做"板凳队员"的人也该上场了。实则他早已上场了。不做"板凳队员"本身就在场上比赛着、竞技着。

在无定河即将与榆溪河交汇之处,在告别平坦的柏油路,直径朝西北方向驰去的不远处,一大片绿树和庄稼遮隐了一块宽阔的宅院。灰黑色油漆的铁闸门半开半闭,土围墙不很高,却很笃厚。岁月的雕刀在墙壁刻下缕缕印痕,显得有些久远。门口悬吊着书有一级政府名称的竖牌,白底黑字,走近一看很为醒目:

横山县白界乡政府。

这就是不做"板凳队员"的白界乡党委书记屈殿彪工作的所在地。

屈殿彪同志刚跨入不惑之年。用陕北话说:即40岁挂了个零头。他个头不高,清瘦清瘦的。赤红的脸颊洋溢着一种特有的机敏和聪慧。从他的衣着装饰上看,是个地地道道的庄稼人出身,虽然已做了一方土地的父母官,但全身仍带有农民的质朴,充其量只不过是某农村的村主任或书记而已。可在质朴里又有一股坚毅和果决的成分,好像有什么焦急的事情急待他去处理和解决,否则就会延误而遭到良心的谴责一样,也就是人们常说的那种使命感吧。但这种感觉已经不常见了,失而复得的东西往往是倍加贵重的。

屈殿彪于1987年到白界乡任职。这位具有丰富农村工作经验和脚踏实地干事的人，准备在白界的土地上淌几身汗、掉几斤肉的。其一因为他的个性所致，他不容自己喊空头口号。其二是白界这块特殊的地理迫使他要大干一场。此地处于毛乌素大沙漠之南沿，沙中的海子曾经埋没过人，先任的几位领导均在这里出过不少力，流过不少汗，为治理黄沙绿化大地做出了显著的成绩，给群众留下了难忘的思念。为此，地、县两级政府在这里开过现场会，予以鼓励。这既是对屈殿彪的鼓动，又是对屈殿彪的压力。他以为这是组织对自己的信任和重托，也是对自己的考验。如果搞不好，就对不起组织，对不起前几任领导，更对不起白界人民。这是明摆着的事实。人家几位领导都在白界留有显著的成绩，得到当地人民的赞扬，而自己怎么能躺在那一张张奖状和锦旗上分享别人的战果呢？他想这就和体育比赛一样。我们都是运动员，都要在比赛竞技中发挥自己的特长和作用，取得分数。他说我屈殿彪既然上场，就要全力以赴地干，以胜利者的姿态出现在领奖台上。绝不当旁观者，绝不坐在场外，做一个"板凳队员"。看着别的伙计们在轰轰烈烈地比赛，那实在是一种莫大的羞辱和痛苦！那不是我屈殿彪干的事。那也不是我屈殿彪其人了！

作为新官上任的屈殿彪，自有他一整套的规划呢。他广泛宣传治理流沙、绿化大地的重要意义，多次召开乡、村两级干部会议，抓紧对干部思想的灌输。他深知干部的思想教育是极重要的。如果把干部们的工作做不通，那就谈不上群众的积极性了。因为工作不能只靠领导个人，一两个人再有能耐，也无济于事。然而领导思想上的高度重视是至关重要的了。否则怎么再去做干部们的思想工作呢？屈殿彪利用一切可以利用的宣传工具，除召开专门会议外，还单个找干部们谈心，布置工作，落实任务，又在广播里大力推广造林治沙的经验和给人民群众带来利益等等。他不仅在植树季节时宣传和推广，而且把这项工作当成自己一项长期的工作去做，去落实、去检查。使干部们头脑中紧绷了一条"造林治沙"之弦，弹出了浑厚的交响乐章。

干部们下到农村，到植树造林的第一线去工作。他们和农村干部一道，又与林业部门的同志紧密配合，发动群众，实行承包责任制，落实任务。群众固然尝到了林业的甜头，但又有了新的顾虑：这就是国家说话算不算数？政策会不会变化？将来会不会因为造林而招致一些不该招致的麻烦？过去政策的不稳定，给群众脑海里造成恐惧的思想。针对这些问题，屈殿彪和干部们动员群众积极行动起来，相信国家，相信政策是不会改变的。打消了群众的恐惧念头，他们便和群众一起干了起来。春、秋两季，他们大搞突击。队伍庞大、阵容壮观。通常多达4000—5000人左右。少则15天，多则20天。这是植树种草的黄金季节，他们是绝不可错过这大好时机的。为了圆满完成任务，屈殿彪召开了乡党委会议，制定一系列措施：书记和乡长完不成全年任务，除在全体乡村干部大会上检查外，还要罚款100元。村干部完不成任务罚款50元。群众完不成任务，每亩罚款10元。奖惩严明就能振奋人心，群众不但完成了自己的任务，还均有超额。一般超额在40%左右。到年终，根据各自的情况，评出先进，给予不同的奖励。大大地鼓舞了群众植树种草的士气。

屈殿彪不只是个独具能力的领导干部，还是个脚踏湿（实）地的人。他绝不局限在"方法"和"措施"方面，而且以身作则、身先士卒地带头干。在造林和种草紧张的时节，他不顾一切，竭尽全部力量扑入林业工作。拉运树苗、挖坑、埋土，检查植树的质量，让树苗达到较高的成活率。畔家河村的两户农民，对造林治沙缺乏认识，劳动时不负责任，敷衍了事，把成捆的树苗埋入沙窝里。他发现后立即予以罚款处理，并教育本人树立正确的造林观念。这位自小吃过苦头的乡党委书记，每逢春、秋两季，把家庭都给遗忘了。他三岁时父亲去世，16岁对母亲去世，开始与他哥一起生活，不久就承担了独立支撑门户的责任。一贫如洗的家境，迫使他养成了吃苦耐劳的性格，为了求得生存，什么重活他都干过，都不在他的话下，甚至为了活命，他在外讨过吃，要过饭。侥幸的是他后来上了西北农学院，命运才有了破天荒的转机。但他的家属还在农村（后来才转为居民），妻子经常有病，三个孩子又抵不上事，地里的庄稼全凭他休假或抽空回去务呢。春种、夏锄、秋收、冬藏等要付出很大精力的。可在造林治沙最为繁忙的时候，他置家里的田地而不顾，去到沙窝子里和群众一起奋战。有一次，他妻子病重，家里人开始捎话，他没有回去。后来家里来人寻他，他才回家走了一趟。为此，妻子和孩子们很生气，说他忘记这个家了，连病人都不管了。他给家里人解释，请家里人原谅，因为工作太忙，延误了造林时机，损失是难以弥补的。错过这个村，就没有那个店了。家里人原谅了他。但他只在屋里待了一天，就返回来了。屈殿彪极少回家，在白界乡干部中是回家最少的。可他一回到村里，就不是乡党委书记了，而是个实实在在的农民，一个名副其实的"受苦人"。他一下地，那一把好苦水是让村民们都望而生畏的。人们说："你当了公社书记，受苦比我们农民都厉害。"他回答："咱本身就是个农民嘛。"他的确是个干部式的农民，前几年一个月只挣30多元工资，他的烟瘾又重，还要用钱养家糊口，他只得把烟戒了。这是他毅力的另一种体现吧。他每下一次地，能干别人好几天的活。所以，他地里庄稼不比专业农户们收得少，常常有过之而无不及。据说他现在有30多石粮食呢。即使闹点年荒，也完全能度过去。为此，有人开玩笑说："那你已经是个新'地主'了。"他笑着回答："地主是靠剥削来的，而我是靠自己劳动得来的。我不怕当地主，即使当也是国家和人民的地主……"

屈殿彪在植树造林的同时，非常重视林业的管护工作。造林固然重要，管林护草更重要！在新中国成立初期，白界乡也和某些地方一样，"年年造林不见林"。开始，人们是不懂得在沙漠里栽树的方法，但栽活后，由于管理不好，没有护林的规章制度和具体措施，以致许多林草遭到牲畜的侵害和人为的砍伐。前几任领导执政时，就注意了管护林草的这一重要环节，收到显著的成效。在这个基础上，屈殿彪又做了进一步的加强和发挥，制定一套完整的公约，奖罚分明，条条框框十分清楚。谁触犯了哪一条，就用哪一条的规定来制裁谁。比如：偷割1斤沙柳条，罚款0.5—1元。偷砍100斤柠条、沙柳和紫穗槐，罚款5—10元。还有牲畜进入林地，罚款10—20元等等。在乡党委的主张下，各村配备了专业和兼职的护林员，并发动群众护林。如能及时检举毁林事件，予以表彰，抽出罚款总额的20%，奖给检举的人。但地大人稀，尽管条例条规起到了一定的作用，可还有少数人砍林伐树，偷割沙柳和紫穗槐的。也有的把牲畜偷赶进林草地，使刚刚长起来的林草遭到破坏。一经发现类似迹象，屈殿彪赶忙放下手中正忙着的工作，立即奔赴现场。在村干部、林业专干和林业主管部门的协助下及时查处，根据情节轻重和后果分别做出处理，达到既教育本人又教育群众的效果。

孙家湾的一个农民，毁坏了门口不远的沙蒿、沙柳。屈殿彪知道后，狠狠地批评了一顿。由于本人态度尚好，能及时承认错误，并答应在第二年春天将毁坏的林草补上，便罚款150元。这是从轻处理。

郭石畔的另一个农民，毁林罚款260元。

羊圈村发现一起严重毁林案件。经调查，系一个家庭富裕者所为，据说是个万元户。乡党委马上组织工作组下去。此人态度不好，认识仍有很大距离。于是除罚款外，依法拘留了。他对这种仗着自己有钱而无视一切的人予以从严处理。

惊心动魄的是另一起毁林毁草事件，屈殿彪迄今难以忘怀。

陈家沟是一个较大的村庄，地处榆溪河岸边，交通方便，群众较为见多识广。事件发生后，群众对乡政府不屑一顾。工作组由屈殿彪和乡长陈发厚带队，抽调了林业派出所、林业分站的同志一同前往。开始，群众眼里根本没有他们几个吃公家饭的。于是，300余人把他们团团围住，不仅藐视国家法律法规，而且侮辱了屈殿彪等人的人格尊严。有些人更为放肆，声称要打他们，叫他们躺着离开陈家沟。但屈殿彪和工作组的同志们毫无惧色，显得十分坦然从容。他们义正词严，向群众宣传国家的有关法律法令，耐心细致地做思想工作，说他们这样干是违法的，要犯罪的。经过一阵激烈的较量，多数人有了认识，悄悄回去了。等到晌午时分，围攻的群众越来越少，由300多人减少到33人。于是，屈殿彪和工作组的同志们一鼓作气，再进行宣传教育，半夜过后，对方的阵容全面崩溃了。根据具体情况，对他们分别做了轻重不同的处罚。主要挑起事端者，予以从重处理，态度尚好者，从轻罚款，或批评教育。有的被罚者无钱，准备拿家里的铁锅抵押。自幼寒苦出身的屈殿彪，又愤怒又悲痛。愤怒的是他执迷不悟，不能及时反省自己的错误。悲痛的是他家里太穷了拿不出钱。屈殿彪思虑再三，确实看他没有办法时，终于伸出了同情的双手，免了罚款。对方感激不尽！处理后，村里再无发生毁林毁草的事件，许多群众从中受到了深刻的教育。他们说：国家法律是犯不得的。你不犯它，它没有一点可怕的。你一旦触犯了它，就是天王爷的老子也绕不过去……

屈殿彪和工作组的同志，也受到了一次前所未有的锻炼。

几年来，白界乡共罚毁林毁草款5600余元，大大地制止了毁林毁草事件的发生。

屈殿彪以为自己就是栽树造林的书记。他下乡时，本来是为别的工作。可他心里牢记着造林种草。他想此地风沙大，如不时时把这项工作放在心上，就会有所失误的。风沙的恶性循环，损失太不可估量了！他完成下乡应做的工作后，还检查林业工作的落实情况。方河村黄窑则的一位乡民，开始不植树。他教育、批评，终于使其改变了顽固的思想观念。在屋前屋后植了300多株，并完成了分配给他的32亩林地的任务。

1987年至1989年三年，白界乡共造林种草149572亩（内有飞播71000亩）。

这是一笔很引人注目的数字。成活率也很高。国家满意，群众满意。屈殿彪他们更满意。

在治理黄沙、绿化大地的工作中,屈殿彪绝不机械地执行上级的指示,而是从实际出发,灵活运用。孙家湾等村结合上面的政策精神,又实行了一些"土办法",取得了很好的效果,屈殿彪允许他们搞活。只要效益好就推广和发扬。屈殿彪给予他们充分的肯定和鼓励。

他不是一个教条主义者。

屈殿彪造林造上了瘾,他是闲不住的。除日常工作外,他一不造林就觉得难过。为此,他曾多次主动向林业部门要造林工程,直到要来他才心满意足。在农业生产方面、牧业生产方面,他也是一把能手。他亲自挖马槽井7眼,打机井4眼。他把土羊改为绒羊,达3000多只,赚回了不少钱。另外,他设法给五个村庄拉上电灯,使这些庄户人甩掉了煤油灯照明的日子。当别人问他们时,他们说:"这是屈书记给我们送来的电。"好亲切的称呼,饱含着村民们对父母官的多少感情。

1987年,横山县委、县政府把白界乡评为造林种草取得显著成绩的乡政府。

1988年,白界乡又被横山县委、县政府评为造林种草取得显著成绩的乡政府。

1989年,榆林地委、行署授予屈殿彪同志"优秀党委书记"的称号,予以奖励。

不做"板凳队员"的屈殿彪,确实在白界乡原有的良好基础上,没有充当一个旁观的"板凳队员",而是一个比赛和竞技场上的胜利者,他一定会在已经取得累累成果后又将此作为马拉松跑道上的起点,以百米冲刺般的速度,登上时代的领奖台……

埋在沙漠里的足迹

雁过留声，人过留踪。

雁与人何其相似，又何其不同。有关雁的呼叫，乃地理、节气和雁自身等诸多因素所致。而人的足迹是颇有考究的。这不只是一个人所走过的概念性的踪迹，那只是形式的脚印罢了。谁没有脚印留在地上呢？大凡活在这个世界上的人，或多或少、或轻或重都有足迹留下的。但充其量那只不过是通常的脚印。而值得觅寻的应该是心里的和外在创造的东西。这才是一个人真正的生存价值。

胡永安同志正具有这样的价值。

那么又何为价值呢？

据有关资料介绍：价值就是体现在商品里的社会必要劳动。价值量的大小便决定于生产这一商品所需的社会必要劳动时间的多少。但价值必须是经过人类劳动加工的东西，即使有的东西对人类很有使用价值，比如天然的空气，是不具备价值的。

胡永安同志就是通过劳动为社会创造了价值。

这位迄今已年近花甲的老知识分子，实为林业战线上的老兵了。他曾在靖边县工作多年，默默无闻地与毛乌素沙漠打了大半辈子交道，为靖边治理黄沙，植树造林的工作力没有少出，汗没有少流，留下的只有他那深深的足迹，只有那一片又一片绿蓁蓁的林草。后来他尽管离开了靖边，离开了与他具有30余载历史的老朋友——毛乌素大漠。但靖边人民没有忘记他，而是很怀念他。他也没有忘记靖边人民，也十分思念靖边那一片奇特的养育了他万把个日日夜夜的土地。时间是人的试金石。昙花一现的人是不值得称道的。只有经过长久岁月的磨砺，方显出一个人的分量来，特别让靖边人民褒扬的是胡永安同志的工作风范，真是脚踏湿（实）地干呢。他坚决反对吹牛皮，说大话，和搞浮夸的卑劣行径。这是我们应该发扬光大的优秀品格。他矮实的个头，一张苍劲的脸膛透出一种坚毅感，更不乏正义之气，与他的真实秉性是很吻合的。

胡永安祖籍河北。卢沟桥事变后，抗日战争的烽火在中华大地熊熊燃烧起来了，他的父亲为了避免日本帝国主义铁蹄的践踏，逃离兵戎之灾，带着一家人从华北平原跑到了大西北。在古城西安草滩镇安家了。父母亲靠做小生意维系一家人的生计，整天走街串巷，沿户叫卖，生活够拮据的。有时竟连家人的口都难以糊住。在胡永安幼小的心灵里，埋下了拔不掉的苦果。他16岁就走上了自谋职业的道路，一边找零活干，一边还得读书。其实是半工半读，读管吃管喝的学校。他从西安菊林中学毕业后，于1951年参加工作，在省林训班学习了三个月，由农林局分到延安地区林业局。1954年，他考入西北农学院（即现在的西北农业大学）林学系。1958年毕业后，便到了榆林地区。

这是胡永安人生之路的一个重大选择。

当年的胡永安，还是一个青年知识分子。他果断地拾掇好行李卷，只身北上了。这一去比他第一次工作的所在地——延安远了数百里地，已经涉足于古代边陲之地了。

起初，胡永安被分配到榆林地区林科所和牛家梁治沙站工作。榆林虽然偏僻些，交通也不很方便，但毕竟是一个小城市。那古朴的砖石街道，街道两边鳞次栉比的小房屋，还有那甘洌甜美的桃花水，自有小城之韵味呢。而牛家梁则截然不同了。荒僻、闭塞，除了几排粗糙的建筑屋，再就是一条简易公路横躺在沙漠里，算是唯一的交通途径了。一出门满目黄沙，沉寂得令人深感不安，真是一块不毛之地。尚未成熟的胡永安不得不承认，他不时地涌起一阵又一阵思乡之情。一个在古城西安长大的知识分子，生活把他抛在茫茫荒凉的沙窝子里，思乡之情是自在情理中的。尽管他先前在延安工作过，可陕北南部黄土丘陵地域与北部沙漠地区的面貌和人们的生活习尚是大不相同的。经过一番折腾，他终于用主观意志克服了客观给他带来的种种不适。他想自己从遥远的省城来陕北工作，出发点就不是谋取个人私利，不是贪图个人享受，而是为了治理沙漠，为了林业事业，实实在在地做一点事情。哪怕是微薄之力，也是一片诚意。他认为不仅是自己来改造沙漠，同时沙漠也改造着他，锻炼着他。二者是互相平等的。

要改造沙漠，先得熟悉它、了解它，否则即是一句空话。胡永安治理黄沙是有自己一套宏观规划的。此际正值中国科学院组织一个毛乌素沙漠综合考察组，他便是考察组的成员，并担任林业组组长。他一心扑在考察工作上，非常珍惜这个学习与实践的大好机会。他带上干粮，不辞劳苦，跋涉在毛乌素大漠里。他不只单纯地从沙子入手，而是综合考察。他认为大自然乃一个整体，万物都是相互关联、相互制约、相辅相成的。如果仅仅把眼睛放在沙子上，意识中只有沙子而没有其他事物，那未免太教条太概念了，眼光也太短浅了！专业林业工者总是从根本问题上进行思考的。胡永安边考察、边收集、边做笔记，从科学的角度和知识的方向出发，把理论与实践紧密结合起来。将农业、林业、牧业、渔业、水利、地貌、地质、植物、动物、水文、气象等诸多自然的东西熔为一炉，积累了两大箱资料，心欲综合性地治理。他还想要是有机会的话，准备继续考察下去，争取跑遍全国的沙漠地带，搞出一套完整的资料，制定一系列具体的切实可行的治理措施。但他所希望的机会永远流逝了，客观不允许他完成自己的理想。那只不过是他的希望和寄托而已。

1962年，胡永安调到了靖边县工作。

无论是调动还是下放到基层工作，胡永安没有任何要求。一句话：坚决服从组织的安排，国家的需要就是他的愿望。他想，不管去哪里工作，自己都要实事求是地干事情，不然会问心有愧的。

靖边的自然生活条件，就不必多说了。在整个榆林地区也算是差些的。不但边远、封闭，而真正是荒僻的沙漠腹地。但他有强烈的事业心和扎实的工作态度，多么艰难的生活他都能适应，再恶劣的生态环境，他都能习惯。加之有他数年来榆林生活和环境垫底，这一切似乎是不足挂齿的。当他深入到沙窝子里，看到群众生活艰苦的景况时，他深深地同情和感动了。群众生活得如此艰辛，自己还能有什么苛求呢？他们也是人，也是有头脑的活脱脱的生灵，和自己有什么区别。有什么两样，充其量自己是个干部，他们是农民罢了。而自己实际也是群众，一个普普通通的群众中的一分子。所以，在下乡时，他和群众一起生活，同吃一锅饭，同点一灯油，同睡一个炕头（某些地区客人与主人总是一块居住的）。晚上睡下，天气寒冷，被子单薄，群众很关心他，把光板老羊皮袄搭在他身上。这样是暖和多了，但羊膻味极大，直冲他的呼吸系统，强烈的刺激使他阵阵发呕。他忍着剧烈的呕吐感，周身涌动着一股发自内在的暖意。善良的人民群众，那一片深情他是永远也忘不了的⋯⋯

他先后在柳树湾林场、冯家峁林场、沙石峁林场工作了11年，尤为难以忘怀的是柳树湾林场，一待就是八年，由于长期封闭的心理所致，群众对造林种草抱以冷漠的态度，缺乏应有的热情。他们认为黄沙是造就的，人是不可能改变它的。他们想自己的祖先都没有整治黄沙，后人们还有什么办法呢？再说即使林造起来了，人和牲畜不断侵害，不断糟蹋，很不划算的……胡永安针对这种种思想，他和别的林业工作者先做通村干部们的工作，再设法解除群众的顾虑。他说沙漠是自然形成的，但它完全可以被改变和治理。老先人治理不了，一来是当时的条件不成熟。二来封建思想愚昧落后，相信先天，而低估了人的力量。人畜糟蹋林草那是在人们的意识里没有树起爱林护林的观念，缺乏管理，这一切都是能够解决的。最重要的是我们要团结一致，心往一处想，劲往一处使，决心根治沙漠，一定能取得胜利！……经过深入细致的工作，群众封闭的心理打开了，思想接受了。胡永安亲自部署了整个工程，采取乔灌木综合治理的措施。他既是指挥员，又是战斗员，与群众打成一片，风里来雨里去，寒来暑往，从不间断。从育苗到拉运树苗。从栽植到检查，他非常认真细致，周全缜密。沙窝子里风很大，他带着干粮，饿了啃几口馒头，就当充饥了。在检查过程中，他始终如一，从不疏忽。一旦发现敷衍了事者，当即予以批评和教育，并让对方重新返工，直到符合栽植的标准为止。胡永安是个心直口快的人，他有什么就说什么，实事求是是他唯一的工作信条，来不得半点虚假。他黑白分明，遇事端来直到，从不回避。过后，他又觉得自己的态度欠妥，过于急躁了，工作方法不当，向当事者赔情，请对方原谅。大多数人不但谅解他，也理解他。许多群众说：胡永安真是一位好干部，一位合格的林业工作者。他为了什么？他对工作如此负责难道是为了自己？植树种草又不是给他搞哩，还不是给我们和我们的后代谋利益？他是个国家干部，说调走就走了，他走时又不会把林和草带走的。最终还是留给了我们，那全是我们的财富呀！……胡永安能得到群众如此理解、如此评价，他就满足了，问心无愧了。他也深切地感觉到，群众还是喜欢办实事的人。于是，他更坚定了自己的工作原则，并坚决一如既往地在工作中贯彻下去……可人世间的事情不是一帆风顺的。总有许多矛盾的事物存在于其间。胡永安同志独特的人格、独特的个性，得到了大多数人民群众的拥戴。但也正是这个原因，他工作中得罪了个别人，使他在以后的岁月里，无论是精神和肉体吃了不少苦头，现实我们是不该回避的。

那场骇人听闻的"文化大革命"，胡永安同志虽不是"当权派"，但是在个别人的煽动下，一些受蒙蔽者将胡永安同志作为"反动学术权威"去批斗，大字报、小字报，游行、批判、罚跪、罚站，凡所谓"走资派"们经受的惩罚他都经受了。连他的爱人李香芸同志也不例外。她1959年由西北农学院林学系毕业来靖边工作，主要负责种苗的培育等事项。他俩是在母校相识的，实为志同道合的知音和伴侣。她不仅是个优秀的林业工作者，也是个善良贤淑的妻子和母亲，为靖边的林业事业做出了一定的贡献，她积极支持胡永安的工作，是胡永安的有力助手，合格的家庭主妇。他们有四个孩子，为了不影响工作，其中三个都是交给别人抚养长大的。开始是奶妈，后来由孩子的祖母和外祖母照看。她的娘家在甘肃酒泉，胡永安的家在西安。他们两年探望一次，东跑西奔，忙忙碌碌，加之工资又低，劳神费时间不说，钱全花在探亲路上了。为此，这位妇道人家从不叫苦不叫累，也不埋怨生活的困窘，默默地操劳不息。但她竟跟着胡永安一起受罪了，这委实有点残酷！当时大多数群众实在看不过眼，主动给他们的孩子喂奶，尽力帮助他们，他们永远忘不了那些善良的人们，将铭心刻骨了！事后，受蒙蔽的群众醒悟了，向他们赔情道歉，他们毫不计较，很快原谅了。就连那些个别的煽动者，他们都没有记在心上。当笔者提起此事时，他们认为"文革"是整个中华民族的一场大劫难，功勋卓著的老一辈无产阶级革命家都含冤而死了不知有多少，作为普通的知识分子算什么呢？他们确实够宽宏大量、通情达理了。

1973年，胡永安同志调到县林业局工作。他固然在"文革"中受到挫折，但他没有背负创伤的包袱，他对工作仍然十分认真，实事求是，为靖边人民谋利造福。他担任副局长时，主要负责林业局的业务，狠抓防沙林带、护田林网，大力推广松树和其他优良树种，并在推广科技造林种草工作中出谋划策，运筹帷幄，做出了相当显著的成绩，使靖边的防沙林、护田林和造林种草技术迈出了新的一步，得到了上级部门的肯定和人民群众的称赞……

胡永安同志在靖边的科技成果，获林业部科技成果三等奖。他多次被评为省、地、县先进工作者，十余次受到上级有关部门的奖励。1988年7月，夫妇俩同时晋升为高级工程师。在荣誉面前，胡永安首先考虑的是在林业工作中做出贡献的其他同志，把评给自己的工资让给别人，自己却默默无闻。其中有一次很隆重的奖励，是从他和一位老同志中选择其一，他想该同志辛苦了几十年，家庭也困难，让给他能解决一系列现实问题，他断然让给了老同志。这位同志非常感激，总是念念不忘。每当与人拉话的时候，一提到胡永安，他第一句话就说："从始至终实事求是，是胡永安的美德。他在成绩面前想的是别人，而自己常常是微不足道的。"一些不知实情的同志有点不理解，流露出疑问或半信半疑的神色。但还未等别人提问是怎么回事时，他就抢着一五一十地把自己与胡永安同志如何相处，并直言不讳地将实情告诉了对方，还举出许多事例进一步证明……直到对方点头相信为止，他才如释重负般地微笑了起来。意思说：通过这些情况，你该完全相信了吧。其实人们也知道，他也绝不是那种吹嘘别人的人。他在靖边是享有"老黄牛"之称的。

足够了。对一个同志能有如此评价，还须多言么？还有什么能更说明问题呢？

胡永安同志调到陕西省林业厅工作后，他仍然一如既往地信奉着自己做人的座右铭：就是实事求是。他1988年被省林业厅评为优秀共产党员，1989年被评为优秀干部。

江山易改，本性难移。胡永安同志的本性是绝不会改变了。他在上学时就是如此，在靖边工作时也是如此。在省林业厅工作还是如此，胡永安一直如此了几十年，一定要永远如此下去的……

会如此下去的。不然他就不是胡永安了。

蟒坑人的风采

蟒坑这一名字，是随着它在造林治沙上的成名而成名的。近 20 年来，我无时不在向往着这一片沙漠中的"圣地"，无时不在怀念着创造了这一奇迹般的英雄业绩的蟒坑人民。但因公务缠身，长期不得相识，直到今年要去完成《绿色沧桑》的书稿时，才得到了实现这一愿望的机会。

正是沙漠发高烧的六月天。出榆林城，跨榆溪河，逆芹河西行，穿古老的长城，过已经被绿色覆盖和征服的无边的沙漠区，行 20 多公里，便到我向往已久的目的地了。

果真名不虚传。一眼望不到边的 4000 多亩的一道大滩，变成了一片由丰收的庄稼和茂密的树木组成的绿海。由 20 多万株挺拔的树木组成的护田林网，纵横交错，成方成块，整齐划一，像威武的战士，守护保卫着这片圣洁的土地。田园里麦浪翻滚，一片葱茏。宽展的大马路，欢畅的流水，掩映在绿树丛中一座座一排排新修的砖窑和院落，交相辉映，妙趣盎然，构成了一幅壮丽的沙海奇景。田园周围 10000 多亩沙丘，大部分已被林草覆盖，变成了一片片绿色。面对这新奇而壮丽的景色和历史性的巨大变迁，我心里不禁发出了呼喊：多么了不起的人间奇迹！

我终于见到了这一奇迹的创造者，当年的村党支部书记，现为芹河乡副乡长刘殿贵同志。

他 40 多岁，中等个头，一张典型的塞上农民的脸，一身典型的塞上农民的打扮，和善，朴实，厚道，饱经风霜，刚毅顽强。初见面时有些拘谨，更似乎很不善言辞。但一说起蟒坑，他便马上进入了角色，情绪和感情一下子便调动了起来，一切都那样熟悉，一切都使他那样的动情和难以忘怀，真像决堤的河水，一发而不可收，滔滔不绝地讲述起来，突然间显露了他的才能与本色，

先从蟒坑的名字说起的。他说，据说在远古时代，这里是一个很大的海则，

里面生活着很多巨蟒。近几年他们在打井修地时，挖两丈多深，便挖出很多贝壳和很粗的芦根的化石。蟒坑便由此而得名。后来，"沧桑巨变"，气候干旱了，海则干枯了，土地沙化了，被北来的沙漠掩埋，便成了一片沙漠和盐碱滩。

现在全村有360多口人，占有12000多亩土地。这么少的人，却有如此多的土地，本来是不用受穷的。但这土地全是寸草难生的沙丘和碱滩，而且多少年来，被小农思想束缚，缺乏正确领导和组织群众，在狂妄的风沙盐碱面前，显得渺小而无能，从没敢想去彻底改造沙漠盐碱，只能忍气吞声地任大自然欺凌摆布，在饥饿线上挣扎。

"麻雀放屁风滚田，蛤蟆尿尿水汪滩"。是当时蟒坑最真实的写照。虽有那么多的土地，却长不出好的庄稼。别说新中国成立前了，就是新中国成立后的几十年里，直到治理以前，一亩滩地仅能收二三十斤粮食，1964年全村只收得26000斤粮食，一人一年只分20多斤粗粮，两三斤麦子过年才能放开肚皮吃顿玉米面馍。尽管政府年年给吃救济粮，但也是杯水车薪，解决不了根本问题。可怜的蟒坑人，只好以苦菜、地柳则等野草和谷糠、高粱壳等非人吃的东西来充饥。一到春天，好多人家只好跑到附近的亲戚朋友家去借。每天都有人一早带着布袋、筐子出去，晚上背着借的洋芋和腌酸菜等归来。无处可借的，只好拖儿带女离乡背井去讨吃要饭。祖祖辈辈都是这样。那情景着实让人心酸！

60年代中期，刘殿贵正在附近的一所中学上学。如果家庭生活条件许可的话，说不定他可以上高中、上大学，成为一名学者或科学家。但不等他初中毕业，家里便无力供他继续学习了，他只好中途辍学，回家当了农民。他的忠实、勤劳和对集体事业的关心，很快取得了乡亲们的信任，并被大伙所看准。1966年，年仅19岁的刘殿贵，便被大家公推当了大队长。

乡亲们的信任，给了他很大的鼓励，但也给他带来很大的压力。凭他的觉悟和那颗善良的心，他知道自己的责任是什么。强烈的责任感，使他再也不忍心看着乡亲们继续受苦，继续受沙漠盐碱的欺凌，他恨不得一下子将那么多的沙漠和碱滩全变成良田，让乡亲们过上好生活，特别当他每每看到离他们很近的巴拉素公社的马家兔大队和小纪汗公社的烧不郎队群众有吃有喝的生活，而自己村的乡亲们却每年都要像叫花子似的跑到这两个地方去求人借粮时，他真感到脸烧和无地自容。但出路在哪呢？他犹如老虎吃天，无法下手。经过了解，他发现这些地方都是通过造林治沙而改变面貌的。他终于找到了出路，也准备搞造林治沙。但一看那无边无际的沙丘和盐碱地，尤其是群众被大自然欺凌的悲观失望无精打采的样子，他便动摇了信心。这时间，他多么渴望得到党的指引和支持呀！但当时的驻队干部，大多驻的是先进点。像蟒坑这类死猫扶不上树的队，是很少有人来驻的。困难和期待，使这个还未完全成熟的年轻人坐卧不安，有时几乎到了走投无路和发疯的地步。

天无绝人之路。刘殿贵的苦苦用心，终于找到了一点出路。尽管是偶然的，而且颇有点戏剧性，但从本质上看仍然是必然的，只不过是必然性存在于偶然之中。那是1970年的夏天，一天晌午，他突然发现一个干部模样的人，背着一卷行李，又像走路，又像在寻找什么丢失了的东西，不顾烈日的暴晒，一个人在沙窝子里转悠。他出于好奇和关心，上前去问。一问，使他大吃一惊。原来他是县林站的干部，叫李广义，一直在马家兔驻队，指导群众造林治沙，为马家兔人做了好事。今天，他要搬到另一个队去驻，但一进入沙窝，便"转了脖子"，迷失了方向，正为寻不上路而焦急。一直在盼望技术干部的刘殿贵，马上"计上心头"——这不是个好机会吗？如果能把李广义驻到蟒坑，让他也帮助自己搞工作，那该多好呀！于是，他马上热情地把他引回到自己家里，并招待他吃了一顿当时最好的藿菜饭。顺便有意识地介绍了蟒坑的困难和他的打算，希望他来帮助。并专门派了一名社员，背着他的行李把他送到目的地。刘殿贵的真诚和热情，使李广义很受感动，对他的要求表示支持。但如何帮助，由不得他，要他去县林站找站长聂宪民。

只不过是几句话和一点渺茫的线索，但对刘殿贵来说，则是至关重要的。

不久，县上召开"农业学大寨"誓师动员大会。刘殿贵在开会中间，便跑到林站，找到了聂宪民和已调到县生产组工作的张方同志。他们满口答应，一定想办法帮助他，并当场说定第二年春天，给他们支援两万株树苗。

希望就是力量。不等第二年，当年秋天，刘殿贵便组织起基建队，在盐碱滩上热火朝天地摆开了战场。

果然，1971年春天，县上支援来两万多株树苗，并派来了李广义和省林业设计院的四位同志，帮他们搞规划和技术指导。他们根据县上造林治沙的总体部署，和这里地下水位高、盐碱重、风沙大的特点，制定出了建设林网化园田化的宏伟规划和三端（路端、渠端、林带端）、四配套（田、渠、树、路互相配套）的具体实施意见。

规划和意见是宏伟的，也是切实可行的，但要付诸实现却谈何容易。它不仅是对大自然，而且首先是对人们世世代代形成的因循守旧的思想习惯和传统落后的耕作方式的一次严重的挑战和冲击。因此，其反抗的力量也是十分巨大的。多少人埋怨刘殿贵是瞎日鬼哩，说地都挖了壕，栽了树，修了路，庄稼往哪里种呀？有人发牢骚说，咱蟒坑命苦，没点好吃的，只有好做的。有人甚至跑到刘殿贵家里闹，睡到壕里阻挡。

刘殿贵则义无反顾，坚定不移。他知道这是蟒坑彻底翻身和治穷致富的唯一出路。对这一工作意义的深刻理解和领导及广大群众的积极支持，使他以超凡的勇气挑起了这一重担。他一方面向群众宣传动员，更重要的是以身作则，带头苦干实干。他既是指挥员，又是战斗员。从规划、设计，到挖壕、拉沙、栽树、修路的每一项具体任务的实施，他都得管，并带头去干。拉沙压碱时，每人每天光往返走路就90多里，他跑得最快。为了解决浇灌的水源问题，队里决定打机井。打一眼机井，不仅费很多钱，而且要用大量大沙和石子。蟒坑遍地都是沙漠，但建筑却不能使用，更找不到一点石子，都得用拖拉机跑到六七十里外的巴拉素公社和三岔湾去拉，一眼机井就得几百个工。而全村只有百十个劳力。在他带领下，全村人没明没夜（打机井时中间不能停顿，必须昼夜连续施工）苦干了两年，共打了16眼机井，彻底解决了用水问题。打井时，一般社员可以轮班休息，他则是"连轴转"，有时两三天合不上眼。有一次晚上回到家里，妻子刚把一碗热饭递到他手里，他便坐着睡着了，连碗带饭扣在了脸上。

事实教育着群众，群众创造了奇迹。在这场战天斗地的斗争中，从干部到群众，出现了许许多多先进人物和事迹。从某种意义上说，蟒坑就是一个英雄的群体，蟒坑的每个人都可称为英雄。但蟒坑人却说李广义才是真正的英雄。

李广义50年代从西北农学院毕业后，分配到榆林县搞林业技术工作。"文化大革命"中，因他的父母亲和弟妹在台湾和美国，便将他当成有问题的人，长期下放农村劳动。他则毫无因此不公正的对待而消极悲观，而是始终以革命干部的标准要求和鞭策自己，把这当作为人民服务的好机会，走到哪里都尽心竭力地为群众做好事。在马家兔等队，由于他的帮助，造林治沙工作很快取得了成绩，使群众生活很快得到了改善。到蟒坑后，一蹲就是五年，废寝忘食地工作，为蟒坑的造林治沙事业做出了不可磨灭的贡献，蟒坑的巨变，可以说是他事业上的一块重要里程碑。五年的共同战斗生活，使他和刘殿贵及全村男女老少结下了深厚的情谊。直至现在,全村人无不深深怀念着他。党的十一届三中全会以后,他被调回西北农业大学,现为副教授、副院长。去年从美国访问归来不久,出于对蟠坑这块曾经流过血汗的土地的眷恋,他又专程前来蟠坑看望群众,并和大家一起再次共绘建设蓝图。谈到李广义时,刘殿贵满含深情地说:"老李确实是党的好干部,他是蟠坑建设中的一位有功之臣,蟠坑群众永远忘不了他。"

在地、县、乡各级组织的领导下,在李广义和省林业设计院的同志及县上其他科技人员的具体指导和帮助下,蟠坑人民经过几年艰苦卓绝的奋斗,终于在这块荒凉贫瘠的土地上创造出了奇迹。他们只用一年多时间,便将林、田、路、渠全套项目摆上,林网化和园田化初具规模,1971年的粮食产量便达到7万多斤,比头一年翻了一番,使群众的生活有了基本保障。事实教育了群众,大家对刘殿贵逐渐信服了、尊敬了。

那年冬天,县上组织工作组前来检查工作,一到蟠坑,无不对其冲天的干劲和巨大的成绩惊讶。县上马上写了《沙海里的破冰舰》的文章,在全县进行宣传表扬。紧接着便被县上树立为草滩地区造林治沙的一面红旗,刘殿贵不仅多次被邀请介绍经验,而且先后被选为县革委会委员和县委委员。当时的中央政治局委员、副总理陈永贵,党和国家的领导人王震、陈慕华、王任重(当时为陕西省委书记)等都亲临蟠坑视察工作,给了很高的评价和很大的支持。

蟠坑这个从来一直默默无闻的穷地方,一下子以它造林治沙的巨大成绩而在全县、全区,甚至全省有了名气。

经过十几年坚持不懈的努力,蟠坑的面貌和群众的生活,确实今非昔比,发生了翻天覆地的历史性变迁。原来寸草难长的4000多亩盐碱滩地,全村人硬是靠人力用拉沙压碱的办法,拉平大小沙丘132座,建成丰产农田900多亩,造林种草2500多亩,留作养兔使用的600多亩。由20多万株各种树木,组成了东西、南北各1700多米的绿色林带和纵横交错的林网。原来亩产只有三五十斤的盐碱滩,变成了亩产上千斤的高产稳产农田,阡陌纵横,水渠如网,一派塞上江南风光。全村粮食产量由原来的四五万斤提高到40多万斤,人均口粮达到1200多斤。1万多亩沙丘,全部长出了林草,覆盖率达至80%以上。全村人彻底摆脱了天灾和饥饿的威胁,不仅吃得饱吃得好,居住条件也得到了极大的改善,到目前为止,已有90%的农户,都由原来破烂不堪的柳巴庵变成了崭新漂亮的砖窑洞。

蟒坑的成绩是辉煌的，蟒坑人民是了不起的。但作为在这场历史性变迁中的带头人的原大队长，后来为党支部书记的刘殿贵却从没有考虑个人的得失，没有打算去为自己索取什么。1976年，县上曾决定派他到省委党校学习两年，毕业即安排正式工作。但当时正有全国水土保持会议的代表要来参观，县革委会主任屈宽海同志便找他说：工作当紧，这次你不能去了。他二话没说，将这一难得的关系到他个人终生前途的机会转给了队上的另一位同志。20年来，他从没有向领导提过他个人的任何要求，直到1989年冬天，地、县领导又来蟒坑检查工作，才谈起了他的成绩和贡献，才将他调到芹河乡任了副乡长。

他的工作岗位变了，身上的担子更重了，但他的精神和作风一点也没有变，相反，以更旺盛的精力和更大的干劲，挑起了既要建设蟒坑又要建设全乡的双重任务。他与村里新上任的队干部研究，决定让蟒坑的建设更上一层楼。具体计划是：1.在蟒坑试种水稻，每人达到一亩水稻。水源不足，他便组织群众今年开始在沙漠里新修一口十亩水面的马槽井，只要这口井建成，种水稻便"水到渠成"。现在，全村群众正在紧张施工。2.利用滩里的100亩水面和600亩空地，经过加工改造，建成一座有相当规模的渔塘，发展养鱼事业，将蟒坑变成名副其实的鱼米之乡。

他刚到乡上不久，领导分配他去分管南片几个村子的工作，并任片长。他念的仍然是造林治沙的一本经，仍然靠的是苦干实干的作风。几个月时间，他深入实际，调查研究，发动群众，一次性便造林1万多亩。他计划用三年时间，将这个片的3万多亩荒沙全都治理。为了摸索草滩地区种水稻的经验，他在条件较好的酸海则村，试种了17亩水稻，成为草滩地区种水稻的第一家。目前，水稻长势喜人，丰收在望。

面对蟒坑这一崭新的世界和刘殿贵及蟒坑人民那极其平凡的形象，我强烈地感到二者间的反差太大，几乎难以将他们联系在一起，甚至不敢相信是他们创造了这样的奇迹。那么多的沙丘，那么多的盐碱滩，不知存在了多少年，多少代人对其毫无办法。但在20世纪70年代的十多年间，栽了那么多树，种了那么多草，拉平了那么多沙丘，改造了那么多盐碱地，打了那么多机井，造出那么多良田。而蟒坑全村只有100多个劳力。这可能吗？但这却是千真万确的事实！

留不住的脚印

笃笃笃。有人敲门。

我从酣睡中惊醒了，睁开蒙眬的睡眼，天已经亮了。屋里的一切陈设真鲜可辨，在晨色中给人以一种全新的感觉。但我还是不愿立即起床，多年的职业病养成了我睡懒觉的习惯，加之连月来在沙窝子里奔波，够疲累的。夏末的清晨躺在床上，真让人倍感惬意。

笃笃笃。又有人敲门。

"谁呀？"我不得不发问了。

"我。"回答自然是浓重的陕北声腔。

"你找谁？"我想大概是有人找错门了。

"找你呀。"他肯定地回答。

"你是谁？"我进一步问道。

"贺俊元。"

"唔，是你。"我自言自语地说。

"咋你连我的声音也品不出来？"

"能，能品出来。"我只得穿上衣服，边下地边说："稍等一下，我给你开门。"

门开了，一束晨光推进了贺俊元。他顺便坐在窗前的椅子上再一声不吭了。

"你这么早就来了，贺局长。"我问。

"还早？天早亮了。"

"你常起来这么早？"

"这还算早？太阳都快出来了。"

……几句普通的对话，我再无话可说了。

"你大概常睡懒觉吧？"他又问。

"常常……唔，也不常睡。"我语无伦次了。

"只有干你们这一行的才——"

"算是职业习惯吧。"

"也就是、就是。"

……我来靖边采访的第一个早晨，就碰上了如此际遇，就被这位老局长把我从被窝里给提了起来，还真有点不可理解呢。接着在后来的几天里，每天早晨他都是这样，我也就不足为怪了。

记得我一踏上靖边的土地，来到县林业局时，宋局长就将贺俊元同志叫来，向他交代了我之来意，让他做向导，并陪我在靖边短暂的工作。最初我颇有几许疑虑：他年龄固然还不高大，但也不算小了。这跑腿的差事，本该是年轻人干的，他能受得了么？一个未入"而立"之年的后生，由一个年近六旬的老人作陪，是有些滑稽意味的。叫人于心何忍？另外，他已经退居"二线"，何不在家享清福呢？真是不可思议。但又有什么办法呢？命运既然如此选择了，作为被选择者的我，只有服从安排了。看来生活够隐奥的。谁想恰恰出乎我的预料，那些疑虑纯系多余的东西，反而将我置于一种被动的地位。老局长那结实的身板、爽朗的谈吐、急促的步伐和雷厉风行的工作精神，使长期从事文学创作的我养成的闲散性情，顿然紧张疲惫起来。于是，我和他半开玩笑地说："老局长，你是一个留不住脚印的人。"

对于贺俊元同志的大名，不能算陌生了。采访之前，地区有关部门的同志就提到过他，就连横山县林业系统的同志，也说起过他。当我在靖边问到造林治沙方面的情况，他名字就更加响亮了。好像他与林业有某种说不清的瓜葛，讲不清的缘分，割不断的情丝。莫非他是为树而生、为林而活的？莫非他就是树和林的象征、林和树的体现者？大概他本身就独具着树和林之个性所在吧。他就是树和林。为了弄明白他在靖边林业系统的地位和知名度，试着做了如下的测验：

"靖边的造林工作搞得好，请你详细谈谈。"

"问贺俊元去。"

"靖边有多少亩树和草？"

"请问贺俊元去。"

"靖边哪些土地植了哪些树？种了哪些草？"

"贺俊元知道。"

"靖边——?"

"贺俊元最清楚。"

"谁最了解靖边的林业工作?"

"当然是贺俊元了。"

人们的回答总离不开他。左一个贺俊元,右一个贺俊元。好一个贺俊元!笔者心想,你在靖边林业系统的知名度够高了!果然在我们数日的奔波中,每到一地,人们都认识他,而且十分熟稔和了解,不须说明来意,就知道他是为什么而来的,为什么而忙碌的,并格外亲热地予以接洽和招待。加之他津津乐道地介绍地理、树种、野草的特点等诸多有关事项,笔者不得不佩服他了。难怪林业工作者们称他是靖边林业的"活地图"和"活档案"呢。看来他名不虚传,受之无愧了。

贺俊元倒是很有些特点的。他个头不太高,就算个中等吧。中等个头的人在陕北的土地上并不罕见,比比皆是。而罕见的则是他那闲不住的脾气、风风火火的直性子。他的身体还挺强健,饮食起居根本不像已近60岁的人,倒像三十开外的大龄青年。早晨他起得很早,别人还在被窝里躺着,他就起来开始工作了。在沙中行走,他一直跑在最前面,两条腿迈得飞快,从不感到疲倦,似乎上帝就是专门派他来沙漠里行走的,很难追上他。他的身板缺欠端直,准确地说有所弯曲,那是他的驼背给人的感觉吧。提起伏在他背上的那口"罗锅",还有些来历的。

贺俊元本不是靖边的"坐地户",籍贯在米脂县乔河岔。他家祖祖辈辈系"农门"里的人,与土地打不完的交道。光景到他父亲手上,家里就更穷了,父亲靠揽长工和打短工为生,维持着一家人的生计,饿不死就是万幸了。陕北闹红时,他父亲听说共产党是为穷苦人谋幸福、为人民群众办好事的,便毅然加入了。当时还年龄很小的贺俊元,就挑起了养家糊口的担子。他早出晚归,春种秋收,在土地上刨挖。屋里买不起炭,贺俊元去山上砍柴,归来途中,山路蜿蜒细窄,一脚踏空跌倒,连人带柴滚入天窖,躺了好久。等家里人把他搭救上来时,肩膀附近肿得老高,再没有下去,便成了终身驼背。

穷人的孩子早当家,早当家的孩子醒世早。贺俊元认定共产党是为广大受苦人谋利益的。他想自己只有跟着共产党走,才是唯一的出路,才能解放劳苦大众。于是,他1944年参加革命工作,1948年光荣地加入了共产党。并决心跟共产党走一辈子，死而无憾！

解放战争的炮声响彻陕北革命根据地，他紧随部队，背着破烂的铺盖卷，日夜跋涉，来到靖边工作。从此，他就在靖边这片沙尘弥漫的土地上安家落户了。

面对靖边如此恶劣的自然环境，贺俊元真是心急火燎。他立志在林业部门工作，为造林治沙出力流汗，把自己的全部力量献给改造沙漠，献给绿色的生命。

决心是容易下的，但做起来并不容易。一望无际连绵起伏的黄沙，像一头穷凶极恶的巨兽，张牙舞爪地吞噬着人类，大有不可一世的预兆。远处不必说，连县城跟前都是黄沙的世界。春天一到，凄冷的风卷起沙子，使整个靖边成了黄沙飞扬的王国。按四季的变化，春天本来是温暖融和的象征，大地解冻，冰雪消化，树木吐芽、百草返青的时候。可大漠的春天则是冷风飕飕，沙尘笼罩的另一番荒凉景象。险恶的大自然，并未使贺俊元屈服，没有把贺俊元吓倒。他想自己是一名共产党员、国家干部，拿着公家的俸禄，不为人民谋利益还能为谁？遇到困难只能前进，不能后退。这才是共产党员和国家干部的品质。

贺俊元一马当先，走在战斗的最前头。风卷着沙子扑面而来，钻入他的眼睛，他用手背搓出沙子继续干。搭障蔽、挖坑子、运树苗等样样工作无所不干。他是个林业干部，既和人们一起栽树，又给不熟悉植树技巧的同志做示范，手把手地给他们教，直到对方熟练为止。栽植过程中，有的人不负责任，贪图省事，把树苗成捆地埋入沙中。他一旦看着，就进行严厉批评，直至该同志诚恳接受重新栽好，方可罢休。他对工作的认真劲儿，是出了名的，与他在林业行道上打过交道的人无人不知，无人不晓。

干部到农村下乡，是再正常不过的事情，也是党和国家多少年来的优良传统。贺俊元先在基层林场工作，就不须饶舌了。到机关工作后，他也常到农村去。和人民群众同吃、同住、同劳动。如果不介绍，陌生人完全把他当作一个农民呢。他本身就是农民出身，这个自身条件决定了他和农民的深厚情感。农民的苦乃他之苦，农民的乐乃他之乐。谁家有困难，他总是想方设法地解决。一个叫高玉明的人，母亲去世，靠父亲把他抚养大，全家两口人，即两条光棍，家里一无所有，清贫如洗。真可谓站起动户、坐下安家的人家。贺俊元便主动给他介绍对象。女方看不起，嫌太穷。贺俊元尽力做女方的思想工作，他说只要勤劳吃苦，把树栽好，林业发展农业也就发展了，还愁富不起来！女方终于同意了，高玉明感恩不尽！后来日子果然好起来了。还有一位叫高玉有的男子汉，与高玉明的境况差不多，苦于成不了家。贺俊元又给他物色了一个媳妇，成了女方的上门女婿。现在这两个男人都有一个美满的家庭，生儿育女，日子过得挺红火。当笔者在去柳桂湾的路上，正遇高玉明吆着驴拉车在林间小道行走。他和贺俊元招呼着，显得很亲热，好像长久不谋面的亲戚突然在异地相逢一样，有说不完的知心话呢。高玉明的心情笔者是能体会到的。这是一种感激，一种发自内在深处的情愫。笔者望着渐渐消失在林海中的高玉明，真为他高兴，也对他寄予诚挚的祝福！在漫长的年月里，经贺俊元之手撮合成七对夫妻，他们都过得挺不错。但在十年动乱中，贺俊元竟以"黑媒婆"的身份遭到批判。他实在难以接受，难道当婚姻介绍人也有错误？这"黑媒婆"究竟怎么个"黑"？"黑"到哪里了？自己一没有吃人家的东西，二没有其他意图，"黑"从何谈起呢？难道让男人打光棍才好，让姑娘们找不到对象才正确！让全中国人都是单身才是天经地义的！陕北农村还很落后、很封闭，谈恋爱的文明还不能兴起，如果没有介绍人拉线，那怎么办呢？那就得让人们停止繁衍、断种绝后了。这未免有些不人道、不道德，太残忍了吧。时过境迁，现在提起此事，贺俊元仍沉浸在愤愤之中，但很快就烟消云散，付之一笑了。

　　1981年，50余岁的贺俊元指挥了靖边5000多亩的造林工程。这真是非同小可，尤其是对一个临近老年的人来说，是很不容易了。这有多少事需要他操心，有多少事需要他干。要负多大的责任啊。当组织决定由他指挥时，他义不容辞地接受了。他觉得这是他的本分工作，是他的使命，是组织对自己的信任、对自己的信任和期望。所以必须把工作做好，全力以赴地完成交给自己的任务。否则是对不起党和国家、对不起人民的。说实在点儿，连自己都对不起了。

　　经过周密的部署，战幕拉开了。他亲临现场指挥、指导，亲自动手栽植树苗。路途遥远，往返30余里地，一整天滚打在沙窝子里。中午只带点干粮，躲在避风处吃。他毕竟上了年岁，身子骨虽然还硬朗，可岁数不饶人啊！他跑前跑后，脚下生泡了，一坐下就想休息，不愿再站起来，困得他不知是不是自己的身子还存在。一动弹，浑身的关节、肌肉像针扎似的难受，看来他的身子还存在着，还属于他自己所有呢。同志们劝他回去，休息几天，养好身体再来。他断然拒绝了。他理解同志们的心情，可就是不回去，不能败下阵来。强烈的使命感驱使着他，高度的责任心不允许他退却，他必须完成任务，必须坚持到最后胜利的时刻，于是，他找来一根枯竭的树杆，随便收拾了一下，挂在手里，当拐棍似的支撑着。他一会儿在这里，一会儿又在那里，满沙窝转，活像一位"拐杖将军"指挥着一场大战役，非决一胜负不可的。他的精神、他的身影在毛乌素沙漠里留下了悲壮难忘的印迹。

闲不住的贺俊元，永远是闲不住的。1984年组织决定他退居"二线"，他高高兴兴地服从了组织的决定。他认为这是党的需要，国家和人民的需要。只要是党和国家的要求，自己就要无条件地执行。但是他的"退居"只是形式的"退居"。他的"二线"只是概念的"二线"。其实他并没有退居，并没有在"二线"。他还像过去一样，一如既往地上班、工作，甚至他比"一线"时还忙，还辛苦。早晨，别人还未到，他就提前到了。下班别人走了，他还未离开工作岗位。林业系统一些较为棘手的事情，他常去解决。林业局几位现任领导都很信任他，他也很尊敬他们。他们愉快地合作，使靖边的林业工作有了新的起色。

太阳落了又升，升起又落。每个人都会一天天变老的。在人生的历程上，每个人都应该静静地扪心自问：我在这个世界上做了些什么？贺俊元一直与林业为生，这就是他的贡献。他无论是当普通干部，当林场场长，还是当靖边县林业局副局长，始终几十年如一日，为林业工作操劳着。他是新中国成立前参加革命的老干部，理所当然地坐享其成了，但他没有。在他工作期间，从未拉扯他的亲戚六人加入公门，这是难能可贵的。当然，党和国家也给了他一定的荣誉：

1974年，他被靖边县县委、县革委会评为蹲点干部先进工作者。

1977年，他被靖边县县委、县革委会评为在沙漠造林技术扩大试验中做出显著成绩的林业技术人员。

1982年，他被靖边县县委评为先进工作者。同年又被县委、县政府评为先进工作者和优秀共产党员。

1984年6月20日，榆林报以"技术推广先行者"为题，报道了贺俊元同志的事迹。

1984年6月，林业部向贺俊元同志颁发了在林业科技推广工作中做出显著成绩的荣誉奖章。

1984年国家经济委员会、科学技术委员会、农牧渔业部、林业部授予贺俊元同志在农林科技推广工作中做出了优异成绩的先进工作者的光荣称号，颁发了证书。同年，陕西省科学技术委员会、农业办公室、科技协会、农牧厅、林业厅、水利水保厅、气象局授予他同样称号，颁发了同样证书。

1986年4月25日，陕西省绿化委员会授予贺俊元同志在林业建设、城市园林和部门绿化事业中辛勤工作35年，为绿化陕西大地做出了贡献的荣誉奖章。

1986年，贺俊元同志被中共榆林地委评为优秀共产党员。

更荣幸的是：中国国际广播电台在"中国绿色万里长城"的专题节目里，以"靖边大地的摇钱树"为题，报道了他和宋继华同志的事迹。

真是荣誉集贺俊元同志于一身了。

这位弓着脊背、行色匆匆的留不住脚印的人。他的脚印是留住了。实实在在地留住了。留在毛乌素沙漠里了，留在翠绿的林海中了，留在靖边的土地上了，留在靖边人民的心里了。无疑，也留在我的记忆里了。

情系沙漠

——记榆林市林业局副局长聂宪民

1

经地区林业局介绍,我去采访榆林市林业局副局长聂宪民。一打听,他正在住院。我问:"什么病?"回答:"癌!"

好一个吓人的"癌"!我心上立即跌了一块石头。既然是癌,他能谈吗?我能采访吗?但我又想,一位外地知识分子,献身榆林的造林治沙事业30多年,现在却患了不治之症。这不是更有意义,更值得去采写吗?

一天下午,我在地区第二医院的9号病房找到了他。一身普通的干部服,一副深度近视眼镜,和已经陕北化了的关中腔和面容,尽管还有一位病人,但使我很快做出了判断:就是他!

第一次见面,我担心他身体支持不下来,更知道这种特殊的疾病,好多病人不仅忌讳,而且有很大的精神压力。所以,我不仅不敢询问他的病情,而且用试探性的口气,征求他什么时间交谈为好。

不料,他一听我的来意,便一跃身从床上坐了起来,连声说:"行,行,身体不要紧。"那神志简直像个没病人似的,而且首先便主动向我谈起了他的病。

他告诉我,多年的风沙野地工作,他根本没注意自己的身体,不管春夏秋冬,不管阴天雨湿,经常奔波在野外,只要累了,就随便在沙梁上沙窝里躺下休息,使他很早就得了痔疮病,经常便血。但他知道那是一种明病,威胁不到生命,所以从没当回事,更没有认真去治病。

1965年秋天,他刚把榆林市林业区划工作搞完,便急急忙忙和其他几位同志跑到余兴庄乡的赵家峁村搞山区绿化试点工作去了。年过半百的他,整天与群众一起上山下沟,看地形,搞规划,修梯田,植树造林。就在这时,他又便起了血，同志们劝他回机关休息。但他以为还是痔疮，便几天血就过去了，坚持照常与大家一起干。没想到这次却一便不止，而且大有发展的趋势。实在不能工作了，他只好回机关去治疗。在地区痔瘘医院，全区权威性的痔瘘医生李瑞认真进行了检查和治疗，但没有见效。李瑞怀疑可能有其他病变，建议他到外地条件好的医院去检查。老聂被迫无奈，只好来到西安第四军医大学。不出所料，一查是结肠癌，而且相当严重。1986年4月，医院做了切除手术。肿瘤已有鸡蛋那么大，几乎把整个结肠全部堵塞了。病很严重，但他并不害怕，而是以乐观的态度和顽强的毅力，与医生密切配合，信心满怀地准备战胜疾病。他说："到现在已整整四年了，形势很好。医生说，这种病只要闯过五年这一关，再就不会有什么问题了。"那口气，那神态，没有丝毫的回避、忌讳，更没有一点儿悲观和失望，而是那样的敢于面对现实，那样乐观，充满信心，准备去战胜这一可恶的病魔，闯过五年这一警戒线，去夺取胜利和创造奇迹。

我深深地被感动了。一则，他的病不能说与他的工作没有关系；二则，是他的工作和与疾病的斗争精神。他早已有了病，但他坚持到艰苦的工作岗位去从事自己的事业，直至病已明显严重，不便工作，但他仍像轻伤不下火线的战士一样，始终不肯退出自己的战斗岗位。更难得的是，在好多人认为是已经到了死神面前，他却没有一点消沉、悲观和退缩，而是那样的镇定冷静、从容不迫。这不正是他的坚定无私的革命精神的最好体现吗？我为这次特殊的采访而高兴。

2

聂宪民祖籍河北省石家庄市，生于1934年。1937年卢沟桥事变后，日本侵略者的铁蹄踏进他的家乡，一家人便逃到西安定居下来。1958年，他从西北农学院（林业专业）毕业后，留在学校工作。就在这一年，榆林地区创办了农学院。为了支援新创办的榆林农学院，聂宪民响应组织的号召，于1959年秋天来到榆林农学院从事林业教学工作，开始了他漫长而艰苦的造林治沙生涯。

榆林农学院建在榆林城南郊的一片荒沙滩上。为了美化学校环境，也为了给师生提供实践的条件，更为了在改造沙漠方面做示范，学校决定自己动手，将校园周围的几百亩沙漠建成一座苹果园。这是一个浩大的工程。作为专门从事林业教学的聂宪民，以满腔热情，投入了这一工作。他又是搞规划，又是做技术指导，更多的是和师生们一起进行艰苦的平沙、栽树的体力劳动。当时正是国家三年困难时期，不仅吃不好，有时也吃不饱。但他毫无怨言，以苦为乐，经过一年多奋战，使这几百亩沙漠变成了古城榆林的第一座苹果园。如今，这里绿树成荫，果实累累，香飘四野，不仅成了榆林的苹果基地，而且为沙区发展苹果业起到了很好的示范作用。

1962年榆林农学院停办，聂宪民被调到牛家梁林场搞技术工作。林场在长城脚下的一片沙漠之中，地名叫古城滩。据说很早以前，这里曾是一座热闹非凡的蒙汉商贸城市。后来被狂暴的沙漠吞噬，居民迁逃，城池毁塌。林场场址即建在突起在沙漠之中的一道干旱的黄土硬梁上，当时除过散落在沙湾中的残砖片瓦和梁上无数座供榆林城占用的坟冢外，看不到一点人类生存的迹印和一点树林及绿色。林场孤零零地矗立在沙丘包围之中。显得如此冷落、荒凉，甚至成了对林场的一种莫大的讽刺。

作为一个有自尊心的林业工作者，聂宪民不能忍受这种状况的继续存在。林场领导也感到压力很大，即接受了他和各方的建议，下定决心把场区周围治沙绿化搞好，搞出成效，抓点促面，带动全场的林业建设。聂宪民担负了首战决胜的施工任务，第一步，他拿出了详尽的作业设计，每个沙湾、每道沙梁都进行测量规划；第二步，编号插牌，按标明的规划设计要求，认真严格施工；第三步，即实打实地用测绳、皮尺或步功丈量面积，并以检查造林的成活率及质量，连同实查面积一并结算验收。就这样，一片一片治理，一步一步前进，一年接着一年，脚踏实地，坚持不懈。迈开了绿化场区周围这片大流沙的新步。现在，经过好多年持续的艰苦奋斗，终于将林场周围的3000多亩沙漠彻底进行了治理。现在已变成了一片乔、灌、草相结合的绿色海洋，覆盖率达到了100%。人们在这里已看不到一点沙漠的痕迹和本样了。凡来参观者，无不为这优美的景色吸引和惊叹，都说这才是名副其实的林场。

这个林场的施工范围包括牛家梁、孟家湾、金鸡滩、双山等乡镇。这些乡镇全在长城沿线的沙漠中，土地辽阔，人口稀少，居住分散，造林治沙任务十分繁重，除了平时的日常工作外，每年春夏之交和秋冬之交的两次大规模造林季节，时间紧，任务重，是林业干部最紧张的一段时间。每到这时，聂宪民总是起早贪黑地奔波在沙漠之中。每天一早，他在群众家里吃了饭，拄一根野柳棍，披一件破棉袄，兜里装两个冷馍，便出发了。从这个村到那个村，从这片沙梁到那片沙梁，去帮助群众搞规划，做技术指导，进行质量检查和验收。沙漠里穿鞋行走不便，他便将鞋脱下提在手里，赤脚行走。一到中午，沙漠里闷热异常，他只好将棉袄用棍挑在肩上，饿了，啃几口冷馍，累了，在沙梁上躺下休息一会儿。就是这样，他在这里整整苦战了四个年头，与林场领导、职工一道共同努力，使全场所辖乡镇的造林治沙工作进入了全市的先进行列。林场本身也被林业部命名为全国植树造林先进单位。

3

1965年，县上决定在靠近神木、佳县的安崖、双山、刘千河等地栽植10万株枣树。这无疑是件很有意义的新鲜事。但榆林缺乏枣苗，得到神木县黄河沿岸的麻镇等乡镇去调运。这个任务落实在聂宪民身上，他很快带了两名同志到了神木县城。一打听，麻镇离县城100多里，全是山区小路，不通汽车。他们只好起动"11"号汽车，徒步上路了。整整走了两天，来到了麻镇。经过多方努力，枣树苗买好了。但怎样往回运呢？走旱路绕神木县城往回运，不通汽车，既费时间又费钱，还影响树苗的成活率。他向群众调查后，决定利用黄河水道，先运到佳县，再由佳县用汽车运回榆林，这样既省时间又省钱。但黄河水道很不安全，同行的两位年轻人劝他经神木先回榆林，他们跟船往回运送。聂宪民从来没在黄河上坐过船，自然担心安全问题。但他觉得，自己身为技术干部，保证把10万株枣树苗安全运回去，是自己的责任。再说，自己拣安全路走，把困难和危险留给别人，是一种失职和缺德的做法，况且一路上还要给树苗浇水、保护，只有他最熟悉，也只有他亲自去干才放心。于是，他毅然决定冒险与树苗一路同行。

黄河行船，果然很不安全。一只小小的木船，颠簸在浊浪滔天的黄河之中，全靠几位船工用人力操作，对初次坐船者，看着也有些胆战心惊。果然，船行不久，就要经过一段暗礁密布的危险区，宽阔的黄河中，只有很窄的一条河道可以通行，除此而外，全是无法通行的暗礁，船工稍有疏忽，船只稍偏离一点方向，都有船毁人亡的危险。几天前在这里正有一只运粮的船被打翻，这更给他们增加了担心和恐怖。但事到如今，只好壮起胆去冒险了。而且他又是当事人，不仅不敢流露丝毫的不安情绪，还要给其他同志和船工壮胆做工作。好在几位船工技术熟悉，总算安全地通过了危险区。又走了不久，突然刮起了大风，将咆哮的河水不停地打进船舱，眨眼间就积了半船舱水。在这危急关头，他们完全忘了自己的安危，按照船工的指挥，拿起了一切可利用的工具，帮助船工们从船舱里往出舀水，经过一段置生死于度外的拼搏，终于将水舀了出去，避免了一场可怕的事故。就这样，他们经过整整两天的颠簸和搏斗，终于把10万株枣树苗顺利运到了佳县，然后如期运回了榆林。

4

1965年，聂宪民由牛家梁林场调到榆林县林站担任业务主办，新的岗位新的责任，使他准备为全县的造林治沙工作大干一场。没来得及开展工作，"文化大革命"开始了，四五年时间，使他不能很好地从事自己心爱的林业工作。1971年，县林站恢复，他担任业务站长。这时社会秩序比较正常了，从领导到群众也认识到再不能"造反"了，而应实实在在搞生产了。聂宪民决心好好抓一下林业工作。但应该抓什么，从哪里下手呢？他去请示县上的领导。当时县上主管生产的革委会副主任郝延寿刚参观了神木县窝兔采当的林网化建设，使他很受启迪，便对他说："以后造林再不能零敲碎打了，一定要抓重点，树样板，以点带面。我看你们能拿出个榆林县的窝兔采当就好了。"

窝兔采当是神木县造林的一个先进典型，他们搞的林网化建设，在沙漠地区造林治沙中具有普遍的指导意义。聂宪民根据县领导的指示，组织全站技术干部，与省林业设计院的同志一起，很快动手，经过调查研究，在全县选了芹河公社的蟒坑、马合公社的补兔，和巴拉素公社的大顺店三个大队作为试验点，决定先搞好点，然后以点带面，在全县推广。

这是件好事。但一接触实际，群众却并不接受。这是为什么？经过了解，原来这些地方在20世纪50年代曾经搞过，但当时完全脱离当地实际，照搬苏联的"宽林带大网格"做法，存在许多问题。一是网框太大，一般都有四五百亩，这样虽便于机耕，少栽林少占地，但林带间距过大，就降低了林木的防风效益及生物排水作用；二是林带太宽，一般都要栽十多行树，占地多不算，因为太宽，时间长了，在林带间又积下了许多沙子；三是机械地一定要林带与风向垂直，既不能因地制宜地充分利用土地，又与水渠和道路的建设不能统一，造成很多浪费和不方便。因此，虽然搞了一些，但都没有成功，现在若再照搬过去的做法，群众阻力很大。

聂宪民觉得群众讲得有道理，应该接受群众这种意见。于是，他们深入群众，和大家一起本着因地制宜、实事求是的精神，经过反复研究，制订出一套适合当地情况的"窄林带小网格"林网化建设方案：一是根据土地面积大小及地形地势规划网框，大则一二百亩，小则几十亩；二是林带不宜太宽，一般只栽四五行树即可，这样既不多占地，又不容易淤沙；三是林带的走向，力争与风向垂直，这样防风沙效果最好，但不能死搬硬套，而要根据各地的地形决定，特别要与滩地地下水的流向及道路的方向一致，做到林带、水路、道路三统一，这样既节省好多土地，又节省好多劳力和投资。

由于他们的方案符合实际，所以群众很容易接受，极大地调动了群众的积极性。本来县上打算一年准备，二年育苗，三年摆上，五年见到成效。但由于群众有了积极性，好多地方边规划，边挖壕，边修路，边栽树，一两年时间便初具规模，见到了成效。

生动的事实和巨大的成功，给了领导和群众极大的鼓舞。好多公社主动跑到这些点上参观学习，到1974年，芹河、牛家梁、鱼河等公社普遍搞起了自己的林网化。县上及时总结了各地经验，正式决定从1975年开始，在全县推广林网化，具体口号是"三化一改"，即林网化、园田化、壕网化和土壤改良。这一宏伟的计划，把榆林全县的造林治沙和农业建设推向了一个新的阶段，为以后的更大发展打下了很好的基础。

在林网化建设已打开局面的同时，县上领导又把眼光转向从榆林城至镇川站榆溪河和无定河东岸130多里长的地方。这里川东的山地多是顺公路线的向阳山坡，又有广阔的新修河川地最适宜于栽植苹果，既可以解决城市苹果供应问题，又可以使群众增加收入，还可以美化环境，有巨大的经济效益和生态效益。开始，地区做规划时，只给榆林县下达了1000亩的任务，还问聂宪民能不能完成。聂宪民去请示郝延寿同志，他却斩钉截铁地说："怎么才搞1000亩？我看起码再翻十番，搞他1万亩！"

领导的支持，给了聂宪民极大的鼓舞。他们很快在南郊农场，即他们在1960年农学院时栽起的几百亩苹果园处召开了现场会，组织这些公社的群众和干部来参观学习。然后，他带领林业干部，一个公社一个公社、一个村一个村地去宣传动员，帮助规划，培训人才，从地址、种苗、管理等一项项工作进行了具体落实。经过四五年辛勤工作,果然栽上了 1 万多亩苹果树,形成一条引人注目的苹果林带。现在,每到秋天,100 多里的公路上,到处是鲜艳的苹果,到处是扑鼻的果香,不断地运往县城,丰富和美化着人们的生活。尝到甜头的群众更是喜笑颜开,进一步激发了发展经济林的热情,向建设生态经济型大农业目标迈进。

5

1974 年,聂宪民由县林站调任县林业局副局长。多年基层林业工作的实践加上新的责任,使聂宪民进一步为全面绿化和治理沙漠思考了。就在这时,国家科委向榆林下达了进行大面积治理沙漠的试验任务。聂宪民十分高兴,马上又开始为这一巨大工程的实现奔走了。

他们经过调查论证,决定在离城不远的麻地湾和三岔湾建立两个大面积治理荒沙试验点。两处有近万亩荒沙,全是寸草不长的大流沙。多少年来,群众视为植树造林的禁区,认为根本没办法治理,甚至认为他们的计划是梦想,绝无实现的可能。但聂宪民并不气馁,下定决心,非干出个名堂不可。为了保证计划的实施,他建议在这里专门成立了治沙试验站,配备了强有力的干部,集中力量进行组织领导和管理。在树种方面,他们竭尽全力,准备了在沙漠中生命力最强的花棒、踏郎、紫穗槐等。在治理技术上,广泛使用了搭设沙障、前挡后拉以及密集式造林等行之有效的治沙办法。而且不断总结,不断改进,以坚韧不拔的毅力,苦干了六七年,终于使这些自古以来寸草不长的大沙漠中长出了林草,而且成活率越来越高,覆盖率达到了 70% 以上,使茫茫无际的大沙漠第一次出现了喜人的生命和绿色。奇迹般的成绩,不仅深深教育了群众和他自己,大大改变了传统的、在沙漠面前无所作为的陈旧观念,增强了彻底征服沙漠的信心,而且为上级部门做出了样板,提供了宝贵的经验。因此,这一科研成果,在 1982 年经过有关部门的验收和鉴定,荣获了陕西省农业科技推广一等奖和林业部科技推广三等奖。

从 1983 年到 1985 年,聂宪民的病情已有了发展,但他为了榆林今后的造林治沙事业的发展,以带病的身体坚持工作,写出了榆林市林业发展区划材料。由于他写得成熟,在省上评选时荣获林业厅颁发的一等奖。

在聂宪民准备继续为榆林的造林治沙事业大显身手的时候,可恶的病魔威胁到他的健康，使他的壮志难酬了。谈到这里，他不无遗憾地说："这几年我再不能到沙漠里去奔跑了，只好到机关去看看。"

我赶忙说："你现在的中心任务是治病，工作的事你就不要多考虑了。"

"唉，"他长叹一声说，"几十年来，自己实在没做出什么成绩，但对沙漠却确实产生了感情。尽管在沙漠中的生活是艰苦的，但已习惯了，很有意思，一旦离开了沙漠，倒感到不舒服。"

他的语言是平淡的，他的感情是平静的。但我却深深体味出他对沙漠那种深沉的热爱和无限的眷恋。我想这正是最难得最宝贵的。

沙漠里的雕像

"你从哪里动身?"

"榆林。"

"来横山有何贵干?"

"当然有,但干得并不贵。"

"那么是'贱'干了?"

"既不贵也不贱。只是普通工作吧。"

"什么差事?"

"我还能有别的差事?你猜。"

"还用猜。肯定是写文章了。"

"唔。算你猜中了。"

"你怎不在西安写?"

"亏你也是同行。"

"怎,西安就不能写?"

"巧妇都难做无米之炊。何况我是个'拙妇'呢。"

"噢,是搜集素材或深入生活来了。"

"可以这么讲。但准确一点是采访。"

"那是有定向了?"

"肯定嘛。"

"什么体裁?"

"报告文学。"

"题材是什么?"

"造林治沙。"

"写哪些地方?"

"你再猜吧。"

"这，我能——"

"你是横山人，应该猜着。"

"首先少不了杜羊圈吧。"

"果然不愧是横山人。"

"只要是这个选题，杜羊圈肯定的。"

"你这么认为？"

"不是我这么认为。横山人恐怕都这么认为的，因为杜羊圈的成绩明摆着嘛。"

"看来杜羊圈非写不可了？"

"哈哈……"

……从横山县城往西数十里，吉普车便向一座小石桥拐了过去。沿简易山道渐渐爬上山头，道路崎岖得难以通行了。于是只好徒步赶到杜羊圈。

晌午时分，太阳火辣辣地炙烤着，地上的庄稼蔫头耷脑，灰色的叶片曲卷起来了。村庄静悄悄的，时有炊烟袅袅上升，并传来几声犬吠，给人增添了一种寂静感。

有人做向导，不会担心走错路的。我们径直来到村支书杜成东家，说明来意，很快进入了实质性的工作。

说来十分凑巧。当年率领杜羊圈人民与黄沙搏斗的杜振贵，是杜成东之父，就住在旁边。他也过来了，我端详着这位和大自然苦斗过的胜利者，心里不禁涌起一阵敬意。他已经67岁了，但身体看来还很强健，个头不高，"国"字形的脸，头拢一块羊肚子毛巾，须发花白，言行干脆利索，不停地吸着雪茄卷烟，健壮的手指如烟卷般粗，像有使不完的劲儿。他坐在炕头，不动声色时宛若一座雕像。这是一座什么样的雕像呢？我想在杜羊圈还未被绿化之前，他是一座黄色雕像。是沙漠的风把他吹黄的。而现在他应该是一座绿色雕像了。是绿色的树和草把他染绿的，也是他用自己那一双苍劲的手，染绿了黄沙，染绿了杜羊圈，染绿了他自己的。

我从杜振贵的身上觅找着那绿的印迹。

杜羊圈这个村名很让我有些纳闷。村庄怎么与羊圈同义语呢？据传说明代初年，一家姓杜的来到此地，觉得这个地方挺不错，就安家落户了。主人在村前扎了个大羊场子，便诞生了杜羊圈。后来又从佳县移来姓武的，从靖边移来姓高的，但村名仍然没有更变，就这样一代接一代传到了现在。曾在1930年（即民国十八年），天道险恶，年馑连年馑，杜羊圈的人外流逃荒不少，卖儿卖女卖老婆33人，竟有6人莫名其妙地不知去向了。日月有所好转时，能回来的又都回来了。他们是离不开杜羊圈的。可见杜氏家族还很有一番曲折呢。……

地处毛乌素大沙漠边缘的杜羊圈，过去是个非常贫穷的山庄。象征我们中华民族的万里长城从他们的地界穿过，却感受不到长城给他们带来多少温暖和幸福。山头光秃秃，坡圪洪水流。最可怕的是春天，风一吹来，满山遍野呼呼乱叫，沙子在风中纷纷起舞，把庄舍笼罩在一片昏暗的世界里。有一首顺口溜形象地勾画了杜羊圈的情景："风起沙飞遮蔽眼，对面闻声不见脸。天昏地暗昼当夜，白天屋里油灯点。"如此难堪的自然环境，庄稼是不可能正常生长的。陕北的气候春季缺雨水，庄稼种不上去。种上去又捉不了苗，得三番五次地下种。出苗后风沙一旦来临，许多苗子都被吹死或压死，年底每亩地最多能收二三十斤粮食，除过留来年的籽种，家里只剩微不足道的几粒了。人们吃不饱，穿不暖，糠菜糊口都糊不过来。所以只能靠拉长工打短工，艰难地超度时光。有人给杜羊圈编了几句顺口溜，说："杜羊圈、穷山窝，荒沙秃岭苦难多；糠菜糊口难过活，揽工讨吃卖老婆……"这话杜羊圈的人们听来极不顺耳，像遭到一种莫大的羞辱。但不愿听又有什么办法呢？现实就是如此。好听的话倒不少，可恶劣的环境和苦难的生活是不可能与好听之语结缘的。他们只有忍辱负重，只有听着装得没有听着的样子，甚至杜羊圈的人们外出，别人问他们家在哪里，他们都不敢说出村庄的名儿来，不敢报出自己的姓名来。有时外面的人一见到讨吃要饭的，或者是打短工扛长工的，就好像很有把握地说：肯定是杜羊圈的了。我们从这些事例，足以看到杜羊圈过去的生活是怎么一幅图景了。

1947年，解放的炮声使杜羊圈揭开了新的一页。正当年轻力壮的杜振贵，加入了中国共产党，任村行政主任。1952年，杜振贵响应国家号召，挑起了建设家乡的担子。他是受过党的教育的共产党员了，对国家的路线、方针和政策坚信无疑，他觉得杜羊圈穷山荒沙的面貌早该改变了。曾经在国民党的统治下，腐败无能的政府不顾人民的死活，将人民不当人看待，哪还有治理沙漠绿化大地的设想呢？连饿死人都置之不理，熟视无睹，致使多少人妻离子散，家破人亡。现在人民政府号召人民建设家乡，是很得人心的，也正切中了杜振贵的心愿。杜羊圈的人们把苦日子实在受够了，再不能继续受下去了。这样的光景还要过到什么时候呀！杜振贵满怀激情，好像在渺茫的大海里抓到一个救生圈似的，终于有生还的喜悦降诸头上了。他积极配合上级组织，在党的领导下，与朱玉贵、白银生、杜丕仓、白纯杰等人，建立了杜羊圈的领导班子，发动群众，宣传植树造林、防风固沙的好处，并成立了互助组，在杜羊圈打响了有史以来向黄沙开战的第一炮！

穷山恶水的杜羊圈，连树苗都找不到。他们想，村里没有难道外面也没有。想办法搞就是了，省吃节用去买。杜振贵带领群众，用积攒起来的钱全部买了柳杆、沙柳和柠条等树种。然后划分给家户们，分头开始栽植。

在沙梁上栽树，他们没有经验，成活率不高，许多树苗被黄沙埋住了。有的还未扎根发芽，就变成了干柴棍子。杜振贵和村干部们见此情景，痛心极了！树苗子是他们用血汗钱换来的呀，怎么不难受呢？他们开会反复研究，总结失败的原因，吸取教训，决心走出一条切实的路来。他们想要让树苗活，先得暂时固定流沙，给树苗创造一个短暂的生长环境。这就要搭障蔽。杜振贵和村干部们率先拿出家里的死柴烂草，又动员群众也将柴草贡献出来。他们把柴草微浅地埋入沙里，将沙梁一行一行分割起来，然后在行间里栽植树苗。这样一搞果然收到明显的效果，成活率大大地提高了。群众的信心更足了！为了加快治沙的步伐，村里组织了突击队，村干部白纯杰任突击队队长。他率领突击队誓与沙漠决一死战，处处起模范作用。风越大，他的干劲越大，哪里最艰苦，他就在哪里干。杜振贵、杜丕仓等人，也不例外，时刻不忘自己是村干部，群众的带头人，遇到困难走在最前头。他们早晨出工时，就从家里带上干粮。到工地棉衣一脱，把干粮包在里面，大干起来。整整一天，从早到晚不停息。群众收工了，他们还有工作要做，胡乱地吃几口糠窝窝头，连夜开会，商议，再做新的安排，分头去给群众布置新任务。等做完这一切，已经是深夜了。他们回家刚睡一会儿，又开始上工了。

造林治沙堪称杜羊圈全民皆兵的人民战争。只要能上去的男女劳力，全部上去了。只有体残病弱的老人和还需要看管照料的小孩们在家待着，他们就算是门户的主人了。许多人家的门上，有一把"铁将军"把守，如果亲戚什么的来串门，根本找不到要找的人。直等到收工回来，才可与主人一块进家。一位刚结婚不久的新媳妇去植树，娘家妈妈来看女儿，却不见女儿的踪影，连屋子也进不去。她让邻居的老人或小孩去叫，他们立刻回绝了。一来老人和小孩行走不便，山高路远，风急沙大。二来他们也不能去叫，怕影响植树治沙的进展。娘家妈妈只得等到天晚。她看着女儿辛劳的模样，既同情心酸又备受感动！她说："你们杜羊圈真了不起，拿命地干哩。肯定能成功。老天爷睁着眼睛，功夫是不负苦心人的。"这位新媳妇也被感动了，她说："大忙时节以后尽量少来，除非有什么大事情。等我们把杜羊圈搞好后，你再来好好享几天福，看一看我们村的树林。"

杜振贵和村干部们，充分调动了妇女们的积极性，大大发挥了她们的作用。他们组织了妇女突击队，队长由杜振贵的女儿杜成芬担任。队员有白春兰、高德兰、杨春莲、李子芳、周兴芳等人，她们虽然是女性，体力不如男人们强壮，但她们不服自己体弱，不服自己是女人，干起活来和男劳力们一样，你栽一棵，我也栽一棵，你多栽一棵，我也要多栽一棵。她们和男人们展开竞赛，向男人们挑战，成了杜羊圈造林治沙中的一支生力军。

妇女突击队队长杜成芬，是突击队的带头人。她不愧为杜振贵的女儿。她说父亲是村干部，村里的主要负责人，自己更要带头干，出大力流大汗，不能给父亲丢脸，而要给父亲争光。自己将来要出嫁的，要离开杜羊圈的。但不管走到哪里，始终是杜羊圈的人，是杜羊圈的后代，是杜振贵的女儿。她早出晚归，战斗在沙漠里。她不仅是个队长，而且是个队员，既安排布置任务，又挑重活干，并带上干粮，冒着冷风和沙子在地头吃，与大自然抢时间、争季候，早日绿化杜羊圈。一次她感冒了，头痛发烧，女伴们劝她回家休息，病好再干。她怎么都不回去，对女伴们说："我这点小病算得了什么？撑一撑就过去了。脑晕发烧，常有的事。谁吃五谷还不生百病？除非是神仙。"她一直坚持到完成任务，回家后睡了一阵子，第二天照样出现在工地上。女伴们深深地被杜成芬的精神感动了，干劲倍增，都以杜成芬为榜样，小病不休息，睡一觉就会好的。她们满意地说："杜成芬当我们突击队的队长，村干部们实在选对了人。她，我们放心，我们信任。杜成芬有一个好父亲。杜振贵有一个好女儿。他们父女俩为咱们杜牛圈的造林治沙可把心都操碎了。"

杜羊圈妇女突击队队长杜成芬，多次得到各级党和政府的奖励，并被评为陕西省劳动模范，受到省委、省政府领导同志的赞扬。

杜振贵的工作极端认真，一丝不苟。他和村干部们严格把好植树造林的质量关。群众略作休息时，他去检查栽树的质量了。结果发现有人图省事，挖了个大坑，把成捆的树苗埋了进去。他刨出来后，立即召开群众大会，在会上不点名地进行了严厉批评。人是要脸面的，聪明人一点就知道是说谁，他这种工作方法收到很好的效果，再也无人触犯了，杜绝了在造林劳动中的投机行径。

经过几年的苦战，杜羊圈的黄沙渐渐减少了，被绿色的林草所取代。并为未来的农、林、牧、畜的发展奠定了牢固的基础，美好的前景会指日可待地降临在杜羊圈的土地上。

各级党和政府给了杜羊圈极大的鼓励。

1958年，杜羊圈被国务院评为在社会主义建设中成绩显著的村庄。周恩来总理亲自颁发奖状，予以鼓励。

共产党员、杜羊圈村干部白纯杰代表杜羊圈出席了全国英模大会，领回了奖状。

初步取得胜利的杜羊圈，并没有躺在这点欢欣和喜悦的功劳簿上。杜振贵和村干部们决心再战再捷，取得更大的成绩。他们总结正反两个方面的经验，吸取工作中的教训，认为还是走了些弯路的。在此期间，秉性直爽、心直口快的杜振贵因为看不惯吹牛皮、走浮水的行为，顶了"共产"风，他认为那不只是欺骗上级，也是欺骗自己、欺骗群众。于是他被撤职处理。好在这位实干家没有倒下去，人民群众信任他。一年后又担任了村党支部副书记，在"副"的位子上发挥着作用。1969年，杜振贵当了支部书记，他又开始了新的战斗。

1966年，杜羊圈成立了林业专业队，两年后便转为队办林场。他们对林场十分重视，专门由一名大队党支部副书记管理林业和林场的工作，并指定两名共产党员担任正副场长，林场的人员相对稳定，12名人员都是生产队派选的。他们素质好，劳动干劲大，非常热爱林业事业。林场有一系列的规章制度，评比奖励分明。每年年初或年终，林场和生产队一样参加评比，评出的模范人员，与社员一样奖励。这是把林场提高到一定的级别上了。层次是不低于生产队的。林场工作人员对工作极端负责，任劳任怨，他们以场为家，按季植树种草，严格管护林木。轰轰烈烈的林场工作，带动了杜羊圈的农业生产。

1968年，杜振贵隐退了。他的儿子杜成东扛起了杜羊圈的旗杆。他虽然不直接参与村领导班子的工作，但对林业和杜羊圈村的事情还格外关心。他一再教导杜成东，要搞好工作，首先要自己过得硬。领导如果过不硬，是绝当不好领导的，也肯定不是一个称职的村干部。他教儿子为人要正派，做事要光明磊落，能见得人，工作要踏踏实实，千万不敢欺上瞒下，吹牛皮说大话。群众的关系必须搞好，要和群众打成一片，把自己放在群众的位子上。他一再叮咛杜成东：林业是杜羊圈的命根子，是咱全村人的生命。杜羊圈只有走林业这条路才有发展，才能富起来。他说："杜羊圈如果没有林、也就没有村，没有人了。"杜振贵说得一点不假，是林业才使杜羊圈壮大起来的。

杜成东牢记父亲的教诲，他年轻力壮，工作能力强，严于律己，不负父亲的期望，也不使杜羊圈的群众失望。他一手抓林业，一手抓农业。一年一度的植树种草，他从未耽误过。他在林场实行水地育苗和山地育苗相结合，实行人工育苗和天然分蘖育苗相结合的方法。引进先进林业技术，用科学代替落后的做法。每年他都要在林场花不少心血。自1975年开始，大队逐年拨给林场25亩好水地育苗，共育出各种树苗数百万株。这不但解决了杜羊圈植树造林的用苗问题，并支援了外村的造林工作。同时，经济林也有了很大的发展。杜成东在农业生产方面，也堪称一把好手。他大修水库、打坝、建高抽站、修梯田，使水土流失得到基本控制，他说："农、林、牧是一个不可分割的整体。在我们杜羊圈来说，是缺一不可的。一荣俱荣，一衰俱衰。林业发展了，促进了牧业的发展，牧业发展了，促进了农业的发展，这是我深切体会到的。"

杜成东可把农、林、牧三者的关系给吃透了。

1970年，陕西省革委会把杜羊圈评为先进单位。

1977年，榆林地区革委会把杜羊圈评为在林业生产中取得优异成绩的村庄。

1980年，陕西省人民政府授予杜羊圈：在社会主义农业现代化建设中成绩优异，农业先进集体的称号。

几十年的辛勤劳作，现在的杜羊圈已经不是过去的杜羊圈了。那满目荒凉的黄沙，已变成绿意盎然的村庄了。

杜成东对杜羊圈真是了如指掌的。

问：杜羊圈有多少经济林？

答：800亩。

问：有多少用材林？

答：7000亩。

问：灌木林有多少？

答：13200多亩。

另外，我还从别处获悉：杜羊圈仅羊就有 6000 多只呢，其余就不须饶舌了……

我们告别了杜羊圈，来到停车的山头上。我没有急着上车，站在小路边举目遥望着撒落在山沟里的人家。这是一个很大的村庄，人家住得稀散，拥有千余村民呢。据说原来由 23 个自然村组成的，方圆 40 里地，总面积 30.75 平方公里，够大的了！一片接着一片的绿色牵着我的视线，让我赏心悦目。我想过去是一副什么模样呢？我低头看了眼脚下的土地，灰黄色的土里还有几粒细微的沙子夹在其间，我不寒而栗了。但庄稼苗子已经度过了艰难的午日，苗壮的叶片伸展开来，立刻驱赶了我的忧虑和惆怅。在这片肥厚的土地上，有多少英雄式的雕像闪现着：早已隐退而还在运筹帷幄的杜振贵。中年丧妻、自带护林器具、爱林如命的白纯杰；眼下儿孙绕膝的当年妇女突击队队长杜成芬和现在正肩负重任的杜成东，以及我还不知道的"无名英雄"们，正是这些雕像才有了杜羊圈今天的繁荣和兴隆的。我想杜羊圈的变化，就是他们的变化，他们永远会存在下去的……

"去过杜羊圈了？"

"去过了。"

"什么时间？"

"今天。"

"刚回来？"

"还没有洗漱呢。"

"收获如何？"

"变化真大。"

"想你会满载而归的。"

"何止满载？早已冒尖了。"

"现在该不是'难做无米之炊'吧。"

"'米'有了。但我还不是个巧妇。"

"哈哈哈——"

……

愿绿色永驻人间

——记榆林地区治沙研究所副研究员孙祯元

一 "家"之言

  1986年7月,"三北"地区11个省(区)联袂召开的"三北"防护林现场会议在榆林隆重开幕。三北局总工程师汪愚在大会发言时说:"榆林地区治沙研究所,有个孙祯元……"接下来,汪总引用孙祯元的一些观点,做了一次精彩的发言,与会者为之震动。这年10月,甘肃武威地区召开干旱地区造林成果鉴定会,特邀孙祯元参加。孙祯元在会上又把他的观点做了更进一步的阐述。

  那么,孙祯元的观点到底有些什么内容呢?

  作为一个林业科学工作者,在长期的工作实践中,孙祯元一直在研究这样一个问题:即是植树造林与地下水分的关系问题。

  截至1985年年底,榆林沙区有林面积105万亩,森林覆盖面积占到38.8%。当然,这个数字能变为100%更好。问题是,植被需要"养料"——地下的水分够不够用?会不会出现水分"赤字",或者入不敷出、寅吃卯粮?打个再明白易晓的比方,100人只有50人的口粮。大家同舟共济,患难与共,一个个"饿"得面黄肌瘦,仍然坚持着不倒下。但如果100个人只有10个人的口粮、只有一个人的口粮呢?无疑只有死路一条了。

  植树造林与地下的水分之间就是这样一个关系。按照科学的说法:就是有个水分平衡问题。

  从历史上看,榆林地下水源丰富。除过在史料中可以找到一定的"证据"之外,地图上给我们提供的"证据"更为直观。榆林北部风沙区叫"海子"的地名很多。有些地方甚至"海子"连"海子"。这说明历史上某一个时期,这里天然海子曾经星罗棋布,正应了大夏国王赫连勃勃"临广泽而带清流,吾行地多矣，未有若斯之美"的慨叹。

这样的"海子"在60年代孙祯元分配到榆林时，仍然有不少。但到现在，短短20多年过去，"海子"明显减少，不少"马槽井"干枯，地下水位严重下降，土壤水分越来越少。反映在林业上，原来长得十分旺盛的一些树种，现在开始衰退；原来因为太湿润而不好生长的一些树种，现在则越长越旺盛。

这里就隐藏着一个潜在的危机，并不是造林面积摆得越大越好，而是看它和水分的平衡关系到底怎么样？即天然降雨土壤供给和树木消耗的水分能不能达到平衡或基本平衡？形成良性循环？如果土壤水分供不应求，超支负荷，长时期水分欠债，得不到有效补给，土壤越来越干旱，形成恶性循环，最终结果是"年年造林不见林"——树木生长得不到应该得到的水分，全部"渴"死了。

孙祯元先生神采飞扬地给我介绍着这些。一个一个纯熟的专业术语，一环套一环的命题。可惜我这个纯粹意义上的"门外汉"，不能抓住其要害，了解其精髓。只能将一知半解披露给尊贵的读者朋友。

当然，这仅仅是孙祯元的一"家"之言，有的同志并不同意他的这个观点。在科学研究领域，有争执，有分歧，甚至观点完全相反，都是正常的，犹如在暗夜里摸索着行路，有的人要走这条路，有的人要走那条路，但殊途同归——都是为了达到共同的光辉的顶点。

孙祯元的第二个观点是"反驳"这样一个"命题"的——榆林地区过去曾是一个水草丰美、林木茂盛的地方，只是由于历代反动统治阶级乱垦滥伐的破坏，才出现了以后"堆沙高及城堞"的后果。

好多介绍情况的材料这样写，甚至著书立说也以讹传讹，仿佛已经"约定俗成"。

榆林北部地区大面积沙化，完全归罪于"历代反动统治阶级"，不能说完全错误，起码不很客观。"'历代反动统治阶级'也是人，他们绝不会期望自己辖下的国土成为一片废墟和荒漠。"说到这里，孙祯元表现出一个科学工作者的真诚和敢于直面事实的勇气。他认为，榆林北部地区沙化是自然和人为两种因素共同作用的结果，而且自然因素大于人为因素。

有资料记载，榆林北部地区的沙化可以上溯至明清以来。明朝1368年建立，距今600多年。按照人口自然增长率计算，明初年榆林地区不过18万人口。如果再推到1000年前，人口则更少。现在是一平方公里土地有多少人，那时候是多少平方公里土地才有一个人。人少地多、林草茂盛、粮食自足，他们为什么要破坏植被？

所以得出一个结论，人的破坏是有限的，而自然的"破坏"则是巨大而可怕的。

自然的破坏仍然是个水分问题。榆林地区年降水量多少年来一直是400毫米左右。这点降水远远不能满足森林草滩的需要。但因为那时人少的缘故，基本保证了草滩的"有效供给"。以后人口逐年上升，由600年前的18万发展到现在的290万，人口增长了16倍之多，而降水量一直徘徊在400毫米左右。人畜要"饮"水，树林草滩要"饮"水（一亩松林一天要消耗三吨水）。相"争"的结果——树林草滩得不到足够的水分供应与满足，只能以一"死"来"抗争"。于是，一些树种枯死，一些草滩裸露、进而沙化，形成今天这样的"面貌"。

从这个意义上讲，如果要说是人的因素，只能界定在"人口增长"这个范围内，而不能完全说是"历代反动统治阶级"乱垦滥伐的结果。这里并不排除"乱垦滥伐"是因素之一，任何一个事物的形成都不是由于某一个单一的因素，而是诸多因素共同作用的结果。我们只不过是要找到其中一个主要的因素。需要声明一点，这里也不是在为"历代反动统治阶级""鸣冤叫屈"或者"平反昭雪"，只不过是试图拨开迷惘与谬误，还历史以本来与真实。

那么找到了吗？孙祯元先生。当人类的科学技术已经发展到卫星火箭飞往月球探测宇宙奥秘的今天，却无法考证清楚李自成的生卒年代和地点——任何一门学科呈现在有志于揭开它奥秘的人面前时，都是一团若隐若现甚至根本就不隐不现的迷雾，就像原子弹爆炸的蘑菇云，一圈套一圈，一环套一环，有的人只"拨"了一次掉头就走，害怕核裂变巨大的威力使自己粉身碎骨。有的人则坚定不移地一直"拨"下去，直到粉身碎骨或者迈步到理想的彼岸！

不畏艰险，敢于献身科学事业的人都有一种偏激、执拗和狂热的脾性——永远只相信自己、自己拥有的就是真理。这种偏执和狂热其实是科学家最可宝贵的一种精神素质。它导致了无数人惨烈的失败，却也造成了不少人辉煌的成功！

孙祯元先生，说心里话，我在这篇文章里要寻找的答案，并不是你前面的那些观点是正确还是谬误，这个对我并不重要。我想寻找到的，是你有那种面对"蘑菇云"的胆识、勇气和义无反顾吗？你有那样的精神和素质吗？你有那样的偏执和狂热吗？如果你有，那么孙祯元先生，无论你将是辉煌地成功还是壮烈地失败，你都属于可歌可泣！

满堂川蹲点

孙祯元出生于中国第一大"庄"——河北石家庄地区深泽县。那里是冀中平原中心，当年"平原游击队"战斗和生活过的地方。

1963年春天，孙祯元走出北京林业大学的校门，分配到榆林地区造林防沙局工作，那时候提倡知识分子到基层锻炼。孙祯元刚刚接触了几个课题准备深入钻研，便奉命和后来担任了行署副专员进而又任林业部"三北"防护林建设局局长的李建树等人来到绥德县满堂川公社蹲点。这是1964年——孙祯元大学毕业后迎来的第二个春天。

两年后，"文化大革命"开始了，高怀硕抱的年轻大学生孙祯元不可能对历史的风云际会有更深刻的认识。他只是没有料到，自己走出大学校门"研究"的第一个"课题"，竟是这样的实际！

当公社书记征求孙祯元的意见，问他到哪个队蹲点时，孙祯元说，哪个队最穷就到哪个队。于是他来到了满堂川公社"最穷"的大白家沟队。

三年困难时期刚刚过去。本来农村生活就艰苦，而孙祯元又在最穷的生产队蹲点，其滋味可想而知。吞糠咽菜是家常便饭。人们给这个远近有名的穷队编了这样几句顺口溜："白家沟，'鳖'家沟。吃粮靠救济，花钱向外借。后生打光棍，女子走他乡，家家穷得响叮当。"全大队5个生产队，130多户人家。土地倒不少，但到处是纵横的构壑，没有一分水地，加上山山坡坡、沟沟洼洼，所有的土地都种农作物。品种又单调，只有"两杂两薯"。一亩地收个百八十斤还算老天爷开恩——严重的广种薄收！更可怕的是人们那种听天由命、安于现状的思想。当孙祯元建议植树造林改变穷困面貌时，群众竟不同意。

孙祯元想，群众只有看到植树造林的好处，才会积极行动起来。他和另外一个蹲点干部首先在酸枣树上嫁接大枣。有一次孙祯元从几十米高的山顶一脚蹬空，摔下山坡，险些丧生。但他们的功夫没有白费，"嫁接"大枣试验获得成功。群众看到酸枣脖子上竟结出了大红枣，才相信这个说一口外乡话的"老孙"并不是"糊弄"人。一部分群众的思想开始醒悟了。

这时候，公社党委交给工作组一项任务，要他们在大白家沟大面积造林种草,搞造林"样板"。工作组召开支委会和群众大会讨论,群众一听说要封"山",以后羊也不能上山,人也不准砍柴,马上嚷成一团。不让羊上山,羊子减少,肥料减少,粮食也要减少。让我们喝西北风去?大部分群众通不过。

工作组的同志一边分头深入做群众思想工作,一边建议公社搞长短结合。即既要有长远战略目标,也要搞"短期行为"。比如栽果树,种苜蓿,栽桑养蚕。他们协助队里规划了50亩果园,栽了300多亩桑树,种了300多亩苜蓿。苜蓿当年见利,既解决了群众的生活问题,又解决了牲畜的草料,养蚕第二年也见了利。群众眼前见了"利",思想一通百通。以后大搞植树造林,栽了杨树、槐树林带,七八年后都成林成材。群众高兴地说,多亏了蹲点工作组老孙他们几个,要不,我们这里今天还是个穷圪崂。

以后,整个满堂川公社都推广大白家沟这个"样板"的经验。成为榆林地区发展林草的先进典型。

再作"冯妇"

这一部分描写孙祯元先生,有这样三个命题:孙祯元与浩浩芭,孙祯元与高蛋白苜蓿,孙祯元与樟子松。

先来叙述第一个命题。

浩浩芭是生长在亚热带的一种野生灌木。它的"娘"家是美国的亚利桑那州、加利福尼亚州和墨西哥,邓小平同志1979年访美,一位美籍华裔学者曾向他推荐这个树种。

这个树种既有很高的经济价值,又可以治沙保土。它的固沙能力极强,播种后一个月内,苗刚露出地面,根已长达十几厘米,"长大成人"的浩浩芭,根长达31米,是极为理想的一种速生防沙固土树种,被称作"特种绿色部队"和"沙漠克星"。80年代初期,一斤种子油在国际市场可以卖到48美元。

不过,浩浩芭最大的价值是,它可以代替鲸鱼油作为火箭、宇宙飞船等各种高温、高压、高速机械的润滑剂和高级化妆品原料。一亩浩浩芭产油量相当于五条大抹香鲸的产油量。因此,它又被称作"微型石油井"和"液体黄金"。

由于鲸鱼已面临绝种,国际上明令保护,禁止滥杀,高级润滑油供应越来越困难。加上迄今为止这种润滑油尚无法用人工合成。为了做到"有备无患",美国政府组织了36个科研单位经过七年试验研究，终于找到了这个树种。当时，美国各大报纸竞相载文介绍浩浩芭。《华尔街文摘》甚至预言，浩浩芭是80年代世界上的"超级科研投资项目"。

1984年，中国出现"浩浩芭热"。孙祯元是1982年从广州种子公司引种的。当时"热"潮初露端倪，尚未形成"气候"。就在孙祯元兴致勃勃带着他的"宝贝"树种返回榆林时，一位科研人员在《陕西日报》著文称，关中不宜发展浩浩芭，主要原因是不能越冬。这篇文章给孙祯元当头浇了一盆冷水。但他"不到黄河心不死"，决心在榆林试种。

浩浩芭原产地为亚热带气候区。因此，榆林引种浩浩芭的主要自然限制因子是低温。浩浩芭能否越冬，是引种成功的关键所在。

1983年是浩浩芭在榆林度过的第一个冬天。孙祯元采用了保护幼苗越冬的常规措施覆土防寒。但这次试验失败了，浩浩芭幼苗第二年全部冻死。

分析原因：其他植物幼苗不覆土难以越冬，"天敌"并不是低温，而是冬季干旱，幼苗失水严重，因生理干旱死亡。浩浩芭不同于其他树种，它的低温极限是零下5摄氏度，因此，必须找到一种防寒材料，保证浩浩芭生长在这个低温极限之内。

1984年，孙祯元选用麦草、马粪、锯末三种材料进行防寒试验。结果是：麦草因空隙大、透风保温差，马粪因枝叶霉沤严重，这两种材料选用失败，全部冻死。只有锯末因为疏松、保温、透气的性能，试种25株有20株安全越冬——试验获得成功。以后经过进一步试验，又发现麦糠做浩浩芭的"防寒衣"，更优于锯末。

现在孙祯元的浩浩芭已经产生了第一代苗子。至1989年笔者采访孙祯元先生时，他的浩浩芭采取防寒措施，已经在野外连续度过六个冬天安然无恙。不过，浩浩芭毕竟是一种比较娇贵的植物，如果大面积推广，它到底能不能适应榆林的气候，防寒措施是不是能够跟得上，孙祯元心中尚无把握，尚需进一步试验。

再来叙述第二个"命题"。

第二个命题也与大洋彼岸那个国家有关，看来这位孙祯元先生是一贯的"崇洋媚外"。

1985年，陕西师范大学研究自然地理的方正教授从美国带回二两优质高蛋白首蓿种子。省上将这二两"洋种"分给 10 个科研单位。给了榆林治沙所 40 克。经过几年试验，其他 9 个单位都以失败而"告终"，唯独榆林治沙所繁育成功。榆林治沙所研究者谁？孙祯元先生也！

1988 年，孙祯元又神气活现地在报纸上撰文：美国高蛋白首蓿在榆林引种成功，同时不遗余力地"鼓吹"这个品种的优良特性。报纸文章一"出笼"，全国各地的信笺雪片似的飞进榆林治沙所大门。有向孙祯元先生"讨教"的，有"质疑"的，有"商榷"的，更多的则是要求引种。经榆林地区科委初步鉴定，推广到五个省区几十个地市。榆林地区 12 个县自不待言。陕西也无须说，关中、渭南、咸阳、宝鸡、延安。此外还有内蒙古伊盟、巴盟、锡盟；林部勒盟、大同、河北石家庄、张家口、宁夏中卫、盐池等等。

初步统计，至 1988 年年底，推广面积已达 5 万多亩。以一亩地产种子 20 斤算，一斤 5 元，就是 100 元。5 万亩就是 500 万元。再加上产草量，效益就更可观了。而这"5 万亩"的推算孙祯元仅是以各地从他手中拿种子数计算。如果再加上群众互相交流的，保守估计也上了 10 万亩，10 万亩是个什么概念？就是经济效益在 1000 万元以上！

"这个成果已通过地区科委基层鉴定，正准备报省科委做推广鉴定。我想一定能批，因为 10 个单位只有我们引种成功。"说到这里，孙祯元高兴地笑了，笑得像个孩子。

第三个"命题"是樟子松。

首先让我们来看看樟子松是个什么"东西"。

孙祯元先生编著的《陕北沙地樟子松造林技术研究》一书中，是这样介绍的——

樟子松是欧洲赤松的一个变种。材质优良，用途广泛，可供建筑，通讯，车船等多种工农业用材。

樟子松树干挺拔，冠形美观，四季常青。树枝秀丽雅致，是城镇、工矿及庭院绿化的优良树种。

樟子松耐干旱贫瘠，抗风力强，育苗容易，生长迅速，是营造用材林、防护林、固沙林的重要树种……

我向博学的孙祯元先生请教"欧洲赤松的变种"这句话的深层含义。祯元先生向我解释说，欧洲赤松是一个很"霸道"的树种，当前存在的主要问题是它的混交树种难以选择。它简直像战国时的秦国，20年之内因为自己也在生长发育阶段，还不算强大，尚能团结邻邦和睦相处。这个时候，聚结围拢在它周围的其他树种、灌木、草丛非常茂盛。但一当它强盛起来，"独霸天下"的"野心"毕露无遗，20—25年，周围的"友好邻邦"慑于它的威势，开始变稀疏。到30—40年，它已经一统天下，周围什么东西也没有——赤地千里了。

欧洲赤松为什么能够"独霸天下"，这个问题尚有待于科学家们进一步探讨和研究。博学的孙祯元先生推测说：欧洲赤松适宜在呈酸性的土壤中生长。生长期越长，地的酸性越强。土壤越来越恶化，上面的细颗粒逐渐淋溶到下面去了，土壤越来越粗。最后成为强酸性土壤。打个比方，就像把盐酸硫酸倒进地里，欧洲赤松适应这样的土壤，生长得很好，其他树木则都被烧死了。

现在书归正传，回过头来叙述榆林地区樟子松的引进试验和大面积推广，以及孙祯元"介入"樟子松研究推广领域后所取得的成绩。

榆林沙地樟子松造林试验，已有26年的历史。1964年在红石峡首次"引进"营造的樟子松，现在已郁闭成林，平均树高7.7米，最高9米，胸径19厘米（如果选拔树中"模特儿"，这个"身高"和"胸径"恐怕也能夺魁）。成为我国西北地区干旱沙地造林的一颗"常绿的明珠"（孙祯元语）。

1978年年底，孙祯元迎着扑面而来的党的十一届三中全会的春风，到榆林地区治沙研究所报到。自1964年到榆林工作，白云苍狗，变幻无定。一会儿下乡蹲点，一会儿配合中心工作，一会儿学大寨搞农田基建……16年宝贵的光阴转眼过去，孙祯元在榆林地区12个县的山山峁峁到处奔波，完成了上级布置的一项项工作，唯独没有在办公桌前坐下来搞点科研。现在，他终于重操旧业，再作冯妇，实现了自己的夙愿。

当时，榆林治沙所正在搞一个《榆林沙荒大面积植树造林扩大试验》的项目，孙祯元接替别人承担了其中《优良乔木固沙树种的选择》。

这个课题研究的树种是樟子松！

经过几年艰苦的努力，孙祯元的这个课题获得成功。1981年，《榆林沙荒大面积植树造林扩大试验》这个项目得了省科技成果一等奖。1985年获得林业部林业科技成果三等奖。同年获国家级科技进步三等奖。国家科委给这个项目的主要参加者颁发了获奖证书和奖章，孙祯元也得了证书和镀金奖章一枚。

1985年之于孙祯元，应该是不平常的一年，在这一年里，他"双喜临门"——获奖又出书。对一个搞科研的人来说，还能有比这更值得庆贺的事情吗?！

孙祯元和他的同事们这年编著的《陕北沙地樟子松造林技术研究》一书，引用了上千个数据，科学地总结了 20 多年来，樟子松引种榆林和造林试验所取得的大量成果，受到了学术界和有关专家的好评。

这薄薄的一本小书后面，凝聚着孙祯元和他的同事们的多少心血和汗水……

1982 年，所里决定搞樟子松扩大试验。孙祯元背一个大帆布挂包出发了。他星夜兼程，一头扎进樟子松的"娘"家大兴安岭。苍茫的原始森林，方圆几十里没有人烟。有的只是毒蛇、猛兽和成群结队的蚊子。为了调查樟子松的生长环境，搞到几个关键数据，孙祯元在林区工人的一个帐篷里整整钻了七天，最后采了 50 多斤土，步行四五十里路，背到海拉尔，才坐火车返回。

为了考察樟子松在各地的生长情况，从 1979 年至 1985 年，七年时间，西到新疆，东到山东，北到黑龙江，孙祯元的足迹踏遍了全国十几个省、市、自治区。火车、汽车、驴拉车、自行车，直到在林区蜿蜒的小道上步行，总行程在 1 万公里以上。

外人看来似乎很简单的一个数据，孙祯元他们往往要付出巨大的心血和艰苦的劳动。

每年 4—5 月，是樟子松的生长期。5 月中下旬又是生长期的"生长期"。最高峰一天高生长可达一厘米半，而樟子松一年总共才长四五十厘米。为了搞清楚生长的确切时间，他们在红石峡试验基地进行昼夜观察。每隔两小时量一次，一天一夜量 12 次。

一年的数据出来了，还不能作为科研资料，因为年与年气候变化不一样。今年这个季节下雨，明年这个季节干旱，今年这个时间天寒，明年天暖。所以一个数据最低得连续观察三年时间。

为了测出樟子松的临界水分，他们第一年将樟子松栽在花盆里成活。第二年正常生长一年。第三年断水进行干旱训练，看它在什么时候彻底旱死。最后才测出临界水分是 0.3%。

樟子松原产地年平均气温零下 4—5 摄氏度，榆林年平均温度 7—8 摄氏度；樟子松天然分布区在北纬 45°以北，榆林在北纬 30°左右，纬度南移约 15°。原产地年降雨量 600—800 毫米，榆林只有 400 毫米；榆林风大、干旱，典型的草原气候，而原产地是森林气候。

那么，樟子松什么时间栽植成活率最高呢？

"套用"原产地的栽植时间，每年春天栽，但成活率很低。孙祯元他们更进一步试验，又改在7月份栽植。7月份沙地地表温度达到69.5摄氏度，又连降暴雨，苗子不是被"烧"死，就是被暴雨打坏。

到底什么时候成活率最高？孙祯元苦苦思索着。为了找到那个"最佳"时间。他干脆从3月份开始，一直到8月上旬大地封冻为止，每隔半个月栽一次。最后终于发现9月上旬至10月上旬是造樟子松的"最佳"时期。这时候没有大风，又到了秋季连阴雨的"尾声"，水分条件好，土壤温度适宜，墒情好，又是樟子松根系生长最旺盛的时期。

孙祯元的这项科研成果，主要解决了两个技术问题。一个是造林时间的确定。鉴定委员会在鉴定这项科研成果时评估说，这个造林时间的选择，在过去从来没有过。这个造林时间简直"不可思议"。以后，在9—10月份造林，又"推广"到和樟子松同属一个"家族"的油松、臭柏等常绿树种。这个时间同样是它们的"最佳"造林时间。

再一个就是利用樟子松的菌根提高成活率。植物吸收水分靠的是根系，但樟子松和其他常绿树种都没有根毛。它们是靠菌根吸收土壤中的水分和养分。菌根靠樟子松的枯枝败叶新陈代谢，维持生命。它们是共生关系。那么，如何把这种共生关系应用到造林上来？菌根能不能提高造林成活率？孙祯元认真琢磨研究，进行了几年试验。他把苗圃里生长过樟子松的土放到造林的地里，每株放40—50克。然后进行比较，结果大吃一惊：没有放的成活率是40%到60%，放了的成活率达到95%以上，有的甚至达到100%。

孙祯元的又一项试验成功了，他运用前人没有运用过的手段，在前人没走过的路上走出了一条路。

自1982年至1986年扩大试验期间，孙祯元和课题组的其他同志在榆林、横山、定边、靖边、佳县、神木6个县7个国营林场营造樟子松7700亩。超额完成了上级交给的4000亩扩大试验任务。加上几年来选择乔木树种试验过程中营造的3000多亩，总数突破了万亩大关。

1988年，"三北"局局长李建树到榆林检查工作。孙祯元向李建树建议，在榆林城郊营造万亩环城樟子松林。到那时，榆林城将再不会是被"沙海"包围，而是被树海、"绿海"包围！榆林城将会变成一座多么美丽的城市！

　　孙祯元说这话的时候，眼睛眯成了一条缝，完全沉浸到对美好未来的无限遐想中去了。

　　1988年，"三北"局慨然拨款几十万元，决定在红石峡和麻地湾各造樟子松5000亩。

　　孙祯元先生，你的，也是榆林城十几万人民的愿望，终于要实现了！

尾　声

　　　春多风沙夏少雨，
　　　严寒酷暑晒人黑。
　　　交通不便步行多，
　　　带着干粮进沙窝。

　　诗写得不算好，更谈不上"对仗""工整"之类。但这是孙祯元十几年甘苦和辛劳的真实写照，可谓"诗为心声"。

　　十年来，孙祯元先生在榆林地区治沙研究所那间黯淡狭小的办公室里，写下了几十万字的论著。在《中国水土保持》《北京林业大学学报》《林业科技通讯》《陕西林业科技》等刊物上，发表论文20多篇。同时，他还完成了《陕西主要树种造林技术》一书四分之一内容的写作任务。该书共入选140多个树种，洋洋40万言。孙祯元承担了陕北部分22个树种的9万多字。

　　孙祯元先生几年来承担和完成的还有省水保局主编的《水土保持手册》中的治沙部分4万多字，《陕西省水土保持志》中治沙部分约3万言，以及《榆林沙地樟子松研究》等论著。

　　祯元先生的夫人在榆林一个街道办事处负责，工作也很忙，但为了丈夫的绿色事业，她辛苦操劳，承担了全部家务毫无怨言。1985年小孩住院一个月，爱人白天晚上在医院守护。孙祯元只去看过一次。同病室的病人都责怪老孙，孩子病成这样，你爱人这么辛苦，你这个做爸爸的怎么能当"甩手掌柜"。

　　自1982年以来，孙祯元先生曾有数次调动工作的机会，他都放弃了。1983年，河北省林业科学研究所要调他到该所任职，一套单元房也分下了，当时主管农林水牧的行署副专员李建树不让走。以后又有内蒙古伊克昭盟水保处等处要调他，他都没有去。祯元先生说，我虽然是河北人，可那里我已经很生疏。榆林虽然是"第二故乡"，但我20多年奋斗于斯。榆林地区的基本自然情况我了如指掌，山山峁峁，村村落落，信口开河也能说个八九不离十。这里有我的全部事业，我怎么舍得离开她?! 我今年53岁，有生之年，我还想好好写两本研究榆林沙区的著作。

孙祯元先生可谓"'不到'暮年，壮心不已"！

记得哈利·莱文先生说过这样一段话："我们的节目单太多却不见多少节目，太多定音鼓，却没有足够的乐器，太多的人在跟他们讲他们自己从来没有做过的事情。"而我在榆林地区治沙研究所——这个榆林市西沙最让人感到温馨的地方，看到和听到的正好和哈利·莱文先生说的相反，在这里，我看到了"太多的'节目'却不见多少节目单，太多'乐器'，却没有足够的定音鼓，太多的人只是默默地做着而谁也不讲他们做过和创造的那些平凡而伟大的业绩！"

是的！在榆林地区治沙研究所的科研人员中，没有养尊处优的人。有的只是一颗颗为党和人民的事业奋斗的火热的心。从国家级有突出贡献的科学家漆建忠到五六十年代走出大学校门的副研究员杨忠信、屈秋耘、孙忠堂，还有已经年逾七旬的榆林地区治沙事业的"元老"赵长庚、郜学义，以及年青的一代科研工作者麻保林、孙志强、苏世平、万子俊……

而这些，仅是我匆匆采访过的，还有那些和我失之交臂的治沙事业的拓荒者呢……

让我们去关心和热爱他们和他们的事业吧，让他们和我们那个共同的梦想早日实现吧！

愿绿色永驻人间！

愿榆林人民生存的这片空间早日披上绿的盛装！

写入历史的记忆

历史是时间累计起来的一堵墙壁。

假设把一天、一小时、一分、一秒钟当作一块砖、一掬土、一粒沙……的话，伴随时间的脚步，这堵墙壁将不断地纵形发展，愈来愈笃厚了。

人类是历史墙壁的筑造者。

作为一堵永久性的墙壁，其胸襟和肚量是再宽宏不过了，包罗万象，可以容纳一切的。

毫无疑问，历史墙壁绝非纯洁无瑕，绝非清一色的东西。这里面有明珠、瑰宝，有灿烂夺目的光环。也有瑕点、污秽，有使人嗤之以鼻的恶臭。真是五花八门，样样俱全。

还有人在历史墙壁上默默地添砖加瓦，不声不响地奉献着，他们貌似平稳、冷静和从容，更不为世人所知，却在坦然表层的内心深处，燃烧着熊熊火焰般的热情。

如此热情又由他们的事业心点燃的。

苏志才同志就是这样一位奉献者。

地处榆林地区西南部无定河中游的横山县，是他整整工作了 28 年的地方。可以这么说，苏志才同志属横山所有，是横山之岁月的一个组成部分，横山是他的第二个故乡。现在他虽然离开了耕耘过 28 年的这块土地，但他的精神并没有离开，他的心仍在横山。他将自己的历史写在横山的沙漠和森林里了，更写在横山人民的心上了。

用自己的创造获取林业高级工程师的苏志才同志，身材伟岸，个头足有一米八开外，站在门口像一块严严实实的门扇。常着一套普通的干部服饰，显得端庄笔挺。他那黝黑的脸膛给人以直爽之感，高高的前额下嵌着一双深邃的眼睛。大可洞察世事万物之灵。大概是多年陕北生活的风风雨雨给予他的恩赐吧，尤为引人注目的是他那两道粗重的浓眉和鼻梁上那颗绿豆般大的黑痣,将他点缀得更加威严苍劲,容不得半点虚伪龌龊的东西……

你只要与他寒暄几句,他话里就不时迸出陕北方言来。更确切地说,是横山之方言吧,使人觉得格外亲切。好像你们不是初次见面而是多年交往的老朋友了,有一种他乡遇故知的感觉。一切陌生顿然消失得杳无踪迹了。老苏坦诚真挚,也很谦虚爽快。他从心底感激陕北,感激横山人民。他认为自己不值得撰写和记载,应该歌颂和褒扬的是人民群众,他们才是应该载入史册的。而自己只是做了点本分工作,尽了一个林业科技人员应尽的义务,太不必挂齿了。当然,从另一方面而言,他更加感激榆林地委和行署及有关部门还记着他,没有忘记他这个曾在榆林地区工作过,现在已经调回老家渭南的普通知识分子。尽管自己仅仅做了一点微不足道的事。用他的话说:"再一次证明,无论什么人,只要为人民做了一点好事,党是不会忘记的,人民是不会忘记的。"他表示自己的工作距党和人民的期望还差得很远,今后得加倍努力,报答党和人民对自己的关怀……

苏志才同志原籍陕西渭南市丰原乡阿干村。他祖辈农民出身,靠土地过光景的。1959年他在渭南端泉中学毕业后,考入榆林农学院林学专业。缘于他家境清寒,兄弟姊妹多,客观条件不允许他继续深造了,便于1961年9月分配到横山县林业系统工作,从此开始了他在陕北的历程。

陕北乃闻名于世的艰苦之地。

当时对年轻的苏志才而言,他不仅想到了这一点。而且目睹了,并或多或少地品尝到了这个艰苦之味,所以他是做好精神准备的,亦可以称为义不容辞的。其中不是有他个人的些微因素。这就是家境清贫,为了早点赚钱养家糊口,报答老人的抚育之恩,而更重要的是他那颗极善良的同情心驱使他留下来。陕北是中国革命的老根据地,为解放全中国做出了重大的贡献。然而新中国诞生后,由于自然条件太差,人民群众的生活仍然得不到很大的改善。他认为老一辈无产阶级革命家为建立新中国流血牺牲,为的就是让各民族人民过上美满幸福的生活,从困苦中解脱出来。自己是新中国诞生后成长起来的知识分子,建设社会主义的责任就放在了自己的肩头,应该把学到的知识还给党和人民,贡献理所当然的力量。如果没有党和人民的关怀,自己很难说能上大学,更难成长为一名科技工作者。诚然,也不能否认自己的主观努力的。所以他觉得必须选择陕北老区,必须到艰苦的地方去,帮助广大人民群众改造自然条件,创造一个较好的生活环境。

这样也无愧于党和人民，无愧于历史赋予自己的神圣使命。当然，作为林业专业毕业的苏志才同志，就是回老家渭南工作也是有理由的。哪里不需要植树造林，哪里的荒山秃岭不需要绿化，哪里不需要林业科技工作者？况当时全国各地的专业林业人员并不很多，在新中国成立十年后的某种程度上还是供不应求的。但他为了党和人民的利益，从陕北人民的角度出发，从更好地发挥自己的特长出发，便胸有成竹地毅然做出这样抉择的。他的抉择不仅具有广泛的现实意义，而且具有深远的历史意义。

苏志才同志的抉择，是老一代知识分子的抉择，无疑常有时代之典型性的……

陕北的生活艰苦。陕北横山的生活更艰苦。老苏尽管是榆林农学院毕业的，已有几年的生活经历了。但那毕竟是院校的、学者式的生活，距真正的基层生活还相差甚远。所以他在学校对陕北理解还是感性的、概念的。可当他一涉入横山境地，一深入到人民群众中去，便有许多障碍凸现在了眼前，他觉得仍有一种距离感。首先是饮食起居方面：糠窝窝头、酸白菜是当地农民的家常便饭。他是国家干部，标准口粮中虽然有不少粗粮，可比农民们好多了。一向被农村人称为吃公饭的他，是不习惯吃小米的（陕北小米以细粮供应的），但他一看到人民群众吞糠咽菜，这些困难自然就克服了。他们整天从事那么繁重的体力劳动，吃喝却如此粗糙，他想自己还有什么苛求呢？应该知足了！他为了克服种种生活不适，下了很大的决心：这就是生活水准与农民看齐，与普通群众相比。工作与老革命老干部相比。只有这样自己才能消除心理障碍，才能为人民群众办点实实在在的事情。果然，端正的思想加上这么一比拟，再大的困难克服起来都迎刃而解了。久而久之，习惯渐渐演化为自然，他很快成了个地道的"陕北"人了。为此他倍感高兴。

作为林业专业毕业的苏志才，他十分注重发挥自己的专长，施展自己的才智。他给领导当参谋，想方设法，出谋献策，协助领导组织造林治沙工作。他根据自己书本上的理论知识，结合当地的实际情况，因地制宜，用科学方法代替过去的经验习惯。他把造林治沙工程提高到较高层次的理论上来，从历史、地理、地貌、森林、气候、气象等诸多方面入手，力求总结出一整套系统的东西来。领导下乡时，他也跟着一块下乡，到农村去，到人民群众中去，宣传造林治沙的优越性，宣传党和国家的路线、方针和政策。他和群众打成一片，同吃同住同劳动。他对人民群众怀有深厚的感情,让他们了解沙漠是如何形成的?沙漠的历史有多长?距今有多少年了?沙漠的危害,治理沙漠的必要性和有关措施,以及绿化后的希望与未来等等。同时,他给群众灌输科学的植树方法,教他们如何栽树好、容易活,各种树种有各种不同的栽植方法,如何掌握树与树的株距行距,坑挖的深浅对树苗的生根发芽的关系。百问不烦,百教不厌,他总是全力以赴地使人民群众满意。他认为只要群众满意,自己就是再苦再累也是高兴的。晚上,他睡在农民的小土炕上,主人对他十分关心。把炕头最舒适的地方让给他睡,把屋里最新的棉被抱给他盖。但毕竟农村的条件太差了!一片诚心的父老们再真诚接待他,亦是有限度的。他睡在毡上很不习惯,久久难以入寐,主人怕他受冷,把老羊皮袄给他搭上。谁知第二天早晨起来,沾了许多虱子,弄得他全身极不自在。他有苦难言,只得默默忍受。但他一想到老乡们的生活,全然化为乌有了。就眼下的生活条件,即使玉皇大帝下来有什么办法呢?无论怎么样,陕北父老们淳厚友善的心灵他是非常感动的。于是,他又一如既往地与他们一道干了起来。他感到自己这样干值得,没有辜负党和人民对自己的重托。

苏志才同志从1968年起,除1976—1980年先后在赵石畔、二石磕林场任书记、场长外,横山县林业生产工作计划基本上都是他拿出意见,交由组织讨论决定的。因此,笔者曾在横山采访提到苏志才同志时,人们说:"他既是横山造林治沙的重要参谋人员,又是组织者和领导者。他应该冠以'参谋长'之头衔的。"……既然他有"参谋长"之称,我想他对横山的造林面积该了解吧。只是不知他还记着否?笔者试探性地问他:

"你1961年去横山时林地面积是多少?"

"45万亩。"

"你离开时发展到多少?"

"我1988年走时据调查为185万亩。"他更详细地接着说:"占全县总土地面积的28.8%。其中风沙区有145.3万亩,占总面积的39.15%。通过植树种草,使110万亩流沙地变成了固沙地。"

老苏对答如流,并有百分比在内。看来他的"参谋长"头衔受之无愧了……

苏志才在林业科技工作中,全力发挥着他的作用。造林治沙是很具体的实际工作,也是一个林业科技干部的首要任务,尤其在基层工作的同志,体会更为深切,因为树是一棵一棵栽植的,草是一片一片播种的,只有绿色的林草,才可取代黄色的沙漠。可以这么讲：谁在造林治沙中做了实际工作，搞得多，搞得好，人民群众就拥戴谁，就对谁评价高。他们自身的存在决定了他们自身的意识。他们认的就是实惠和效益，非常反对喊空头口号指手画脚的领导干部。苏志才之所以得到人民群众的高度赞赏，个中内蕴聪敏的读者便不言而喻了……但在繁忙的工作之余，苏志才没有忘记自己的科研活动，没有因为紧张的实际工作而忽略他对林业科技的研究。他把此比作两只翅膀：一只是实际工作，一只是科研活动。治理沙漠两者都是离不开的。只有把科研工作搞上去，生产才能迅速发展。他利用业余时间，利用节假日，起早晚睡，废寝忘食，不断撰写论文，在林业科技的海洋里遨游，寻找科学的价值。他很尊重科学规律，一切从实际出发，无数次地深入到群众，深入到大地的怀抱中去。从理论到实际，再从实际上升到理论上来。经过反复研究，取得了相当可观的成果，在林业生产上起了巨大的作用。

1963年，他提出横山要大力发展河北杨。由于苗子不好解决，他主张根叶繁殖法，使河北杨在横山的土地上扩展到1万多亩。

1970年，他提出并引进了沙打旺，全力在横山推广。1976年他任二石碛林场场长、书记时，产沙打旺种4600斤，成为榆林地区第一产种基地，也为全区和后来陕北种植沙打旺打下了牢固的基础。在横山县领导的支持和各有关部门大力配合下，到1985年仅横山县沙打旺产种100多万斤，种植面积居全省首位。苏志才可谓乃陕北沙打旺之"掌门人"了。是他使沙打旺在陕北的土地上安家落户的，是他把那绿茵茵的灌木引进陕北大地的。他不仅引进，而且在榆林地区推广。谁来要沙打旺种时，他都非常慷慨地解囊相助，让来者高兴而来，满意而归。1977年春节过后，他去绥德县出差，碰上地区林业局的一位老局长。当时沙打旺种子较缺，还未在陕北普及推广。老局长的儿子在农村插队，村干部让其搞些沙打旺种子，他便要他父亲想点办法。老局长正为此事着急呢。他问苏志才同志能否设法搞到5斤沙打旺种？苏志才回答50斤也可以。老局长还不相信。他说真的，你到横山来取。老局长喜出望外，大有"得来全不费功夫"的神韵。后来，沙打旺在一片新的土地上扎根繁衍了。截至今日，在横山一提到沙打旺，人们自觉就想到了苏志才同志。这是笔者在横山采访时遇到的现象。足见苏志才在引进和推广沙打旺过程中的重要作用了。人们竟把他与沙打旺有机地联系在一起，是颇耐人寻味的……

1982年，苏志才在进一步调查研究的基础上，提出了横山县林业生产发展战略方针、部署和树种布局意见。他主张风沙区建设灌丛草场，认为过去那种在沙漠中建设用材林基地的观点和措施是不妥当的。这是一项极为重大的建设性意见，也是榆林地区在风沙区首次提出的新的建设性意见。苏志才从来不尚空谈，他对科研工作十分认真、严谨，没有把握他绝不会贸然从事。他根据调查测算，榆林地区营造森林缺水145.5—222.5毫升。由于降水量不足，蒸发量大，沙地能供植物利用的有效水含量低162.1毫米，所以不能营造乔灌木林，应当建设灌丛草场。他测算灌丛草场的年耗水量是99.8—150.2毫米，刚好与有效降水量相符合。他说："这就是生态平衡。如果违背了这一规律，还会营造更多的经济价值和生态效益很低的小老树。如果建设灌丛草场，既能固沙，又能养畜，经济效益和生态效益会是很高的……"

他的这一建议，很快被领导采纳，使林业生产取得了显著的发展。他还把研究成果写成论文发表，受到了专家的好评。

为了提高造林质量，加速绿化步伐。苏志才与同志们一起顶烈日、战严寒，爬沙窝、翻山沟、喝冷水、吃干馍，在全县开展森林生长情况的大调查。跑了三个多月，调查了100多块标准地，剖析了100多株树，挖了几百袋土样，又经过几个月的分析计算，终于比较系统全面地划分出了横山县造林立地条件类型。在此基础上，苏志才同志又编制了横山县造林类型表，把适地树放在了科学的基础上，扭转了过去那种地不对路的错误做法……

从科研成果而言，苏志才同志的成果是丰硕的。他撰写了林业科技学术论文20余篇（本），七八十余万字。他先后参加了全国学术论文讨论会五次。在国家级和省级科技刊物上发表论文八篇。据有关专家认为，均具有较高之学术价值的。

苏志才同志的《榆林沙区两种杨树人工林分落生物量和生产力的初步研究》，是榆林地区和陕西省研究林生物是生产力的第一篇论文，引起林业系统同人们的关注。

苏志才同志用模糊聚类法划分榆林地区樟子松适宜区是《陕西林业科技》杂志发表的第一篇用模糊数学研究林业生产的论文。

苏志才同志的《混交造林模式与用苗量计算》，解决了造林作业设计规划图和计算用苗量的问题。

苏志才同志的《树种间相互关系分析与混交造林林种选样》，把混交造林树种选样,从"经验型"变为"科学型"。对建立稳产丰产的人工林打下了理论基础,具有开拓性的意义。

苏志才同志还有一本厚重的书稿《造林优化设计》已经完稿,计20余万字。这是他运用系统工程理论解决造林规划设计问题的专著。这部专著将对提高质量具有极为重大的意义。这无疑是他向林业科技领域的一个巨大奉献!

苏志才同志是学林学专业的。但是他的不少论文,特别是这部《造林优化设计》,却是林业科学与数学相结合的产物。两种科学的相互渗透,不但使他的论文更有说服力,而且使他发现林业科学中存在的不严密性和经验性。他以林业科学理论为基础,以数学为工具,推导出了混交造林树种选样分式和混交造林用苗量计算分式。而且这些论文已经在全国一级学术刊物《林业科学》上发表。对于一个学林学专业并长期在基层工作的人,用数学解决林业生产中的问题无疑是非常艰巨的。

苏志才同志并不是数学天才,他是通过刻苦自学拜师才掌握了《数理统计学》《模糊数学》《灰色数学》和《运筹学》等高等数学的。他说:"与大自然打交道,要总结客观规律,仅依靠定性分析不行。定性分析常常带有主观片面性,这样就阻碍了林业科学的发展。与其他比较,林业科学是落伍者。要把林业科学推向进步,就必须运用数学分析方法解决林业科学问题……"由于他有"把林业科学推向进步"这样一个崇高目的,所以从1982年起,把20多年弃之未看的数学书籍重新捡起,起鸡叫,睡半夜,挤时间,拜师求教,向现代数学进军。经过几年努力,终于打下了比较扎实的数学基础,并运用数学解决林业科学问题取得了较好成绩。

老苏不但自己刻苦钻研,也很注重培养和提高年轻科技人员们的业务素质。他非常爱惜人才、珍惜人才。他主管县林业局业务时是这样,他出任横山县林业局副局长时更是如此,尤其在领导岗位上,他尽力给林业科技人员(也包括其他干部和职工)创造和提供一个优越的科研环境,解决他们业务上的困难,生活上的困难,只要他能解决的问题,总全力去解决。他认为治理沙漠是整个人类的事业,植树造林是全民族的大事,只靠少数人是不行的,林业科技人员必须加强,必须不断提高他们的思想素质和业务水平。随着时间的推移,老一代科技人员越来越少了,自然法则的减员刻不容缓地落在了年青一代的身上。工作得靠年轻人来做,林业事业得靠年轻人来建设。所以老一代要带动年青一代,任重道远,是造福于后人之大事。要是交不好班，这项人类浩大的工程就会受到影响，遭到挫折，一旦半途而废必将前功尽弃，那就无异于自我毁灭，后果是不堪设想的！

老苏同志在横山沙漠学会担任会长职务。此组织完全属于自发的社会学术团体。一无编制，二无任务，他的所谓"会长"之头衔只不过是有名无实的"光杆司令"而已。但老苏绝不是这么理解的，绝不简单地对待这一切。他给予了极其高度的重视。学会的宗旨、章程、条例和制度等一系列应有尽有，有组织有计划地吸收会员，绝不牵强地准许一些同志加入，绝不将那些名不符实招摇过市的人纳入学会。要求脚踏实地有一定业务水平的人才够会员的资格。事业，这是在搞事业啊！他利用工作之余，利用协会活动机会，有时竟牺牲自己的宝贵时间，给会员们讲课、解答问题，同时一起学习，讨论和研究造林治沙事宜，并指导他们写学术论文，繁忙中抽暇为他们修改，使一批年轻知识分子的思想素质与业务水平有了显著提高，取得了一定的科研成果。

五年来，沙漠学会编印了三本林业科技论文集，收集论文60余篇。该学会被陕西省科协评为先进学会，予以表彰。

老苏同志于1988年受到省科协表彰奖励。

这是他应该得到的荣誉，是他用自己的辛勤劳动换来的报偿。可老苏同志不是这样想的，不是如此思考的。他感到只不过是组织对自己的关心和鼓励罢了。其实，他从心里没有把这点荣誉放在相当天平上的，也没有完全用这点荣誉来衡量自己。他觉得组织沙漠学会活动，提高年轻知识分子的业务水准，本是分内的工作。自己撰写编辑造林治沙的学术论文，完全出于事业心。只要能在有生之年做点贡献，那是再高兴不过的事情了……所以，他在横山工作了28个春秋，曾多次得到省、地、县和有关部门的奖励，却从来没有伸出双手，向组织要过任何优待。他做了大量有据可考的实际工作，科研成果累累，论文连篇刊出，但从没有要求有关专家去鉴定。他舍不得费国家的那一笔经费。因为鉴定一次需花数千元呢。国家还贫困，还没有真正富强起来，为了一个人小小的成果，他是不忍的。他觉得组织专家鉴定就是让社会承认此项成果是属于自己的，你有专利权，可以拿到红本子。而成果写在大地上，写在人民的心上比什么样的鉴定和证书都好。即使你死了，人们还记着的，这样更有意义。他说："一个人单怕没有成果，而绝不怕没有鉴定和专利。只要你真正为人民做了有益的事情，历史会作证的。"

相信他讲的是实话。他就把自己的成果写入历史的记忆了……

我们再回过头来，看一看老苏同志是怎样处理国事和家事的。他一个人在横山工作，而家属却在老家渭南，1979年国家落实知识分子政策时才解决商品粮户口的。夫妻分居19年，上有老，下有小，家庭困难是可想象得来的。这种男人在外工作，而家属还在农村的人家，是有许多无法言状之苦衷的。在本人工作单位，不知内情的同事往往认为你的家在农村，用一点钱就可吃到应有的粮食。而农村人又认为你家既有挣钱的还有分粮的，"双把门"享受着呢。更有甚者说：我们不惜血汗打下的粮食，几乎白白养活着你们一家人。所以，他们在分粮时得看眼色行事。动不动就是一个"按劳动分"，就将这些家属们给遗之一旁了。因为你家没有劳动力，自然不能"按劳动分"了。实在叫人难以启齿，但又没有办法，敢怒而不敢言。自古以来，生活在夹缝间的人格外艰辛的。何况妻子还承担着男人的义务呢？……

1962年春，苏志才同志结婚时，由于工作忙，他只在家里待了三天，就匆匆离开了新婚的妻子，回陕北上班了。以后每年回家探亲，都住很短时间。过了多年，妻子没有生孩子，有人说其不会生育。后来别人说：你们五年在一起还不到两个月，哪里来的孩子。1967年妻子到陕北住了一段时间，第二年才有了孩子。按理说，29岁的人有小孩应该回家照顾妻子，但是因为工作忙，他没有回。过了三年妻子生第二个孩子，他又因同样的原因没有回。气得妻子说："我没有你这个男人，我娃没有你这样的爸。"夫妻之间，这究竟是诅咒还是赞扬呢？

多年来，老苏同志从未叫过一声苦和累，选材途中跌入冰河得了关节炎，未向组织提过要求。家庭困难他未要求组织给予救济。他爱人来到横山，他也没有请求组织安排工作。

横山县林业投资很大，老苏长期负责林业生产计划。此年月，经济冲击一切，许多正直之人都沾上了金钱的铜臭味。他是极容易拿到所谓"回扣"之类的。可他两袖清风，一尘不染，没有谋取过一分钱。他认为不是自己胆小，没"本事"，而是耿直和憨厚的个性不允许他这么干。他觉得那样就不是我苏志才了，就不是一个科技干部和共产党员了。

在不正之风面前，他是无愧的。

难怪，他现在还是一台14英寸的黑白电视，家里的一切陈设都被时代之"新潮"给甩得很远很远了。但他活得充实，活得自在而从容。

当有人问他在陕北的年月里吃了那么多的苦，有没有后悔之意时，他回答得十分爽朗而果断：我毫不后悔，而且倍感骄傲和自豪！他说人在艰苦环境中锻炼是大有好处的。作为一个人，一个林业科技工作者，始终与其结缘的就是高山、小路、沙漠，这就注定了旷野和荒凉的岁月了，特别当过去后再回头一看，低头一想，是极有意义的。那股简直不知困顿，忘乎一切的感奋精神，很能磨砺人的意志，使人变得坚强，鼓起人不断进取的勇气，也是人终生难忘的。自己是国家和人民哺育成长起来的知识分子，只是做了一点应该做的工作，尤其联系到目前世界面临的环境恶化、人口爆炸、粮食短缺和能源危机的四大困境时，他深感更加踏实，更加自信了。因为人活一世，能为改造这个世界做出点贡献，能为历史这堵亘古的墙壁增加一片有益的瓦砾，那将是莫大的欣慰了……

神 木 纪 行

我专程赶赴神木采访，地区拟订的采访对象有两个：一个是 20 世纪 70 年代全区造林治沙的先进典型瑶镇公社窝兔采当大队，一个是 80 年代个人承包治沙的先进典型王永胜。

吉普车在宽阔笔直的神榆公路上急驰了 30 多公里，便扭头向北，向瑶镇方向赶去。听县林业局的同志介绍，神木县除窝兔采当这个老典型，耳林兔的庙壕和中鸡的挪林采当这几年造林治沙工作也搞得相当出色。我因为时间安排得很紧，只好忍痛割舍了庙壕和挪林采当，直奔既定的目标窝兔采当。

从县林业局的同志的介绍中得知，窝兔采当开始"红"起来，是 20 世纪 60 年代末期。从 1966 年以来，这个大队先后育苗 94 亩，造林 5036 亩，营造全长 40 里的林带 18 条，共植树 1218000 株，平均每人有林 13 亩，有树 3110 株；兴修水地 816 亩，平均每人 2 亩多。短短几年时间，窝兔采当大队人民群众战天斗地，改造山河，将一个原本"天旱白茫茫，雨涝水汪汪。风沙打断苗，十年九不收"的穷沙窝，建设成"条条林网锁风沙，块块耕地河网化，牛羊成群猪满圈，沙青水秀粮丰收"的好地方。

在瑶镇乡政府吃过晚饭已是下午 6 点多，我们急忙上路，争取天黑前赶到窝兔采当。瑶镇到窝兔采当十几里路，一直在河滩和庄稼地里穿行，特别惹人眼的是一丛丛茂密的沙柳，长势非常旺盛。吉普车渐进窝兔采当，公路两旁笔直的行道树挺拔着刺向蓝天，看这树的"年龄"，都是 20 年前窝兔采当"红盛"时的产物。

吉普车在一所树木掩映的院落前停下，窝兔采当大队支部书记乔发仁和村主任王海海迎着吉普车走过来。乔发仁支书显然是一个干脆和老练的基层干部，他把我领到一间破旧的房门前，有点抱歉地说："这里原来是我们的大队部，现在破落了。"乔发仁说着，又转向同来的几个公社干部："今天就住村里，晚上杀羊吃炖羊肉。"

下面就是乔发仁和护林员乔狗仁的介绍。

1966年春天，窝兔采当遭受了一场罕见的大风灾，遮天蔽日的大风沙整整刮了一天，风仗沙势，沙助风威，把刚刚入种的460亩夏田籽种连同表土层全部卷走。严酷的事实教育了这里的干部和群众，不造林治沙，窝兔采当将永远是"炉坑里生豆芽，长就的灰根根。"公社党委和大队经过研究，决定在窝兔采当的十里长滩建一个林场，发动群众，植树造林，防风固沙。

一场营造护田林网的战斗在十里长滩打响了。乔狗仁和乔飞飞等人，带上大队筹集的8元钱，从这个生产队赶到另一个生产队，投亲访友，不辞劳苦，为林场买树籽，采种条。大队革委会副主任王憨憨和共产党员杨喜喜，时刻把造林治沙铭记在心。一次，他俩到神木开会，每天利用会议休息时间，爬到树上采集树籽。会议结束后，他俩步行120多里路，背回一麻袋新树籽，送给林场育苗。造林没有栽子，张面换带头砍下自己树上40多根栽子投给集体。其他群众也都争先恐后砍下自留树上的栽子，一捆一捆扛到林场。两天工夫，就凑起1077根长杆柳栽。这一年，窝兔采当共栽了横贯10里长滩的6条旱柳平行林带，平均600米长。同时还育了4亩苗，造了一块用材林，迈出了治理荒沙的第一步。

第一年造林的胜利，给窝兔采当人极大的鼓舞。1967年春，他们又乘胜前进，开展了更大规模的植树造林活动。为了削平沙丘，便于植树造林，每逢刮大风时，人人挥舞一把木锨，扬沙平丘。大风吹得人透不过气来，沙粒打得人睁不开眼睛，但人们没有一个叫苦叫累，越干越猛，终于削平了一个又一个沙丘。还创造了"前挡后拉，中间风刷"的方法，既节省了人力，又提高了工效，使林地林带真正达到了地平如镜、行直如线。植树造林季节一到，张买买等7个青年社员，身背铺盖卷，冒着连绵春雨，徒步赶到50里外的公草湾林场起树苗。有人劝他们"等天晴了再起吧"，他们说："雨天正是起苗的好时机，出圃的苗成活率高，人淋点雨吃点苦没关系。"就这样，他们冒雨苦战三天，起苗56000株。为防止"风干"，在运苗时，他们给树苗根部沾上泥浆，还用自己的毡、被把树苗包盖起来，走一段路又用水喷洒一次，就这样保质保量将树苗运回队里。苗子一运回，全队群众一齐上阵，连续苦战25天，营造起护田林带15条。

从1966年开始，窝兔采当大队的干部群众采取全民动员，短期突击和专业队伍常年营造相结合的办法，坚持年年育苗，年年植树，有计划、有步骤地一段一段造林，一块一块绿化，一口一口"吃掉"了沙漠。

十分造林十二分管。树栽上后，到底能不能成活呢？有人担心地说：栽上这么多树，牲口啃、人踏、车碾、羊吃，怕是难成林。这就要抓好林木的管理问题。队里为此专门抽了七个护林员，制订了护林制度，规定了奖罚制度。七个护林员上任以后，工作非常认真，每天林带两头站两个人，专门给过路人讲爱林光荣、毁林可耻的道理。那时这一带骑骆驼跑运输的多，有一次两个人拉了六匹骆驼，吃了四五棵树苗，护林员乔狗仁发现后，一直追了 30 多里路，赶到耳林兔罚了这两个人的款。这样的故事一传十、十传百，过路人都知道窝兔采当的林是有"主"的，窝兔采当的护林员不是好惹的，以后路过窝兔采当，他们就主动给骆驼带上笼嘴。

为防止牲口啃树，窝兔采当大队的护林员就把初植的长杆柳栽，全部用沙柳绑扎起来，为防止兔害，他们就把猪羊血涂在幼树根部。1968 年，在横贯全滩的一条大路上栽上了行道树，但这里经常积水成冰，邻近黄湾大队、渡口大队的拉炭车从这里经过，中间走不成，他们便拉着车走边上，树刚栽上，指头肚粗，牲口一脚就踏死了。为了保护林木，窝兔采当七队的护林员们每天鸡叫就起来担土垫路，这样既保护了树木，又方便了过往车辆，受到了人们的好评。

窝兔采当的名声渐渐大了起来。报纸上有了名，喇叭里有了声。1967 年 6 月，窝兔采当迎来了第一队浩荡的参观人马——榆林地区造林治沙现场会在这里召开，八辆大卡车拉来了全区的 300 多名代表。自此，内蒙古、山西、宁夏和榆林地区各县的参观团接踵而来，从 1967 年到 1980 年，参观团年年、月月不断。与此同时，窝兔采当大队的干部和林业模范也一次次走出去参加省、地、县的各种会议。1969 年 9 月，护林员乔狗仁到榆林地区 12 个县参观后，又到省城西安参加全省林业代表会，受到了省委书记李瑞山，副书记霍士廉、肖纯等人的亲切接见。1971 年，乔狗仁作为陕西省八名代表的其中之一，赴京参加全国林业代表大会。

短短几年时间，窝兔采当大队的广大群众艰苦奋斗，自力更生，在茫茫的十里长滩创造了奇迹。并排栽起了三条行道树，一条全长六里的幸福路，一条全长八里的反修路，一条全长十里的向阳路。到 70 年代末期，窝兔采当境内的万亩荒沙，林木覆盖面积达到 70%。同时，他们在十里长滩大搞农田基建和兴修水利，仅用两年时间，建成 4 个自流灌溉井，打机井 3 眼，挖牛槽井 8 眼，兴修水地 816 亩，挖通排水壕 436 条，全长 206 里，使 1000 亩耕地变成了能排能灌、旱涝保收的稳产高产农田。

第二天早晨，我告别窝兔采当。来到我的第二个既定的采访目标——耳林兔镇前活芦素个人承包治沙的先进典型王永胜的门前。

王永胜今年 41 岁，家有七口人，三个孩子都上学，双目失明的老母亲已经 81 岁，卧病在床半身不遂。老父亲也已 70 多岁。这一大家子只有两个劳力，王永胜和他的爱人张玉英。就是这样一个上有老下有小的家庭，从 1984 年开始至今，共栽杨、柳树成活在 1 万株以上，栽沙柳 100 多亩，种草 100 多亩，刺丝围篱、林草间作 300 多亩。

1984 年前，王永胜房周围只有几十株零星的树木，且都没有成材。用王永胜的话说，连个铁锹把子和鞭杆也没有。有的只是一望无际的荒沙滩。这年春上，王永胜参加了神木县召开的多种经营工作座谈会。会上，王永胜说出了自己植树造林、承包治理荒沙的打算，参加会议的地委副书记蒋天才和县上的领导热情地鼓励了王永胜。这一年，王永胜和乡上签订了 500 亩的承包治理合同。

第一年承包，遇到的主要困难是种苗不足，王永胜向国营林场买了 2000 株杨树苗。第二年，县林业局给了他几千株，支持他绿化荒沙。随着治理面积越来越大，困难也越来越多。最突出的困难是劳力不足。春季造林，夏季修枝，秋季框树打梢，冬季管护。栽一棵树，要挖一米深的坑，几年时间，王永胜栽了 1 万多株树，就是说，他在大地上挖了 1 万多个一米深的窟窿。栽树难，使栽上的树成活成材更难。打个比方说，这 1 万多株树好比王永胜的"孩子"，王永胜要培育它们茁壮成长。每年框树整整得 40 天，每天天刚亮王永胜就爬到了树上，晚上天黑才收工回家。稍不注意，捅了树上的马蜂窝，脸部和眼睛就被蜇得肿得老高。胳膊上到处都是被树枝戳烂的伤。晚上回来，浑身疼得睡不着。为了防止牲口啃咬树木，王永胜买了 1000 多元的刺丝，林草间作刺丝围篱，保护林草。同时，王永胜搞以草定畜，畜草平衡，每年从"空中草原"产下的 2 万斤柳树叶子，可以解决 60 多只羊的饲草问题。王永胜的老父亲已经 78 岁，老人常年护林，十冬腊月、顶风冒雪也要出去四面巡视。更苦累的是王永胜的妻子张玉英，王永胜在树上修一天叶子，张玉英在树下捡一天叶子，王永胜干 12 小时，张玉英得十四五个小时，她要回家做饭，喂 3 口猪、20 多只鸡，还要伺候王永胜瘫痪在床的老母亲，还要给三个孩子缝衣服。张玉英家在瑶镇，离前活芦素不过

80里路，但她常年四季不能回娘家，老人病了也没工夫回去看一看。王永胜这个家，一天也离不开张玉英这个"内当家"。王永胜说，别人感冒了能睡一天，我们连个感冒休息的时间都没有。也真是老天给安排下个黑夜是睡觉时间，要不真是黑夜也得连轴转。有一次蜂把王永胜的眼睛蛰得只能睁开一条缝，可一条缝照样上树修枝。

虽然一年365天忙得没有一刻喘息的工夫，但王永胜以苦为乐，乐在其中。他在不停息的植树造林中，找到了一种"享受"和精神寄托。周围一些倒羊绒的讥笑王永胜说："你为什么不倒羊绒，在这荒沙滩上死受苦？"王永胜回答说：咱响应党的号召，改变荒沙面貌。林茂自然粮丰，种了树种了草，可以养羊，羊粪可以肥田，多打粮可以养畜，这样就能形成良性循环。也有一些好心的乡亲们担心地对王永胜说：你不怕政策变？王永胜回答，人生下来总要干点事业，即使将来再来个"穷过渡"，树全让公家收去，我也不心疼。反正林造下了，总是给后代造福，我王永胜问心无愧。如果担心这担心那，我这几年就是躺倒不干，舒舒服服睡上几年，我王永胜也是个41岁，莫非还能变成个38岁？！

王永胜在造林治沙上的突出贡献，受到了上级部门和领导的肯定和赞扬。1985年春，当时的地委书记任国义同志看了王永胜植树造林的成果后，给随行的县乡干部交代，一定要大力宣扬王永胜的创业精神。1988年3月，王永胜又被团省委和省林业厅及省绿化委员会评为"绿化三秦的突击手"。

结束了短暂的采访，我随王永胜出了门。登高远望，但见一排排的绿树，一丛丛的沙柳，一簇簇的沙打旺、草木樨，舒展着身姿迎风微笑。王永胜的五间新房被淹没在一片一眼望不到头的绿海之中，仿佛一幢恬静面安谧的"乡间别墅"。而王永胜，则是这所"别墅"当然的主人！

我依依不舍地和王永胜握别。吉普车徐徐启动，沿着那一排排绿树飞驰而去……

沙海深处育花人

沙漠中寸草不生，怎么会有花呢？

其实，沙漠中不仅有草，而且有花。因为我们有种花的时代和种花的人民。

不信的话，请到如今的毛乌素大沙漠中看看吧！从长城内外，到无定河畔，无处不见一片片生长茂盛的苜蓿、紫穗槐、沙打旺，一丛丛生命力极强的沙蒿、沙米及各色各样无名的野草，以其斑斓多彩的花朵争奇斗妍，使荒凉涸寂的沙漠变得生机盎然，别添了一番令人神往的情趣和韵味。

这里介绍的更是沙漠花中的一株奇葩——它不仅开花，连名字也不离花，叫作花棒，可见它的身份之不寻常了。它是一种灌木，属豆科，枝叶并不茂密，而且有点儿身单力薄。但它的生命力却极强，尤其适合在沙漠中生长。它的主根一般是身高的2—4倍，几年后，主根即可长到十多米。从主根滋生出的侧根，更是千丝万缕，蛛网一般，箭似的向四周拼命地伸延，形成一把巨大的伞，其面积可超过树冠直径的9倍。密布地下的根须，不仅可以吸收充分的养料，而且自身又有根瘤，犹如一座自办的小氮肥厂，滋养着顽强的生命和奇特的果实。因此它不仅以不害怕沙漠的荒凉和干涸，相反，专门具备一种在其他植物无法生长的在沙丘顶端生长的能力，在征服沙漠的斗争中，独占鳌头。它是一种舶来品，50年代已引进到榆林。但20多年间，因为种种原因，它并没有引起人们的青睐，很少有人去问津，显得颇有点默默无闻。直到进入改革开放的80年代，它才逐步被人们认识，开始施展它的奇特。现在，它已在榆林浩瀚的沙海之中安了家，扎了根，赢得了人们的赞赏和赫赫名声。几年前，我曾陪同著名作家李若冰到沙漠中去参观。正值盛夏的中午时分，他突然被眼前一片鲜花盛开的花棒所吸引，久久驻足沙窝，手抓着一朵花问我："这叫什么，想不到沙漠中有这么漂亮的花。"当他知道这种植物叫花棒时，不禁高叫了一声："啊，花棒，这个名字太美了。"他索性摘了一朵，爱不释手地看了又看，闻了又闻，进而干脆不顾烈日的暴晒和沙漠的炙烧，一屁股坐在沙窝里，说："有这样好的花，我今天就不走了。"我们几个陪人一起坐在燃烧的沙窝里，从花棒到沙漠，从过去到未来，大发了一阵感慨和议论。

可惜，他看到的只能算是"沧海之一粟"。现在，让我们来到长城以北的榆林市岔河则乡排则湾村来看吧。几年以前，这里还是一片15万亩的大沙海，如今，已变成了一个长40里，宽二三里的花棒世界。黄沙、绿树、红花，交相辉映，构成一幅神奇迷人的图画。

面对这一人间奇迹，人们怎能忘记这一奇迹的创造人——被群众称作"花棒神"的李彦华。

57岁的李彦华，是排则湾村的党支部书记。他是家乡解放后最早接受共产党主张的先进分子和老党员，几十年来，他一直在村里负责，是治理沙漠的活历史。从他加入共产党的第一天起，他就一直在思考和寻找着从根本上治理乡亲父老受苦受罪的凶恶敌人——紧紧包围着村庄，威胁着乡亲父老生命财产的无边的沙漠。几十年来，他舍身泼命带领全村群众在沙窝里植树、造林、种草，出尽了力，流尽了汗。树多了，草旺了，风小了，沙定了，但成绩总不能如意，尤其是一座座沙梁上部的干沙，种草草死，栽树树亡，始终找不到制服的办法。如何解决这一难题，成了他积压多年的一桩心病。

十年前，党的十一届三中全会改革开放的春风，给他带来了希望，他决心带领乡亲们大干一场。不论出外开会，还是赶集串亲戚，一有机会，他就用心打听治沙的有效方法。1979年，他去乡政府开会，意外地发现从来什么都不长的干沙梁上出现了一片绿色。他一口气跑上沙梁，啊，沙梁上长出一片密密麻麻的嫩苗苗。他着魔似的双膝跪到沙梁上，双手抚摩着那一簇簇活鲜鲜的嫩苗，惊奇得睁大了双眼。这是一种什么东西，怎么能在干沙梁上长出来？回到乡政府一问，人们说叫花棒，并详细向他介绍了这种植物的奇特的生长习性和对治理沙漠中的奇特功能。啊，真是踏破铁鞋无觅处，得来全不费工夫，多少年他寻找不到的东西，今天突然间在这里找到了。这里的干沙能长，我们那里的干沙也一定能长！他认准了，这一宝物，看到了家乡的希望。

果然，1982年，乡上正式决定让排则湾村全面推广种花棒。李彦华马上行动，干部会、群众会，不知开了多少次。为了动员群众，他快把嘴磨破了。但无法制服的干沙把人们的心也沙化了，他们根据多年的经验，再也不愿贸然去干那种白费力气的蠢事了。

李彦华热腾腾的心被群众的冷漠浇凉了。但他不肯死心，他决心用事实去说服群众。他一个人先买回几十斤花棒籽，又专门向林业技术干部求教了有关技术问题。在一个雨后的夜晚，利用明亮的月光，他说服了老婆、女儿和儿媳，由他带领着，走上了东沙，经过一家人没明没夜几天苦战，将几十斤花棒籽播进了200亩的一片干沙里。

李彦华的行动，使群众很受感动，但人们并不肯接受，用一种怀疑的心理等着看他的笑话。

果然，时间不久，人们便看到了结果。但不是李彦华的笑话，而是200多亩干沙梁上长出的一片绿色。奇迹使全村一下子轰动了，男女老少跑到沙梁上去看，一张张脸被惊呆了。随着花棒的出苗、生长、收获，人们完全信服了。人们真把他看成了花棒神，家家户户跑来向他学技术、买种子，争先恐后要求种花棒。

李彦华的心头乐开了花。他很快研究决定，将全部荒沙划给各户，按户治理，而且明确宣布，谁治归谁，长期不变。一个种花棒的热潮，很快席卷了排则湾村。群众的力量比天大。几年时间，村东面的几万亩荒沙便变成了一片花棒世界，被县上定为花棒种子基地。不仅昔日荒凉的面貌得到了改变，而且每年仅花棒籽就可收入数万元。

花棒给李彦华和乡亲们带来了富裕、胜利和喜悦。但作为一个群众的带头人和征服沙漠的勇士的李彦华，他并不满足，更不止步，而是以更大的信心和劲头，带领乡亲们很快转移阵地，将战场摆在了村子西面的一大片荒沙，开始了一场新的战斗。他决心在他的手里，让家乡真正变成一座花棒的乐园。

后　记

　　绿色属于春天。

　　值逢阳春日丽百草萌青的季候，报告文学集《绿色沧桑》伴着融融盎然的春意，徐徐向大地走来了。

　　在书稿即将付梓之际，我们的心境是极为纷杂隐奥了。

　　榆林造林治沙所取得的成绩举世共睹。

　　当笔者承担本书的写作任务后，倍觉异常昂奋，惴惴不安。但我们毫无气馁退却之意。因为毛乌素大漠的子孙们义无反顾地挑起了这副重担，正以惊世的搏力从事着这项浩大艰巨的工程，而记载他们的光辉业绩便是我们义不容辞的责任。这是神圣的使命，一种历史的责任感！

　　在整个采访创作过程中，笔者深深被他们大无畏的开拓精神所感染，深深被他们可歌可泣的英雄事迹所折服，以至我们的工作心态鼓荡在亢扬颠沸的状态里。其实，一个人的历史绝非由别人来写，而是由自己谱写的。他们早已谱写好了。在辽阔的大地，在浩瀚的沙漠，在绿色的林草间，那匿迹了的起伏延绵的黄沙，那呈现出的葱郁欲滴的生命，那隐掩在沙窝里的足迹和骆驼般寒涉的身影，正是留在人间的记忆，存入历史档案的思念。

　　相形之下，我们的笔触竟是何其粗疏和浅显，加之时月的迫促和篇幅所限，只摄取了湛蓝夜空的寥寥星斗，只采撷了满山遍野吐散着浓郁芬芳的少许花瓣。故不足之处在所难免，恳请有识之士予以斧正。

　　但是，我们问心无愧。因为笔者已竭尽全力了。更令人欣慰的是，大漠的子孙们已将根深蒂固于脑海里的"沙漠不可征服"的陈观俗念像一页沉重的日历翻了过去，永远翻过去了。他们祖祖辈辈那现实的梦幻变成了梦幻般的现实。他们品嚼到了无限希冀的春色。为此，我们可以毫无愧疚地说：家乡在崛起，榆林在崛起，富有勃勃朝气和青春的绿色生命在崛起！

本书得以顺利面世，得到了榆林地委、行署、地区林业局、绿化委员会、财政局和有关各县、市林业部门的领导及有关个人的大力相助和支持。林业部三北（西北、华北、东北）防护林建设局的领导同志也给予了多方关心。

　　该书由原榆林地委宣传部部长，现任榆林师范专科学校校长康学斌同志具体负责编写的组织和筹措工作，并担任主编，审定了全部稿件，付出了辛勤的劳动。

　　榆林地区林业局局长曹启荣，地区绿化委员会办公室副主任吕向荣同志担任副主编，也多次对书的内容反复研究，提出了中肯的见地。

　　对于来自各方面的关心和帮助，我们深表诚挚的谢意！

　　榆林造林治沙已走过了一段艰辛曲折的历程。但根治沙漠是几代人的事业。无疑任重而道远了。大漠依然沧桑，绿色依然沧桑，征服大自然的人们将经历一场更为严峻的沧桑。

　　所以，本书在这里并非画个句号……

作　者

1991年4月10日于榆林